Klaus Cäsar Zehrer
Das Genie

ROMAN

Diogenes

Die Erstausgabe erschien
2017 im Diogenes Verlag
Der Text wurde 2019 für die Taschenbuchausgabe
vom Autor durchgesehen und überarbeitet
Covermotiv:
Gemälde von Pierre-Auguste Renoir,
›Le garçon au chat‹, 1868 (Ausschnitt)
Musée d'Orsay, Paris
Copyright © Bridgeman Images, Berlin

Veröffentlicht als Diogenes Taschenbuch, 2019
Alle Rechte vorbehalten
Copyright © 2017, 2019
Diogenes Verlag AG Zürich
www.diogenes.ch
150/19/852/1
ISBN 978 3 257 24473 1

If we wish to have a strong, healthy,
happy race of men,
we should lay a good foundation
in the education of early childhood.

Boris Sidis, 1919

So wird Ihr Kind ein Genie

Als erste Zeitschrift überhaupt stellen wir an dieser Stelle unseren Lesern die faszinierende »Sidis-Methode« vor, die aus durchschnittlich intelligenten Kindern Hochbegabte macht. Mit ihr wurden bereits erstaunliche Erfolge erzielt – und alle Eltern können sie anwenden.

Stellen Sie sich vor, jemand sagt zu Ihnen: »Möchten Sie, dass Ihr Kind ein Genie wird?« Und dann sagt er: »Gut, Sie müssen nur soundso vorgehen. Es kostet Sie vielleicht ein bisschen Mühe, aber im Grunde ist es ganz einfach.«

Im Ernst: Es gibt tatsächlich eine Methode, die eigens dazu entwickelt wurde, ein Kind in ein Genie zu verwandeln. Man braucht dafür kein psychologisches oder akademisches Spezialwissen, und die Ergebnisse sind garantiert beeindruckend. Wichtig ist nur eines: Die Regeln müssen genau eingehalten werden.

Die neuartige Erziehungsmethode beginnt bereits an der Wiege und wurde bislang nur an einem einzigen Kind konsequent angewendet. Die Eltern dieses Kindes haben die Methode selbst erfunden. Das Ergebnis war eine einzigartige, rekordverdächtige Erfolgsgeschichte.

(This Week Magazine, 2. März 1952)

ERSTER TEIL

I

Das Erste, was Boris Sidis tat, nachdem er amerikanischen Boden betreten hatte, war, seinen beiden Reisebegleitern die Freundschaft zu kündigen. Sie hatten zwei Monate ihres Lebens miteinander geteilt, waren nachts im peitschenden Regen zwischen Radywyliw und Brody durch den Wald geirrt, um unbemerkt auf galizischen Boden zu gelangen, hatten sich erst nach Lemberg und von dort aus nach Wien durchgeschlagen, waren mit dem Zug nach Hamburg gereist, hatten eine Passage über Le Havre nach New York gekauft und drei Wochen unter Deck des Segeldampfers ss Lessing verbracht. Und nun standen Alexij und Wladimir morgens um halb acht, erschöpft von den Reisestrapazen und steinmüde, an der Südspitze Manhattans, im Rücken den gewaltigen Rundbau von Castle Garden, zwei von Millionen Einwanderern, die in den letzten Jahrzehnten dieses Tor zur Neuen Welt durchschritten hatten, und mussten sich von Boris zurechtweisen lassen wie Schuljungen.

Er habe bis jetzt geschwiegen, um das Ziel ihrer gemeinsamen Unternehmung nicht zu gefährden, sagte er. Aber nun, da es erreicht und die Stunde der Trennung gekommen sei, gebe es keinen Grund mehr zur Zurückhaltung. Trotz seiner Probleme mit dem linken Bein und gelegentlicher Atemnot habe er während der gesamten Reise nicht ein einziges Mal über die widrigen Umstände geklagt, ganz im Gegensatz zu ihnen. Anstatt sich zu freuen, nach einem langen Tagesmarsch ein Bett in einer preiswerten Herberge vorzufinden, hätten sie sich fortwährend nur beschwert, über das knarrende Bettgestell, die klammen Decken, die Wanzen in den Matratzen. Anstatt dankbar zu sein, dass sie nicht einen einzigen Tag ohne Essen auskommen mussten, sei ihnen das, was sie von den Bauern bekommen hatten, nicht gut genug gewesen, das Brot zu hart, die Milch zu sauer, die Kartoffeln zu faulig. Anstatt sich mit jeder Werst, die sie zwischen sich und die Ukraine brachten, freier zu fühlen, hätten sie unaufhörlich gemurrt, über die Blasen an ihren Füßen, das schwere Gepäck, die Hitze, die Kälte, die Nässe, die Trockenheit, an allem hätten sie etwas zu mäkeln gefunden.

Kurzzeitig habe er gehofft, dass wenigstens an Bord damit Schluss wäre. Von vereinter Wind- und Motorkraft wurden sie in kürzester Zeit über den Ozean geschoben, bei Vollverpflegung und mit einem Maß an Sicherheit und Komfort, von dem die Seefahrer aller Zeiten bloß hätten träumen können. Aber natürlich hätten sie sich gleich wieder an etwas gestört, an der abgestandenen Luft in den Kabinen, der Enge, der Dunkelheit und der Langeweile, die sie von früh bis spät mit Kartenspielen zu überwinden versuchten, freilich ohne Erfolg, weil derlei nichtiger Zeitvertreib die Langeweile nun einmal nicht besiege, sondern überhaupt erst erzeuge. Aber um das Offensichtliche zu sehen, dafür reiche es bei ihnen augenscheinlich nicht hier oben.

Boris tippte sich an die Stirn und wartete einen Moment, um ihnen Gelegenheit zur Erwiderung zu geben, doch da sie ihn nur stumpf anglotzten wie zwei Karpfen, fuhr er fort.

Die Entscheidung, sein amerikanisches Leben ohne sie zu beginnen, habe er vorhin getroffen, bei der Einfahrt in den Hafen, als das Schiff an dem gigantischen Monument vorüberglitt, das sich im Dämmerlicht gegen den Morgenhimmel abzeichnete. Ein ergreifender Anblick, für ihn ebenso wie für alle anderen Passagiere, die in andächtiger Stille auf dem Deck standen. Alle waren tiefbewegt, viele weinten vor Rührung. Nur Wladimir fiel nichts Besseres ein, als Spekulationen darüber anzustellen, was dieses Trumm wohl gekostet hatte, und daraus auf die Reichtümer zu schließen, die ihn in Amerika erwarteten. Schlimmer noch Alexij, der in der Gestalt lediglich ein dralles Riesenweib im Nachthemd erkennen konnte und an diese ohnehin reichlich geistverlassene Bemerkung einige Phantasien von unaussprechlicher Obszönität knüpfte, die Boris um keinen Preis wiederholen wollte.

Bei dem imposanten Denkmal, das im Übrigen bald eingeweiht werde, handle es sich – dies als letzter Hinweis, bevor sich ihre Wege endgültig trennten – um die sogenannte Bartholdi-Statue, und die Figur verkörpere nichts Geringeres als die Freiheit, die das Fackellicht der Aufklärung über die Welt bringe. Dieses Licht sei es, das ihn hierher gelotst habe und von dem er sich zeitlebens führen zu lassen beabsichtige, mochten andere auch lieber den faulen Verlockungen des Goldes oder des Fleisches folgen. Er wünsche den beiden, das wahre Glück vom falschen unterscheiden zu lernen, und nun habe er ihnen nichts mehr weiter zu sagen als Lebewohl.

Boris ergriff energisch seinen Koffer, machte mit einer demonstrativ schwungvollen Bewegung auf dem Absatz kehrt und verschwand hinter einer italienischen Großfamilie, die sich unter aufgeregtem Geschrei und wild gestikulierend über die Frage zankte, wie der beachtliche Haufen an Flechtkörben und Taschen in ihrer Mitte weiterzutransportieren sei.

Irgendetwas missfiel ihm an seinem Abgang, kam ihm inkonsequent und unvollständig vor. Ein paar Straßen weiter sah er unter einem Holzverschlag ein jämmerliches Paar mit fünf schmutzigen Kindern – den rotblonden Haarschöpfen, der ungesund blassen Haut und dem zerlumpten Leinenzeug nach zu urteilen handelte es sich um Iren –, und da fiel es ihm ein. Er stellte den schweren Reisekoffer, das Abschiedsgeschenk seiner Mutter, vor ihnen ab und entfernte sich so zügig, wie sein linkes Bein, das er stets ein wenig nachzog, es ihm erlaubte. Während die Familie noch rätselte, wer der eigenartige Fremde war und was er bezweckte, kam er zurück, zog seine gesamte Barschaft, genau dreiundvierzig Dollar, aus seinem Strumpf, klemmte die Scheine unter den Koffergriff und bog, diesmal endgültig, um die nächste Ecke.

Im Battery Park setzte sich Boris auf eine Bank am Ufer und blickte hinüber zum Freiheitsdenkmal, dessen Kupfer in der Morgensonne glänzte wie eine Flammenzunge. Er vergegenwärtigte sich seine Lage. Nüchtern betrachtet, stand er vor dem Nichts. Allein, mittellos und ohne Beruf in einer fremden Stadt, in einem fremden Land, wo niemand ihn erwartete, wo er seine beiden einzigen Bekannten soeben von sich gestoßen hatte und dessen Sprache er nicht beherrschte. Er sprach nur Russisch, Ukrainisch, Polnisch, Hebräisch und Jiddisch, zudem, allerdings nicht ohne Akzent, Ungarisch, Bulgarisch, Deutsch, Französisch und Italienisch. Auf Tschechisch, Rumänisch, Niederländisch, Spanisch, Türkisch, Arabisch und Armenisch konnte er sich leidlich verständigen. Und Altgriechisch und Latein lesen, selbstverständlich. Sein Sanskrit war leider noch immer stark verbesserungsbedürftig, er hatte es für längere Zeit vernachlässigen müssen. Und zum Englischen hatte er noch gar keinen Zugang gehabt, sah man von ein paar Shakespeare- oder Milton-Zitaten ab, die ihm im Augenblick nicht besonders hilfreich waren. Die Schilder, die er bislang gesehen hatte, waren gleichwohl eine leichte Prüfung gewesen: *Immigration, Passport Control, Bread & Coffee.*

Seine Heimat würde er nach allem Ermessen nie mehr wiedersehen, nicht seine Familie, keinen seiner Freunde. Ihm fiel ein, dass sich im Koffer eine gerahmte fotografische Aufnahme seiner Eltern und seiner vier Geschwister befand. Sie hatten sie vor seiner Abreise eigens für ihn anfertigen lassen. Sollte er noch einmal zurückgehen und sich wenigstens die wiedergeben lassen? Ach, sei's drum. Alles unnützer Ballast. Besser, einen Schlussstrich zu ziehen.

Es gefiel ihm, dass er nichts mehr besaß, mit Ausnahme von dem, was er am Leibe trug und was er im Kopf hatte. Es gefiel ihm ganz praktisch – kein Gepäck mehr schleppen, vor keinen Dieben mehr auf der Hut sein müssen –, und noch mehr gefiel es ihm als Vorstellung. Den Idealzustand, die paradiesische Voraussetzungslosigkeit eines Neugeborenen, würde er als Erwachsener nie wieder erreichen können, aber das hier kam dem immerhin nahe.

Boris griff in seine Manteltasche und stieß zu seiner Überraschung auf ein paar Centstücke. Ach ja, das Wechselgeld vom Frühstück, das er sich vorhin, noch in der Einwanderungsstation, bei einem fliegenden Händler besorgt hatte. Er ließ die Münzen ein wenig in der Hand klimpern, bevor er sie ins Wasser schleuderte.

Er schloss die Augen, prüfte sich und stellte fest, dass er glücklich war. Das Gefühl war so klar und rein, dass er meinte, einem Selbstbetrug aufzusitzen. Ein zweites Mal hörte er in sich hinein, etwas länger und tiefer, aber er konnte nichts anderes entdecken als ungetrübte Ruhe, freudige Zuversicht und unstillbaren Lebensdurst. Ja, er stand vor dem Nichts. Aber das Nichts war kein schwarzer Abgrund, es war eine leere Leinwand, auf die er das Bild seines Lebens malen durfte, nach seinem eigenen Entwurf. Was, wenn nicht das, war Freiheit?

Wieder schaute er hinüber zum Monument. War das wirklich eine Fackel, was Fräulein Libertas emporhielt? Von hier aus gesehen, hätte man es auch für einen Pinsel halten können.

Es war Dienstag, der 5. Oktober 1886. Boris Sidis beschloss, das Datum künftig zu behandeln wie seinen Geburtstag.

Ohne weiteren Verzug sprach er den nächstbesten Parkbesucher an: Er sei neu in der Stadt und auf der Suche nach einer Beschäftigung, irgendeiner, egal was, egal wo. Er wiederholte sein Anliegen in verschiedenen Sprachen, bis der andere sich mit einer Geste des Bedauerns abwandte. Auch mit dem Nächsten und dem Übernächsten misslang der Versuch einer Verständigung.

Erst der Vierte, ein bärbeißiges Wesen mit lückenhaftem Gebiss und stacheligem Bart, begriff, was Boris wollte. Ob er etwa so aussehe wie einer, der Arbeit zu vergeben habe, blaffte er auf Deutsch und deutete auf den fleckigen, fadenscheinigen Anzug, der ihm um die dürren Gliedmaßen schlackerte. Nein, er habe keine Arbeit zu vergeben, er suche selbst welche, seit Wochen schon, so wie jeder Dritte auf dieser verdammten Drecksinsel. Wenn er bis heute Abend nichts gefunden habe, dann, bei Gott, werde er sich hier an dieser Stelle ins Wasser werfen, und noch mit seinem letzten Atemzug werde er den vermaledeiten Zeitungsschmock verfluchen, der ihm die Lüge ins Ohr gesetzt hatte, in Amerika lasse es sich besser leben als zu Hause in der Pfalz.

Ein anderer, mit der buntbestickten Bluse eines bulgarischen Landarbeiters, sah Boris aus hohlen Augen treuherzig an und flüsterte heiser und so leise, dass er kaum zu verstehen war: »Bedaure, Bruder. Ich wünsche dir alles erdenklich Gute, mehr kann ich nicht für dich tun. Hab ja selbst nichts, sonst würde ich's mit dir teilen. Bei der Gelegenheit: Du kannst nicht zufällig ein Stückel Brot erübrigen, Bruder? Nichts für ungut! Gottes Segen, Gottes Segen!«

Gottes Segen, erwiderte Boris, sei so ziemlich das Allerletzte, was ihm momentan weiterhelfe. Wer darauf vertraue, brauche sich nicht zu wundern, wenn er kein Brot habe. Dann ging er zurück zu seiner Parkbank, um in Ruhe sein weiteres Vorgehen zu überdenken.

Die Bank war bereits besetzt von einem Herrn, der einen zimtfarbenen Ulster über einem nachtblauen Smoking trug. Seinen Gehstock zierte ein elfenbeinerner Knauf in Form eines Gänsekopfs. Er plauderte auf Französisch mit seiner Frau, die artig ein aufgespanntes Schirmchen mit aprikosenfarbenen Rüschen in ihren schmalen weißen Händen drehte, obwohl sie sich weder vor Regen noch vor Sonne schützen musste. Als Boris sich neben die beiden setzte, rutschten sie hinüber bis an die äußerste Kante der Bank.

»Es ist wahrlich *dégoûtant*, wie dieses Gesindel sich breitmacht«, sagte der Herr. »Wenn sie wenigstens in der Lower East Side blieben, wo sie hingehören« – er deutete vage in die Richtung, in der anscheinend die Lower East Side lag –, »dann wollte ich nichts gesagt haben. Aber es kommen ja tagtäglich neue Schiffe an, die immer noch mehr von dieser unzivilisierten *canaille* aus Osteuropa ausspeien – muss man sich wundern, wenn noch nicht einmal mehr Downtown von ihnen verschont bleibt? *C'est vraiment une honte, n'est-ce pas, ma chère?*«

»*Henri, je t'en prie! Prends garde!*« Die Frau stieß ihn mit dem Ellenbogen an.

»Was, wieso? Wegen diesem russischen Bauernschädel da? Du glaubst doch wohl nicht, dass der auch nur ein Wort von dem versteht, was wir sagen!«

Boris' Äußeres wirkte in der Tat wenig vertrauenerweckend. Er war eher klein, aber in seinen dunklen, tiefen Augen, unter einem schwarzen Querriegel buschiger Brauen gelegen, loderte ein Feuer, das einem Angst machen konnte. Sein imposanter Schnurrbart, ein zweiter schwarzer Querriegel, war kaum mehr als solcher zu erkennen, so dicht und lang wucherten ihm die Stoppel schon an Wangen, Kinn und Hals. Seine Kleidung bestand im Wesentlichen aus einem einst weißen, jetzt schmutziggrauen Leinenhemd, einer aus den Nähten gehenden Weste, einer Hose aus derbem Kattun, die mit einem Hanfseil um die Hüften gebunden war, und klobigen schwarzen Arbeitsstiefeln. Das beste Stück war noch sein Mantel, ein beinahe bodenlanger Überwurf aus grobgewalktem Loden.

Er erhob sich von seinem Platz, zog seine flache Filzmütze, verbeugte sich und sagte in tadellosem, wenngleich nicht ganz akzentfreiem Französisch: »*Monsieur, je vous suis des plus obligé, car c'est grâce à vous que j'ai appris quelle est la place d'une racaille telle que moi.*«

Dann spuckte er dem Herrn vor die Füße und marschierte, das linke Bein ein wenig nachziehend, los in die Richtung, in der er die Lower East Side vermutete.

Den Kopf in den Nacken gelegt, bestaunte er die mit jedem Straßenzug höher aufragenden Häuser. Er zählte sechs, sieben, manchmal sogar acht Stockwerke. Auf den Straßen wurde es immer enger und voller, obwohl kein Volksfest stattfand und anscheinend auch kein Markttag war. Das laute, bunte Gedränge schien hier ein ganz alltäglicher Zustand zu sein. Für eine Weile vergaß er, weshalb er gekommen war, er trudelte einfach mit im Menschenstrom, wie ein Blatt, das in einem Bach treibt. Zum ersten

Mal in seinem Leben sah er elektrisches Licht und Straßenbahnen, sah er Ananas und Kokosnüsse, sah er Neger und Chinesen.

Die Hochstimmung, in die ihn all die neuen Eindrücke versetzten, endete jäh, als ein kräftiger Mann mit kunstvoll gezwirbeltem Bart und fremder Tracht, der in einer unverständlichen, von Diphthongen durchsetzten Sprache unentwegt vor sich hin schimpfte, aus einem Toreingang achtlos auf die Straße lief, mit Boris zusammenprallte, in unfreiwilliger Umarmung mit ihm im Gossenschmutz landete und dabei ohne Unterlass weiterschimpfte: »*Schaug hoit amoi, wosd' hilaifst, mir glangt's eh, wi arr lucking for wörkers hom's g'schriam, nachat sogn's, auer wehtsch is feif Dollar in da Woch, nachat sog i, spinnt's ihr, macht's eiern Scheißdreck doch alloa und bin naus, und jetzat kimmst du oida Depp a no daher.*«

Ohne auch nur einen Augenblick in seinem Wortschwall innezuhalten, rappelte sich der Mann hoch, wischte sich die Hände notdürftig an der kurzen ledernen Hose ab und stapfte schimpfend davon.

Boris aber, denn so viel hatte er der Rede dann doch entnehmen können, trat durch das Tor und saß eine Minute später einem Bürovorsteher namens Hlávka gegenüber, einem gebürtigen Böhmen, bei dem er sein Tschechisch zur Geltung bringen konnte. Nach weiteren zwei Minuten hatte er eine Anstellung.

»Name?«
»Sidis, Boris.«
»Geboren in?«
»Berdytschiw, Ukraine.«

»Alter?«
»Achtzehn. Das heißt, nächste Woche neunzehn.«
»Anschrift?«
»Ähm, ich bin erst heute Morgen –«
»Schon gut. Krankheiten?«
»Nein. Obwohl, ich habe hin und wieder asthmatische Beschwerden. Und mein Bein –«
»Ich meine ansteckende Krankheiten.«
»Das nicht.«
»Der Wochenlohn beträgt fünf Dollar. Ich weiß, das ist nicht viel, aber –«
»Einverstanden.«
»Anlernen morgen Punkt fünf fünfzehn in der Produktion. Arbeitsbeginn fünf dreißig, Mittagspause elf bis elf dreißig, reguläre Arbeitszeit bis neunzehn dreißig. Fragen?«
»Nein, alles in Ordnung. Obwohl, doch … Vielleicht, wenn es möglich wäre, eine kleine Vorauszahlung … Es ist nämlich so …«

Mr. Hlávka stöhnte leise auf. Schon wieder so ein Hungerleider. Er kramte einen Dollar aus einer Geldkassette und nahm mit spitzen Fingern Boris' nach frischen Pferdeäpfeln riechenden Mantel als Pfand entgegen.

Erst als er wieder auf der Straße stand, in Weste und Hemd, fiel Boris auf, dass überhaupt nicht die Rede davon gewesen war, was er zu tun hatte. Er wusste noch nicht einmal, bei was für einer Firma er angeheuert hatte und was sie herstellte. Das Schild neben dem Eingang war nicht sehr aufschlussreich: *Harold F. Weiss Manufacturing Company*.

Nun gut, das würde sich zeitig genug erweisen. Jetzt galt es erst einmal, eine Unterkunft zu finden.

Auch diese Aufgabe war schnell gelöst. Dass er nach einem *Tenement House* Ausschau halten müsse, hatte er sich erfragt, und davon gab es hier jede Menge. Er wählte das nächstbeste, folgte einem hustenden Hauswart durch zwei Höfe, erklomm mit ihm eine Feuerleiter, die an der Fassade eines schmucklosen Hinterhauses aus rohem Backstein angebracht war, bis in den vierten Stock und erreichte über einen kahlen, lichtlosen Flur ein Zimmer von höchstens vier Schritt Länge und Breite.

An jeder Wand stand ein weißlackiertes Metallbett, ausgestattet mit einem Strohsack und einer löchrigen Wolldecke. Diagonal über die Zimmerecken waren Schnüre aufgespannt, an denen ein paar kümmerliche Klamotten hingen. Die Raummitte füllte ein klappriges Tischchen aus. Darauf sowie darunter standen und lagen leere Flaschen. Von der Decke baumelte eine verrußte Petroleumlampe. Ein Fenster gab es nicht, nur eine Lüftungsklappe über der Tür. Drei Betten waren belegt, man erkannte es daran, dass unter ihnen einige Habseligkeiten verstaut waren. Das vierte war noch frei.

Boris nickte zufrieden. Den vom Hauswart mit zwei gespreizten Händen angezeigten Preis von zehn Cent pro Nacht akzeptierte er mit einem zweiten Nicken, ohne Versuch, ihn herunterzuhandeln. Dass das Haus im Erdgeschoss über einen Abort und einen Waschraum mit fließendem Wasser verfügte, den die Bewohner frei benutzen durften, überraschte ihn positiv.

Er aß in einer Taverne für drei Cent einen Teller Kohlsuppe mit Brot und vertrat sich anschließend ein wenig die Beine. Da es dunkel und kalt geworden war, kehrte er jedoch recht bald zurück in sein Zimmer.

Seine Stubengenossen waren mittlerweile eingetroffen, Leo, Mischa und Nathan aus Schytomyr. Sie waren erfreut, einen Landsmann zu treffen, bot er ihnen doch einen willkommenen Anlass, in Erinnerungen zu schwelgen. Schon glaubten sie wogende Kukuruzfelder zu sehen und Piroggen, Borschtsch und Okroschka auf der Zunge zu schmecken. Die beste Okroschka auf der ganzen Welt mache die Olga Sikorska in Schumsk, sagte Nathan genießerisch, während er sich eine billige Zigarette ansteckte. Ob Boris zufälligerweise schon einmal bei ihr gegessen habe?

Nein, das habe er nicht, weder zufälligerweise noch gezielt, gab Boris zurück, und er werde wohl auch künftig nicht in diesen Genuss kommen. Aber dafür lebe er jetzt in Amerika, wo allen, die der alten, erschöpften Erde ihrer Heimat entfliehen mussten, die Sonne gezeigt werde und wo die Bedrückten der Welt, ob weiß, gelb oder braun, Aufnahme fänden und zu freien und gleichen Menschen würden. Und das halte er, mit Verlaub, für kostbarer als jede Okroschka.

»Na, du bist mir ja ein ganz Schlauer«, sagte Mischa. »Seit einem halben Tag da und schon ein richtiger Amerika-Experte. Die Sonne hab ich übrigens seit fünf Jahren nicht mehr gesehen. Immer nur die Werkstatt, immer nur diese beschissene Werkstatt. Irgendwann verreck ich in der Werkstatt, vielleicht morgen, vielleicht nächstes Jahr, vielleicht auch erst in dreißig Jahren, egal, das interessiert keinen. Und weißt du was? Mich interessiert's auch nicht.

So ist das halt, diese Stadt frisst Menschen. Hunderttausende oder was weiß ich Millionen hat sie schon verschluckt und verdaut und ausgeschissen, da kommt's auf einen mehr oder weniger nicht an. Dich hat sie gerade in ihr gefräßiges Maul gekriegt, wart's nur ab, bald beißt sie zu. So schönes, junges Fleisch wie deines frisst sie am liebsten, davon kann sie nie genug kriegen.«

Mischa machte Schmatzgeräusche, bildete mit beiden Armen einen klaffenden Riesenschlund und ging auf Boris zu, wie um ihn zu schnappen. Boris wich zurück bis an die Wand und erkundigte sich, ob Mischa Alkohol getrunken habe; es komme ihm nämlich so vor.

»Alkohol getrunken, wir?«, antwortete Nathan. »Wie kommst du denn darauf? Nein, wir haben keinen Alkohol getrunken. Wie auch, den Zwei-Cent-Fusel kann man ja nicht trinken. Den für fünf Cent, den kann man trinken. Aber den kann man nicht bezahlen. In Schytomyr, da haben wir jeden Herbst unseren eigenen Schnaps gebrannt, aus Birnen und Äpfeln von meinem Schwager aus Kodnya. Zehn *solche*« – er zeichnete mit den Händen eine Silhouette – »Bauchflaschen jedes Jahr. Fünf haben wir verkauft und fünf selber getrunken. Ach, ich darf gar nicht dran denken.«

»Das ist nicht gut«, sagte Boris eindringlich. »Ich möchte euch empfehlen, euch beim Trinken unbedingt zu mäßigen, am besten ganz damit aufzuhören. Alkohol tötet den Verstand. Und wer seinen Verstand tötet, tötet sich selbst. Bei der Gelegenheit: Ich fände es auch besser, wenn ihr nicht rauchen würdet, zumindest nicht hier im Zimmer. Mit meinen Lungen steht es leider nicht zum Besten, und die Luft ist schon schlecht genug. Je frischer die Luft, desto gesünder der Schlaf.«

»Schönen Dank für die Belehrung«, sagte Leo, der schon auf dem Bett lag, zugedeckt und zur Wand gedreht. »Im Gegenzug möchte ich dir auch was empfehlen.«

»Und zwar?«

»Halt doch einfach mal die Fresse.«

»Aber ich habe euch doch nur einen guten Rat gegeben, wie ihr euer Leben verbessern könnt.«

»Und ich habe dir den guten Rat gegeben, die Fresse zu halten.« Leo richtete sich noch einmal auf. »Hör mal zu. Ich habe heute vierzehn Stunden lang Zementsäcke ausgeladen, und gestern auch, und ich weiß nicht, an wie vielen Tagen davor auch. Weißt du, wie sich das anfühlt? Vielleicht wirst du es bald wissen. Dann wirst du auch wissen, dass du ab und zu einen Schnaps verdammt gut gebrauchen kannst. Dass du ab und zu eine Zigarette verdammt gut gebrauchen kannst. Dass du ab und zu, wenn das Geld reicht und du nicht zu müde dafür bist, eine Hure verdammt gut gebrauchen kannst. Dass du überhaupt so ziemlich alles verdammt gut gebrauchen kannst. Nur einen dahergelaufenen kleinen Professor, der von nichts einen blassen Schimmer hat und der sich zu dir ins Zimmer setzt und dir ungefragt Vorträge hält, was Amerika ist und wie du dein Leben verbessern kannst, den braucht kein Mensch. So, und jetzt Licht aus und Klappe zu.«

»Amen«, sagte Nathan, und Mischa sagte: »Weise Worte, Meister«, und Boris sagte: »Aber –«, und Leo sagte: »Klappe zu«, stand auf und löschte das Petroleumlicht.

Als Boris erwachte, schliefen die drei noch. Er wusste nicht, wie spät es war, spürte aber, dass er verschlafen hatte. Mit vorsichtigen Trippelschritten und ausgestreckten Armen tastete er sich aus dem Zimmer, durch den Flur und die Feuerleiter hinunter auf die dunkle, entvölkerte Straße, wo er auch keinen Hinweis auf die Uhrzeit fand. An jeder Kreuzung lief er entweder nach links, nach rechts oder geradeaus, bis er jegliche Orientierung verloren hatte. Er wurde unruhig. Die Stelle war er bestimmt los, gekündigt noch vor dem ersten Arbeitstag. Ob er wenigstens seinen Mantel zurückbekommen würde? Er wärmte zwar nur mäßig, doch gegen die klamme Morgenkälte, die vom Meer her durch die Gassen bis in die Ärmel kroch, wäre ihm jeder Schutz willkommen gewesen.

Endlich gelangte er in eine Gegend, in der schon Menschen auf der Straße waren, beziehungsweise noch, denn es war die Stunde, in der sich der alte und der neue Tag die Hand gaben. Marktfrauen zogen klappernde Leiterwagen übers Pflaster und bauten ihre Stände auf, Bäcker fütterten ihre Öfen mit Scheiten, während späte Zecher lärmend und singend aus den Destillen nach Hause wankten. An einer kleinen Holzbude, in der die ganze Nacht hindurch Kaffee für einen Cent verkauft wurde, erfuhr er die genaue Zeit: drei Uhr zweiundvierzig. Zu spät, um sich noch einmal schlafen zu legen, aber zu früh, um schon zur Arbeit zu gehen. Er trank aus einer angestoßenen Emailletasse einen lauwarmen, ungesüßten und ziemlich bitteren Kaffee, kaufte sich an der Nebenbude ein Stück Brot und ein hartgekochtes Ei zum Frühstück, trank eine weitere Tasse Kaffee und hatte immer noch mehr als genug Zeit, die Fabrik zu suchen. Wartend stand er vor dem Gittertor, bis der Portier kam und es aufschloss.

Das Fabrikgebäude sah nicht viel anders aus als das *Tenement House*, in dem er wohnte. Hier wie dort ließ die schlichte, schmale Straßenfassade nicht erahnen, wie geräumig der tief nach hinten gezogene, mehrere enge Lichtschächte umschließende Komplex war. Und hier wie dort machte die Architektur sichtbar, was der Boden in dieser Lage kostete. Auf raumfressenden Überfluss wie ein repräsentables Foyer oder großzügige Treppenaufgänge wurde verzichtet, kein Quadratfuß mehr als unbedingt nötig für Freiflächen und Höfe verschwendet, ein kleinteiliger Grundriss sechsfach übereinandergelegt. Das Ergebnis war ein engmaschiges Geflecht aus stickigen Räumen, in die, vor allem in den unteren Etagen, selbst zur Mittagsstunde nur ein diffuses Dämmerlicht drang und die deshalb ganztags zusätzliche Beleuchtung brauchten.

Ein aus Danzig stammender Vorarbeiter namens Joseph erklärte Boris auf Polnisch die Anlage, ein Vorgang, der mit ein paar Fingerzeigen erledigt war: Da drüben die Schmiede und die Schlosserei, dort die Tischlerei und die Drechslerei, da werden die Einzelteile produziert, oben in der Fertigung werden sie zusammengefügt, und die Ware kommt dann da hinten ins Lager.

Anschließend führte er Boris in einen Raum im dritten Stock, hieß ihn auf einem Schemel an einer Werkbank Platz nehmen und zeigte ihm, was zu tun war. Er spannte einen Holzstiel in einen Schraubstock ein, setzte einen Hammerkopf darauf und trieb mit einem einzigen, wuchtigen Schlag eines Fäustels einen Keil so tief ins Holz, dass Kopf und Stiel exakt an der richtigen Stelle untrennbar miteinander verbunden waren. Dann legte er den neu fabrizierten Hammer in eine leere Kiste und reichte Boris den Fäustel: Jetzt du.

Joseph hatte schon öfter erlebt, dass die eigentlich simple Aufgabe einem Anfänger nicht sogleich gelang. Aber dass einer damit grundlegend überfordert sein könnte, hätte er nicht gedacht. Boris klemmte sich einen Finger im Schraubstock ein, er wusste nicht, wie er den Fäustel halten sollte, und die unbeholfene Art, mit der er ihn kraftlos auf den Keil plumpsen ließ, offenbarte, dass er noch nie in seinem Leben ein Werkzeug in der Hand gehabt hatte. Joseph schlug ihm mit seiner Arbeiterpranke aufmunternd auf die Schulter, so dass Boris zusammenzuckte, bemerkte, dass Übung den Meister mache, und verschwand, um anderswo einen anderen Neuling einzuweisen.

Die nächsten Stunden verbrachte Boris allein mit sich, seiner Tätigkeit und vier älteren Männern, die an den weiteren Arbeitsplätzen im Raum zu Werke gingen. Anscheinend arbeiteten sie schon lange da, so lange, dass sie sich vollständig von lebendigen Wesen in Produktionsmittel verwandelt hatten. Ihre Haut war so blassgrau wie der Wandverputz. Mit maschinenhafter Gleichmäßigkeit verrichteten sie ihr Werk, ohne erkennbare Anstrengung, aber auch ohne erkennbare Freude an ihrem Tun. Sie sprachen nur Englisch, und davon kein Wort mehr als unbedingt nötig. Wenn Boris, was mehr als einmal geschah, fluchend aufsprang, weil er sich auf den Daumen geschlagen hatte, schauten sie nicht einmal hin. In der Mittagspause schloss er sich ihnen der Einfachheit halber an und landete in einer nahegelegenen Suppenküche, wo er einen sämigen Erbseneintopf aß, der mehr blähte als sättigte.

Als er zurück in der Fabrik war, nahm Joseph ihn zur Seite. Er habe die Kisten überprüft und müsse sagen, dass Boris nicht nur der langsamste Arbeiter sei, den er je gesehen habe, sondern auch der schlechteste. In seiner Kiste sei nur ein einziges verkaufbares Stück gewesen, und zwar jenes, das er, Joseph, am Morgen selbst gefertigt hatte. Eigentlich sei er verpflichtet, unfähiges Personal sofort zu feuern, aber eine zweite Chance habe jeder verdient. Vielleicht tauge Boris ja wenigstens als Träger etwas.

Für den Rest des Tages schleppte Boris Kisten. Die einen, schwer beladen mit Einzelteilen, mussten aus den Werkstätten in die Fertigung gebracht werden, andere, befüllt mit dem neuen Werkzeug, gingen ins Lager, wieder andere enthielten Abfall, der in der Esse verfeuert wurde. Als ihn die Sirene endlich erlöste und in den Feierabend entließ, schmerzte ihm jeder Knochen im Leib, und er hinkte wie ein schlachtreifer Ackergaul. Er war zu müde zum Essen und zu hungrig zum Schlafen. Halb von Sinnen verleibte er sich irgendwo einen Teller Gerstengrütze ein. Dann taumelte er in sein Zimmer, fiel auf sein Bett und schlief in einer Sekunde ein.

Seine Zimmergenossen, die hereingepoltert kamen, jeder in der einen Hand eine Bierflasche, in der anderen eine brennende Zigarette, rissen ihn aus dem Tiefschlaf.

»Was sehe ich denn da? Liegt unser junger Freund doch tatsächlich mit seinen Schuhen im Bett! Hat er etwa« – Leo senkte seine Stimme dramatisch, als spräche er etwas ganz Unerhörtes aus – »Alkohol getrunken?«

»Das wäre nicht gut, o nein, das wäre gar nicht gut.« Nathan wiegte in vorgeblicher Besorgnis den Kopf, hob einen Zeigefinger und redete, mit mäßigem schauspielerischen Talent einen Onkel Doktor imitierend, lehrhaft auf Boris ein: »Alkohol ist nämlich gar nicht gesund, müssen Sie wissen. Ich empfehle Ihnen dringend, damit aufzuhören.«

»Ach, lasst ihn doch.« Als wäre er eine Mutter, die ihr Kind in Schutz nimmt, rief Mischa mit Fistelstimme: »Er hat heute den ganzen Tag gearbeitet, und jetzt ist er soo müde. Das ist er doch nicht gewohnt, der süße Kleine.«

Er zog Boris die Schuhe aus, deckte ihn sorgfältig zu, strich ihm sanft übers Haar und drückte ihm einen Gutenachtkuss auf die Stirn. Mit ihren Flaschen stießen die drei johlend auf jeden ihrer fabelhaften Scherze an.

Boris versuchte gar nicht erst, sich zu wehren. Zum einen, weil er wie betäubt war vor Müdigkeit und jede Bewegung, jedes Wort über seine Kräfte gegangen wäre. Und zum anderen, weil es drei gegen einen stand und er wusste, woraus die Dummen dieser Welt ihr unerschütterliches Überlegenheitsgefühl bezogen: aus der schieren Tatsache, dass sie immer und überall in der Mehrheit waren. Er blieb still liegen, in der Hoffnung, dass ihre Spottlust von selbst versiegen würde, wenn er ihr keine neue Nahrung bot. Darin täuschte er sich, doch nahm er ihr wieherndes Gelächter aus immer größerer Entfernung wahr. Als Nathan ihn mit Bier übergoss, reagierte er nicht einmal. Und dass Leo sich in seine Stiefel erleichterte, bekam er schon nicht mehr mit.

Der zweite Arbeitstag lief besser als der erste, der dritte besser als der zweite. Boris gewöhnte sich an die harte körperliche Arbeit, und am vierten Tag glaubte er die Abläufe in der Fabrik gut genug zu kennen, um Joseph bescheiden zu fragen, ob er ein paar Verbesserungsvorschläge unterbreiten dürfe.

Die sogenannten Verbesserungsvorschläge neuer Arbeiter kannte Joseph bereits. In aller Regel handelte es sich um Forderungen nach höherem Lohn oder längeren Pausen, nichts Ernstzunehmendes. Aber Boris' Vorschläge verblüfften ihn noch mehr als dessen handwerkliches Ungeschick. Sie betrafen die Arbeitsabläufe in der Fabrik und waren umfassend, punktgenau, kristallklar formuliert und dermaßen einleuchtend, dass er sich nicht erklären konnte, warum er nicht schon längst selbst darauf gekommen war.

So regte Boris an, Tragegestelle anzuschaffen, die die Last von den Armen auf die Hüften verlagern und dadurch die Kräfte der Träger schonen. Aber das war nur ein Nebenaspekt. Viel wesentlicher war, dass er einen vollständigen Überblick über den Betrieb gewonnen hatte. Er wusste exakt, welche Rohstoffe, Zwischen- und Endprodukte in dem sechsstöckigen Ameisenhaufen wann von wo nach wo transportiert werden mussten, und er konnte überzeugend darlegen, wie sich dasselbe Ziel mit deutlich geringerem Aufwand erreichen ließe, nur durch verbesserte Organisation. Eine Expertenkommission hätte zu keinem anderen Ergebnis kommen können, und ihr Gutachten wäre jeden Preis wert gewesen.

Joseph nahm Boris in die Arme, küsste seine Wangen – eine Geste, die er sofort bereute, zumal Boris zu Stein erstarrte, aber ihm war spontan nichts Angemesseneres eingefallen – und bat um Entschuldigung, dass er einen solchen Mann hatte Kisten schleppen lassen. Sie würden zusammen zu Direktor Weiss gehen, sofort und unverzüglich, und noch heute, garantiert noch heute, werde er einen Posten bekleiden, der seinen Talenten eher entspreche und um ein Vielfaches besser bezahlt sei.

Direktor Weiss war kurz angebunden, aber Joseph ließ sich nicht abwimmeln.

»Bitte, Herr Direktor, nur fünf Minuten. Sie werden es nicht bereuen. Diese fünf Minuten werden die Zukunft Ihrer Firma verändern, und Ihr Leben auch. Dieser junge Mann hier hat Vorschläge zu machen, mit denen Sie gut und gerne fünfzigtausend Dollar im Jahr einsparen.«

»Fünfzigtausend? Das klingt nicht übel«, sagte Direktor Weiss, der kein Wort glaubte, aber doch neugierig geworden war, welcher undurchführbare Humbug ihm wohl gleich vorgetragen werden würde. Er nestelte seine Uhr aus der Westentasche und öffnete den Deckel. »Also gut. Fünf Minuten. Zeit läuft.«

Einige Momente verstrichen, ohne dass Boris begriff, dass er das Wort hatte.

»Was ist? Kann er kein Englisch?«

»Er ist in dieser Woche erst angekommen. Aus Kleinrussland.«

»Na bravo. Ich würde vorschlagen, Sie gehen zurück an Ihre Arbeit und nehmen Ihren kleinen Russen gleich wieder mit.«

»Sie sind Deutscher, Herr Weiss?«, fragte Boris auf Deutsch.

»Aus Breslau, jawohl. Schön, das hätten wir. Na, nun schießen Sie mal los.«

»Ähm – womit?«

»Na ja, erklären Sie dem Herrn Direktor einfach noch mal dasselbe wie mir vorhin«, sagte Joseph, ebenfalls auf Deutsch. »Wie Sie die Produktionskosten hier im Haus senken wollen.«

»Ach so, das. Das ist doch nicht wichtig.«

»Moment mal«, sagte Direktor Weiss. »Sie haben eine Idee zur Kostensenkung, aber Sie halten sie nicht für wichtig?« Ihm war längst klar, dass er es mit einem Verrückten zu tun hatte, aber als kleine Abwechslung zwischendurch fand er das Ganze recht amüsant.

»So ist es«, sagte Boris. »Sie sehen das anders, das ist mir schon klar. Kosten senken, Gewinne steigern, das ist Ihre Welt. Sie kennen eben nur Ihren Profit und nichts Größeres. Dafür leben Sie, für Ihren Profit. Und Sie zwingen andere, ebenfalls für Ihren Profit zu leben. Sie halten das wahrscheinlich auch noch für normal. Ich halte es für ordinär. Wenn ich Ihnen sage, wie Sie den Arbeitern Lasten abnehmen können, dann denken Sie an Entlassungen und Lohneinsparungen. Die halte ich tatsächlich nicht für wichtig. Ich denke an die Rücken der Arbeiter. Die wiederum sind Ihnen egal. Sehen Sie, so unterscheiden wir uns. Aber vielleicht sind wir uns wenigstens darin einig, dass in dieser Fabrik das Kostbarste vergeudet wird, was es gibt, nämlich menschliche Lebenszeit. Um nur ein Beispiel zu nennen: Sie lassen es zu, dass Menschen von früh bis spät Kisten eine Treppe hoch- und heruntertragen müssen, weil Sie nicht auf den Gedanken kommen, Flaschenzüge an der Fassade anzubringen, wie sie an Lagerhäusern im Holländischen gebräuchlich sind, um das Material durchs Fenster zu reichen.«

Direktor Weiss schwieg. Einerseits ärgerte er sich maßlos über diesen dahergelaufenen Hilfsarbeiter. So unverschämt war ihm noch nie einer gekommen. Andererseits war an der Idee verdammt noch mal was dran. Sie hätte glatt von ihm sein können.

»Aber viel würde das auch nicht bringen«, fuhr Boris fort. »Im Grunde ist das ganze Haus hier eine einzige Fehlplanung.«

»Gut zu wissen. Der Entwurf stammt übrigens von mir.«

»Mag sein. Brauchbar ist er jedenfalls nicht. Die Lower East Side eignet sich nicht für große Produktionsstätten. Fabriken gehören nicht in die Innenstadt, sondern an den Stadtrand, wo genug Platz ist, um sie zweckmäßig, das heißt menschlich zu gestalten: niedrig, hell und luftig.«

»Sie meinen, ich soll die Bude dichtmachen und irgendwo da draußen neu bauen?«

»Wenn Sie klug wären, dann täten Sie das, ja. Und am besten Arbeitersiedlungen gleich daneben, und die auch niedrig, hell und luftig. Das ist der Gesundheit der Arbeiter dienlich. Genau wie eine Kantine mit guter Verpflegung. Licht, Luft, Nahrung, das braucht der Mensch, um zu gedeihen. Und, über allem, Bildung. Bildung für die Arbeiter und Bildung für ihre Kinder, damit sie freie und glückliche Menschen werden.«

»Ist notiert. Sonst noch Wünsche?«

»Aber sicher. Es müsste noch viel mehr geschehen.« Boris hatte sich warmgeredet. »Warum lassen Sie Ihre Arbeiter so lange arbeiten, warum bezahlen Sie sie so schlecht? Weil Sie nicht nur gierig sind, sondern obendrein dumm. Weil Sie denken, wenn die anderen weniger bekommen, bleibt mehr für Sie übrig. So ist es doch, oder nicht? Aber man kann eine Kuh nicht immer nur melken, man muss sie auch füttern. Schauen Sie sich Ihre Arbeiter an. Wie viele von ihnen sind übermüdet, krank, der Trunksucht verfallen? Wie viele sind ungebildet, weil sie schon mit zehn, zwölf Jahren in die Fabrik geschickt werden anstatt in die Schule? Und sie sind arm. Sie können sich das, was sie Tag für Tag herstellen, nicht selber leisten. Wer soll denn das ganze Werkzeug kaufen, wo soll denn der Gewinn herkommen, nach dem Sie so lechzen? Gehen Sie anständig mit Ihren Leuten um, bezahlen Sie sie anständig, dann werden sie auch anständig arbeiten. Wenn Sie schon nicht fähig sind, es für andere zu tun, dann tun Sie es eben für Ihren geliebten Profit – Hauptsache, Sie tun es.«

Boris rang nach Atem. Er hatte sich erregt. Wieso er das alles gesagt hatte, wusste er selbst nicht. Er war sich auch nicht sicher, ob die Vorwürfe zutrafen, er kannte Direktor Weiss ja gar nicht. Das mit den kranken, trunksüchtigen Arbeitern hätte er sich vielleicht sparen sollen. Trotzdem, im Kern hatte er recht, da war er sich vollkommen sicher. Er brauchte die Diskussion mit Direktor Weiss nicht zu fürchten, er hatte die besseren Argumente.

Für eine Weile sagte niemand etwas, das die Spannung hätte lösen können. Joseph betrachtete seine Fingernägel, als wären sie das Interessanteste auf der Welt. Boris verglich das Ölbild an der Wand – der junge Weiss, forsch, dynamisch, visionär ins Ungefähre blickend – mit dem davor sitzenden, sehr viel älteren und quappigeren, aber auch gemütlicheren Original. Direktor Weiss klappte seine Taschenuhr mehrfach auf und wieder zu und drehte – die Augenbrauen vor lauter Konzentration weit nach oben gezogen, den Mund zu einer Schnute gespitzt – am Aufziehrädchen, um zu demonstrieren, dass er der Herr über die Zeit und somit über die Lage war.

Dann steckte er die Uhr zurück in die Westentasche und sagte so ruhig wie möglich zu Joseph (er würdigte Boris keines Blickes, sprach aber auf Deutsch, damit dieser ihn verstehen konnte): »Das waren keine fünf Minuten, das waren fast sieben. Aber das macht nichts. Ich habe dieser interessanten Lektion sehr gerne zugehört. Jetzt habe ich dem jungen Mann auch etwas zu sagen, das sein Leben verändern wird. Ich brauche dafür aber nur eine Sekunde.«

»Und das wäre, Herr Direktor?«

»Er ist entlassen.«

»Wie Sie meinen, Herr Direktor.«

»Und das für Sie: Wenn Sie mir noch einmal einen anschleppen mit solchen grandiosen Ideen, dann fliegen Sie gleich mit.«

»Jawohl, Herr Direktor. Ich dachte nur – «

»Ich bezahle Sie nicht fürs Denken.«

»Jawohl, Herr Direktor.«

»So, und jetzt darf ich den jungen Mann freundlich bitten, sich auf die Straße zu begeben. Ich hoffe, sie genügt seinen Ansprüchen. Jedenfalls ist sie schön niedrig, hell und luftig.«

Direktor Weiss bemühte sich, einen beherrschten Gesichtsausdruck beizubehalten, bis er allein war. Dann läutete er mit der goldenen Tischglocke seinen Sekretär herbei und wies ihn an, sich nach Preisen für Flaschenzüge zu erkundigen.

Boris war bester Laune. Er hatte einen eingelegten Hering mit Bratkartoffeln im Magen, ein außergewöhnliches Mahl für einen außergewöhnlichen Tag. Direktor Weiss hatte ihm den Lohn für eine ganze Woche ausbezahlt, vermutlich, um sich selbst zu beweisen, dass er nicht unsozial und die Entlassung kein Unrecht war. Boris zählte sein Geld: drei Dollar und vierundsiebzig Cent. Das sollte reichen, um sechs, sieben Tage über die Runden zu kommen, mit etwas Sparsamkeit vielleicht sogar noch länger. Und seinen Mantel hatte er auch wieder.

Eine Woche in New York verbringen dürfen, ganz nach Wunsch und Belieben, ohne jede Verpflichtung – war das etwa kein Grund, bester Laune zu sein? Die schöne Dame Freiheit, noch vor ein paar Tagen hatte sie sich ihm nur aus der Ferne gezeigt. Jetzt stand sie schon herrlich verlockend vor ihm. Und er konnte es kaum erwarten, nach ihr zu greifen.

In seine Unterkunft kehrte er nur zurück, um seine Schulden zu begleichen. Noch einmal in sein Zimmer hochzugehen hielt er für unnötig. Das Verhältnis zu Leo, Mischa und Nathan hatte sich nicht wieder eingerenkt. Er hatte sich nicht darum bemüht, und sie noch weniger.

Außerdem hatte er mittlerweile in Erfahrung gebracht, dass er keine zehn Cent für eine Unterkunft auszugeben brauchte, es gab auch welche für sieben. Man musste nur bereit sein, auf Bequemlichkeiten zu verzichten. Der

Schlafsaal lag in einem Keller, seine Einrichtung bestand im Wesentlichen aus langen Balken, die von einer Wand zur anderen reichten und zwischen denen Hängematten aus Sackleinen aufgespannt waren. Wer hier landete, schlief zwischen Tagelöhnern, Krüppeln und kleinen Strauchdieben, das heißt, er war auf der vorletzten Stufe der Gesellschaft angelangt. Darunter kamen nur noch die erbarmungswürdigen Gestalten, die dazu verdammt waren, sommers wie winters auf der Straße zu leben.

Boris warf einen kurzen Blick in den Raum und beurteilte ihn als vollkommen ausreichend. Er hatte es eilig, ins East Village zu kommen, denn dort befand sich, auch das wusste er inzwischen, die Astor Library, die größte öffentliche Bibliothek der Stadt.

Als er vor dem Rundbogen des Eingangs in der Lafayette Street stand, überwältigte ihn ein Gefühl, das ihm unbekannt war, ein Gefühl der Ehrfurcht vor dem Höchsten. Er zog seine Filzmütze vom Kopf, drückte sie an die Brust und durchschritt feierlich die Tür. Behutsam, als wolle er die heilige Stätte nicht durch profane Trittgeräusche entweihen, betrat er das Innere. Ihm war zumute wie einem Altertumsforscher, der die Grabkammer eines Pharaos geöffnet hat.

Die ganze Halle, vom Boden bis hinauf zu den gewölbten Oberlichtern in der Kassettendecke, war mit tausenden, zehntausenden, hunderttausenden Büchern angefüllt. In den seitlichen Bereichen, durch Pfeiler voneinander getrennt, waren auf sinnfällige Weise Kabinette eingebaut, mit randvollen Regalen, deren höhere Bretter nur mittels kleiner Trittleitern erreichbar waren, eine Anordnung, die sich darüber, auf der Galerie, wiederholte. In der freien Mitte des Saals waren Tische aneinandergereiht, an denen die Leser saßen und sich in konzentrierter Stille ihren Büchern und Journalen widmeten. Es sah aus wie eine lange Tafel, an der ein Festmahl des Geistes zelebriert wurde.

Boris stand nur da, mit aufgerissenen Augen und offenem Mund, so berührt war er. Wie glücklich ein Volk, das nicht seinen Unterdrückern Prunkschlösser erbaut, sondern sich selbst! Das sich nicht vor Göttern, Götzen und anderen Gespenstern in den Staub wirft, sondern aufrechten Ganges dem wahren Schöpfer aller Herrlichkeit auf Erden huldigt, dem menschlichen Verstand! Wie glücklich, dieses Amerika!

Ein Bibliothekar trat auf ihn zu und gab flüsternd Auskunft: Das Haus sei offen für jedermann und die Benutzung kostenlos, aber leider könne er heute keine Anmeldung mehr durchführen. Man schließe pünktlich um siebzehn Uhr und öffne morgen um neun wieder.

Boris bahnte sich im Zickzack einen Weg durch die Menschenmassen des Mulberry Bend und fragte sich, wie er die Zeit bis zum Morgen herumbekommen sollte. Es stank nach verrottetem Fisch, faulendem Gemüse, Fäkalien und den Ziegenböcken, die im Abfall nach Nahrung suchten. Seine Hände zitterten vor Erregung. Er hatte das Paradies gesehen. Merkwürdig nur, wie leer es darin gewesen war. Auf jeden besetzten Stuhl kamen zwei freie. Warum standen die Leute nicht Schlange, um die Einrichtung, die überdies beheizt war, nutzen zu dürfen? Warum trieben sie sich stattdessen in den Gassen herum, wo es nichts Interessanteres zu sehen gab als ihresgleichen?

In der Nacht lag er in der Hängematte zwischen vierzig schnarchenden Männern. Unter ihm huschten Mäuse und Ratten über den nackten Steinboden. Er stellte sich vor, er wäre selbst eine Maus und ihm hätte sich die Tür zu einer Speisekammer mit allen Köstlichkeiten dieser Welt geöffnet. Womit sollte er anfangen? Die Frage beantwortete sich von selbst, denn natürlich musste er zunächst einmal Englisch lernen, und dafür war realistischerweise eine volle Woche zu veranschlagen.

Am nächsten Morgen war er der Erste, der unter dem Rundbogen stand und auf die Öffnung der Bibliothek wartete. Gleich nach der Anmeldung stürzte er sich auf den Zettelkasten und suchte sich einige Titel von Lehrbüchern der englischen Sprache heraus. Zu seiner Ernüchterung fand er keinen einzigen der Bände an ihrem angegebenen Regalstandort, sie waren, wie der Bibliothekar vermutete, alle gestohlen worden. Er konnte Boris lediglich einen Russischkursus für englische Muttersprachler anbieten. Boris studierte die zweisprachig abgedruckten Übungsdialoge genau und lernte die Sätze auswendig.

A *My horse is bigger than your cat.*
Моя лошадь больше чем твоя кошка.

B *My cat is not very big, but my grandmother is very old.*
Моя кошка не очень большая, но моя бабушка очень старая.

A *Can your grandmother sing?*
  Твоя бабушка умеет петь?

B *A bird can sing, but a grandmother can dance.*
  Птица умеет петь, но бабушка умеет танцевать.

A *A bird that sings is better than a house without a roof.*
  Поющая птица лучше чем дом без крыши.

B *I have no roof on my house, but I have vodka in my samovar.*
  У меня нет крыши на доме, но у меня есть водка в самоваре.

Alles in allem schien es sich beim Englischen um keine besonders schwierige Sprache zu handeln. Boris erkannte einige Vokabeln und strukturelle Eigenheiten wieder, die ihm ähnlich schon im Niederländischen, im Jiddischen und im Deutschen begegnet waren. Auch Einflüsse des Lateinischen waren zu erkennen.

Als Nächstes legte er sich Dantes *Divina Commedia* auf den Tisch, daneben Longfellows Neuübersetzung. Zeile für Zeile, Wort für Wort verglich er die beiden Ausgaben miteinander.

– *Ma tu perché ritorni a tanta noia?*
– *But thou, why goest thou back to such annoyance?*

Nach einer Weile legte er das Original zur Seite und schaute nur noch auf die Übersetzung. Erst gab der Text ihm ständig Rätsel auf, deren Lösung er nachschlagen musste, aber allmählich las er flüssiger, und die Dichtung packte ihn wieder, als läse er sie zum ersten Mal.

> *Why floats aloft your spirit high in air?*
> *Like are ye unto insects undeveloped,*
> *even as the worm in whom formation fails!*

Gut gesagt. Das konnte sich so mancher über die Bettstatt nageln.

Er steckte so tief im Purgatorium, dass er aufschrak, als ihn der Bibliothekar bat, zum Ende zu kommen. War das möglich? Es ging tatsächlich schon auf siebzehn Uhr zu. Er streckte sich gähnend, wie aus einem erfrischenden Schlaf erwacht, rieb sich die Augen und sah sich um. Neben ihm saß ein Mann, der ratlos in einem Buch blätterte, es seufzend zuschlug und zum Ausgang lief, so wie alle anderen Benutzer der Bibliothek, nur langsamer und unsicherer. Um die Gelegenheit zu nutzen, sein Englisch zu üben, sprach Boris ihn an: »*Who art thou, and where thou goest?*«

Der Mann schaute verwundert und antwortete auf Russisch: »Sie sind auch Russe, stimmt's?«

Wanja – so hieß der Mann – war von Beruf Schneider und lebte im Greenwich Village. Als er anfing, von seiner Familie zu erzählen, unterbrach ihn Boris.

»Was war das für ein Buch, das Sie gerade gelesen haben?«

»Das? Ach nichts, das war, na ja …«, druckste Wanja herum. Es schien ihm peinlich zu sein. »Das Buch heißt

Tractatus theologico-politicus. Von einem gewissen Baruch de Spinoza.«

»Ah, interessant! Ich habe es noch nicht gelesen, aber ich habe natürlich davon gehört. Wie finden Sie es?«

»Gut, sehr gut … das heißt … ehrlich gesagt … ich verstehe nicht viel davon.«

»Nicht verwunderlich. Spinoza ist uns sicher etwas fern geworden. Man muss bedenken, ein Jahrhundert vor Kant …«

»Ja … nein … das ist es nicht, es ist …« Wanja senkte beschämt den Blick und murmelte: »Ich kann gar nicht richtig lesen.«

Vorsichtig sah er Boris von der Seite an. Er kam sich furchtbar lächerlich vor. Aber Boris lachte ihn nicht aus, er schenkte ihm einen aufmunternden Blick, und Wanja erzählte.

»Ich soll ein Kleid nähen, für die Frau eines wohlhabenden Kunden. Sie hat ein besonderes Modell vor Augen, das sie auf einer Reise in Paris gesehen hat. Ich habe erklärt, dass es schwierig ist, die Pariser Mode zu kopieren, allein schon weil man die Stoffe dafür in New York nirgendwo bekommt. Daraufhin wurde mein Kunde aufbrausend: Schwierig, was soll denn daran schwierig sein! Er selbst sei Philosophieprofessor und wisse sehr genau, was schwierig ist: Das hier! Er zog das Buch von diesem Spinoza aus der Jackentasche und hielt es mir vor die Nase. Dann sagte er nur noch, dass er mir drei Wochen Zeit gibt, dann will er das Kleid haben, und zwar genau so, wie seine Frau es sich wünscht.«

Wanja beschloss, sich zu rächen. Anstatt ein Kleid zu

schneidern, wollte er die Zeit nutzen, um Spinoza zu lesen und den arroganten Professor mit ein paar beiläufig hingeworfenen Zitaten zu düpieren. Als er dann aber in der Bibliothek gesessen sei und so lange in das Buch gestarrt habe, bis ihm schwindlig war, da habe er nur eines verstanden, nämlich, dass man die Finger lassen sollte von Dingen, für die man nicht bestimmt war. Und jetzt wolle er nach Hause und sich an seine Arbeit machen.

Boris war an Wanjas Seite die achte Straße hinuntergelaufen, die Hände hinter dem Rücken verschränkt. Er hatte aufmerksam zugehört und hin und wieder genickt und »Mhmm« gemacht. Nun blieb er stehen und schaute ihn aus seinen tiefen, schwarzen Augen an.

»In drei Wochen werden Sie Spinoza lesen. Ich bringe es Ihnen bei.«

Es klang nicht wie eine Behauptung oder ein Versprechen, sondern wie eine Feststellung.

»Völlig unmöglich. Meine Eltern haben mich nach drei Jahren von der Schule genommen. Ich kann gerade mal ein bisschen kyrillisch lesen, sonst nichts.«

»Machen Sie sich keine Sorgen. Es ist einfach.«

Wanja wurde wundersam zumute. Es waren simple Sätze, aus jedem anderen Mund hätten sie hohl geklungen, aber Boris sprach sie mit einer solchen Selbstverständlichkeit aus, dass Wanja am liebsten in die Bibliothek zurückgegangen wäre und das Buch wieder aus dem Regal gezogen hätte.

»Glauben Sie denen nicht, die Ihnen sagen, es sei schwer. Das ist eine Lüge. Sie sagen es nur, weil sie nicht wollen, dass Sie es können. Weil der Herr Professor dann nichts

Besonderes mehr ist. Sie können es aber. Und Sie werden es ihm zeigen. Morgen früh fangen wir an.«

Boris hielt Wort. Am nächsten Tag erschien er zur verabredeten Zeit in Wanjas Wohnung in der zwölften Straße West, ließ sich Tee und Gebäck servieren und begann ohne Umschweife mit dem Unterricht.

Wenn es einen begabten Lehrer ausmacht, dass er versteht, die Begabungen seiner Schüler hervorzuholen, dann war Boris ein ausgezeichneter Lehrer. Als er am Abend befand, es sei genug für heute, konnte Wanja die sechsundzwanzig Buchstaben des lateinischen Alphabets sicher auseinanderhalten und kurze Wörter entziffern. Wie er das gelernt hatte, war ihm selbst nicht ganz klar. Die meiste Zeit hatte Boris ihn nichts gelehrt, sondern nur seinen Ehrgeiz gekitzelt, lesen zu können. Er skizzierte die aufregende Welt, die hinter den sechsundzwanzig Buchstaben auf ihn wartete, in so leuchtenden Farben, dass Wanja sich nichts sehnlicher wünschte, als sie bereisen zu können.

Für einige Zeit verlief Boris' Leben so regelmäßig wie die Tiden im East River. Er aß zum Frühstück einen Kanten Roggenbrot und trank dazu eine Tasse Kaffee, verbrachte zwischen neun und siebzehn Uhr jede Minute in der Astor Library und ging direkt von dort aus zu Wanja, wo ihn ein warmes Abendessen erwartete. Sein Englisch, das er im täglichen Gespräch mit Wanja, dessen Frau Julija und ihren vier Kindern trainierte, klang nur anfangs grob und schwerfällig. Bald schon ging es ihm recht geschmeidig von den Lippen, und auch sein russischer Akzent verflüchtigte sich nach und nach.

Wanja machte ebenfalls beachtliche Fortschritte. Wenn es auch für Spinoza nicht ganz reichte, so kaufte er sich doch die *Evening Post* oder den *Brooklyn Eagle* und freute sich, wenn es ihm gelang, die Überschriften oder gar einen ganzen Artikel vorzulesen.

Da Boris kaum noch Ausgaben für Essen hatte, kam er mit seinem Geld deutlich länger aus als berechnet. Schließlich ging es doch zur Neige, und er musste sich als Hilfsarbeiter in einer Hutfabrik bewerben. Als er beim Einstellungsgespräch seinen Namen nannte, sprach er ihn zum ersten Mal nicht russisch, sondern amerikanisch aus. Er war jetzt nicht mehr *Barrís Siddis,* er war *Bouris Seydes*.

Eine Woche lang schnitt er mit einer großen Schere einzelne Stücke aus einer Filzbahn aus, die ein gelernter Hutmacher dann zu Zylinderhüten weiterverarbeitete. Die Schablonen, die er dabei zu verwenden hatte, waren von einem Idioten ohne jede Ahnung von Geometrie entworfen worden. Man hätte aus einer Bahn mindestens fünf Prozent mehr Einzelteile gewinnen können, wenn man sie platzsparender auf dem Tuch angeordnet hätte, das war offensichtlich. Boris verkniff sich Verbesserungsvorschläge, so schwer es ihm auch fiel. Er blieb unauffällig und befolgte brav alle Anweisungen, selbst die unsinnigen, und sein Meister fand, er sei durchaus zu gebrauchen. Am Ende der Woche kündigte er unter einem Vorwand, ließ sich seinen Lohn auszahlen und ging zu Wanja, der ihn freudig begrüßte.

Ihre abendlichen Treffen waren zur lieben Gewohnheit geworden und wurden beibehalten, auch als Wanja zum

Lesen keine Hilfe mehr benötigte. Unterricht konnte man die lockeren Plaudereien, die sie pflegten, kaum mehr nennen, aber Boris erzählte so lebendig und interessant von Geschichte, Politik, Literatur und Philosophie – auch Spinoza wurde behandelt, Boris hatte die Anregung aufgegriffen und den *Tractatus* in der Bibliothek gelesen –, dass Wanja sich in Bildung getaucht fühlte wie in ein warmes Wannenbad.

Natürlich bemerkten seine Bekannten, wie sehr er sich in letzter Zeit verändert hatte und wie anders er auf einmal redete; die einen nannten es gescheit, die anderen geschwollen. Er behielt nicht für sich, woran das lag, und wenn er sich bisweilen auch das alte Sprichwort vom Schuster und seinem Leisten anhören musste, so wurde doch der eine oder andere neugierig und fragte, ob er zur entsprechenden Stunde einmal vorbeischauen dürfe. Boris hieß jeden, der etwas lernen wollte, herzlich willkommen, und bald hatte sich eine feste Runde gefunden.

Jeden Sonntag saßen sie beisammen, ein Schneider, ein Fleischer, eine Bäckerin, eine Wäscherin und ein Barbier. Wann immer Wanjas Schwager Juri in der Stadt war, ein Lokomotivführer der Boston and New York Air-Line Railroad, kam er hinzu. Sie waren es nicht gewohnt, über komplizierte Fragen nachzudenken, aber sie genossen es, sich für ein paar Stunden mit etwas anderem zu beschäftigen als mit Arbeit, Familie und Alltagssorgen. Wenn Boris sich aufmachte zu seiner Hängematte, war es oft schon tiefe Nacht, doch sie fühlten sich nie vollgestopft und ausgelaugt, sondern angeregt und leicht, und in ihren Köpfen hüpften die Gedanken.

Gerne hätten sie ihm etwas für seine Dienste gegeben, aber jedes Mal, wenn jemand Boris eine Münze in die Hand drücken wollte, gab er sie beleidigt zurück. Bildung sei so lebensnotwendig wie die Luft zum Atmen, erklärte er. Nur Unmenschen könnten Geld dafür nehmen.

Wanja bot an, ihm wenigstens ein paar Kleider zu machen. Da auch das auf barsche Ablehnung stieß, musste schließlich eine List helfen. Er zeigte Boris einen nagelneuen Wintermantel und sagte: »Den hat ein Kunde bei mir bestellt und im Voraus bezahlt, aber nie abgeholt. Ich denke, ich werde ihn den Lumpensammlern geben. Oder wollen Sie ihn vielleicht mal anprobieren?«

Überraschenderweise passte der Mantel wie angegossen. Er kam auch genau zur richtigen Zeit, denn der New Yorker Winter zeigte längst seine Zähne, und Boris hatte ihm immer noch nichts Besseres entgegenzusetzen als den Überwurf, mit dem er angekommen war. Auf ähnliche Weise gelangte er an neue Hemden, frische Leibwäsche, ein Paar Lederschuhe und sogar einen ganzen Anzug.

Nun, da sein Widerstand gebrochen war, ließ er es auch zu, dass die Wäscherin jeden Sonntag ein Paket schmutziger Wäsche mitnahm und eine Woche später gereinigt wieder mitbrachte. Als er vom Stuhl des Barbiers, den er unterrichtete, aufstand, war sein Scheitel sauber gezogen und sein Schnurrbart zu einem akkuraten schwarzen Streifen gestutzt, und er duftete fein nach Lavendel. Jetzt hätte ihn niemand mehr als russischen Bauernschädel bezeichnet, er sah eher aus wie ein junger Landgraf.

So gab es nichts mehr, was ihm fehlte. Sein Englisch war besser als das der meisten Einwanderer, besser sogar als das vieler gebürtiger Amerikaner. Seit ihn die Bäckerin mit Brot versorgte, musste er kein Geld mehr dafür ausgeben, und der Fleischer legte ihm noch Dauerwürste dazu.

Mit einer Woche Fabrikarbeit konnte er sich zwei Bibliothekswochen verdienen, das war ein Erfahrungswert, der sich wiederholt bestätigte. Dieses Verhältnis fand er vollkommen akzeptabel. Sicherlich hätte sich auch eine besser bezahlte Anstellung finden lassen, aber dann hätte er sich einem Arbeitgeber längerfristig verpflichten müssen, und dazu war er nicht bereit.

Eines Sonntags war die komplette Gruppe in Wanjas Wohnung versammelt, nur Boris fehlte. Alle machten sich Sorgen um ihn, da sie ihn als stets zuverlässig kannten. Doch weil niemand wusste, wo sie nach ihm suchen sollten, blieb ihnen nach zwei Stunden vergeblichen Wartens nichts anderes übrig, als sich zu zerstreuen.

Drei Tage danach erreichte Wanja eine Postkarte mit einer dürren Nachricht: »Grüße aus Boston, B. S.«

Das war für lange Zeit das Letzte, was er von Boris wusste. Erst ein Vierteljahrhundert später entdeckte er in der *New York Times* ein ausführliches Porträt über ihn. Inzwischen war er selbst ein hoher Gewerkschaftsfunktionär geworden, und Boris Sidis, wie er las, ein berühmter Mann.

2

Eigentlich hatte Boris nicht vorgehabt, in Boston zu bleiben. Juri, der Lokomotivführer, hatte ihm einen Freifahrtschein besorgt und wollte ihn, so der Plan, am übernächsten Tag wieder mit nach New York zurücknehmen. Boris hatte Boston schon lange einmal sehen wollen. Seit er irgendwo gelesen hatte, die Stadt sei das intellektuelle Zentrum der Neuen Welt, fragte er sich, was das sein sollte, ein intellektuelles Zentrum, und wozu man so etwas brauchte. Als ob es keinen Buchdruck gäbe und die Gelehrten sich noch immer auf der Agora treffen müssten, um einander auf den neuesten Stand des Wissens zu bringen.

Doch bereits bei seinem ersten Spaziergang hatte er das Gefühl, am richtigen Ort zu sein. Mit Unbehagen dachte er an Manhattan, besonders an die Gegend, die sie Five Points nannten, dieses unkontrolliert wuchernde Geschwür mitten im Herzen der Stadt mit all dem Durcheinander, der Enge, dem Zwielicht, den rohen Sitten, dem Müll, dem Lärm, den Krankheiten, der Gewalt, dem Dreck, der schlechten Luft. Im Vergleich dazu war Boston, ja doch: niedrig, hell und luftig. Boris war beinahe zumute, als wandle er durch einen Kurort.

Sicher, auch Boston war eine Großstadt, die rasant wuchs, aber sie tat es auf viel durchdachtere, planvollere

Weise. Auch hier waren die Häuser hoch, aber sie hatten keine sieben oder acht Stockwerke, sondern zumeist drei oder vier, und sie waren nicht durch ständige Erweiterungen, Aufstockungen, Anbauten und Verschläge zu einem verwilderten Wirrwarr verkommen, sondern standen sauber und gerade in einer klaren Linie aus solidem Stein. Ein paar Jahre zuvor war ein erheblicher Teil der alten Bauten in der Innenstadt einem Großbrand zum Opfer gefallen, und beim Wiederaufbau hatte man klugerweise die Gelegenheit genutzt, die Straßen zu verbreitern und neue Plätze anzulegen. Deshalb konnten die Leute hier entspannt flanieren, während sie sich in New York stießen und drängten und gegenseitig aggressiv machten wie Ratten in einem überfüllten Käfig.

Boris atmete auf. Nicht allein die frische Meeresbrise, die von Osten her durch die Straßen strömte, öffnete seine Lungen. Der ganze Ort war, wie sollte er es ausdrücken, von Geist durchflutet. Nirgendwo auf der Welt gab es so viele Buchläden auf so engem Raum, die lokale Presse war vielfältig und auf ansehnlichem Niveau, und ohne dass er gezielt danach gesucht hätte, kam er auf seinem Streifzug an mehreren Museen vorbei. Um seinen englischen Wortschatz zu testen, spielte er mit sich selbst ein Spiel: Er suchte nach möglichst vielen Adjektiven, die die Stadt treffend charakterisierten. Ihm fiel *spruce* ein und *dapper*, auch *trim* und *refined*, *genteel* und *jaunty*.

Seit Generationen walteten die »Brahmanen von Boston«, eine honorige Kaste von alteingesessenen Familien, über die Geschicke ihrer Stadt. Es war der seltene Fall eines Gemeinwesens, das von seinen kultiviertesten Bürgern gelenkt wurde und nicht von seinen skrupellosesten und machtversessensten, und das sah man.

Ihre vortreffliche Bildung bezogen die Mitglieder der »Brahmanen«-Familien nach alter Tradition von der Harvard University, die nur einen Katzensprung vom Zentrum Bostons entfernt lag, in Cambridge, gleich auf der anderen Seite des Charles River. Seit zweihundertfünfzig Jahren lockte Harvard die Intelligenz aus nah und fern an die Massachusetts Bay. Die andere bedeutende Bildungsstätte der Region, das Massachusetts Institute of Technology, war hingegen eine moderne Gründung, sie hatte sich in den zwanzig Jahren ihres Bestehens aber ebenfalls schon Weltruf erworben.

Boris hatte kein Verlangen, Harvard oder das MIT von innen zu sehen. Er konnte Universitäten nicht ausstehen, und Professoren noch viel weniger. Diese saturierten Langweiler verstanden sich prächtig darauf, sich ihre Dutzendgelehrtheit vergolden zu lassen, aber von der Kühnheit, vom Abenteuer, von der Lust und der Leidenschaft, von der mitunter auch quälenden Anstrengung des Denkens wussten sie nichts. Wie fette Hennen hockten sie in ihren gutgewärmten Ställen, zu nichts weiter nutze, als die nächste Generation fetter Hennen auszubrüten, Fleisch von ihrem Fleische, und so den Fortbestand des ewig um sich selbst kreisenden Inzuchtzirkels zu sichern, den man den »akademischen Betrieb« nannte. Niemals wollte er einer von denen werden.

Er sah auch nicht ein, aus welchem Grund man ein Studium aufnehmen sollte. Sich jahrelang einen vorgekauten, vorverdauten Wissensbrei einzuverleiben, dachte er, ist gewiss nicht der geeignetste Weg, ein origineller Mensch zu werden. Der braucht in erster Linie eine gut ausgestattete Bibliothek. Außerdem viel Zeit und Muße zum Nachdenken. Das ist alles.

Die erste Bibliothek, die Boris aufsuchte, war das Athenæum. Genau genommen handelte es sich bei diesem Palazzo im venezianischen Baustil nur zur Hälfte um eine Bibliothek, zur anderen um eine Kunstsammlung. Im Ganzen war er der steinerne Beweis, was diese Stadt für Kultur auszugeben bereit war. Schwere, lederbezogene Türen verhinderten, dass profaner Straßenlärm eindrang in diese strahlende Welt äußerster Noblesse. Unter Stuckdecken und wuchtigen Kronleuchtern boten übermannshohe Bücherregale aus dunklem Nussbaumholz ihre Kostbarkeiten dar, flankiert von schneeweißen Marmorbüsten. Über dem mit tiefen Teppichen ausgelegten Lesesaal lag gedämpfte Ruhe.

Boris schritt mit hinter dem Rücken verschränkten Händen die Regalwände ab. Er hielt den Kopf zur Seite geneigt, um die Titel besser lesen zu können. Als er einen Band aus dem Regal zog, sprang ein Wächter von seinem Stuhl auf.

»Bitte nicht berühren.«

»Wie meinen?«

»Gäste dürfen die Bibliothek nur besichtigen. Die Benutzung ist ausschließlich angemeldeten Mitgliedern vorbehalten.«

»Schön, dann melde ich mich eben an.«

»Das können Sie gerne tun. Haben Sie die Empfehlungen dabei? Jedes neue Mitglied benötigt mindestens vier Empfehlungsschreiben etablierter Mitglieder.«

»Was ist denn das für ein Blödsinn?« Boris wurde laut. Die wenigen Besucher hoben die Köpfe von ihren Büchern und schauten herüber.

»Mein Herr, bitte mäßigen Sie sich. Sie befinden sich in der exklusivsten Kultureinrichtung von ganz Neuengland.«

»Exklusiv! Ja, so nennt man das wohl, wenn das normale Volk unerwünscht ist. Aber ich sage Ihnen: Ein Buch, das nicht von jedem gelesen werden darf, ist wertlos. Es ist sogar schädlich, denn es trägt dazu bei, dass die Unteren unten bleiben und die Oberen oben. Und das ist vermutlich genau das, was dieser exklusive Mistverein hier bezweckt.«

Boris' Augen glühten, und er keuchte, wie immer, wenn er sich erregte. Er hätte noch viel mehr zu sagen gehabt, doch der Wächter packte ihn und beförderte ihn mit Hilfe eines zweiten, der hinzugeeilt war, durch die vornehmen Ledertüren nach draußen. Das Hausverbot sei ihm völlig egal, schrie Boris noch, er komme sowieso nie wieder. Aber das konnte niemand mehr hören.

Schon gefiel ihm die Stadt sehr viel weniger. Auf einmal fand er sie *smug* und *boastful,* ihre Bewohner *haughty* und *presumptuous.* Manhattan war gewiss das härtere Pflaster, aber auch das ehrlichere. Jeder einfache Arbeiter, der sich dort aufrichtig darum bemühte, ein bisschen Grundwissen in seinen ungeübten Schädel zu bekommen, stand seinem Herzen näher als die ganzen Schaumköpfe hier.

Als er die Public Library in der Boylston Street betrat, wurde er gleich wieder milder gestimmt. Sie war in Größe, Ausstattung und Bestand durchaus mit der Astor Library in New York vergleichbar, und obwohl sie eine viel kleinere Stadt zu versorgen hatte, war sie stark frequentiert, beinahe überfüllt. Ein größerer Neubau war dringend erforderlich und auch bereits in Planung. Um das Haus kurzfristig zu entlasten, hatte man die Bibliotheksordnung geändert. Die Benutzer durften die Bücher nicht mehr nur vor Ort lesen, sondern für eine gewisse Zeit mit nach Hause nehmen. Als Boris das erfuhr, wusste er, was zu tun war.

Er mietete eine möblierte Kammer in einem Dachboden, seine erste eigene Wohnung. Ein Bett, ein Tisch, ein Stuhl, ein Schrank, ein Kanonenöfchen, damit war sie voll. Eine Fensterluke zwischen den Dachziegeln, so groß wie zwei Handflächen, sorgte bei Tag für etwas Licht und bei Regen für eine Lache auf dem Boden. Im Sommer lief ihm der Schweiß in kleinen Rinnsalen vom nackten Körper, im Winter gefror der Urin im Nachtgeschirr. Für Boris war es der aufregendste Ort der Welt.

Hier hielt er, unbehelligt von den Belästigungen der Gegenwart, Zwiesprache mit den größten Köpfen aller Zeiten. Er erstellte eine Liste mit einhundert geistlichen, philosophischen oder literarischen Werken und nahm sich vor, sie im Laufe eines Jahres abzuarbeiten. Sofern sie ihm zugänglich waren, bevorzugte er Originalausgaben. Das gab ihm die Gelegenheit, seine Sprachkenntnisse zu vertiefen und die eine oder andere zusätzliche Sprache zu lernen.

Unter dem Baldachin seines Schrägdachs las Boris die *Upanishaden*, die *Bhagavad Gita* und das *Tao Te King*, er las die *Politeia*, das *Organon* und die *Aeneis*, er las den *Tanach*, das *Neue Testament* und den *Koran*. Über das *Decamerone*, den *Leviathan* und den *Faust* arbeitete er sich in die Jetztzeit vor, um bei neuen und neuesten Monumentalwerken zu enden, bei *Über die Entstehung der Arten*, *Krieg und Frieden* und den beiden Bänden von *Das Kapital*. Er füllte Unmengen von Notizbüchern mit Exzerpten, Querverweisen und eigenen Überlegungen.

Als er den letzten Haken hinter die Liste setzte – anstatt eines Jahres hatte er fast anderthalb gebraucht –, kam er sich so dumm und ungebildet vor wie nie zuvor. Ihm war, als hätte er den Berg des Weltwissens gerade einmal mit dem Fingernagel angekratzt. Er wusste noch nicht einmal mehr, wozu er das Ganze unternommen hatte. Vielleicht hatte er gehofft, irgendwo in all den Weisheiten den entscheidenden Hinweis zu finden, wie es denn nun weitergehen solle mit ihm. Aber wenn es einen solchen Hinweis gab, dann hatte er ihn wohl überlesen.

Tatsache war, dass er mit vollem Kopf und leeren Händen dastand. Er hatte keine Freunde, nicht einmal Bekannte, er hatte weder Aussichten noch Absichten, und er hatte kein Geld. Der regelmäßige Wechsel zwischen Fabrikarbeit und freiem Studium, der in New York so gut funktioniert hatte, war hier nicht dauerhaft aufrechtzuerhalten. Zwar gab es auch in Boston Fabriken, die ungelernte Arbeiter einstellten, aber ihre Zahl war überschaubar, und anders als in Manhattan, dieser gigantischen Menschenschleuse, war ein ständiges Kommen und Gehen der Beschäftigten unüblich. Boris bemerkte nicht, wie sehr er durch sein lustloses Arbeiten und seine Kündigungen auffiel. Er konnte nicht wissen, dass sich die Unternehmer der Stadt bei ihren Zusammenkünften gegenseitig vor ihm warnten. Deshalb wusste er auch nicht, weshalb sich die Ablehnungen häuften. Manchmal brachte er den ganzen Tag damit zu, die Klinken der Personalbüros zu putzen. Am Abend fragte er sich, warum er nicht gleich zu Hause bei seinen Büchern geblieben war, und am nächsten Morgen tat er genau das.

Bei der Ernährung ließ sich nicht mehr viel sparen. Er aß fast ausschließlich klumpiges Schwarzbrot und trank dazu Wasser, nur einmal in der Woche ein Glas Milch. Mit Besorgnis stellte er fest, dass seine Konzentration unter der schmalen Kost litt. Für hundert Seiten brauchte er schon fast eine Stunde.

Wie an jedem Montagmorgen stand Mrs. Henry, seine Vermieterin, pünktlich um sieben Uhr auf der Schwelle, um ihren Dollar zu kassieren. Ein unangenehmer Termin, zumal es immer öfter geschah, dass er den Dollar nicht hatte. Dann wurde sie ungemütlich.

»Na, wenn man immer nur in seiner Stube hockt ... Möchte nur mal wissen, was Sie überhaupt treiben den lieben langen Tag. Was Sinnvolles offenbar nicht, sonst müssten Sie niemandem auf der Tasche liegen. Warum gehen Sie nicht arbeiten wie andere Leute auch?«

»Ich arbeite sehr wohl, Mrs. Henry. Im Augenblick arbeite ich den Voltaire durch, und dabei –«

»Walter? Was für ein Walter?«

Boris presste die Lippen zusammen, um für sich zu behalten, was er dachte. Sonst hätte er gesagt, dass eine alte Qualle, deren einzige Lebensleistung darin besteht, ihren Mann unter die Erde zu bringen, sein Haus zu erben, eine Wuchermiete abzukassieren und ansonsten mit irgendwelchen Klatschweibern leeres Stroh zu dreschen, dass so ein durch und durch entbehrliches Subjekt jegliches Recht verwirkt habe, irgendwem vorzuwerfen, er liege jemandem auf der Tasche.

Gewiss hätte ihn Mrs. Henry daraufhin mit Gekeif und Gezeter auf die Straße gesetzt. Und dann wäre es für ihn, mittellos, wie er nun einmal war, bestimmt nicht leicht gewesen, eine ebenbürtige Unterkunft zu finden. Deshalb schwieg Boris, und unverzüglich hasste er sich für sein Schweigen. So weit war es also gekommen mit ihm. Er war bereit, die Wahrheit zu verraten, nur um seinen Besitzstand nicht zu gefährden. Was würde erst mit ihm geschehen, sollte er jemals zu Reichtum gelangen? Würde er auch so werden wie die meisten Millionäre, so verbiestert, verhärmt und voller Angst, dass die Armen kämen und sich holten, was ihnen zustand?

»Hallo? Eingeschlafen?«

»Entschuldigen Sie, Mrs. Henry. Ich war in Gedanken.«

»Oh, wie schön, der Herr hat nachgedacht. Und was ist dabei rausgekommen, wenn man fragen darf?«

»Die Erkenntnis, dass in einer Gesellschaft mit wachsendem Wohlstand und wachsender Ungleichheit auch die Verlustängste zunehmen. Was wiederum dazu führt, dass –«

»Wachsender Wohlstand? Ist das Ihr Hauptproblem?«

Ach, es war würdelos. Musste er sich von dieser abgetakelten Fregatte demütigen lassen? Ja, er musste, und zwar aus einem einfachen Grund: weil er den verfluchten Dollar nicht hatte. Als er nach Amerika gekommen war, hatte er den Dollar noch leichthin von sich geworfen, so gleichgültig war er ihm gewesen. Inzwischen hasste er ihn. Er hasste ihn, den Krankheitserreger, der nichts wollte als sich vermehren und dem es vollkommen gleichgültig war, ob die Menschen mit ihm lebten oder an ihm starben. Er hasste ihn, den größten Freiheitsberauber in diesem vorgeblich freien Land, das in Wirklichkeit eine Diktatur war, die Diktatur des Dollars. Obwohl er den Dollar hasste, ihn wirklich hasste, wollte er nicht gegen ihn ankämpfen. Er wollte nur nichts mit ihm zu tun haben. Aber nicht einmal das erlaubte der Dollar. Er ließ nur diejenigen in Ruhe, die es sich leisten konnten, also die, die nach seiner Pfeife tanzten. Allen anderen zeigte er eiskalt, wer das Sagen hatte.

Boris war zweiundzwanzig Jahre alt. Die Zeit war gekommen für einen jener Kompromisse, die ein junger Mensch instinktiv als faul erkennt und die sich der ältere, glattgeschliffen von all den Eingeständnissen und gebeugt unter all den Niederlagen des Lebens, als Ausweis höherer Reife schönredet. Er wurde Englischlehrer.

Die Tätigkeit selbst kostete ihn wenig Mühe. Er lehrte so gern, wie er lernte, und der Fortschritt der anderen lag ihm nicht weniger am Herzen als der eigene. Doch war es ihm peinlich, schrecklich peinlich sogar, Geld zu verlangen für etwas, das er als eine selbstverständliche Hilfeleistung empfand. Keiner seiner Schüler konnte seine Skrupel nachvollziehen. Zum Leben brauchte man Geld, deshalb musste man auch welches verdienen, das verstand jeder außer ihm.

Schüler zu finden war nicht schwer. Es meldeten sich viel mehr Interessenten bei ihm, als er annehmen konnte. Die Notwendigkeit, Englisch zu lernen, war in Boston größer als in New York, wo die einzelnen Landsmannschaften in abgeschlossenen Gesellschaften lebten. In Vierteln wie Little Italy, Chinatown oder Deutschländle blieb man unter sich, pflegte das Brauchtum seiner Heimat und konnte alt werden, ohne wirklich Amerikaner geworden zu sein.

In Boston suchten die Einwanderer aller Länder ebenfalls zuerst nach ihresgleichen, aber ihre Gemeinden waren deutlich kleiner. Deshalb war es unverzichtbar, sich auch mit anderen zu verständigen. Um weiterzukommen, musste man Englisch können. Und es gab gute Gründe, die Sprache ausgerechnet bei Boris Sidis zu lernen. Er war billiger als andere Privatlehrer und konnte sich mit fast allen Immigranten in deren Muttersprache unterhalten. Außerdem besaß er, so wurde gemunkelt, als Lehrer geradezu magische Fähigkeiten.

Letzteres bestritt Boris energisch. Wenn seine Schüler schneller lernten als andere, so lag es, wie er betonte, einzig und allein an seiner Auswahl. Er entschied sich nicht für die Zahlungskräftigsten, sondern für die Ehrgeizigsten, und das waren in aller Regel diejenigen, die sich die Stunden eisern vom Munde absparen mussten. Sofern es ein Erfolgsgeheimnis gab, war es das: Seine Schüler waren hungrig.

Eines Abends im Frühjahr 1892 fand ein junges Fräulein, ein Mädchen noch fast, unter den misstrauischen Blicken von Mrs. Henry den Weg hinauf zu Boris' Kammer. Sie setzte sich auf sein Bett – auf dem einzigen Stuhl saß er selbst – und äußerte den Wunsch, von ihm unterrichtet zu werden. Wohl um ihn für sich einzunehmen, bemerkte sie, dass sie ebenfalls jüdisch sei und aus der Ukraine stamme, genauer gesagt aus Starokostjantyniw, ob er das kenne?

Er kannte es, war aber wenig beeindruckt. Etwas anderes interessierte ihn viel mehr: ihre Augen. In diesen nachtschwarzen Augen lag etwas, das er noch nie gesehen hatte, jedenfalls nicht in dieser Intensität. Es waren Augen, die sehr viel älter zu sein schienen als das Mädchen selbst. Ein unbändiger Wille lag in ihnen, eine eiserne Energie und eine unbedingte Entschlossenheit. Wer solche Augen hatte, war zu allem fähig. Und wären es nicht die Augen gewesen, dann ihr kräftiges, fast männliches Gesicht oder der harte Zug um ihre Mundwinkel, was Boris dazu bewog, sie als Schülerin anzunehmen. Als sie verschämt bekannte, dass sie nie eine Schule besucht hatte, war er sich dessen nur noch sicherer. Schon lange hatte er sich gefragt, wie hoch man einen Menschen durch Bildung heben konnte. Anhand dieses Mädchens würde er es herausfinden. Ein Experiment, wenn man so wollte.

»Wenn Sie möchten, können wir sofort beginnen.«

»Sehr gerne, aber ich habe gar kein Geld dabei. Ich bekomme meinen Lohn erst am Samstag.«

»Geld spielt keine Rolle.«

»Ich wünschte, ich könnte das auch sagen. Wissen Sie, es fällt mir nicht leicht, diese Stunden zu bezahlen.«

»Keine Sorge, wir werden eine Lösung finden. *And now, for a start, please tell me a little bit about yourself.*«

»*Yes. I am calling Sarah Mandelbaum. I have years seventeen. I have born in Starokostjantyniw. I lives in Boston in three years and my family.*«

Ihr Englisch war dürftig. Boris konnte auch nicht feststellen, dass Sarah sonderlich intelligent war. Für einen intelligenten Menschen ist Wissen wie ein zahmer Vogel. Er muss nur seine Sinne öffnen wie ein Fenster, dann fliegt es ihm zu, frei und leicht, und bleibt für immer.

Sarah erwarb sich ihre Bildung auf ganz andere Weise. Sie zerrte sie mit Gewalt zu sich heran, als wäre sie ein Gegner beim Tauziehen. Das sah anstrengend aus, aber sie schien daran gewöhnt zu sein. Jedes Mal, wenn Boris einen Fehler korrigierte, wiederholte sie die richtige Form mehrfach mit geschlossenen Augen und mahlendem Unterkiefer, um sie sich fest einzuprägen. Es funktionierte. Sie machte viele Fehler, aber sie machte nie denselben Fehler zweimal.

»Wir wollen es für heute genug sein lassen. Aber wenn Sie es nicht eilig haben, erzählen Sie mir doch noch ein wenig über sich.«

Sie hatte es nicht eilig. Und sie erzählte ohne Scheu.

Sarahs Vater, Bernard Mandelbaum, war Getreidehändler gewesen, ein solider Beruf in Wolhynien, dem Land mit den schweren, schwarzen Böden, die einem jedes Korn, das man fallen ließ, dutzendfach zurückschenkten. Er heiratete mit siebzehn. Seine Frau Fannie war drei Jahre jünger als er und so fruchtbar wie die Erde, der sie entstammte. Als stünde sie in besonderer Verbindung mit dem Kreislauf der Natur, gebar sie im Jahresrhythmus. Nicht alle ihrer fünfzehn Kinder überlebten, aber es blieben doch genug Mäuler übrig, um die an sich recht auskömmlichen Familieneinkünfte gänzlich aufzuzehren.

Wie eine Bienenkönigin in ihrem Stock, deren Lebensaufgabe in der Hervorbringung der Brut besteht und die darauf angewiesen ist, dass die alltäglichen Pflichten von Arbeiterinnen erfüllt werden, so lag die Mutter in ihrer Wohnung, Mittelpunkt ihres Staats, aber ausgelaugt und leergesaugt. Ein Hausmädchen, wie dringend benötigt auch immer, war nicht zu bezahlen. Die älteren Kinder versorgten die kleinen, anders ging es nicht.

Sarah, die zweitälteste Tochter, war keine Königin, sie war eine Arbeitsbiene. Mit zwei Jahren musste sie sich alleine an- und ausziehen und sich selbst ins Bett bringen, mit vier den Tisch decken und Geschirr spülen, mit sechs ihre Geschwister wickeln und füttern, mit acht die Wäsche und den Hausputz besorgen, mit zehn die ganze Familie bekochen, mit zwölf den Einkauf übernehmen und das Haushaltsbuch führen. Dass sie auch mit vierzehn nur so viel lesen, schreiben und rechnen konnte, wie sie sich selbst beigebracht hatte, störte niemanden. Nach einem Zeugnis hatte sie nie jemand gefragt, weder diesseits noch jenseits des Ozeans.

Zurzeit arbeitete sie in einer Näherei, zehn Stunden am Tag, sechs Tage in der Woche. Morgens lief sie eine Stunde hin, abends eine zurück. Danach musste sie kochen, aufräumen und sich um die kleinen Geschwister kümmern – es gab immer noch kleine Geschwister in ihrem Leben, so wie es sie stets gegeben hatte, das jüngste war gerade erst geboren. Und wer konnte sagen, ob es das letzte war, die Mutter war noch nicht Mitte dreißig.

Ihr Pensum wäre nie zu schaffen gewesen, hätte sie sich nicht beizeiten einige Tugenden angeeignet: Fleiß, Selbstdisziplin, Ausdauer und die wichtigste von allen, Lernbereitschaft.

»Im Nachbarhaus lebte eine alte Witwe. Ich ging als Kind oft zu ihr hinüber und half ihr im Haushalt, obwohl ich als Lohn nur ein Dankeschön bekam. Sie sagte, ich wäre ein sehr hilfsbereites Mädchen. Dabei war ich gar nicht so selbstlos, wie sie dachte. Sie konnte alles besser als meine Mutter, und sehr viel besser als ich: Brennholz hacken, Kartoffeln pellen, Betten beziehen, Kehricht fegen, was auch immer. Sie war nicht mehr schnell, aber sie hatte alles schon tausendmal gemacht und beherrschte jeden Handgriff wie im Schlaf. Ich schaute ihr ganz genau auf die Finger und machte ihr alles nach, bis ich es so gut konnte wie sie. Das war meine Hauswirtschaftslehre. Ohne sie würde ich heute für alles viel länger brauchen. Und so hat sich die Mühe für mich gelohnt.«

In Sarahs Vorstellung war Bildung genau das: sich Fertigkeiten aneignen, die das Leben erleichtern. Und weil ihr Leben so schwer war, sehnte sie sich nach Erleichterung, also nach Bildung. Mit Liebe zum Wissen, mit Freude an der Erkenntnis, mit Lernen um des Lernens willen hatte ihr Bildungsdrang nichts zu tun. Es ging ihr einzig darum, ihrem vorgezeichneten Schicksal zu entfliehen. Wenn sie nichts dagegen unternahm, wartete dasselbe auf sie wie auf Millionen andere ungebildete Frauen in ihrem Heimatland: ein Leben aus kräftezehrender Feld- und Hausarbeit bis zum Tod.

Das erklärte ihre Ernsthaftigkeit, und es erklärte ihren Eifer. Aber es erklärte nicht, warum sie jetzt in einer Dachkammer in Boston, Massachusetts, saß und nicht in einem ukrainischen Landhaus.

»Warum sind Sie ausgewandert?«

Boris hielt seine Frage für unverfänglich und war von der Reaktion überrascht. Sarah verstummte, schluckte, wollte antworten und konnte nicht. Ihre willensstarken schwarzen Augen füllten sich mit Wasser, ihr harter Mund zuckte.

Hoffentlich fängt sie nicht an zu weinen, dachte Boris. Er fand weinende Frauen fürchterlich. Nie wusste er, was er machen musste, damit sie aufhörten. Endlich rang er sich dazu durch, sich neben sie aufs schmale Bett zu setzen und ihr mit einer steifen, ungeschickten Gebärde über den Rücken zu streichen.

Einen Augenblick später flog die Tür auf. Mrs. Henry, die schon die ganze Zeit auf dem Treppenabsatz gestanden und gelauscht haben musste, beendete die heikle Szene, indem sie Boris mit scharfen Worten untersagte, die Wohnung als Liebesnest zu missbrauchen, und zugleich Sarah Mandelbaum am Kragen packte und die Treppe hinabstieß.

In den folgenden Tagen musste Boris häufiger an die kleine Näherin denken, als ihm lieb war. Sie hatte es ihm doch nicht etwa angetan? Ach was, Unsinn. Es war nur das Experiment, das er mit ihr vorgehabt hatte, um das war es ihm schade. Außerdem hing die Geschichte ihrer Auswanderung noch in der Luft. Er mochte es nicht, wenn eine Geschichte nicht zu Ende erzählt war, das war wie ein Rätsel ohne Lösung. Und ein Rätsel ohne Lösung war eine Provokation für den Verstand.

Ihr Brief freute ihn. Nicht so sehr, weil ihm das Honorar beilag, das sie ihm schuldig zu sein glaubte, sondern weil er die Bitte enthielt, den Unterricht fortzuführen, »wenn möglich an einem ungestörten Ort«.

Sie trafen sich jede Woche auf einer Parkbank im Boston Common oder, wenn das Wetter zu schlecht war, in der Public Library oder, wenn es dort zu voll war, in einer Teestube; dies aber nur zur Not, denn man musste mindestens eine Tasse Tee bestellen.

Sarahs Englisch machte rasante Fortschritte. Das überraschte ihn nicht. Alle seine Schüler lernten schnell, und bei ihr gab er sich besonders viel Mühe. Aber ihr konnte es nicht schnell genug gehen. Sie besorgte sich ein zerfleddertes Wörterbuch aus zweiter Hand und las in jeder freien Minute darin. Beim Kochen lag es aufgeschlagen auf dem Küchentisch, beim Abwasch klemmte sie es hinter den Spülstein. Jeden Tag lernte sie zwei Seiten Vokabeln auswendig, egal, wie müde sie war und wie viel sie sonst zu tun hatte.

Wenn sie zum Einstieg über das Wetter plauderten – ganz kurz nur, denn beide hassten es, über das Wetter zu plaudern, und taten es nur dem anderen zuliebe –, wusste Boris, wie weit sie gerade war. Anfangs fand sie die Temperaturen *comfortable* und *convenient,* etwas später *excellent* und *exquisite.* Inzwischen war sie bei *magnificient* und *marvelous* angelangt. Es war damit zu rechnen, dass sie ihn in spätestens drei bis vier Wochen mit »*Isn't it a splendid, superb day?*« begrüßte.

Nach dem eigentlichen Unterricht pflegten sie noch für einige Zeit sitzen zu bleiben und sich über persönliche Dinge zu unterhalten. Als Boris sich einigermaßen sicher war, einen günstigen Moment getroffen zu haben, stellte er die alte Frage noch einmal: »Warum sind Sie ausgewandert?«

Wieder füllten sich ihre Augen, wieder zuckten ihre Mundwinkel, während sie lange ihre Schuhspitzen betrachtete.

Boris half vorsichtig nach. »War es der Judenhass?«

Schließlich war sie so weit, dass sie sprechen konnte.

»Ich glaube nicht, nein. Von den Pogromen haben wir nichts mitbekommen, zumindest nicht direkt. Das war alles weit weg. Bei uns im Ort gab es so etwas nicht. Höchstens, dass Vater ein Geschäft durch die Lappen ging, das kam schon mal vor. Oder dass man auf der Straße dumm angeredet wurde. Aber deswegen gibt man doch nicht sein ganzes Leben auf. Nein, was uns passiert ist, hätte jedem passieren können. Das ist ja gerade das Schlimme.«

Es dauerte ziemlich lange, und Boris hätte sie am liebsten ermahnt, endlich auf den Punkt zu kommen. Aber er gab ihr die Zeit, die sie brauchte, und am Ende wusste er Bescheid.

Die Sache war, kurz gesagt, die, dass die Familie Mandelbaum eines Nachts in ihrem Haus von einer Räuberbande überfallen worden war. Es war keine normale Räuberbande, die einfach nur ihre Beute machte und verschwand, sondern ein ungewöhnlich brutaler Haufen. In Ermangelung einer anderen Waffe stellte Sarahs Vater sich ihnen im Hausflur mit einer Heugabel entgegen. Sie rissen sie ihm lachend aus der Hand und schlugen ihm die Zähne aus. Ihre Mutter, die nachsah, was das für ein Lärm war, prügelten sie bewusstlos. Ihr jüngstes Kind rissen sie ihr aus dem Arm und schleuderten es mit voller Wucht auf den Backsteinboden. Sarah und ihre Geschwister retteten sich durch die Hintertür in den Hof. Die älteren trugen die kleinen auf dem Rücken. Mit nackten Füßen und im Nachthemd liefen sie durch den knietiefen Schnee über die Felder bis zur Ziegelei. Zum Glück war sie unverschlossen und der Ziegelofen noch warm. Dort harrten sie aus, bis es hell wurde, und sahen dann nach ihren Eltern und ihrem Haus.

Die Räuber hatten alles mitgenommen, was von irgendeinem Wert für sie war. Das Übrige hatten sie zerstört, die Fensterscheiben eingeworfen, die Öfen die Treppe hinabgestoßen, die Möbel, die sie nicht wegtragen konnten, zertrümmert. Es war fast nichts mehr vorhanden, das noch heil und zu gebrauchen war.

Noch im Krankenhaus überlegten Bernard und Fannie, ob sie Feinde hatten. Es hätte ihnen geholfen, wenn ihnen welche eingefallen wären. Nicht, weil sie hofften, dass die Täter gefunden und zur Rechenschaft gezogen würden, sie wussten ja, wie es um die Gerechtigkeit im Land bestellt war. Sondern weil sie eine Erklärung brauchten. Denn so ist der Mensch, er kann vieles ertragen. Man kann ihn schlagen, ihm alles nehmen, sogar sein Kind töten, er wird trotzdem weiterleben. Aber er muss wenigstens eine Erklärung haben.

Die Erklärung, die Bernard nach langem Nachdenken fand, überzeugte niemanden, nicht einmal ihn selbst. Doch da keiner eine bessere wusste, wurde sie schließlich von allen akzeptiert. Die Erklärung lautete, dass es eben so war. In anderen Ländern mussten die Leute jederzeit damit rechnen, von einem Vulkanausbruch oder einem Erdbeben vernichtet zu werden, und sie mussten jederzeit damit rechnen, von einer marodierenden Räuberbande vernichtet zu werden. Das war nicht zu ändern. Die Frage war nur, ob man in einem solchen Land bleiben oder es verlassen wollte. Zu bleiben kam für die Mandelbaums nicht in Frage.

Bernard machte alles zu Geld, was er besaß, aber es war nicht mehr viel, es reichte nur für zwei Überfahrten. Er musste sich entscheiden, wen er mitnahm. Sarah war das fleißigste seiner Kinder und außerdem mit vierzehn Jahren alt genug, um zu arbeiten. Sie konnte ihm in seinem neuen Leben am meisten nützen. Die anderen blieben bei Fannie zurück und warteten auf Nachricht.

Als sie in Boston ankamen, hatten Bernard und Sarah noch fünfzig Cent in der Tasche, außerdem die Adresse einer gewissen Hazel, der Schwester einer alten Schulfreundin von Fannie. Hazel und ihr Mann baten die beiden Fremden herein, behaupteten, dass sie nicht störten, und gaben ihnen die besten Schlafgelegenheiten, die sie ihnen bieten konnten. Bernard schlief in einem Kinderbett, Sarah auf drei aneinandergestellten Stühlen in der Küche.

Bernard wurde Bügler in einer Wäscherei, Sarah fand Arbeit in einer Textilfabrik, wo sie zusammen mit acht anderen Frauen in einer Stube saß und Knöpfe annähte. Sonntags gingen sie spazieren, denn das war das einzige Vergnügen, das kein Geld kostete. Nach einem Jahr hatten sie genug gespart, um Ida, Sarahs großer Schwester, eine Überfahrt zu bezahlen. Von da an wurde es einfacher. Sie arbeiteten zu dritt, bis sie auch ihre Mutter und die anderen Geschwister holen konnten.

»So war das«, schloss Sarah ihren Bericht. »Jetzt sind wir alle wieder beisammen und arbeiten und können endlich ein bisschen Geld ausgeben. Und weißt du, was ich mir als Erstes geleistet habe? Ich bin zu dir gegangen und habe Stunden genommen. Das war mir das Allerwichtigste.«

»Gut«, sagte Boris trocken. Er hatte lange darauf gewartet, die Geschichte zu hören. Jetzt, da er sie kannte, fiel ihm nicht viel dazu ein. Ein trauriges Einzelschicksal, nichts weiter. Solche Dinge geschahen eben, sehr richtig, und viel mehr gab es dazu auch nicht zu sagen.

Offenbar erwartete Sarah eine Reaktion von ihm. Das empfand er als unangenehm. In der Hinsicht war ein Buch von Vorteil. Wenn man es durchhatte, klappte man es zu und legte es zur Seite, ohne dass es wissen wollte, wie es einem gefallen hatte.

Sarah fühlte sich befreit. Es hatte ihr gutgetan, sich die Erlebnisse von der Seele zu reden. Sie stand jetzt in einem anderen Verhältnis zu Boris. Er war nicht mehr nur ein Lehrer, er war ein Freund geworden. Endlich ein Freund, der erste in Amerika. Sonst hatte sie ja immer nur Arbeit und Familie gekannt. Aber warum sagte er nichts? Hatte sie etwas Falsches gesagt? Oder das Richtige, aber dem Falschen? War er doch nicht so vertrauenswürdig, wie sie gedacht hatte?

»Und du?«, fragte sie verunsichert. »Warum bist du ausgewandert?«

»Geht Sie das etwas an?«

»Nein, aber –«

»Na also.« Und nach einer kurzen Pause fügte er hinzu: »Genug für heute. Bis nächste Woche zur gewohnten Zeit.«

Dann stand er auf und entfernte sich, das linke Bein wie stets ein wenig nachziehend.

Als sie sich wiedersahen, taten sie so, als hätte es das alles nicht gegeben, nicht ihre Erzählung und nicht den missratenen Abschied. Inzwischen unterhielten sie sich nur noch auf Englisch, und der Unterricht war kein Sprachunterricht im engeren Sinne mehr, sondern eine Mischung aus Konversationsübung und Welterklärung. Sarah durfte bestimmen, worüber gesprochen wurde. Meistens begann sie mit einer Frage, die ihr in den vergangenen Tagen durch den Kopf gegangen war, zum Beispiel: »Woran liegt es eigentlich, dass ein Brikett brennt und ein Stein nicht?«

Sie hätte sich niemals getraut, in ihrer Familie eine solche Frage zu stellen. Jeder hätte sie für lächerlich und unnütz gehalten. Boris aber lobte sie ausdrücklich dafür. Genau das, sagte er, mache den Unterschied aus: Ein ungebildeter Mensch gibt sich damit zufrieden, dass das Brikett brennt, ein gebildeter will wissen, warum.

»Ja, und warum?«

»Was meinst *du* denn?«

So machte er das ständig, er stellte erst einmal eine Gegenfrage. Er wollte sie nicht mit Antworten überhäufen, er wollte sie dazu bringen, ihren eigenen Verstand zu gebrauchen. Also äußerte sie eine Vermutung, etwa, dass der Stein eine besondere Substanz enthält, die ihn davor schützt, vom Feuer verzehrt zu werden. Schon tat sich eine ganze Reihe von weiteren Fragen auf, die alle viel schwieriger waren, als sie klangen: Was ist Feuer überhaupt? Wo ist das Brikett nach dem Verbrennen? Wenn ein Brikett sich in Luft und Asche verwandeln kann, warum kann man dann Luft und Asche nicht wieder zu Briketts machen?

Und dann erzählte er ihr etwas von chemischen Elementen und von verschiedenen Gasen in der Luft und von alten Urwäldern unter der Erde und von lauter Dingen, die ihr unbekannt waren. Sie hörte aufmerksam zu, denn sie wünschte sich nichts mehr, als ein gebildeter Mensch zu werden.

Mit der Zeit konnte Sarah das, was sie neu gelernt hatte, immer besser mit dem in Verbindung bringen, was sie schon seit längerem wusste. Ihr immer größeres und dichteres Netz an Wissen half ihr, Zusammenhänge zu entdecken und eigene Schlüsse daraus zu ziehen. Oft brauchte sie gar nicht mehr auf den Sonntag zu warten, um ihre Frage zu stellen, weil sie inzwischen schon von alleine auf die Antwort gekommen war. Das war das Besondere an Boris: Bei ihm lernte man zu denken. Bei anderen Lehrern lernte man nur Stoff.

Sie freute sich die ganze Woche auf die Stunden mit ihm. Sie waren das Beste, was ihr das Leben zu bieten hatte. Ihre Bildung begann schon erste Früchte zu tragen. Der Alltagstratsch der Weiber in ihrer Nähstube kam ihr banal und beschränkt vor. Sie hatten einfach kein Niveau. Noch schlimmer, sie bemühten sich noch nicht einmal darum. In dieses Milieu passte sie nicht mehr, das fühlte sie sehr deutlich. Es war nur eine Frage der Zeit, bis sie aus ihm ausbrechen und auf eine höhere Stufe der Gesellschaft steigen würde. Um ihre Zukunft brauchte ihr nicht bange zu sein, solange sie sich auf ihre Strebsamkeit und auf Boris verlassen konnte.

Wenn er nur nicht so furchtbar verschlossen gewesen wäre! Er hatte zu allem etwas zu sagen, er hielt mit seinen Ansichten über dieses und jenes nie hinter dem Berg. Doch sobald sie etwas über ihn erfahren wollte, nicht über sein Wissen, nicht über seine Meinungen, sondern über ihn ganz persönlich, wer er war und wo er herkam, wurde er schroff und wechselte schnell das Thema.

Der Raubüberfall hatte sie verändert, er hatte sie misstrauisch gemacht. Sie war nicht mehr so naiv zu glauben, die Welt wäre gut und würde es immer bleiben. Das Böse konnte jeden Augenblick hereinbrechen. Man musste auf der Hut sein und auf die kleinsten Anzeichen achten. Und Boris' Geheimniskrämerei war nicht nur ein bisschen sonderbar, sie war äußerst verdächtig.

»Boris, ich muss dir etwas sagen. Das war heute unser letztes Treffen. Ich möchte keine Stunden mehr bei dir nehmen.«

»Warum das denn?«

Er schien ehrlich erschrocken. Das freute sie.

»Weil –«

Tja, warum eigentlich? Eben war sie sich noch sicher gewesen, jetzt wusste sie es auf einmal selbst nicht mehr.

»Weil ich nicht weiß, wer du bist.«

»Was meinst du damit?«

Schon wieder eine Gegenfrage. Damit hielt er alles von sich ab. Ein simpler Kniff, aber sie hatte kein Mittel dagegen.

»Na ja, zum Beispiel, weißt du noch, als ich dich gefragt habe, warum du ausgewandert bist? Und dann bist du einfach weggelaufen? Da hatte ich das Gefühl, wie soll ich sagen, dass du mir etwas verheimlichst.«

»Was soll ich dir denn verheimlichen?«

Er sprach das Wort »verheimlichen« mit einem spöttischen Unterton aus. Sie bereute, mit dem Ganzen überhaupt angefangen zu haben. Das Einzige, was ihr einfiel, um sich aus der Verlegenheit zu retten, war, das Gespräch vollends ins Lächerliche zu ziehen.

»Die Wahrheit über dich. Ich habe dich nämlich durchschaut. In der Ukraine warst du ein Schwerverbrecher. Zum Glück haben sie dich geschnappt und ins Gefängnis gesteckt. Aber du bist ausgebrochen und geflohen, ganz weit weg, bis nach Amerika. Und jetzt treibst du hier dein Unwesen weiter. Stimmt's?«

Sie lachte nervös. Boris blieb ernst. Es war auch nicht witzig. Er schaute ihr lange in die Augen, so tief, dass sie ganz benommen wurde. Dann sagte er eindringlich: »Sarah, ich lebe seit sechs Jahren in Amerika. Was ich dir jetzt erzähle, habe ich noch niemandem erzählt. Ich erzähle es einmal und dann nie wieder. Du musst mir versprechen, dass du es keinem weitersagst. Versprichst du mir das?«

Natürlich versprach sie es, was blieb ihr auch anderes übrig.

»Und dass du mich nie wieder darauf ansprichst, hörst du: nie wieder, versprichst du mir das auch?«

Sie versprach auch das.

Er machte eine kleine Pause, in der er zu überlegen schien, ob er nicht doch besser schweigen solle, fuhr dann aber entschlossen fort: »Also gut. Du hast richtig geraten. Ja, ich bin ein Verbrecher, und ja, ich war im Gefängnis. Ausgebrochen bin ich nicht, ich wurde freigelassen. Aber dass ich untergetaucht und nach Amerika geflohen bin, das stimmt wieder. Und hier treibe ich mein Unwesen weiter, das stimmt ebenfalls.«

Sarah wurde übel.

»Ich sage dir auch, was mein Verbrechen war. Ich habe Unterricht gegeben.«

»Das ist doch kein Verbrechen.«

»In meinem Fall war es eines. Ein todeswürdiges sogar. Aber lass mich erzählen.«

Die Aufforderung war überflüssig. Sarah wagte kaum zu atmen.

Er holte weit aus, erzählte von seinem wohlhabenden, großbürgerlichen Elternhaus, von seinem Vater, einem belesenen, an allen Belangen der Kultur interessierten Kaufmann, von der Gouvernante, die ihn aufzog, vom Hauslehrer, der ihn unterrichtete, von der Privatschule, in die er anschließend geschickt wurde, von den zahlreichen Privilegien, die er genoss. Bis er erkannte, wie privilegiert er lebte, und es ihm fortan unmöglich war, Genuss daran zu finden. Wie er anfing, sich zu schämen für seinen Reichtum, und wie er zu verstehen begann, dass alle Annehmlichkeiten auf Ungerechtigkeit beruhten.

Denn natürlich wusste er von der Armut. Man hätte sich schon zu Hause einschließen und jeden Blick aus dem Fenster vermeiden müssen, um sie nicht zu sehen, all die Juden, die nach Einführung der Maigesetze gezwungen waren, ihre Scholle zu verlassen und in die Städte zu ziehen, wo sie eingingen wie Fische an Land, während Familie Sidis im Salon Mokka und Torte auf vergoldetem Geschirr serviert bekam.

Er wechselte sein Taschengeld in einzelne Rubelmünzen und ließ sie im ärmsten Viertel der Stadt fallen. Nachts lag er im Bett und stellte sich die glücklichen Gesichter der Finder vor. Er war stolz auf seine Tat und war sich doch bewusst, dass sie nichts am großen Ganzen änderte. Heißen Herzens verfasste er eine Reihe flamboyanter Gedichte, in denen er das bittere Los der ewig Geknechteten beklagte, die Niedertracht der Mächtigen anprangerte und das Morgenrot einer neuen Zeit heraufbeschwor. Ein Jahr später, er war gerade sechzehn geworden, fand er sie in der Schublade seines Vertikos wieder und warf sie nach kurzer, schamvoller Durchsicht ins Kaminfeuer.

Er mietete einen schlichten, kahlen Raum in der Ortsmitte von Berdytschiw, möblierte ihn mit ein paar alten Stühlen, hängte eine Schiefertafel an die Wand und überzeugte einige seiner Schulkameraden, in ihrer Freizeit unentgeltlich als Hilfslehrer zu arbeiten. Dann streute er die Nachricht, dass in seiner Erwachsenenschule jeder, der es wollte, kostenlos Lesen, Schreiben und Rechnen lernen konnte.

Am ersten Sonntag kamen drei, am zweiten über zwanzig, am dritten musste er die Hälfte nach Hause schicken, weil der Raum überfüllt war. Gewiss, die meisten kamen aus Langeweile. Sie hatten keine Arbeit und waren es müde, an der Straßenecke zu stehen und mit der Schuhsohle Muster in den Sand zu schaben. Statt kostenloser Leseübungen hätten sie lieber einen kostenlosen Teller Suppe gehabt, und das ließen sie den jungen Schulleiter auch wissen.

Genau diese Leute waren es, die Boris im Sinn hatte. Er

erklärte ihnen, dass es viel wichtiger sei, etwas in den Kopf zu bekommen als in den Magen. Denn eine Suppe behalte man nur für ein paar Stunden in sich, eine Leseübung hingegen fürs ganze Leben. Und wenn sie die erst einmal ordentlich verdaut hätten, könnten sie das Problem mit der Suppe ganz leicht selbst lösen.

So kann auch nur einer reden, der immer genug Suppe hatte, dachte Sarah. Aber sie wollte lieber etwas Freundliches sagen. »Wenn du damals auch schon so ein guter Lehrer warst, dann sitzen jetzt in Berdytschiw alle glücklich zu Hause und lesen Bücher.«

»Ja, ungefähr so stellten wir uns das wohl tatsächlich vor. Wir waren so arglos, wir waren so idealistisch. Wir waren so jung. Uns war nicht klar, was es bedeutet, die Macht herauszufordern. Uns war noch nicht einmal klar, dass wir es taten. Erst als sie uns aus unseren Häusern holten und auf die Polizeistation brachten, da ahnten wir es. Sie hatten alle erwischt, die mit der Sache zu tun hatten. Alle zwölf, keiner fehlte. Sie hatten gute Listen. Wenn auch sonst nichts funktioniert in Russland, auf seine Polizei kann sich der Zar verlassen.

Sie steckten uns alle zusammen in eine Zelle, ohne zu sagen, warum und für wie lange. Wir hielten es für ein Abenteuer und sangen und diskutierten die ganze Nacht. Nach zwei Tagen brachten sie uns in den Hof. Der Polizeipräsident persönlich empfing uns. Er gockelte vor uns auf und ab in seiner lächerlichen Uniform und schrie uns an und nannte uns Feinde der öffentlichen Ordnung und widerliches Ungeziefer und Abschaum des ganzen Landes. Es war so abwegig, so absurd. Die reinste Operette. Artur musste als Erster lachen. Er steckte uns alle an. Der Präsident tobte und brüllte, und wir lachten ihn einfach aus. Schon bildeten wir uns ein, ihn besiegt zu haben mit unserem Lachen. Ein furchtbarer Irrtum. Lachen besiegt gar nichts. Wäre das Lachen stärker als die Gewalt, dann würden sie keine Soldaten in den Krieg schicken, sondern Spaßmacher.

Unser Lachen bewirkte nur eines: Es zwang den Präsidenten, uns zu beweisen, dass er keine leeren Worte machte, dass wir für ihn wirklich nur Ungeziefer waren. Er winkte zwei Wächter herbei und gab ihnen einen Befehl. Sie stießen Artur zu dem Galgen in der Hofecke. Artur wehrte sich nicht. Ich weiß nicht, wie viel er überhaupt noch wahrnahm, es kam so unerwartet und ging so schnell.«

Boris verfiel in ein grüblerisches Schweigen. Sarah beobachtete etwas, das sie noch nie an ihm gesehen hatte: Die Härchen an seinen Unterarmen stellten sich auf, seine Augenlider begannen zu flattern. Es war an ihr, etwas zu sagen, aber ihr fiel nichts Gescheites ein.

»Das ist ja grauenhaft ... unbegreiflich ...«

»Ich habe es auch lange nicht begriffen.« Boris hatte sich gefasst, seine Stimme klang wieder fester. »Aber ich hatte sehr viel Zeit, um darüber nachzudenken. Und irgendwann habe ich es verstanden. Der Präsident hatte nur seine Pflicht getan, er hatte den Staat vor Gefahren geschützt. Ja, Gefahren. Für den Staat waren wir gefährlicher als *Narodnaja Wolja*. Was haben die denn schon groß erreicht?«

»Waren das nicht die, die Zar Alexander II. getötet haben?«, fragte Sarah unsicher.

»Genau die. Ja, das haben sie geschafft. Aber das bringt keinen Staat ins Wanken. Attentäter räumen immer nur den

Weg frei für den nächsten Tyrannen, der das Volk dann noch unbarmherziger unterdrückt. Oder ist unter Zar Alexander III. irgendetwas besser geworden?

Wenn die Tyrannei wirklich ein Ende haben und das Volk sich selbst regieren soll, dann muss es erst einmal dazu befähigt werden. Nicht der Tyrann muss beseitigt werden, sondern die Ignoranz. Ohne Ignoranz kann kein Tyrann regieren, denn nur Unwissende brauchen einen, der sie führt. Und deshalb muss der Tyrannenstaat die Volksbildung bekämpfen und Jugendliche, die ein paar armen Teufeln das Notwendigste beibringen wollen, unschädlich machen. So denken sie. Natürlich ist das grauenhaft. Aber unbegreiflich ist es nicht.«

»Was haben sie denn nun mit euch gemacht?«, fragte Sarah, der das alles zu abstrakt wurde.

»Was die anderen betrifft: Ich weiß es nicht. Niemand weiß es. Man hat nie wieder etwas von ihnen gehört. Manche sagen, sie wurden zu Fuß nach Sibirien geschickt. Mag sein, dass das stimmt. Mag sein, dass sie sie nur bis hinter den nächsten Hügel gebracht haben. Man weiß nur, dass keiner zurückgekommen ist.«

»Und du?«

»Ich war ein Spezialfall. So nannten sie das. Sie wussten, dass die Schule meine Idee war, deshalb nannten sie mich Rädelsführer. Sie steckten mich in eine Einzelzelle. Und eines Abends führten sie mich zum Gouverneur, direkt in seinen Amtssitz. Wir saßen in seinem Zimmer, nur wir zwei, abgesehen von einem bewaffneten Aufpasser in der Ecke. Der Tisch war festlich gedeckt, mit einer Karaffe Wein, sehr gutem Wein, und einem Silbertablett voller Delikatessen.

Der Gouverneur bot mir einen Sessel an und ermunterte mich, kräftig zuzugreifen. Ich hätte ihm das Zeug ins Gesicht schleudern sollen, aber damals war ich noch nicht stark genug. Er sah mir beim Essen zu und umschmeichelte mich. Ich sei ein guter Mensch, das sehe er auf den ersten Blick. Aber leider, leider gebe es auch böse Menschen, die die guten auf schlechte Gedanken brächten. Und ob ich ihm nicht erzählen wolle, wer hinter der ganzen dummen Sache stecke.

Da wusste ich, es wird wieder gefährlich. Die Operette war zurück. Auf dem Spielplan stand die schlechteste Schmierenkomödie aller Zeiten. Aber ich musste mitspielen und meinen Text aufsagen: ›Es gibt keinen Hintermann.‹ Das war die Wahrheit, aber wenn es anders gewesen wäre, hätte ich natürlich dasselbe gesagt. Und weil das Stück so miserabel angelegt war, wusste er von vornherein, was ich sagen würde, und ich wusste, was er sagen würde. So spulten wir vor einem einzigen Zuschauer, dem Aufpasser, unsere Rollen ab.

Erwartungsgemäß war der Gouverneur tief enttäuscht von mir. Er habe es im Guten versucht, aber ich hätte seine Freundlichkeit nur ausgenutzt, mir auf seine Kosten den Wanst vollgeschlagen und ihm zum Dank noch dreist ins Gesicht gelogen. Jetzt müsse er leider andere Saiten aufziehen. Irgendwann würde ich den Mund schon aufbekommen.

Das Gefängnis hatte einen Keller. Dort gab es eine Zelle – nein, keine Zelle, ein Loch, eine Gruft, feuchtkalt und düster. Zu niedrig, um aufrecht zu stehen, zu kurz, um ausgestreckt zu liegen. Auf dem Boden modriges Stroh, ein Eimer für die Notdurft. Sonst nichts. In der Tür eine kleine Luke, durch die einmal am Tag Brot und Wasser geschoben wurde von einem Wärter, der nie ein Wort mit mir wechselte und von dem ich nie mehr sah als seine Hand. Da unten wollten sie mich verfaulen lassen, so lange, bis ich meinen Hintermann verraten würde. Aber es gab ja nichts zu verraten. Und sie hatten viel Zeit.

So verging Tag um Tag. Ich sehnte mich nach einem Fenster. Und wenn es vergittert gewesen wäre, und wenn es nichts gezeigt hätte als ein Stück Himmel, es hätte mir doch wenigstens ein paar Sinnesreize geschenkt. Aber nicht einmal das wurde mir gegönnt. Es gab nur den immergleichen Dämmer.

Irgendwann erwachte ich auf einer Krankenstation, ohne zu wissen, wie ich dorthin gekommen war. Ich fragte nach dem Datum. Es waren zwei Monate vergangen, an die ich keine Erinnerung hatte.

Es wäre für sie das Leichteste gewesen, mich sterben zu lassen. Aber sie taten das Schwerere, sie pflegten mich gesund. Anscheinend glaubten sie wirklich, ich würde ihnen etwas verschweigen. Deshalb holten sie mich zurück ins Leben und schickten mich zurück in mein Grab.«

»Gütiger Gott«, stieß Sarah hervor. »Ich glaube, ich hätte den Verstand verloren.«

»Das befürchtete ich auch, und sie rechneten wohl damit. Sie dachten, dass es kein Mensch lange aushält, wenn man ihm alles wegnimmt, wenn man seinen Körper zur Untätigkeit verdammt, wenn sich sein Geist an nichts festhalten kann, nichts zu lesen, nichts zum Schreiben, keine Unterhaltung, keine Anregung, nichts. Im Nichts kann der

Mensch nicht leben, dafür ist er nicht gemacht. Das Nichts ist sein Tod.

Aber ich wollte nicht sterben, nicht hier, nicht so. Also klammerte ich mich an das Letzte, was mir geblieben war, an das Einzige, was sie mir nicht wegnehmen konnten, an meinen Verstand. Ich dachte gewissermaßen um mein Leben. Ich stellte mir Rechenaufgaben, multiplizierte fünfstellige Zahlen im Kopf, und als es mich nicht mehr forderte, sagte ich laut ein Gedicht auf, während ich rechnete. Ich versuchte, mich an möglichst viele Verse aus der *Odyssee* zu erinnern, und übersetzte sie in alle Sprachen, die ich kannte. Ich durchdachte philosophische Fragen und verfasste im Geist lange Essays darüber. Ich imaginierte mich an jeden beliebigen Ort der Erde und wandelte dort herum. Kurzum, ich war der freieste Mensch der Welt. Die Leere, mit der sie mich folterten, konnte mir nichts anhaben. Ich wusste sie zu füllen, aus einer Quelle, die in mir war und nie versiegen würde.

Sie hielten mich für religiös, anders konnten sie sich meine Kraft nicht erklären. Die Wahrheit sahen sie nicht, sie lag auf ihrem blinden Fleck. Mich rettete kein Gott, mich rettete mein Verstand. Ich hatte ihn nicht verloren, ich hatte ihn überhaupt erst gefunden. Dafür werde ich der Zelle immer dankbar sein. Sie hat mir die beiden – nun, ich will nicht sagen: schönsten, aber doch die beiden wichtigsten und wertvollsten Jahre meines Lebens geschenkt. Und sie hat mir die Angst genommen. Vor was, vor wem sollte ich Angst haben? Vor Hunger, vor Kälte, vor Krankheit, vor Einsamkeit, vor Misshandlung? Nichts davon kann mich noch schrecken, ich kenne es ja schon.

Mein Vater war nicht untätig gewesen, er protestierte bei allen erdenklichen Stellen. Weil er in der Gegend ein bekannter Mann ist und weil sie nicht wollten, dass sich der Fall allzu sehr herumspricht, und vielleicht auch, weil sie irgendwann einsahen, dass ja doch nichts aus mir herauszupressen war, weckten sie mich eines Nachts. Sie öffneten das Tor und sagten: Hau ab, du bist frei. Und ich lief nach Hause, ein Achtzehnjähriger mit dem Körper eines Greises. Mein linkes Bein war steif, meine Lunge kaputt. Alle hundert Schritte musste ich anhalten und Atem schöpfen.

Ich war aber nicht wirklich frei, denn es gab drei Bedingungen. Erstens musste ich mich regelmäßig bei einer Behörde melden. Das war das wenigste. Zweitens durfte ich den Bezirk nicht verlassen. Für einen, der zwei Jahre lang seine Zelle nicht verlassen durfte, war auch das leicht zu erfüllen. Ich musste zwar mein Vorhaben aufgeben, in Moskau zu studieren, aber das war nicht schlimm. Ich wusste ja jetzt, dass man keine Universität braucht, um seinen Verstand zu bilden. Das Dritte jedoch war völlig inakzeptabel: Ich sollte mich verpflichten, niemals mehr zu unterrichten.

Ich schrieb einen Abschiedsbrief: Liebe Eltern, liebe Geschwister, ich kann nicht verkraften, was ich erlebt habe, sucht nicht nach mir und so weiter und so fort. Meine Mutter wollte ein paar Tage nach meinem Verschwinden damit zur Polizei gehen und mich für tot erklären lassen. Ich habe mich als Bauer verkleidet und zwei Dummköpfen aus dem Nachbarort, die sowieso auswandern wollten, die Überfahrt bezahlt, damit sie mich begleiten. Meine Familie weiß bis heute nicht, wo ich bin. Ich habe ihr nie geschrieben.

Es ist besser so, ich würde sie nur in Gefahr bringen. Die Angelegenheit hat schon genug Opfer gefordert.«

Als Boris geendet hatte, wusste Sarah, dass sie füreinander gemacht waren. Vermutet hatte sie es schon länger, jetzt stand es fest. Er war nicht der erste Mann, mit dem sie Umgang hatte. In der Heimat war sie sogar schon einem versprochen gewesen, dem Sohn eines Juweliers. Eine solide Partie, wie ihre Eltern sagten, um ihn ihr schmackhaft zu machen. Sie war dreizehn und fand ihn langweilig.

Boris war weder langweilig noch eine solide Partie. Er war der klügste Mann der Welt und obendrein der tapferste, und ja, er sah auch gut aus mit seinen schönen, tiefen Augen und seinem prächtigen Schnurrbart. Dieser Mann würde es noch weit bringen, da war sie sich sicher. Wer durch die Hölle gegangen war, dem stand der Himmel offen.

Sie kam ihm näher und legte ihre Hand auf seine.

»Boris, weißt du, was ich glaube? Diese ganzen schrecklichen Sachen, die wir beide erlebt haben, ich das mit den Räubern, du das mit dem Gefängnis – das ist nicht einfach so passiert. Das hatte alles einen höheren Sinn. Verstehst du, was ich sagen will?«

»Nein.«

»Schau doch mal, wie unwahrscheinlich das alles ist, dein Schicksal und meins. Wir müssen beide auswandern und um die halbe Welt reisen, und dann lernen wir uns ausgerechnet hier kennen. Das kann doch kein Zufall sein. Das muss jemand gewollt haben.«

»Wer denn?«

»Nenn's, wie du willst. Die Sterne, die Vorsehung, Gott.«
Sie schmiegte sich an ihn und legte ihren Kopf an seine Schulter.

»Du willst mir jetzt aber nicht mit Astrologie und Theologie kommen, oder?«

»Wieso nicht?«

»Weil das Erfindungen primitiver Urvölker sind, die sich etwas zusammenreimen mussten, um sich die Welt zu erklären. Natürlich treten unwahrscheinliche Ereignisse hin und wieder ein, aber das beweist überhaupt nichts. Schließlich gibt es viel mehr unwahrscheinliche Ereignisse, die *nicht* eintreten. Du sitzt jetzt gerade neben mir auf einer Bank im Boston Common, aber du sitzt nicht neben dem Kaiser von China in seinem Palast und nicht neben einem Eskimo in seinem Iglu und so weiter und so weiter. Wenn man das alles berücksichtigt, dann stimmt die Rechnung: Unwahrscheinliches geschieht manchmal, meistens aber nicht. Mehr steckt nicht dahinter.«

»Sag mal, ein Romantiker bist du nicht gerade, oder?«

»Und dir fehlt's noch ziemlich an folgerichtigem Denken. Nächstes Mal gebe ich dir eine Einführung in die aristotelische Logik. Es sind nur ein paar Regeln, aber wenn man sie verinnerlicht hat, helfen sie sehr gut gegen Trugschlüsse.«

Eine Woche später machte Boris seine Ankündigung wahr und erzählte ihr lang und breit von Syllogismen und Prämissen und Konklusionen.

»Ist dir das immer noch nicht klar? Also gut, noch ein Beispiel. Erste Prämisse: Alle Zaren sind Verbrecher. Zweite

Prämisse: Einige Russen sind Zaren. Wenn beide Prämissen wahr sind, welche der folgenden Konklusionen sind dann logisch korrekt? Erstens: Einige Verbrecher sind Russen, oder zweitens: Einige Zaren sind keine Russen, oder drittens: Kein Russe ist ein Verbrecher, oder viertens: Alle Russen sind Zaren? Also bitte, das ist doch nicht schwer. Soll ich noch einmal von vorne anfangen?«

Es war vermutlich wirklich nicht schwer, aber Sarah hörte ihm nur mit halbem Ohr zu. Sie dachte darüber nach, warum Boris nicht wusste, wie man mit einer Frau umging. Sicher, die Lebensjahre, in denen andere ihre ersten Erfahrungen mit dem anderen Geschlecht sammelten, hatte er an einem Ort verbracht, wo es keine Liebe gab. Trotzdem: Einer, dem das Lernen so leichtfiel, sollte doch irgendwann einmal gelernt haben, wann es unangebracht war, Vorträge über Logik zu halten.

Nächtelang lag sie wach und machte sich Gedanken über Boris, ohne über die magere Erkenntnis hinauszugelangen, dass er einfach nicht zu fassen war. Er hielt den Tresor seiner Seele fest verschlossen. War ein Goldschatz darin? Oder nur kalte Leere? Sie wusste es nicht, und das machte sie fast verrückt. Sie musste es wissen, sie waren doch füreinander gemacht, warum sah er das nicht ein? Dachte er wenigstens manchmal an sie, so wie sie ständig an ihn dachte? Waren seine Leidenschaften in der Haft abgestorben? Oder war sie ihm nicht attraktiv genug?

Nein, das durfte nicht sein. Es durfte auf keinen Fall an ihr liegen. Sie konnte jedes Ziel erreichen, wenn sie nur genug darum kämpfte. Diese Überzeugung bildete das Fundament ihres Selbstbewusstseins. Wenn sie ins Wanken geriete, dann wäre nichts mehr sicher. Allein schon deshalb musste sie um Boris kämpfen. Seinetwegen, aber noch viel mehr um ihrer selbst wegen.

Also lernte sie eben die Sache mit den Syllogismen. Sie lernte sie auf ihre Weise, indem sie so lange verbissen übte, bis sie jede Aufgabe, die Boris ihr stellte, fehlerfrei lösen konnte. Wozu das alles gut sein sollte, blieb ihr schleierhaft. Boris schien es jedenfalls wichtig zu sein, und ihr war es wichtig, dass er mit ihr zufrieden war. Boris Sidis mochte keine dummen Gänse. Keine dumme Gans konnte logisch denken. Wenn Sarah logisch denken konnte, dann mochte Boris sie. Eigentlich ganz logisch.

Boris gab ihr nicht zu verstehen, dass er sie für eine dumme Gans hielt. Er gab ihr aber auch nicht zu verstehen, dass er sie für keine dumme Gans hielt. Wenn sie in einem Gebiet Fortschritte gemacht hatte, nickte er nur und machte mit etwas anderem weiter. So war er nicht zu beeindrucken. Sie musste einen anderen Weg finden, um ihn für sich zu gewinnen.

Sie stellte sich vor den Spiegel und fragte sich, ob sie hübsch sei. Auch wieder so eine Frage, die in ihrer Familie verpönt war. Eine Frau hatte vieles zu sein, arbeitsam, bescheiden, zuverlässig, ehrbar, treu und was sonst noch alles, aber hübsch? Das galt als überflüssiger Luxus. Hässlich war sie jedenfalls nicht. Oder doch? Ihre Nase, die sie von ihrem Vater geerbt hatte, war sie nicht viel zu dick und knollig? Die Haut zu blass und unrein? Die Haare zu stumpf und struppig? Und dann erst dieser harte, bittere Mund! Dieser stechende Blick! Kein Wunder, dass er nichts von ihr wissen wollte!

Sie kämmte ihr Haar, bis es glänzte, und flocht es zu Zöpfen, die sie kunstvoll um den Kopf legte. Da er sie nicht darauf ansprach, fragte sie ihn, wie es ihm gefalle. »Was denn?«, fragte er zurück, ohne sie anzusehen. Sie gab ihre gesamten Ersparnisse aus für ein neues Kleid mit gepufften Ärmeln, schöner und bunter als alle Stücke in ihrer Truhe. Es fiel ihm nicht auf. Sie kniff sich in die Wangen und biss sich auf die Lippen, damit sie mehr Farbe bekamen und verlockender wurden, sie biss sich, bis es blutete. Sie biss sich aus Verzweiflung und Selbstekel und weil sie sich vorkam wie eine Dirne, eine hässliche, abgelebte Dirne, die keiner mehr wollte. Er erkundigte sich, ob sie bereit wäre, etwas über die Ursachen der Völkerwanderung zu erfahren. Sie sprang von der Parkbank auf und stampfte mit den Füßen und schrie, sie pfeife auf die Völkerwanderung, sie interessiere sich einen Dreck für die Völkerwanderung, so, jetzt wisse er es! Er erwiderte, das sei ihm unverständlich, die Völkerwanderung habe nämlich weitreichende Folgen gehabt für die gesamte europäische Geschichte. Wenn sie noch einmal das Wort Völkerwanderung höre, fauchte sie, werde sie gewalttätig. Na gut, lenkte er ein, sie könnten auch über etwas anderes sprechen. Über den schönen blauen Himmel zum Beispiel. Ob sie schon einmal darüber nachgedacht habe, warum der Himmel ausgerechnet blau ist?

Und dann, in einer ihrer schlaflosen Nächte, kam der unvermeidliche, viel zu lange hinausgezögerte Augenblick, in dem sie resignierte. Sie schlug das Plumeau zurück, vorsichtig, damit ihre beiden Schwestern, die im gleichen Bett schliefen, nicht aufwachten, schlich im Nachthemd hinaus auf den Flur, entzündete eine Kerze und musterte im Spiegel sachlich und kühl, als sei es das einer Fremden, das verquollene Gesicht einer Verrückten. Das war also geworden aus Sarah Mandelbaum: ein Wrack. Der Kampf war vorbei. Es ging nicht mehr darum, zu gewinnen. Es ging nur noch darum, sich einen letzten Rest an Würde zu erhalten.

Sie nahm eine Stelle in den White Mountains von New Hampshire an, als Bedienung in einem Hotelrestaurant. Von der Sonnenterrasse des Hotels, einer einsamen Insel der Zivilisation inmitten einer unberührten Landschaft, ging der Blick auf sanfte, waldreiche Hügel. Die Sommerfrischler zahlten viel Geld, um hier für ein paar Tage oder Wochen Abstand vom Tempo der Städte zu gewinnen. Aber niemand erholte sich besser als Sarah.

Ihr Dienst begann morgens um halb sechs mit dem Eindecken der Frühstückstische und endete oft erst lange nach Mitternacht, als die letzten Gäste aus der Bar in ihre Zimmer wankten. Die sechs Arbeitstage pro Woche machten ihr keine Probleme, nur an ihrem freien Tag ging es ihr schlecht. Erst als sie auch noch am siebten Tag arbeiten durfte, gelang es ihr allmählich, Boris zu vergessen, und ihre Kräfte kehrten zurück.

Fast schon war Boris Sidis im Nebel ihrer Vergangenheit verschwunden, als zu ihrem Erschrecken ein Mann das Restaurant betrat, der ihm zum Verwechseln ähnlich sah. Er wählte einen Platz am Fenster, gottlob in dem Teil des Restaurants, in dem ihre Kollegin bediente, und bestellte einen Mittagstisch. Nachdem er gespeist hatte, blieb er sitzen und blickte, die Arme verschränkt, mit großer Ruhe hinab ins Tal. Alle zwei Stunden bestellte er eine Tasse

Kaffee, ein Kännchen Tee oder ein Glas Wasser, sonst tat er nichts. Am Abend aß er ein Fischgericht und ging auch danach nicht weg. Er schaute unverwandt aus dem Fenster, obwohl es längst dunkel geworden war und er nichts sehen konnte außer seinem Spiegelbild in der Scheibe.

Kurz vor Schließung des Restaurants stand er auf und setzte sich in einen gepolsterten Fauteuil in der Lobby. Als Sarah nach Dienstende vorbeikam, um in ihre Kammer zu gelangen, saß er immer noch da, ein einsam Wachender in einem dunklen, nachtschlafenden Haus.

»Was soll das? Was hast du hier verloren?«

»Ich dachte, ein kleiner Urlaub würde mir guttun.« Er lächelte schwach.

»Ausgerechnet hier. So ein Zufall.«

»Manchmal geschehen eben unwahrscheinliche Dinge, das wissen wir doch.«

»Fang nicht schon wieder damit an. Was willst du von mir? Sag's mir jetzt, und dann verschwinde aus meinem Leben.«

Es war vollkommen still, nur eine Standuhr tickte. Boris schaute Sarah in die Augen. Sie spürte, wie sie langsam eingesogen wurde von diesem Blick. Ihr wurde schwindlig. Aber das mochte auch daran liegen, dass sie den ganzen Tag nichts gegessen hatte und gerade den ersten Moment der Ruhe seit achtzehn Stunden erlebte.

Mit der wärmsten Stimme, die er besaß, flüsterte er ihr ins Ohr: »Ich will dich heiraten.«

Es war nicht zu fassen. Was bildete der Mann sich ein? Er hatte seine Chance gehabt, er hatte sie wahrlich lange genug gehabt. Sie hatte sich bis zur Selbstaufgabe um ihn bemüht und einen Balztanz vor ihm aufgeführt wie ein geistesgestörtes Perlhuhn, während er über die Töpferei der Etrusker oder die Erfindung der Blindenschrift schwadronierte. Ein Backstein hätte mehr Gefühle für sie übriggehabt. Und ausgerechnet jetzt, da sie sich endlich von ihm befreit hatte, besaß er die Chuzpe, hier aufzukreuzen und ihr einen Antrag zu machen. Am liebsten hätte sie ihn mit einem Tritt aus der Tür befördert, aber sie konnte nicht mehr, es war alles zu viel für sie. Eine Welle brach über ihr zusammen und spülte sie fort. Aus der Ferne hörte sie sich schluchzen.

Er streichelte geduldig ihr Haar, bis sie sich beruhigte.
Und dann küsste er sie.

3

Und jetzt musste Boris bei Bernard und Fannie Mandelbaum um Sarahs Hand anhalten. Ein, wie er fand, altbackenes Ritual, für das es keinen ersichtlichen Grund gab. Schließlich war Sarah volljährig, deshalb schien es ihm unnötig, sich bei fremden Leuten eine Genehmigung einzuholen.

Er werde immerhin bald Teil der Familie, sagte Sarah, und die »fremden Leute« seien immer noch ihre Eltern. Selbstverständlich brauche die Ehe deren Segen. Aber es gebe nichts zu befürchten, sie habe alles bestmöglich vorbereitet, alle Beteiligten seien guten Willens. Also einfach ein paar Blumen für die künftige Schwiegermutter, ein bisschen nettes Geplauder, dann werde das schon. Und bitte, bitte, wenn irgend möglich, ein einziges Mal, für einen einzigen Abend nur: keine Grundsatzdiskussionen! Das könne doch nicht so schwer sein!

Er denke gar nicht daran, Blumen zu kaufen, erwiderte Boris. Blumen seien das Entbehrlichste, was die Botanik zu bieten habe. Und um auch das klarzustellen: Er habe absolut nicht die Absicht, Teil ihrer Familie zu werden. Er sei aus Prinzip kein Teil von etwas, es genüge ihm vollkommen, er selbst zu sein. Die unheilvolle Neigung des Individuums, sich als Teil von etwas Größerem zu begreifen, einer Sippschaft, einer Rasse, einer Religionsgemeinschaft, einer Nation, führe nur dazu, dass Streitigkeiten zwischen Einzelnen sich zu Feindseligkeiten ganzer Gruppen hochschaukeln könnten, bis hin zum Krieg.

Genau das meine sie, sagte Sarah. Genau so könne er es schaffen, doch noch alles in den Sand zu setzen.

Bernard Mandelbaum war ein stämmiger Mann, dessen ländliche Herkunft ihm ins breite, verwitterte, von einer knolligen Nase dominierte Gesicht gezeichnet war. Sein Ukrainisch klang kantig und erdig. Er streckte Boris eine rauhe, feste Hand entgegen und hieß ihn willkommen »in unserem bescheidenen Heim«.

Das war nicht bloß eine scherzhafte Floskel, es war die Wahrheit. Die Mandelbaums lebten tatsächlich in äußerst bescheidenen Verhältnissen. Ihre Wohnung im Erdgeschoss eines baufälligen Holzhauses im engen, verwinkelten North End von Boston ließ sich mit sieben Schritten in der Länge und fünf in der Breite vollständig durchmessen. Ein schmaler Flur, in dem sich Kleiderkisten und -truhen stapelten, führte zu einem kleinen Zimmer, das als Schlafraum diente.

Sarah und ihre Schwestern Ida und Grace hatten es noch am besten, sie durften sich das einzige Bett teilen. Die Eltern und die beiden kleinsten Kinder schliefen in einem Alkoven auf einer Matratze aus Seegras. Darunter, auf dem Fußboden, lag eine weitere Seegrasmatratze, auf der die drei ältesten Söhne nächtigten. Die übrigen vier Geschwister mussten sich mit Strohsäcken begnügen.

Im anderen Raum der Wohnung, der Küche, spielte sich

am und um den Esstisch herum das gesamte Familienleben ab. Sarah, ihre Eltern und Boris saßen auf den vier Stühlen, die der Haushalt zu bieten hatte. Sarahs Geschwister hockten ringsum auf Schemeln und umgedrehten Kübeln, lehnten am weißgelackten Küchenschrank oder standen im Türrahmen. Niemand, klein oder groß, wollte die Gelegenheit versäumen, endlich den Mann in Augenschein zu nehmen, von dem ihre Schwester schon so viel erzählt hatte und der nun kurz davor stand, sich mit ihr zu verloben.

»Sehen Sie, so ist das eben. Wir fühlen uns ja selber wie in einem Kaninchenstall. In der Heimat hatten wir ein schönes Haus, da hätten wir Sie sehr viel großzügiger empfangen können. Nun, man darf sich nicht beschweren. Hauptsache, man lebt.«

Mit diesen Worten begann Bernard eine längere Rede, die, wie Boris schnell entschied, das Zuhören nicht lohnte. Die rührseligen Erinnerungen an das schöne Starokostjantyniw, wo der Slutsch mit dem Ikopot zusammenfließt, wo das alte Schloss des Prinzen Ostrogski steht, wo der Himmel hoch ist und der Blick weit und im September der Weizen das ganze Land goldgelb färbt bis zum Horizont, ach, das war alles so langweilig.

Um nicht einzudösen, konzentrierte Boris sich auf die beiden Zahnreihen, die leuchtend weiß und irritierend ebenmäßig in Bernards Mund standen. Interessant. Boris wusste, dass es Prothesen aus Kautschuk gab, aber gesehen hatte er noch nie welche. Eigentlich war das doch nur etwas für Mümmelgreise, warum lief ein Vierzigjähriger mit so etwas herum? Ach ja, richtig: weil ihm in seinem herrlichen

Haus in der geliebten Heimat an den malerischen Wassern von Slutsch und Ikopot ein Haufen Barbaren das Maul eingeschlagen hatte. Das erwähnte er freilich nicht. Aber so, dachte Boris, sind die Leute. Sie klammern sich an ihre erbärmliche Vergangenheit wie Schiffbrüchige an die Planken ihres untergegangenen Schiffs. Dabei wird alles Negative einfach totgeschwiegen, und übrig bleibt ein klebrigsüßes Bonbon namens Nostalgie. Falsch, völlig falsch! Man muss immer nach vorne schauen! Er für seine Person jedenfalls würde –

»Und? Was halten Sie davon?«

Bernard hatte seinen Monolog unvermittelt beendet. Jetzt schaute er Boris erwartungsvoll an. Im Raum herrschte gespannte Stille. Boris fühlte alle Blicke auf sich gerichtet. Anscheinend wurde eine Aussage von großer Tragweite von ihm erwartet.

»Nun, sicherlich«, sagte er gedehnt. »Eine wichtige Frage.«

»Allerdings«, stimmte Bernard zu. »Eine überaus wichtige sogar.«

»So etwas will gut überlegt sein«, sagte Boris und legte nachdenklich einen Finger an die Wange. »Rasch entschieden, rasch bereut, wie man so schön sagt. Wer überstürzt zu Werke geht, der wird schon bald – «

»Sie brauchen Bedenkzeit?«

»Herr Mandelbaum, ich muss doch sehr bitten! Halten Sie mich für einen Zauderer?«

In Boris' Ton lag ein Hauch von Gekränktheit, kaum wahrnehmbar, aber doch wirkungsvoll genug, um Bernard zu einer entschuldigenden Geste zu bewegen.

»Also wie denn nun? Ja oder nein?« Zum ersten Mal schaltete Fannie sich ins Gespräch ein. Ihre dünne, klagende Stimme passte gut zu ihrem Erscheinungsbild. Mit ihrer bleichen Haut, ihren schmalen Lippen, ihren müden Augen, ihrem glanzlosen, an den Seiten bereits ergrauten Haar und ihrer schlaffen Körperhaltung wirkte sie kränklich, obwohl sie es gar nicht war.

Boris legte seine Hand vertraulich auf ihre und tätschelte sie sogar ein wenig, wie ein Arzt, der seinem Patienten das Gefühl vermitteln möchte, dass alles gut wird.

»Meine liebe Frau Mandelbaum, ich verstehe Ihre Ungeduld sehr gut. Vertrauen Sie darauf, dass ich mich bei meinen Entscheidungen stets an das halte, was Vernunft und Notwendigkeit mir gebieten.«

Alle Anwesenden fanden, dass der junge Herr Sidis sehr überzeugend zu sprechen verstand.

»Junger Mann, Sie gefallen mir«, gestand Fannie offen. »Aber spannen Sie uns doch bitte nicht auf die Folter. Sind Sie zu der Veränderung bereit, um die mein Mann Sie gebeten hat?«

»Ein Mensch, der sich nicht verändert, erstarrt zu Stein«, sagte Boris.

Nach kurzer Überlegung beschloss Bernard, die Antwort gelten zu lassen. Er schenkte allen nach, erhob feierlich sein Glas und setzte zu einer weiteren Rede an. Da jedoch Rührung seine Stimme erstickte, ließ er es dabei bewenden, Sarah innig zu umarmen und ihre Stirn zu küssen. Im Nu verwandelte sich die spannungsvolle Erwartung in ein lebhaftes, heiteres Durcheinander. Um Sarah bildete sich eine kleine Traube. Einer nach dem anderen sprach ihr seinen Glückwunsch aus, es wurde viel geweint und viel gelacht.

Nachdem die erste Aufregung verklungen war, hatte sich auch Bernard wieder gefasst.

»Lieber Herr Sidis – oder ab jetzt: lieber Boris –, wir freuen uns, dass Sie – also du … Wir freuen uns, dass du unsere Bedingung akzeptierst. Wir verstehen, dass wir dir damit eine Menge abverlangen. Deine Verlobte hat uns ja oft genug erzählt, wie wichtig es dir gewesen ist, Unterricht zu geben. Umso mehr wissen wir es zu schätzen, dass du ihr zuliebe damit aufhören willst. Möge Gott euch allzeit –«

»Wie bitte? Was will ich?«

»Ähm – du willst dir eine regelmäßige Arbeit suchen, um Frau und Kinder zuverlässig zu versorgen, das haben wir doch gerade besprochen.«

»Nein. Das kommt überhaupt nicht in Frage.«

»Was? Aber du … aber Sie haben doch selber gesagt, dass –«

»Gar nichts habe ich. Wie jeder Mann, der kein Sklavengemüt in sich trägt, verabscheue ich regelmäßige Arbeit. Ich habe sie immer gemieden, und ich werde sie immer meiden.«

»Ja, dann – dann … dann tut es mir leid … aber … Was soll ich sagen … Dann ist es unmöglich … leider …«

Bernard schob seine Kinnlade mit dem schneeweißen Kautschukgebiss ein paarmal ratlos hin und her, ohne einen Ton herauszubringen. Einige Augenblicke lang war es beklemmend still, wie vor einem Gewitter. Dann begannen Sarah und Fannie zu weinen, erst leise, fast verschämt, dann, einander befeuernd, immer hemmungsloser, wütender. Nach und nach ging den kleinen Kindern auf, dass etwas Schlimmes passiert sein musste. Sie stimmten ein in den verzweifelten Jammergesang, während die älteren es ihrem Vater gleichtaten und regungslos dastanden mit schreckstarr geöffneten Mündern.

Boris schüttelte verständnislos den Kopf. Was sollte das nun wieder? »Aufhören! Hört auf! Schluss jetzt!« Er hämmerte mit der Faust auf den Tisch. »Meine Güte, das ist ja furchtbar … Jetzt hört mir doch mal zu!« Nur mit Mühe verschaffte er sich Gehör.

»So. Wenn ich nun erläutern dürfte …? Sehr schön. Also. Bernard, Fannie, ihr seid gute Eltern. Ihr wünscht eurer Tochter ein Leben, das frei ist von Armut, von Not, von der Sorge, woher die nächste Mahlzeit kommen soll. Ein Leben in Sicherheit. Ihr hattet sogar schon einmal einen für sie im Blick, von dem ihr glaubtet, dass er ihr all das bieten könne, einen Juweliersohn, stimmt's? Eine solide Partie, so dachtet ihr, richtig?«

Bernard und Fannie nickten.

»Das ist lange her. Inzwischen hat euch das Leben gelehrt, dass es die Sicherheit, die euch so wichtig ist, überhaupt nicht gibt. Ich habe zuverlässig versorgte Ehefrauen gesehen, die im nächsten Jahr als Witwen um Brot bettelten. Ihr werdet sagen: Vor Schicksalsschlägen ist niemand gefeit. Gut, einverstanden. Aber es ist doch etwas anderes, ob eine Frau verloren und verdammt ist, sobald ihr Versorger nicht mehr da ist, oder ob sie sich selbst helfen kann. Ich will unbedingt vermeiden, dass Sarah von mir und meinem Geld abhängig wird.«

»Worauf wollen Sie hinaus?«, unterbrach Bernard. »Soll

Sarah etwa ihr Leben lang in die Fabrik gehen? Und sich noch freuen, dass sie nicht von Ihrem Geld abhängig ist?«

»Sie machen einen Denkfehler, Bernard. Sie gehen davon aus, dass Sarah nur die Wahl hat zwischen Fabrik und Haushalt. Es gibt aber noch etwas Drittes, nämlich höhere Bildung. Ja, auch für Frauen, warum nicht? Der Tag wird kommen, da werden Akademikerinnen nichts Ungewöhnliches sein. Lachen Sie nicht. Es wird jede Menge Wissenschaftlerinnen, Ingenieurinnen, Anwältinnen und Ärztinnen geben. Die werden sich nicht mehr fragen müssen, welcher Mann sie versorgt.«

»Sie sind ein Phantast.«

»Keineswegs. Sarah kann es vormachen. Sie hat das Zeug dazu. Sie kann eine Ärztin werden. Hören Sie endlich auf zu lachen. Ich werde es beweisen. Ich werde sie so weit bringen. Und wenn Sie ihr zehn Juwelierssöhne anschleppen – was sie von mir bekommt, ist wertvoller. Denn das einzige Vermögen, das einem keiner stehlen kann, ist jenes, das man im Kopf hat.«

»Bleiben Sie realistisch, Herr Sidis. Sarah ist nie auf eine Schule gegangen.«

»Ich weiß, aber das macht nichts. Sie hat den richtigen Charakter, das zählt viel mehr. Ich brauche nur zehn Jahre mit ihr – ach was: fünf, und sie kann mehr als die ganzen eingebildeten Hornochsen an den Universitäten.«

Bernard hob die Hände und ließ sie hilflos wieder auf die Tischplatte fallen. Er war überfordert. Eine innere Stimme sagte ihm klar und deutlich, dass dieser junge Mann ein Blender war, dem man kein Wort glauben und schon gar nicht die eigene Tochter überlassen durfte. Aber da war noch eine zweite Stimme, und die sagte ihm ebenso deutlich, dass von Boris Sidis eine Kraft ausging, der man sich besser nicht in den Weg stellte.

»Tja … ich weiß nicht recht … Was meinst du, Fannie?«

Fannie dachte lange nach. Dann fragte sie Boris mit ihrer dünnen, klagenden Stimme:

»Sagen Sie mal … *Lieben* Sie sie eigentlich?«

Boris musste beinahe lachen, so unerwartet kam die Frage.

»Ach je, Liebe. Was soll das sein? Traute Zweisamkeit, Familienidyll, Glück im Winkel … Wenn es mir darum ginge, könnte ich irgendeine nehmen. Aber es geht mir nicht darum, und Sarah ist nicht irgendeine. Was ich vorhabe, geht nur mit ihr.«

»Ob Sie sie lieben, wollte ich wissen.«

»Viel mehr als das. Ich brauche sie.«

»Also, Sie lieben sie nicht.«

Boris verdrehte die Augen.

»Hören Sie, ich habe einen Vorschlag. Warum fragen wir Sarah nicht einfach selber, was sie will? Es geht schließlich um ihre Zukunft, also sollte sie entscheiden dürfen, meinen Sie nicht?«

»Also gut«, sagte Bernard und wandte sich seiner Tochter zu. »Pass auf, Sarah, die Sache ist die: Willst du wirklich einen Mann heiraten, der dich nicht liebt und nichts für dich tun will, aber das Blaue vom Himmel verspricht? Überleg's dir gut.«

»Papa, du tust ihm Unrecht. Ich weiß, es klingt manchmal etwas sonderbar, was er sagt, und manchmal wirkt er ein bisschen barsch. Er ist eben sehr … ungewöhnlich.

Aber was er sagt, ist kein leeres Gerede. Und stellt euch vor, ich werde wirklich eine Ärztin – wärt ihr dann nicht schrecklich stolz auf mich?«

»So, jetzt nur noch das Zeugnis und die fünf Dollar Schulgeld, und dann hätten wir's.«

Die Dame im Sekretariat wirkte ungeduldig. Sie hatte lange gebraucht, um ein mehrseitiges Formular samt Abschrift säuberlich mit Federhalter und Tinte auszufüllen. Die Leute in der Warteschlange murrten schon, weil es so langsam voranging.

»Zeugnis?«, fragte Sarah.

»Na, das Abschlusszeugnis der Elementary School.«

»Ach so. So was hab ich gar nicht. Ich bin eingewandert.«

»Dann eben ein gleichwertiges Dokument aus dem Herkunftsland.«

»Hab ich auch nicht. Wissen Sie, ich war nämlich als Kind –«

»Warum sagen Sie das nicht gleich?« Die Sekretärin legte verärgert das Formular zur Seite.

»Bitte, lehnen Sie mich nicht ab«, flehte Sarah. »Ich habe alles gelernt, was nötig ist. Mein Verlobter hat es mir beigebracht.«

»Was Ihr Verlobter mit Ihnen gemacht hat, geht mich nichts an. Sie müssen einen gültigen Befähigungsnachweis vorlegen. Und da Sie einen solchen Befähigungsnachweis offensichtlich nicht besitzen –«

»Befähigungsnachweis! Wenn ich das schon höre!«, rief Boris, der sich bis dahin im Hintergrund gehalten hatte.

»Ein Zeugnis weist doch keine Befähigung nach. Es beweist nur, dass man jahrelang unter der Fuchtel eines Schulmeisterleins gestanden hat. Stellen Sie Sarah einfach ein paar Fragen, dann werden Sie schon sehen, wozu sie befähigt ist. Aber kommen Sie uns nicht mit Zettelkram.«

»Sie sind der Herr Verlobte? Dann nehmen auch Sie gefälligst zur Kenntnis, dass man bei uns mit Bitten und Betteln gar nichts erreicht, und mit Unverschämtheiten erst recht nicht. Sondern einzig und allein damit.«

Sie klopfte mit dem Finger auf das Kästchen im Formular, in das sie den Haken für den vorgelegten Befähigungsnachweis zu setzen hatte. Den unscheinbaren kleinen Haken, von dem alles abhing. Ob Sarah in den nächsten Jahren in die Abendschule gehen durfte. Ob sie dort einen HighSchool-Abschluss machen durfte. Ob sie anschließend ein Studium beginnen durfte. Und nicht zuletzt, ob sie Boris heiraten durfte. Denn darauf hatten sich Bernard und Fannie nach langem Hin und Her schließlich eingelassen: Sollte Boris es tatsächlich gelingen, aus Sarah eine Studentin zu machen, dann würden sie die Bedenken gegen ihre Verbindung aufgeben. Aber momentan sah es ganz danach aus, als würden all die großen Pläne frühzeitig scheitern. An einem fehlenden Häkchen in einem Formular. Boris spürte, wie ihm das Blut in den Schläfen pochte. Er schloss die Augen und holte tief Luft.

»Jetzt reicht's mir aber! Sie machen da sofort einen Haken hin!«, schrie er und schlug mit der Faust auf den hölzernen Tresen, der ihn von dem kleinen Büroraum trennte. »Wissen Sie überhaupt, was Sie anrichten? Wissen Sie, dass Sie eine Existenz zerstören? Empfinden Sie vielleicht eine perverse Lust dabei? Erregt es Sie, wenn Sie Unschuldige quälen? Antworten Sie!«

Er keuchte. Sein Kopf war rot wie der eines Truthahns, die Halsschlagader fingerdick, die Augen traten aus ihren Höhlen. Die Sekretärin flüchtete verängstigt hinter den Aktenschrank und schrie um Hilfe, woraufhin zwei Männer aus der Warteschlange, zwei kräftige Kerle, Boris ergriffen. Sie drehten ihm einen Arm auf den Rücken, trieben ihn mit Tritten und Stößen aus dem Gebäude, unbeeindruckt von den wirkungslosen Faustschlägen, die Sarah ihnen versetzte, und warfen ihn in die Gosse wie einen Mehlsack.

Boris klopfte den Staub von seinem Mantel und leckte das Blut von der Schürfwunde an seiner Hand.

»Komisch, überall dasselbe«, stellte er fest.

»Schluss, vorbei. Das war die letzte Chance.« Sarah klang deprimiert. »Mehr Erwachsenenschulen gibt's in Boston nicht. Ohne Zeugnis nehmen sie mich nicht auf, aber die Elementary School darf ich auch nirgends nachholen. Da ist doch ein Fehler im System.«

»Das ist kein Fehler, das ist ja gerade das System. Ein Teil der Bevölkerung soll dumm bleiben, damit man immer genügend ungelernte Arbeiter zum Herumkommandieren hat. Aber nicht mit uns. Das System hat nämlich tatsächlich einen Fehler. Besser gesagt: eine Lücke.«

»Und zwar?«

»Im Bundesstaat New York sind die Schulgesetze anders als in Massachusetts. Da kann man sich zu jeder Prüfung einfach anmelden, und wer besteht, der kriegt seinen Abschluss. Egal, ob er zur Schule gegangen ist oder nicht.«

»Und was nützt mir das?«

»Verstehst du nicht? Die dämliche Abendschule können wir uns sparen. Das bisschen, was man da lernt, kann ich dir genauso beibringen, viel schneller sogar. Und dann fährst du nach New York und machst die Prüfungen. Du wirst sehen, in längstens einem Jahr ist alles erledigt. Und dann wird geheiratet.«

»Du bist verrückt.«

»Wieso, wo ist das Problem?«

»Für dich wär's keins, das ist mir schon klar. Aber schau mal, allein schon die Mathematik. Arithmetik, Geometrie und wie das alles heißt. Ich hab doch keine Ahnung von dem ganzen Zeug.«

»Noch nicht. Aber das schaffen wir schon, vertrau mir.«

Sie fingen sofort an. Boris wirkte frisch und aufgeräumt, sein Optimismus von keinerlei Zweifel angegriffen.

»Vorweg drei Dinge, die du beherzigen solltest«, sagte er. »Erstens: nur keinen Respekt. Manche Leute haben vor der Mathematik so viel Respekt, dass sie nie erfahren werden, wie einfach sie ist. Dabei ist sie das Einfachste der Welt. Man kann praktisch gar nichts verkehrt machen, außer, man ist dumm. Und das bist du nicht. Jedes Monstrum wird zur Mücke, wenn man erst einmal den Respekt vor ihm verloren hat. Verstanden? Gut.

Zweiter Punkt: Logik. Ein Mensch, der nicht logisch denken kann, ist bloß ein Tier ohne Fell. Eigentlich müssten in jeder Schule jeden Tag Syllogismen geübt werden, ab der ersten Klasse. Dann wäre das falsche Denken im Handumdrehen ausgestorben. Gleich wirst du sehen, warum ich damals solchen Wert darauf gelegt habe, dass du dich damit beschäftigst. – Und drittens: das hier.«

Er zog ein zerknicktes Heft aus der Westentasche, das er am Straßenrand aus einer Kiste mit gebrauchten Büchern gezogen und für fünf Cent gekauft hatte.

»*Die Elemente* von Euklid. Da steht im Grunde schon alles drin. Ein paar Axiome, auf denen alles aufbaut, und ein bisschen gesunder Menschenverstand, der mit ihnen herumspielt und begreift, wie aus dem einen logisch das andere folgt – das ist die ganze Mathematik. Mehr hatte Euklid nicht, und mehr brauchst auch du nicht. Schau, ich zeig's dir.«

Es war wie Laufen lernen. Anfangs ging Sarah auf wackligen Beinen und fiel beim kleinsten Hindernis hin, aber Boris richtete sie immer wieder auf. Und da sie ihren vollen Ehrgeiz in die Sache legte und noch spät in der Nacht, als die Familie längst schlief, mit verkniffenem Mund und mahlendem Kiefer am Küchentisch saß und Gleichungen nach x auflöste, wurden ihre Schritte zusehends sicherer. Als sie ganz alleine einen Beweis fand, warum es unendlich viele Primzahlen gibt, fühlte sie sich wie Euklid persönlich. Und als Boris ihr Aufgaben gab, die ganz ähnlich waren wie die, die bei den Prüfungen gestellt wurden, glaubte sie zum ersten Mal selbst, dass sie es schaffen könne.

Sie kratzten zusammen, was sie hatten, für die billigste Fahrkarte nach New York und etwas Übernachtungsgeld für die Tante einer Arbeitskollegin von Sarahs großer Schwester, auf deren Sofa Sarah während der Prüfungswoche schlafen durfte.

Die Prüfungen waren nicht einfach, aber auch nicht übermäßig schwer. Wie sie abgeschnitten hatte, konnte Sarah unmöglich einschätzen, sie hatte ja keinen Vergleich. Selbst als sie das Zeugnis mit den Ergebnissen zugeschickt bekam, wusste sie nicht, was es bedeutete. Note H, war das nun gut oder schlecht? Sie erkundigte sich und erfuhr, dass das H für *Honors* stand: mit Ehrenauszeichnung. Sie durfte studieren, was sie wollte. Und sie durfte Boris heiraten.

Zur Hochzeit schenkten Bernard und Fannie dem frischgebackenen Ehepaar Sidis zwei Eintrittskarten für Keith's New Theatre, ein erst vor kurzem eröffnetes Vaudeville in der Tremont Street beziehungsweise, so stand es jedenfalls auf den Plakaten, ein Muss für alle Liebhaber leichter Unterhaltung, ein Schauplatz unvergesslicher Erlebnisse, kurzum: der schönste und aufregendste Amüsiertempel der Welt.

Er könne sich nicht erinnern, jemals ein derart unnützes Geschenk bekommen zu haben, sagte Boris und schlug vor, die Billetts weiterzuverschenken oder besser noch verfallen zu lassen. Das Geld dafür sei ja so oder so verloren, da müsse man den Schaden nicht noch verdoppeln und seine kostbare Lebenszeit für einen solchen Unsinn verschwenden. Sarah wies ihn an, seinen Schuh notdürftig mit Spucke und einem Taschentuch zu reinigen, er sei wohl in etwas hineingetreten, und ermahnte ihn zur Eile, sie seien spät dran.

Fest entschlossen, alles schrecklich zu finden, regte Boris sich schon über die Außenfassade des Keith's auf, eine, wie er fand, Geschmacklosigkeit sondergleichen, ein unharmonisches Sammelsurium von grellbunten Schmuckelementen. Im Foyer wurde es noch viel schlimmer. Jetzt werde ihm so langsam bewusst, sagte Boris und musterte den Überreichtum an Stuckverzierungen, grünem und weißem Marmor, Kristallspiegeln, Blattgold, schmiedeeisernem Zierrat, Plüschmöbeln und an die Wände gepinselten musizierenden Engelchen, wie schön das Polizeigefängnis von Berdytschiw doch sei. Sie wolle nichts mehr hören, zischte Sarah gereizt, die Vorstellung habe bereits angefangen.

Während sie im Publikumsraum zu ihren Plätzen schlichen, stand vorne auf der Bühne ein Äquilibrist in einem geringelten Trikot auf einer großen, vergoldeten Gipskugel. Er jonglierte mit vier Keulen gleichzeitig und hielt dabei, den Blick starr zur Decke gerichtet, durch seehundhaftes Kopfwackel drei bunte Lederbälle in Balance, welche übereinandergestapelt auf seiner Stirne lagen. Sarah applaudierte eifrig. Boris hockte mit verschränkten Armen auf seinem Klappsitz und flüsterte ihr ins Ohr, ob sie ihm denn auch Beifall klatschen würde, wenn er ab sofort seine Zeit dazu verwendete, sinnlose Gleichgewichtskunststückchen einzuüben. Sie würde ihm für ein anderes Kunststück noch viel mehr Beifall klatschen, flüsterte sie zurück, nämlich, wenn er es schaffe, einmal für zwei Stunden am Stück still zu sein.

Das weitere Programm ließ Boris mit stoischer Miene über sich ergehen. Gelegentlich stöhnte er gequält auf oder gähnte demonstrativ, aber ansonsten beherrschte er sich. Ein sogenannter Komiker erzählte sogenannte Witze, ein Pavian in einem rotweißen Kostüm umkreiste auf Rollschuhen seinen Dompteur, eine Sopranistin in wallendem Kleide sang die traurige Ballade vom Mädchen, das ins Wasser ging. Boris schaute mürrisch zu und überprüfte, ob es ihm noch gelang, fünfstellige Zahlen im Kopf zu multiplizieren.

Und dann, Boris konnte nicht genau sagen, woher er gekommen war, stand auf einmal ein kleiner, buckliger Mann schwer bestimmbaren Alters auf der Bühne. Er hatte staubgraues Haar, gelbe Haut, gelbe Zähne, gelbe Augen und trug gestreifte Beinkleider sowie einen Frack, dessen Schwalbenschwänze beinahe den Boden berührten.

Minutenlang tat der Bucklige nichts weiter, als dazustehen und bedächtig nickend das Publikum zu mustern, das sich unter seinen Blicken immer beklommener fühlte.

»Ich muss mich nicht vorstellen, Sie kennen mich«, begann er mit schnarrender Stimme, und er sagte es so bestimmt, dass jeder im Saal glauben musste, er wäre der Einzige, der keine Ahnung hatte, wer vor ihm stand. »Monsieur Rodolphe Trémeaux aus Paris, der weltberühmte Mesmerist – so schreibt man über mich, auf allen Kontinenten.« Sein Englisch hatte einen französischen Einschlag, der, wie Boris sofort erkannte, unecht war.

Monsieur Trémeaux erzählte allerlei erstaunliche Anekdoten aus seinem Leben. Wie man ihn als Kind für besessen hielt, weil er von sonderbaren Dingen sprach, von hölzernen Dämmen auf der Straße und einem König, der übers Wasser geht, was sich viele Jahre später als Vorhersage der Februarrevolution in seinem Lande entpuppte. Wie er, noch keine zwanzig Lenze zählend, als der versierteste Geisterseher der Alten Welt galt, in den vornehmsten Adelshäusern verkehrte und sogar bis ins ferne Tokio gerufen wurde, wo er den moribunden, von seinen Leibärzten schon aufgegebenen Thronfolger allein kraft seiner magischen Hände zur vollständigen Genesung brachte. Wie er bei anderer Gelegenheit, auf der Spitze einer mexikanischen Tempelpyramide –

An dieser Stelle hielt Monsieur Trémeaux mitten im Satz inne. Sein Blick gewann Schärfe und Richtung, wurde bohrend und traf einen jungen Mann in der zweiten Reihe, der eben noch grinsend und gummikauend auf seinem Sitz gelümmelt hatte und nun ertappt aufschrak.

»He, Sie da!«, rief Monsieur Trémeaux schneidend. »Sie denken wohl, ich sehe Ihre dämlichen Grimassen nicht. Sie denken, der Alte da oben prahlt und lügt mit jedem Wort.«

»Wenn das Ihre ganze Gedankenlesekunst ist, dann ist es nicht eben weit her damit«, antwortete der Junge trotzig.

»Oho, da hält sich einer für ganz stark.« Monsieur Trémeaux ergriff routiniert, fast gelangweilt die Gelegenheit zur Fehde. »Dann komm doch einmal hoch zu mir, du starker Mann. Nun zögerst du. Nun wird dir mulmig. Nun bereust du, mich so frech provoziert zu haben. Du willst nicht, hab ich recht? Aber das nützt dir nichts. Du wirst jetzt aufstehen, du stehst jetzt auf von deinem Platz und kommst hoch, du kommst langsam hoch zu mir auf die Bühne.«

Dabei richtete er alle zehn Finger auf den Jüngling, saugte ihn mit seinen dämonischen Augen an und zog ihn wie an einer unsichtbaren Angelschnur zu sich herauf. Es sah kurios aus, wie die beiden nebeneinanderstanden, hier der krumme Alte, da der Junge, rosig, strotzend, ihn um zwei Köpfe überragend und doch ganz seinem Willen ausgeliefert, wie der Ochse dem Bauern.

»Siehst du, du bist zu mir gekommen, wiewohl du es nicht wolltest. So schwach bist du, obschon du Muskeln hast wie ein Preisboxer. Sie nutzen dir gar nichts, denn alle Kraft ist aus dir gewichen. Du fühlst dich welk wie eine ungegossene Blume, müde wie eine Fliege im Herbst.«

Monsieur Trémeaux umschrieb die angebliche Schwäche seines Gegenübers mit immer neuen Bildern, während er von einem Beistelltisch ein Zehn-Pfund-Gewicht nahm und es mit einer Hand auf den Boden stellte. Es war ein gewöhnlicher schwarzer Gusseisenzylinder, wie ihn Marktfrauen jeden Tag in die Waagschale legten, um Mehl und Reis abzuwiegen.

»Du bist zu schwach, um dieses Gewicht hochzuheben, magst du dich auch noch so bemühen. Es wiegt eine Tonne, und du hast nicht einmal die Kraft einer Maus. Versuch's nur, es wird dir nicht gelingen.«

Jeder konnte sehen, dass der Junge sich die Erniedrigung nicht gefallen lassen wollte, dass er wahrhaftig sein Bestes gab, das kleine Stück Metall zu bewegen. Doch sosehr er auch an ihm zog und zerrte, es stand wie festgeschraubt. Er schwitzte und dampfte und wurde rot vor Anstrengung, vor Zorn oder vielleicht auch vor Beschämung, denn die Anspannung des Publikums löste sich in Gejohle und Gelächter, welches sich noch steigerte, als ihm der teuflische Trémeaux ein hinterhältiges Geschenk machte.

»Wusst ich's doch, du bist zu schwach«, sagte er kühl und stellte das Gewicht mühelos zurück auf den Tisch. »Aber nach so schwerer Arbeit hast du dir eine kleine Erfrischung verdient. Da, nimm diesen schönen, roten Apfel, den sollst du dir jetzt schmecken lassen. Beiß nur fest hinein, mmmh, köstlich, so ein saftiger Apfel.«

In Wahrheit hatte er ihm jedoch, für alle sichtbar, eine rohe Zwiebel gegeben. Unbegreiflicherweise vertraute der Jüngling den falschen Worten mehr als seinen eigenen Sinnen, und so zerkaute und verschluckte er tatsächlich die Zwiebel wie einen Apfel.

Endlich beendete der grausame Meister das Spektakel mit einer beiläufigen Handbewegung, schickte den Gedemütigten zurück auf seinen Platz und bat die Zuschauer mit öliger Galanterie um »Pardon für dieses eingestandenermaßen unwürdige Schauspiel, das, wie ich fürchte, ein ungünstiges Licht auf mich geworfen hat. Sie müssen mir glauben, dass ich meine Aufmerksamkeit nur ungern einem Burschen mit schlechter Kinderstube und mit sehr viel größerem Vergnügen einer charmanten, liebreizenden Dame widme.«

Er ließ seine Augen durch die Reihen wandern, trat bald mit dieser, bald mit jener jungen Frau in Blickkontakt, prüfte sie auf irgendwelche Eigenschaften – welche genau, das zählte zu den Geheimnissen seines Berufs – und entschied sich schließlich für Sarah.

»Schöne Frau, wollen Sie mir die Freude gönnen, Sie auf der Bühne begrüßen zu dürfen?«, komplimentierte er und lächelte sie mit seinen gelben Zähnen an. Sarah fürchtete sich vor dem unheimlichen Gnom und fühlte sich zugleich geschmeichelt, aus der großen Menge ausgewählt worden zu sein. Während sie noch unsicher war, welcher ihrer Empfindungen sie gehorchen sollte, stand sie schon neben ihm und reichte ihm artig die Hand. Doch als er sich anheischig machte, ihr einen Kuss aufzudrücken, entzog sie sie ihm rasch und verbarg sie sogar, wie um sie vor dem Widerling zu schützen, hinter ihrem Rücken. Die empörte Miene, die sie dazu machte, sah so drollig aus, dass das Publikum sie mit großer Heiterkeit quittierte und Sarah den ersten öffentlichen Applaus ihres Lebens schenkte.

»Aber, aber, mein liebes Kind, warum so feindselig? Was hat er dir denn angetan, der gute Trémeaux? O nein, nein, ich verstehe schon, es ist etwas ganz anderes, nicht wahr? Du hast einen liebsten Schatz, wie? Und er sieht uns zu? Wusst ich's doch. Dem willst du keinen Kummer machen und keinen Anlass zur Eifersucht bieten, du Gute, denn treu und sittsam, so bist du. Das muss ein junges Ding auch sein, wenn es so hübsch ist wie du, sonst kann es sich bald nicht mehr retten vor Verehrern. Dann lass mich ihn doch einmal ansehen, den Glücklichen, dem es gelungen ist, dein Herz zu gewinnen. Das ist er? Oh, ich sehe wohl, das Glück ist auch auf deiner Seite. Nun weiß ich's, warum du die Lippen des alten Trémeaux nicht dulden wolltest auf deinem Handrücken, wo dein Mund solch herrliche Lippen kosten darf, wann immer ihn danach verlangt.«

Ständig so weiter palaverte der bucklige Zwerg, wobei seine Stimme weicher und weicher wurde, und fuhr währenddessen mit ausgestrecktem Zeige- und Mittelfinger seiner rechten Hand langsam vor Sarahs Gesicht herum, so dass sie nicht anders konnte, als der steten, gleichmäßigen Bewegung zu folgen.

»Denn es gibt doch nichts Schöneres im Leben, als einen

liebsten Schatz sein Eigen zu heißen, der sagt: Ich will mit dir Küsse tauschen von Mund zu Munde. Der sagt: Sieh doch, hier bin ich und erwarte freudig die zarte Berührung deiner Lippen. Warum lässt du mich darben? Was hindert dich, mir und dir den Genuss zu schenken? Komm und küsse mich!«

In dieser Sekunde legte der falsche Verführer die beiden Finger an seinen faltigen Mund. Sarah aber, benebelt von seinem Gerede und den Bewegungen seiner Hand, beugte sich versonnen zu ihm, wie träumend, leuchtend vor Verzückung, zum Kusse bereit, und sie hätte ihn wohl tatsächlich geküsst, hätte seine schnelle Handbewegung sie nicht im letzten Moment aufgeschreckt. Ohne Orientierung stand sie auf der Bühne und wusste nicht, wie sie dorthin gekommen war, warum ihre Lippen geschürzt waren und weshalb Trémeaux, der sich verbeugte, knapp und arrogant wie ein Matador, gefeiert wurde. Der Beifall steigerte sich vom Sturm zum Orkan, als plötzlich der gefoppte Ehemann auf die Bühne sprang.

»Genug jetzt! Es reicht!«, rief Boris und zerrte Sarah, das tobende Publikum nicht achtend, hinter sich her aus dem Saal. In höchster Erregung verließ er das Theater mit langen, weit ausholenden Schritten. Sarah trippelte auf der nächtlich einsamen Straße mit Mühe hinterher.

»Boris, du darfst nichts Falsches von mir denken. Ich bin nicht so eine, ich will keine anderen Männer küssen, und den da schon gar nicht. Es war nur ... Ich weiß auch nicht –«

»Ach, halt den Mund. Du kapierst doch überhaupt nicht, um was es geht.«

»Ich schwöre bei Gott, ich will nur dich, sonst keinen.«
»Das interessiert mich im Moment herzlich wenig. Und hör verdammt noch mal mit der dämlichen Heulerei auf.«

Er blieb stehen, drehte sich zu ihr um, fasste sie mit beiden Händen an den Schultern und schüttelte sie.

»Begreif doch! Hypnose! Suggestion! Das ist es! Ich war blind, da musste erst dieser Hanswurst kommen, damit mir die Augen aufgehen. Man kann einen Menschen so manipulieren, dass er seine Körperkraft oder seinen Willen verliert, oder man kann ihn stärken und ihm etwas Gutes tun, das Prinzip ist dasselbe. Ich pfusche seit Jahr und Tag mit diesen Phänomenen herum, ohne es selbst zu wissen, aber sogar meine dilettantischen Zufallsversuche reichen aus, dass man mich für einen guten Lehrer hielt. Was wird erst sein, wenn ich gelernt habe, solche Techniken gezielt einzusetzen? Suggestives Lernen unter Hypnose – Sarah, das wird die Welt verändern! Das wird die Menschheit trennen in zwei Lager, hier die Neandertaler, die noch pauken und büffeln müssen, um etwas in den Kopf zu bekommen, und da das glückliche Menschengeschlecht, dem das Wissen im Halbschlaf wie mit einer Pipette ins Gehirn geträufelt wird. Ein neues Zeitalter steht vor der Tür, Sarah! Und du redest von Küssen!«

Am nächsten Morgen erwachte Boris früher als üblich. Seit langem hatte er keiner Bibliotheksöffnung mehr so sehr entgegengefiebert. Er würde sich alles aushändigen lassen, was die Public Library zum Thema Hypnose im Bestand hatte.

Zu seiner Enttäuschung war es nicht sehr viel, und das

wenige war nicht besonders erhellend. Zur einen Hälfte handelte es sich um mystisch umwaberte Schauerschriftstellerei, zur anderen um unwissenschaftliche Spekulationen ohne seriöse Grundlage. Nur ein einziges Buch brachte ihn weiter. Es hieß *The Principles of Psychology* und war im Jahr 1890 erschienen, also noch recht aktuell. Das Kapitel über Hypnotismus fasste den Stand des Wissens ausgezeichnet zusammen.

Außer Wachen und Schlafen, erfuhr Boris, gab es noch einen dritten Zustand des Bewusstseins, die sogenannte Trance. Der Mensch konnte sie nur unter bestimmten Umständen erreichen, etwa bei einer Hypnotisierung. Noch wussten die Gelehrten nicht genau, was es mit diesem rätselhaften Phänomen auf sich hatte, die Erforschung war in vollem Gange. Aber es stand außer Zweifel, dass mit der Trance eine sonderbare Verwandlung einherging, die sich für viel mehr nutzen ließ als bloß für effekthascherische Varietédarbietungen. Beispielsweise war ein geübter Hypnotiseur in der Lage, das Schmerzempfinden eines Patienten zeitweilig auszuschalten, was die Hoffnung aufkommen ließ, eines Tages bei der Anästhesie auf Äther verzichten zu können. Bei ähnlichen Experimenten wurden Probanden unter Hypnose unempfindlich für Hunger gemacht, so dass sie anschließend problemlos vierzehn Tage ohne Nahrung auskamen.

Boris war entflammt. Er las die kompletten tausenddreihundert Seiten der *Principles* in einem Zug. Danach fühlte er sich wie ein anderer Mensch. Der Psychologie gehörte die Zukunft, das war gewiss, und mit der gleichen Gewissheit wusste er, dass er Psychologe werden wollte. Was auch sonst? Alle anderen Wissensfelder waren mehr oder weniger abgegrast. Was war von der Physik, der Chemie, den Erdwissenschaften, der Biologie noch zu erwarten? Wo sollte ein Kopernikus auftauchen und das herrschende Weltbild mit einem Donnerschlag zertrümmern? Die Zeit der großen Umbrüche war vorbei. Die wesentlichen Fragen waren geklärt.

Natürlich, es gab noch unendlich viel Fleißarbeit zu tun. Es gab noch immer Orte, an denen noch nie ein Menschenfuß seinen Abdruck hinterlassen hatte. Also machte sich der Vollständigkeit halber eine Expedition auf zum Gipfel des Kilimandscharo. Was fand man nach langer Reise und mühsamer Kletterei dort oben vor? Nichts als das Erwartbare: Schnee, Eis und totes Vulkangestein. Von einer bis in die fernsten Winkel ausgekundschafteten Erde durften Entdeckernaturen keine Sensationen mehr erhoffen. Möglicherweise hielt sich irgendwo auf den Ozeanen noch der eine oder andere unwirtliche Felsen vor ihnen verborgen. Aber für ein neues Amerika, das wusste jeder, war auf dem Globus kein Platz mehr.

Wie anders die Psychologie! Sie war eine blutjunge Wissenschaft und von ihrer Mutter, der Philosophie, noch nicht ganz abgenabelt. Noch war sie sich ihrer eigenen Grundlagen nicht sicher, noch fehlten ihr die großen, prägenden Persönlichkeiten. Aber wohin ihre Forschungsreise gehen sollte, stand fest: in die nächstgelegene und zugleich unbekannteste Gegend der Welt, die geheimnisvolle Dunkelzone unterhalb der menschlichen Schädeldecke.

Nicht, dass sich vergangene Generationen keine Gedanken darüber gemacht hätten, was der Mensch ist und was ihn antreibt. Nicht, dass sie keine Begriffe gekannt hätten wie Bewusstsein, Wahrnehmung, Empfindung, Wille, Trieb, Leidenschaft oder Gefühl. Nur: Was diese Begriffe exakt bedeuteten, das wussten sie nicht. Sie konnten nur Vermutungen anstellen, die mehr mit poetischer Seelenschau zu tun hatten als mit harter Erkenntnis. Um belastbare Daten zu erheben, hätten sie geeignete Messgeräte gebraucht, und die hatten sie nicht.

Eben das änderte sich derzeit. Es wurden psychologische Laboratorien aufgebaut und mit Algesimetern, Kymographen, Stereoskopen und anderen neuartigen Apparaturen bestückt, um die Funktionsweise des Menschen so gut als möglich zu erkunden.

Was passiert zum Beispiel, wenn jemand ein heißes Eisen in die Hand nimmt? In früheren Zeiten hätte man sich mit folgender Antwort begnügt: Er lässt es unwillkürlich blitzschnell fallen. Jetzt wollte man es genauer wissen: Was bedeutet »unwillkürlich«? Wie schnell ist »blitzschnell«? Wie kommt es, dass das Gehirn den Befehl zum Öffnen der Hand sehr viel rascher geben als es den Gedanken »Das Eisen ist zu heiß, ich sollte es besser loslassen« durchführen kann?

In den psychologischen Laboratorien widmete man sich solchen Fragen so gründlich wie nie zuvor. Durch Messungen mit Präzisionschronometern fand man heraus, dass menschliche Nervenfasern elektrische Impulse mit einer Geschwindigkeit von bis zu hundertzwanzig Stundenkilometern übertragen. Ein Schmerzsignal braucht also rund zwei Millisekunden, um von der Hand ins Gehirn zu gelangen. Das ist ziemlich schnell, aber nicht blitzschnell.

Auch wenn diese Arbeiten noch nicht sehr weit gediehen waren, hatte Boris keinen Zweifel an ihrer epochalen Bedeutung. Der Mensch war gerade dabei, sein Innerstes kennenzulernen. Er war im Begriff, ein umfassendes Modell von sich selbst zu erschaffen, mit allen mechanischen Feinheiten. Und das würde nur der erste Schritt sein. Als Nächstes könnte er sich daranmachen, die Fehler und Mängel, die ihm die Natur mitgegeben hatte, gezielt auszumerzen. Am Ende eines langen Verbesserungsprozesses stünde der makellose Idealmensch, die Krone der Selbstschöpfung.

Die größten Fortschritte erzielte die psychologische Forschung zurzeit in Deutschland, insbesondere durch Wundt und Fechner in Leipzig. Aber Amerika hielt den Anschluss, und das lag in erster Linie am Autor der *Principles of Psychology,* einem Professor für Philosophie und Psychologie namens William James, der an der Harvard University lehrte.

Boris verstand sich selbst nicht mehr. Einen Steinwurf von seiner Haustür entfernt tat sich Bahnbrechendes, und er hatte es noch nicht einmal mitbekommen. Weil er ewig lange – warum eigentlich? – in einer Dachkammer über uralten Büchern gehockt hatte. Weil er irgendwann einmal beschlossen hatte – warum eigentlich? –, Universitäten zu verachten. Weil er, um Sarahs Worte zu gebrauchen, nicht wusste, wohin mit sich und seinem Talent.

Sarah scheute sich nicht, mit Boris Tacheles zu reden, wenn es nötig war. Und sie fand, es müsse hin und wieder gesagt sein, dass er nicht genug aus sich machte, denn das war jetzt nicht mehr nur sein eigener Schaden, sondern auch ihrer. Sie hatte diesen Mann nicht geheiratet, um für immer mittellos zu bleiben.

Nun gut, mittellos war ein wenig übertrieben. Ihre erste gemeinsame Wohnung in der Blackstone Street, nicht weit vom Haymarket, war ein Schritt nach vorn, im Vergleich zum Kaninchenstall ihrer Eltern. Geräumig war sie nicht, und es fehlte auch noch an Möbeln, momentan sparten sie auf einen zweiten Stuhl. Aber das Zimmer hatte ein großes Fenster zur Straße, von der Decke hing eine elektrische Kohlefadenlampe, und in der Küche gab es fließendes Wasser.

Mit Boris hatte Sarah das große Los gezogen, das sagte sie sich jeden Tag, damit sie es nicht vergaß. Allein schon wie er ihr dabei geholfen hatte, zur Vorbereitung auf ihr Studium Latein und Physik zu lernen – als Lehrer war er nach wie vor unübertrefflich. Nur ihm hatte sie es zu verdanken, dass sie jetzt als ordentliche Studentin an der Boston University School of Medicine immatrikuliert war, als eine von wenigen Frauen unter einigen hundert Männern.

Jeden Mittag füllte sie im Speisesaal drei Stunden lang die Teller, um sich ein warmes Mittagessen zu verdienen. Zweimal in der Woche ging sie direkt vom Hörsaal in ein Krankenhaus, machte als Aushilfsschwester die Nacht durch und saß am nächsten Morgen wieder im Unterricht, ohne sich jemals über die Mühsal zu beklagen.

An ihren freien Abenden lag Sarah zusammen mit Boris auf dem schmalen Bett. Sie schauten auf die orangerot glimmende Spirale an der Zimmerdecke und redeten über die Zukunft; das heißt, meistens redete Boris. Eines Tages, sagte er, werde es überall elektrischen Strom geben, auch im allerhintersten Bauernhof, und dann würden alle Arbeiten von Maschinen erledigt.

»Eine Maschine wäscht die Wäsche, eine andere kocht das Essen, eine spült das Geschirr, eine klopft die Teppiche, eine flickt Strümpfe, eine wickelt und füttert die Kinder – und die Hausfrau sitzt währenddessen bequem auf dem Sofa und lernt eine fremde Sprache oder beschäftigt sich mit einem philosophischen Werk. Unvorstellbar, sagst du? Der Fortschritt war zu allen Zeiten für die Leute unvorstellbar, und dann kam er doch. Ich sage dir, das Zeitalter der Muskelschinderei wird enden und ein neues beginnen, das elektrische. Und dann werden die Menschen endlich anfangen, Menschen zu sein anstatt Sklaven ihres Selbsterhalts.«

Seine Augen leuchteten vor Überschwang. So leidenschaftlich, wie er die Menschheit in ihrem gegenwärtigen, unvollkommenen Zustand hasste, mit all ihrer Rohheit, Bosheit und Gemeinheit, so innig liebte er sie, wenn er daran dachte, wie sie sein könnte und möglicherweise einmal sein würde. Sarah mochte es, wenn er sich von dieser Seite zeigte, als tiefreligiöser Anhänger des Fortschrittsglaubens. Und dennoch. Ja, er gab immer noch seine Unterrichtsstunden, und ja, er bezahlte davon die Miete und das Essen für beide. Aber das konnte doch nicht genug sein für einen Siebenundzwanzigjährigen mit seinen Fähigkeiten.

Boris hatte Sarah nichts entgegenzusetzen, er konnte ihr nur zerknirscht beipflichten. Es stimmte, er lebte zu sehr in den Tag hinein, ohne Plan und Ziel. Wenn er so weitermachte, wäre er nie in der Lage, eine Familie zu ernähren. Er redete ständig davon, Psychologe werden zu wollen, aber er tat nichts dafür. Er war schon zu alt für ein reguläres Studium, es blieb nur noch die Möglichkeit, sich als Special Student zu bewerben. Er musste jetzt handeln, bevor dieser Zug auch noch abgefahren war. Ja, ja, ja, sie hatte ja recht.

Der Aufnahmeprüfung an der Harvard University sah Boris mit Unbehagen entgegen. Er konnte es nicht leiden, geprüft zu werden. Dass andere Leute es sich herausnehmen durften, ihn anhand ihrer Maßstäbe zu bewerten, empfand er als erniedrigend. Außerdem fürchtete er, im Vergleich mit seinen Altersgenossen schlecht abzuschneiden. Sie standen mitten im Leben, hatten Kinder, Beruf, Einkommen, Anerkennung und einen Erfahrungsvorsprung, der sich zwangsläufig auf das Ergebnis auswirken musste.

Der mündliche Teil der Prüfung sollte eine Dreiviertelstunde dauern. Nach zehn Minuten brachen die drei Prüfer das Ganze ab. Es hatte keinen Sinn. Boris hatte keine einzige Frage beantwortet, sondern lediglich erklärt, weshalb sie falsch beziehungsweise ungenau formuliert war, und das auf eine Weise, die den Prüfern keine andere Wahl ließ, als ihm zuzustimmen. Beim schriftlichen Test hatte er das beste Resultat, nicht nur unter den vierundachtzig Teilnehmern, sondern in der Geschichte Harvards. Die Tore zur führenden Universität Amerikas standen ihm weit offen.

Er musste sich nicht auf ein bestimmtes Fach festlegen, sondern durfte sich die Kurse nach Belieben auswählen wie Speisen von einem reichhaltigen Büfett. Die Psychologie hob er sich als Hauptgericht auf, zunächst genehmigte er sich einen bunten Vorspeisenteller, den er sich aus den Angeboten der anderen Fakultäten zusammenstellte. Keinem Lehrplan, nur seinem Appetit folgend, lief er auf dem Campus von einem Gebäude zum anderen, saß abwechselnd bei den Altphilologen und den Naturwissenschaftlern, bei den Ökonomen und den Juristen und hörte den größten Koryphäen zu, die es weit und breit gab. Es war das reine Glück. Dass er als Special Student keinen akademischen Abschluss machen durfte, störte ihn nicht. Darauf hatte er es ohnehin nicht angelegt.

Eines Tages, noch in seinem ersten Semester, erhielt er eine Einladung in das Büro von Präsident Eliot. Das schien eine besondere Ehre zu sein, jedenfalls erntete er von den Kommilitonen, denen er beiläufig davon erzählte, neidvolle Blicke. Charles William Eliot wurde der Erfinder des modernen Harvard genannt, und das nicht zu Unrecht, schließlich war er es gewesen, der das Haus grundlegend reformiert und zu Weltbedeutung geführt hatte. Er leitete die Universität nun schon seit fast einem Vierteljahrhundert, und seine lange, ruhmreiche Karriere stand gerade in ihrem Zenit.

Für seine knapp sechzig Jahre wirkte Präsident Eliot erstaunlich jugendlich. Seine mächtigen, in ausladenden Büscheln von den Wangen abstehenden Koteletten waren längst grau geworden, aber hinter der kleinen, runden Nickelbrille blitzten wache, gescheite Augen.

»Eigentlich habe ich Ihnen gar nichts Besonderes mitzuteilen«, erklärte er lapidar. »Ich war bloß neugierig, wie so ein Boris Sidis aussieht.«

Boris schaute Präsident Eliot verständnislos an.

»Einmal im Jahr«, fuhr dieser fort, »bitte ich meine Professoren um Mitteilung, welche Studienanfänger ihnen durch besondere Begabung aufgefallen sind. Da tauchen dann jedes Mal die gleichen Namen auf – ein Delano, ein Coolidge, ein Quincy, ein Forbes ist immer dabei. Die alten Brahmanen-Familien eben. Und diesmal? Boris Sidis hier, Boris Sidis da. In den verschiedensten Fächern. Sagen Sie mal, wie viele Namensvettern von Ihnen rennen da draußen eigentlich herum?«

»Ich weiß nicht«, entgegnete Boris steif. »Vielleicht bin jedes Mal ich gemeint. Ich besuche Kurse unterschiedlicher Art.«

»Ach so? Dann haben wir uns wohl eines der letzten Exemplare aus der aussterbenden Spezies der Universalgenies eingefangen? Das wäre allerdings eine Erklärung. Und für mich sogar eine günstige. Jeder Student, der auf einer der Listen steht, bekommt nämlich die Studiengebühr erlassen.«

Boris richtete sich auf.

»Wenn das der Grund sein sollte, weshalb Sie mich gerufen haben, dann lassen Sie sich gesagt sein, dass ich meine Studiengebühr selbst bezahlen kann. Falls Sie zu viel Geld haben, schaffen Sie lieber neue Bücher für die Bibliothek an. Davon haben alle etwas und nicht nur ein Einzelner.«

»Mein lieber Mr. Sidis, ich fürchte, Sie haben etwas missverstanden.« Präsident Eliot machte ein strenges Gesicht. »Über die Verwendung der Geldmittel in diesem Hause haben nicht Sie zu entscheiden, sondern immer noch ich. So zählt es auch zu meinen Aufgaben, ein Sonderstipendium für Hochbegabte zu vergeben. Ich frage Sie jetzt nicht, ob

Sie bereit sind, dieses Stipendium anzunehmen. Ich verpflichte Sie einfach dazu. Ja, ich darf das, ich darf alles, ich bin nämlich der Präsident. Merken Sie sich das.«

Präsident Eliot überreichte Boris eine Mappe und verabschiedete ihn mit einem jovialen Klaps auf die Schulter. Erst im Freien, an den Stamm einer Ulme gelehnt, wagte Boris einen Blick in die Mappe. Sie enthielt eine Urkunde sowie einen Scheck über siebenhundertfünfzig Dollar.

Boris fand es nicht in Ordnung, dass so große Summen auf so hemdsärmelige Weise verschoben wurden. Dass in diesem speziellen Falle er selbst der Nutznießer war, machte keinen Unterschied. Außerdem fühlte er sich bedrängt. Bis eben noch hatte er sein Studium für sein Privatvergnügen gehalten, jetzt spürte er die Erwartung einer Gegenleistung. Offenbar stand er unter Beobachtung, vorher auch schon, aber künftig vermutlich noch mehr. Auf Geld, dachte er, liegt immer ein Fluch. Auch auf geschenktem Geld. Wer jemandem Geld schenkt, erzeugt ein Verhältnis der Ungleichheit, denn er erhebt sich selbst zum Gönner und degradiert sein Gegenüber zum Almosenempfänger.

Sarah war anderer Ansicht. Sie nannte Boris ein Kamel, ging zum Kaufmann und besorgte eine Flasche Schaumwein.

Boris beendete sein Studium generale und bezog Quartier bei den Psychologen. Endlich lernte er Professor William James kennen, den berühmten Verfasser der *Principles of Psychology*. Mit der Reife seiner fünfzig Jahre, seiner Ausstrahlung, seinem stilsicheren und zugleich uneitlen Auftreten, seinem nimmermüden Interesse an allem, was noch unentdeckt und unverstanden war, und nicht zuletzt mit seinem prächtigen, die Lippen und die Kinnpartie üppig überwuchernden Vollbart galt Professor James als Inbegriff eines Gelehrten, weit über die Mauern der Harvard University und die Grenzen seines Fachgebiets hinaus.

Professor James mochte Boris auf Anhieb. Über Nachlässigkeiten, dessen äußere Erscheinung betreffend, sah er ebenso großzügig hinweg wie über seine Unkenntnis der zahllosen ungeschriebenen, jahrhundertealten Benimmregeln, die den Söhnen der Bostoner Brahmanen so vertraut waren wie das Vaterunser. Weil er selbst ein Großer des Geistes war, wusste Professor James nur zu gut, wer in Frage kam, Großes und wahrhaft Neues zu schaffen: nicht die biederen Bewahrer des Althergebrachten, sondern die, die den Mut zum freien, ungeschützten Denken besaßen.

Es war somit nur natürlich, dass Boris Sidis sein Lieblingsstudent wurde. Seine Unangepasstheit, seine Unbezähmbarkeit, seine Unbedingtheit, sogar seine nie erschlaffende Streitlust, all das gefiel ihm sehr. Wann immer er eine abfällige Bemerkung über den »verrückten Russen« hörte, über seine Hitzköpfigkeit, seine Besserwisserei, seinen Mangel an Takt, nahm er ihn in Schutz: »Also, ich für meine Person komme ganz wunderbar mit Mr. Sidis aus. Es braucht nur einen kleinen Trick: Man darf ihm niemals widersprechen.«

Professor James verzieh Boris sogar den Skandal, den dieser bei einem Diner zu Ehren des Fürsten Wolkonski verursacht hatte. Der Fürst war als offizieller Vertreter des russischen Erziehungsministeriums zu Besuch in Harvard gewesen, und Professor James hatte nur Gutes beabsichtigt, als er Boris einlud und direkt an die Seite des hohen Gastes platzierte. Der Fürst, über die Brillanz seines Landsmanns vorab informiert, wollte die Gelegenheit nutzen, ihn zur Rückkehr nach Russland zu bewegen.

»Ich verfüge über einen direkten Zugang zum Zarenhaus und kann Ihnen einen gutdotierten Universitätsposten zusichern. Verbunden mit den besten Forschungsbedingungen, Assistenten nach Wunsch und allen akademischen Privilegien.«

»Kein Bedarf. Ich habe hier alles, was ich brauche.«

»Herr *Siddis*, ich appelliere an Ihre Vaterlandsliebe.«

»*Seydes* mein Name.«

»Gleichwie. Die Heimat ruft Sie. Was haben Sie in der Fremde verloren? Der Zar sucht die besten Köpfe zum Aufbau unseres Landes.«

Boris' Halsschlagader schwoll an. Seine Stimme wurde scharf wie eine Klinge. »Dann richten Sie dem Zaren aus, dass ich mir lieber die Adern öffne, als jemals wieder einen Fuß auf seinen Boden zu setzen. Wenn er gute Köpfe sucht, sollte er in seinen Kerkern nachsehen. Da lässt er sie nämlich verrotten, Ihr Zar.«

Der Tumult war groß. Fürst Wolkonski ließ sein Rotweinglas auf das damastene Tischtuch fallen, stürzte zum Saal hinaus und reiste noch in der Nacht ab. Professor James sah sich verpflichtet, Boris eine Verwarnung auszusprechen, bemerkte aber schon am nächsten Tag, ein klares Wort sei ihm lieber als tausend Diplomaten.

Um sich mit einer solchen Lappalie lange aufzuhalten, war er viel zu beschäftigt. Sein Arbeitspensum war enorm, die Bandbreite seiner Interessen ebenfalls. Bald widmete er sich Fragen der Pädagogik, bald dem Zusammenhang zwischen Emotionen und körperlichen Vorgängen, und kaum hatte er sich einige Gedanken über die Freiheit des Willens gemacht, versuchte er sich an der Versöhnung von religiösem Empfinden und philosophischem Denken. Die Kehrseite seiner Umtriebigkeit war eine notorische Ungeduld, die ihn daran hinderte, eine Angelegenheit über einen längeren Zeitraum zu verfolgen. Selbst von größeren Projekten trennte er sich schnell, sobald etwas anderes seine Aufmerksamkeit beanspruchte.

Erst unlängst hatte er dafür gesorgt, dass in Harvard unter erheblichem Aufwand das erste Forschungslabor für experimentelle Psychologie auf amerikanischem Boden eingerichtet wurde. Kaum waren die Räume möbliert und die Apparaturen aufgebaut, fiel ihm ein, dass er keine Lust auf langwierige Experimentiererei hatte. Er ließ aus Freiburg im Breisgau einen jungen Deutschen namens Hugo Münsterberg anreisen und übertrug ihm die Laborleitung.

Die gewonnene Zeit nutzte Professor James, um sich mit der größten Herausforderung der Psychologie auseinanderzusetzen, dem Phänomen des Paranormalen. Er nahm an spiritistischen Sitzungen teil, bei denen Leonora Piper als Medium wirkte. In ihrem normalen Wachzustand war Mrs. Piper die Gattin eines Bostoner Ladenbesitzers, eine gewöhnliche Frau ohne besondere Auffälligkeiten. Doch in Trance versetzt, sprach sie auf einmal mit fremder Stimme, kommunizierte mit den Toten – beziehungsweise die Toten kommunizierten durch sie – und wusste von Ereignissen, von denen sie nichts wissen konnte. Dass es sich bei Mrs. Piper um eine Betrügerin handeln könnte, schloss Professor James nach eingehender Untersuchung aus. Allem Anschein nach besaß sie tatsächlich übersinnliche Kräfte. Eine wissenschaftliche Erklärung für derartige Erscheinungen zu finden war indes schwierig.

Mit einiger Verlässlichkeit feststellen ließ sich vorerst nicht viel mehr als Folgendes: Der klare Verstand war nur ein kleiner Teil des menschlichen Geistes, er bildete lediglich dessen direkt zugängliche Oberfläche. Darunter, in den Tiefen unbekannter Gehirnregionen, verbarg sich ein kaum durchschaubares System aus unterbewussten und unbewussten Prozessen, die den Menschen steuerten und die wesentlichen Entscheidungen für ihn trafen.

Sarah bekam ihren Mann nur noch selten zu Gesicht. Sie saß alleine zu Hause und paukte die lateinischen Namen der Muskeln und Knochen, auf die gleiche Weise, wie sie Jahre zuvor englische Vokabeln gepaukt hatte, die Augen geschlossen, verbissen mit dem Unterkiefer mahlend. Es war langweilig, aber bei weitem nicht so sehr, wie in einer Textilfabrik zu sitzen und Knöpfe anzunähen. Außerdem erheiterte sie die Vorstellung, wie sie beim nächsten Familientreffen zu Ida sagen würde: »Nun sei aber still, sonst trete ich dir gegen dein *Os tibia*!«

Unterdessen verbrachte Boris ganze Tage und halbe Nächte in Harvard, um mit Professor James über die Ebenen des Bewusstseins zu diskutieren und mit Professor Münsterberg Experimente im Psychologielabor durchzuführen. Die Versuche waren simpel, aber erhellend. Auf vielfältige Weise ließ sich zeigen, dass der menschliche Verstand nicht der Souverän war, für den er sich hielt, auch kein unbestechlicher Richter, noch nicht einmal ein aufmerksamer Wächter. Professor Münsterberg brauchte Testpersonen nur ein paar geschickt gestaltete optische Täuschungen vorzulegen, und schon schworen sie, gerade Linien seien gekrümmt, kongruente Kreise unterschiedlich groß und Parallelen liefen aufeinander zu.

Wenn es so einfach war, Menschen zu Fehlschlüssen zu verleiten, so bedeutete dies nichts Geringeres, als dass sie ihren Sinnen und ihrer Urteilskraft nicht trauen durften. Aber wenn der Verstand nur ein leichtgläubiges Opfer von List und Tücke war – wer regierte dann die Welt?

Fragte man Boris Sidis, dann sagte er: die Suggestion. Sie herrschte im Geheimen über alle Menschen. Je verdeckter sie agierte, desto mächtiger war sie. Je subtiler sie ihre Finten einsetzte, desto schwerer fiel es dem Verstand, sie daran zu hindern, sich ins Unterbewusstsein einzuschleichen.

Diesen Zusammenhang – er nannte ihn das »Gesetz der normalen Suggestibilität« – konnte Boris sogar im Experiment nachweisen. Im psychologischen Labor zeigte er Testpersonen sechs Kärtchen und bat sie, ein beliebiges davon auszuwählen. Fünf der Kärtchen waren exakt gleich, das sechste ein wenig anders, sei es, dass es eine andere Farbe hatte, anders geformt war oder auch nur ein wenig außerhalb der Reihe lag. In den meisten Fällen entschied sich der Proband für das außergewöhnliche Kärtchen, aber nur dann, wenn der Unterschied nicht sofort ins Auge stach. Fiel das Kärtchen zu sehr auf, dann war die Suggestion zu aufdringlich, und es wurde eher eines der fünf identischen Kärtchen gewählt.

»Professor Münsterberg hat mir von Ihrem Versuch erzählt«, sagte Professor James. »Er scheint mir bemerkenswert.«

»Das ist er in der Tat.« Boris sah keinen Grund zur Bescheidenheit. Sein Versuch war sogar enorm bemerkenswert.

»Mr. Sidis, ich kenne Harvard seit vielen Jahren, aber ich habe es noch nie erlebt, dass ein Student, ein Special Student zumal, schon am Ende seines zweiten Semesters eigenständige Forschungen betreibt. Ich werde dafür sorgen, dass Sie so schnell wie möglich als ordentlicher Student anerkannt werden. Anschließend sollte es ein Leichtes sein, Ihnen den Titel eines Magister Artium zu verleihen. Ihre bisherigen Leistungen rechtfertigen das vollkommen.«

»Ist das Ihr Ernst, Professor James?«

»Ich weiß, wir entfernen uns damit sehr weit von unseren Regeln. Normalerweise werden akademische Titel frühestens nach vier Jahren vergeben. Aber für wen sind Ausnahmen da, wenn nicht für einen Ausnahmestudenten?«

»Hören Sie, Professor, mir scheint, Sie sind sich über die Tragweite meines Versuchs nicht im Klaren. Ich habe gezeigt, dass der Mensch in seinen Entscheidungen nicht frei ist, sondern unterschwelligen Signalen folgt. Meine Entdeckung wird tiefgreifende Folgen haben. Sie wird die Politik, die Wirtschaft, die Gesellschaft, die Erziehung und noch viel mehr verändern, hierzulande und auf der ganzen Welt. Und was fällt Ihnen dazu ein? Die Studienordnung!

Glauben Sie wirklich, die interessiert mich? Glauben Sie, ich mache meine Arbeit nur, weil ich einen Titel spazieren führen möchte? Halten Sie mich für einen so schlechten Wissenschaftler? Warum beleidigen Sie mich?«

Professor James lächelte unter seinem Bart. Nichts anderes hatte er erwartet. Erst als er Boris die praktischen Vorteile nannte, die mit dem ersten Harvard-Abschluss verbunden waren, war dieser bereit, ihn anzunehmen.

Seit er einen Magistertitel besaß, durfte Boris das psychologische Labor nicht mehr nur in Anwesenheit von Professor Münsterberg nutzen, sondern auch allein. Jetzt verbrachte er noch mehr Zeit in Harvard. Wenn er zu Hause aufkreuzte, dann redete er mit Sarah bloß noch über sein neues Lieblingsthema, das *Subwaking Self*. Das war eine Art Minderwesen, das er selbst erfunden hatte, beziehungsweise entdeckt, und zwar im Kopf von jedem einzelnen Menschen.

»Du musst dir das so vorstellen: Du hast nicht nur eine Persönlichkeit, sondern zwei. Zum einen bist du die Sarah, die hier an diesem Tisch sitzt und isst und mir zuhört und so weiter. Du denkst, das bist du, und das stimmt auch, aber nur zum Teil. Weil, es gibt eben auch noch dein zweites Selbst. Du kannst es nicht sehen, noch nicht mal spüren, aber es ist trotzdem immer in dir. Verstehst du?«

»Kein Wort.«

»Na ja, im Grunde ist es so wie in der Erzählung von Stevenson.«

»Welche Erzählung?«

Boris ächzte abfällig. In den letzten Jahren hatte beinahe

jeder Stevensons Erzählung gelesen. Nur sie hatte wieder einmal nichts mitbekommen.

»Also, da gibt es diesen Arzt, Dr. Jekyll. Ein angesehener, hochanständiger Mann. Aber im gleichen Körper lebt noch ein anderes Wesen, Edward Hyde, ein gewissenloser Finsterling und Mörder. Mal ist er der eine, mal der andere, aber nie beide zugleich. In der Psychologie nennen wir so etwas eine gespaltene Persönlichkeit. Und ich nenne es so: Mr. Hyde ist das *Subwaking Self* von Dr. Jekyll. Der Teil von ihm, der unterhalb seines wachen Bewusstseins liegt. Er tritt immer dann in Erscheinung, wenn sein anderes Selbst die Kontrolle verliert.«

»Und du meinst, dass ich auch so etwas habe? Dass in mir eine Verbrecherin steckt?«

»Das ist bei jedem so, auch bei dir und mir. Aber normalerweise ist das kein Drama, weil ein gesunder Verstand das *Subwaking Self* unter Kontrolle hält. Man kann es auch nicht einfach mit einem Trank hervorlocken, wie Stevenson behauptet. Hätte ein Psychologe die Geschichte geschrieben, dann wäre Dr. Jekyll hypnotisiert worden. Das wäre viel realistischer.«

»So wie ich damals im Keith's.«

»Ja, ungefähr so. In dem Zustand, in den dich dieser verantwortungslose Idiot gebracht hat, hattest du wohl alles getan, was er dir suggeriert – ein Kuss wäre das wenigste gewesen. Ich glaube, dass das *Subwaking Self* extrem empfänglich für Suggestionen ist und dass es nicht zwischen Richtig und Falsch unterscheiden kann. Deshalb kann es ziemlich gefährlich werden. Aber das muss ich erst noch genauer untersuchen.«

Boris hatte das Labor mit Bedacht am späten Abend für sich reservieren lassen. Er wollte möglichst viel Ruhe und keine Störungen. P., sein Proband, war ein Student im ersten Semester und hatte höchstens eine ungefähre Vorstellung, was ihn erwartete. In dem Aushang, auf den hin er sich gemeldet hatte, war nur sehr allgemein von »experimenteller Forschung zur mentalen Beschaffenheit des Menschen« die Rede gewesen.

Über die Theorie und Bedeutung der Hypnose wusste Boris alles, was in den vergangenen zwanzig Jahren veröffentlicht worden war. Was jedoch die praktische Durchführung betraf, so musste er sich auf das verlassen, was er in einem deutschen Lehrbuch gelesen hatte.

Der Versuchsleiter achte auf eine behagliche Raumtemperatur sowie auf eine monotone Umgebung, welche den Sinnen so wenig Zerstreuung als möglich bietet. Die Beleuchtung sey gedämpft, der Concentration abträgliche Geräusche unterlasse man thunlichst. Das Object sitze bequem und werde durch Vermeidung äußerer Reize allmählich in einen Zustand geistiger wie körperlicher Inaktivität gebracht. Sodann fixire es mit den Augen einen glitzernden Gegenstand, welcher langsam vor ihm bewegt wird.

Boris entzündete eine Kerze und löschte das elektrische Glühlicht. Dann strich er mit dem Daumen der einen Hand gleichmäßig über P.s Stirn und ließ mit der anderen ein silbernes Lot an einem Faden vor seinem Gesicht hin und her pendeln. Dazu raunte er mit tiefer, sanfter Stimme:

»Sie verspüren ein Gefühl angenehmer Ruhe ... Sie tauchen ganz in das Gefühl ein ... Ihre Beine werden schwer ... Ihre Arme werden schwer ... Ihr ganzer Körper wird müde und träge und schwer ... Auch die Augen werden müde und schwer ... Die Lider senken sich ... und Sie schlafen ein ... Sie schlaaafen ... schlaaaafen.«

Nicht ohne Erschrecken stellte Boris fest, dass es funktionierte. P. fielen die Augen zu. Ruhig atmend und reglos, aber aufrecht, mit den Händen die Sessellehnen umfassend, saß er da wie eine lebende Puppe. Boris war die Situation unheimlich, er wollte sie sofort beenden, wusste aber in seiner Aufregung nicht, wie. Hektisch durchblätterte er das Lehrbuch und suchte nach der Stelle.

Man bethätigt das Erwecken dergestalt, daß man dem Objecte vor der Procedur ein bestimmtes Signal mittheilt: Sie werden erwachen, sobald ich drey Mal in die Hände klatsche; oder dergleichen. Eine solche Verabredung ist zwingend nothwendig. Vor den Folgen eines unsanften Beendens der Hypnose muß mit Nachdruck gewarnt werden.

Mehr war nicht zu erfahren. Boris klatschte dreimal, aber nichts geschah. P. saß da, als hätte er schon immer da gesessen und könnte noch unendlich lange da sitzen. Boris' Anspannung berührte ihn nicht im Geringsten.

»Ich bin doch ein Schafskopf«, beschimpfte Boris sich selbst und lief erregt auf und ab. »Ich muss den Kerl wieder wach bekommen, sonst werde ich das Labor nie wieder benutzen dürfen. Oder ich werde gleich ganz aus Harvard entlassen. Und alles nur wegen diesem … Das darf doch nicht wahr sein, der tut doch bloß so.«

Er bespritzte P. mit Wasser, kniff ihn, zog ihn an den Ohren. Keine Reaktion. Er öffnete mit den Fingern gewaltsam seine Augenlider. Die Pupillen waren starr nach oben gedreht. P. tat nicht bloß so, er war tatsächlich in einem Stadium vollständiger Abwesenheit.

»Mensch, Sie bringen mich in Teufels Küche. Wissen Sie was? Ich gehe jetzt nach Hause und lasse Sie einfach hier sitzen. Was sagen Sie dazu? Nichts? Das dachte ich mir. Und wie gefällt Ihnen das? Und das? Und das?«

Er zog Grimassen, machte Faxen, trat P. auf den Fuß, verpasste ihm Backpfeifen, stach ihn mit einer Nadel. Keine Reaktion.

»Sie lassen sich wohl alles gefallen, wie? Warum wehren Sie sich nicht? Los, los! Tun Sie etwas! Stehen Sie auf!«

Als sei dies der Befehl, auf den er die ganze Zeit gewartet hatte, begann P., sich zu regen. Sein Griff um die Sessellehnen wurde fester, sein Oberkörper schob sich langsam nach vorn, und ohne ein Wort zu sagen, stemmte er sich, die Augen weiterhin geschlossen, mechanisch aus seinem Sitz hoch.

Boris erschauderte. Er zwang sich, seine Stimme möglichst autoritär klingen zu lassen.

»Gehen Sie los.«

P. gehorchte. Wie ein Homunkulus setzte er einen steifen Schritt vor den anderen, genau auf die gläserne Vitrine mit den Anschauungsmodellen der menschlichen Sinnesorgane zu.

»Halt! Stopp! Bleiben Sie stehen!«

Wieder parierte P. wie ein abgerichteter Hund. Es war sehr erstaunlich.

»Jetzt tanzen Sie. Tanzen Sie eine Polka.«

P. tanzte, die Hände in die Hüften gestemmt, Hacke, Spitze, Hacke, Spitze, eins, zwei, drei, verblüffend geschmeidig für eine Maschine, ohne Anstrengung und ohne zu ermatten, so lange, bis er von Boris eine neue Anweisung bekam, die er ebenfalls umstandslos ausführte. Er zerzauste sich das Haar, zog Schuhe und Hosen aus, drehte seinen Schlips auf den Rücken, steckte sich eine Socke wie einen Knebel in den Mund, und als Boris befahl: »Wachen Sie auf, öffnen Sie die Augen«, da gehorchte er glücklicherweise auch. Er streckte sich gähnend und wusste nicht, warum er in Unterhosen war. Sein *Subwaking Self* und sein waches Selbst teilten sich kein gemeinsames Gedächtnis.

Viele, viele Hypnotisierungen später hatte Boris seine Technik so sehr verfeinert, dass er das *Subwaking Self*, diesen primitiven Befehlsempfänger, mit wenigen geübten Handbewegungen und Worten aus seinem Versteck locken, ihm Aufträge erteilen und es mit einem Fingerschnippen dorthin zurückschicken konnte, wo es herkam.

An Testpersonen mangelte es ihm nicht, die Freiwilligen standen Schlange. Jeder, der mit der psychologischen Abteilung Harvards zu tun hatte, wollte wissen, wie es sich anfühlte, unter Hypnose zu stehen. Sogar Professor James ließ sich darauf ein.

Nach dem Erwachen zeigte sich Professor James etwas enttäuscht. Zwar habe er sich recht angenehm geborgen gefühlt, wie in einem leichten Schlummer oder Tagtraum, doch habe er die Bedeutung der Hypnose wohl überschätzt. Anscheinend handle es sich nur um eine Art Entspannungsmethode.

»Ich bedaure sehr, Ihre kostbare Zeit mit einer Entspannungsübung geraubt zu haben, Herr Professor«, sagte Boris und hüstelte sich verlegen in die Faust. Im nächsten Moment sprang Professor James auf, klemmte sich die Hände in die Armbeugen, flatterte mit den Ellenbogen, gackerte wie ein Huhn, hüpfte dreimal um den Holzschrank mit den Messinstrumenten und setzte sich wieder. Peinlich berührt nestelte er an seinen Manschetten.

»Professor James? Ist Ihnen nicht gut?«, erkundigte sich Boris besorgt.

»Nein, nein, alles in Ordnung, es war nur – ich weiß auch nicht. Ein spontaner Impuls. Es überkam mich einfach so. Wahrscheinlich ein … keine Ahnung.«

»Merkwürdig. Na, wie auch immer. Lassen Sie mich noch ganz kurz ein Wort zum *Subwaking Self* sagen. Aufgrund meiner Experimente weiß ich, dass es jeden Befehl ausführt, selbst den unsinnigsten. Es lässt sich sogar Befehle erteilen, die es erst in der Zukunft auszuführen hat, wenn der Hypnotisierte schon wieder erwacht ist. Man muss nur ein bestimmtes Zeichen mit ihm vereinbaren. Sobald es das vernimmt, legt es los.«

»Ein Zeichen? Was für ein Zeichen?«

»Irgendeines. Zum Beispiel ein Hüsteln. Etwa so.« Boris hüstelte sich in die Faust.

Professor James war sprachlos. »Soll das heißen, Sie haben mir … meinem *Subwaking Self* … also, dass ich … dass Sie …«

»Genau das soll es heißen.«

»Das ist faszinierend ... absolut faszinierend ... Glauben Sie mir, ich erinnere mich an keinen Befehl.«

»Natürlich nicht. Ich habe Ihrem *Subwaking Self* ja außerdem noch befohlen, dass es den Befehl nur ein einziges Mal ausführen und danach vergessen soll.«

»Sidis, Sie sind ein ...« Professor James schüttelte den Kopf. Ihm fiel das passende Wort nicht ein. Ein Genie? Ein Hexenmeister?

»Meine Untersuchungen stehen immer noch am Anfang, Professor. Ich habe längst noch nicht alles verstanden. Aber so viel weiß ich: Unser *Subwaking Self* ist in mancherlei Hinsicht das genaue Gegenteil unseres wachen Bewusstseins. Bei ihm gilt das Gesetz der normalen Suggestibilität nicht. Es reagiert nicht auf unterschwellige Suggestion, sondern nur auf eindeutige, gebieterisch vorgetragene Befehle. Je mehr Direktheit, desto mehr Gehorsam. Das ist es, was ich als ›Gesetz der abnormalen Suggestibilität‹ bezeichne.«

Professor Münsterberg, der Zeuge des sonderbaren Schauspiels geworden war, betupfte sich die Stirnglatze mit einem Taschentuch. Er fühlte sich sichtlich unwohl.

»Mr. Sidis, ich sehe, dass Sie einer großen Sache auf der Spur sind. Ihre Rechtschaffenheit steht außer Zweifel. Aber ich fürchte, gerade deshalb könnten Sie die Gefahr unterschätzen, dass Ihre Technik missbraucht wird. Was, wenn ein Verbrecher lernt, sie anzuwenden? Wenn er einem friedfertigen Bürger unter Hypnose einen Mordauftrag erteilt? Offen gestanden, mir graut vor der Vorstellung.«

Boris winkte ab. »Ein Verbrecher kann jede Technik missbrauchen, vom Wurfspeer bis zum Dynamit. Hätte die

Menschheit deswegen darauf verzichten sollen? Man muss immer auf die Chancen sehen, die sich eröffnen. Vielleicht führt meine Arbeit dazu, dass Geisteskrankheiten heilbar werden.«

»Wie das?«

»Nehmen Sie zum Beispiel die Hysterie. Ich mag mich irren, aber ich halte sie für nichts anderes als eine Störung des Bewusstseins. Der gesunde Mensch besitzt in seinem normalen Wachzustand einen Mechanismus, der sein *Subwaking Self* unterdrückt. Bei Hysterikerinnen ist dieser Mechanismus defekt. Sie handeln nicht mit ihrem Vernunft-Selbst, sondern mit ihrem *Subwaking Self*. Ich könnte mir vorstellen, dass ich die Störung mittels Hypnosebefehle dauerhaft beheben kann. Dazu bräuchte ich nur eine gewisse Anzahl von Geistesgestörten, um mit ihnen zu experimentieren.«

»Klingt vielversprechend«, gab Professor Münsterberg zu.

Professor James kraulte sich den Bart und machte »Hm, hm«, wie immer, wenn er intensiv nachdachte.

»Wissen Sie was, Sidis? Harvard ist nicht der richtige Platz für Sie.«

»Sie wollen mich loswerden? Ihnen missfällt meine Forschung? Haben Sie Angst vor der Wahrheit?«

»Keineswegs. Aber ich glaube, mit unseren bescheidenen Mitteln können wir Ihnen nicht bieten, was Sie brauchen. Es gibt etwas Besseres. Sagt Ihnen der Name Van Gieson etwas? Dr. Ira Van Gieson? Ein junger Neurologe von der Columbia University. Sehr klug, sehr begabt, Sie werden sich verstehen. Demnächst wird in New York unter seiner

Leitung ein pathologisches Institut eröffnet. Eine völlig neuartige Sache: ein Labor, das sich ausschließlich mit Erkrankungen des Geistes beschäftigt. Es werden noch Mitarbeiter gesucht.«
»Aha.«
»Sidis, da gehören Sie hin. Ich werde Sie empfehlen.«
»Aber –«
»Kein Aber. Eine solche Gelegenheit kommt nicht zweimal.«

Wieder, wie schon mehr als neun Jahre zuvor, lief Boris alleine durch die Straßen von New York. Was hatte sich seither nicht alles getan! Er war kein mittelloser Immigrant mehr, er war nicht mehr auf der Suche nach einer mies bezahlten Fabrikarbeit. Er musste auch in keinem rattenverseuchten Massenschlafsaal in einer Hängematte übernachten, sondern bekam von der New York State Commission in Lunacy eine Wohnung zur Verfügung gestellt, drei Zimmer in bester Lage, Central Park West.

Nicht nur seine persönliche Situation, auch die Stadt hatte sich enorm verändert. Die Sieben- und Achtstöcker, über die er bei seiner Ankunft in Amerika noch gestaunt hatte, wirkten jetzt beinahe mickrig neben den neueren Bauten, wuchtigen Blöcken, die von einer Straßenkreuzung bis zur nächsten reichten. Er erinnerte sich, wie der Madison Square damals von einer kleinen Kirche der presbyterianischen Gemeinde geprägt wurde. Die Kirche stand noch, wurde aber schier erdrückt von der unmittelbar angrenzenden, nagelneuen Zentrale einer Lebensversicherungsgesellschaft.

Boris betrat die Eingangshalle des Versicherungsgebäudes und prallte entsetzt zurück: ein pompös geschwungener, marmorner Treppenaufgang wie im Prunkschloss eines größenwahnsinnigen französischen Königs, protzig und zugleich unnütz, denn um nach ganz oben zu gelangen, musste Boris sein Leben einem der Holzkästen anvertrauen, die hinter einem geschmiedeten Ziergitter in die Seitenwand eingelassen waren. Ein Liftboy in rotgoldener Livree legte einen Hebel um, und schon entschwanden sie gemeinsam himmelwärts.

In der obersten, elften Etage, mitten in der Stadt und doch fern vom Trubel der Straße, residierte das Pathological Institute of the New York State Hospitals for the Insane. Im Auftrag der Gesundheitsbehörde und unter der Leitung von Dr. Ira Van Gieson suchten die besten Forscher, ausgestattet mit den modernsten Instrumenten, nach Antworten auf zwei drängende Fragen: Warum werden manche Menschen krank im Kopf? Und welche Heilung gibt es für sie?

Vorangegangene Generationen hatten diesbezüglich ihre eigenen Ansichten und Methoden gehabt. Man prügelte die Besessenen mit Knüppeln, um ihnen den Teufel auszutreiben. Man warf die Wahnsinnigen in den Kerker zu den Schwerverbrechern oder legte sie in Narrentürmen an Ketten. Man zwang sie, in Eiswasser zu baden, verabreichte ihnen Brechweinstein, schnallte sie auf Drehstühle und wirbelte sie so schnell um ihre eigene Achse, dass ihnen das Blut aus Mund und Nase spritzte, alles in der guten Absicht, die befallenen Seelen aufzurütteln und zu reinigen.

Dann, ein gutes halbes Jahrhundert war das nun her, ging

man dazu über, die Verrückten als Kranke anzusehen. Man baute ihnen Irrenhäuser wie das New York State Lunatic Asylum in Utica, eine große, lichte Einrichtung, in der hunderte Insassen zugleich unterkamen, ganz gleich, ob sie an einer monomanischen Störung oder an der Neurasthenie, an einer Wahnvorstellung, der Tobsucht oder einer Gemütsverdunklung litten. Alle bekamen ein sauberes Bett, ausreichend gesunde Nahrung und viel harte Arbeit auf den anstaltseigenen Feldern, um den Körper zu kräftigen und den Geist zu disziplinieren.

Bei milderen Erkrankungen erwies sich die Behandlung als durchaus hilfreich. Doch es gab auch Patienten, die so schwer geschädigt waren, dass kein gewissenhafter Arzt es verantworten konnte, sie frei herumlaufen zu lassen. Um sie selbst und andere vor ihren unkontrollierbaren Anfällen zu schützen, wurden sie in Zwangsjacken gefesselt oder in »Utica Cribs« gesperrt, fest verriegelbare Gitterbetten, die nicht nur nach allen Seiten, sondern auch nach oben hin geschlossen waren. In diesen niedrigen Käfigen vegetierten sie vor sich hin wie Stallhasen, und da es keine Aussicht auf Genesung für sie gab, erlöste sie erst der Tod aus ihrem elenden Dasein.

Nun aber hatten die neuen Wissenschaften Hoffnungen geweckt, die unwürdigen Zustände endgültig zu überwinden. Dabei konnten Dr. Ira Van Gieson und sein Team noch nicht einmal genau sagen, wo die Ursache der Leiden überhaupt saß, im Leib, im Geist oder in der Seele. Deshalb mussten sie in allen Richtungen die Augen offen halten und von allem Möglichen etwas verstehen, von Pharmakologie und Epidemiologie, von Anthropologie und Gehirnanatomie, von Neurologie und Bakteriologie, von Psychologie und Toxikologie.

Wäre das Empfehlungsschreiben von Professor James nicht voll des Lobes gewesen, hätte Dr. Van Gieson Boris niemals angestellt. Er, ein Beau mit niederländischen Wurzeln, der außer Haus einen enggeschnittenen Cutaway zu tragen pflegte und seinen schwarzen Knebelbart stets penibel zwirbelte und wachste, hielt nicht viel von Osteuropäern. Außerdem verfügte Boris weder über einen Doktortitel noch über eine medizinische Ausbildung noch über einschlägige Berufserfahrung, war also im Grunde unqualifiziert. Nach wenigen Wochen jedoch galt er im Institut schon als unverzichtbar, denn er konnte als Einziger jedes Fachbuch lesen, gleich, in welcher Sprache es verfasst war. Des Weiteren erwarb er sich Respekt durch seine Fähigkeit, sich in alle Gebiete rasch einzuarbeiten.

Eine andere Eigenschaft von Boris lernte Dr. Van Gieson kennen, nachdem sie einen gemeinsamen Artikel in einer Fachzeitschrift veröffentlicht hatten. Die Resonanz war verheerend, es hagelte kritische Zuschriften seitens anderer Experten. Dr. Van Gieson war schon bereit, die Hypothese fallenzulassen, Nervenzellen bräuchten eine regelmäßige Zufuhr an dynamischer Energie, aber Boris sagte nur: »Lassen Sie mich das regeln.« Zwei volle Tage verbrachte er damit, jedem einzelnen Briefeschreiber mit juristischen Konsequenzen zu drohen, sollten die infamen, inkompetenten Beleidigungen nicht unverzüglich durch eine Entschuldigung ersetzt werden.

»Sehen Sie, so macht man das«, sagte Boris. »Der Fortschritt geht auf zwei Beinen. Es genügt nicht, neue Ideen in die Welt zu setzen, man muss auch für sie kämpfen. Sonst kommt man nicht voran.«

Am 5. Oktober 1896 genehmigte Boris sich einen kleinen Gedenkmoment am Fenster des Instituts. Er warf einen Blick über die Stadt nach Castle Garden, wo er auf den Tag genau vor zehn Jahren angekommen war. Inzwischen war dort das städtische Aquarium untergebracht, die Immigranten landeten auf Ellis Island. Irgendwo da unten saßen wahrscheinlich immer noch Wanja, der Schneider, und seine wissbegierigen Freunde. Vielleicht sollte er sie einmal besuchen? Aber dann hätten sie die alte Runde womöglich wiederbeleben wollen, und dafür hatte er keine Zeit. Seine drei feindseligen Zimmergenossen im Tenement House, wie hießen sie noch gleich? Ob sie inzwischen etwas Besseres kannten als Arbeit, Suff und Unzufriedenheit? Und was mochte wohl aus Alexij und Wladimir geworden sein, seinen beiden Reisebegleitern?

Er verfolgte die Gedanken nicht weiter, sie waren müßig und unergiebig. Es war ihm schleierhaft, warum andere Leute so viel Freude damit hatten, sich in Erinnerungen zu wälzen, wo doch die Zukunft objektiv – jawohl, objektiv! – viel aufregender war. Das zwanzigste Jahrhundert nahte mit großen Schritten, man sah es bereits winken, und es war deutlich zu erkennen, was es im Gepäck hatte: den Sieg des Wissens über die Ignoranz, der Vernunft über den Aberglauben, der Humanität über die Rohheit. Boris wandte sich vom Fenster ab und widmete sich wieder dem, was ihn glücklich machte, weil es Sinn und Zweck, Inhalt und Richtung hatte: seiner Arbeit.

Weil er so viel arbeitete wie nie zuvor, war er so glücklich wie nie zuvor. Wenn er am Abend vom Institut nach Hause kam, machte er sich einen Imbiss, den er schnell verschlang, und schrieb dann bis in die Nacht. Mehrere tausend Seiten Aufzeichnungen, die er bei seinen Experimenten in Harvard angefertigt hatte, warteten darauf, ausgewertet und in ein Buchmanuskript verwandelt zu werden.

Hin und wieder bekam er für ein paar Tage Besuch von Sarah. Er nutzte die Gelegenheit, um ihr von seinen Überlegungen zu erzählen.

»Ich habe etwas Neues über das *Subwaking Self* herausgefunden.«

»Ach was«, sagte Sarah.

»Man kann es nicht nur aus einem einzelnen Menschen hervorlocken, sondern auch aus einer Masse. Das, was man einen Mob nennt, ist nichts anderes als eine außer Kontrolle geratene, von ihrem gemeinsamen *Subwaking Self* gesteuerte Menschenmenge. Die Ausschaltung des Verstands, der Verlust der Moral, die leichte Verführbarkeit – das alles ist beim Mob genau gleich wie bei einem hypnotisierten Individuum.«

»Boris, ich möchte –«

»Ich weiß. Du möchtest wissen, wie die Verwandlung einer Masse in einen Mob vonstattengeht. Es ist ja nicht so, dass neben jedem Einzelnen ein Hypnotiseur steht. Aber eine starke Führungspersönlichkeit kann unter Anwendung von Suggestionstechniken eine große Anzahl von Menschen in so starke Erregung versetzen, dass alle gleichzeitig in einen hypnoseähnlichen Zustand fallen. Sie sind dann sehr leicht zu manipulieren und bewegen sich widerstandslos dorthin, wo der Anführer sie haben will. So kann sich jede Verrücktheit in Windeseile ausbreiten.«

»Das ist deine Theorie?«

»Das ist die Realität. Schau dich doch um. Durch die amerikanische Gesellschaft läuft eine Welle der kollektiven Verirrung nach der anderen. Religiöse Erweckungsbewegungen, Finanzspekulationen, die Baseball-Mode … alles dasselbe. Einer rennt los, die anderen folgen ihm blind.«

»Boris, ich bin eigentlich nicht gekommen, um mit dir über so was zu diskutieren.«

»Sondern?«

»Lass dir doch mal was Schönes einfallen.«

Boris wusste nicht, was sie meinte. Er ließ sich doch fortlaufend etwas einfallen. Wenn es nicht schön war, dann lag es nicht an ihm, sondern an der unschönen Wirklichkeit. Er lieferte nur die Analyse.

Meistens war er froh, wenn Sarah wieder abgereist war. Sein Buch musste fertig werden. Einige der Themen, die darin verhandelt wurden, zählten gerade zu den heißen Eisen in der psychologischen Forschung: Suggestion und Hypnose, Dissoziation und Persönlichkeitsspaltung, Selbstbestimmung und Fremdsteuerung. In jeder Saison tauchten neue Konzepte auf. Der ideale Zeitpunkt, mit Gedanken wie seinen in die Öffentlichkeit zu gehen, war genau jetzt. Es wäre nicht verzeihlich, ihn aufgrund von Bummelei zu verpassen.

Der Erste, der Boris' Manuskript *The Psychology of Suggestion* zu lesen bekam, war Professor James. Er äußerte sich sehr anerkennend. Es sei »so kühn, so eigensinnig und so radikal wie Sie selbst«, schrieb er Boris und schlug vor, es als Dissertation einzureichen. Er sei gerne bereit, die Rolle des Doktorvaters zu übernehmen und ein wohlwollendes Gutachten zu verfassen. Boris müsse nur pro forma nach Cambridge kommen für die Disputation, oder vielmehr einen kleinen Schwatz, das sei alles. Und ein Doktortitel aus Harvard habe einer akademischen Karriere noch selten geschadet.

Boris antwortete, er habe nicht vor, seine Arbeit auch nur für einen Tag ruhen zu lassen. Ob er nun Mr. Sidis oder Dr. Sidis heiße, sei ihm einerlei, davon werde er auch nicht gescheiter.

Das war genau die Reaktion, mit der Professor James gerechnet hatte. Er besprach sich mit Präsident Eliot und sorgte dafür, dass Boris die Promotionsurkunde per Post zugestellt wurde.

Und dann, nach zwei Jahren der Trennung, kam der Tag, an dem Sarah nicht nur für einen Besuch nach New York reiste, sondern um zu bleiben. Mit zwei Koffern in der Hand stand sie in der Tür. Der übrige Hausrat lag, in Kisten verpackt, in der Gepäckaufbewahrung der Fall River Line am Hudson. Die Wohnung in Boston hatte sie schon aufgelöst.

Sie platzte vor Stolz. Das kleine, ungebildete Landmädchen aus Wolhynien hatte das Unmögliche möglich gemacht. Sie war die Gattin des hochtalentierten Dr. Sidis, der die Harvard University so schnell durchlaufen hatte wie kein Student vor ihm. Und damit nicht genug – sie hatte ihr Medizinstudium mit Promotion abgeschlossen und durfte sich selbst Dr. Sidis nennen! Amerika hatte sein Versprechen wahr gemacht, es hatte ihr die Chance auf ein neues Leben geboten. Dafür, das schwor sie sich, würde sie dem Land dankbar sein bis ans Ende ihrer Tage.

Eine Anstellung als Ärztin zu finden war nicht das Dringlichste. Erst einmal verlangte der Haushalt nach der ordnenden Hand einer Frau. Boris hatte in seiner Zeit als Strohwitwer nichts dazu getan, seine privaten Räume wohnlich einzurichten oder auch nur sauber zu halten. Er sah den vielen Schmutz noch nicht einmal, und als Sarah mit ihrem Finger über die Kommode fuhr und ihn vorwurfsvoll vor seine Nase hielt, hier, siehst du's jetzt?, da zuckte er nur mit den Schultern. Er kam abends aus dem Institut nach Hause und bemerkte nicht, was sie alles getan hatte. Die alten Zeitungen, die überall herumgelegen hatten, waren ordentlich gefaltet und gestapelt, Unmengen von vertrocknetem oder verschimmeltem Zeug aus der Vorratskammer geschafft, das Fensterbrett mit frischen Blumen geschmückt. Fällt dir was auf?, fragte sie, und er sagte: Nein, was denn?

Sie fand sich damit ab, er war ja doch nicht mehr zu ändern. Außerdem tat sie es für sich selbst. Wenn sie seine Strümpfe stopfte, seine Hosen bügelte, ihm die Essensflecken aus den Hemden wusch, seine Haare schnitt, dann nicht, weil er sie darum gebeten hätte, sondern weil sie nicht wollte, dass er herumlief wie ein Kesselflicker. Aber manchmal wünschte sie sich doch, er hätte ihre Hilfe nicht ganz so selbstverständlich hingenommen. Er hätte ruhig einmal ihr Essen loben dürfen, anstatt es achtlos in sich hineinzuschaufeln und dabei einen Monolog zu halten über die Versuche mit Morphiuminjektionen, die er am Tage durchgeführt hatte. Mit einem kleinen Geschenk hätte er ihr eine Freude machen können oder wenigstens mit einem Kompliment. Aber da kam nie etwas, er war immer nur in seiner Wolke.

Sarah spürte, dass sie sehr unglücklich würde, wenn es immer so bliebe. Etwas musste geschehen, das Boris auf den Boden holte. Es lag an ihr, tätig zu werden.

Im Spätherbst 1897 schrieb Boris einen Brief an Professor James. Ausnahmsweise habe er eine Mitteilung privater Natur zu machen, er sehe nämlich Vaterfreuden entgegen. Seine Freude würde verdoppelt, sollte der verehrte Herr Professor sich bereit erklären, die Patenschaft für das Kind zu übernehmen. In dem Falle, dass es ein Knabe wird, solle er die Vornamen William und James erhalten, das sei beschlossene Sache. William James Sidis, so und nicht anders werde sein Sohn heißen, schrieb Boris, benannt nach dem größten Denker Amerikas!

Er nehme die Ehre gerne an, schrieb Professor James zurück. Im Übrigen sei er der festen Überzeugung, dass das neue Erdenwesen ein gütiges Schicksal erwarte, und zwar unabhängig davon, mit welchem Geschlecht und Taufnamen es seine Lebensreise unternehme. Wer den Familiennamen Sidis trage, der könne gar nicht anders als höchst außergewöhnlich werden.

ZWEITER TEIL

4

Als Boris am Abend des 1. April 1898 aus dem Institut nach Hause kam, war bereits alles erledigt. In der Nacht zuvor hatten sich Sarahs Wehen plötzlich verstärkt, und Boris war losgelaufen, um die Hebamme zu holen. Er wollte sich nützlich machen, ließ aber nur den Kessel mit dem heißen Wasser fallen und zerbrach das Karbolfläschchen, und als Sarah ein Klistier gesetzt wurde, musste er sich übergeben. Am Morgen sagte ihm die Hebamme unverblümt, ihr wäre am besten geholfen, wenn er einfach zu seiner Arbeit ginge und sie die ihrige tun ließe.

Und nun stand er mit gekrümmtem Rücken vor dem Bett und hielt den auf die niedrigste Stufe gestellten Petroleumleuchter vorsichtig über seine schlafende Frau und das kleine Leinenpaket in ihrer Armbeuge, in dem sein Kind war. Es lebte, so viel war zu erkennen. Mehr gab das Schummerlicht nicht preis.

Er fragte sich, ob er einen Sohn oder eine Tochter hatte. Ein Sohn wäre natürlich – obwohl, eigentlich sollte es nur gesund sein. In seinem Beruf begegneten ihm so viele Defekte, von leichten Nervenüberreizungen bis hin zu schwersten Gehirnschäden, dass er sich nichts weiter wünschte als das unwahrscheinliche Glück, ein von Krankheiten verschontes, ganz normales Kind zu haben.

Er stutzte. Waren ihm die Maßstäbe schon so sehr durcheinandergeraten? Normal, das war Durchschnitt, nicht weniger, aber eben auch nicht mehr. Sollte er sich damit zufriedengeben? Für alle, deren Talent auch nur um ein weniges über das Mittelmaß hinausragte, konnte Normalität nichts Erstrebenswertes sein. Ihr Ehrgeiz musste in die andere Richtung zielen. Sie durften nicht nach unten schauen, auf die Masse, sondern hoch zu den Sternen. Ihre Aufgabe war es nicht, nach Normalität zu trachten, sondern nach Vollkommenheit.

Boris holte einen Stuhl und setzte sich neben das Bett, um sein Kind in Ruhe zu betrachten. Da es nicht viel zu sehen gab, kehrte er zu seinen Überlegungen zurück.

Vollkommenheit, ein großes, strahlendes Wort. Es löste ein kräftiges Gefühl in ihm aus. Ja, er strebte nach Vollkommenheit. War es lächerlich, das zu bekennen? Keineswegs. Es war lächerlich, ein anderes Lebensziel zu haben. Obwohl, lächerlich war das falsche Wort. Menschenunwürdig traf es besser. Jetzt passte es: Der Mensch besitzt kein höheres Recht und keine höhere Pflicht, als sich zur Perfektion heranzubilden; seine Menschenwürde verlangt danach. Er prüfte den Satz von allen Seiten und erklärte ihn, da er keinen Fehler entdecken konnte, für korrekt.

Es schmerzte ihn, sich seine eigene Unvollkommenheit vor Augen zu halten. Schlimmer noch: sich bewusst zu machen, dass sich daran auch nichts mehr ändern würde. Schon viel zu weit hatte er sich vom idealen Lebensweg entfernt, als dass er hoffen durfte, jemals wieder auf ihn zurückzufinden. Er war in eine rückständige Weltgegend hineingeboren worden, fernab der großen Zentren. In seinem Elternhaus hatte Bildung viel, aber nicht alles gegolten. Seine Erziehung war gut, aber nicht optimal gewesen. Er hatte viel Zeit im Gefängnis und in Fabriken zugebracht. Was wäre aus ihm geworden, hätte er immer seine ganze Kraft der Aufgabe widmen dürfen, das Bestmögliche aus sich zu machen?

Die naheliegende, geradezu zwangsläufige Schlussfolgerung überfiel ihn so unverhofft, dass sich ein unwillkürlicher Jubelschrei aus seiner Kehle löste. Sarah schreckte aus dem Schlaf hoch, und noch ehe sie im schwach beleuchteten Raum die Orientierung gefunden hatte, redete Boris schon auf sie ein.

»Sarah, hör gut zu, was ich mir überlegt habe. Es ist äußerst wichtig! Dieses Kind hier wird –«

Weiter kam er nicht, denn in dem Bündel regte sich etwas und begann zu weinen, so durchdringend, dass keine vernünftige Unterhaltung mehr möglich war. Sarah nahm es zu sich, bot ihm die Brust an, redete ihm sanft zu, doch das Weinen hörte nicht auf, im Gegenteil, es steigerte sich zum Geplärr. Der violette Wurm in Sarahs Arm war außer Kontrolle geraten.

»Mach doch was!«, schrie Boris und hielt sich die Ohren zu. »Mach, dass das sofort aufhört! Das ist ja grauenhaft!«

Sarah wiegte ihr Kind und summte geduldig eine kleine Melodie, die vom schrillen Kreischen übertönt wurde, zehn Minuten, eine halbe Stunde, eine ganze, so lange, bis es sich zur Erschöpfung gegreint hatte, nur noch in schwächlicher Resignation vor sich hin wimmerte und schließlich verstummte.

»Das ist aber keine nette Art, seinen Papa zu begrüßen«, sagte Sarah in milde tadelndem Ton. »Sag mal lieber schön: Hallo Papa, danke, dass ich auf der Welt sein darf! Ich heiße William James Sidis, aber gute Freunde dürfen mich Billy nennen.«

»Billy. Aha. So, so. Billy also«, sagte Boris fahrig, ohne Anstalten zu machen, seinen Sohn, der bereits wieder eingeschlafen war, in den Arm zu nehmen. So hatte Sarah ihn noch nie erlebt. Er wirkte regelrecht erschüttert.

»Was ist los? Stimmt was nicht?«

»Das siehst du doch selber. Ich bin kein Spezialist für Kinderkrankheiten, aber dass der Junge gestört ist, das erkenne sogar ich.«

Sarah bettete Billy wieder auf sein Kissen und legte sich selbst daneben. Sie wirkte matt, das war ungewöhnlich. Sonst ging ihr die Kraft nie aus.

»Boris, du hattest noch nicht viel mit Neugeborenen zu tun, oder?«

»Wie auch.«

»Schön, dann kann ich dir auch mal was beibringen. Weißt du, Babys schreien hin und wieder.«

»Aber nicht *so*. Das ist ja Irrsinn.«

»Doch, genau so. Billy ist ganz normal, glaub mir.«

»Normal ...«

»Was ist denn jetzt schon wieder? Freust du dich nicht?«

»Doch, schon ... natürlich ... Es ist bloß ... Eben darüber wollte ich mit dir sprechen. Über Normalität. Ich will nicht, dass William ein normales Kind wird.«

»Sondern?«

»Er soll etwas Besseres werden.«

»Mach dir da mal keine Sorgen. Seine Eltern sind ja keine armen Leute mehr.«

»Das meine ich nicht. Ich meine – die normalen Leute. Schau sie dir an, Sarah. Wie angepasst sie sind, und wie unglücklich. Sie machen immer nur das, was andere von ihnen verlangen. Die reinsten Marionetten. So einer soll William nicht werden. Wir müssen darauf achten, dass er eine starke und selbständige Persönlichkeit wird, die sich niemals von anderen herumkommandieren lässt.«

»Ich bitte dich, Boris. Er ist nicht mal einen Tag alt.«

»Eben deshalb sag ich's dir jetzt. Erziehungsfehler führen zu Schäden, die sich aufs ganze spätere Leben auswirken. Noch haben wir alle Möglichkeiten, sie zu vermeiden.«

»Von Kindererziehung habe ich ja wohl ein bisschen mehr Ahnung als du, oder?«

»Das sehe ich anders. Du hast viel Erfahrung mit Wickeln und Füttern und was weiß ich. Da will ich dir auch gar nicht groß reinreden, das überlasse ich ganz dir. Aber das ist noch keine Erziehung.«

»Ach nein?«

»Nein. Erziehung ist die Hilfe, die Kinder von Erwachsenen bekommen müssen, um ihre geistigen Fähigkeiten zu entwickeln. Alle Eltern wissen, dass ihr Kind körperlich zurückbleibt, wenn sie ihm nicht genug Nahrung geben. Um die Ernährung seines Gehirns kümmern sie sich seltsamerweise viel weniger. Die Folgen kann man überall beobachten. Es gibt jede Menge kleinwüchsige, körperlich unterentwickelte Menschen, die als Kind zu wenig zu essen hatten. Aber was es noch viel häufiger gibt, das sind geistige Krüppel. Es sind so viele, dass es kaum jemandem auffällt, wie schlecht ihr Kopf funktioniert, weil die allermeisten anderen genauso verkrüppelt sind. Ist es nicht ein Jammer? Kein Organ, kein Muskel, kein einziger Teil des Körpers wird so schlecht trainiert wie ausgerechnet das Gehirn. Da hat die Natur dem Menschen ihr größtes Wunderwerk geschenkt, und was macht er damit? Er lässt es verfaulen und verrotten.«

»Boris, ich bin ziemlich müde«, flüsterte Sarah. »Worauf willst du hinaus?«

»Darauf, dass uns kein Versäumnis unterlaufen darf. William soll kein Geisteskrüppel werden. Sein Gehirn soll alles bekommen, was es braucht, um voll funktionstüchtig zu werden.«

»Meinetwegen. Aber lass uns das morgen besprechen, da haben wir Zeit genug.«

Boris war nicht mehr zu bremsen, die Sache bedeutete ihm zu viel.

»Nein, nein, nein! Es gibt kein ›Zeit genug‹. Es gibt kein ›zu früh‹. Das ist es ja gerade, was heutzutage verkehrt läuft. Die Kinder kommen erst mit sechs in die Schule, wenn das erste Zehntel ihres Lebens schon vorbei ist. Da ist es fast schon zu spät, um sie ans Lernen zu gewöhnen. Das darf mit William nicht passieren. Er wird rechtzeitig lernen zu denken, dann wird es ihm zeitlebens so leichtfallen wie das Laufen.«

»Boris, ich muss jetzt wirklich –«

»Ich habe mich in letzter Zeit ausgiebig mit dem menschlichen Gehirn beschäftigt. Ein Säugling registriert alles, was um ihn herum passiert. Eine gigantische Maschine, die von allen Seiten Informationen auffängt und verarbeitet. Und trotzdem sprechen viele Eltern mit ihrem Baby, als wäre es ein Idiot: Dutzidutzi und Dingeling und Eiapopeia. Wie soll ein Kind eine Sprache fehlerfrei lernen, wenn es ein solches Gestammel hört? Warum soll es einen Hund Wauwau nennen? Warum sagt man ihm nicht von Anfang an: Das ist ein Hund? Es liegt in unserer Verantwortung, dass William ausschließlich korrekte Ausdrücke und vollständige Sätze hört. Also sag ihm bitte nie mehr wieder, dass ich sein Papa bin. Ich bin sein Vater. Hast du mich verstanden? Sarah?«

Sarah antwortete nicht. Sie war eingeschlafen. Verstimmt über ihr Desinteresse, zog Boris sich ins Nebenzimmer zurück, drehte das elektrische Licht an, setzte sich an seine Remington und schmetterte ein Manifest mit zehn Thesen zur modernen Erziehung aufs Papier.

Die beiden folgenden Tage fielen günstigerweise auf ein Wochenende, so dass Boris sofort mit seinem Erziehungsprogramm beginnen konnte. Einem Erziehungsprogramm völlig neuer Art, auf Grundlage der aktuellsten psychologischen Erkenntnisse.

Er hängte die Blumenbilder ab, mit denen Sarah die Wände dekoriert hatte, und legte sie zusammen mit den diversen Vasen, Deckchen und Sträußchen in den Schrank, bevor er sich seinen weißen Laborkittel überzog.

»Eine neutrale Atmosphäre ist wichtig«, erklärte er. »Erstens, weil William dann nicht so sehr durch Fremdreize abgelenkt wird, und zweitens, weil die Ergebnisse möglichst gut reproduzierbar sein sollen. Pass genau auf, was ich mache. Von Montag bis Freitag musst du das übernehmen.«

Er faltete eine Decke zusammen, legte sie auf den Tisch und bettete Billy darauf. Mit einer zweiten Decke verhängte er das Fenster und sagte mit monotoner Stimme: »Es ist dunkel.« Er nahm die Decke ab und sagte ebenso monoton: »Es ist hell.« Den Vorgang wiederholte er zweimal. Dann hielt er Bildtafeln vor Billys Gesicht und sprach laut aus, was auf ihnen zu sehen war: »Ein blaues Dreieck.« »Zwei gelbe Kreise.« »Drei grüne Quadrate.«

Als Nächstes kam das Gehör dran. Er stellte sich links neben den Tisch, läutete ein Glöckchen und sagte: »Das Geräusch kommt von links.« Er wechselte die Seite, läutete wieder und sagte: »Das Geräusch kommt von rechts.« Er hielt das Glöckchen direkt über den Tisch, läutete und sagte: »Das Geräusch kommt von oben.« Er krabbelte unter den Tisch, läutete und sagte: »Das Geräusch kommt von unten.«

Er führte noch allerlei weitere Übungen durch, trug ihren Ablauf in sein Notizbuch ein und machte in der Spalte »Reaktionen« jeweils einen Strich. Sarah stand mit verschränkten Armen am Fenster und sah ihm zu.

»Fertig?«

»Noch lange nicht. Ich mache nur eine Pause. Sobald er aufwacht, geht's weiter.«

»Darf ich dir eine Frage stellen?«

»Jederzeit.«

»Was um alles in der Welt machst du da?«

»Ich schule seine Wahrnehmung. Damit sich seine Sinne entwickeln.«

»Aber wieso zeigst du ihm Quadrate und Kreise? Er kann doch noch nicht mal scharf sehen.«

»Genau deshalb. Die Übungen werden ihm helfen, dass er es schneller lernt. Wir müssen sie nur jeden Tag wiederholen.«

»Bist du dir sicher, dass das sinnvoll ist? Jedes Kind lernt so etwas irgendwann von allein.«

»Gewiss, aber eben erst irgendwann. Weil es bislang noch keine Didaktik dafür gibt. Das will ich ändern. Du musst dir klarmachen, wie verwirrend das Leben eines Neugeborenen ist. Von überall her kommen optische, akustische, sensorische und olfaktorische Signale hereingeprasselt, wie Regentropfen in einem Gewittersturm. Alle sind neu und unbekannt und müssen auseinandergehalten, geordnet und verarbeitet werden. Sein Gehirn schafft das, denn ein Kindergehirn ist unendlich aufnahmefähig und kann gar nicht überlastet werden. Aber man muss es ihm auch nicht unnötig schwermachen. Wenn William die ganzen Reize fein säuberlich voneinander getrennt und klar strukturiert vorgesetzt bekommt, fällt es ihm leichter, mit ihnen umzugehen. Das heißt, er kann schneller als andere Kinder mit seinen Sinneswahrnehmungen etwas anfangen und sie früher für komplexere Aufgaben nutzen. Das Training verschafft ihm einen Entwicklungsvorsprung, von dem er sein Leben lang profitieren wird.«

Wirklich überzeugt war Sarah nicht, aber sie versprach, das komplette Programm zweimal täglich durchzuspielen, während Boris im Institut war. In den ersten Wochen kam es ihr sinnlos und absurd vor. Sie hätte Billy viel lieber auf ihren Bauch gelegt und ihm Wiegenlieder aus ihrer Heimat vorgesungen, wenn Boris es ihr nicht ausdrücklich verboten hätte.

»Nur weil William sich noch nicht äußern kann, heißt das noch lange nicht, dass er nichts versteht. Im Gegenteil, gerade seine frühesten Erfahrungen verankern sich unauslöschlich in seinem Kopf und prägen ihn für immer. Bestehen diese Erfahrungen aus Trällerliedchen, dann dürfen wir uns nicht wundern, wenn er den gleichen miserablen Kunstgeschmack entwickelt wie die Masse.«

Ob es sich tatsächlich so verhielt, konnte Sarah unmöglich beurteilen. Aber um zu vermeiden, dass er ihr irgendwann Vorwürfe machen könnte, hielt sie sich strikt an Boris' Anweisungen.

Es dauerte nicht lange, bis sie einsah, dass ihr Misstrauen fehl am Platz gewesen war. Billy entwickelte sich schneller als alle anderen Kinder, die sie kannte. Er drehte sein Köpfchen neugierig in die Richtung, aus der das Glöckchen ertönte, betrachtete die Tafeln mit den geometrischen Formen intensiv und streckte nicht viel später eine Hand nach ihnen aus. Und er konnte sie eindeutig erkennen. Wenn er ein Bild gezeigt bekam, das ihm fremd war, etwa ein Dreieck roter Farbe, dann verzog er missvergnügt sein kleines Gesicht und lächelte erst wieder, wenn er sein vertrautes blaues Dreieck zu sehen bekam.

»Er hat ein gutes Gedächtnis«, stellte Sarah fest. »Er weiß schon, dass Dreiecke blau sind und nicht rot. Er ist wirklich sehr begabt.«

»Mit Begabung hat das nichts zu tun«, erklärte Boris. »Jedes andere Kind würde sich genauso verhalten, wenn es dieselbe Förderung bekäme. Übrigens werden wir ihm das blaue Dreieck nicht mehr zeigen, er hat sich zu sehr daran gewöhnt. Zu feste Vorstellungen von der Welt sind nicht gut, sie führen zu geistiger Enge und Vorurteilen. Wir werden seinen Horizont nach und nach erweitern. Morgen wird er die violetten Würfel und die grauen Tetraeder kennenlernen. Но теперь пришло время для нашего разговорчика, не так ли, Уильям?«

Boris setzte sich eine Pelzkappe auf, wie immer, wenn bei der abendlichen Konversationsstunde das Russische an der Reihe war. Das sollte Billy die Ordnung im Kopf erleichtern. Ein Bowlerhut stand für Englisch, eine Baskenmütze für Französisch, ein Filzhütchen für Deutsch und die Pelzkappe eben für Russisch. Diese vier Sprachen waren als Grundlage erst einmal genug, befand Boris. Weitere mochten zu gegebener Zeit hinzukommen oder auch nicht, das wäre dann tatsächlich eine Frage der Begabung oder vielmehr der Neigung. Man durfte sein Kind nicht durch überhöhte Erwartungen unter Druck setzen.

Sarah konnte an dieser Stelle ihres gemeinsamen Erziehungsprojekts schon nicht mehr mithalten, sie sprach weder Französisch noch Deutsch. Boris sagte, sie solle mit William abwechselnd Englisch, Russisch und Ukrainisch sprechen. Drei Muttersprachen seien nicht viel, aber allemal besser als nur eine.

Was Billy augenblicklich von sich gab, war keine richtige Sprache, es war nur ein sinnleeres Lallen, Plappern, Gurgeln, Brabbeln, Murmeln und Stammeln. Oder vielleicht, dachte Boris, war es auch nicht sinnleer, sondern eine Art Supersprache, in der alle Sprachen der Welt zu einer einzigen verschmolzen waren, nicht zu primitiv, sondern zu komplex, als dass ein Erwachsener sie begreifen konnte, so wie ein Raum voller Menschen, die alle durcheinanderredeten, so viele Informationen enthielt, dass man gar nichts mehr verstand. Boris gelang es jedenfalls nicht, in Billys Kauderwelsch Struktur oder Sinn zu erkennen, es ging zu schnell und klang zu fremd für ihn.

»Verzeih deinem alten, begriffsstutzigen Vater«, redete er auf seinen Sohn ein, und das dunkle Rollen des Russischen passte trefflich zu seinen schweren Gedanken. »Da habe ich mir nun unter vielen Mühen zwei Dutzend Sprachen leidlich angeeignet, aber von dem, was du mir erzählst, verstehe ich kein Wort. Ich vermute, du nimmst mein Gerede genauso wahr wie ich deines, als einen Brei aus Tönen und Klängen. Aber du wirst schon bald in der Lage sein, meinen Brei in kleine Einheiten zu zergliedern. Du wirst in ihm einzelne Wörter und dann ganze Sätze entdecken und wirst sie nachsprechen und deine eigenen Sätze formen können. Und schließlich wird der Brei ein Teil von dir sein, so fest mit dir verbunden wie deine Organe. Wohingegen dein Klangbrei für mich immer so unverständlich bleiben wird wie eine symphonische Dichtung für einen Frosch.

Du wirst da draußen noch viele Erwachsene treffen, die sich einbilden, sie seien Kindern überlegen. Lass dich niemals kränken von ihrem Hochmut. Sie wissen nicht, wovon sie reden. Die Überheblichkeit ist die engste Freundin der Ignoranz, man trifft die beiden stets gemeinsam an. Die Erwachsenen sind dir nur in zwei Dingen voraus, nämlich im Alter und in der Erfahrung. Allein darauf bauen sie ihren Dünkel, obwohl beides nicht ihre Leistung ist. Du wirst sie übertrumpfen, und sie werden dir nichts entgegenzusetzen haben als Neid.

Ich will dir erzählen, woran ich neulich gescheitert bin.

Ich habe versucht, auf einem Fahrrad zu fahren. Einige Male bin ich hinaufgeklettert, immer wieder warf das verflixte Ding mich ab. Schließlich habe ich's aufgegeben. Es war mir zu schwierig. Aber du wirst in ein paar Jahren auf einem solchen Gestell durch die Gassen sausen, als wäre es das Einfachste der Welt.

Dein Vater ist begriffsstutzig, William, er gestand es dir bereits. Aber so schwer von Begriff ist er nicht, dass er die offensichtlichste aller Tatsachen leugnen würde: Wenn es ans Lernen geht, übertrifft ihn jedes Kleinkind ohne Mühe.«

Billy erwiderte nichts. Er formte sein winziges Mündchen zu einem rätselhaft wissenden Lächeln, dann zu einem lautlosen Gähnen, schmatzte ein paarmal mit der Zunge, legte das Köpfchen zur Seite und ließ die Lider zufallen.

Eilig griff Boris zu einer Ausgabe von *Eugen Onegin*. Die kostbaren Momente des Übergangs zwischen Wachen und Schlafen durften nicht ungenutzt verstreichen. Er hatte noch keine Technik gefunden, um Säuglinge zu hypnotisieren, deshalb boten die Einschlafphasen die vorerst einzige Gelegenheit, direkten Einfluss auf Billys *Subwaking Self* zu nehmen. Das schwindende Bewusstsein verließ dann seinen Wachtposten, so dass das Gehirn offen war für Suggestionen aller Art.

»Ab sofort verstehst du Russisch!«, befahl Boris in barschem Ton dem *Subwaking Self* seines Sohnes. »Die Sprache Puschkins ist auch deine Sprache, sie fließt dir so leicht und frei durch die Lippen wie die Luft zum Atmen.«

Dann öffnete er das Buch und las laut vor:

> Мы все учились понемногу
> Чему-нибудь и как-нибудь,
> Так воспитаньем, слава богу,
> У нас немудрено блеснуть.

Er las so lange, bis Billy fest schlief. Dann löschte er das Licht und gewährte dem kleinen Gehirn eine Erholungspause.

Auch Sarah gewöhnte sich daran, neben Billys Wiege zu sitzen und ihm vorzulesen. Manchmal tat sie stundenlang nichts anderes, als aus einem Band mit griechischen Sagen zu lesen. Von Ikarus und Damokles erzählte sie Billy, von Sisyphos und König Midas, von den Gorgonen und vom Minotauros. Sie benötigte ständig neue Lektüre. Bernard und Fannie wollten aus der Ferne behilflich sein, aber die Bücher, die sie schickten, waren leider unbrauchbar. Zuerst schenkten sie einen dicken, prächtig illustrierten Band namens *Mother Goose's Nursery Rhymes,* randvoll mit Gedichtchen und Liedchen, eines alberner und nichtiger als das andere.

> *Saßen zwei Vögelchen auf einem Stein,*
>   *falali falala,*
> *Flog das erste davon, war das zweite allein,*
>   *falali falala.*
> *Flog ihm das zweite geschwind hinterher,*
>   *falali falala,*
> *Sitzt auf dem Stein nun kein Vögelchen mehr,*
>   *falali falala.*
> *Armer Stein, so ganz allein, falali falali falala.*

Zum Ofenanzünden sei es gut genug, meinte Boris.

Mit dem nächsten Paket kam eine englischsprachige Ausgabe der Grimm'schen *Kinder- und Hausmärchen*. Die waren noch schlimmer. Eine Geschichte handelte von einer alten Frau und ihrer Enkeltochter, die von einem Wolf gerissen und gefressen wurden. Am Ende wurde der Wolf getötet und seine Bauchdecke geöffnet, und man entdeckte Großmutter und Kind, und zwar nicht etwa in Form vorverdauter Fleischbrocken, sondern lebendig und unversehrt. So etwas war nun wirklich nicht geeignet, Kindern einen realistischen Eindruck von der Welt zu vermitteln, da hatte Boris ganz recht. Sarah schrieb ihren Eltern und bat sie, nie wieder Bücher oder andere Geschenke für Billy zu schicken.

Mit der Zeit verlangte Billy nach mehr als bloß nach Förderung der Sinne und der Sprache. Sein Körper wurde fester, seine Bewegungen kontrollierter, seine Blicke zielgerichteter. Er musste sich mit etwas beschäftigen können, wenn seine Eltern gerade keine Zeit für ihn hatten. Er brauchte Spielzeug. Aber nicht bloß einen Reif, einen Ball, eine Rassel oder derartigen Tand, sondern Spielzeug, das seine geistige Entwicklung förderte. Die Verbindung von Spielen und Lernen war Boris' neueste Idee. Er konnte endlos darüber reden.

»Wir müssen William dazu bringen, dass er das Lernen als Spiel empfindet. Wenn wir das schaffen, haben wir fast schon gewonnen. Danach geht alles wie von alleine, denn jedes Kind spielt gerne. Man muss es dazu weder zwingen noch mit Belohnungen verlocken. Der unmittelbare

Lustgewinn, den es dabei empfindet, ist ihm Lohn genug. Warum glauben die meisten Lehrer, sie müssten den Kindern das Wissen mit dem Rohrstock einbleuen? Weil sie als Pädagogen komplette Versager sind. Weil es ihnen nicht gelingt, die Lust am Lernen zu wecken. Ein Kind, für das Spielen und Lernen ein und dasselbe ist, braucht keinen Zuchtmeister. Es wird nichts mit größeren Genuss tun, als seine Aufgaben zu lösen.«

Allerdings gab es das Lernspielzeug, das Boris vorschwebte, nirgendwo zu kaufen, nicht einmal in einer Stadt wie New York. Als er im vierten Spielzeugladen wieder nur das gleiche Sortiment vorfand wie in den drei vorherigen, wurde er unwirsch.

»Haben Sie denn nichts anderes als diesen Ramsch da?«

»Was haben Sie sich denn vorgestellt, mein Herr?« Die Verkäuferin überhörte das Kraftwort mit professioneller Höflichkeit.

»Auf jeden Fall nicht so was.« Boris machte eine unbestimmte Armbewegung in Richtung der Regale. In Reih und Glied standen Zinnsoldaten, Blechtrommeln, Schaukelpferde, Holzschwerter und -gewehre, Puppenwagen, Kaufmannsläden und allerlei Miniaturnachbildungen von Werkzeugen und Haushaltsgegenständen.

»Wir sind ein Spielwarengeschäft, mein Herr. Wir führen Spielwaren.«

»Wo denn? Ich sehe nur Plunder, mit dem die Kinder nichts anderes anfangen können, als das Verhalten der Erwachsenen nachzuäffen. Sie sollen ja einmal so werden wie ihre Eltern, denn das Land braucht Hausfrauen, Ladenverkäufer, Handwerker und vor allem Soldaten, Soldaten, Soldaten. Sie nennen es Spielwaren. Ich nenne es: Instrumente der suggestiven Indoktrination. Und ich werde meinen Sohn von diesen schädlichen Einflüssen fernhalten, so gut ich kann! Was sagen Sie nun?«

Boris stemmte die Fäuste auf den Verkaufstresen und schaute die Verkäuferin angriffslustig an, in freudiger Erwartung eines Meinungsstreits, den er nur gewinnen konnte.

Anstatt zu antworten, legte die Verkäuferin in aller Ruhe Puppenkleider zusammen.

»Was sagen Sie nun?«, wiederholte Boris, zu seiner eigenen Enttäuschung nicht mit mehr, sondern mit weniger Nachdruck. Schon spürte er die ganze schöne Aggression in sich zusammenfallen.

»Ich sage mal, das ist Ihr gutes Recht«, sagte die Verkäuferin gelassen. »Guten Tag, Mrs. Davis, wie geht's der kleinen Nancy?«, begrüßte sie eine eintretende Stammkundin, während Boris die Gelegenheit nutzte, um sich davonzustehlen.

Von seinem Einkaufsbummel brachte er nichts weiter mit nach Hause als einen gebrauchten Globus, den er in einem Trödelladen erstanden hatte. Er stellte ihn neben der Wiege auf und ließ ihn langsam um seine Achse rotieren, so dass Billy sich an der Bewegung und den bunten Farben erfreuen und zugleich beiläufig die Formen der Kontinente und Länder einprägen konnte. Das war sicher nicht schlecht, aber noch lange nicht das, was Boris als Lernspiel vorgeschwebt hatte.

Ein paar Wochen später fand Sarah etwas viel Besseres. Sie kaufte einen ganzen Blecheimer voller Holzklötzchen, die mit Buchstaben bedruckt waren. Man konnte sie vorzüglich dazu verwenden, Wörter und Sätze zu bilden.

»Schau mal«, sagte Boris zu Billy, »das hier hast du gerade gesagt: babababba. Und wenn ich dieses Klötzchen hier nach vorne setze, dann heißt es: ababababab. So: babababba. Und so: ababababab. Verstehst du? Alles, was man sagt, kann man auch schreiben.«

Auf ein Blatt Papier schrieb er mit Großbuchstaben: BABABABABA. Und darunter: ABABABABAB. Er las beide Wörter einige Male laut vor, mit seinem Füllfederhalter abwechselnd auf das eine und das andere zeigend. Billy wischte das Blatt mit einer ungestümen Bewegung vom Tisch und beobachtete gebannt, wie es in einem eleganten Bogen unter die Eckbank segelte. Es faszinierte ihn, Dinge hinunterfallen zu sehen. Er riss Boris den Füllfederhalter aus der Hand und ließ ihn fallen. Dann schob er Boris' halbvolle Kaffeetasse über die Tischkante. Danach die Untertasse. Er schaute ihr mit gespannter Wachsamkeit nach und vernahm aufmerksam, wie sie zu Bruch ging.

Boris trug aus der Küche weiteres Geschirr herbei, das Billy Stück für Stück in Scherben schlug, hochkonzentriert, als handle es sich um eine wissenschaftliche Versuchsreihe. Sarah kam gerade in dem Augenblick herein, als ihr Sohn zu dem Haufen, der unter ihm lag, die weißgoldene Sauciere hinzufügte.

»Mach kein Theater wegen so eines dummen Kännchens«, sagte Boris eilig, denn es war Sarah leicht anzusehen, dass sie genau das vorhatte. »Als ob es nichts Wichtigeres gäbe. Schau, er lernt gerade etwas über Gravitation.

Und du siehst ja, wie sehr er sich dafür interessiert. Darauf kommt es an. Wer mit Interesse lernt, lernt am besten.«

Mit sechs Monaten sprach Billy sein erstes Wort in der Sprache der Erwachsenen. Er deutete mit seinem Fingerchen auf die Tür und sagte klar und vernehmlich: »Do.«

»Richtig, Billy«, sagte Sarah. »Das ist die Tür. *The door*.« Sie trug ihn zum Fenster und machte es auf und zu. »Und jetzt sag mal: *Window*.«

»Do«, sagte Billy. »Do do do.«

»Nein, Billy. *Window*.«

»Do.«

»*Window*.«

Er zeigte auf das Fenster und sagte: »Mu.«

»*Window*, Billy. *Win-dow*. Вікно. Окно.«

»Mu. Mu mu mu!« Sein kleiner Körper vibrierte vor Aufregung. »Mu!« Er schien sich seiner Sache sehr sicher zu sein.

War das etwa Deutsch oder Französisch? Vielleicht, dachte Sarah, hörte er doch zu viele Sprachen. Das musste ungeheuer verwirrend für ihn sein.

»Mu!«, rief Billy, entrüstet, weil ihm seine Mutter die Bestätigung verweigerte. Endlich verstand sie. Er zeigte gar nicht auf das Fenster, sondern auf den Mond, der gelb, fett und kreisrund über dem Central Park stand.

»Ach, du meinst den Mond! *The moon!*«

»Mu! Mu!«, freute sich Billy.

Sarah öffnete das Fenster, damit er ihn besser betrachten konnte. »Ja, das ist der Mond. Und schau mal, die vielen, vielen Sterne. Diese fünf da, die heißen Kassiopeia, so wie die Königin in der Geschichte, die ich dir vorgelesen habe. Da sind Andromeda und Pegasus, die kennst du auch schon. Und das ist Perseus, der der Medusa den Kopf abgeschnitten hat, erinnerst du dich?«

»Mu«, sagte Billy zufrieden. Sarah legte mit den Buchstabenklötzchen die Wörter *door* und *moon* und deutete abwechselnd auf das Wort und das bezeichnete Objekt, aber Billy war nicht recht bei der Sache und schaute ohne Unterlass aus dem Fenster.

Als Boris nach Hause kam, hatte Sarah gute Nachrichten für ihn. »Billy kann jetzt sprechen. Und er interessiert sich für Astronomie.«

»Gut, gut. Welche Sprache?«

»Englisch.«

»Kein Wunder, das hat er bisher am meisten gehört. Wir müssen aufpassen, dass wir die anderen Sprachen nicht vernachlässigen, sonst wird er einseitig. Sprachen sind das Wichtigste. Es kann jetzt sehr schnell gehen. In seinem Kopf liegt alles bereit, er muss es nur noch auf die Zunge bringen. Das ist nur eine Frage der Anatomie. Wären seine Sprechwerkzeuge schon genügend ausgebildet, könnte er sich ganz normal mit uns unterhalten.«

Es sollte dann aber doch noch zwei Monate dauern, bis Billy seine ersten Sätze sagte. Die Tür hatte es ihm noch immer angetan. Sarah stellte sogar seine Wiege um, damit er sie jederzeit im Blick behalten konnte, ohne den Kopf verdrehen zu müssen.

»Du magst die Tür wohl sehr gerne, was, Billy?«

Er patschte in die Händchen und lachte sein schönstes Babylachen.

»Was findest du denn so gut an der Tür?«

»Tür geht auf. Leute kommen rein.«

Boris fand die Aussage überaus ermutigend. Billy mochte also nicht die Tür selbst, sondern das, was passierte, wenn sie sich öffnete. Mit anderen Worten: Er mochte es, wenn seine Eltern kamen und Übungen mit ihm machten.

Kaum war er imstande, seinen Körper aus eigener Kraft aufrecht zu halten, sollte Billy lernen, ohne fremde Hilfe zu essen. Er bekam einen Hochstuhl und durfte mit Boris und Sarah den Esstisch teilen.

»Ab jetzt sitzt er auf Augenhöhe mit uns«, bestimmte Boris. »Das ist gut für sein Selbstvertrauen. In anderen Familien schauen die Kinder immer zu den Erwachsenen auf. Müssen sie da nicht den Eindruck gewinnen, dass sie ganz unten in der Rangordnung stehen? Ist es ein Wunder, dass aus ihnen lauter Duckmäuser ohne Selbstbewusstsein werden? Kann eine Demokratie gedeihen in einem Land, deren Bürger sich für geborene Untertanen halten?«

Sarah dachte über eine Antwort nach, aber die Fragen waren nur rhetorisch gemeint, Boris redete sofort weiter.

»William soll sich nie wie ein Mensch zweiter Klasse fühlen. Wir weisen ihn nicht zurecht, auch dann nicht, wenn er etwas falsch macht. Stattdessen bieten wir ihm ein gutes Exempel, von dem er sich etwas abschauen kann.«

»Ist gut, Boris. Komm jetzt, das Essen wird kalt.«

»Moment, eins noch. Ich habe mir überlegt, dass es doch nicht gut ist, wenn er Vater und Mutter zu uns sagt. Das suggeriert einen Sonderstatus. Wenn ich für dich Boris bin, dann auch für ihn.«

»Wenn du drauf bestehst.«

Sarah setzte Billy in seinen Hochstuhl und verteilte das Abendessen in Schälchen. Es gab für alle das Gleiche: Haferbrei mit Karottenpüree und zum Nachtisch Apfelmus. Boris und Sarah aßen vorbildlich. Sie sperrten den Mund weit auf, manövrierten den Löffel mit ruhiger Hand und großer Genauigkeit hinein und zogen ihn sauber an der Oberlippe ab, kauten ihr Essen ausgiebig, obwohl es nichts zu kauen gab, und schluckten es, den Hals demonstrativ nach vorne schiebend, mit einem gulpenden Geräusch hinunter. Billy bekam sein Schälchen vor sich hingestellt und ein Löffelchen in die Hand gedrückt. Den Rest sollte er selbst bewerkstelligen, durch Nachahmung, ergänzt durch Ratschläge. So die Theorie.

In der Praxis machte Billy Geschrei, weil die anderen aßen und er nicht. Als er entdeckte, dass er auch etwas hatte, schlug er mit der bloßen Hand in den Napf. Der Brei spritzte, das Schälchen flog quer durch die Küche. Eine Schrecksekunde lang war er still, dann plärrte er los. Er war von oben bis unten bekleckert.

»Boris, jetzt reicht's«, schimpfte Sarah, während sie das Malheur beseitigte. »Ich mache ja viel Blödsinn mit, aber das geht wirklich zu weit. Er kann noch nicht alleine essen, wie soll das gehen? Ich habe ihn gerade erst abgestillt.«

»Hör nicht auf sie«, beschwor Boris seinen Sohn. »Sie irrt. Es ist nicht wahr, dass du noch nicht alleine essen kannst. Du kannst es sehr wohl, du darfst nur nicht den Mut verlieren und musst jeden Tag fleißig üben.«

»Muss fleißig üben«, plapperte Billy nach. Den Satz kannte er gut.

»Ich wusste doch, dass du's verstehst«, lobte Boris. Dabei ließ er es vorerst bewenden. Erst später, als Billy schlief, knöpfte er sich Sarah vor.

»Ich hoffe sehr, dass so etwas nicht noch einmal vorkommt. Du darfst ihn nicht verunsichern. Und glaub bloß nicht, dass du ihm oder dir oder sonst wem einen Gefallen tust, wenn du ihn fütterst. Er gewöhnt sich bloß dran, bedient zu werden, und wird unselbständig und lethargisch. Das ist das Schlimmste, was man seinem Kind antun – was hast du denn?«

Verdutzt nahm er zur Kenntnis, dass Sarah sich zwei Finger in die Ohren steckte, mit den Füßen trampelte und einen schrillen Schrei ausstieß.

»Halt die Klappe! Halt doch einfach mal für fünf Minuten die Klappe! Ich kann's nicht mehr hören, ich kann – nicht – mehr!«

»Sarah … sei doch vernünftig …«

»Vernünftig! Ha! Wenn ich ihn nicht heimlich gefüttert hätte, würde er jetzt nicht schlafen. Schau nicht so! Ein Kind wird nicht satt von Theoriegeschwätz, das wusstest du noch gar nicht, was? Du würdest ihn glatt verhungern lassen, Hauptsache, er hält seinen Löffel schön in der Hand. Und ausgerechnet du erzählst mir was von Vernunft!«

»Ich weiß wirklich nicht, was das soll, Sarah. Es ist eine große Aufgabe für das Gehirn, eine Körperbewegung fehlerfrei auszuführen, dafür muss es viele Nerven und Muskeln koordinieren. Das ist kein Theoriegeschwätz, das ist Tatsache. Da hilft nur üben, üben, üben.«

Sarah musste noch sehr oft das Essen vom Fußboden aufwischen und Billy das Mus aus den Haaren waschen. Bis er mit dem Löffelchen nicht mehr Augen, Nase oder Wangen traf, sondern seinen offenen Mund. Er jubelte verzückt auf, erst vor Überraschung, dann vor Stolz. Der Anblick seines triumphalen Lachens entschädigte Sarah für alles.

»Siehst du? Er hat etwas richtig gemacht und sofort die Belohnung bekommen: einen Mund voll Nahrung«, erläuterte Boris. »Solche Erlebnisse lehren ihn, dass es sich auszahlt, eine Aufgabe zu lösen. Diese Erfahrung wird ihn sein Leben lang begleiten und zum Lernen motivieren.«

»Wenn du meinst«, sagte Sarah.

Je größer Billy wurde, desto mehr zeigte sich der Nutzen der Sprachübungen. Alles, was mit Sprache zu tun hatte, lernte er mit solcher Leichtigkeit, dass es beinahe den Anschein hatte, als würde er überhaupt nicht lernen, sondern nur nach und nach preisgeben, was ihm schon immer bekannt gewesen war.

Beim Spiel mit den Buchstabenklötzchen wurde er mit jedem Tag besser. Sarah saß neben ihm auf dem Boden und zeigte ihm ein Klötzchen mit irgendeinem Buchstaben, und er suchte den gleichen Buchstaben aus dem Haufen heraus. Dahinter kam ein weiterer Buchstabe, dann noch einer, und kurz darauf stand da schon ein ganzes Wort: Nase, Sonne, Treppe, Neuropsychologie.

Kein Wort, das Billy einmal gelegt hatte, vergaß er jemals wieder. Wenn Sarah ihn nach Wochen fragte: »Weißt du noch, wie der hellste Stern im Sternbild Stier heißt?«, dann kramte er so lange in den Klötzchen, bis er »Aldebaran« beisammenhatte.

Ob er die Buchstaben im Klötzchenhaufen suchte oder auf der Tastatur der Schreibmaschine anzeigte, machte für ihn keinen Unterschied. Es fehlte ihm lediglich an Kraft in den Fingern, sonst hätte er die Wörter auch gleich tippen können. Nur mit Bleistift und Papier wusste er nicht viel anzufangen. Er fabrizierte damit das gleiche krude Gekritzel wie jedes andere Kleinkind.

Selbst Boris hätte es nicht für möglich gehalten: Zweijährige Kinder konnten tatsächlich schon schreiben! Das hatte über Jahrhunderte hinweg nur deshalb niemand bemerkt, weil sie nie ein geeignetes Schreibgerät in ihre ungeschickten Hände bekommen hatten. Eine atemberaubende Erkenntnis. Dabei stand sein Erziehungsexperiment noch ziemlich am Anfang. Zu welchen Sensationen würde es noch führen?

Das Lesen stellte Billy jedenfalls vor keine Probleme. Der Sprung von einzelnen Wörtern beim Klötzchenspiel zu zusammenhängenden Texten gelang ihm ohne weiteres. Boris machte es sich zur täglichen Angewohnheit, die aktuelle Ausgabe der *New York Times* auf dem Boden auszubreiten und zu fragen: »Na, William, was gibt's Neues auf der Welt?«

Billy lag bäuchlings auf der Titelseite und fuhr die Schlagzeilen mit dem Zeigefinger ab:

New Jersey: Hunderte Tote bei Großbrand am Pier von Hoboken
Transvaal: Blutige Schlacht am Diamond Hill

China: Noch mehr getötete Europäer bei Boxeraufstand

»Hör auf, es reicht! Das ist ja furchtbar!« Boris zog eine Grimasse, als hätte er in schimmliges Brot gebissen.

»Viele Leute sind tot«, fasste Billy die Nachrichtenlage korrekt zusammen.

»Da hast du leider recht. Und hast du auch verstanden, warum?«

»Weil am Pier von Hoboken –«

»Falsch! Aus Dummheit! Wenn die Menschen nicht so dumm wären, dann würden sie ihre Städte so bauen, dass es keine Großbrände mehr geben kann. Und vor allem würden sie aufhören, sich gegenseitig zu zerfleischen.«

»Zer-*was*?« Billy kannte das Wort nicht, aber so, wie Boris es aussprach, klang es nach nichts Gutem.

»Zerfleischen. Ich hätte auch abschlachten sagen können. Oder totschlagen, umbringen, metzeln, meucheln, massakrieren. Das bedeutet alles ungefähr das Gleiche. Nämlich, dass Leute andere Leute so sehr verletzen, dass die deswegen sterben müssen.«

»Und das machen die im Transvaal und in China?« Billy schaute Boris mit aufgerissenen Augen an. Zum ersten Mal befiel ihn die vage Ahnung einer großen Ungeheuerlichkeit.

»Nicht bloß dort. Das passiert überall, wo Menschen zu dumm sind, um vernünftig zu diskutieren. Weil sie mit den Streitmitteln, die ihnen von der Natur gegeben wurden, nämlich mit Worten und Argumenten, nicht umgehen können, machen sie sich ihre eigenen Waffen, mit denen sie einander in Fetzen schießen. Miteinander reden können sie nicht, aber Kriege führen, töten, morden, das können sie gut, o ja, das können sie sogar ganz hervorragend, diese sogenannten Menschen!«, schrie Boris.

»Ja, aber ... warum?«, heulte Billy. Er hatte nicht alles verstanden, aber der Wutausbruch war beängstigend genug.

»Warum, warum!«, brüllte Boris. Er sprang auf und lief, heftig mit den Armen rudernd, im Zimmer hin und her. »Ich habe dir doch erklärt, warum! Weil sie so grauenhaft dumm sind, darum! Weil sie sich noch selber ausrotten werden in ihrer grenzenlosen Dummheit! Es sei denn –«

Er hielt mitten im Satz inne, hockte sich wieder neben Billy auf den Boden und schnaufte ein paarmal tief durch, um sich zu beruhigen.

»William, du bist meine Hoffnung. Ich gebe alles, damit du nicht so wirst wie die anderen, so kleingeistig, denkfaul, niederträchtig und blutrünstig. Ich wünsche mir, dass man eines Tages in der *New York Times* nicht lesen wird, wie viele Menschen wieder irgendwo sinnlos gestorben sind, sondern was der große Gelehrte William James Sidis herausgefunden hat. Wünschst du dir das auch?«

Billy nickte. Er war heilfroh, dass Boris kein Feuer mehr spuckte. Jetzt bloß keinen Fehler machen, die Stimmung konnte jederzeit wieder umschlagen.

»Dann wirst du sicher ganz viel lernen wollen, damit du ein großer Gelehrter wirst, stimmt's?«

»Ja, ich will ganz viel lernen.«

»Das Lernen macht dir wohl Spaß, was?«

»Ja, es macht mir Spaß.«

»So soll's sein, nicht wahr?«

»Ja, so soll's sein.«

Das waren zum Glück sehr leichte Fragen, die er schon oft genug beantwortet hatte. Mehr wollte Boris diesmal nicht wissen. Auch er wollte den kostbaren Augenblick der Harmonie zwischen Vater und Sohn nicht gefährden.

An einem Morgen im April 1901 rief Dr. Van Gieson seine Mitarbeiter zu einem Toast zusammen. Sein Cutaway saß perfekt wie immer, sein frischgewachster Knebelbart glänzte. In einer Hand hielt er ein Glas Perrier-Jouët, in der anderen eine brennende Henry Clay.

»Gentlemen, wir wollen anstoßen. Nicht nur auf den Umstand, dass das Pathological Institute genau heute vor fünf Jahren seine Arbeit aufgenommen hat, sondern vor allem auf seine großartige Entwicklung seither. Wir sind eine hochgeachtete, ich darf wohl sagen: unverzichtbare Forschungseinrichtung geworden. Das ist Ihnen allen zu verdanken. Die anderen mögen mir verzeihen, wenn ich zwei Namen besonders herausstreiche: Dr. Sidis und Dr. Goodhart. Was die beiden im Fall Hanna geleistet haben, hat den Stellenwert unserer Institution beträchtlich gesteigert. Durch sie hat eine breitere Öffentlichkeit erstmals erfahren, welche enormen Möglichkeiten die neuartige psychotherapeutische Vorgehensweise eröffnet. Meine Herren, wir erheben unsere Gläser auf Sie und Ihren vorbildlichen Forschergeist.«

Während die gesamte Belegschaft Champagner trank – mit Ausnahme von Boris, der nur an seinem Wasserglas nippte –, erzählte Dr. Simon Goodhart noch einmal die

Geschichte, wie es ihm zusammen mit seinem Kollegen Dr. Sidis gelungen war, den jungen Baptistenprediger Thomas Carson Hanna aus Connecticut von seinem Gedächtnisverlust zu heilen.

Reverend Hanna war nach dem Sturz von einer Kutsche so unglücklich mit dem Kopf auf einen Pflasterstein geschlagen, dass seine Erinnerungen vollständig ausgelöscht wurden. Er konnte nicht mehr sprechen, nicht mehr laufen, erkannte seine eigenen Eltern nicht mehr und hatte das Wissen eines Neugeborenen. Eine greise Nonne träufelte ihm dreimal täglich mit einer Schnabeltasse eine nährende Suppe in die Kehle und schloss ihn jeden Morgen und Abend in ihr Gebet ein. Mehr konnte christliche Nächstenliebe nicht für ihn tun.

Aber nun gab es in New York ein neues Institut, das allen, die mühselig und beladen waren, Hilfe nicht durch Glauben, sondern durch Wissenschaft bringen wollte. Dr. Goodhart und Dr. Sidis nahmen sich des Falls an und stellten zunächst fest, dass Reverend Hanna zwar sein komplettes Gedächtnis eingebüßt hatte, aber nichts von seiner Intelligenz. Mit Dr. Goodharts Unterstützung lernte er ein zweites Mal essen, laufen, sprechen und sogar ein paar ungelenke Druckbuchstaben krakeln. Dr. Sidis brachte durch intensive Hypnotisierungen, Sinnesstimulierungen und Erinnerungsübungen das primäre Selbst von Reverend Hanna für kurze Phasen wieder zum Vorschein. Während dieser Phasen war Hanna ganz der Alte, verstand Hebräisch, Griechisch und Latein und schrieb mit flinker, eleganter Hand. Nur vom Unfall und seinen Folgen wusste er nichts. Der Zustand hielt aber nie lange an. Bald fiel Reverend

Hanna wieder in sein sekundäres Stadium zurück, krakelte Druckbuchstaben und kannte keinen einzigen Vers aus dem Evangelium.

»Er ist nun aber doch komplett geheilt und arbeitet, soweit ich weiß, wieder in seinem Beruf«, bemerkte Dr. Van Gieson. »Erläutern Sie doch bitte noch einmal für alle, wie Sie das vollbracht haben.«

»Durch Verschmelzung seines primären und seines sekundären Selbst«, erklärte Boris. »Wird das wache Bewusstsein unter Hypnose gesetzt, so lassen sich die Unterpersönlichkeiten einer gespaltenen Persönlichkeit durch Manipulationen des Hypnotiseurs dauerhaft zu einem vollständigen Selbst vereinigen.«

»Ich hätte es niemals für möglich gehalten, dass so gravierende Störungen heilbar sind«, sagte Dr. Van Gieson. »Dr. Sidis, ich kann es nicht oft genug wiederholen: Sie sind der beste Kenner des menschlichen Geistes, dem ich je begegnet bin.«

»Oh, das ist noch gar nichts«, erwiderte Boris. »Zu Hause, sozusagen in meinem Privatlabor, führe ich ein langfristiges psychologisches Experiment durch, dessen Folgen, so weit sie überhaupt schon absehbar sind, diejenigen des Falls Hanna weit in den Schatten stellen werden.«

»Sie wissen, wie man Neugierde weckt«, sagte Dr. Van Gieson. »Wissen Sie sie auch zu stillen?«

»Nun, es handelt sich um die Erziehung meines Sohnes William. Ich habe es bislang unterlassen, Ihnen davon zu berichten, weil ich erst noch abwarten wollte, wie er sich weiterentwickelt. Nun aber, da er mit seinen gerade einmal drei Lebensjahren Leistungen zeigt, auf die jeder Zehnjährige stolz wäre, ist es wohl nicht verfrüht zu sagen: Was mit ihm geschieht, wird Auswirkungen auf unser gesamtes Bildungssystem haben.«

»Es ist jetzt leider nicht der Moment, sich in solche Fragen zu vertiefen, die Arbeit ruft uns wieder. Aber ich bin gespannt, Näheres zu erfahren. Wollen Sie uns nicht am Sonntag zur Teezeit einen Besuch abstatten? Ihre Familie ist selbstverständlich mit eingeladen.«

Als Sarah Billy in seinen Ausgehanzug stecken wollte, erhob er Einspruch. Er gab zu bedenken, dass es null Argumente dafür gebe, zu den Van Giesons zu gehen, hingegen hunderttausend sehr gute Argumente dagegen. Das erste Argument lautete, dass es blöd sei bei den Van Giesons, das zweite, dass es zu Hause besser sei, und die übrigen Argumente könne sich ja jeder selber denken. Seine Debattierkunst lag noch sehr in ihren Anfängen, und doch waren seine Fortschritte beträchtlich, verglichen mit der Zeit, als er noch versucht hatte, seinen Willen mit Schreien und Umsichschlagen durchzusetzen. Inzwischen hatte er die Regel akzeptiert, die im Hause Sidis galt: Wer etwas wollte, musste Argumente dafür vorbringen, wer anderer Ansicht war, musste Argumente dagegensetzen, und wer die überzeugendsten Argumente auf seiner Seite hatte, der bekam recht. Natürlich hatten sich auch Boris und Sarah an die Regel zu halten. Sie durften nie die Macht des Stärkeren ausspielen, sondern mussten stets versuchen, Billy mit Gegenargumenten zu überzeugen.

»Die Van Giesons warten auf uns«, machte Sarah geltend.

»Na und, dann warten sie eben«, hielt Billy dagegen.
»Da gibt es Kuchen.«
»Ich will aber keinen Kuchen.«
»Und wir fahren mit der elektrischen Straßenbahn hin.«
Billy schwankte. Eben war er sich seiner Sache noch sicher gewesen, aber die elektrische Straßenbahn war ein ziemlich triftiges Argument. Er liebte es über alles, mit der elektrischen Straßenbahn zu fahren. Noch mehr als mit der Pferdestraßenbahn, obwohl er die auch mochte.

»Na, hast du dir überlegt, was besser ist? Willst du alleine hier sitzen, bis wir zurück sind? Oder willst du lieber mit der elektrischen Straßenbahn fahren?«

Sarah sprach die Worte »elektrische Straßenbahn« so verführerisch aus, dass Billys Widerstand brach. Ohne zu murren, ließ er sich die Schuhe zubinden. Sarah musste lächeln. Die elektrische Straßenbahn war das Königsargument, der Joker in jeder Diskussion. Sie gewann immer.

Mit glühenden Wangen saß Billy auf der vordersten Sitzbank, gleich neben der Eingangstür, zählte die ein- und aussteigenden Passagiere, wollte ihre Billetts sehen und unterhielt den ganzen Wagen mit seinen Durchsagen: »Nächste Station: Museum of Natural History. Im Wagen befinden sich vierunddreißig Fahrgäste. Nächste Station: 72nd Street West. Im Wagen befinden sich siebenunddreißig Fahrgäste. Nächste Station: Columbus Monument. Im Wagen befinden sich einunddreißig Fahrgäste.«

Besonders die Damen waren von Billy hingerissen. Sie strichen ihm übers Haar und sagten: »Was für ein kluger Junge«, und: »Du wirst bestimmt einmal ein Schaffner.« Billy sah an ihnen vorbei und überließ das Antworten Sarah, die knapp und schneidend klarstellte, dass ihr Kind bestimmt kein Schaffner werde, ganz bestimmt nicht.

Dr. Van Gieson begrüßte Familie Sidis an der Tür zu seiner Wohnung am Union Square. Boris bekam einen kollegialen Handschlag, Sarah einen galanten Kuss auf den Handrücken.

»Und du musst William sein. Dein Vater hat mir schon von dir erzählt.«

»An deinem Hemd sind sieben Knöpfe«, sagte Billy, und, auf Mrs. Van Giesons Perlenkette deutend: »An deiner Schnur sind fünfzehn Kugeln.«

Der ovale Nussbaumtisch im Salon war festlich eingedeckt, die Tischdecke aus Brüsseler Spitze, der Kerzenständer aus massivem Silber, das feinwandige Teegeschirr aus China.

»Da stehen neun Teller, dabei wir sind nur zu fünft«, stellte Billy irritiert fest. Das schien ihm widersinnig, und Widersinniges konnte er nicht leiden.

»Wir haben uns erlaubt, unsere Nachbarn dazuzuladen«, erklärte Dr. Van Gieson, an Boris gewandt. »Die Macmillans, ein Lehrerpaar. Ganz reizende Leute, Sie werden sie mögen. Ich habe ihnen von unserem besonderen Besuch erzählt, und sie waren sofort interessiert. Außerdem haben sie selbst zwei Kinder, die ebenfalls – ah, es läutet, das werden sie sein.«

Die Kinder der Macmillans waren äußerst wohlerzogen. Entzückend sahen sie aus in ihren weißen Sonntagskleidchen, die fünfjährige Linda mit zu Affenschaukeln hochgesteckten Zöpfen, der sechsjährige Malcolm streng gescheitelt. Sie baumelten mit den Beinen, tranken still ihre Schokolade, hielten sich beim Gähnen die Hand vor den Mund und schauten dem Minutenzeiger der Wanduhr bei seinem unendlich langsamen Rundlauf zu. Sie wussten: Wenn Erwachsene sich unterhielten, mussten Kinder schweigen.

Eine solche Vorschrift war Billy unbekannt. Er beschwerte sich über die Sirupwaffeln, die Mrs. Van Gieson selbst gebacken hatte, nach einem Rezept aus ihrer Heimat. Sie schmeckten ihm zwar gut, er verlangte sogar zweimal Nachschlag, aber Sarah hatte versprochen, es gebe Kuchen, und das hier sei eindeutig kein Kuchen. Er fand das sehr ärgerlich. Was man verspreche, müsse man auch halten.

Das Tischgespräch verlief stockend. Sosehr Mrs. Van Gieson sich auch bemühte, Themen wie Frauenmode, Schiffsreisen und Opernmusik anzuschneiden, sie erntete nur ein paar höfliche Repliken. Schließlich fragte Boris, der sich bis dahin noch nicht an der Konversation beteiligt hatte, die Macmillans unvermittelt, was sie dazu brächte, als Lehrer zu arbeiten, wo Schulen doch bekanntlich nichts anderes seien als staatlich kontrollierte Einrichtungen zur systematischen Verdummung von Kindern.

Mrs. Macmillan schnappte nach Luft, wobei sie eine Hand über den Brustkorb spreizte und Geräusche wie bei einem Schluckauf machte. Sie fand die Bemerkung unpassend, also wirklich sehr, sehr unpassend. Mr. Macmillan meinte, die staatlichen Schulen seien sicherlich nicht perfekt, aber wenigstens bekämen die Kinder dort noch Manieren beigebracht. Auf die Elternhäuser könne man sich in dieser Hinsicht ja leider nicht mehr verlassen.

»Ach, Manieren«, winkte Boris ab, erfreut, weil der fade Nachmittag doch noch an Schwung gewann. »Was sind schon Manieren? Sinnlose Anstandsregeln, an die die kleinen Leute gelegt werden wie an eine Kette, damit sie den Mächtigen nicht ins Bein beißen. Genie braucht keine Manieren. Es definiert aus sich selbst heraus, was Anstand ist.«

»Genie, gutes Stichwort«, sagte Mr. Macmillan. »Ein solches ist uns nämlich angekündigt worden. Bislang haben wir aber nur zwei Flegel gesehen, einen großen und einen kleinen.«

»Uralte Masche«, sagte Boris. »Wenn man kein *argumentum ad rem* hat, versucht man, dem Kritiker *ad hominem* beizukommen.«

»Gentlemen, ich bitte Sie«, schaltete sich Dr. Van Gieson ein. »Wir haben uns doch nicht getroffen, um einen Zwist auszutragen, sondern weil wir den kleinen William kennenlernen wollen.«

Er holte eine karierte Picknickdecke, breitete sie auf dem Boden des Salons aus und ermunterte die Kinder, darauf Platz zu nehmen und miteinander zu spielen.

Von sechs schweigenden Erwachsenen angestarrt, saßen Linda und Malcolm auf der Decke und starrten ihrerseits Billy an. Er war deutlich kleiner als sie, fast noch ein Baby, mit Stupsnase, lockigen Haaren und kurzen, dicken Ärmchen, während sie schon bald in die Schule kamen. Normalerweise wären sie mit einem so kleinen Kind fürsorglich umgegangen, sie hätten ihm ein Spiel gezeigt und ihn ein bisschen mitmachen lassen. Aber der da war ihnen nicht recht geheuer. Sie musterten ihn wie ein unbekanntes

Tier, das vielleicht harmlos, vielleicht aber auch gefährlich war.

Eine Zeitlang war es still. Dann, ohne erkennbaren Anlass, begann Billy, die Zahlen von eins bis hundert aufzusagen.

»Kann ich auch«, behauptete Malcolm, aber er ließ direkt auf die Neunundfünfzig die Siebzig folgen.

»Falsch! Du weißt ja gar nichts!«, rief Billy und fing noch einmal von vorne an, diesmal auf Russisch, один, два, три, четыре, пять, und hörte nicht eher auf, als bis er bei сто angelangt war. »Und jetzt auf Französisch: *Un, deux, trois, quatre* –«

»Das ist langweilig«, unterbrach Linda. »Wir spielen lieber Doktor. Wir sind krank, und Malcolm ist der Arzt und muss uns gesund machen.«

»Au ja!«, jubelte ihr Bruder und fing sofort mit der Sprechstunde an. »Wie kann ich Ihnen helfen?«

»Hier tut's mir weh«, sagte Linda und zeigte auf eine Stelle an ihrem Fuß.

»Oh, ich glaube, Sie brauchen eine Spritze.« Malcolm drückte ihr eine imaginäre Spritze in den Arm. »Ist es jetzt besser?«

»Ja, viel besser. Vielen Dank, Herr Doktor! Auf Wiedersehen!«

»So, der Nächste, bitte. Was führt Sie zu mir?«

Billy wusste nicht, was er sagen sollte. Dieses Spiel war nicht wie die Spiele, die Boris und Sarah mit ihm zu spielen pflegten.

»Du musst ihm sagen, dass du krank bist und wo es dir weh tut«, erklärte Linda.

»Aber ich bin doch gar nicht krank. Das wäre ja gelogen. Und lügen darf man nicht.«

»Ist doch bloß ein Spiel. Komm schon, sag einfach irgendwas. Irgendeine Krankheit.«

»Na gut. Ich habe ein Problem mit meinem *Subwaking Self*. Es tritt im Wachzustand nicht mehr hinter mein primäres Selbst zurück.«

»Aha«, sagte Malcolm ratlos. »Ich gebe Ihnen erst mal eine Spritze.« Anscheinend gab er sehr gerne Spritzen.

»So ein Quatsch«, protestierte Billy. »Ein Arzt gibt doch keine Spritzen, ein Arzt macht so.« Er strich Malcolm mit dem Daumen über die Stirn und murmelte: »Sie sind seeehr müde.«

»Gescheit ist er sicherlich«, sagte Mrs. Van Gieson diplomatisch.

»Also, ich weiß nicht«, meinte Mrs. Macmillan. »Ich finde, Kinder sollten Kinder sein dürfen. Der Ernst des Lebens kommt früh genug.«

»Unfug!«, zischte Boris. »Als ob ein Kind nur dann ein Kind wäre, wenn es mit sechs Jahren immer noch nicht bis hundert zählen kann.«

»Sie beleidigen meinen Sohn?« Wieder machte Mrs. Macmillan schluckaufartige Geräusche. »Also, ich muss doch wirklich sehr ... Was gestatten Sie sich eigentlich?«

»Das kann ich Ihnen gerne sagen. Ich gestatte mir den Hinweis, dass unsere Gesellschaft die wertvollste Ressource verschleudert, die sie besitzt, nämlich die geistigen Kräfte unserer Kinder. Ich gestatte mir, eine Methode zu entwickeln, die mit dieser Verschwendung ein für alle Mal Schluss macht. Ich gestatte mir die nüchterne Feststellung, dass mein Kind, wie wir deutlich gesehen haben, weit mehr Reife besitzt als Ihre beiden zusammen.«

»Wollen Sie etwa sagen, dass unsere Kinder zurückgeblieben sind?«

»Haben Sie mir überhaupt zugehört? Nein, sie sind nicht zurückgeblieben, das ist ja gerade das Problem. Sie sind einfach nur Beispiele für den traurigen Durchschnitt hierzulande.«

»Also – also –« Mrs. Macmillan fiel nichts mehr ein. »Ian, sag doch was.«

Mr. Macmillan rieb sich bedächtig die Wange und sagte ruhig: »Ich sehe Ihren Punkt, Dr. Sidis. Ich kann ihm sogar einiges abgewinnen. Hochbegabte Kinder, ein faszinierendes Thema. Man kann da manchmal wirklich nur staunen. Neulich habe ich einen interessanten Aufsatz gelesen, über einen Jungen aus Lübeck in Deutschland. Heinkes oder Henken oder so. Sagt Ihnen das etwas? Achtzehntes Jahrhundert. Heineken, jetzt hab ich's. Christian Heinrich Heineken, genau. Diese deutschen Namen … Na, wie auch immer: ein Wunderkind, man kann es nicht anders nennen. Mit vierzehn Monaten hatte er die Bibel auswendig im Kopf, mit zwei sprach er fehlerfrei Latein, und mit drei verfasste er eine Abhandlung über die Geschichte Dänemarks. Im gleichen Alter also, in dem Ihr Goldköpfchen immerhin bis hundert zählen kann.«

»Das klingt unglaublich«, sagte Mrs. Van Gieson, bemüht, den Nachmittag zu retten. »Was ist aus dem Jungen geworden?«

»Was wird aus ihm geworden sein? Gestorben ist er«, bemerkte Mr. Macmillan trocken. »Mit vier. Die Leute haben gesagt, das viele Denken hat ihn ausgezehrt. Und sie waren froh, dass ihre eigene Brut zum traurigen Durchschnitt gehörte, dafür aber kerngesund war.«

Auf der Rückfahrt war Billy nicht nach Fahrgästezählen zumute. Boris und Sarah fuhren mit ihm mehrmals in der elektrischen Eisenbahn um den Central Park herum, doch nicht einmal das konnte ihn aufheitern. Ihm war übel von den vielen Waffeln, er schämte sich, weil er über seinen Gesundheitszustand gelogen hatte, und vor allem musste er immerzu an den deutschen Jungen denken.

»Stimmt es, dass Christian Heinrich Heineken gestorben ist, weil er zu viel nachgedacht hat?«

»Nein, das ist Unsinn«, sagte Sarah.

»Aber er ist doch gestorben?«

»Wir müssen alle irgendwann sterben, Billy.«

»Und er konnte wirklich schon mit zwei Jahren Latein?«

»Ich weiß es nicht, ich habe noch nie von ihm gehört.«

»Aber woher weißt du dann, dass er nicht gestorben ist, weil er zu viel nachgedacht hat?«

»Niemand stirbt, weil er zu viel nachdenkt, Billy. Da gibt es keinen Zusammenhang.«

»Aber vielleicht ist der Zusammenhang bloß noch nicht erforscht. Viele Zusammenhänge sind nämlich noch nicht erforscht. Stimmt's, Boris?«

»Ja, das stimmt.«

»Also kann es doch sein, dass er gestorben ist, weil er zu viel nachgedacht hat?«

»Ausschließen darf man als Wissenschaftler nie etwas, solange man keinen Beweis hat. Aber ich halte es für extrem unwahrscheinlich.«

»Aber extrem unwahrscheinlich heißt nicht unmöglich?«

»Das ist korrekt.«

»Also kann es doch sein?«

»Das ist korrekt.«

Für den Rest der Fahrt schaute Billy schweigend aus dem Fenster. Er dachte nach. Aber nur sehr vorsichtig, denn er wollte nicht sterben.

Im darauffolgenden Jahr trennten sich die Wege von Boris und Dr. Van Gieson. Das lag nicht daran, dass der Sonntagstee so hässlich geendet hatte, mit Geschrei, Scherben und Handgreiflichkeiten, sondern an einem Reformvorhaben der New Yorker Gesundheitsbehörde. Damit die neuen Behandlungsmethoden schneller Eingang in die medizinische Praxis finden konnten, sollte das Pathological Institute ab sofort weniger Grundlagenforschung betreiben und stattdessen verstärkt Fortbildungskurse für Ärzte geben.

Dr. Van Gieson warf seinen ganzen Einfluss in die Waagschale, um die Neuausrichtung zu verhindern. Er sei Wissenschaftler und kein Lehrer, wenn die Behörde an ihrem Plan festhalte, müsse sie ihn eben feuern. Woraufhin die Behörde ihn feuerte und durch einen Schweizer Psychiater namens Adolf Meyer ersetzte. Boris hatte nichts gegen Dr. Meyer und im Grunde auch nichts gegen den neuen Kurs. Aber als Zeichen der Solidarität mit Dr. Van Gieson kündigte er spontan seine Stelle.

Sarah konnte es nicht fassen.

»Sag, dass das nicht wahr ist.«

»Wieso, wo ist das Problem?«

»Wie bitte?«, rief Sarah. »Du lässt deine Familie im Stich und fragst, wo das Problem ist?«

»Wie kommst du denn auf so was? Im Gegenteil, ich werde künftig mehr Zeit für Williams Erziehung haben. Er macht sich schon sehr gut, aber ich habe ein paar Ideen, wie er sich noch besser machen könnte.«

»Du mit deiner ewigen Erziehung! Denkst du eigentlich auch mal dran, dass ein Kind nicht nur einen Erzieher, sondern auch einen Ernährer braucht? Ohne Not ein gutes und sicheres Einkommen aufgeben, das ist verantwortungslos! Absolut verantwortungslos, ja, das bist du!«

Sarah rannte in der Küche hin und her wie ein aufgeregtes Huhn und wusste nicht, wohin mit ihrer Wut.

»Hättest du eben damals den Juweliersohn nehmen sollen, dann hättest du jetzt einen Ernährer. Ich folge höheren Idealen.«

»Dann versuch doch mal, mit deinen Idealen die Miete zu bezahlen, dann weißt du, wie viel sie wert sind.«

»Du bist ja schon eine richtige Amerikanerin. Da draußen rennen massenweise Leute herum, deren gesamte Moral auf eine Dollarnote passt.«

»Ja, man nennt sie auch Realisten. Ich jedenfalls –«

»Schluss mit dem Krach!« Billy, der unbemerkt zur Tür hereingekommen war, sprach mit der Autorität seiner vier Lebensjahre ein Machtwort. »Seid gefälligst still, ich will euch was vorlesen.«

Er kletterte auf einen Stuhl, brachte sich in Rednerpose, zog ein Büchlein aus seinem Hosenbund, schlug es auf und las mit gewichtiger Gebärde, die er sich von wer weiß wem abgeschaut hatte: »*Gallia est omnis divisa in partes tres, quarum unam incolunt Belgae, aliam Aquitani, tertiam qui ipsorum lingua Celtae, nostra Galli appellantur.*«

Er legte eine kleine Pause ein, um Boris und Sarah die Gelegenheit zu einer Reaktion zu geben. Aber da ihnen vor lauter Verblüffung nur der Mund offen stand, fügte er erklärend hinzu: »Das war übrigens Latein.«

»Ja, das wissen wir«, sagte Sarah. »Uns ist bloß neu, dass du es sprechen kannst.«

»Wieso nicht? Ist doch ganz einfach.«

»Verstehst du denn auch, was du da liest?«, fragte Boris.

»Selbstverständlich«, sagte Billy überheblich, als sei allein schon die Frage eine Beleidigung, schaute in sein Buch und übersetzte fließend: »*Die tapfersten von all diesen Völkern sind die Belgier, denn sie sind die Nachbarn der Germanen, die auf der anderen Seite des Rheins leben und ständig mit ihnen Krieg führen.* – Was ist los? Seid ihr etwa überrascht?«

Boris war nicht überrascht, er war überwältigt. Er selbst hatte Caesar erst mit zehn oder elf im Original lesen können, und das auch nur, weil sein Hauslehrer ihm etliche Stunden Einzelunterricht gegeben hatte. Offenbar war seine Erziehungsmethode noch viel wirkungsvoller, als er es für möglich gehalten hatte. Er und Sarah, eben noch zerstritten, nun im Elternstolz vereint, übertrafen einander mit Lobeshymnen. Indessen wurde Billy immer schüchterner. Verlegen rutschte er auf seinem Stuhl hin und her. Schließlich hielt er es nicht mehr aus. Er rannte aus der Küche, warf sich in sein Bettchen, presste das Gesicht ins Kissen und weinte, bis er nicht mehr konnte.

Nur zögerlich ließ er sich die Ursache seines Kummers entlocken, so peinlich war ihm das Ganze. Er hatte gelogen. Er konnte gar nicht Latein. Er wollte sich nur nicht noch einmal nachsagen lassen, er wäre dümmer als Christian Heinrich Heineken. In Boris' Bücherschrank hatte er zwei Ausgaben von *De Bello Gallico* gefunden, einmal im Original und einmal als Übersetzung. Er hatte einfach nur die beiden Versionen miteinander verglichen und auswendig gelernt, das war alles. Und weil er wollte, dass Boris und Sarah aufhörten, sich anzuschreien, deshalb hatte er gedacht ...

»Das ist nicht in Ordnung«, sagte Boris. »Du hast behauptet, dass du Latein sprichst. Man darf nie behaupten, dass man etwas kann, wenn es nicht stimmt. So etwas machen nur Angeber.«

»Ich weiß«, sagte Billy kleinlaut.

»Angeberei ist noch schlimmer als Dummheit. Die gibt sich wenigstens offen zu erkennen, so dass es einfach ist, etwas gegen sie zu unternehmen. Aber Angeberei versteckt sich hinter Täuschung und Betrug, man kommt nur schwer an sie heran. Du darfst dich nie wieder schlauer geben, als du wirklich bist, sind wir uns da einig?«

Billy biss sich auf die Lippe und nickte verzagt.

»Aber du darfst immer in meinen Büchern lesen, so viel du willst.«

Das Schlimmste war vorbei, Boris schaute nicht mehr so grimmig.

»Und wenn du magst, bringe ich dir Latein bei.«

»O ja, bitte!« Billy war heilfroh, noch einmal glimpflich davonzukommen. Er versprach, so schnell Latein zu lernen, wie er nur konnte. Und gleich danach Griechisch. Er wollte alles wissen, was es zu wissen gab. Dann wäre er kein Angeber mehr, der sich nur schlau gibt. Und Boris wäre endlich zufrieden mit ihm.

Seinen Wissensdrang ließ Billy vornehmlich an Sarah aus. Sie musste sich von ihm den ganzen Tag lang Löcher in den Bauch fragen lassen.

»Warum kann eine elektrische Straßenbahn so schnell fahren, obwohl keine Pferde vorne dran sind?«

»Weil sie vom Strom gezogen wird. Der ist noch viel stärker als ein Pferd.«

»Und wo ist der Strom?«

»In der Ritze zwischen den Schienen.«

»Und wie kommt er da rein?«

»Ich glaube, in der Ritze liegt ein Kabel, aber ich weiß es nicht genau.«

»Und wie kommt der Strom in das Kabel?«

»Das passiert im Kraftwerk. Das macht aus Kohle Strom, und der kommt dann in die Kabel rein.«

»Und wie macht das Kraftwerk Strom aus der Kohle?«

»Na ja, zuerst einmal muss man die Kohle verbrennen, und dann … Ich kann es dir nicht sagen. Ich bin kein Elektriker.«

So endeten ihre Gespräche immer. Sarah konnte es nicht sagen. Wie ein Magnet funktioniert; wieso eine Fliege eine Fensterscheibe hochlaufen kann und ein Mensch nicht; warum es auf dem Gipfel eines Berges kälter ist als an seinem Fuß: Sarah wusste es nicht. Manchmal fragte sich Billy, was sie überhaupt wusste.

Weil sie es satthatte, ständig in Verlegenheit zu geraten, kaufte Sarah ein Lexikon. Jetzt konnte sie wenigstens sagen: »Ich weiß es nicht, aber lass uns zusammen im Lexikon nachschauen, da steht's bestimmt drin.«

»Eigentlich brauche ich dich gar nicht erst zu fragen«, meinte Billy. »Du sagst ja sowieso bloß: ›Lass uns zusammen im Lexikon nachschauen‹, aber das kann ich genauso gut alleine. Außerdem steht's im Lexikon auch nicht drin, ich habe es schon ausgelesen.«

Boris hätte Billys Fragen vermutlich besser beantworten können. Leider hatte er wenig Zeit, er musste sich eine neue berufliche Existenz aufbauen. In einem Nebengebäude des Frauen- und Kinderspitals am Stuyvesant Square stattete er zwei Räume mit dem Nötigsten aus, gab ihnen den wohlklingenden Namen »Klinik und Labor für Psychopathologie« und sich selbst den Posten des Direktors.

Das Projekt scheiterte auf ganzer Linie. Als Boris noch in einer angesehenen staatlichen Institution gearbeitet hatte, waren die Patienten Schlange gestanden, um sich von ihm untersuchen zu lassen. Um seine dubiose Hinterhofpraxis machten sie einen Bogen. In besseren Zeiten hatten seine Fachaufsätze weite Beachtung gefunden. Plötzlich galten sie als unmaßgebliche Außenseitermeinungen.

Jetzt sahen die zahlreichen Feinde, die er sich während seiner Zeit am Pathological Institute gemacht hatte, die Stunde gekommen, ihm seine Angriffe und Beleidigungen heimzuzahlen. Es blieb nicht lange im Verborgenen, dass der selbsternannte Klinikdirektor kein einziges Semester Medizin studiert und seinen Doktortitel nur im undurchsichtigen Fach Psychologie erworben, oder besser gesagt: auf fragwürdige Weise zugeschanzt bekommen hatte. Boris reagierte mit blinder Wut und haltlosen Beschimpfungen, die alles nur noch schlimmer machten. Unterdessen schwanden seine Ersparnisse, wie Sarah ihm täglich vorrechnete, immer mehr dahin.

Glücklicherweise zeigte sich Professor James so hilfsbereit wie eh und je. Er sorgte dafür, dass Boris sich trotz seiner sechsunddreißig Jahre als Studienanfänger an der Harvard Medical School einschreiben durfte. So zog Boris Sidis im Frühjahr des Jahres 1904 zum zweiten Mal von New York nach Boston. Anders als siebzehn Jahre zuvor hatte er nicht nur eine Tasche unter dem Arm. Er hatte einen ganzen Pritschenwagen voller Mobiliar, Kisten und Hausrat, eine Gattin, die darauf achtete, dass ihn seine höheren Ideale nicht in den Hungertod trieben, und einen sechsjährigen Sohn, der sich anschickte, das gesamte Weltwissen in sich aufzusaugen.

5

»Wie schön, dich zu sehen, mein Junge«, rief Fannie und klatschte Billy einen nassen Großmutterkuss auf die Stirn, den dieser angewidert mit seinem Hemdsärmel abwischte. Er mochte es nicht, geküsst zu werden, so wenig, wie er es mochte, wenn sein Großvater Bernard ihn an sich drückte oder Tante Grace ihn zu sich auf den Schoß nahm. Was wollten diese Leute von ihm? Warum fassten sie ihn ständig an? Und weshalb akzeptierten sie nicht, dass er es nicht mochte? »Guck nicht so böse, so ein Küsschen ist doch nicht giftig« – was für ein blödes Argument!

Er wand sich aus der Umklammerung, rannte die Treppe hoch und kam erst wieder, als Sarah zum Essen rief. Es gab Rassolnik, Pelmeni, Kulisch, Kohlsalat, eingelegte Pilze und als Dessert Quarkbällchen mit Warenje aus Kirschen. Bei Familientreffen kochte sie gerne aufwendig, nach Rezepten aus der Heimat.

Zuzusehen, wie es ihnen schmeckte, war für Sarah der schönste Lohn für ihre Mühe. Für Boris zu kochen war immer eine undankbare Aufgabe. Er betrachtete Mahlzeiten nur als unwillkommene Unterbrechung der Arbeit zum notwendigen Zweck der Nährstoffaufnahme. Während er noch am letzten Bissen kaute, wischte er sich schon die Sauce aus dem Schnurrbart und stand auf, um weiterzuarbeiten. Billy war ein kräftiger Esser, doch auch er gab Sarah keinen Grund, länger als unbedingt nötig am Herd zu stehen. Dafür war er zu leicht zufriedenzustellen. Noch immer mochte er nichts lieber als das, was er schon als Säugling bekommen hatte, wenn er nicht einschlafen konnte: warme Milch mit Zucker. Alles andere aß er mit zuverlässigem Appetit, aber ohne Begeisterung. Sarah hätte ihm auch einen gebratenen Lampenschirm auf den Teller legen können, den hätte er ebenso kommentarlos vertilgt wie ihre Koteletts.

Sarah überblickte die Familienrunde. Vier ihrer Schwestern waren bereits verheiratet. Alle hatten einen Mann von der Sorte genommen, die man als sichere Bank zu bezeichnen pflegte, also einen braven Langweiler. An deren Seite saßen sie nun in ihren kleinen Wohnungen und lebten ihre kleinen Leben. Jede von ihnen hatte ihr bescheidenes Auskommen, keine litt existentielle Not. Aber hatte auch nur ein einziger dieser Biedermänner seiner Frau ermöglicht, in einem eigenen Haus zu wohnen, mitten in den Brookline Hills?

41 University Road, das war eine Adresse, die sich auf jeder Visitenkarte sehen lassen konnte, und das Haus war ein Traum. Ohne die Unterstützung durch Professor James hätte Boris es sich niemals leisten können.

»Haben Sie keine Skrupel, das Angebot anzunehmen, Sidis«, hatte Professor James gesagt. »Wenn ich nicht schleunigst damit anfange, mein Vermögen zu verjubeln, dann wird es mir in den paar Jährchen, die mir noch bleiben, nicht mehr gelingen. Und Sie werden nicht ewig vor dem Reichtum davonlaufen können, irgendwann wird er Sie einholen. Dann können Sie mir das Geld immer noch zurückgeben.«

»Aufrichtigsten Dank, Professor«, sagte Boris. »Ihre Generosität verschafft mir nicht nur Wohnraum, sondern zugleich Ruhe vor meiner Frau. Ich könnte meine Arbeit auch ohne das Erste weiterführen. Aber schwerlich ohne das Zweite.«

Dass die Familie Sidis ausgerechnet nach Brookline zog, lag daran, dass Billy und Sarah sich mit ihren Argumenten durchsetzten. Billy argumentierte, die Fahrt mit einer elektrischen Straßenbahn der Linie 61 von Brookline ins Stadtzentrum von Boston sei das Aufregendste, was man sich nur vorstellen könne, denn der letzte Teil der Strecke befinde sich bei einem Tunnel und einige Haltestellen lägen unter der Erde. Das gebe es in Amerika kein zweites Mal.

Das Argument von Sarah zielte in eine andere Richtung. Sie verwies auf die vorzügliche Wohnlage. In den Brookline Hills residierten Unternehmer, Bankiers, Politiker, Professoren, Anwälte, Ärzte, geistliche Würdenträger, kurzum: die Crème von ganz Greater Boston. Ärzte und Professoren sehe er bei seinem Studium jeden Tag, meinte Boris, und die übrigen Berufsstände könnten ihm samt und sonders gestohlen bleiben.

Sarah fasste sich an den Kopf. Dieser Mann hatte ein Gehirn von der Größe eines Planeten und einen Geschäftssinn wie eine satte Kuh im Sonnenschein. Gerade in einer solchen Nachbarschaft, erklärte sie langsam und deutlich, wie zum Mitschreiben, gebe es mehr als genug Leute, die jede Summe zahlten, um zu erfahren, welche verborgenen

Kräfte in ihrem Inneren walteten und über Gesundheit und Krankheit, Erfolg und Misserfolg entschieden. Boris müsse nur ein Zimmer im Haus als private Praxis einrichten und darin Psychotherapien durchführen. Dann könne er gleichzeitig seine Familie ernähren, sein Studium finanzieren und das Darlehen von Professor James zurückzahlen.

Boris gab nach, aber richtig wohl fühlte er sich in dem viel zu großen Haus nie. In Sarahs Augen war es ein standesgemäßes Domizil für eine Akademikerfamilie, er nannte es einen steinernen Aberwitz, eine eitle Angeberhütte und einen ruinösen Klotz am Bein. Am liebsten verkroch er sich in sein Arbeitszimmer, besonders an jedem zweiten Sonntag im Monat, wenn Familie Mandelbaum an einer unterirdischen Haltestelle in Boston eine elektrische Straßenbahn der Linie 61 bestieg und durch den Tunnel hinaus nach Brookline fuhr.

Sarah liebte die Zusammenkünfte. Sie waren eine ausgezeichnete Gelegenheit, ihrer Familie zu zeigen, wie gut es ihr ging. Da sie es von allen Mandelbaums am besten getroffen hatte, versorgte sie die anderen großzügig mit Speisen, abgelegter Kinderkleidung und guten Ratschlägen.

»Du musst jetzt anfangen, mit ihnen zu üben, dann haben sie ihr Leben lang etwas davon. Bei Edwin ist es allerhöchste Eisenbahn, aber auch für Clifton kannst du schon viel tun«, ermahnte sie ihre Schwester Grace, die ihre beiden Söhne mitgebracht hatte. Edwin war drei Jahre, Clifton gerade einmal ein paar Wochen alt.

»Was soll das heißen? Glaubst du, ich kümmere mich nicht um sie?«

»Na ja, du fütterst sie, wickelst sie, wäschst sie, kleidest sie, alles schön und gut. Aber weißt du, was Boris sagt? Er sagt, es gibt nicht nur eine körperliche Unterernährung, sondern auch eine geistige. Viele Eltern wissen gar nicht, wozu Kinder in der Lage sind. Passt gut auf. Billy, zeig uns mal deinen Trick mit den Wochentagen.«

»Nö, keine Lust.«

»Kannst du das etwa nicht?«

»Schon, aber ich hab jetzt grad keine Lust dazu.«

»Weil du's eben doch nicht kannst.«

»Kann ich wohl.«

»Glaub ich dir nicht. Und Tante Grace glaubt's dir auch nicht.«

»Stimmt aber.«

»Das kann jeder behaupten. Du musst es uns schon beweisen.«

»Also gut. Welches Datum?«

Sarah zwinkerte Grace zu. Sie war es gewohnt, dass sie Billy erst an seiner Ehre packen musste, bevor er seinen Trick mit den Wochentagen zeigte.

»Na, sagen wir mal: An was für einem Tag ist deine Oma auf die Welt gekommen?«

»Woher soll ich das wissen? Wann hat die überhaupt Geburtstag?«

»Frag sie doch einfach.«

»Fannie, wann ist dein Geburtstag?«

»Ach, der ist noch lange hin. Du willst mir wohl ein Geschenk machen?«

»Nein, ich will nur das Datum wissen.«

»Am dreiundzwanzigsten Januar.«

»Ja, aber in welchem Jahr?«

»Man fragt eine ältere Dame nicht nach ihrem Alter. Merk dir das, mein Junge.«

»Wieso denn nicht?«

»Aus Anstand.«

»So ein Quatsch.«

»Gar kein Quatsch.«

Pikiert wandte sich Fannie ihrem Kuchenteller zu. Grace flüsterte Billy ins Ohr, laut genug, dass es jeder hören konnte: »23. Januar 1854.«

»Gregorianisch oder julianisch?«

»Keine Ahnung, warum?«

»Weil der 23. Januar 1854 nach dem julianischen Kalender ein Samstag war und nach dem gregorianischen ein Montag.«

»Seht ihr?« Sarah strahlte triumphierend. »Er weiß für jedes Datum den Wochentag, egal, ob in der Vergangenheit oder in der Zukunft. Fragt mich nicht, wie er das macht, auf einmal konnte er's. Er hat es sich selber beigebracht, kein Mensch weiß, wie.«

Sie wartete auf Reaktionen, aber Fannie murmelte nur: »Na, ob's stimmt ...«, während die anderen unbeeindruckt weiteraßen. Das war durchaus enttäuschend. Der Trick mit den Wochentagen war der beste Beweis für seine geistige Überlegenheit, den Billy derzeit zu bieten hatte.

»Und? Wer von euch möchte auch gerne wissen, an welchem Wochentag er geboren ist?«, rief Sarah.

Keiner antwortete, nur Grace fragte: »Sag mal, Sarah – bist du dir sicher, dass er davon sein Leben lang etwas hat?«

Sarah spürte, wie ein Gefühl der Bitterkeit in ihr hochkroch, gemischt mit Verachtung. Wie ignorant und rückständig sie waren! Aber durfte man das – seine eigene Familie verachten? Seine Familie musste man doch lieben! Das tat sie ja auch, überlegte Sarah. Sie verachtete nur ihre Rückständigkeit. Gerade weil sie ihre Familie liebte, schmerzte es sie zu sehen, wie zufrieden sie alle mit sich waren, obwohl sie so weit hinter ihren Möglichkeiten zurückblieben. Wenn sie Boris nicht getroffen hätte, wäre sie jetzt vermutlich auch so. Sie konnten nichts dafür, sie mussten erst noch auf den richtigen Weg gebracht werden.

Als sie das für sich geklärt hatte, konnte sie sich wieder ins Gespräch einschalten. Es drehte sich nicht mehr um den Trick mit den Wochentagen, sondern um Kochrezepte.

»Wisst ihr, was er auch sehr gut kann?«, fragte Sarah. »Mit der Schreibmaschine schreiben. Das geht richtig flott, so tack-tack-tack, wie bei einer Sekretärin, stimmt's, Billy?«

»Mmh«, machte Billy.

»Den Wirsing musst du lange kochen, zusammen mit dem Salo, damit er schön durchzieht«, sagte Ida.

»Weißt du noch, wie du den Brief an Macy's geschrieben hast? Ganz korrekt mit Anschrift und Absender und allem. Da warst du nicht viel älter als Edwin jetzt. Ich höre es klackern im anderen Zimmer und denke, nanu, Boris ist doch gar nicht da? Und dann warst du das. Du hast dir einen Stuhl an den Schreibtisch geschoben und bist draufgeklettert und hast Spielzeug bestellt, einen Ball und einen Kreisel. Und weißt du, warum du das so früh gelernt hast?«

»Weil ihr so viel mit mir geübt habt, als ich ein Baby war.«

»Genau deshalb.«

»Und was mache ich, wenn ich keinen Salo bekomme?«, fragte Grace.

»Edwin könnte auch schon bald lesen und schreiben. Die Buchstabenklötzchen haben wir noch, damit lernt er's ganz leicht.«

»Dann nimmst du eben fetten Speck«, sagte Ida.

Seit Stunden fuhr der Zug durch den Norden des Bundesstaats New York, und noch immer war nichts anderes zu sehen als eine endlose Abfolge von bewaldeten Hügeln, langgestreckten, flussartigen Seen und kleinen Dörfern. Billy konnte seinen Blick nicht vom Fenster wenden. Er war wie berauscht, ohne dass Sarah sagen konnte, wovon. Vielleicht lag es an der übernatürlichen Geschwindigkeit, mit der die Landschaftsbilder an ihm vorbeizogen. Oft, wenn sie ihn dabei beobachtete, wie seine Augen beim Lesen über die Buchseiten rasten, dachte sie, dass sich die gewöhnliche Alltagswelt für ihn viel zu langsam anfühlen musste.

Boris hingegen sah weniger freudvoll aus. Er fragte sich, warum er sich auf diese Reise überhaupt eingelassen hatte. Was konnte dort oben schon sein, außer Ödnis und Kanada? Professor James wiederum war beinahe so aufgekratzt wie Billy. Je weiter nordwärts sie kamen, desto lebhafter wurde er.

»Ich freue mich wirklich außerordentlich, dass Sie sich doch noch entschlossen haben mitzukommen«, sagte er zum ungefähr fünften Male. »Es wird Ihnen gefallen im Keene Valley. Insbesondere für den kleinen William James ist es genau das Richtige. Sein Geist muss nicht mehr trainiert werden, der weiß längst für sich selbst zu sorgen.

Achten Sie jetzt vor allem darauf, dass sein motorischer Apparat Übung bekommt. In Glenmore wird er ausgiebig Gelegenheit dazu finden. Da gibt es herrliche Wanderwege und reichlich Platz zum Spielen.«

Boris wagte nicht, Professor James zu widersprechen. Er war ein ehrenwerter Mann mit großen Verdiensten. Aber im Stillen fragte Boris sich doch, ob der alte Herr noch ganz rüstig im Kopf war. Motorischer Apparat? Wanderwege? Platz zum Spielen?

In Westport am Lake Champlain stiegen sie aus dem Zug und nahmen für die letzten zwanzig Meilen eine Kutsche. Professor James wirkte wie verjüngt. Das Rumpeln des Wagens über die schlechte Landstraße störte ihn nicht. Die Adirondack Mountains waren sein zweites Zuhause, hier kannte er jeden Baum.

Er hatte die Gegend vor dreißig Jahren für sich entdeckt, als er beim Wandern mit drei Freunden zufällig in Keene gelandet war, einer Ortschaft am Ufer des munteren Au Sable River. Ein paar Dutzend Häuser, einige Bauernhöfe, zwei Sägewerke und eine Kirche, das war alles. Die Wanderkameraden beneideten das Landvolk so sehr um das einfache, gesunde Leben in der freien Natur, dass sie, einer spontanen Idee nachgebend, ein unberührtes Stück Land kauften und sich Holzhäuser und Blockhütten darauf bauen ließen. In den folgenden Jahren verbrachten sie so viel Zeit, wie sie erübrigen konnten, in der Waldeinsamkeit.

Nun waren die vier Naturliebhaber nicht irgendwer, sondern hochgelehrte Herren, die allesamt an der fernen Harvard University Karriere machten. Kein Wunder also, dass es sich auch bei ihren Gästen, die ihrer Einladung in die Adirondacks nachkamen, überwiegend um Geistesmenschen handelte. Manche von ihnen blieben für ein paar Tage, andere für Wochen und Monate, und wieder andere ließen sich auf Dauer in den Bergen nieder. So wuchs im Laufe der Jahre in aller Abgeschiedenheit eine kleine Gelehrtenrepublik heran.

Zum größten Anziehungspunkt im Keene Valley wurde alljährlich zur Sommerzeit die Glenmore Summer School of the Culture Sciences, die unwahrscheinlichste Akademie, die Amerika je gesehen hatte. Sie bestand aus ein paar alten Hofgebäuden an einem Berghang, umgebaut zu Vortragsraum, Speisesaal und Bibliothek, dazu ein paar schlichte Wohnhütten im umliegenden Wald. Viele große Denker nahmen die beschwerliche Anreise auf sich und stiegen von Keene aus noch einige hundert Höhenmeter einen schmalen Fußpfad hinauf, durch taunasse Hangwiesen, über Wurzeln und umgestürzte Baumstämme, bis sie da waren. Hier am Hurricane Mountain fanden sie, was ihnen keine Stadt und keine Universität bieten konnte und was doch für jeden Arbeiter des Geistes unverzichtbar ist: Muße.

Sie genossen den weiten Blick über das Hügelland, bemerkten staunend, dass außer dem Rascheln des Blattwerks in den Wipfeln, dem Zwitschern der Vögel und dem Bachgeplätscher kein Laut zu hören war, und atmeten mit tiefen Zügen die klare, von keinem Kohlenqualm und keinem Pferdedung verdorbene Luft. Es dauerte nicht lange, und die Neuankömmlinge legten die steife Formalität der Hörsäle ab, lockerten ihre Schlipse und schlossen beim gemeinsamen Waldspaziergang oder beim Bad im eiskalten Gebirgsbach Freundschaft. Tagsüber hörten sie sich gegenseitig bei ihren Vorträgen über Kunst und Literatur, Moral und Verantwortung, Gesellschaft und Politik zu, nachts saßen sie unter hunderttausend Sternen, die Schuhsohlen vom Lagerfeuer geschwärzt, und debattierten offener und freizügiger, als sie es zu Hause je gewagt hätten.

Sarah hätte sich einen komfortableren Ort gewünscht für ihren ersten Urlaub seit Jahren, aber Boris fühlte sich am Hurricane Mountain auf Anhieb wohl. Er mochte die fensterlose Hütte, die harte Pritsche, die frugale Kost, das erfrischend kühle, direkt aus einer Quelle geschöpfte Trinkwasser, sogar die Latrine im Wald. Es war wie eine Befreiung vom Wohlstandsballast in Brookline.

Zudem mangelte es nicht an Gesprächspartnern, mit denen es sich auf würdigem Niveau diskutieren ließ. Zu den Geistesgrößen, die an diesem Berghang versammelt waren, zählten etwa der Ethikprofessor Felix Adler, der Philosoph John Dewey und der genialische Universalgelehrte Charles S. Peirce. Aber niemand in der erlesenen Gesellschaft erregte so viel Aufsehen wie der kleine Sidis. Ein solches Kind hatte noch keiner gesehen. Billy konnte den komplizierten Stammbaum der griechischen Götter und Halbgötter mit allen Verästelungen auswendig aufsagen, von den Eltern des Zeus bis hin zu den diversen Früchten der Seitensprünge Aphrodites. Er geriet in Wut, ja in Verzweiflung, als ein Altphilologe behauptete, Hymenaios sei das gemeinsame Kind von Apollon und Kalliope, wo man doch überall nachlesen konnte, dass Apollon den Hymenaios mit Urania, mit Kalliope hingegen den Orpheus gezeugt hatte. Mit der gleichen Detailversessenheit erläuterte er die Unterschiede zwischen den Tarifsystemen der Straßenbahngesellschaften in New York und Boston, und zwischendurch sagte er ein paar Verse auf, die außer ihm selbst und Boris niemand verstand, da sie einer alten armenischen Dichtung entstammten. Boris und Sarah wurden nicht müde, den staunenden Gelehrten das Geheimnis von Billys phantastischer Frühreife zu verraten: die Sidis-Erziehungsmethode.

»Warten Sie, das Beste kommt erst noch«, sagte Sarah. »Sein Trick mit den Wochentagen. Sie werden staunen. Nennen Sie irgendein Ereignis aus der Geschichte, zum Beispiel George Washingtons Geburtstag, und Billy sagt Ihnen wie aus der Pistole geschossen: Das war an einem Montag oder Dienstag oder was auch immer.«

»Freitag«, korrigierte Billy. »Der 22. Februar 1732 war ein Freitag.«

»Na, das wollen wir mal sehen«, sagte Dr. Bruce Wilkinson, ein junger, ehrgeiziger Physiker von der University of Michigan, der sich schon seit Tagen darüber ärgerte, dass sich in diesem Jahr die gesamte Summer School um ein sechsjähriges Kind drehte. »Hast du den Namen ›Mayflower‹ schon mal gehört?«

»Klar«, sagte Billy.

»Dann kannst du vielleicht auch sagen, wann die Mayflower gelandet ist?«

»Die Mayflower, das Schiff der Pilgerväter, stach am Mittwoch, dem 16. September 1620, vom englischen Plymouth aus mit 102 Passagieren an Bord in See und landete am Samstag, dem 21. November 1620, am Cape Cod, in der Nähe des heutigen Provincetown.«

»Ähm, das dürfte wohl richtig sein. Und wann wurde die Unabhängigkeitserklärung unterzeichnet?«

»Am 4. Juli 1776. Donnerstag.«

»Die Schlacht von New Orleans?«

»8. Januar 1815. Sonntag.«

»Fragen Sie mich nicht, wie er das macht, er konnte es auf einmal, einfach so«, sagte Sarah. »Kalender sind sein Steckenpferd. Eines von vielen. Eigentlich interessiert er sich für alles. Am Morgen liest er erst einmal die Zeitung, auch die Politik und die Wirtschaft, und dann – «

»Auf jeden Fall ist er ein vorzüglicher Kopfrechner«, stellte Charles Peirce fest und kratzte sich am Kinn, das irgendwo in seinem altersgrauen Zottelbart verborgen lag. »Die Wochentagsformel ist nicht unkompliziert, und so flink und mühelos, wie er sie zu handhaben weiß … Ich bin sehr beeindruckt. Der junge Sidis zählt ohne Zweifel zu den größten Talenten der nachwachsenden Generation und wird eines Tages zu den besten – «

»Moo-ment mal!«, unterbrach Dr. Wilkinson. »Ein kleiner Junge nennt aufs Geratewohl irgendwelche Wochentage, und schon bemühen Sie Superlative? Ist das nicht ein wenig voreilig, verehrter Peirce? Lassen Sie uns die Antworten lieber erst einmal überprüfen, bevor wir uns ein Urteil gestatten.«

Er griff zu Bleistift und Papier, rechnete minutenlang hin und her und knallte dann den Stift auf den Tisch.

»Und?«, fragte Billy. »Stimmt was nicht?«

»Doch, doch. So weit alles richtig. Aber das beweist noch gar nichts. Ich meine, die erwähnten Ereignisse sind schließlich Meilensteine der amerikanischen Geschichte, so etwas kann ein aufgewecktes Kind schon mal aufschnappen und behalten, und den Wochentag dazu. Etwas anderes wäre es, wenn es wüsste, auf welchen Tag der, sagen wir mal, 15. September des Jahres 2144 fallen wird.«

»Dienstag«, sagte Billy.

Dr. Wilkinson nahm den Stift wieder auf und begann erneut, Zahlen aufs Papier zu kritzeln.

»Falsch! Mittwoch!«, verkündete er schließlich triumphierend. »Das zeigt, dass meine Bedenken eben doch –«

»Das zeigt, dass Sie den Schalttag mitgerechnet haben. Da liegt Ihr Fehler.«

»Was denkst du denn? Natürlich muss man die Schalttage mitrechnen.«

»Ja, aber nicht für 2100. Nur jedes vierte Säkularjahr hat einen Schalttag. Das Jahr 2000 hat einen, 2100, 2200 und 2300 nicht, 2400 wieder ja, und so fort.«

»Genug jetzt!« Dr. Wilkinson sprang auf, stieg hinab ins Tal und ließ sich von Keene aus eine Fernverbindung nach Ann Arbor, Michigan, herstellen. Stunden später kehrte er übellaunig zurück.

»Dienstag«, gab er sich geschlagen.

»Na also«, beschied Billy knapp, wie ein Lehrer, wenn ein geistesträger Schüler doch noch zur Einsicht kommt.

Am späten Abend empfing Professor James Boris vor seiner Hütte. Die Sommernacht war mild und windstill, er konnte in Hemd und Pantoffeln auf der Veranda sitzen. Seinem Gast schenkte er aus einem Tonkrug Quellwasser ein, sich selbst öffnete er eine Flasche Bordeaux.

»Es fällt wahrlich nicht leicht, der Versuchung zu widerstehen, Ihren Sohn ein Wunderkind zu nennen«, sagte er und betrachtete nachdenklich das Abbild der Kerzenflamme im Spiegel seines Weinglases. »Und doch dürfen wir nicht den gleichen Fehler begehen wie die Denkfaulen, die dazu neigen, außergewöhnliche Erscheinungen leichthin als Wunder zu bezeichnen, nur um sich der Mühe zu entledigen, ihnen auf den Grund zu gehen.«

Da Boris, anstatt zu antworten, versonnen in den Sternenhimmel blickte, der sich funkelnd vom tiefschwarzen Schattenriss der Hügelkette auf der anderen Talseite abhob, setzte Professor James nach: »Und? Wie erklären Sie sich seine Leistungen?«

»Eine Erklärung habe ich noch nicht. Lediglich eine Vermutung. Aus meinen Forschungen weiß ich, dass das wache Bewusstsein nur einen Bruchteil der Prozesse registriert, die sich im menschlichen Gehirn abspielen. Das allermeiste findet im Unterbewussten statt, und wenn es nicht durch Hypnose emporgeholt wird, dann bleibt es dort und steuert im Verborgenen unser Leben auf eine Weise, die wir erst langsam zu verstehen beginnen.

Meine Vermutung lautet, dass unser Gehirn zu wesentlich größeren intellektuellen Leistungen imstande ist, als wir gemeinhin annehmen. Nur ein kleiner Teil seines Potentials ist leicht zu aktivieren. Mit dem gewaltigen Rest verhält es sich wie bis vor kurzem mit dem Unterbewussten: Wir wissen, dass da etwas sein muss, aber wir haben noch keinen Zugang dorthin. Deshalb liegen diese Bereiche brach. Es ist gleichsam wie mit einem unterirdischen Bodenschatz. Der Besitz allein nützt nichts, man braucht auch die Mittel, um ihn zu heben.«

»Sie meinen also, William hat keine größeren Ressourcen als irgendein anderer Mensch?«

»Exakt.«

»Und er ist nur insofern etwas Besonderes, als er sie sich zugänglich macht?«

»Genau so verhält es sich. Er kann auf seine verborgenen Energien zugreifen. Das ist es, was ihm seinen Vorsprung verschafft.«

»Und wie gelingt ihm der Zugriff?«

»Darüber kann ich vorerst nur spekulieren, aber die Vermutung liegt nahe, dass es etwas mit seiner speziellen Erziehung zu tun hat. Sobald ich den Zusammenhang genauer verstanden habe, werde ich wissen, wie sich die geistige Kapazität jedes einzelnen Menschen vervielfachen lässt. Ich muss Ihnen nicht erläutern, was für einen revolutionären Sprung die Menschheit dadurch machen wird.«

»Das ist hochinteressant, Sidis. Wissen Sie, ich denke seit einiger Zeit über etwas sehr Ähnliches nach. Was Sie ›Verborgene Energien‹ nennen, das nenne ich den ›Zweiten Wind‹. Sie kennen das Phänomen sicherlich: Sie sitzen bis spät in die Nacht am Schreibtisch, weil eine Arbeit fertig werden muss. Der Kopf ist ausgelaugt, die Augen wollen zufallen, Sie sind kurz davor, von Ihrer Müdigkeit überwältigt zu werden – aber wenn Sie ihr nicht nachgeben, wenn Sie nicht einschlafen, dann überwinden Sie auf einmal den toten Punkt. Sie sind wieder frisch und können weitermachen bis zum Morgen. Das zeigt, dass die Natur uns sozusagen mit zwei Motoren ausgestattet hat. Wenn dem ersten der Treibstoff ausgeht, springt der andere an.

Wenn wir wissen, wie dieser Mechanismus genau funktioniert, werden wir die Grenzen unserer Leistungsfähigkeit in einem Maß erweitern, wie es uns heute noch unvorstellbar erscheint. Ich bin ein alter Mann und werde nicht mehr erleben, wohin wir gelangen, wenn unsere inneren Motoren auf Vollkraft laufen. Doch wenigstens ist es mir noch vergönnt, den ersten Zukunftsmenschen kennenzulernen. Und ich bin unsagbar stolz, dass er den Namen William James trägt.«

»Sie werden William noch weiter beobachten können, Professor. Wir haben uns entschlossen, länger zu bleiben als geplant, vielleicht sogar bis zum Ende des Sommers. Der Ort wirkt befruchtend auf ihn und liefert die besten Anregungen. Mehr als hier könnten wir ihm zu Hause auch nicht bieten.«

Professor James und Boris waren nicht die Einzigen am Hurricane Mountain, die darauf aus waren, Genaueres über Billys Talent in Erfahrung zu bringen. Insbesondere die Psychologen rissen sich förmlich darum, kleine Experimente an ihm durchführen zu dürfen. Alle Tests seines Gedächtnisses bestand er mit Bravour. Eine beliebige Buchseite, ein einziges Mal vorgelesen aus einem zufällig aus dem Regal gezogenen Band, konnte er fehlerfrei reproduzieren, sowohl unmittelbar nach dem Hören als auch noch tags darauf. Deutlich schlechter schnitt er ab, als es um die praktische Anwendung seiner Kenntnisse ging. Über die Hemlocktanne wusste er einiges zu sagen, einschließlich Verbreitungsgebiet, Blütezeit und lateinischem Gattungsnamen, doch im Wald, wo er einen solchen Baum finden sollte, schlich er unsicher um die Stämme, als suchte er nach einer Beschilderung.

Was schließlich seine körperliche Entwicklung betraf, so hatte er seinen Altersgenossen nichts Erkennbares voraus. Körpergröße, Gewicht und allgemeine physische Verfassung lagen im Normbereich, die Vermessung des Schädels durch einen zufälligerweise anwesenden Phrenologen erbrachte keinen besonderen Befund. Aufgaben wie das Stehen auf einem Bein oder das Werfen eines Balls in einen fünf Schritte entfernten Korb erfüllte er lustlos und mit unterdurchschnittlichem Geschick.

Es überraschte ihn selbst, dass ihm die Körperübungen nicht so leicht gelingen wollten wie gedacht und die gewohnte Bewunderung ausblieb. Die untersuchenden Herren schüttelten manches Mal die Köpfe, während sie die Resultate notierten, einmal hörte er sogar den bösen Begriff »motorische Retardation«. Seine Bereitschaft, an den Tests teilzunehmen, sank. Er weigerte sich sogar, zu den Essenszeiten in den Speisesaal zu gehen. Lieber saß er alleine oben in der Hütte. Er könne sowieso nichts essen, klagte er, er habe Zahnschmerzen.

»Das ist ganz normal«, sagte Sarah. »Da kommen die neuen Backenzähne durch. Kann schon sein, dass das ein bisschen drückt.«

»Es drückt nicht ein bisschen, es tut schrecklich weh. Ich muss sofort zum Zahnarzt.«

»Hier gibt's auf fünfzig Meilen keinen Zahnarzt, Billy.«

»In Brookline gibt's einen.«

»Aber wir haben doch beschlossen, dass wir hierbleiben.«

»Ich will aber nicht hierbleiben. Und ich will auch nicht mehr den blöden Ball in den Korb werfen. Ich will nach Hause.«

»Da fällt mir grade was ein«, sagte Boris. »Hab ich dir eigentlich schon mal von aristotelischer Logik erzählt?«

»Nicht dass ich wüsste. Und ich glaube auch nicht, dass das gegen meine Zahnschmerzen hilft.«

»Oh, da täuschst du dich aber. Aristotelische Logik hilft immer, ob du nun gerade Zahnschmerzen hast oder nicht. Also, hör zu.«

Und Boris erklärte noch einmal, was er vor vielen Jahren schon Sarah erklärt hatte: was ein Syllogismus war und was eine Prämisse und welche Konklusion logisch daraus folgte, wenn die erste Prämisse soundso und die zweite soundso lautete. Billy war begeistert. Endlich konnte er sich wieder auszeichnen. Wenn einige Dummköpfe Psychologen waren und kein Genie ein Dummkopf, was ließ sich dann daraus logisch schlussfolgern? Dass einige Psychologen keine Genies waren, klare Sache.

»Ist doch alles ganz einfach. Nur eines habe ich noch nicht verstanden.«

»Nämlich?«

»Warum ich das alles erst jetzt erfahre. Es hätte mir wirklich sehr geholfen, wenn ich mich schon früher mit Logik beschäftigt hätte. Ich finde, alle sollten das tun, dann würden die Leute nicht mehr so viele Denkfehler machen.«

Boris war gerührt. Sein Sohn. Er war doch wunderbar gelungen, mochten die Neider sagen, was sie wollten. Was hatten die überhaupt für idiotische Maßstäbe? War Aristoteles deshalb unsterblich geworden, weil er so unvergleichlich gut einen Ball in einen Korb werfen konnte? Oder Leibniz? Beurteilte man dessen Platz in der Geschichte nach seiner Fähigkeit, auf einem Bein zu stehen? War er etwa ein Storch gewesen?

Einen Abend lang lenkten die Syllogismen Billy von seinem Zahnweh ab, doch schon am nächsten Tag jammerte er wieder. Er müsse hier weg, er halte es nicht mehr aus. Für Gegenargumente unempfänglich, ließ er Boris und Sarah keine andere Wahl, als den Aufenthalt im Keene Valley abzubrechen. In der Kutsche nach Westport ging es ihm schon besser, und als der Zug achtzehn Stunden später in der South Station von Boston einrollte, war von Schmerzen keine Rede mehr.

Zu Hause ging Boris als Erstes den Poststapel durch, der sich in den Wochen der Abwesenheit hinter dem Briefschlitz angesammelt hatte. Ein Schreiben der Schulbehörde von Brookline war darunter. Er las es erst flüchtig, als handle es sich um einen belanglosen Werbezettel, dann noch einmal genauer, mit wachsendem Grimm, und schließlich noch einmal laut vor Sarah und Billy, mit sich überschlagender Stimme und zornesrotem Kopf.

»Sind die verrückt?«, fragte Sarah.
»Anscheinend.«
»Und jetzt?«
»Keine Bange, ich regle das schon.«

Er lief unverzüglich zur Stadtverwaltung, ließ sich von der Empfangsdame nicht aufhalten, stürmte, ohne anzuklopfen, in das Büro von Dr. Greenbaum, dem Chef der

Schulbehörde, knallte ihm den Brief auf den Schreibtisch und schnaubte: »Was soll das!?«

Dr. Greenbaum rückte seine Brille zurecht, überflog das Schreiben und sagte: »Nun, soweit ich sehe, haben Sie ein Kind des Jahrgangs 1898, ist das richtig?«

»Das ist so ziemlich das Einzige, was hier richtig ist.«

»Warum? Der Jahrgang 1898 wird in diesem Herbst eingeschult, und deshalb hat sich Ihr Kleiner, wie hier steht, am kommenden Donnerstag um neun Uhr zu einem Einstufungstest an der John D. Runkle School einzufinden. Alles korrekt.«

»Von wegen korrekt!«, rief Boris aufgebracht. »Hören Sie: Dieser Junge ist nicht irgendein Kind. Er braucht keinen Einstufungstest. Er braucht auch keine Grundschule, weil er schon alles weiß. Er hat gestern noch in der Glenmore Summer School gesessen und mit Dewey und Peirce über Platon diskutiert. Wissen Sie überhaupt, wer Dewey ist? Oder Peirce? Oder«, er lachte höhnisch auf, »Platon?«

»Ich weiß ja nicht, Mr. ...«, ein kurzer Blick auf den Briefbogen, »Mr. Siddis, wie man da, wo Sie herkommen, diese Dinge handhabt, aber in Massachusetts herrscht Schulpflicht. In seiner Freizeit kann Ihr Kleiner diskutieren, mit wem und worüber er will, das ist seine Sache. Nicht seine Sache ist, was er am Donnerstag um neun Uhr macht. Haben wir uns verstanden?«

»Aber wenn ich Ihnen doch sage: Meinem Sohn wird die Schule nicht nur nichts nützen, sie wird ihn sogar zurückwerfen! Er steht auf einem einsamen Niveau, und Sie wollen ihn zu einem x-beliebigen Klippschüler degradieren –

warum? Nur weil es Pflicht ist? Nur weil alle anderen über die Erde krauchen wie übergewichtige Truthähne, wollen Sie einem Adler die Flügel brechen?«

Boris keuchte vor Erregung. Der oberste Knopf seines Hemdes drohte abzuspringen, so dick war sein Hals angeschwollen. Dr. Greenbaum blieb seelenruhig.

»So, Mr. ...«, erneuter Blick auf den Brief, »Siddis. Sie haben genau zwei Möglichkeiten. Entweder Sie bringen Ihren Sohn am Donnerstag um neun zur Runkle Elementary, oder er wird von der Polizei abgeholt. Zu Ihrer Information: Die letztere Option wird Sie sehr viel teurer zu stehen kommen. Und nun darf ich Sie freundlichst bitten ...«

Boris würdigte Dr. Greenbaum nur noch einer verächtlichen Handbewegung, bevor er mit einigen unverständlichen Kraftausdrücken auf den Lippen das Büro verließ.

Am besagten Donnerstag ging Billy zum Einstufungstest für Erstklässler. In sich gekehrt, trottete er neben seinem Vater her. Von den anderen Kindern, die aufgeregt plappernd an den Händen ihrer Eltern dem Schulhaus entgegenstrebten, voller Stolz darauf, bald zu den Großen zu gehören, unterschied er sich auf den ersten Blick. Er trug eine russische Bauernjoppe und kratzige, grobleinerne Hosen, die Sarah auf die Schnelle geschneidert hatte und die ihm deutlich zu kurz waren, so dass zwischen dem ausgefransten Hosensaum und den holzbesohlten Latschen, in denen seine nackten Füße steckten, auf eine Handbreit seine dünnen Waden sichtbar wurden. In Kombination mit dem ungleichmäßigen Topfschnitt, den er am Vorabend verpasst bekommen hatte, sah er in seinem Aufzug aus wie der letzte Dorftrottel.

Boris strich sich fortwährend über den Schnurrbart und zupfte an seinen Ohrläppchen. Er war nervös wie selten.

»Du weißt, was du zu tun hast.«

»Ja. Aber ich hab mir überlegt, ich will es lieber doch nicht machen.«

»Wie bitte? Hör mal, das geht nicht. Wir haben zwei Tage lang geprobt, du kannst jetzt nicht kneifen.«

»Besser kneifen als lügen. Lügen darf man nicht. Das hast du selber gesagt.«

»Das ist doch keine Lüge, das ist eine List. Oder nicht mal das. Sagen wir, ein Theaterstück. Du spielst eine Rolle, das ist erlaubt. Und wenn du sie gut spielst, bekommst du zur Belohnung deine Freiheit zurück.«

»Aber es gibt ein Gesetz, dass jedes Kind in die Schule gehen muss. An Gesetze muss man sich halten. Sokrates fand es sogar besser zu sterben, als die Gesetze zu brechen.«

»Wer hat dir das denn erzählt?«

»Professor Dewey.«

»Hör mal, du machst jetzt eine Viertelstunde lang das, was ich dir gesagt habe, und danach haben wir sehr viel Zeit, um über Sokrates zu reden.«

»Und wenn nicht?«

»Dann musst du ein Jahr lang das Abc üben. Also, ich kann auf dich zählen?«

»Mal sehen.«

Im Klassenzimmer saß hinter einem breiten Lehrertisch das Prüfungskomitee: Schuldirektor Harris, ein fleischiger

Mann mit rotem Kopf, sowie die neben seiner Körperfülle beinahe verschwindende Lehrerin der ersten Klasse, Mrs. Withercomb, ein dürres Fräulein mit grauem Dutt und langen Schneidezähnen.

»So, und du bist William, nicht wahr? Schön, dass wir uns kennenlernen«, sagte Mrs. Withercomb und bleckte ihr Pferdegebiss.

»Nikt so«, sagte Billy schwerfällig. »Ik cheise Wilitschka.«

Boris, der im hinteren Teil des Raums auf einem Kinderstuhl Platz genommen hatte, atmete auf. So hatten sie es einstudiert.

»Das ist wohl dein Kosename. Nun schön. Wilitschka, wir wollen dir ein paar Aufgaben stellen, damit wir sehen, ob du schon reif bist für die Schule. Hast du Lust dazu?«

»Weiß nikt«, sagte Billy gleichgültig und kaute an seinen Fingernägeln. »Meinwägen.«

»Wunderbar. Also, als Erstes musst du versuchen, den Ball hier in diesen Korb zu werfen. Ich zähle mit, wie oft du triffst. Alles klar? Und los geht's!«

Schon wieder der Ball und der Korb. Billy traf den Korb bei zehn Versuchen kein einziges Mal, obwohl er sich nicht mit Absicht ungeschickt anstellte. Seine Fähigkeit, auf einem Bein zu stehen, hatte sich gleichfalls nicht verbessert. Dann sollte er sich seine Schnürsenkel mit einer Schleife binden. Abermals schnitt er schlecht ab, ihm gelang nur ein Knoten. Für gewöhnlich band ihm Sarah die Schuhe.

Direktor Harris trug die Ergebnisse in einen Bogen ein und brummte unzufrieden. Von diesen Immigrantenbengeln gab es in Boston und Umgebung mehr als genug, aber die meisten von ihnen kamen aus ihren Vierteln, North End oder Roxbury, nicht hinaus. Was hatte so einer ausgerechnet in Brookline verloren?

»So, Wilitschka, und jetzt möchten wir gerne rauskriegen, was du schon alles weißt«, fuhr Mrs. Withercomb mit stählerner Gutmütigkeit fort. »Auf der Tafel hier stehen viele Buchstaben. Kennst du schon einige davon?«

Anstatt zu antworten, hängte Billy seine Augenlider auf Halbmast, zog die Nase kraus und pulte sich im Ohr.

»Na, das musst du auch noch nicht wissen, das lernst du ja bei uns. Aber vielleicht weißt du, wie die Hauptstadt unseres Landes heißt?«

Nach reichlicher Bedenkzeit, einen Finger in den Mund gesteckt, sagte Billy dumpf: »Amärrika.«

»Sehr gut, so heißt das Land. Aber die Hauptstadt …?«

»Auch Amärrika.«

»Nicht ganz.«

»Verreinick-Statten.«

»Na gut, eine andere Frage. Wie heißen die vier Himmelsrichtungen?«

»Dos ist där Wintärr, där Friehlink, und där Chärrbst. Und noch, ääh … Wintärr.«

»Das reicht.« Direktor Harris brach die Untersuchung ab und wandte sich an Boris. »Dein Kind nicht kommen in Schule dieses Jahr. Noch nicht reif. Du verstehen?«, sagte er überlaut und machte dazu weit ausholende Gesten, die seine Worte verständlicher machen sollten.

»Gutt gutt«, nickte Boris heftig und klatschte in die Hände. »Kind nikt reif für Schule. Bleiben zu Chause mit Papa. Is bässar.«

»Nein, Kind nicht bleiben zu Hause. Kind kommen auf besondere Schule für Kinder, die bisschen langsam in Kopf. In ein Jahr wir schauen wieder. Gut?«

»Was ist los?« Boris sprang von seinem Stühlchen hoch. »Sie wollen William in eine Idiotenklasse stecken? Los, Billy, lies dem Dickwanst und der Schreckschraube mal was vor.«

Er zog ein kleines Buch aus seiner Westentasche und drückte es Billy in die Hand. Billy schlug es irgendwo auf und deklamierte mit makelloser Intonation: »*When that the poor have cried, Caesar hath wept: Ambition should be made of sterner stuff. Yet Brutus says he was ambitious; and Brutus is an honourable man.*«

»Sie haben ganz recht, mein Sohn gehört in eine Sonderschule. Aber nicht in eine für Schwachköpfe, sondern für herausragend Begabte. Wenn es so etwas denn gäbe in diesem vermurksten Schulsystem, in dem man sich um Krethi und Plethi kümmert, bloß nicht um –«

»Hören Sie, Mr. ... Mr. ... Siddis«, unterbrach Direktor Harris. »Ich habe keine Ahnung, was für ein Spielchen Sie hier treiben und warum, aber Sie können jetzt aufhören. Ihr Wilitsch... äh, William kommt zu Mrs. Withercomb. Und mein Eindruck ist, dass es nicht das Schlechteste für ihn sein wird, wenn er sieht, wie andere Kinder sich benehmen.«

Von seinem ersten Schultag berichtete Billy wie ein Ethnologe, der von einem wilden Urwaldstamm in die Zivilisation zurückgekehrt ist.

»Sehr wichtig ist ihnen das Begrüßen. Die Lehrerin

kommt herein, stellt sich hinter den Katheder und sagt: ›Guten Morgen, Kinder.‹ Dann müssen alle gleichzeitig aufspringen, sich neben ihre Bank stellen, im Chor ›Guten Morgen, Mrs. Withercomb!‹ rufen und so lange stehen bleiben, bis sie ›Danke, setzt euch‹ sagt. Das wird immer wieder geübt. Der Nutzen ist unklar. Die Lehrerin sagt nur, dass das eben dazugehört. Danach wird ein Schulgebet gesprochen. Die Schüler müssen Gott bitten, ihnen beim Lernen zu helfen. Eine Diskussion darüber, ob es Gott überhaupt gibt, ist unerwünscht. Anschließend sollen die Schüler die Namen der anderen lernen. Das dauert sehr lange, weil sie sehr dumm sind. Und dann wird ein Lied gesungen, das geht so: *Saßen zwei Vögelchen auf einem Stein, falali falala, flog das erste davon, war das zweite allein, falali falala.* Dabei müssen die Kinder so tun, als würden sie auf einem Stein sitzen und davonfliegen. Beim *falali falala* müssen sie in die Hände klatschen und sich im Kreis drehen. Mehr ist nicht passiert. Ich glaube nicht, dass ich noch einmal in die Schule gehen werde. Es lohnt sich nicht.«

»Als ich so alt war wie du, wäre ich sehr gerne in die Schule gegangen«, sagte Sarah.

»Warum?«

»Weil ich etwas lernen wollte.«

»Das will ich auch, aber da lernt man ja nichts.«

»Warte doch erst mal ab. Heute ging's wahrscheinlich nur darum, sich kennenzulernen und an alles zu gewöhnen. Morgen geht es richtig los.«

Dem war nicht so. Vielmehr wurde zunächst das Gelernte vom Vortag wiederholt: die Begrüßung, das Gebet, die Namen, das Lied. Billy weigerte sich mitzumachen.

Während die anderen hochhüpften wie Springböcke und lauthals ihr »Guten Morgen, Mrs. Withercomb« brüllten, blieb er sitzen, mit verschränkten Armen und versteinerter Miene, ein Mahnmal des unzufriedenen Schülers. Während sie beteten, hielt er sich die Ohren zu. Während sie versuchten, sich an ein paar Namen ihrer Mitschüler zu erinnern, stand er auf, holte tief Luft und rasselte in einem Zug alle zweiundvierzig Vor- und Familiennamen herunter. Während sie tanzten und sangen, hampelte er mit übertrieben schlaksigen Bewegungen herum, um zu zeigen, wie dämlich er das Vögelchen-Lied fand. Für den Rest des Unterrichts glotzte er die Zimmerdecke an.

Noch am Nachmittag des gleichen Tages wurde Sarah zu einem Gespräch mit Mrs. Withercomb und Direktor Harris einbestellt.

»Mrs. Sidis, Ihr Sohn irritiert die anderen Kinder und gibt ihnen ein schlechtes Vorbild. Wirken Sie auf ihn ein, damit er sich wie ein normaler Schüler verhält.«

»Unmöglich. Er ist kein normaler Schüler, er wird sich nie so verhalten wie die anderen.«

»Haben Sie einen Vorschlag, wie wir mit ihm umgehen sollen? So wie jetzt kann es nicht bleiben.«

»Sorgen Sie dafür, dass er sich mehr anstrengen muss. Er könnte zum Beispiel gleich in die zweite Klasse gehen. Ich bin mir sicher, er schafft das. Wenn nicht, kann er immer noch zurück in die erste.«

»So etwas haben wir noch nie gemacht«, sagte Direktor Harris. »Aber warum nicht? Ein Versuch kostet nichts.«

In der zweiten Klasse war Billy nicht mehr ganz so unterfordert wie in der ersten. Die Erfahrung, dass er den älteren Kindern mit Leichtigkeit das Wasser reichen konnte, belebte ihn. Auf jede Frage rief er unverzüglich die richtige Antwort in den Raum, ob er aufgerufen war oder nicht.

Mr. Dalton, sein neuer Klassenlehrer, war davon nicht lange beeindruckt. Bald schon ermahnte er Billy, die anderen auch mal zu Wort kommen zu lassen. Beim ersten Mal bat er ihn noch so höflich, wie sein knorriger Charakter es zuließ, beim zweiten Mal war er schon ungehaltener, und beim dritten Mal blaffte er ihn an, wenn er nicht zehn Minuten lang sein besserwisserisches Schwatzmaul halte, bekomme er eine gezwiebelt, dass ihm Hören und Sehen vergehe.

Billy kannte solche Zurechtweisungen nicht, jedenfalls nicht in diesem Ton. Er war so überrascht, dass er erst eine gewisse Bedenkzeit zu brauchen schien, bevor ihm der Einfall kam, in Tränen auszubrechen.

Mr. Dalton grunzte geringschätzig. Er hatte in vierzig Jahren Schuldienst schon unzählige weinende Schüler gesehen, aber er konnte ihren Anblick noch immer nicht ausstehen.

»Was bist du, ein Mädchen? Wie soll aus dir ein Mann werden, wenn du wegen jedem Fliegendreck flennst? Was meinst du, wer den Krieg gewonnen hätte, wenn wir ein Haufen Heulbojen gewesen wären?«

Damit war er bei seinem Lieblingsthema. Der Sezessionskrieg, an dem er als junger Mann teilgenommen hatte, war zum Leitmotiv seines Lebens und seiner Unterrichtsgestaltung geworden. Von jedem beliebigen Ausgangspunkt konnte er im Handumdrehen auf die Schlacht von Gettysburg zu sprechen kommen und mit roten und blauen Pfeilen minutiös die Bewegungen der konföderierten Truppen und der Unionsarmee an der Tafel nachzeichnen.

Die Schüler liebten seine Exkurse. Seinen Helden- und Abenteuergeschichten zu lauschen fanden sie allemal besser, als Diktate zu schreiben. Manchmal, wenn sie lange genug bettelten, zog er sein Hemd vor ihnen aus, und sie durften seinen Armstumpf anfassen. Dann erzählte er noch einmal die alte Geschichte, wie es kam, dass sein linker Arm am Cedar Creek geblieben ist, und sie gruselten sich wonnevoll bei der Vorstellung von Mr. Daltons Arm, der immer noch irgendwo in der Landschaft herumlag, mit einem rostigen Colt in der verdorrten Hand.

Billy war der Einzige, dem diese Art des Unterrichts missfiel. Als Mr. Dalton schon wieder damit anfing, mit seinem vors Auge gehaltenen Rohrstock – peng! pengpeng! – drei imaginäre Südstaatler abzuknallen, nahm er seinen Mut zusammen.

»Soldaten sind keine Helden! Soldaten bringen Menschen um!«

Ganz langsam, als müsse er überlegen, ob er seinen Ohren trauen könne, ließ Mr. Dalton den Stock sinken, schritt auf Billys Bank zu und baute sich so hoch über ihm auf, dass er beinahe senkrecht nach unten sprach.

»Junger Freund, ich bin leider ein wenig harthörig, seit ich einmal zu nah neben einer Kanone gestanden habe. Hättest du die Freundlichkeit, das noch einmal zu sagen?«

Er sprach leise, fast flüsternd, aber dabei so stechend klar, dass er bis zur letzten Bank zu hören war. Die Klasse hielt den Atem an. So etwas durfte man auf keinen Fall zu Mr. Dalton sagen. Aber keiner wusste, was passieren würde, wenn jemand so leichtsinnig war, es trotzdem zu tun.

»Ich habe gesagt, dass einer, der andere Leute totschießt, ein Mörder ist«, sagte Billy tapfer. »Egal, ob er dabei eine Uniform anhat oder nicht.«

»Aha«, sagte Mr. Dalton. »Du hast mich gerade einen Mörder genannt, richtig?«

»Nein, das ist keine logisch korrekte Schlussfolgerung. Weil, es gibt ja auch noch die Möglichkeit, dass Sie sich die ganzen Geschichten bloß ausgedacht haben. In dem Fall wären Sie ein Lügner. Eins von beiden.«

»Gut. Sehr gut. Da riskiert man sein Leben für die Freiheit, da schenkt man seinen Arm her für die Nation, und dann muss man nur noch vierzig Jahre warten, bis ein Dreikäsehoch kommt und einem erklärt, was man ist. Ganz ehrlich, du gefällst mir. Wie schlau du bist. Und was für schöne, zarte Hände du hast. Leg sie doch mal auf den Tisch, damit ich sie mir ganz genau anschauen kann. Etwas näher zusammen bitte … sehr schön, genau so.«

Billy befolgte die Anweisungen arglos. Er rechnete nicht mit dem, was nun geschah, denn er hatte dergleichen noch nie erlebt. Und dann ging alles zu schnell, das Sirren des Rohrstocks, der präzise, harte Schlag auf die ausgestreckten Finger, der innerhalb von wenigen Millisekunden den ganzen Körper durchschießende Schmerz.

Billy sprang schreiend auf, rannte schreiend aus dem Klassenzimmer, durch den Gang, aus dem Schulhaus, rannte schreiend die Druce Street hinunter, durch die Dean Road, die Beacon Street, die University Road hoch, die

Treppen im Vorgarten hinauf, trommelte schreiend an die Haustür, rannte an Sarah vorbei in sein Zimmer, warf sich schreiend auf sein Bett und hörte erst auf zu schreien, als ihm Sarah kühlende Essigwickel um die Hände legte und das Brennen allmählich nachließ. Das sei endgültig sein allerletzter Schultag gewesen, erklärte er kategorisch. Er werde nie wieder in die Schule gehen, nie, nie, nie wieder. Da gebe es nur Zurückgebliebene, Verrückte und Verbrecher.

»Und was bin ich?«, fragte Mrs. Hoover. »Eine Zurückgebliebene oder eine Verrückte? Oder doch eher eine Verbrecherin?«

»Ich weiß nicht«, sagte Billy. »Sie sind vielleicht eine Ausnahme.«

Mrs. Hoover, die Lehrerin der dritten Klasse, strich ihm lächelnd durchs Haar. Sie hatte sich viel Zeit genommen, um sein Vertrauen zu gewinnen, war mehrmals zu ihm nach Hause gekommen und hatte lange Gespräche mit ihm und seinen Eltern geführt. Es war nicht umsonst gewesen. Sie lud ihn ein, zu ihr in den Unterricht zu kommen, erst einmal nur für einen Tag, zum Ausprobieren, danach würde man weitersehen. Er nahm den Vorschlag an, denn er mochte Mrs. Hoover.

Sie war die jüngste Lehrerin im Kollegium der Runkle Elementary School und hatte die geringste Lehrerfahrung. Vermutlich war gerade das ein Vorteil. Noch hatte das Mechanische ihres Berufs, die alljährliche Wiederkehr des immergleichen Lehrplans, sie nicht abgestumpft. Noch bemühte sie sich mit Hingabe, das Besondere in jedem einzelnen Schüler zu entdecken und ihm bestmöglich gerecht zu werden. Über Billy, dessen Besonderheit nicht zu übersehen war, machte sie sich die meisten Gedanken.

Anders als seine beiden bisherigen Lehrer erkannte Mrs. Hoover, dass Billy nicht versuchte, sich vor seinen Mitschülern wichtig zu machen. Im Gegenteil, er beachtete sie kaum. Er zog schlicht deshalb alle Aufmerksamkeit auf sich, weil er nicht anders konnte. Wenn sie im Geographieunterricht nach dem längsten Fluss der Vereinigten Staaten fragte und jemand »Mississippi« antwortete und sie »Richtig« sagte, dann musste er rufen: »Stimmt doch gar nicht! Das ist der Mississippi-Missouri!« Er musste es tun, weil Mississippi nur die halbe Wahrheit war und er es als seine heilige Pflicht ansah, stets für die volle Wahrheit einzutreten. Mrs. Hoover gab ihm recht, lobte ihn für seine Genauigkeit und verlor auch dann nicht die Geduld, als er anfing, die längsten Flüsse der Erde aufzuzählen, inklusive Länge in Meilen, Einzugsgebiet in Quadratmeilen und Abflussvolumen in Kubikfuß pro Sekunde.

Seine Klassenkameraden zeigten weniger Verständnis für Billys Verhalten. Jede Bekundung seines Wissens war zugleich eine Demütigung für sie. In ihren Augen war es eine Selbstverständlichkeit, dass sie, die zwei Jahre Älteren, die Überlegenen waren. Um ihren Rang zu verteidigen, behandelten sie ihn mit demonstrativer Herablassung. Sie gaben ihm den Spitznamen »Lexikon«, was ihnen jedoch zu ihrer Enttäuschung wenig Befriedigung verschaffte. Es klang nicht so gehässig, wie es gemeint war.

Kurz darauf bekamen sie eine weitaus wirkungsvollere Waffe gegen ihn in die Hand. Sie mussten sie noch nicht einmal selbst finden, sie wurde ihnen geschenkt. Billy Sidis, der allwissende Wunderschüler, wurde von Mrs. Hoover in der Rechenstunde abgefragt – und versagte komplett. Die arithmetischen Zeichen sagten ihm nichts, er hatte sie noch nie gesehen. Hundertsechsundsiebzig geteilt durch acht war für ihn eine rätselhafte Zauberformel, deren Sinn ihm verschlossen blieb. Das Wort »dreiundneunzig« kannte er in acht Sprachen, aber mit der Zahl 93 konnte er nur beim Zählen etwas anfangen. Kurz, seine Leistung im Fach Rechnen war ungenügend.

Seine Mitschüler konnten ihr Glück kaum fassen. Endlich hatte er seine verwundbare Stelle preisgegeben, und sie zögerten keinen Augenblick, lustvoll darin herumzubohren. Jetzt sollte er leiden, der kleine Angeber, der noch nicht einmal wusste, was siebzehn mal zwölf ergab. Wo doch Rechnen, wie sie einander bestätigten, das wichtigste Schulfach überhaupt war. Nur beim Lösen von Rechenaufgaben zeigte sich, wer wirklich Köpfchen hatte und nicht bloß ein Streber und Auswendiglerner war.

Die Feixereien machten Billy wenig aus. Sein Selbstbewusstsein hing nicht davon ab, ob er von der Klassengemeinschaft akzeptiert wurde. Aber das ungewohnte Gefühl, etwas nicht zu verstehen, bewirkte, dass ihm der Boden unter den Füßen schwankte. Alle begriffen, was es mit dem Rechnen auf sich hatte, nur er nicht. Obwohl er doch nach der Sidis-Methode erzogen worden war. Was für eine Enttäuschung er für Boris und Sarah sein musste! Das Beste, überlegte er, wäre es, wenn sein Versagen nicht auf geistige, sondern auf körperliche Ursachen zurückzuführen wäre. Wenn er nicht zu dumm zum Rechnen wäre, sondern zu krank. Dann würden sich alle Sorgen um ihn machen, und er bräuchte sich nicht zu schämen.

Zu Beginn der folgenden Rechenstunde bat er Mrs. Hoover, ein wenig hinausgehen zu dürfen, ihm sei etwas übel. Das war nicht gelogen, ihm drückte tatsächlich der Magen. Als er auf dem Pausenhof seine Runden drehte, wurde ihm nicht wohler. Für heute war er zwar vor einer erneuten Blamage sicher, aber nur um den Preis, dass er den neuen Stoff verpasste und der Rückstand zu den anderen noch größer wurde. Spätestens bei der nächsten Klassenarbeit würde es zur Katastrophe kommen. Dann würde auch die nette Mrs. Hoover nicht um die Einsicht herumkommen, dass er doch noch nicht reif war für die dritte Klasse, und ihn zurückschicken zu Mr. Dalton und seinem Rohrstock.

Am nächsten Morgen war Billy mehr als nur etwas übel. An einen Schulbesuch war nicht zu denken. Ihn plagten Magenkrämpfe, Schädelschmerzen und Schwindel, er erbrach sich und fröstelte selbst unter zwei Bettdecken. Da er nur unter äußersten Mühen aufstehen konnte, fiel es ihm leicht, die von Sarah verordnete Bettruhe einzuhalten. In den folgenden Tagen verschlechterte sich sein Zustand zusehends. Sein Rumpf war mit roten Flecken übersät, als wäre er von tausend Flöhen gebissen worden. Die Schwindelanfälle nahmen an Häufigkeit und Heftigkeit zu, das Fieber stieg auf bedrohliche hundertfünf Grad Fahrenheit.

Die Symptome ließen Boris und Sarah keine andere Wahl, als die Diagnose *Typhus abdominalis* zu stellen. Ein

Heilmittel dagegen gab es nicht, man konnte nur den Körper bei der natürlichen Selbstheilung unterstützen. Sarah zwang Billy, zur Kräftigung reichlich gezuckerte Milch sowie Hühnerbouillon mit verquirltem Ei hinunterzuwürgen, obwohl er keinen Appetit hatte. Um seinem Körper überschüssige Wärme zu entziehen, musste er sich in eine Badewanne mit kaltem Wasser legen. Außerdem trank er zur Fiebersenkung einen bitteren Absud der Chinarinde und schluckte dreimal täglich ein Viertel Gran Quecksilberchlorür zur Eindämmung seines Durchfalls.

Am Ende der zweiten Woche begann Billy zu delirieren. Er verbrachte den größten Teil des Tages im Schlaf und war auch in seinen wachen Stunden öfter in Fieberphantasien gefangen als bei klarem Verstand. Boris und Sarah verbrachten im Wechsel jede Minute an seinem Bett, tupften mit einem Tuch die Schweißperlen von seiner heißen Stirn und bemühten sich, nicht vor Kummer die Fassung zu verlieren.

»Der deutsche Junge …«

Billy war kaum zu verstehen. Seine Zunge war mit einem dicken Belag überzogen.

»Welcher Junge?«

»Der gestorben ist, weil er zu viel nachgedacht hat.«

Boris erbleichte. Er hatte in den vergangenen Tagen auch oft an den kleinen Heineken aus Lübeck denken müssen. Was aus ihm geworden wäre, wenn er überlebt hätte. Was seine Eltern durchlitten haben mussten. Was es bedeutete, ein Kind zu bekommen, das dazu geschaffen ist, die Welt aus den Angeln zu heben, und es zugrunde gehen zu sehen. Ob es möglich sei, vom Schicksal derart grausam verspottet zu werden und dennoch weiterzuleben, ohne verrückt zu werden.

»Vater, muss ich auch sterben?«

»Ich ... ich weiß es nicht. Und wenn, dann nicht, weil du ... weil wir ... Damit hat das nichts zu tun. Weißt du, es gibt Bakterien, die produzieren Typhusgift, und davon wird der Darm ...«

»Papa, bevor ich sterbe ... Ich muss etwas wissen.«

»Frag mich ... frag mich, was du willst.«

»Hundertsechsundsiebzig ... geteilt durch acht ... Was ergibt das?«

»Zweiundzwanzig, warum?«

»Weil ... in der Schule ... wir hatten Rechnen ... und ich wusste es nicht ...«

Er verstummte, das Reden strengte ihn zu sehr an. Die Augen waren ihm zugefallen, sein Atem ging flach.

»Division«, sagte Boris verzweifelt. »Man muss die größere Zahl durch die kleinere dividieren ... Es ist ganz einfach ... Ich bringe es dir bei ... Wir üben das zusammen ... gleich morgen ...«

Er öffnete das Fenster und lehnte sich weit hinaus. Er brauchte dringend frische Luft. Und er wollte nicht, dass Billy ihn weinen hörte.

Anderntags ging es Billy etwas besser. Er konnte sich im Bett aufrichten und Boris bitten anzufangen. Ja, es sei ihm ernst, er wolle unbedingt dividieren lernen, das sei vielleicht sein letzter Wunsch.

Boris schüttete eine Handvoll Calomelpillen aus einer braunen Apothekerflasche auf einen Teller und ordnete sie auf verschiedene Weise an. Drei mal sieben: Er bildete drei

Grüppchen mit je sieben Pillen, schob sie zu einem einzigen Haufen zusammen und zählte sie aus. Einundzwanzig geteilt durch drei: Er teilte dieselben Pillen wieder in drei gleich große Grüppchen auf.

»Und jetzt?«, fragte Billy.

»Das ist alles. Multiplizieren – dividieren.«

»Das ist alles?« Billy klang beinahe enttäuscht. Das war es, um was es beim Rechnen ging? Um das Zählen von Pillen? Zählen konnte er ja, das hatte er schon immer gekonnt, nur hatte er die Zahlen immer einzeln genommen und nicht gruppenweise. Deswegen hatte er angefangen, an sich zu zweifeln? Deswegen hatten ihn seine Mitschüler verhöhnt?

Es war tatsächlich fast schon alles. Er musste sich nur noch zeigen lassen, dass man die Pillen auch durch Punkte auf Papier und die Punkte durch Zahlen ersetzen konnte und dass es ein paar Rechenzeichen gab, Plus, Minus, Mal, Geteilt durch, Ist gleich. Der Rest war Übungssache.

Er war immer noch schwach und ermüdete schnell, aber jede Minute, in der sein Kopf einigermaßen zu gebrauchen war, brachte er damit zu, Pillen in unterschiedlichen Mengen auf dem Teller zu verteilen, zu zählen und in seinem Schulheft eine Tabelle mit den Ergebnissen anzulegen: Sechs mal fünf, sechs mal sechs, sechs mal sieben, sechs mal acht, das kleine Einmaleins, das große Einmaleins, und dann darüber hinaus, dreiundzwanzig mal achtzehn, einunddreißig mal zwölf. Die Zahlen waren längst so groß geworden, dass das Calomel und der Teller nicht mehr ausreichten. Er ließ sich Erbsen aus der Küche bringen und legte sie um sich herum auf dem Fußboden aus, elf Häufchen zu je zweiundvierzig Stück. Er zählte sie zusammen und schrieb in sein Heft: 11 × 42 = 462. Sarah ermahnte ihn, nicht so lange im Nachthemd auf dem kalten Boden zu sitzen und sich lieber wieder ins Bett zu legen. Er sagte, sie solle ihn nicht stören, es sei wichtig.

Das Rechnen wirkte stärkend auf ihn. Das Fieber sank, die Hautflecken verblassten, der Zungenbelag verschwand, der Darm nahm seine Tätigkeit wieder auf, der Appetit kehrte zurück. In der fünften Woche konnte er das Krankenzimmer verlassen und wieder mit Boris und Sarah am Esstisch sitzen. Er verlangte unaufhörlich nach Rechenaufgaben – acht mal dreizehn minus fünfundzwanzig, hundertneunundsechzig geteilt durch dreizehn plus achtundvierzig – und posaunte im nächsten Augenblick schon die richtige Antwort heraus.

Multiplizieren und Dividieren waren keine Herausforderungen mehr, Addieren und Subtrahieren ohnehin nicht, also ließ er sich von Boris das Potenzieren und Radizieren beibringen, danach das Logarithmieren und Differenzieren. Den Umgang mit algebraischen Gleichungen lernte er alleine in seinem Zimmer, mit Hilfe eines Lehrbuchs, das er sich gewünscht hatte und das er nicht eher zur Seite legte, bis er mit Variablen so sicher umgehen konnte wie mit Zahlen. Die Mathematik hatte ihm die größte Niederlage seines Lebens beschert, er musste sie beherrschen, dann wäre er unbesiegbar.

Sarah sah mit Besorgnis, dass Billy vor lauter Mathematik seine Allgemeinbildung vernachlässigte. Die Bücher über archäologische Ausgrabungen in Mesopotamien, die Vögel Nordamerikas, das Leben von Christoph Kolumbus lagen unberührt auf seinem Nachttisch, so, wie sie sie ihm hingelegt hatte. Er hockte bloß noch mit Zirkel, Lineal und Bleistift am Tisch und füllte ein Blatt Papier nach dem anderen mit Strichen und Kreisbögen, auf der Suche nach einer Möglichkeit, einen Winkel zu dritteln. Sie befand, es sei an der Zeit, dass er in die dritte Klasse zurückkehrte.

Seine Klassenkameraden begrüßten ihn mit dem sichersten Erkennungszeichen für echte Abneigung, mit falschem Mitgefühl. Oje, oje, seufzten sie und grinsten dabei, es werde bestimmt nicht leicht für ihn werden, alles nachzuholen, was er in den letzten zwei Monaten verpasst hatte. Besonders im Rechnen, da sei er ja sowieso nicht gerade eine große Leuchte.

In der Tat fiel es Billy in der ersten Rechenstunde nach seiner Rückkehr schwer, ruhig zu bleiben. Wie umständlich Mrs. Hoover alles erklärte! Wie langsam es voranging! Die Aufgaben waren viel zu einfach, Umrechnen von Litern in Gallonen, wo war das Problem? Interessant wurde es doch erst, wenn die zweite und die dritte Dimension ins Spiel kamen, also zum Beispiel wenn man wissen wollte, welche Oberfläche ein Würfel mit einem Rauminhalt von fünf Gallonen hatte.

»Zuerst brauchen wir die Kantenlänge a. Sie errechnet sich aus der dritten Wurzel des Volumens V«, erklärte Billy. »Wenn wir davon ausgehen, dass es sich um amerikanische und nicht um imperiale Gallonen handelt, dann sind fünf Gallonen rund achtzehn Komma neun drei Liter, und die Kubikwurzel davon ergibt ungefähr –«

»William! Hallo? Hörst du mir bitte mal kurz zu?« Es

dauerte eine Weile, bis Mrs. Hoover sich Gehör verschaffte. »Ich finde es enorm, was du uns hier vorrechnest, wirklich großartig. Aber ich glaube, das gehört nicht hierher.«
»Wieso?«
»Weil Rauminhalt kein Stoff der dritten Klasse ist. Das kommt erst in der vierten.«
»Dann will ich in die vierte.«

Der Wechsel in die vierte Klasse machte nichts besser. Das Niveau war immer noch lächerlich, das Lerntempo zäh, die Wiederholungen lästig, die Schüler behäbig, ihre Fragen dumm und Billy entweder nicht in der Lage oder nicht bereit, seine Meinung für sich zu behalten. Fand er das Thema einer Unterrichtsstunde langweilig, dann lenkte er es durch Zwischenrufe in eine Richtung, die ihn mehr interessierte. Oder er übernahm gleich ganz die Rolle des Lehrers und dozierte über das, was ihm gerade durch den Kopf ging. Eine Woche später saß er in der fünften.

In der fünften Klasse fing er an, Verhaltensauffälligkeiten zu entwickeln. Zwar war sein Verhalten auch vorher nicht gerade unauffällig gewesen, doch mittlerweile war der Kontrast zwischen ihm, dem sechsjährigen Bübchen, und den Zehn- und Elfjährigen um ihn herum so eindrücklich, das Abnorme seiner Situation so drastisch geworden, dass nichts, was er tat, auch nur den Anschein erwecken konnte, es sei das altersgemäße Betragen eines gewöhnlichen Kindes. Als beuge er sich der Einsicht, dass er für ein normales Leben ohnehin für immer verloren war, verschwanden aus seinem Handeln die letzten Reste des kindlich Unverstellten und machten einer Reihe von Exaltiertheiten, Marotten und Schrullen Platz. Ein Beispiel von vielen war die Sache mit der Schreibmaschine.

Als Mrs. Patterson, die Lehrerin der fünften Klasse, seine Handschrift bemängelte, die in der Tat schwer leserlich war, versprach er nicht etwa, sich um größere Sorgfalt zu bemühen, sondern weigerte sich fortan, mit Feder und Tinte zu schreiben. Wenn es nach ihm ginge, sagte er, müsse er überhaupt nichts aufschreiben, er könne sich nämlich alles merken. Verlange man dennoch etwas Schriftliches von ihm, dann schreibe er ab jetzt mit der Maschine, das gehe sowieso schneller. Mrs. Patterson glaubte an einen Scherz, bis Boris am nächsten Morgen seine ausrangierte Remington anschleppte und auf Billys Bank wuchtete. Bei Klassenarbeiten beschwerten sich die Mitschüler, weil sie sich wegen des Gehämmers der Typenhebel nicht mehr konzentrieren konnten, doch Billy meinte nur, das sei nicht sein Problem.

Die Teilnahme am Schulsport lehnte er grundsätzlich ab. Zur Begründung sagte er, er teile die Auffassung seines Vaters: Leibeserziehung sei ein Synonym für Zeitvergeudung. Während die Mitschüler Turnübungen machten oder um die Wette ums Schulgebäude rannten, saß er am Rand und hing seinen Gedanken nach. Mrs. Patterson akzeptierte das. Sie hätte ihn auch schlecht beim Baseball, beim Basketball oder gar beim Football mitspielen lassen können, ohne um seine körperliche Unversehrtheit zu fürchten. Und von den Klassenkameraden wollte ihn ohnehin niemand in seiner Mannschaft haben.

Ein wenig anders standen die Dinge im Fach Werken. Die Aufgabe, eine Sperrholzplatte in ein Vogelhäuschen zu verwandeln, war eine Herausforderung, die Billy annahm. Da er es gewohnt war, jede Aufgabe schneller und besser zu lösen als alle anderen, machte er sich selbstbewusst an die Arbeit und hantierte sorglos mit dem Fuchsschwanz, bis Mrs. Patterson ihn ihm mit einem beherzten Hechtsprung entriss, eine Sekunde bevor er sich die Pulsadern durchsägen konnte. Fortan war er vom Werkunterricht befreit und verbrachte die Stunden alleine und sich selbst überlassen im Aufenthaltsraum.

Durchs Fenster des Lehrerzimmers beobachtete Mrs. Patterson Billy in jeder Pause. Es tat ihr leid, dass er keinen Anschluss an die anderen Kinder fand. Sie mieden ihn, er mied sie. Während alle schrien und lachten und sich balgten, drehte er auf dem Schulhof seine einsamen Kreise, mit schlurfenden Schritten, die Hände hinter dem Rücken verschränkt, den Blick bodenwärts gerichtet, mehr einem alten Mann im Stadtpark ähnelnd als einem Schuljungen. Das konnte unmöglich gut für ihn sein, dachte Mrs. Patterson, ein Kind brauchte doch Nähe zu anderen. Sie beauftragte Florence und Rosalyn Myers, zwei kontaktfreudige, fürsorgliche Zwillingsschwestern aus Billys Klasse, sich um ihn zu kümmern.

»He, Willie«, rief Florence. Vielleicht war es auch Rosalyn. Die beiden sahen identisch aus mit ihren roten Haaren, ihren runden Gesichtern und ihren blauen Hängekleidchen. Billy wusste nie, wer wer war, es war ihm auch nicht wichtig.

»Was gibt's?«

»Mrs. Patterson hat gesagt, wir sollen dich fragen, ob du mit uns Fangen spielen willst.«

»Wozu?«

»So halt. Zum Spaß.«

»Keine Zeit. Ich habe zu tun.«

»Du machst doch gar nichts.«

»Doch. Ich denke nach.«

»Aha. Und worüber?«

»Über den Mond«, sagte Billy unwillig. Er hatte keine Lust, sich mit den Mädchen zu unterhalten, aber er wusste nicht, wie er sie loswerden sollte.

»Den Mond, so, so. Was gibt's über den denn schon nachzudenken?«

»Zum Beispiel warum es ihn überhaupt gibt. Manche sagen, dass Erde und Mond früher nur ein einziger Planet waren, den es in zwei Teile zerrissen hat, durch den Einschlag eines Kometen oder so. Andere sagen, der Mond kommt von irgendwo aus dem Universum, wurde vom Schwerkraftfeld der Erde eingefangen und kreist seitdem in ihrer Umlaufbahn.«

»Und wer hat recht?«, fragte Rosalyn oder Florence.

»Darüber denke ich ja gerade nach. Man könnte es rauskriegen, wenn man wüsste, aus welchen Elementen die Mineralien auf dem Mond bestehen. Wenn es dieselben sind wie auf der Erde, dann –«

»Ich habe mir auch schon oft überlegt, ob es auf dem Mond so aussieht wie bei uns«, sagte eines der Mädchen. »Ob es da wohl Menschen gibt? Und Städte und Häuser und Schulen?«

»Einen Mann im Mond gibt es jedenfalls«, sagte das andere.

»So ein Quatsch. Auf dem Mond kann überhaupt niemand leben, weil es da nämlich kein Wasser und keine Atmosphäre gibt.«

»Woher willst du denn das wissen? Warst du etwa schon mal droben und hast nachgeschaut?«

»Natürlich nicht, da war noch keiner. Aber man kann es rauskriegen, indem man das Mondlicht analysiert. Das habe ich in einem Buch gelesen.«

»Aber der, der das Buch geschrieben hat, war ja selber noch nie auf dem Mond. Also kann er es auch nicht wissen«, bemerkte eines der Mädchen.

»Stimmt!«, rief das andere und nickte mit seinem vollmondrunden Kopf. Damit war das Thema für die beiden abgehandelt, und sie ließen sich von der Schulglocke zurück in den Unterricht rufen.

Florence und Rosalyn nahmen ihren Auftrag, Billy Gesellschaft zu leisten, sehr ernst. Er sah nur eine einzige Möglichkeit, ihnen zu entkommen. Er las die Schulbücher der fünften Klasse bis zum Ende, zog alle Prüfungen vor und wechselte in die sechste. Rund zwei Wochen später ging er in die siebte, und nach weiteren drei Wochen saß Boris erneut im Büro von Dr. Greenbaum, dem Chef der Schulbehörde von Brookline.

»Ich hab's Ihnen ja gleich gesagt, mein Sohn verplempert in der Schule nur kostbare Zeit. Sieben Monate! Seit geschlagenen sieben Monaten langweilt er sich zu Tode – gut, nehmen wir die Krankheit mal aus, die hat ihn wenigstens weitergebracht. Wissen Sie, was Langeweile mit einem Gehirn macht? Das Gleiche wie Durst mit einem Körper. Wenn ein Schüler dieser Stadt kurz vorm Verdursten stünde, würden Sie sofort einschreiten, um ihn zu retten, nicht wahr? Aber wenn einer vertrocknet, weil er seine lebenswichtige Geistesnahrung nur tröpfchenweise bekommt, wenn ihm vor lauter Unterforderung das Gehirn verdorrt, dann –«

»Mr. Sidis, Sie können sich kurz fassen. Sie wollen, dass Ihr Kleiner von der Schule genommen wird, richtig? Darüber können wir gerne reden. Ich bekomme ständig Meldungen aus der Runkle Elementary. Da wünscht man sich nichts sehnlicher, als dass wieder Alltag einkehrt. Glauben Sie, den anderen Kindern tut es gut, wenn einer dabei ist, der ihnen gerade mal bis zur Brust reicht und alles besser weiß? Also, machen wir's so: Sie lassen Ihren Kleinen zu Hause, und ich sorge dafür, dass er sein Abschlusszeugnis bekommt. Einverstanden?«

Billy genoss seine neue Freiheit in vollen Zügen. Endlich konnte er wieder tun und lassen, was er wollte. Er durfte nach Herzenslust ausschlafen und im Bett liegen bleiben, so lange es ihm gefiel. Um Punkt neun Uhr brachte Sarah ihm das Frühstück ins Zimmer, jeden Tag das gleiche. Er hatte Verschiedenes ausprobiert, aber seiner Erfahrung nach gab es am Morgen nichts Besseres als drei leicht gesalzene Hartkekse mit Butter und Ahornsirup, und dazu ein Glas Milch, nicht zu kalt und nicht zu heiß, mit zwei gehäuften Teelöffeln Zucker. Das war die ideale Stärkung für den Tag. Abwechslung brauchte er nicht, sie hätte nur eine Verschlechterung bedeutet.

Nach dem Essen machte er sich an seine Arbeit. Boris hatte in einer Ecke seines Schreibzimmers einen Arbeitsplatz für ihn eingerichtet, ein Kinderstuhl an einer leeren, auf den Kopf gestellten Teekiste, auf der die alte Remington stand. Während Sarah das Haus sauber hielt, Wäsche wusch oder Essen kochte, saßen Vater und Sohn beisammen und ließen im Duett ihre Schreibmaschinen klappern.

Zu tun hatten beide mehr als genug. Boris schrieb an seiner zweiten Doktorarbeit, einer experimentellen Studie über den Schlafzustand. Im physiologischen Labor der Harvard Medical School führte er Versuche mit Fröschen, Meerschweinchen, Katzen und Hunden durch. Er stellte fest, dass die Tiere in einen passiven, hypnoseähnlichen Zustand fielen, wenn sie lange genug mit straffen Bändern und Tüchern fixiert wurden. Experimente mit Säuglingen erbrachten ähnliche Ergebnisse. Einige Kinder, die Boris vollständig ihrer natürlichen Bewegungsmöglichkeiten beraubte, sanken in einen so tiefen Schlaf, dass er sie nicht einmal durch Schütteln aufwecken konnte.

Diese Grundlagenforschung machte nur einen Teil von Boris' Aktivitäten aus. Nebenher gab er gemeinsam mit Morton Prince, einem Professor für Nervenheilkunde, eine Fachzeitschrift heraus, das *Journal of Abnormal Psychology*. Außerdem schrieb er, ebenfalls zusammen mit Professor Prince, an einem Buch über Halluzination. Dank seiner Publikationen wurde er immer berühmter, die Sidis-Hypnosetherapie immer gefragter. Täglich kamen Patienten, um sich von ihm behandeln zu lassen. Sarah übernahm die Organisation. Sie machte Werbung, vergab die Termine, kassierte die Honorare und schrieb die Behandlungsakten. So verwandelte sich 41 University Road allmählich von einem Wohnhaus in eine psychotherapeutische Praxis mit angrenzendem Privatbereich.

Billy bewunderte seinen Vater ungeheuer. Besonders imponierte ihm, dass er Bücher schrieb. Er selbst fand jedes Buch faszinierend, egal welchen Inhalts. Nachlesen zu können, was ein anderer Mensch, der vielleicht schon lange tot war, gedacht hatte, kam ihm vor wie Magie.

Jeden Mittwoch fuhren Sarah und er mit der Straßenbahn zur Public Library. Der Neubau am Copley Square war sehr viel größer und prächtiger als das alte Gebäude in der Boylston Street, wo Boris seinerzeit den Beschluss gefasst hatte, in Boston zu bleiben. Der Lesesaal mit seiner Rundbogendecke und den schweren grünen Samtvorhängen hatte mehr von einer Basilika aus der Renaissance als von einer profanen Bücherausleihstätte, doch Billy würdigte die Baukunst keines Blickes. Er griff sich so viele Bücher, wie er und seine Mutter tragen konnten, las das erste bereits auf dem Rückweg und verbrachte mit den übrigen die nächsten Tage auf dem Sofa. Von außen betrachtet, sah es so aus, als würde er sie nur durchblättern, aber das lag daran, dass er so schnell las. Jeder Satz, gleichgültig wie banal oder bedeutend, der durch die Luke seines verhangenen Blicks in sein Inneres drang, blieb dort für immer verwahrt.

Es dauerte nicht lange, bis Billy sich entschloss, selbst ein Buch zu schreiben. Die kleinen Übungstexte, die er bis dahin an seiner Remington verfasst hatte, genügten ihm nicht mehr.

»Hast du dir schon ein Thema überlegt?«, fragte Boris. »Es sollte etwas sein, womit du dich gut auskennst. Bücher über Themen, mit denen sich der Autor *nicht* gut auskennt, gibt's schon mehr als genug.«

»Ich kenne mich mit allem aus«, sagte Billy. »Ich denke, ich werde ein Buch über alles schreiben. Eine Enzyklopädie.«

»Das ist eine gute Idee. Nur solltest du einen Bereich nach dem anderen abhandeln, damit du nicht durcheinanderkommst. Womit willst du anfangen?«

»Mit Kalendern. Ich weiß alles über Kalender.«

»Dann schreib erst mal ein Kalender-Buch.«

Billy drehte ein Blatt Papier in die Maschine, nahm einen Schluck Süßmilch, besann sich einen Augenblick und schrieb gutgelaunt drauflos:

Das Buch der Kalender
Von William James Sidis
Der Kalendermacher?
Genau der!
Anmerkung: Dieses Buch ist geeignet für alle, die wissen möchten, was ein Kalender ist und wie man einen macht.

Er spannte ein neues Blatt ein und schrieb weiter. Das erste Kapitel handelte von den kosmischen Grundlagen des Tages- und Jahresverlaufs, der Eigenrotation der Erde um ihre Achse, ihrem Umlauf um die Sonne, den Mondphasen und den Tierkreiszeichen. Dann beschrieb er die Zeitzonen der Erde, erklärte mittels eines Exkurses zu den Babyloniern die Ursprünge der Sieben-Tage-Woche, verglich den christlichen Kalender mit dem jüdischen, dem islamischen und dem französischen Revolutionskalender, schilderte die Kalenderreform von Papst Gregor XIII., ging auf das Problem der exakten Ortszeitbestimmung ein und gab schließlich eine neue Liste der gesetzlichen Feiertage bekannt.

Alle religiösen Feste waren gestrichen, denn Billy fand, da gebe es nichts zu feiern. Deshalb blieben nur wenige Feiertage übrig. Billy bedauerte das, denn er liebte Feiertage. An Feiertagen konnte jeder zu Hause bleiben und machen, was ihm gefiel. Wenn jeder Tag ein Feiertag wäre, dachte er, dann wären alle Menschen frei. Er nahm seinen Abreißkalender vom Bücherregal, stellte ihn auf den Schreibtisch seines Vaters, setzte sich wieder an seine Maschine und schrieb: »Am Dienstag, den 3. Oktober 1905, stellte William James Sidis seinen Kalender vom Bücherregal auf den Tisch. Seither wird dieser Tag weltweit als Kalenderumstelltag gefeiert.«

Billy stand von seinem Stühlchen hinter der Teekiste auf, streckte sich und betrachtete zufrieden das Ergebnis seiner Arbeit. Dann schnürte er mit einem Bindfaden alle Seiten zu einem Konvolut zusammen und legte es in einen Pappkarton, auf den er mit seiner Kinderschrift schrieb: *W. J. Sidis – Gesammelte Werke*.

Sein zweites Buch hieß *Das Buch des Universums* und enthielt alles, was er über das Weltall wusste und noch nicht in seinem Kalenderbuch untergebracht hatte. Er schrieb über die Geschichte der Astronomie, über Galileo, Kopernikus und Kepler, über die sechs Jupitermonde, den Pferdekopfnebel und die unvorstellbar große Zahl der Sterne in der Milchstraße. In seinem dritten Buch ging es um die Grammatik der englischen Sprache: Satzbau, Wortarten, Verbformen.

Bei seinem vierten Buch, einem Werk über den menschlichen Körper, stieß er erstmals an seine Grenzen. Das, was er über das Thema im Kopf hatte, war nicht genug, er musste zusätzlich recherchieren. Glücklicherweise fand sich im Bücherschrank viel Nützliches: *Gray's Anatomy,* dreihundert enggesetzte Seiten im Großformat, *Gegenbaurs Lehrbuch der Anatomie des Menschen,* elfhundert Seiten auf Deutsch. Billy verbrachte viele Stunden mit diesen Büchern. Er fand alles interessant, von der Sehnenhaube auf dem Schädeldach, *Galea aponeurotica,* bis zum vordersten Knochen der kleinen Zehe, *Phalanx distalis V.*

Doch dann schlug er eine Seite um und sah eine Illustration, die ihn tief verstörte. Die dazugehörige Bildbeschreibung lautete: »Lage der Geschlechtswerkzeuge während der Kohabitation«, und die feinschraffierte Strichzeichnung zeigte einen Längsschnitt durch die am Akt beteiligten Organe. Als er las, was es damit auf sich hatte, wurde ihm übel. Er war einem finsteren Geheimnis auf die Spur gekommen, das er am liebsten nie erfahren hätte. Aber es war zu spät, die Abbildung hatte sich schon unauslöschlich in sein Gedächtnis eingebrannt. Er konnte sich nur schwören, eine derartige Abscheulichkeit niemals selbst durchzuführen, in seinem ganzen Leben nicht, möge kommen, was da wolle.

In seinem Anatomiebuch machte Billy um die Geschlechtswerkzeuge einen weiten Bogen, aber die Knochen, Muskeln, Nervenstränge, Blutgefäße und Organe, ihre Funktionen und ihr Zusammenspiel hatte er so übersichtlich, akkurat und mit gründlichem Verständnis beschrieben, dass Boris und Sarah ein weiteres Mal bass erstaunt waren. Die Fragen, die Boris ihm dazu stellte, konnte Billy ohne Schwierigkeiten beantworten.

»Du weißt wirklich eine Menge über den Körper«, lobte Boris. »Könntest du dir vorstellen, Medizin zu studieren?«

»Keine Ahnung, wieso?«

»Weil du es dürftest. Genau die gleichen Fragen musste ich nämlich im vorigen Jahr auch beantworten, und zwar bei der Aufnahmeprüfung zur Harvard Medical School. Da sind übrigens drei Viertel der Kandidaten durchgefallen. Und das waren Erwachsene, keine siebenjährigen Kinder.«

»Versteh ich nicht. Die hätten sich doch bloß vorher die Bücher anschauen müssen, da steht alles drin.«

»Die hatten eben nicht so viel Glück wie du«, sagte Sarah. »Du kannst dir solche Sachen viel leichter merken als andere, weil –«

»Weil ihr so viel mit mir geübt habt, als ich ein Baby war.«

»So ist es.«

Während der Beschäftigung mit seinem fünftem Buch, einer Geschichte der Vereinigten Staaten, geriet Billy in eine Schreibkrise. Seine Arbeit kam ihm auf einmal schrecklich sinnlos vor. Alles, was in seinen Büchern stand, hatten viele andere auch schon geschrieben, nur mit anderen Worten. Boris, ja, der war ein richtiger Wissenschaftler. Der fand ständig etwas Neues heraus und schrieb über Dinge, die keiner außer ihm wusste. So etwas müsste er auch schaffen, dachte Billy. Eine Entdeckung oder Erfindung machen, etwas noch nie Dagewesenes erreichen.

Er legte sich auf das kleine Stück Rasen hinter dem Haus und schaute in den Himmel. In dieser Körperhaltung, auf dem Rücken liegend, den Kopf auf die Hände gebettet, die Knie angewinkelt, konnte er am besten nachdenken. Wenn er die ganze Nacht aufbliebe, überlegte er, würde er vielleicht einen Kometen sehen, den noch nie jemand vor ihm gesehen hatte. Der Sidis'sche Komet, so würde man ihn nennen. Aber bevor seine astronomischen Beobachtungen richtig beginnen konnten, rief Sarah, er solle hereinkommen, es sei kühl draußen.

Von seinen Streifzügen durch die Brookline Hills brachte er in einer Streichholzschachtel Ameisen nach Hause und untersuchte sie unter dem Mikroskop, das Boris ihm zu seinem achten Geburtstag geschenkt hatte. Er hoffte, ein Exemplar einer unentdeckten Art zu finden, *Formica sidisi*. Außerdem sammelte er Steine auf und dachte darüber nach, wie er nachweisen könne, dass sie das bislang unbekannte chemische Element Sidisium enthielten. Und dann, endlich, hatte er eine Idee.

Unverzüglich setzte er sich an seinen Teekistenschreibtisch und fing an zu tippen. Eine vollgeschriebene Seite nach der anderen wanderte in eine Mappe mit der Aufschrift »Streng geheim! Öffnen verboten!«. Bis er eines Abends, einige Wochen später, während des Essens beiläufig eine simple kleine Frage in den Raum stellte: »*Paratis-nar Vendergood?*«

»Wie bitte?«

»*Diseukei: Paratis-nar Vendergood?*«

Sarah schaute hilfesuchend zu Boris, doch der zuckte auch nur ratlos mit den Schultern. Billy gelang es nicht mehr, seinen neutralen Gesichtsausdruck beizubehalten. Er grinste von einem Ohr zum anderen.

»Ihr hört wohl schlecht? Ich sagte: Sprecht ihr Vendergood?«

»Vender-*was*?«

»Vendergood. Auch bekannt als die Sidis-Sprache.«

Und nun öffnete er seine ominöse Mappe. Auf dem obersten Blatt stand: *A Key to the Book of Vendergood. By William James Sidis*. Darunter befand sich ein Lehrbuch für eine neue, von ihm selbst entwickelte Kunstsprache, inklusive Ausspracheregeln, Grammatik, Testaufgaben und Vokabellisten.

»*Dediscesa-tis then linguen*«, stellte Billy fest.

Boris machte sich mit Begeisterung an die Aufgabe, Vendergood zu lernen. Er erwartete keine Probleme, schließlich hatte er sich schon mit Volapük und Esperanto beschäftigt. Doch während andere Plansprachen darauf ausgelegt waren, den Völkern ein einfaches Instrument der gegenseitigen Verständigung zu liefern, hatte der Erfinder des Vendergood viel Sorgfalt darauf verwendet, es den Lernenden möglichst schwerzumachen. Die Grammatik strotzte vor Komplikationen und Sonderregeln, die Boris ins Schwitzen brachten. Was, um alles in der Welt, war der Unterschied zwischen dem Imperativ und dem Absoluten Imperativ? Wann setzte man den Verbmodus des Strongeable ein? Und brauchte der bestimmte Artikel, im Englischen ein schlichtes *the*, wirklich vierundvierzig Beugungsformen?

»*Vendergood thei linguei este-ne agathei?*«, fragte Billy.

»*Yster, isen este.*« Boris kratzte sich am Hinterkopf.

»*Pueuo nost ... discueu ... disceumen ... äh, disceunci ... thoo ... thoo lingu-oo ...*«

»*Pueuo nost disceuo then linguen*«, korrigierte Billy und klopfte streng mit dem Finger auf den Tisch.

Boris gab auf. Er konnte es nicht. Nun war es also passiert, William hatte ihn geistig überflügelt. Das war das übliche Elternschicksal, irgendwann bekam man vom eigenen Nachwuchs seine Grenzen aufgezeigt, und so sollte es ja auch sein. Nur wenn die jeweils jüngere Generation der älteren über den Kopf wuchs, konnte der Fortschritt seinen Lauf nehmen. Dagegen hatte Boris nichts einzuwenden. Es gab ihm lediglich zu denken, dass der Zeitpunkt der Übergabe schon so früh kam. Dass er mit einem achtjährigen Kind nicht mehr mithalten konnte.

Andererseits – war nicht gerade das sein größter Erfolg? Die überragende Intelligenz dieses Kindes kam ja nicht von ungefähr, sie war der schlagende Beweis für die Wirksamkeit der Sidis-Erziehungsmethode. Gerade weil Vendergood ihn überforderte, konnte Boris stolz auf sich sein. Er hatte mit seinem Sohn etwas erschaffen, das besser war als er selbst. So wie der Erfinder einer Maschine, die übermenschliche Arbeit verrichtet, hob er damit die gesamte Menschheit auf eine neue Stufe.

Auch Sarah, die übrigens keine zehn Minuten lang versuchte, Vendergood zu lernen, dachte viel über Billys neueste Entwicklung nach. Nun waren es bald achtzehn Monate, dachte sie, seit er die Grundschule verlassen hatte. Die meiste Zeit hatte er zu Hause gesessen und sich seine eigene Welt gemacht. Noch einmal achtzehn Monate, und er wäre ganz in ihr verschwunden. Dann würde es nicht mehr nur seine Sprache sein, die keiner außer ihm verstand. Es war höchste Eisenbahn, dafür zu sorgen, dass er wieder festen Boden unter die Füße bekam. Wenn er schon dazu bestimmt war, in unerreichbare Sphären zu entschweben, dann sollte er dabei zumindest einen High-School-Abschluss in der Tasche haben.

Bei der Eröffnungsfeier für das Schuljahr 1906/07 war in der Brookline High School beinahe alles wie immer. Die Aula war voll besetzt, die Lehrkräfte saßen in den vorderen drei Reihen, hinter ihnen die rund neunhundert Schüler. Die Jungen trugen marineblaue Anzüge, weiße Hemden und rote Krawatten, die Mädchen Röcke, Blusen und Halstücher in den gleichen Farben. Der Schulchor sang zur Einstimmung *America the Beautiful* und *Oh, How I Love Jesus,* worauf Schuldirektor Dr. Sterling die gleiche Rede hielt wie jedes Jahr. Allerdings wirkte er nervöser als üblich und sah ständig zu der einen Person im Saal hin, die das gewohnte Bild störte, ein Kind, inmitten der Schülermenge und doch kein Teil von ihr, das mit verschränkten Armen und müdem Blick auf einem viel zu großen Stuhl saß und mit den Beinen baumelte.

Zwischen all den blitzblanken Schuluniformen wirkte Billys Privatkleidung – eine graue Filzjacke, kurze Hosen, karierte Kniestrümpfe und Sandalen mit ledernen Kreuzriemen – noch nachlässiger, als sie ohnehin war. Von der Uniformpflicht war er befreit worden. Einen Schüler von vier Fuß fünf Zoll Größe und zweiundsechzig Pfund Gewicht hatte es an dieser Lehranstalt noch nie gegeben und würde es vermutlich nie wieder geben, so dass man auf eine

Sonderanfertigung verzichtete. Auffällig war er noch aus einem anderen Grund. Er war der Einzige im Raum, der sich herausnahm, die Rede mit Zwischenrufen zu kommentieren und an der Stelle über den Zusammenhang zwischen gesundem Körper und gesundem Geist zu lachen. Direktor Sterling wurde noch nervöser, verhaspelte sich mehrmals und war erleichtert, als er endlich das Wort an Reverend Roberts übergeben konnte.

Reverend Roberts, der Schulpfarrer, sprach allerlei Erbauliches über Gottes Wege, Gottes Willen und Gottes Liebe und schlug dann die schwere, goldbedruckte Schulbibel auf. »Ich möchte euch nun eine Geschichte aus dem Markusevangelium zu Gehör bringen. Es ist eine Geschichte, von der wir etwas sehr Wertvolles lernen können, nämlich dass wir alles schaffen können, was wir uns vornehmen. Wenn man nur fest genug daran glaubt, dann kann man sogar Berge versetzen.«

Billy spitzte die Ohren. Er hatte schon mehrere Ansätze unternommen, die Bibel zu lesen, war aber nie über die ersten Kapitel hinausgekommen. Dass man von diesem Mischmasch aus haltlosen Behauptungen, schlechter Wissenschaft und abstrusen Vorschriften etwas Wertvolles lernen konnte, hielt er für unwahrscheinlich.

Auch die Geschichte, die Reverend Roberts vorlas, fand er haarsträubend. Sinngemäß handelte sie davon, dass Jesus einmal Hunger hatte und sich ein paar Feigen von einem Feigenbaum pflücken wollte. Es waren aber gerade keine reif. Anstatt sich woanders etwas Essbares zu besorgen, verfluchte er den Baum. Allen Ernstes, er verfluchte den Baum dafür, dass keine Feigen dran waren. Reverend Roberts las den Satz mit donnernder Stimme: »Nie wieder soll jemand eine Frucht von dir essen!« Am nächsten Tag war der Baum verdorrt, und das lag, wie Jesus steif und fest behauptete, an seinem Fluch. Es war ihm noch nicht einmal peinlich, dass er ohne Sinn und Verstand einen Baum getötet hatte, er sagte bloß zu seinen Jüngern: »Ihr müsst Glauben an Gott haben. Wenn jemand zu diesem Berg sagt: Heb dich empor und stürz dich ins Meer!, und wenn er in seinem Herzen nicht zweifelt, sondern glaubt, dass geschieht, was er sagt, dann wird es geschehen.«

Reverend Roberts machte eine kleine Wirkungspause, um Jesu Wort Gelegenheit zu geben, in den Köpfen der Schüler nachzuhallen. Mitten in die besinnliche Stille hinein schrie unversehens eine helle Kinderstimme: »So ein Quatsch!«

Ein paar Lümmel lachten spontan auf. Sie hatten sich wohl Ähnliches gedacht, hätten jedoch nie gewagt, es laut zu sagen. Die allermeisten Schüler aber zuckten zusammen, als würden sie kollektiv von einem unsichtbaren, überdimensionalen Rohrstock vertrimmt. Sie hätten es noch nicht einmal ungerecht gefunden. Die dauernden Zwischenrufe waren schon unmöglich gewesen, aber ein so freches Wort auf die Heilige Schrift gemünzt, das war eine Ungeheuerlichkeit, zu groß, um von einem einzelnen Missetäter gesühnt zu werden.

Direktor Sterling sprang auf, ließ einen Drohblick über die Sitzreihen schweifen und fragte scharf: »Wer war das?«

Das war eigentlich auch zum Lachen, denn jeder wusste, wer das gewesen war. Doch jetzt lachten nicht einmal mehr die Lümmel.

»Ich«, meldete sich Billy. »Weil, ist doch wahr: Ein Baum verdorrt nicht einfach so, bloß weil ihn einer verflucht. Das ist totaler Blödsinn. Wenn es das ist, was man hier lernt, dann geh ich lieber nach Hause, ich hab Besseres zu tun.«

»Kommt nicht in Frage. Die Veranstaltung ist beendet. Alle Schüler gehen in ihre Klassenzimmer. Schüler Sidis erscheint in fünf Minuten im Direktorat.«

Direktor Sterling saß in seinem Büro, zog an seiner Pfeife und ärgerte sich, dass Schüler Sidis ihn warten ließ. Noch mehr ärgerte er sich über seine Nervosität. Er war ein gestandener Mann, seit fast dreißig Jahren im Schuldienst, seit mehr als fünfzehn in dieser Position, und eigentlich wusste er mit renitenten Schülern umzugehen. Manche brauchte man nur streng anzuschauen, bei manchen musste man ein bisschen fester zupacken, am Ende parierten sie alle. Doch seine pädagogische Erfahrung half ihm jetzt nicht weiter. Schüler Sidis war ein Sonderfall, mit nichts zu vergleichen, was er je erlebt hatte.

Ohne anzuklopfen, spazierte Billy ins Direktorat, und ohne dazu aufgefordert worden zu sein, setzte er sich auf den Stuhl vor Direktor Sterlings Schreibtisch.

»Was gibt's?«

»Schüler Sidis, ich hatte gesagt: in fünf Minuten. Das war vor einer Viertelstunde.«

»Jetzt bin ich ja da. Worum geht's denn?«

»Es geht darum, dass du die Feier mit unverschämten Zwischenrufen gestört hast. So etwas wird hier nicht geduldet.«

»Versteh ich nicht. Was ist daran unverschämt, wenn man

sagt, dass kein Berg einfach so ins Meer fällt, nur weil einer dran glaubt? Es ist doch eher unverschämt, wenn jemand so einen Käse behauptet.«

»Das hat nicht ›jemand‹ behauptet, sondern Jesus Christus. Du findest Jesus also unverschämt?«

»Nein, ich bezweifle nämlich, dass die Geschichte überhaupt passiert ist.«

»Sie steht in der Bibel, junger Mann.«

»Mag sein, aber denken Sie doch einfach mal logisch drüber nach. Da wächst einer in einer Gegend auf, in der es fast nichts anderes gibt als Feigen, und dann weiß er noch nicht mal, wann ihre Erntezeit ist? So doof ist doch wirklich keiner.«

»Pass auf, was du sagst. Der christliche Glaube hat unser Land stark gemacht und spendet vielen Menschen Halt und Hoffnung. Das muss man respektieren.«

»Und was ist mit meiner Religion? Muss man die auch respektieren?«

»Aber selbstverständlich. Hierzulande herrscht Religionsfreiheit. Jeder darf seinen Gott verehren, wie er will, das garantiert uns unsere Verfassung. Wenn du zum Beispiel deine Bar-Mizwa feierst, bekommst du schulfrei, und niemand hat etwas dagegen.«

»Bar-Mizwa?«

»Du bist doch jüdischen Glaubens, oder nicht? In den Unterlagen steht –«

»Ach so, nein, das stimmt nicht mehr. Meine Familie ist konvertiert.«

»Dann muss ich das hier eintragen. Die neue Religion ist …?«

»Aztekisch-orthodox. Wir beten zu unserem Sonnengott Huitzilopochtli. Wir glauben, dass jeden Tag ein Priester einem Menschen bei lebendigem Leibe das Herz herausschneiden muss, weil die Sonne sonst nicht scheint. Wenn Sie das respektieren, dann respektiere ich auch Ihren Jesus, der Bäume totfluchen kann.«

»Schüler Sidis, du gehst jetzt sofort in deinen Unterricht. Und dort benimmst du dich anständig. Wenn ich nur ein einziges Mal Beschwerden über dich höre, dann, dann –«

»Was dann?«

»Dann wirst du schon sehen, was passiert. So, raus mit dir«, sagte Direktor Sterling kraftlos. Er legte seine Tabakspfeife ab, faltete die Hände, schloss die Augen und murmelte: »O Herr, wenn das die Prüfung ist, die du für mich gewählt hast: mir einen zu schicken, der keine andere Absicht hat, als Unruhe zu stiften, dann will ich sie auf mich nehmen. Aber ich bitte dich, Herr: Im nächsten Jahrgang lieber wieder hundert, die schwach im Geiste sind, als noch einmal so ein gottverdammtes Wunderkind.«

Direktor Sterling verstand nicht, dass Billy die Unruhe keineswegs mit Absicht stiftete. Er hatte nur vor, die High School mit ihren vier Jahrgangsstufen so rasch und umstandslos wie möglich abzuhaken und sich dann wieder um seine eigenen Angelegenheiten zu kümmern. Es war nicht seine Schuld, dass überall, wo er auftauchte, ein Durcheinander ausbrach. Er konnte nichts dafür, dass er ein Kind war.

Wie sehr er immer noch Kind war, fiel in der High School viel mehr auf als in der Runkle Elementary. Seine Mitschüler waren beinahe doppelt so alt wie er, und wenn sie etwas gelernt hatten, das er nicht konnte, dann war es stillsitzen, den Unterricht an sich vorbeiziehen lassen, nicht auffallen, nur reden, wenn man gefragt wird, und es mit Gleichgültigkeit hinnehmen, wenn das Auffassungsvermögen an Grenzen stößt. All diese Tugenden eines wohlerzogenen Schülers fehlten Billy völlig. Er hielt Aussagen wie »Das weiß ich schon« oder »Mir ist langweilig« für unbedingt mitteilenswert und glaubte, zu jeder Äußerung des Lehrers eine persönliche Stellungnahme abgeben zu müssen. Am meisten Trubel erzeugte er, wenn er etwas nicht auf Anhieb verstand. Dann wand er sich wie unter Schmerzen, sprang von seiner Bank auf, lief erregt im Raum auf und ab, fragte wieder und wieder nach und gab erst Ruhe, nachdem alles extra für ihn noch einmal dargestellt und erklärt worden war.

Die Schulleitung einigte sich mit Boris und Sarah darauf, dass Billy nur noch zwei Stunden pro Tag im Klassenzimmer sitzen musste, damit wenigstens in der übrigen Zeit ein geregelter Unterricht möglich war. Seine Mitschüler konnten sich darüber nur kurz freuen, denn die Vereinbarung enthielt einen Pferdefuß für sie. Für den übrigen Teil des Schultages wurde Billy nämlich als Hilfslehrer eingesetzt und hatte in einem kleinen, fensterlosen Nebenraum des Lehrerzimmers für Nachhilfestunden bereitzustehen.

Die Leistungen der Klasse verbesserten sich augenblicklich. Wer nicht begriff, wann man den Ablativus absolutus gebrauchte, dem drohte ab sofort eine Strafe, die schlimmer war als jeder Stockhieb. »Geh runter zu William, der wird's dir erklären«, sagte der Lateinlehrer, und die Mitschüler feixten: »Ab ins Kabuff! Wo der schreckliche Erklärzwerg haust!«

Sie mochten ihn nicht, den Fremdkörper in ihrer Gemeinschaft. Sie ärgerten sich, wenn er im Klassenzimmer seine neunmalklugen Kommentare absonderte, und sie ärgerten sich noch mehr, wenn er draußen sein durfte, während sie drinnen schmoren mussten. Hätte man sie gefragt, was genau sie so sehr ärgerte, dann hätten sie vermutlich gesagt: dass der sich alles erlauben kann. Und zum Beweis die Geschichte erzählt, wie Mr. Packard, ihr Physiklehrer, ihnen einen Test zurückgegeben hatte.

»William«, hatte Mr. Packard gesagt, »du hast neun der zwölf Aufgaben richtig beantwortet und die anderen drei einfach ausgelassen, dabei waren das die leichtesten. Hast du die etwa nicht gekonnt?«

»Doch, natürlich. Aber wieso soll ich meine Zeit damit verschwenden, Aufgaben zu lösen, die ich sowieso kann?«

Hätte einer von ihnen so eine Antwort gegeben, er wäre mit Sicherheit bestraft, zumindest verwarnt worden. Aber Mr. Packard hatte nur gelacht. Er wertete die Leere auf Billys Blatt als korrekte Lösung und gab ihm seine gewohnte A+.

Dabei war Billy durchaus nicht der Lehrerliebling, für den seine Mitschüler ihn hielten. Im Gegenteil, den meisten Lehrern war er suspekt. Seine Auffassungsgabe war ihnen nicht geheuer, seine Selbstgewissheit unsympathisch, seine Altklugheit lästig. Sie unterrichteten in der ständigen Furcht, durch seine Verbesserungen vor der ganzen Klasse blamiert zu werden, und sie spürten, wie in seiner Anwesenheit ihre Autorität schwand, ohne dass sie genau sagen konnten, ob daran seine Kommentare schuld waren oder ihre Angst vor ihnen.

Mr. Packard war der Einzige, dem es gelang, unbefangen mit ihm umzugehen. Wenn Billy in seiner Kammer saß und auf Nachhilfeschüler wartete, leistete er ihm gerne Gesellschaft. Der karge, nur mit einem Tisch und zwei Stühlen ausgestattete und von einem Tantalglühfaden leidlich erhellte Raum wurde ihr Elysium. Lustvoll stürzten sie sich in Probleme der Physik und der Mathematik, die weit über dem Niveau des Lehrplans lagen. Mr. Packard war beglückt, einen wissbegierigen Schüler getroffen zu haben, und Billy genoss es, Aufgaben gestellt zu bekommen, die ihn richtig herausforderten.

»Hast du dir eigentlich schon überlegt, was du machst, wenn du hier raus bist?«

»Erst mal geh ich wieder nach Hause, und dann – keine Ahnung. Meine Eltern sagen, ich soll Medizin studieren, aber ich weiß nicht, ob ich das will. Wieso?«

»Na ja, das Massachusetts Institute of Technology ist nicht weit. Wenn's um technische Studiengänge geht, gibt's keine bessere Adresse.«

»Ja, schon. Aber ich weiß ja gar nicht, ob die mich nehmen.«

»Aber ich weiß es.«

»Wie meinen Sie das?«

»Jetzt kann ich's dir ja sagen: Das, was du gerade gelöst hast, waren nicht irgendwelche Aufgaben. Das war die aktuelle Aufnahmeprüfung zum MIT. Willst du wissen, wie du abgeschnitten hast?«

»Hab ich bestanden?«

»Und nicht gerade knapp. Hundert Punkte in Mathe, hundert in Physik. William, ich sag dir was: In Deutschland gab's mal einen ziemlich schlauen Jungen, der hieß Gauß. Wenn ich mir überlege, wer sich mit dir vergleichen lässt, dann ist das der Einzige, der mir einfällt. Pascal vielleicht noch, der Franzose. Das waren zwei der größten Mathematiker aller Zeiten, aber du könntest der allergrößte werden. Das Zeug dazu hast du jedenfalls. Du musst nur was draus machen.«

»Mal sehen. Ich mag Mathe, aber andere Fächer interessieren mich auch.«

»Wie du die Welt verändern wirst, ist deine Sache. Aber *dass* du sie verändern wirst, daran glaube ich so fest, wie man nur an irgendetwas glauben kann.«

»Tut mir leid, ich schmeiße keine Berge ins Meer.«

»Wie bitte?«

»Das war ein Scherz, Mr. Packard.«

»William, du bist das gescheiteste Wesen, das mir je über den Weg gelaufen ist. Nur an deinen Scherzen musst du noch ein bisschen arbeiten.«

Das Glück ihrer gemeinsamen Stunden genossen sie auch deshalb, weil es so verletzlich war. Jederzeit konnte ein missgelaunter junger Kerl anklopfen, der Billy zähneknirschend bat, ihm etwas über die Photosynthese zu erzählen. Oder Mr. Packard musste wieder seinem deprimierenden Beruf nachgehen und einen Haufen Halbwüchsiger, denen nichts unwichtiger war als die Ausbreitung des Lichts durch den Äther, eben darüber unterrichten. Und jedes Mal war einer dabei, der dummdreist fragte: »Wozu soll ich das lernen? Ich übernehme mal das Geschäft meines Vaters, da brauche ich das nicht.«

Ein solcher Gedanke wäre Billy nicht in den Kopf gekommen. Für ihn war Wissen nicht dazu da, gebraucht zu werden, sondern gewusst zu werden. Mr. Packard konnte ihn für diese Einstellung nicht genug loben. »Das ist der Unterschied zwischen dir und denen«, sagte er. »Dir geht es um Bildung. Die anderen machen bloß ihren Abschluss.«

An einem Samstagmittag im Januar, Billy war gerade durch den Schnee von der Schule nach Hause gestapft, legte Sarah ihm als Erstes den *Boston Herald* und die *New York Times* auf den Tisch. Das tat sie jeden Tag, doch diesmal platzte sie fast vor Vergnügen.

»Essen ist gleich fertig. Schau mal solange nach, ob's was Neues gibt.«

»Später. Ich muss mich erst aufwärmen, mir ist kalt.«

»Kein Wunder, du hast ja schon wieder deinen Mantel in der Schule vergessen.«

»Oh. Tatsächlich.«

»Macht nichts, den holen wir später. Jetzt setz dich erst mal hin und lies mir was vor.«

»Wieso, was ist denn passiert?«

»Weiß ich doch nicht. Irgendwas ist ja immer. Im Lokalteil für Boston stehen oft interessante Sachen.«

Sie spielte die Rolle der Ahnungslosen sehr schlecht. Billy tat ihr den Gefallen und blätterte den *Herald* durch. Und da stand es, neben einer Reklame für Toilettenseife. Ihm wurde schlagartig heiß.

Der Wunderjunge von Brookline

William James Sidis, der achtjährige Sohn von Dr. Boris und Dr. Sarah Sidis aus Brookline, nutzte in den Sommerferien seine knapp bemessene Freizeit, um eine neue »Universalsprache« zu entwickeln und nebenbei neue Beweise für seine »runde Kurve« auszuarbeiten.

Im vergangenen Herbst wurde der junge Sidis als Special Student in die Brookline High School aufgenommen. Seither hat er die Lehranstalt völlig auf den Kopf gestellt. Das Wissen, das ihn dort erwartet, verschlingt er so begierig wie ein Hungernder einen frischgebackenen Kuchen.

Neulich sagte ein Lehrer der Brookline High School über diesen Jungen: »Er ist der größte Mathematiker aller Zeiten.« Einige der bekanntesten Mathematikexperten des Landes, die die Arbeit des jungen Burschen kennen, sind gleicher Ansicht.

Sidis hat seinen Scharfsinn zu einem wesentlichen Teil von seinem Vater geerbt. Dr. Sidis hält einen Rekord für Bildungsabschlüsse in Harvard. Innerhalb von nur drei Jahren hat er es zu drei Titeln an dieser Institution gebracht. Als Verfasser mehrerer Werke über Psychologie ist er einer der führenden Psychologen unserer Zeit.

(Boston Herald, 12. Januar 1907).

»Na, was sagst du jetzt?« Sarah klatschte in die Hände. »Du wirst berühmt!«

»›Beweise für seine runde Kurve‹, was ist das denn für ein Quatsch?«

»Hast du mir nicht gesagt, dass du an irgend so etwas arbeitest?«

»Habe ich dir nicht gesagt, dass du nichts davon verstehst?«

»Du könntest dich ruhig ein bisschen freuen. Die meisten anderen Kinder stehen nie in der Zeitung.«

»Und, was hab ich davon?«

»Ich finde das auch nicht in Ordnung, Sarah«, sagte Boris. »Du hättest mir wenigstens vorher sagen können, dass du Kontakt mit der Presse aufnimmst, dann stünden jetzt nicht so viele Fehler drin. ›Hat seinen Scharfsinn von seinem Vater geerbt‹, wie soll man sich das vorstellen? Als ob man Scharfsinn erben könnte wie einen Schrank. Und kein Wort über die Erziehungsmethode, dabei ist die doch das Wichtigste.«

»Bitte, dann sprichst du eben das nächste Mal mit den Journalisten. Mich haben heute schon drei antelefoniert, vom *Boston Journal*, vom *Boston Transcript* und sogar vom *Washington Herald*. Die wollen alle das Thema aufgreifen.«

Die Geschichte über den Wunderjungen von Brookline verbreitete sich rasend schnell. Das war eine Meldung, wie sie das junge, unverbrauchte, mit Optimismus in die Zukunft blickende Amerika liebte. Dem kleinen Sidis flogen die Sympathien von allen Seiten zu, und niemand, abgesehen von ihm selbst, störte sich daran, dass er in einem Artikel als kerngesunde Sportskanone mit rosigen Wangen beschrieben wurde, im nächsten als ein pummeliger Einzelgänger mit Brille und in einem dritten als äußerlich unauffälliges Kind, das in seiner Freizeit am liebsten mit seinen Schulfreunden spielt.

Dieser Wunderjunge, von dem die Zeitungen schrieben, war Billy unheimlich. Er war er selbst und dennoch nicht er selbst. Ungefähr so wie sein Schatten. Obwohl, nein, doch nicht. Was sein Schatten tat, das konnte Billy selbst entscheiden. Hob er die Hand, dann hob auch sein Schatten die Hand. Der Wunderjunge aus der Zeitung hingegen machte dauernd Sachen, die Billy nie getan hätte, manchmal sogar völlig Unsinniges, wie einen Beweis für eine runde Kurve auszuarbeiten. Und er hatte keine Möglichkeit, ihn daran zu hindern, denn wer dieser Wunderjunge war, das bestimmte nicht er, sondern die Zeitungsleute.

Hin und wieder fiel Billy auf, dass ihm jemand auf dem Schulweg folgte, in der Schule im Gang auflauerte, durchs Fenster des Klassenzimmers spähte, ein einzelner Mann mit Schreibblock. Es war jedes Mal ein anderer Mann, aber sie ähnelten einander wie ein Ei dem anderen. Manchmal sprach ihn der Mann an und fragte ihn etwas. Auch die Fragen waren immer die gleichen, zum Beispiel, was er später einmal werden wolle. Wenn er dann davonlief, stand am nächsten Tag in irgendeiner Zeitung, er sei menschenscheu. Wenn er aber eine Antwort gab, etwa »Keine Ahnung, jedenfalls kein Reporter«, dann hieß es, er neige zur Arroganz.

Billy spürte, dass die Zeitungsleute nicht gut für ihn waren. Dass sie ihm etwas wegnahmen, das allein ihm gehörte. Genauer wusste er es nicht zu sagen, dafür fehlten ihm die richtigen Worte, insbesondere das Wort Seele. Mit Mr. Packard konnte er darüber nicht reden. Er war der perfekte Gesprächspartner, wenn es um die Hauptsätze der Thermodynamik ging, aber kindliche Kümmernisse waren nicht sein Fachgebiet.

Boris und Sarah wussten mit Billys Empfindlichkeit ebenfalls nichts anzufangen. Sie freuten sich über jeden Zeitungsartikel, solange die Sidis-Erziehungsmethode zumindest am Rande erwähnt wurde. Selbst als Billy ihnen völlig aufgelöst erzählte, gerade hätte ihn auf der Straße ein fremder Mann festgehalten, damit ein zweiter ihn fotografieren konnte, fragte Sarah nur, was daran denn so schlimm sei, das gehöre eben dazu.

»Zu was?«, rief Billy verzweifelt.

»Viele Leute interessieren sich für dich. Da gehört es dazu, dass auch mal ein Bild von dir abgedruckt wird.«

»Aber ich will das nicht!« Er weinte.

»Sei nicht so eigensinnig«, sagte Sarah. Solche Momente erinnerten sie daran, dass er doch nur ein achtjähriges Kind war und kein Erwachsener im Körper eines achtjährigen Kindes. Und wenn er sich so benahm, dann musste man ihn auch entsprechend behandeln. Also ohne Abendessen ins Bett schicken und darauf hoffen, dass am nächsten Morgen alles vergessen war.

Aber nichts war vergessen, nicht am nächsten Morgen und auch nicht an den folgenden. Billy weigerte sich, aufzustehen und in die Schule zu gehen, und zwar auf so entschlossene Weise, dass Sarah gar nicht erst versuchte, ihm ins Gewissen zu reden. Sie ging alleine zu Direktor Sterling, der sich ohne zu zögern über alle Vorschriften hinwegsetzte und ein Abschlusszeugnis für William James Sidis ausstellte. So endete Billys Schulzeit. Noch einmal lieferte der Wunderjunge einen Anlass für Schlagzeilen als der jüngste High-School-Absolvent in der amerikanischen Geschichte. Dann verschwand er so schnell aus den Gazetten, wie er einige Monate zuvor aufgetaucht war.

Billy fühlte sich so frei wie nie zuvor. Den Schulabschluss, den seine Altersgenossen frühestens im Sommer 1915 bekommen würden, hatte er jetzt schon. Es lagen also acht Jahre in Selbstbestimmung vor ihm, eine unvorstellbar lange Zeit, eine Ewigkeit. Die Reporter, diese Gespenster, die ihn verfolgt hatten, um den Wunderjungen von Brookline aus ihm zu machen, ein weiteres Gespenst, hatten sich verflüchtigt. Boris und Sarah waren den ganzen Tag mit der psychotherapeutischen Praxis beschäftigt und hatten wenig Zeit für ihn.

Immer noch fuhr er jeden Mittwoch mit der Straßenbahn nach Boston, allerdings nicht mehr in Begleitung von Sarah. Sie glaubte, er gehe in die Bibliothek, doch er stieg nicht in Copley aus, sondern blieb sitzen bis Park Street und löste dort ein Umsteigebillett. Er ließ sich durch die Stadt schaukeln, ohne bestimmtes Ziel, nur aus Freude daran, eine Wange gegen das angenehm kühle Metall des Fensterholms zu legen, einen Arm aus dem Fenster zu halten, den Fahrtwind in der offenen Handfläche zu spüren und die Häuser an sich vorüberziehen zu sehen. Wenn er dann abends am Washington Square von einem Wagen der Linie 61 sprang, dann war sein Magen leer, weil er sein Essensgeld für Umsteigebilletts ausgegeben hatte, aber seine Augen waren satt von all den Bildern. Am liebsten wäre er überhaupt nicht mehr nach Hause gegangen, sondern immer weitergefahren, eine Woche, ein Jahr, ein Leben lang, von einer Straßenbahn in die nächste, von einer Stadt zur anderen, durchs ganze Land, die ganze Welt, immer der Nase nach. Was, wenn nicht das, war Freiheit?

Als es Sommer wurde, meldete Boris Billy an der Harvard University an. Er selbst, sagte er, habe sich viel zu lange mit privaten Studien beschäftigt und die Vorzüge einer formalen akademischen Ausbildung zu spät erkannt. Diesen Fehler wolle er seinem Sohn ersparen. Mit Hindernissen rechnete er so wenig, dass ihn der Brief aus Harvard völlig unvorbereitet traf. Sein Zorn kochte hoch und entlud sich wenig später über Mr. Gordon, dem Leiter des Immatrikulationsamts, der in seinem Ablehnungsschreiben auf die bestehenden Vorschriften verwiesen hatte.

»Vorschriften, Vorschriften! Wenn ich das schon höre! Wissen Sie, wo man suchen muss, wenn man einen Idioten fangen will? Hinter einer Vorschrift. Da verstecken sie sich am liebsten.«

»Verstehen Sie mich, Dr. Sidis. Mir sind die Hände gebunden. Ich kann doch nicht einfach –«

»Was denn? Einen Studienbewerber aufnehmen, der alle Prüfungen bestanden hat? Doch, das können Sie, das ist sogar Ihre verdammte Pflicht!«

»Hören Sie, wir wissen alle, dass Ihr Sohn ein Sonderfall ist. Seien Sie versichert, wir haben intensiv über ihn gesprochen. Die Qualifikation besitzt er, keine Frage. Aber er ist immer noch ein Kind. Harvard ist nicht für Kinder gemacht. Vielleicht lässt sich eine Ausnahmeregelung treffen, sobald er vierzehn ist, aber bis dahin –«

»Ja, was bis dahin? Was soll er machen? Mit Puppen

spielen? In der Nase bohren? Hören Sie, der Junge ist kein Holzkopf. Er hat schon mit Peirce und Dewey diskutiert. Über Platon! Mit sechs! Warum wollen Sie ihm die Zukunft rauben? Aus Neid? Weil er ein Genie ist und Sie nur ein kleines, vertrocknetes Nichts?« Boris keuchte. Seine Gesichtsfarbe changierte zwischen malvenfarben und purpurn.

»Dr. Sidis, ich denke, wir sollten das Gespräch an dieser Stelle beenden.«

»Endlich ein gescheites Wort von Ihnen. Hier vertue ich ja doch nur meine Zeit. Wissen Sie, wohin ich jetzt gehe? Zu Präsident Eliot!«

Beim Hinausgehen ließ Boris die Tür effektvoll zukrachen. Er nahm an, dass sein Status es ihm erlauben würde, sofort und ohne Anmeldung einen Termin bei Präsident Eliot zu bekommen, und er täuschte sich nicht.

Präsident Eliot wiegte betulich seinen altersschweren Kopf, zwirbelte nachdenklich seine grauen, immer noch mächtigen Koteletten zwischen den Fingern und murmelte: »Ja, da erwischen Sie mich jetzt auf dem falschen Fuß. So einen Fall hatten wir noch nie. Ich bin jetzt fünfunddreißig ... nein, länger ... Warten Sie ... Achtzehnhundertneunundsechzig ... Neunzehnhundertsieben ... achtunddreißig! Gott, wie die Zeit vergeht ... Seit geschlagenen achtunddreißig Jahren stehe ich dieser Universität vor, aber so einen Fall hatten wir noch nie. Ich glaube auch nicht, dass es das überhaupt schon mal irgendwo gab, da müsste ich mich umhören, aber ich sage Ihnen ehrlich: Es würde mich wundern. Na gut, John Stuart Mill. Stimmt. Wie lange ist das her? Hundert Jahre. Der wurde ja von seinem Vater getriezt bis zum Gehtnichtmehr … Zum Glück sind wir heute weiter. Aber ich schweife ab. Worum ging es noch gleich? Ach ja, richtig. Passen Sie auf, Sie gehen einfach ins Immatrikulationsamt und sagen Mr. Gordon einen Gruß von mir, und dann klappt das schon. Einen schönen Tag wünsche ich!«

Boris verzichtete darauf, sich nochmals mit Mr. Gordon herumzustreiten, und besuchte stattdessen Professor James. Dieser hatte jedoch diesmal anstatt praktischer Hilfe nur ein paar wärmende Worte und allgemeine Lebensweisheiten der nutzloseren Art beizusteuern. Wenn die Gegenwart noch nicht bereit sei für sein Patenkind, so ändere dies seine Meinung um kein Jota. Es sei nun einmal das Los eines Zukunftsmenschen, von seinen Zeitgenossen verkannt zu werden. Wer die wahrhaft großen Männer einer Epoche seien, wüssten ohnehin erst spätere Geschlechter zu beurteilen.

Boris versuchte, seine Enttäuschung für sich zu behalten. Präsident Eliot und Professor James waren große Männer, da brauchte man nicht erst auf das Urteil späterer Geschlechter zu warten. Die Harvard University hatte diesen beiden mehr zu verdanken als irgendwem sonst in den vergangenen zweihundertsiebzig Jahren, und was er persönlich ihnen zu verdanken hatte, würde er nie vergessen. Aber er musste sich wohl daran gewöhnen, von ihnen in der Vergangenheitsform zu denken.

Eliot und James waren Männer des neunzehnten Jahrhunderts. Das Jahrhundert hatte sie geprägt und sie das Jahrhundert, eines, das die Wissenschaften zum Blühen gebracht hatte wie keines zuvor. Jetzt waren sie alt, lebende

Fossilien aus einer Zeit, die nie zurückkehren würde. Das zwanzigste Jahrhundert, das in einem Wissenschaftler eher einen Techniker als einen Philosophen sah, hatte kaum noch Verwendung für sie, und sie hatten ihm nichts Neues mehr zu sagen. Das war niemandes Schuld, so war der Lauf der Dinge, man mochte es beklagen oder sich damit abfinden. Aber warum mussten diese alten, verbrauchten Männer der aufstrebenden Jugend den Weg versperren? Warum verstanden sie nicht, dass die neue Zeit nach neuen Regeln verlangte, die einem William James Sidis das Fortkommen erleichterten und nicht erschwerten? Warum sahen sie nicht, dass er einen Platz brauchte, an dem er weiterwachsen konnte, und dass dieser Platz in Harvard war und nirgendwo sonst?

Zwei Jahre lang tat Billy nicht viel mehr, als älter zu werden. Stunde um Stunde lag er am Hang hinter dem Haus auf dem Rücken, einen Grashalm im Mund, und schaute in den Himmel. Oder er fuhr mit einer Straßenbahn der Linie 61 nach Boston und kam am Abend wieder, und wenn Sarah ihn fragte: »Na, wie war's in der Bibliothek?«, antwortete er etwas Nichtssagendes. Wenn es regnete oder er aus anderen Gründen keine Lust hatte, das Haus zu verlassen, saß er in seinem Zimmer und suchte sich eine Beschäftigung. Einmal breitete er einen großen Papierbogen auf dem Boden aus und malte darauf mit Buntstiften, die Zunge vor Konzentration in den Mundwinkel geklemmt, einen detaillierten Stadtplan von Boston. Charles River, Mystic River, Neponset River und den Boston Harbor blau, die Parks grün, die Straßen bleistiftgrau, präzise bis in die Verästelungen der kleinsten Gassen, und die Linien der öffentlichen Verkehrsmittel schwarz, alles aus dem Kopf und maßstabsgetreu. In Rot zeichnete er die Linien ein, die seiner Ansicht nach fehlten. Oben links in die Ecke schrieb er mit seiner Kinderschrift: »Optimierung des Verkehrswegenetzes der Stadt Boston – Büro für Verkehrsplanung – Direktor: Dr. W. J. Sidis«. So verbrachte er seine Tage. Was hätte er sonst tun sollen? Die Welt hatte keinen Platz für ihn.

Und dann, als würde ein unauflösbarer Knoten mit einem Schwerthieb durchgeschlagen, kam der Sommer des Jahres 1909 und brachte tiefgreifende Veränderungen für Boris, für Sarah und auch für Billy.

Die überraschendste Neuigkeit hatte Sarah zu vermelden, zumal sie bereits in ihrem fünfunddreißigsten Lebensjahr stand und nie über diesbezügliche Pläne oder Wünsche gesprochen hatte: Sie war in anderen Umständen und erwartete in sechs Monaten ein zweites Kind. Billy war schockiert. Sofort hatte er wieder die Zeichnung aus dem Anatomiebuch vor Augen, den Längsschnitt durch die Geschlechtswerkzeuge während der Kohabitation. Damals, als er sie zum ersten Mal gesehen hatte, war ihm schnell klargeworden, dass seine Eltern schon einmal kohabitiert haben mussten, den unwiderlegbaren Beweis dafür lieferte seine eigene Existenz. Es war ihm aber gelungen, die Vorstellung davon abstrakt zu halten. Das ging jetzt nicht mehr. Mit Schaudern dachte er daran, dass Boris und Sarah unter ihrer Kleidung nackt waren, ein verstörendes Bild, das sich ihm umso deutlicher aufdrängte, je mehr er versuchte, es zu verscheuchen. Es kam so weit, dass er sie überhaupt nicht mehr anschauen konnte. Wenn sie sich schon nicht schämten, musste er es für sie tun.

Die Nachrichten, für die Boris sorgte, kamen weniger unerwartet. Die Untersuchung über den Schlaf war fertig. Boris konnte sein Medizinstudium abschließen und fortan vier akademische Titel aus Harvard auf seine Visitenkarten drucken lassen, und das tat er auch, wenngleich erst auf Drängen von Sarah, die wie immer den besseren Realitätssinn hatte und wusste, wie eindrucksvoll die Buchstabenkolonne B.A., M.A., Ph.D. und M.D. auf seine Patienten wirken würde.

Boris' Praxis war gut ausgelastet. Es sprach sich immer mehr herum, wie viele Krankheiten auf psychische Störungen zurückzuführen waren, und die solvente Kundschaft von Brookline vertraute dem angesehenen Dr. Dr. Sidis mit seiner langjährigen Erfahrung mehr als den zweifelhaften Methoden eines der geschäftstüchtigen Möchtegerntherapeuten, die neuerdings auf den wachsenden Markt drängten.

Da gab es beispielsweise ein reichlich unseriöses, um nicht zu sagen unappetitliches Konstrukt, das soeben auf dem Sprung von Europa nach Amerika war, die sogenannte Psychoanalyse. Boris hielt gar nichts davon. Im *Journal of Abnormal Psychology* konnte er nur warnen. Ihr Erfinder, ein Professor aus Wien, verlangte von seinen Patienten und sogar von seinen Patientinnen, sich intensiv mit den Forderungen ihres Unterleibs zu befassen, was zwangsläufig dazu führen musste, dass er die Perversionen, die er zu behandeln vorgab, überhaupt erst hervorbrachte. Von der Technik der hypnotischen Suggestion hatte er sich seit langem abgewandt, stattdessen ermunterte er seine Patienten, warum auch immer, halbvergessene Kindheitserinnerungen auszugraben. Ein anderer seiner faulen Tricks bestand darin, in jedem versehentlichen Verplappern eine Botschaft des Unbewussten zu wittern. Des Weiteren las der Wiener Professor aus einem Traum das heraus, was er selbst erst in ihn hineingeheimnisst hatte, so wie ein Schaubudenzauberer mit großem Tamtam ein zuvor verstecktes Karnickel aus dem Zylinderhut zieht. Kurzum, es handelte sich um einen jener zahlreichen Scharlatane, die ihren obskuren Hokuspokus als Heilmethode zu verkaufen trachteten.

Da agierte Boris auf einem ganz anderen wissenschaftlichen Niveau, und seine Patienten wussten es glücklicherweise zu schätzen. Einmal kam eine komplette Familie zu ihm, die steinreichen Erben von Frank Jones, einem einige Jahre zuvor verstorbenen Großindustriellen und Politiker. Seine Witwe Martha, seine Kinder und weitere Anverwandte hatten von ihm ein gewaltiges Vermögen geerbt, nicht jedoch das Talent, es angemessen zu verwalten und zu vermehren. Unter der drückenden Last der Verantwortung wurden sie allesamt von einer heimtückischen Nervenreizung befallen, die eine psychotherapeutische Behandlung erforderte. Mit dem Erfolg waren sie so zufrieden, dass sie Boris freiwillig das doppelte Honorar bezahlten und immer noch vom Gefühl geplagt wurden, ihm etwas schuldig zu sein.

»Sie haben uns allen sehr geholfen, Dr. Sidis, jetzt wollen wir Ihnen helfen«, sagte Martha Jones.

»Ich wüsste nicht, wie. Ich brauche keine Hilfe.«

»Hilfe vielleicht nicht, aber sicherlich mehr Platz. Ein Arzt Ihres Formats sollte nicht in einem Zimmer seines Privathauses praktizieren müssen.«

»Es genügt mir völlig.«

»Bitte hören Sie mir einen Moment zu. Wie Sie vielleicht wissen, war mein Mann Bürgermeister von Portsmouth, New Hampshire. Er hat sich dort oben ein Wohnhaus bauen lassen, das nun leer steht. Ich selbst kann dort nicht mehr wohnen, die vielen Erinnerungen an ihn, verstehen Sie? Und die Kinder und Enkel haben ihre eigenen Pläne, wie das eben so ist. Nun haben wir uns zusammengesetzt und beraten, und wissen Sie, was wir uns überlegt haben?«

»Sie werden es mir gleich verraten.«

»Wir wollen es Ihnen überlassen. Für einen Dollar.«

»Ich muss Sie enttäuschen. Ich habe nicht vor, nach New Hampshire zu ziehen.«

»Glauben Sie mir, es gibt keinen Haken. Schauen Sie sich das Anwesen an. Sie werden sehen, es ist ideal.«

»Ideal für was?«

»Für Ihre Therapien. Ihre Patienten könnten für die Zeit der Behandlung dort wohnen, es gibt ausreichend Platz.«

»Ein psychotherapeutisches Sanatorium, meinen Sie?«

»Wenn Sie's so nennen wollen.«

»Mrs. Jones, Sie haben viel Phantasie. So etwas gibt es auf der ganzen Welt nicht.«

»Dann ändern Sie das.«

»Nur damit Sie Ihren alten Schuppen loswerden? Vergessen Sie's.«

Lachend erzählte Boris beim Abendessen von dem

sonderbaren Angebot. Boston und Umgebung verlassen! Um ein Sanatorium aufzumachen! Irgendwo in tiefster Provinz! Er erheiterte sich dermaßen über die absurde Idee, dass er nicht bemerkte, wie Sarahs Gesicht versteinerte.

»Sag das bitte noch mal: Wir könnten das Haus eines Millionärs praktisch geschenkt bekommen?«

»Das hat sie jedenfalls behauptet. Du hättest mal sehen sollen, wie sie geguckt hat, als ich abgelehnt habe!«

»Und da bist du auch noch stolz drauf?«

»Schon ein bisschen. Du weißt, als Patienten sind mir alle Menschen gleich, ich helfe Armen wie Reichen. Aber wenn's darum geht, wer mir sympathischer ist … Die Reichen sind es nun mal gewohnt, dass jeder ihnen die Füße küsst, sobald sie ihren Geldsack aufmachen. Das deformiert ihren Charakter, macht sie herrisch und überheblich. Es schadet also gar nichts, wenn ab und zu mal jemand nein zu ihnen sagt. Und wenn's sonst keiner tut, dann muss eben ich –«

»Hör auf!«, schrie Sarah und trommelte mit den Fäusten auf den Tisch, dass die Gläser zitterten. »Dein blödes Gerede hängt mir meterlang zum Halse raus! Siehst du überhaupt, wie ich schufte? Wie ich zwischen Praxis und Haushalt hin und her renne, um beides am Laufen zu halten? Wir können gerne mal tauschen. Bei der Gelegenheit kannst du gleich die Schwangerschaft übernehmen, dann weißt du auch, wie es ist, wenn man jeden Tag brechen muss. Ach, das ist dir noch nicht aufgefallen? Kein Wunder, du interessierst dich ja nur für dich und deine Arbeit … Wie es mir geht, ist dir doch egal … Ein Haus … umsonst …«

Ihre weiteren Worte gingen in einem Geschluchze verloren, das ihren kurzen, runden Körper heftig durchschüttelte. Boris versuchte, ihr den Zusammenhang zwischen Vermögen und Persönlichkeitsstruktur noch einmal genauer zu erläutern, aber das beruhigte sie nicht. Erst als er versprach, mit ihr nach Portsmouth zu fahren, um die Bude zu besichtigen, schniefte sie nur noch einmal kurz und fragte Billy nach einer Zugverbindung.

»Ab North Station mit der Boston and Maine Railroad Richtung Portland«, sagte Billy, ohne eine Sekunde zu überlegen. »Fährt sonntags ab sechs Uhr vierundzwanzig alle zwei Stunden. Fahrtzeit 93 Minuten. Es gibt auch noch eine andere Linie, die ist acht Minuten schneller, aber da muss man in Rockingham umsteigen.«

»Ach nein, wir fahren lieber direkt. Kommst du mit?«

»Glaub nicht. Portsmouth ist langweilig.«

Für ein elfjähriges Kind, das in New York und Boston aufgewachsen war, mochte das zutreffen. Sarah hingegen gefiel das hübsche alte Städtchen an der Atlantikküste, und auch Boris musste zugeben, dass ein freier Tag nicht so schlimm war wie erwartet. Ein Spaziergang auf der Maplewood Avenue führte sie aus dem Ortskern heraus zu einem großen, schneeweißen Haus, oder vielmehr einer Villa, nein, keiner Villa, einem Schlösschen, das fremd und erhaben den Vorort überstrahlte.

»Sag bloß, das ist es.«

»Hier steht's: Maplewood Farms.«

»Unglaublich.«

»Tja. Da hatte wohl jemand mehr Geld als Geschmack.«

»Was hast du denn? Ich find's phantastisch.«

Ein Butler öffnete das Eingangstor. Mrs. Jones sei leider unpässlich und lasse sich entschuldigen. Doch habe sie ihr Angebot bekräftigt: Sie sei unverändert willens, dem hochgeschätzten Dr. Sidis das Anwesen zu übereignen, unter der einzigen Bedingung, dass er es dauerhaft zur Ausübung seiner Heilkunst nutze. Ob er sie zu einem Rundgang einladen dürfe?

Boris und Sarah bekamen gezeigt, was die Bewohner von Portsmouth nur vom Hörensagen kannten, denn das riesige Gelände war für die Öffentlichkeit unzugänglich und komplett von einer hohen Steinmauer umfasst. Der Kies der feingeharkten Wege, die sich durch eine verspielte Park- und Wiesenlandschaft schlängelten, knirschte unter ihren Füßen, während sie staunend an Pferdeställen, Fischteichen, Statuen im griechischen Stil, grazilen Pavillons, einem Sonnenbad, eleganten Gewächshäusern und einem botanischen Garten mit exotischen Bäumen vorbeikamen. Sogar einen Tennis- und einen Krocketplatz hatte sich Mr. Jones anlegen lassen.

Aber das Haupthaus stellte alles in den Schatten. Eine umlaufende, von filigranen Rundpfeilern getragene Pergola, eine reiche Anzahl von Schmuckgesimsen und -giebeln und ein alles überragender quadratischer Turm in der Mitte machten es schon von außen zu einem Juwel. Im Inneren herrschte der reinste Luxus. Die Zimmer – es war schwer, den Überblick zu behalten, aber es waren wohl an die zwei Dutzend, die in den Nebengebäuden nicht mitgezählt – waren ausstaffiert mit üppigen Stuckdecken, schweren Lüstern und pompösen Polstermöbeln. Die Badezimmer boten Komfort auf dem neuesten technischen Stand, inklusive fließendem Warmwasser und Dampfheizung. Den Leerstand sah man dem Gebäude nicht an, es wurde vom Hauspersonal in Schuss gehalten. Auf den tiefen Teppichen war kein Stäubchen, vor den offenen Kaminen kein Ascheflöckchen zu sehen. Die Marmorschale, in die sich das Wasser des Zimmerspringbrunnens in der Empfangshalle plätschernd ergoss, war so spiegelblank, als würde sie täglich poliert. Das Haus wartete nur darauf, wieder bezogen zu werden.

Auf dem Rückweg nach Boston musste Sarah ständig kichern, so unglaublich war das alles. Sie stellte sich vor, wie sie vom obersten Turmzimmer aus den Blick über ihre Besitztümer schweifen lassen würde wie ein Burgfräulein. Oder wie sie ihre Familie durch die Räume geleiten würde wie eine Museumsführerin. Während der Zug dampfend und stampfend den Merrimack River überquerte, träumte sie sich, an Boris' Schulter geschmiegt, in ihr neues Leben – ihr wievieltes? Das fünfte: das wolhynische Landmädchen, die bettelarme Immigrantin, die fleißige Medizinstudentin, die Gattin des bedeutenden Psychotherapeuten, und nun also die Gutsbesitzerin. Nicht zu fassen. Amerika, du Wunderland! So viel hast du versprochen, mehr noch gehalten! Wieder kicherte sie.

»Was kostet das alles noch mal? Einen Dollar?«

»Das hat Mrs. Jones gesagt, ja.«

»Ein ziemlich gut angelegter Dollar, oder?«

Sie lachte und erwartete, dass Boris einstimmte. Aber er kratzte sich nur nachdenklich am Hals.

»Tja, da bin ich mir nicht so sicher.«

»Was soll das heißen? Zweifelst du etwa immer noch?«

»Nein. Ich zweifle nicht mehr. Man muss wissen, in welche Schuhe man passt. Wir bleiben, wo wir sind.«

»Boris, das ist ein Scherz. Und zwar ein ziemlich schlechter. Die Anlage ist ein Vermögen wert!«

»Im Gegenteil, sie frisst ein Vermögen. Ein Vermögen, das wir nicht haben. Hast du nicht gehört, was der Butler gesagt hat? Zwölf Hektar Land! Fünfundsechzig Angestellte! Das Ding ruiniert uns in kürzester Zeit.«

»Ja, aber wozu brauchen wir einen Stallknecht und eine Kaltmamsell? So ein Betrieb lässt sich auch anders führen. Ich kümmere mich um alles, ich brauche nur vier, fünf fleißige Leute. Du kannst dich ganz auf dich und deine Patienten konzentrieren. Das Sanatorium bringt ja Einnahmen. Unter dem Strich rechnet sich das.«

»Das weißt du so wenig wie ich, wir haben beide keine Ahnung davon. Ich habe lange genug in einem Gefängnis gesessen, ich habe keine Lust, mir ein neues zu schaffen.«

»Boris.« Sarah machte eine gewichtige Pause und fuhr erst fort, als sie sich sicher war, dass er den Ernst der Situation erfasst hatte. »Boris. Du hast zwei Wochen Bedenkzeit.«

»Und dann?«

»Dann gehen wir zum Anwalt.«

»Warum?«

»Entweder, um Maplewood Farms zu kaufen.«

»Oder?«

»Oder ich reiche die Scheidung ein. Dann kannst du dir alleine überlegen, was aus deinem kleinen Genie werden soll, und mein zweites Kind wächst ohne Vater auf.«

»Also gut. Ich werde nachdenken. In vierzehn Tagen kann viel passieren.«

Tatsächlich gab es in jenen frühen Septembertagen des Jahres 1909 ein Ereignis, das die Lage grundlegend veränderte. Professor Freud, der Erfinder der Psychoanalyse, über deren Haltlosigkeit sich Boris jedes Mal aufs Neue erregte, sobald jemand nur den Begriff erwähnte, war auf Einladung der Clark University nach Amerika gekommen. Er hielt in Worcester, nicht weit von Boston, an fünf aufeinanderfolgenden Tagen fünf umjubelte Vorlesungen in deutscher Sprache und bekam im Anschluss ein Ehrendoktorat verliehen.

Natürlich blieb Boris dem ganzen Kokolores fern, er ließ sich nur davon berichten. Mit Ingrimm hörte er, dass die besten Psychologen Harvards reihenweise zu diesem seelengründlerischen Trickbetrüger gepilgert waren und ihm, den im gebildeten Europa aus gutem Grund niemand für voll nahm, mit seinen reichlich fünfzig Jahren doch noch zu internationaler Anerkennung verhalfen. Selbst Professor James hatte den Wahnwitz durch seine Zuhörerschaft geadelt und dem Schwindler hernach sogar die Ehre einer persönlichen Unterredung gegeben. Angeblich hatte Professor James bei dieser Gelegenheit gesagt, die Zukunft der Psychologie liege in der Psychoanalyse, ein Satz, der, wenn er tatsächlich so gefallen sein sollte, nichts weiter bewies, als dass der ehedem große Denker endgültig dem Altersschwachsinn anheimgefallen war.

Am meisten schmerzte Boris zu erfahren, dass Professor Freud und seine beiden Reisebegleiter, Professor Jung und Dr. Ferenczi, im Anschluss für ein paar Urlaubstage ausgerechnet ins Keene Valley gereist waren, an den Ort, wo fünf Jahre zuvor Boris mit Sarah und Billy einen goldenen Sommer verbracht hatte. Bis in den verstecktesten Winkel des amerikanischen Geisteslebens war er also gekommen, dieser halbseidene Nervenarzt aus Wien, dessen hauptsächliche Kunst darin bestand, in fremder Leute Leibwäsche zu schnüffeln, und überall hatte er die Herzen seiner Gastgeber erobert und ihre Hirne vernebelt, so dass plötzlich alle, als stünden sie unter Massenhypnose, danach gierten, die Pseudowissenschaft aus Österreich zu ihrer neuen Religion zu machen.

Und nun wusste Boris, was seine Aufgabe war. Er musste die Errungenschaften der letzten Jahrzehnte gegen die einsickernde Irrlehre verteidigen. Aber wer war er schon? Ein einfacher Arzt mit einer kleinen Praxis in Brookline und einer Handvoll Publikationen. Er ahnte, dass das nicht ausreichen würde, um seinem Wort das nötige Gewicht zu verleihen. Als Gründer und Leiter des ersten psychotherapeutischen Sanatoriums könnte er bei den bevorstehenden Auseinandersetzungen mit größerer Autorität auftreten. Und wenn er sich zugleich die kraftraubende Belastung eines Ehezerwürfnisses ersparte – umso besser.

In den Aufregungen dieses ereignisreichen Sommers ging eine weitere Neuigkeit beinahe unter, obwohl sie die wichtigste war. Boris hatte, wie auch schon im Vorjahr, bei der Harvard University beantragt, Billy als Special Student aufzunehmen. Als der Briefumschlag mit dem wohlbekannten Emblem, den drei geöffneten Büchern mit der

Inschrift »Veritas«, eintraf, öffnete er ihn ohne Spannung. Er erwartete den gleichen Inhalt wie im Jahr zuvor, nämlich eine Absage mit formaler Begründung. Aber überraschenderweise teilte die Universitätsleitung mit, im kommenden Wintersemester werde ein Sonderprogramm für außergewöhnlich begabte Kinder und Jugendliche eingerichtet. Das Warten hatte ein Ende. William James Sidis, der Wunderjunge von Brookline, konnte zum Wunderjungen von Harvard werden.

6

»Werte Herren, ich heiße Sie herzlich willkommen in Harvard«, begrüßte Präsident Abbott L. Lowell seine kleine, illustre Gästeschar. Billy musste kichern über die unpassende Formulierung, denn sie waren alles Mögliche, aber gewiss keine werten Herren.

Am ältesten von ihnen war Lina Berle, eine fünfzehnjährige Pfarrerstochter in einer taubengrauen, keusch hochgeschlossenen Spitzenbluse und einem bodenlangen schwarzen Faltenrock. Neben ihr saß ihr kleiner Bruder, ein schmächtiges Bübchen, das sich nach Kräften bemühte, wie ein Erwachsener zu wirken, mit seinen weißen Glacéhandschuhen und zierlichen Herrenstiefeletten aus Krokodilleder aber nur aussah wie ein als Diplomat verkleideter Wicht. Er überreichte allen mit einem knappen Kopfnicken eine Visitenkarte aus Perlmuttpapier, auf der nichts weiter stand als *Adolf Augustus Berle jr.* Jeder nahm sie mit einer gewissen Verlegenheit entgegen, nur nicht Billy, der fragte, für wen diese Kärtchen denn gedacht seien, vielleicht für alte Opas, die sich keine Namen merken können?

Dann war da noch Norbert Wiener, ein massiger, kartoffelförmiger Knabe mit dicker Brille, der um Jahre älter aussah als Adolf Berle, obwohl beide vierzehn waren. Und als Vierter, oder vielmehr Erster, William James Sidis, die

Haupt- und Zentralfigur der Gruppe. Er fiel deutlich aus der Reihe, denn er war als Einziger noch unversehrt von den Erschütterungen der Pubertät.

»Miss Berle, Mr. Berle, Mr. Wiener, Mr. Sidis.« Präsident Lowell drückte jedem die Hand, und wieder musste Billy kichern. Noch nie hatte jemand Mr. Sidis zu ihm gesagt. Es klang ulkig und ein bisschen übermütig, so, wie wenn jemand über eine Sommerwiese hüpfte und vor guter Laune »Guten Morgen, Mr. Schmetterling, wie geht's?« rief. Das schien ja ein lustiger Laden zu sein hier.

»Diese Universität ist doppelt so alt wie unser Land, aber nie war sie so jung wie in diesen Tagen«, sagte Präsident Lowell, etwas lauter, um das Gekicher zu übertönen. »Und das nicht nur deshalb, weil unser hochgeschätzter Expräsident Eliot nach vierzig Jahren in seiner Position nun seinen wohlverdienten Ruhestand genießt und ein jüngeres Semester an seine Stelle getreten ist.«

Er tippte sich auf die Brust und machte eine kleine Pause, um seinen Zuhörern die Gelegenheit zu einem freundlichen Lächeln zu geben, aber da niemand dergleichen tat, fuhr er fort.

»Werte Herren, ich habe diese Aufgabe nicht übernommen, um alles beim Alten zu belassen. Es wurden Entscheidungen getroffen, die den Ruf und den Rang unseres Hauses beeinträchtigt haben. Lernenden aus einfacheren Verhältnissen die Türen zu öffnen hatte Vermassung und Niveauverlust zur Folge. Ich will Harvard wieder zu dem machen, was es die längste Zeit war: keine Sozialstation, sondern Ausbildungsstätte der Eliten. Das ist der Grund, weshalb ich mich entschieden habe, Ihnen ein Studium zu ermöglichen; das ist die Hoffnung, die ich mit Ihnen verbinde. Wer weiß, vielleicht sitzt unter uns ein künftiger Präsident der Vereinigten Staaten. Warum auch nicht? Er wäre nicht der erste, den Harvard hervorgebracht hat.«

»Sondern der fünfte«, präzisierte Billy. »Nach John Adams, John Quincy Adams, Rutherford Hayes und Theodore Roosevelt.«

»Ich sehe, hier hat sich jemand gut vorbereitet.«

»Nö, das wusste ich auch so.«

»Aha. Sehr beeindruckend. Wie auch immer: Es ist ein Experiment und ein Wagnis, Studenten Ihres Alters aufzunehmen. Dennoch bin ich vom Gelingen überzeugt. Schon zu Zeiten von Cotton Mather hat sich gezeigt, dass –«

»Was ist Cotton Mather?«, rief Billy dazwischen. Er war es gewohnt, jederzeit Fragen zu stellen, wenn er etwas nicht verstanden hatte.

»Cotton Mather«, erklärte Präsident Lowell mit einer Ruhe, die ihn einige Selbstbeherrschung kostete, »kam – wie ich im Übrigen auch ausgeführt hätte, wenn ich nicht unterbrochen worden wäre – im Jahre 1675 im zarten Alter von zwölf Jahren ans Harvard College. Das heißt, ihm gebührte über zweihundert Jahre lang der Titel des jüngsten Harvard-Studenten. Bis er ihn eines schönen Tages an einen aufgeweckten, bisweilen etwas vorlauten jungen Mann abtreten musste. Cotton Mather wuchs heran zum bedeutendsten Gelehrten seiner Zeit. Er hat hunderte Bücher und andere Schriften verfasst, über Theologie, Geschichte, Pflanzenzucht, Medizin, Naturwissenschaften und vieles mehr. Daran sehen wir, dass –«

»Das ist nichts Besonderes, ich habe auch schon einige

Bücher geschrieben«, sagte Billy, unempfindlich für den Blick, der ihn zum Schweigen bringen sollte.

»Daran sehen wir, dass das landläufige Vorurteil gegen hochbegabte Kinder falsch ist. ›Was schnell brennt, verglüht schnell‹ – das mag vorkommen, ist aber nicht die Regel. Für gewöhnlich steigt ein Stern, der früh aufgeht, auch hoch hinauf.«

»Stimmt doch gar nicht«, wandte Billy ein, doch Präsident Lowell ließ sich nicht mehr beirren.

»Werte Herren«, schloss er, »heute vermählt sich unsere Tradition mit Ihrer Jugend. Aus dieser Verbindung kann Gewaltiges entstehen. Die Welt schaut auf Sie. Enttäuschen Sie sie nicht.«

Die Angestellten von Maplewoods Farms erwarteten ihre neuen Herren voller Tatendrang. In den sieben Jahren, in denen das Anwesen im Dämmerschlaf gelegen war, hatten sie nicht viel mehr zu tun gehabt, als unbenutzte Betten täglich neu zu beziehen, den plätschernden Zimmerspringbrunnen in der Empfangshalle morgens auf- und abends wieder abzudrehen und die welken Schnittblumen in den ausladenden Bodenvasen gegen frische auszuwechseln, die auch wieder welk wurden, bevor sie jemandes Blick erfreuen konnten. Während der gesamten Zeit war ihr volles Gehalt von Mrs. Jones weitergezahlt worden, doch das hatte sie nicht über die zermürbende Sinnlosigkeit ihrer Arbeit hinweggetröstet.

»Auf eine gute Zusammenarbeit, Dr. Sidis«, sagte ein schlanker, hochgewachsener Herr mit feinen Gesichtszügen und grauen Schläfen. Er stand im Zentrum des Halbkreises, den die mehrdutzendköpfige Menge des Hauspersonals bildete. »Mein Name ist John Frederick, ich bin seit mehr als zwanzig Jahren der Hauptverwalter dieser Anlage, und ich darf Ihnen im Namen aller Angestellten mitteilen, dass wir uns darauf freuen, dieses gesegnete Fleckchen Erde unter Ihrer Leitung neu erblühen zu lassen.«

»Behelligen Sie mich nicht mit Verwaltungsangelegenheiten«, sagte Boris. »Dafür ist meine Frau zuständig.«

Mr. Frederick sah Sarah erstaunt an. Er hatte sie zuerst gar nicht richtig beachtet, so unscheinbar stand sie da. Dass diese kleine, aber bäurisch kräftige, ja pummelige Frau, unter deren zweckmäßigem Schürzenkleid sich ein kugelrunder Schwangerschaftsbauch abzeichnete, künftig die Erste Dame des Hauses sein würde, an diese Vorstellung musste er sich erst noch gewöhnen. Der Kontrast zur grazilen, auch im fortgeschrittenen Alter stets makellosen Erscheinung von Mrs. Jones war beträchtlich. Aber dass die neue Eigentümergattin nicht nur repräsentierende, sondern sogar leitende Aufgaben übernehmen sollte, damit war seine Phantasie überfordert.

»Schön. So werde ich eben mit Ihnen das Vergnügen haben, Mrs. Sidis – «

»*Dr.* Sidis, wenn ich bitten darf. Ich erwarte den gebührenden Respekt.« Sarahs Englisch hatte seinen russischen Akzent nicht verloren, die Rs kamen immer noch tief aus ihrer Kehle gerollt.

»Sie verzeihen – ich dachte, Ihr Mann hat nicht die Absicht …?«

»Ich meinte mich selbst. Ich heiße ebenfalls Dr. Sidis. Promotion an der Boston Medical School 1897. Ja, da staunen Sie, was? Hören Sie, ich will Ihnen gleich noch etwas sagen, worüber Sie staunen werden: Die Verwaltung des Betriebs werde ich persönlich übernehmen. Und zwar alleine, ich brauche keinen Haupt- und auch keinen Nebenverwalter. Überhaupt werden sich die meisten von Ihnen nach einer neuen Stellung umsehen müssen, wir können nicht alle übernehmen. So, genug geredet. Gehen Sie an Ihre Arbeit, damit ich sehe, wer zu gebrauchen ist. Danach werde ich meine Entscheidungen treffen.«

In den folgenden Tagen ging eine nie gekannte Betriebsamkeit durch Maplewood Farms. Zu tun gab es immer noch nichts, aber die Angestellten machten sich mit doppeltem Eifer daran, frischgebohnerte Treppen noch einmal zu bohnern, frischgestrichene Parkbänke noch einmal zu streichen und die marmorne Schale des Springbrunnens auf Hochglanz zu bringen, und wenn sie Sarahs Blick im Rücken spürten, legten sie noch einen Zahn zu.

Sarah entging nichts. Sie sah, wer die Kupferkessel so polierte, dass es Kratzer gab, wer beim Ausschoten der Erbsen trödelte, wer die Wacholderhecken nicht im rechten Winkel schnitt. Manchmal konnte sie nur aufstöhnen angesichts von so viel Ungeschick, manchmal zeigte sie sich von ihrer langmütigen Seite und machte vor, wie es besser ging: Hier, *so* bügelt man eine Gardine, *so* reinigt man ein Klosett, *so* nimmt man ein Huhn aus. Bei ihr saß noch immer jeder Handgriff, wie sie ihn als kleines Mädchen in Starokostjantyniw von ihrer Nachbarin gelernt hatte.

Am Ende der Woche rief sie das Personal in der Empfangshalle zusammen. Drei durften bleiben: Mary, ein blasses, unscheinbares, aber bienenfleißiges Hausmädchen,

Emma, eine dralle Köchin, die ihren Lohn allein schon deshalb wert war, weil sie am besten wusste, wo man was zum günstigsten Preis einkaufte, und Vasil, ein Faktotum von Hausmeister, der Sarah auf Anhieb sympathisch war, weil er auch aus der Ukraine kam, also ordentlich zupacken konnte und beim Arbeiten nicht auf die Uhr schaute. Damit war die Belegschaft komplett. Alle anderen wurden fristlos entlassen.

Die amerikanische Presse berichtete über das angehende Studium der vier Wunderkinder von Harvard, als handle es sich um eine Art sportlichen Wettbewerb, bei dem es darum ging, welches Erziehungskonzept zu den besten Leistungen führt. Die Gemeinsamkeiten zwischen den Vätern der jungen Studenten, Dr. Boris Sidis, Dr. Leo Wiener und Dr. Adolf Berle senior, waren zu auffällig, als dass sie den Journalisten hätten entgehen können. Für alle drei galt, dass sie klein an Wuchs waren und vielleicht gerade deshalb höchsten Wert auf geistige Größe legten. Ohne besonders gebildeten Familien zu entstammen, hatten sie es aus eigenem Antrieb zu ansehnlichen akademischen Ehren gebracht. Eine pädagogische Ausbildung besaß keiner von ihnen, doch hatte jeder seinen Nachwuchs frühzeitig und intensiv gefördert und sich dabei an Prinzipien gehalten, die er sich selbst zurechtgelegt hatte. In jedem der Fälle kam es zu beeindruckenden Erfolgen, weshalb alle drei Väter überzeugt waren, ein allgemeingültiges Rezept zur optimalen Kindererziehung gefunden zu haben.

Die Parallelen zwischen Boris Sidis und Leo Wiener reichten noch weiter. Mit ihren dichten, schwarzen, nach hinten gekämmten Haaren und ihren breiten, buschigen Schnurrbärten hätte man sie beinahe für Brüder halten können. Wie Boris war der aus Białystok gebürtige Leo ein Spross des osteuropäischen Judentums. Kaum volljährig geworden, hatte er seine Heimat verlassen und sich nach Amerika aufgemacht, wo er sich mit Hilfsarbeiten durchs Leben schlug, bevor er, der gut zwanzig Sprachen beherrschte, Professor für slawische Literatur in Harvard wurde, mehrere literaturwissenschaftliche Werke veröffentlichte und nebenher vierundzwanzig Bände Tolstoi ins Englische übersetzte.

Wenn er seinem Sohn Norbert Privatunterricht erteilte, ließ Dr. Wiener die Wissenschaftlichkeit vermissen, die im Hause Sidis bei Billys Erziehung gewaltet hatte. Bei seinen Lehrstunden tobte die wilde Leidenschaft. Er überschüttete den kleinen Norbert mit Lernstoff, trieb ihn zu immer neuen Bestleistungen, bejubelte seine Fortschritte und brüllte ihn an, wenn er einen Fehler gemacht hatte, schimpfte ihn ein dämliches Rindvieh und einen elenden Versager, bis Norbert heulend durch die Wohnung rannte und die Nachbarn im Nachthemd an die Tür hämmerten.

Völlig anders ging Dr. Berle, ein calvinistischer Theologe und Gemeindepriester mit deutschen Vorfahren, mit seinen vier Kindern um. Er setzte bei ihrer Formung vor allem auf Autorität, Pflichterfüllung und eine harte und, wann immer nötig, strafende Hand. So wie ein guter Orthopäde, sagte er, einen fehlgewachsenen Knochen gezielt breche, um ihn zu richten, so müsse ein guter Erzieher den Eigensinn eines Kindes brechen und dessen Willen in die richtige

Bahn lenken. Wenn er seine wohlgeratenen, disziplinierten, gottesfürchtigen Kinder betrachtete, sah sich Dr. Berle in seiner Auffassung bestätigt. Es sprach alles dafür, dass die beiden jüngeren Geschwister, Miriam und Rudolf, den älteren, Lina und Adolf jr., bei nächster Gelegenheit nach Harvard folgen würden.

Was den Wettbewerb der Wunderkinder betraf, so waren die Berles allerdings nur Außenseiter. In Adolf jr. brannte nicht das unberechenbare, funkenschlagende, verzehrende Feuer eines Genies, sondern die ruhige Flamme eines fleißigen, zuverlässigen Geistesarbeiters. Und Lina trat beinahe schon außer Konkurrenz an. Ohne Frage, sie war blitzgescheit und vielseitig begabt, sonst wäre sie schwerlich in dieser exklusiven Gruppe gelandet. Aber die Harvard University war von jeher ausschließlich männlichen Studenten vorbehalten, da wurde auch für sie keine Ausnahme gemacht. Für Frauen gab es einen separaten Bereich mit eigenem Campus, das Radcliffe College, das mit sehr viel bescheideneren Mitteln ausgestattet war und eher eine solide Allgemeinbildung zum Ziel hatte als Spitzenleistungen. Manch einer fragte sich schon, wie ein kühler Stratege wie Präsident Lowell nur so kurzsichtig sein konnte, einen der wertvollen Plätze im Hochbegabtenprogramm ausgerechnet an ein Mädchen zu verschwenden.

Wenn überhaupt jemandem zuzutrauen war, dem jungen Sidis den Rang des klügsten Kindes Amerikas streitig zu machen, dann am ehesten Norbert Wiener. Er war in allen Fächern gut bis sehr gut, außer in Biologie und Naturwissenschaften, wo er vorzüglich, und in Mathematik, wo er brillant war. Mit neun Jahren war er auf die High

School gekommen, mit elf aufs Tufts College, und jetzt, da er mit vierzehn in Harvard eintrat, brachte er schon einen Bachelor-Titel mit.

Billy hatte wenig Kontakt zu den anderen Wunderkindern. Zu Lina sowieso nicht, aber auch Adolf, der sich vor allem mit Staatsrecht, Politik und Ökonomie beschäftigte, lief ihm auf dem Campus nur selten über den Weg. Norbert Wiener hingegen traf er hin und wieder in einer Mathematikvorlesung. Sie standen beide ungefähr auf dem gleichen Niveau. Die Grundkurse konnten sie überspringen und sofort die Angebote für die höheren Semester besuchen.

Neben ihnen saßen lauter junge Männer auf dem Höhepunkt ihrer geistigen Kraft, die stolz waren auf ihre mathematische Begabung. Nicht zu Unrecht, denn wer sich so weit durch die dornige Welt der Zahlen und Formeln gekämpft hatte, dass ihm ein Harvard-Abschluss vor Augen stand, der musste schon einiges können. Aber wenn sie weit über ihrem Horizont diese beiden Aeronauten sahen, die dasselbe Terrain schwerelos überflogen, in dem sie selbst sich Schritt für Schritt voranmühten, dann hätten sie am liebsten ihre Rechenschieber in den Ofen geworfen und nie wieder eine Logarithmentafel in die Hand genommen.

Den unförmigen Klops mit der dicken Brille konnten sie gerade noch ertragen. Er war etwa so groß wie sie, konnte also einigermaßen als einer der Ihren durchgehen, zumal er genau wie sie schwitzte und sich den Nacken kraulte und seinen Bleistift zerbiss, wenn der Professor eine besonders verstiegene orthogonale Matrix von konjugierten Quaternionen an die Tafel zeichnete. Belästigt fühlten sie sich nur von dem Kind in den kurzen Hosen, das nicht stillsitzen konnte.

»Herr Professor, sagen Sie ihm bitte, er soll mit diesen Albereien aufhören. Wir können sonst nicht aufpassen.«

»Mr. Sidis, lassen Sie das.«

»Mmh mh mmh?«

»Wie bitte?«

»Mh mmmh-mmh, mmmh mmmh mmm-mmmmh.«

»Herrgott, das ist ja lächerlich. Nun nehmen Sie doch endlich Ihren Hut vom Gesicht.«

»Wie Sie meinen«, sagte Billy, setzte seinen Hut mit der Öffnung nach oben auf den Kopf und balancierte ihn mit einigem Geschick. »So besser?«

»Sie legen jetzt den Hut zur Seite.«

»Warum?«

»Weil ich es Ihnen sage.«

»Das ist kein Argument.«

»Dann eben, weil er stört.«

»Mich stört er nicht. Ich kann Ihnen mit Hut ebenso gut zuhören wie ohne.«

»Aber mich stört er, und alle anderen auch.«

»Das ist doch nicht mein Problem. Ich sage ja auch nicht: Ihre Hose stört mich, ziehen Sie sie aus.«

»Mr. Sidis, ich will mit Ihnen nicht über meine Hose diskutieren.«

»Sondern über meinen Hut.«

»Es reicht. Verlassen Sie sofort den Raum.«

»Sie haben kein Recht –«

»Schluss jetzt. Raus mit Ihnen.«

»Aha, jetzt spielen Sie Ihre Macht aus, weil Ihnen die Argumente fehlen. Aber Sie werden schon sehen, was Sie davon haben. Das werde ich nämlich alles meinem Vater erzählen, und dann ...«

Billy warf seine Schreibsachen in seine Schweinsledertasche, rannte unter dem Beifall der Kommilitonen aus dem Hörsaal und schlug krachend die Tür zu.

Boris kochte vor Wut, als er von dem Vorfall erfuhr. Jetzt regierten die Biedermänner also auch schon in Harvard. Ein Hochbegabter wurde vom Unterricht ausgeschlossen, nur weil eine Meute Mittelmäßiger nicht in der Lage war, zwei Dinge gleichzeitig zu tun, nämlich einem Vortrag zu lauschen und einen Jungen zu sehen, der mit seinem Hut spielt.

Ein anonymer Beitrag in der Studentenzeitschrift *The Harvard Lampoon* machte alles noch schlimmer. Er deutete an, der junge Sidis habe nicht deshalb mit seinem Hut gespielt, weil er vom Stoff unterfordert war, sondern im Gegenteil, weil er ihm nicht folgen konnte. Das sei einem Elfjährigen schlecht vorzuwerfen, wohl aber einer neuen, unerfahrenen Universitätsleitung, die, nur um sich zu profilieren, Kinder angeworben hatte. Eine dem Artikel beigestellte Karikatur zeigte Präsident Lowell, der mit wehenden Frackschößen die Säuglingsstation eines Hospitals betritt. Die Unterzeile lautete: »Noch jemand Lust, nach Harvard zu kommen?«

Das war wohl humoristisch gemeint, aber weder Präsident Lowell noch Boris konnten darüber lachen. Die dumme Geschichte mit dem Hut drohte sich zum Politikum auszuweiten. Es musste gegengesteuert werden.

»William könnte eine Demonstration seiner Fähigkeiten geben«, regte Boris an. »Dann wäre die Kritik an Ihrem Hochbegabtenprogramm ebenso entkräftet wie die an meinem Erziehungssystem.«

»Der Harvard Math Club würde sich anbieten«, überlegte Präsident Lowell. »Der trifft sich sowieso jede Woche. Ihr Sohn könnte dort ein Referat über ein mathematisches Problem seiner Wahl halten. Meinen Sie, er schafft das?«

»Na hören Sie mal«, sagte Boris.

»Bedenken Sie bitte, was auf dem Spiel steht. Ich habe Gegner. Sie haben Gegner. Er hat Neider, und das nicht zu knapp. Diese Leute werden alle kommen und auf Schwächen lauern. Andere kennen den Fall nur aus den Zeitungen und haben überzogene Vorstellungen. Der Junge wird erheblichem Druck ausgesetzt sein. Sind Sie sich wirklich sicher, dass er dem standhalten wird?«

»William liebt Herausforderungen. Außerdem ist er es gewohnt, beobachtet zu werden.«

»Nun gut. Dann lassen Sie es uns wagen.«

Zuvor hatte Boris erst noch selbst einen öffentlichen Auftritt zu absolvieren. Die American Psychological Association hielt in Cambridge ihr Jahrestreffen ab. Die Freudianer waren deutlich in der Mehrheit, da galt es, standhaft zu bleiben, eine klare Position zu beziehen und ihnen eine wissenschaftlich fundierte Alternative entgegenzusetzen.

Boris verteilte Prospekte für das Sidis Psychotherapeutic Institute in Portsmouth, New Hampshire, dessen Eröffnung unmittelbar bevorstand. Großformatige Abbildungen auf hochwertigem Papier boten einen Vorgeschmack auf die komfortablen Patientenzimmer, den Liebreiz des Parks, das vornehme Ambiente der gesamten Anlage. Eine psychotherapeutische Behandlung bei Dr. Sidis hatte ihren Preis – ab fünfzig bis einhundert Dollar aufwärts pro Woche, zahlbar im Voraus –, aber dafür ähnelte sie mehr einem luxuriösen Urlaub auf dem Lande als dem namenlosen Jammer der alten Irrenhäuser.

»In meinem Sanatorium«, erklärte Boris den versammelten Experten, »behandle ich alle Formen milderer geistiger Beeinträchtigung, angefangen von Neurasthenie und Psychasthenie über Zwangsvorstellungen und Phobien bis zu psychosomatischen Erkrankungen. Die Therapie erfolgt auf der Grundlage aktueller psychopathologischer Forschung, hat also nichts zu tun mit jener Modetorheit, die gerade die akademische Schulmedizin unterwandert, dem gesundheitsgefährdenden Mumpitz der Psychoanalyse. Im Gegensatz dazu sind die Methoden, die im Sidis Institute –«

»Mumpitz?«, rief Dr. Ernest Jones dazwischen, ein persönlicher Freund von Professor Freud und entschiedener Anhänger seiner Lehre. »Haben Sie die psychoanalytische Herangehensweise soeben Mumpitz genannt?«

»In der Tat«, sagte Boris. »Obwohl das eine verharmlosende Bezeichnung ist für eine besonders abartige Form der Quacksalberei. Egal, welcher Defekt behandelt wird, die Freudianer sehen die Ursache immer in der Verdrängung von ›sexuellen Wunschregungen aus dem Infantilen‹. Versuchen wir, auch wenn es schwerfällt, diesen Gedanken ernst zu nehmen. Stellen wir uns vor, ein wenige Monate altes Kind besäße tatsächlich so etwas wie sexuelle Wünsche. Wie ließe sich darüber etwas herausfinden? Nun, entweder befragt man den Säugling selbst – ich nehme an, in Österreich übt man sich bereits an dergleichen –, oder man wartet einige Jahrzehnte und lässt dann für teures Geld einen Analytiker darüber spekulieren, welche sexuellen Wünsche man einst in der Wiege gehabt haben und welche Neurosen dadurch entstanden sein mochten. Es ist offensichtlich, dass dadurch nur Suggestionen schädlichster Art gepflanzt werden. Mir sind viele Patienten begegnet, die unter dem Einfluss einer psychoanalytischen Behandlung zu Masturbanten verkommen sind. Die einzigen Früchte der Psychoanalyse sind Perversion und Masturbation! Wer mir darin widerspricht, den muss ich einen verblendeten Frömmler nennen, der ohne Verstand nachbetet, was ihm sein Wiener Heiland predigt, und der also dem Mittelalter geistig näher steht als unserer aufgeklärten Moderne.«

Aufrechten Schrittes trat Boris hinter dem Rednerpult hervor, verneigte sich trotzig und registrierte mit Genugtuung, dass die Attacke geglückt war. Wie erhofft brach der Eklat über ihn herein. Mit grimmigem Behagen ließ er Pfiffe und Schmährufe über sich niedergehen.

Bereits mit dem nächsten Schiff gingen mehrere Eilbriefe nach Wien, in denen das Unerhörte mitgeteilt wurde: wie Dr. Sidis sich unverzeihliche Provokationen gestattete, wie ihm aber Verfechter der neuen Lehre in der anschließenden Diskussion energischsten Protest entgegenbrachten. Man werde nicht umhinkommen, Dr. Sidis, der übrigens gerade im Begriff stehe, sich mit einem sogenannten Sanatorium in den Ruin zu befördern, künftig zu ignorieren.

»Und Sie, mein lieber Professor Prince?«, fragte Boris Wochen später bei der Redaktionssitzung des *Journal of Abnormal Psychology*. »Stehen wenigstens Sie noch zu mir? Oder sind Sie auch zur Sekte der Perverslinge übergelaufen?«

»Boris, Sie wissen, dass ich Ihre Skepsis bezüglich der Psychoanalyse in wesentlichen Zügen teile. Aber mäßigen Sie sich bitte in Ihrer Ausdrucksweise. Die Debatte hat eine Schärfe angenommen, die niemandem dienlich ist. Mir wurde zugetragen, wie Professor Freud über Sie spricht. Er ist Ihnen nicht gerade freundlich gesinnt.«

»Das klingt vielversprechend. Darf ich Genaueres erfahren?«

»Wenn Sie es wirklich wissen wollen: Man erzählt sich, in einem seiner Briefe an Dr. Abraham in Berlin sei die Rede vom, ich zitiere, ›verworrenen und unehrlichen Boris Sidis‹.«

Boris lachte gallig auf. »Ja, ja, getroffene Hunde bellen«, frohlockte er.

»Was für Hunde?«

»Getroffene. Deutsches Sprichwort.«

»Ich fürchte, ich verstehe Sie nicht.«

»Die Geschichte wird darüber richten, wer von uns der Verworrene und Unehrliche ist, dieser Freud oder ich.«

»Ich bitte Sie, Boris, tun Sie der Wissenschaft und sich selbst einen Gefallen, und halten Sie sich zurück. Professor Freud hat einflussreiche Fürsprecher. Es wäre eine schlechte Taktik, den Streit noch weiter eskalieren zu lassen.«

»Taktik? Wer redet von Taktik?« Boris sprach oder vielmehr spuckte das Wort mit tiefer Verachtung aus. »Mir ist es noch nie um Taktik gegangen, sondern immer nur um Wahrheit. Aber ist es jemals eine schlechte Taktik gewesen, die Wahrheit zu sagen? Wo stünde die Menschheit heute, wenn ein Sokrates, ein Galileo, ein Giordano Bruno den Mund gehalten hätte, aus taktischen Erwägungen und aus Angst vor einflussreichen Fürsprechern?«

»Bleiben Sie auf dem Teppich, Boris. Sie sind kein Sokrates.«

»Nein? Auch ich bin ein Geburtshelfer unvergänglicher Wahrheiten. Ist es etwa nicht wahr, dass Kinder desto leichter lernen, je früher sie damit anfangen? Wenn Sie einen schlagenden Beweis dafür sehen wollen, dann kommen Sie am nächsten Mittwoch zum Harvard Math Club, mein Sohn hält dort einen Vortrag. Da fällt mir ein: Wie geht es eigentlich den Kindern von Professor Freud? Wenn ich richtig informiert bin, machen sie sich recht gewöhnlich, nicht wahr? Wer hat nun also die Natur des menschlichen Geistes besser verstanden, er oder ich?«

»Boris, ich schätze Ihre Arbeit, aber ...«

Professor Prince zögerte, den Satz zu beenden, und da auch Boris nicht darauf drängte, den zweiten Teil zu hören, schwiegen sie sich eine Weile an.

Mit der Textilschere, die sie auch zum Schneidern von Garderobe benutzte, kürzte Sarah Billys strichgeraden Pagenschnitt um zwei Daumenbreiten. Die Ohrpartien legte sie so akkurat frei, als hätte sie ihm einen Zirkel in den Gehörgang gesteckt und ringsum einen Kreisbogen gezogen. Die Arbeit fiel ihr schwerer als üblich. Sie war im neunten Monat schwanger. Und außerdem ziemlich nervös.

»Damit du heute Abend ordentlich aussiehst und uns keine Schande machst. Es gibt Anmeldungen aus Princeton und Yale und Brown. Fast die ganze Ivy League ist vertreten. Und jede Menge Reporter haben sich angekündigt.«

»Und die kommen alle, um sich meine Frisur anzuschauen.«

»Sei nicht so frech. Die kommen, um deinen Vortrag zu hören.«

»Das behaupten sie vielleicht. Und dann sitzen sie da und kapieren nicht, um was es geht. Aber irgendwas müssen sie ja schreiben. Und dann schreiben sie über meine Frisur. Ich kenn die doch.«

»Red nicht so viel, zieh lieber deinen Anzug an.«

»Welchen?«

»Den guten natürlich.«

»Den hier?«

»Stell dich doch nicht so dumm. Den, den wir extra neu gekauft haben.«

»Ach so. Sag's doch gleich.«

Widerwillig wechselte Billy seine Kleidung. Für die Sache, die er vorzutragen hatte, war es unerheblich, ob er diesen oder jenen Anzug trug, aber er hatte gerade keine Lust, darüber zu diskutieren. Er griff sich ein Buch – die *Essais* eines gewissen Montaigne –, eine Schale Zuckermilch und ein paar Hartkekse, legte sich alles auf der Lehne des Ohrensessels zurecht, setzte sich und begann zu lesen. Gar nicht mal so blöd, dieser Montaigne. Schade nur, dass ihm das strukturierte Denken nicht lag. Er hätte ein paar Lektionen in Logik gebrauchen können.

Den Blick fest auf die Buchseite geheftet, versuchte Billy, mit der linken Hand einen Keks in die Milchschale zu stippen, traf aber nur deren Rand, so dass sie umkippte und sich ihr Inhalt über seine Hose ergoss. Aufmerksam beobachtete er, wie die Milch teils vom Textil aufgesaugt wurde, teils an den Hosenbeinen hinabrann, von den Fransen des Sessels tropfte und in den Ritzen des Dielenbodens verschwand. Erst Sarah weckte ihn aus seiner Untersuchung.

»Du machst mich noch wahnsinnig. Zieh dich sofort um.«

»Schon wieder?«

»Schau dich doch an. So kannst du nicht gehen, was denken denn da die Leute?«

Billy gab ein Ächzen von sich, das alles Mögliche bedeuten konnte, schlüpfte in seine karierten Knickerbocker, die er sowieso am liebsten trug, zog seinen langen Wollmantel an, setzte seinen Hut auf und verließ, von Sarah zur Eile angetrieben und nochmals ermahnt, sein Bestes zu geben, das Haus.

Bis zum Harvard Square war es ziemlich genau eine Stunde Fußmarsch durch Nacht und Kälte. Wenn die neue Stadtbahnlinie erst einmal eröffnet wäre, würde man viel schneller und bequemer hinkommen. Billy konnte es kaum erwarten. Während er lief, überlegte er, welche Erfindung die Menschheit so sehr vorangebracht hatte wie die elektrische Straßenbahn. Eigentlich gar keine.

Na gut, der Pflug vielleicht. Überhaupt der ganze Ackerbau, sicherlich. Rad, Werkzeug, klar. Der Webstuhl. Und der Buchdruck natürlich und die Dampfmaschine und das Kunstlicht und noch tausend andere Dinge. Alles gut und wichtig. Aber die Straßenbahn war doch das Allerbeste. Mit ihrer Hilfe konnte jeder kinderleicht jedes Ziel erreichen, ohne Anstrengung und schneller als der beste Dauerläufer. Die Erfindung der Straßenbahn hatte für den menschlichen Körper das geleistet, was Boris mit seiner Erziehungsmethode für den menschlichen Geist erreichen wollte: Sie verlieh jedermann Superkräfte. Und deshalb war es ein Glück, im Zeitalter der Straßenbahnen zu leben. Beziehungsweise ein Unglück, dass an der neuen Linie noch gebaut wurde.

Am vereinbarten Treffpunkt, dem Eingang zum Universitätsmuseum, wurde Billy von Boris, der den ganzen Tag über ein Interview nach dem anderen gegeben hatte, in Empfang genommen. Neben ihm stand Griffith C. Evans, der Vorsitzende des Math Club, ein schlaksiger Mann von giraffenhafter Statur, der mit seinen zweiundzwanzig Jahren kurz vor der Promotion stand, bereits in Harvard unterrichtete und sich um seine Zukunft als Mathematiker wenig Sorgen machen musste.

Viel mehr besorgte ihn, wie er wortreich erklärte, der bevorstehende Abend. Mr. Evans hatte vor lauter Anspannung das Verlangen, ohne Unterlass zu reden und dabei mit seinen langen Armen fahrig in der Luft herumzuschlenkern.

»Ich war gerade drüben in Conant Hall und habe mich ein bisschen umgesehen. Menschenskind, das ist ja außerordentlich, was da los ist, wirklich ganz außerordentlich. Um ehrlich zu sein, ich bin heilfroh, wenn das alles vorüber ist. Ich habe noch zu Präsident Lowell gesagt: Präsident Lowell, habe ich gesagt, ich weiß nicht, ob das wirklich eine gute Idee ist. Die Mathematik eignet sich nicht für Spektakel. Und ein Kind antreten zu lassen, um über eine komplexe mathematische Fragestellung zu referieren, das sieht schon sehr nach Spektakel aus. Wenn's gutgeht, dann will natürlich jeder verantwortlich sein für den Erfolg. Aber wenn's schiefgeht, dann heißt es: Was hat den Evans geritten, einen Elfjährigen in den Math Club einzuladen, das konnte ja nichts werden ... Na ja, hoffen wir das Beste.«

»Wieso soll es denn schiefgehen?«, sagte Billy. »Ich bin doch schon fast zwölf.«

»Ihre liebe Frau Mutter hätte diesem Abend sicherlich gerne beigewohnt«, fuhr Mr. Evans fort. »Leider war die Verwaltung nicht bereit, für sie eine Ausnahme zu machen. Sie müssen wissen, das Haus wird in erster Linie als Studentenwohnheim genutzt. Deshalb ist Frauen der Zutritt streng untersagt.«

Weil Billy ihn verständnislos ansah, ergänzte er: »Aus gewissen Gründen«, und da Billy immer noch fragend schaute: »Aus Gründen, die Sie noch begreifen werden, junger Mann.«

»Ach, ich weiß«, sagte Billy. »Man will verhindern, dass die Studenten koitieren.«

»Ähm«, machte Mr. Evans.

»Finde ich ja ganz vernünftig, bloß in diesem Fall wäre es nicht nötig gewesen. Meine Mutter hat sowieso erst letztes Jahr mit meinem Vater koitiert.«

»Ich finde, wir sollten jetzt rübergehen«, sagte Boris hastig.

»O ja, höchste Zeit«, stimmte Dr. Evans eilig zu.

»Wieso, es ist doch erst –«, wollte Billy sagen, aber Boris packte ihn energisch am Ärmel und zog ihn hinter sich her.

Normalerweise lag Conant Hall, ein unauffälliger roter Backsteinbau, im Schatten der großen Universitätsgebäude. In der Lounge des Wohnheims, die dem Harvard Math Club als Sitzungszimmer diente, saßen jeden Mittwochabend eine Handvoll Spezialisten beisammen und besprachen Probleme, die für Außenstehende komplett unverständlich und uninteressant waren.

Aber heute war nichts normal. Der Raum platzte aus allen Nähten. Manch altgedienter Emeritus musste anstatt mit einem Stuhl mit einem Fensterbrett vorliebnehmen oder, gegen eine Wand gelehnt, im Stehen ausharren. Die Luft war zähgrau und beißend vom Qualm Dutzender Zigarren und Tabakspfeifen. Selbst im Flur standen die Männer eng zusammengedrängt, in der Hoffnung, wenigstens einen Blick durch die Tür zu erhaschen und ein paar Wortfetzen mitzubekommen.

Mr. Evans und Boris bahnten Billy eine Schneise durch die Menge bis zu der Ecke, in der ein klobiges Vortragspult stand. Da der Referent fast vollständig dahinter verschwand, wurde es unter erheblichem Aufwand über die Köpfe der Zuhörerschaft hinweg aus dem Raum manövriert. Währenddessen musterte Billy sein Publikum. Professor James hatte sich aus gesundheitlichen Gründen entschuldigen lassen, dafür war die mathematische Fakultät Harvards beinahe geschlossen anwesend. Auch Norbert Wiener war gekommen und Mr. Packard, Billys Physiklehrer aus High-School-Zeiten. Sonst kannte er niemanden, und er konnte nicht sicher unterscheiden, wer der Sache und wer des Spektakels wegen da war. Nur die Zeitungsleute, die erkannte er im Schlaf. Unablässig kritzelten sie ihre Notizblöcke voll, weil sie nicht fähig waren, sich die einfachsten Dinge zu merken.

»Guten Abend«, begann Billy mit heller Stimme, die, da er möglichst laut zu sprechen versuchte, etwas schrill klang, »ich heiße William James Sidis.«

Obwohl das so ziemlich das Einzige war, was ausnahmslos alle Zuhörer bereits wussten, nahm er ein Stück Kreide, setzte es auf die Schiefertafel, die hinter ihm an der Wand hing, brach es dabei ab, musste darüber kichern, krabbelte auf dem Boden herum, um das heruntergefallene Stück zu suchen, fand es hinter den Füßen von Mr. Evans, angelte es, mit einem Arm dessen Unterschenkel umgreifend, hervor und schrieb schließlich mit großer, kantiger Kinderschrift auf die Mitte der Tafel – höher reichte sein Arm nicht –: *William J. Sidis, Special Student.*

»Ich habe nicht damit gerechnet, bereits in so jungen Jahren hier zu sprechen, es war ehrlich gesagt auch gar nicht meine Idee, aber na ja ... ist halt jetzt so. Also, das Thema meiner Ausführungen lautet –«

Wieder drehte er sich zur Tafel und schrieb unter seinen Namen: *Four-Dimensional Bodies.*

»Eigentlich geht es um n-dimensionale Körper im euklidischen Raum, aber zur Vereinfachung beschränke ich mich auf die Vierte Dimension. Mir wurde nämlich mitgeteilt, dass einige von Ihnen nur über ein mäßiges mathematisches Wissen verfügen. Lassen Sie mich deshalb mit einer einfachen Frage beginnen: Wer von Ihnen weiß, was ein Tesserakt ist?«

Zögerlich gingen vier, fünf Finger nach oben.

»Und wer weiß es nicht?«

Niemand meldete sich.

»Aha, sehr aufschlussreich. Ich stelle also fest, dass der Großteil der Anwesenden mir nicht zuhört.«

Er beherrschte bereits jenen spezifischen Dozentenhumor, und ganz nach Art eines Dozenten lachte er als Einziger über seinen Scherz.

»Aber was ein Quadrat und ein Würfel ist, das wissen Sie vielleicht.«

War das wieder ein Scherz? Oder schon die pure Arroganz?

»Nun, ein Tesserakt ist ganz einfach eine vierdimensionale Konfiguration, die sich zum dreidimensionalen Würfel verhält wie der Würfel zum zweidimensionalen Quadrat. So wie ein Würfel von sechs Quadraten begrenzt wird, welche im rechten Winkel zueinander stehen, so wird ein Tesserakt von acht Würfeln begrenzt, welche ebenfalls im rechten Winkel zueinander stehen. Und so wie ein Würfel, der auf eine zweidimensionale Ebene projiziert wird, in dieser Ebene als Quadrat erscheint, so würden wir einen Tesserakt, der unsere dreidimensionale Welt durchdringt, als einen Würfel sehen, der plötzlich wie aus dem Nichts erscheint und ebenso plötzlich wieder im Nichts verschwindet. Dies nur zur Veranschaulichung meiner weiteren Ausführungen.«

Die ersten Zeitungsleute begannen, sich Notizen über Billys Frisur zu machen.

»Freilich ist der Tesserakt der einfachste aller vierdimensionalen Körper, vom Pentachoron abgesehen. Wenn wir uns ein wenig näher mit den Strukturen der Vierten Dimension beschäftigen, so stoßen wir nicht nur auf Gebilde mit interessanten geometrischen Eigenschaften, sondern auch auf Formeln, mit deren Hilfe sich Lösungen für eine ganze Reihe mathematischer Probleme finden lassen.«

Die Journalisten hätten nicht verwirrter dreingeblickt, wenn Billy seinen Vortrag auf Japanisch gehalten hätte. Aber sie fanden Gefallen an den vielen schwierigen Wörtern, denn so viel von Mathematik verstanden auch sie: Was mit so umständlichen Begriffen beschrieben wurde, das musste ungeheuer kompliziert sein. Sie waren enorm beeindruckt, als Billy von einem Icositetrachoron sprach, einem Ding mit vierundzwanzig Flächen oder Ecken oder so, jedenfalls irgendwas mit vierundzwanzig, wohingegen ein Hexacosichoron angeblich sogar aus sechshundert Würfeln oder Kanten oder was auch immer bestand.

Am meisten imponierte ihnen, mit welcher Leichtigkeit, ja Selbstverständlichkeit dieses Kind mit dem seltsamen Haarschnitt und den ausgebeulten Knickerbockern all diese Wortungetüme im Munde führte, als hätte es immer schon in jener ominösen Vierten Dimension gelebt. Und als Billy schließlich mit einem sachlichen »Gibt's dazu noch irgendwelche Verständnisfragen?« zu einem überraschend abrupten Ende kam, da war ihnen nicht anders zumute, als wäre ein Tesserakt aus der Zukunft in ihrer minderdimensionalen Welt erschienen, um für neunzig Minuten hell aufzuleuchten, für ungläubiges Augenreiben zu sorgen und für immer im Nichts des Gewesenen zu vergehen.

Die Fenster wurden geöffnet, die einströmende Winterluft als erfrischend und wohltuend gelobt. Dann ergriff Boris das Wort.

»Werte Herrschaften, dies ist ein historischer Tag, und zugleich der glücklichste meines Lebens. Die unsäglichen Anfeindungen, denen ich zuletzt ausgesetzt war, werden nun ein Ende nehmen. Die Wirksamkeit der Sidis-Erziehungsmethode ist bewiesen. Sie wird von hier und heute aus ihren Siegeszug antreten und den Staub von unserem Schulsystem blasen, der unsere Kinder erstickt. Sollten noch immer Zweifel bestehen, so haben Sie nun die Gelegenheit, meinem Sohn Fragen zu stellen.«

Ein kleiner, untersetzter Herr mit Kneifer erhob sich.

»Professor Parker, Columbia University, pädagogische Fakultät. Ich bin eigens für diesen Abend aus New York angereist, und zwar, wie ich gestehen muss, weniger des Vortragsthemas als des Vortragenden wegen. In der Tat scheint hier ein Fall beispielloser geistiger Frühentwicklung vorzuliegen, der eine nähere Untersuchung verdient. Eine von mir entwickelte Methodik ist geeignet, um –«

»Das Thema der heutigen Veranstaltung ist die Geometrie der Vierten Dimension«, sagte Billy. »Ich habe nicht den Eindruck, dass Sie etwas Relevantes dazu beizutragen haben.«

»Im Gegensatz zu mir«, ergriff ein anderer Herr das Wort. »Dr. Francis, Tufts College, Dozent für Mathematik. Wir haben soeben viel Zutreffendes gehört, aber leider nur wenig Neues. Der Schweizer Mathematiker Ludwig Schläfli hat bereits im Jahre 1852 –«

»Schläfli? Was denn für ein Schläfli?«, rief ein Dritter aufgebracht. »Wir haben die Ehre, den Raum mit dem größten Mathematiker unserer Zeit, vielleicht aller Zeiten zu teilen, und Sie erzählen uns was von einem Schweizer!«

»Aha, so leicht wird man also zum größten Mathematiker aller Zeiten«, höhnte der Vierte. »Man muss nur auswendig lernen und nachplappern, was einem der Herr Papa vorher aufgeschrieben hat. Es sollte sich doch mittlerweile herumgesprochen haben, dass Dr. Sidis jede noch so schäbige Betrügerei zuzutrauen ist.«

»Das ist eine Verleumdung, eine ungeheuerliche Verleumdung! Nehmen Sie das sofort zurück!«, brüllte Boris und drohte dem Mann mit der Faust.

»Meine Herren, um Himmels willen, so beruhigen Sie sich doch!« Mr. Evans hatte alle Mühe, die Ruhe im Saal wiederherzustellen. »Ich konstatiere, dass die Meinungen über die mathematische Begabung unseres Referenten weit auseinandergehen. Es sollte doch möglich sein, diesbezüglich Klarheit zu schaffen.«

»Sehr richtig!«, rief einer. »Das geht sogar ganz einfach, mit einer einzigen Frage: Was ergibt achttausendsiebenhunderteinundvierzig multipliziert mit der Kubikwurzel aus neunhunderteinundvierzigtausendeinhundertzweiundneunzig?«

»Unsinn«, verwarf ein anderer den Vorschlag sogleich. »Ein Mathematiker ist doch nicht dasselbe wie ein Blitzrechner. Der junge Sidis hat mit seinem Vortrag einwandfrei bewiesen, dass er – «

»Hat er eben nicht!«

»Hat er eben doch!«

»So kommen wir nicht weiter.« Mr. Evans winkte resigniert ab. »Ich denke, wir sollten die Diskussion an dieser Stelle beenden. Am kommenden Mittwoch wird unser lieber Kollege Dr. Coolidge über Hilberts zwölftes Problem sprechen: ›Wie lässt sich der Satz von Kronecker-Weber auf beliebige Zahlkörper verallgemeinern?‹ Das wird sicher auch wieder sehr interessant. Das Schlusswort soll wie immer unser Referent haben. Mr. Sidis, möchten Sie uns noch etwas sagen?«

»Eigentlich nicht. Außer vielleicht – na ja, ich fand die Frage von dem Herrn da ein bisschen komisch.« Er kicherte. »Ich meine – was hat denn achthundertsechsundfünfzigtausendsechshundertachtzehn mit der Vierten Dimension zu tun?«

Auch die, die den Namen William James Sidis vorher noch nie gehört hatten, kannten ihn spätestens zwei Tage nach dem Vortrag im Math Club. Die Zeitungen übertrafen einander mit Jubelmeldungen. Der *New York Times* war das Ereignis sogar eine Schlagzeile auf ihrer Titelseite wert: »Zehnjähriger Junge unterrichtet vor Harvard-Professoren«.

»Die blöde *Times* schon wieder«, maulte Billy. »›Zehnjähriger Junge‹ – gleich in der Überschrift der erste Fehler.«

»Ich möchte ein einziges Mal erleben, dass du an einem Zeitungsartikel nichts zu meckern findest«, sagte Sarah. »Haben sie vielleicht etwas über deine Frisur geschrieben?«

»Das nicht, aber dafür über mein Halstuch: ›Er trug ein rotes Tuch um den Hals, so wie viele kleine Schulkinder.‹ Sehr wichtig, wirklich. Endlich wissen die Leute, dass mein Halstuch nicht blau ist.«

»Das ist doch bloß zur Einstimmung. Danach schreiben sie lang und breit über deinen Vortrag.«

»Aber wie! Angeblich soll ich gesagt haben: ›Es ist möglich, regelmäßige vierdimensionale Körper mit einhundert Seiten zu konstruieren. Ein solcher Körper heißt Hecatonicocehedridgon.‹«

»Ja, und?«

»Erstens heißt das Hecatonicosachoron. Und zweitens besteht es aus hundertzwanzig Dodekaedern. Wie steh ich denn jetzt da?«

»Wie heißt das?«

»Hecatonicosachoron.«

»Und was haben sie geschrieben?«

»Hecatonicocehedridgon«, sagte Billy, verbittert über so viel journalistisches Unvermögen. »Wozu hält man denn ein Referat, wenn so was dabei rauskommt.«

»Glaub mir, das merkt kein Mensch.«

»Umso schlimmer.«

»Also, mich regt ja was ganz anderes auf«, sagte Boris. »Da wird mal wieder so getan, als wären deine Fähigkeiten einfach vom Himmel gefallen. Kein Wort darüber, wo du das alles herhast. Dabei ist das doch das Allerwichtigste.«

Er griff zum Telefon, ließ sich eine Verbindung zur Schriftleitung der *New York Times* herstellen und forderte eine unverzügliche Richtigstellung.

Schon am nächsten Tag erschien ein zweiter Artikel. Der Vortrag in Conant Hall sei nicht nur ein Vortrag gewesen, hieß es nun, sondern eine Demonstration. Und zwar keine Demonstration eines außergewöhnlich begabten Jungen, sondern einer neuartigen und allgemein anwendbaren Erziehungsmethode.

»›Die ganze Welt würde viel gewinnen, wenn jeder Mensch fünf bis zehn Jahre seines Lebens weniger in der Schule verbringen müsste und seine Erwerbsphase um den gleichen Zeitraum verlängern könnte. Das ist der eigentliche Grund, weshalb der junge Sidis interessant und wichtig für uns ist. Der Umstand, dass er so klug über eine nicht vorhandene Dimension reden kann wie ein alter, grauhaariger Mathematiker, ist im Vergleich dazu eher nebensächlich‹«, las Boris voller Genugtuung vor. Das waren exakt dieselben Worte, die er dem Redakteur diktiert hatte.

»Siehst du? So geht man mit der Presse um. Vor den Journalisten davonrennen nützt gar nichts. Man muss sie auf seine Seite bringen.«

»Hmm«, machte Billy. Er dachte überhaupt nicht daran, die Journalisten auf seine Seite zu bringen. Es war auch gar nicht nötig. Sie standen sowieso auf seiner Seite. Mit überschwänglicher Begeisterung griffen sie jede Äußerung von ihm auf und verkündeten sie wie ein Gotteswort. Wer hätte es auch gewagt, die Ideen eines derart überlegenen Geistes anzuzweifeln? Alles, was er tat, war Nachricht, alles war Sensation.

Die *Springfield Daily News* aus Massachusetts teilte mit, das weltbekannte junge Phänomen setze sich momentan intensiv mit der Darwin'schen Theorie auseinander, die Wissenschaft warte gespannt auf seine Erkenntnisse. Das *Jersey Journal* aus New Jersey zitierte Billy mit den Worten, es drohe eine schwere Finanzkrise, wenn die Regierung die großen Trusts nicht daran hindere, das Volk auszuplündern. Die *Dallas Morning News* aus Texas berichtete, das Mathematikwunder von Harvard schlage ein neuartiges Antriebssystem für Luftfahrzeuge vor. Ein im Heck angebrachter Radiumblock könne einen Flugapparat durch die Entsendung von Alphastrahlung auf so enorme Geschwindigkeiten beschleunigen, dass eine Reise zum Planeten Venus nur zwanzig Minuten dauern würde. Und die *Kalamazoo Gazette* aus Michigan ließ unter der Überschrift »Pythagoras hasste Bohnen, Sidis auch« eine Theosophin zu Wort kommen, die erklärte, der junge Wunderstudent sei eine Reinkarnation des großen Griechen: »Im Geist von Sidis steckt das Wissen vieler Jahrhunderte. Über lange Zeit lag es ungenutzt, doch durch die Berührung eines Zauberstabs floss es in ihn hinein.«

Billy hatte erreicht, was er nie im Sinn gehabt hatte: Er war eine Berühmtheit. In den Worten eines Scherzboldes gesagt, der für den *Plain Dealer* in Cleveland, Ohio, schrieb: »Das öffentliche Interesse am jungen William Sidis von Harvard hat inzwischen solche Ausmaße erreicht, dass sich die Leute fragen, wie man seinen Namen ausspricht.«

Am 12. Februar 1910, fünf Wochen nach Billys Vortrag über die Vierte Dimension, wurde seine Schwester Helena geboren. Zu gerne hätten ihre Eltern sie nach der bewährten Sidis-Methode zum Genie erzogen, aber sie konnten den Aufwand unmöglich ein zweites Mal leisten. Die ersten Patienten waren gerade in Maplewood Farms eingezogen und beanspruchten die volle Aufmerksamkeit des Klinikchefs, nicht nur während der Behandlungen, sondern auch zu den Essenszeiten und an den Abenden.

Es gehörte zum Konzept des Sidis Psychotherapeutic Institute, die Grenzen zwischen Therapie und Alltagsleben aufzuheben. Das war auch wieder so etwas, das dieser Stümper aus Wien nicht begriffen hatte: dass man einen Patienten nicht ganz verstehen und ihn daher auch nicht von seinen seelischen Leiden befreien konnte, wenn man ihn nur ab und zu für eine Stunde auf einer Couch liegen sah. Um zu einer präzisen Diagnose zu gelangen, musste man sein Verhalten intensiv beobachten, je länger, desto besser, mindestens aber über vier Wochen hinweg.

Aus diesem Grund gab es keinen separaten Privatbereich der Familie Sidis. Ihre eigenen Wohnräume lagen ebenso wie die Gästezimmer und die Behandlungsräume unter dem Dach des Hauptgebäudes. Die Zahl der Therapieplätze war auf acht bis zehn begrenzt, der Andrang auf sie groß. Boris konnte sich aus einer langen Bewerberliste aussuchen, wen er bei sich haben wollte. In der Regel bevorzugte er interessante Persönlichkeiten, die zugleich ein reizvolles Krankheitsbild mitbrachten. Dem Namen nach handelte es sich bei seinem Sanatorium um ein Institut, in der Praxis eher um eine Hausgemeinschaft gebildeter, zahlungskräftiger Neurotiker.

Da war beispielsweise eine siebzigjährige Großgrundbesitzerin, die seit Jahren felsenfest davon überzeugt war, schwanger zu sein und kurz vor der Niederkunft zu stehen. Ein Künstler, der aus panischer Angst vor einer Lebensmittelvergiftung nur noch Lichtnahrung zu sich nahm. Ein Priester, der vom großen Widersacher gezwungen wurde, zu den Knaben zu gehen. Eine dicke Fabrikantengattin, von der Boris nie herausfinden konnte, welches Problem sie hatte, abgesehen davon, dass sie nicht über den Tod ihres Schoßhündchens hinwegkam und jeden Tag schon zum Frühstück eine ganze Sahnetorte vertilgte. Aber da sie gut zahlte und zu Hause offenbar nicht vermisst wurde, blieb sie und richtete sich dauerhaft ein in dieser sonderbaren Gemeinschaft.

Abends versammelten sie sich im Zigarrenzimmer mit den bordeauxroten Seidentapeten und den Second-Empire-Möbeln aus moosgrünem Plüsch und tranken aus langstieligen Bleikristallgläsern Fruchtsaft. Der Alkoholgenuss war auf dem gesamten Gelände untersagt, geraucht werden durfte nur in Abwesenheit des Hausherrn. Manchmal erörterten sie die Fragen zu Kunst, Literatur und Philosophie, die Boris in die Runde warf, manchmal saßen sie einfach nur da und blickten auf die Victrola-Musiktruhe aus rotem Mahagoniholz, aus der, ein technisches Wunder ebenso wie ein künstlerisches, Enrico Carusos unsterblicher Tenor schallte.

Unterdessen hielt Sarah mit ihrer eisernen Energie den Betrieb am Laufen. Sommers wie winters sprang sie um fünf Uhr morgens aus den Federn und warf sich kaltes Wasser aus einer Blechschüssel ins Gesicht und unter die Arme, wie sie es schon immer getan hatte. Sie war stolz, über ein warmes Brausebad zu verfügen, doch benutzte sie es nie. Es war ihr zu umständlich und zeitraubend, und außerdem, meinte sie, führe es zu Verweichlichung. Anschließend versorgte sie rasch ihre Tochter und arbeitete dann ohne Pause bis zum späten Abend. Sie kümmerte sich persönlich um jede Kleinigkeit, jeden eingegangenen Zierstrauch, der neu gepflanzt, jede angestoßene Kaffeetasse, die ersetzt werden musste. Zugleich achtete sie darauf, dass das Personal keine Minute fürs Nichtstun bezahlt wurde. Auf die gemeinsamen Mahlzeiten mit den Patienten verzichtete sie. Sie aß nebenher, in der Küche stehend, mit einem großen Löffel direkt aus dem Topf.

Da die viele Arbeit selbst auf diese Weise unmöglich zu bewältigen war, lud sie ihre Geschwister und deren Kinder ein, für ein paar Tage oder auch länger aufs Land zu kommen. Wer dem Angebot folgte, vielleicht in der naiven Erwartung eines Urlaubs bei freier Logis, fand sich schnell als Hilfskraft wieder. Ohne viel Zeit mit Begrüßungsworten zu verschwenden, drückte Sarah jedem etwas in die Hand, eine Sense oder einen Putzeimer, oder auch die kleine Helena, die zu allem Überfluss zur Kränklichkeit neigte und viel weinte.

Zu tun gab es mehr als genug. Die Erwachsenen schliffen gemeinsam mit Vasil, dem Hausmeister, den Rost von den eisernen Gerüsten der Gewächshäuser und kratzten das Moos aus den Ritzen der Terrassenplatten, die größeren Kinder schleppten Reis- und Kartoffelsäcke in die Speisekammer und befreiten, bis zu den Hüften im Schlamm stehend, die Teiche von der Entengrütze, die kleinen machten sich beim Staubwischen, Geschirrtrocknen und Wäscheaufhängen nützlich.

In den kurzen Momenten, in denen Sarah von ihrer Arbeit aufblickte, sah sie das traumhafte Sidis-Anwesen, die Gebäude, den Park, eines Fürsten würdig, und konnte ihr Glück nicht fassen. Sie hatte es allen gezeigt.

Seit seine Eltern nach Portsmouth gezogen waren, lebte Billy in einem Studentenwohnheim in Cambridge. Er teilte sein Zimmer mit einem Studenten namens Samuel Behrman, der ihm gleich in den ersten Minuten ihres Kennenlernens dreierlei zu verstehen gab. Erstens halte er Professor Freud, dessen ausgezeichnete Vorträge an der Clark University er persönlich gehört habe, für einen epochalen Geist, im Gegensatz zu Boris Sidis, nach dem in hundert Jahren kein Hahn mehr krähen werde. Zweitens werde er, Samuel, einmal ein berühmter Schriftsteller. Er pflege nachts zu schreiben, weshalb Billy sich darauf einstellen möge, bei Licht zu schlafen und morgens geräuschlos den Raum zu verlassen, um ihn nicht zu wecken. Und drittens gehöre das Zimmer jeden Donnerstag zwischen neun und elf Uhr abends ihm allein. Wenn Billy es wage, auch nur eine Minute vor elf hereinzukommen, dann werde er es schnurstracks wieder verlassen, und zwar durchs Fenster.

»Warum?«, fragte Billy.

»Weil ich da Besuch bekomme.«

»Von deinen Eltern?«

»Oh, Mann. Nein. Nicht von meinen Eltern.«

»Von wem denn dann?«

»Vergiss es einfach. Du würdest es auch dann nicht kapieren, wenn ich es dir erklären würde.«

»Ach so. Du möchtest koitieren.«

»Alle Achtung. Bist ja tatsächlich ein Genie.«

»Frauen dürfen das Gebäude aber nicht betreten. Das steht in der Hausordnung.«

»Verräter kriegen eine aufs Maul. Steht auch in der Hausordnung.«

»Ich sag's ja nur.«

»Ich sag's ja auch nur.«

Billy lief zum öffentlichen Telefon und ließ sich mit Maplewood Farms verbinden. Er wolle nicht mit Samuel wohnen, klagte er, er wolle woanders untergebracht werden. Sarah sagte, er solle sich zusammenreißen, sie würden sich schon aneinander gewöhnen. Und er möge sie bitte nicht mehr wegen jeder Kleinigkeit anrufen, sie stecke bis über beide Ohren in Arbeit.

In der Tat dauerte es nicht lange, bis Billy sich mit seiner Situation im Wohnheim abfand. Nicht, weil sich sein Verhältnis zu Samuel gebessert hätte, sondern weil er einsah, dass ein anderer Zimmergenosse auch nicht freundlicher mit ihm umgegangen wäre. Die Studenten ähnelten einander in erstaunlichem Maße. Draußen auf dem Campus waren sie klassische Männer Harvards und traten demgemäß auf: kühl, distinguiert und stolz. Sobald sie jedoch die Schwelle zum Wohnheim überschritten hatten, legten sie ihren Benimm ab wie einen kleidsamen, aber unbequemen Anzug, den man nur für die Leute trägt, und schlüpften in Grobheiten wie in einen schäbigen, doch gemütlichen Schlafrock, in dem sie sich augenblicklich wohler fühlten. Ihre Spottlust fand in Billy eine leichte Beute. Sie konnten sicher sein, dass er weder die Mittel besaß, sich zu wehren, noch die Fähigkeit, Unterstützung von anderen zu holen. Er war hilflos wie ein einsames Kalb, das in ein Löwenrudel geraten war.

Schon beim allererstem Frühstück, als seine Mitbewohner bergeweise Würstchen, Rühreier und Speck verdrückten und dazu einen pechschwarzen Kaffee tranken und

Billy sich erkundigte, ob denn auch Milch da sei, er pflege morgens nämlich immer eine Schale mit warmer Milch zu sich zu nehmen, mit zwei Teelöffeln Zucker, bekam er seinen Spitznamen verpasst: »Baby«. Originell war das nicht, witzig noch weniger, aber es half ihnen beim Sprüchereißen. »Hier sieht's ja aus, als hätte ein Baby hingekotzt«, sagte einer, wenn er darauf hinweisen wollte, dass das Gemeinschaftszimmer nicht aufgeräumt war, und ein andermal hieß es: »Jetzt schicken sie uns schon ihre Babys auf den Hals, bald werden sich die Juden Harvard ganz unter den Nagel reißen.«

Anfangs hatte Billy noch versucht, ein vernünftiges Gespräch mit ihnen zu führen, beispielsweise über eine Lektüre, die ihn gerade beschäftigte, oder über eine Vorlesung, die er am Tag besucht hatte. Er belegte Kurse in Astronomie, Philosophie, Physik, Altphilologie und Französisch, das war doch alles interessant, darüber ließ sich doch wunderbar diskutieren. Auch hätte er gern etwas über die Studien der anderen erfahren, man konnte schließlich immer noch etwas dazulernen, dafür war ein Gemeinschaftsraum ja da, oder vielmehr, er hätte dafür da sein können.

Aber merkwürdigerweise unterhielten sich die Studenten abends nie über ihr Studium. Sie tranken Bier und rauchten Zigaretten und redeten über Frauen, immer und ewig nur über Frauen. Sie kannten überhaupt kein anderes Thema, und je betrunkener sie wurden, desto schamloser redeten sie. Über eine Studentin vom Radcliffe College hieß es, mit ihrem Hinterteil könne sie eine ganze Kompanie versorgen, über eine zweite, sie sei wie eine Auster, wenn man sie lange genug in Cognac einlege, öffne sich ganz von alleine ihre

Mitte, über eine weitere, sie müsse schleunigst angestochen werden, sonst werde noch ihr Hymen ledrig. Was diese Ausdrücke bedeuten sollten, verstand Billy nicht, und wenn er sich erkundigte, bekam er eine herablassende oder eine derbe oder bestenfalls eine ausweichende Antwort: »Wart's nur ab, du wirst schon auch noch in das Alter kommen.«

Billy hielt das für ausgeschlossen. Mit Grausen dachte er an die Abbildung aus dem Anatomiebuch, den Längsschnitt durch die Geschlechtswerkzeuge während der Kohabitation. Warum waren bloß alle so versessen darauf, diesen abstoßenden Vorgang persönlich durchzuführen? Sicherlich, Fortpflanzung war eine Menschheitspflicht, das sah er ein. Aber was war so schwierig daran, eine Pflicht ruhig und sachlich zu erfüllen, ohne vor Aufregung die Besinnung zu verlieren?

»Hört mal, ich habe eine Idee, wie ihr damit aufhören könnt«, sagte er.

»Aufhören womit?«, fragte Samuel.

»Na ja, damit, sich ständig nach Frauen umsehen zu müssen zwecks Kohabitation.«

Kohabitation! Das Wort schlug sofort ein. Alles lachte und johlte. »Aufgepasst, Leute, jetzt wird's spannend.« – »Das letzte Rätsel der Menschheit, gleich wird es gelüftet.« – »Dann mal raus mit dem Plan, du Meisterhirn.«

»Ich finde, es ist eine Aufgabe der gesamten Gesellschaft –«

»– uns Frauen zu beschaffen.« – »Ja, das finde ich auch.« – »Von mir aus kann die Gesellschaft sofort damit anfangen.«

»Lasst mich doch mal ausreden. Das Problem ist die

Ehe. Die Kleinfamilie. Jeweils ein einzelner Mann und eine einzelne Frau tun sich zusammen, um ein Kind oder einige Kinder zu bekommen und sie großzuziehen.«

»Scharf beobachtet.«

»Das ist aber genauso ineffizient, wie wenn man eine Ware in Einzelfertigung herstellt. Seit es industrielle Massenproduktion gibt, ist der allgemeine Wohlstand enorm gewachsen.«

»Verstehe. Künftig sollen die Kinder aus der Fabrik kommen.«

»Wer weiß, vielleicht gibt es irgendwann die entsprechende Technik. Aber bis auf weiteres ist die Kohabitation unverzichtbar. Allerdings kann eine Frau sowieso höchstens fünfzehn- bis zwanzigmal in ihrem Leben befruchtet werden. Öfter muss sie also auch nicht koitieren, das ergibt biologisch gar keinen Sinn. Die Aufgabe kann von speziell ausgebildeten Einheiten erledigt werden. Männer des Geistes werden davon befreit. Ihre Zeit ist zu kostbar für eine niedere körperliche Tätigkeit, die ein Esel ebenso gut ausüben kann.«

Schlagartig war es still. Der Plan war so hirnverbrannt, dass keinem mehr ein Spruch dazu einfiel.

»Fertig?«, fragte Samuel.

»Erst mal ja.«

»Das ist also deine Idee.«

»Das ist meine Idee.«

Samuel wollte einen Zug aus der Bierflasche nehmen, schluckte aber nur Luft.

»Sidis, ich muss zugeben, ich habe dich unterschätzt. Du bist ein noch viel größerer Spinner, als ich dachte.«

»Aber siehst du denn nicht die Vorteile?«

»Ich sehe bloß, dass mein Bier alle ist«, sagte Samuel, rülpste kunstvoll und öffnete eine neue Flasche.

»Das ist eine andere Sache, die ich schon lange mal ansprechen wollte«, sagte Billy unbeirrt. »Der Alkohol. Ich weiß nicht, warum ihr immer so viel trinken müsst.«

»Kann ich dir sagen. Um dein Geschwätz zu ertragen.«

»Aber Alkohol tötet den Verstand. Und wer seinen Verstand tötet, tötet sich selbst.«

»Oha. Wer hat dir das denn beigebracht? Deine Mutter?«

»Nein, mein Vater.«

»Jetzt hör mal gut zu, Sidis. Du weißt, ich habe im Allgemeinen kein Problem mit ›Kohabitation‹, wie du es zu nennen beliebst. Aber dein Vater, dieser alte Schwachkopf, hat mindestens einmal zu oft gevögelt, und bei diesem einen Mal bist du entstanden. Wäre er damals zu besoffen dafür gewesen, dann, dann ...«

Samuel überlegte, wie der Satz einigermaßen pointiert zu Ende zu bringen wäre, doch er war zu betrunken, um darauf zu kommen. Deshalb winkte er nur matt ab und sagte versöhnlich: »Ach, was soll's. Vögeln und vögeln lassen.«

Für eine Weile sah es fast so aus, als könne das Eis zwischen Billy und seinen Kommilitonen doch noch brechen. Sie schienen bereit, ihn zu akzeptieren. Nicht als vollwertiges Mitglied ihrer Gemeinschaft, dafür war er zu kauzig. Aber wenigstens als eine Art Maskottchen, mit dem man seinen guten Spaß haben konnte. Sein bizarrer Blick auf die Welt, seine spektakuläre Verkrampftheit, seine urkomische Humorlosigkeit, seine rührende Unbeholfenheit in alltagspraktischen Dingen, seine Ahnungslosigkeit von den gewöhnlichsten und seine Begeisterung für die abwegigsten Themen, sein Unverständnis darüber, dass niemand hören wollte, was er über die Kabelstraßenbahnen von San Francisco wusste – all das konnte einen auf die Palme bringen, man konnte es aber auch, etwas Übung und guten Willen vorausgesetzt, bestaunen wie ein Kuriositätenkabinett.

Doch dann geschah etwas, das es Billy für immer unmöglich machte, auf ein gutes Einvernehmen mit ihnen zu kommen. Samuel stürmte aufgebracht in sein Zimmer, wedelte vorwurfsvoll mit einem kleinen, braunen Taschenbuch vor Billys Augen herum und blaffte ihn an: »Sidis, jetzt reicht's. Das ist wirklich das Allerletzte.«

»Was ist los?«

»Tu nicht so unschuldig. Du weißt genau, um was es geht.«

»Nee, keine Ahnung. Was ist das überhaupt?«

Er nahm ihm das Büchlein ab und las: »*Philistine and Genius*. Von Boris Sidis, M.A., Ph.D., M.D.« Offenbar eine Neuerscheinung. Seltsam, normalerweise pflegte Boris ihm seine Manuskripte zu zeigen, bevor sie in Druck gingen. Diesmal hatte er offenbar keinen Wert auf seine Meinung gelegt. Der Text wirkte auch nicht gerade sorgfältig durchdacht und ausgereift, eher so, als sei er in einer einzigen, rauschhaften Nacht aufs Papier geworfen und mit der nächsten Post an den Verleger geschickt worden.

Die Philister und das Genie

Es ist ohne Zweifel ein großes Unglück für unsere Nation, dass so viele unserer Möchtegernerzieher so minderbemittelt sind und zugleich eine derart absurd überhöhte Meinung von sich selbst haben, dass sie sich schon damit zufriedengeben, wenn aus dem Großteil ihrer Schüler nichts Besseres wird als die exakte Nachbildung ihrer geistesschwachen Lehrer. Das treudoofe Schulfräulein, der fette Bonze im Direktorensessel, der vertrocknete Pädagoge mit der Spießermoral, der kleingeistige Bürokratenschädel – sie alle haben sich als unfähig erwiesen, ihre einzige Aufgabe, die Bildung unserer Jugend, anständig zu erfüllen.

Es wird euch, Väter und Mütter, interessieren, dass es einen Knaben gibt, der seit seiner frühen Kindheit gezielt daran gewöhnt wurde, mit Hingabe und Freude um des Lernens willen zu lernen. Jetzt, mit zwölf Jahren, während seine Altersgenossen mit Mühe lesen und schreiben können und ein erbärmliches, geistfernes Dasein am Rockzipfel irgendeiner altertümlichen Schulmamsell fristen, besucht er mit großem Gewinn die anspruchsvollsten Kurse in Mathematik und Astronomie, die eine unserer führenden Universitäten anbietet. Zugleich ist er von ausgesprochen heiterem Gemüt und strotzt förmlich vor guter Laune und Lebensfreude. Seine körperliche Verfassung ist ausgezeichnet, seine Wangen glänzen vor Gesundheit.

Väter und Mütter, das Schicksal der jungen Generation liegt in euren Händen. Was aus den Heranwachsenden

einmal wird, hängt davon ab, welche Erziehung ihr ihnen angedeihen lasst. Ihr könnt aus ihnen kränkliche Nervenbündel und beklagenswerte Elendsgestalten machen. Oder aber ihr helft ihnen, ein großartiges Geschlecht von Genies zu werden, die wissen, wie sie ihre verborgenen Reserveenergien gezielt zum Einsatz bringen. Ihr habt die Wahl.
(Boris Sidis, 1911)

Was seinen Vater zu diesem hundertseitigen Ausbruch bewogen haben mochte, war Billy unerfindlich. Es war ja keine Neuigkeit, dass Boris die herkömmlichen Erziehungsmethoden für mangelhaft und seine eigene für überlegen hielt. Warum also eine solche Kampfschrift? Warum gerade jetzt? Warum dieses Pathos, warum diese Schärfe? Und warum hatte er nicht wenigstens den zwölfjährigen Jungen aus dem Spiel lassen können? Hatte er wirklich geglaubt, es genüge, den Namen nicht zu nennen, um seine Anonymität zu wahren?

Jedenfalls war nun unwiderruflich heraus, wie die Familie Sidis die Welt sah: da eine dumpfe, viehische Masse von angepassten Spießern und zurückgebliebenen Idioten, hier das einsam strahlende Genie. Auf Sympathien brauchte Billy nicht mehr zu hoffen. Wenn ihm wieder einmal die Schleife am Schuh misslang und sich sein Schnürsenkel unlösbar verknotete, dann fand sich niemand mehr, der sich erbarmte und ihm aus der Bredouille half. Wenn er den Geldeinwurf des Fernsprechapparats mit einer zusammengefalteten Dollarnote verstopfte, dann war kein Student mehr so gütig, ihm den Schein mit dem Taschenmesser aus dem Schlitz zu pulen und in Münzen zu wechseln. Er bekam bloß den Rat, den Hauswart zu holen, und sowie er zurückkam, war sein Geld verschwunden.

Und als er krank wurde und nicht mehr die Kraft zum Aufstehen hatte, brachte ihm keiner der Mitbewohner seine warme Milch ans Bett. Stattdessen pflanzten sie sich vor ihm auf und flachsten: »Ach, wären wir doch bloß nach der Sidis-Methode erzogen worden, dann wäre unsere körperliche Verfassung jetzt auch so ausgezeichnet.« – »Wir würden dich ja gerne wieder gesund machen, aber wir wissen nicht, wie. Wir sind leider nur beklagenswerte Elendsgestalten.« – »Mal im Ernst, Baby: Warum fährst du nicht nach Hause und lässt dich von deinem Vater behandeln? Nach allem, was man so hört, muss der nur einmal Abrakadabra sagen, und schon steht selbst ein Toter wieder auf und tanzt den *fox-trot*.«

In der Tat reiste Sarah wenig später nach Cambridge, um Billy abzuholen. Ein weiteres Mal brachte er es auf die Titelseite der *New York Times*. Die Schlagzeile lautete: »Sorge um Sidis«. Der junge Wissenschaftler, so war zu lesen, habe einen Nervenzusammenbruch erlitten, vermutlich aufgrund geistiger Überlastung. Sollte er tatsächlich, wie augenblicklich zu befürchten, nie mehr zu seinem Studium zurückkehren, dann müsse die Sidis-Erziehungsmethode im Ganzen als gescheitert angesehen werden. Der Artikel endete mit dem Satz: »Sich über den Gesundheitszustand seines Sohnes zu äußern lehnt Dr. Sidis entrüstet ab.« Das ließ nichts Gutes erahnen. Und es war für längere Zeit das Letzte, was über den jungen Sidis öffentlich bekannt wurde.

Am 5. Oktober 1911 bat Boris seine Patienten, ihn nach dem Frühstück ausnahmsweise für eine Weile alleine zu lassen. Er unternahm einen ausgedehnten Spaziergang durch den Park – seinen Park! – und dachte an den jungen Mann, der vor genau fünfundzwanzig Jahren in New York an Land gegangen war. Wie er sein letztes Geld ins Wasser geworfen hatte, damit ihm nichts mehr blieb außer seinem Optimismus und seinem Lebensmut, und wie glücklich und frei er sich danach gefühlt hatte. Und jetzt? War er ein dreiundvierzigjähriger Millionär mit einem Kopf voller Sorgen, einer Unmenge von Gegnern, einer Tochter, für die er keine Zeit hatte, und einem Sohn, der seinen Ruf und sein Lebenswerk gefährdete. Das war nicht das Selbstporträt, das er damals auf die leere Leinwand gemalt hatte. Was war passiert? Hatte er Fehler gemacht?

Gewiss. Beispielsweise bedauerte er immer noch, dass er Professor James nicht mehr besucht hatte. Es war noch nicht einmal sehr weit bis zu dessen Landhaus in Chocorua, New Hampshire. Doch Boris hatte sich nie aufgerafft, und als dann die traurige Mitteilung eintraf, war es zu spät gewesen.

Aber sonst? Sollte er sich etwa dafür schämen, dass er Billy Zugang zu Regionen des Geistes verschafft hatte, die allen anderen verschlossen waren? War es seine Schuld, dass es noch keine Erfahrungen gab, wie ein solches Höchstleistungsgehirn zum besten Nutzen arbeitete? Musste er sich deswegen den Vorwurf gefallen lassen, er opfere seinen eigenen Sohn auf dem Altar seiner Theorien? Nein, er durfte jetzt nicht zaudern, nicht einknicken, nicht klein beigeben. Mochten die Feinde des Fortschritts zetern, so viel sie wollten – sie erreichten damit nur, dass er noch entschiedener an seinen Methoden festhielt. Denn sein Weg war der richtige, er führte die Menschheit in neue, bessere Gefilde. Daran wären nie so viele Zweifel aufgekommen, wenn sich Billy nicht aus einem sonderbaren Trotz heraus geweigert hätte, weiterhin im Studentenwohnheim zu leben, und deswegen sein Studium unterbrach. Deshalb war es das Allerwichtigste, ihn so schnell wie möglich wieder auf die richtige Spur zu bringen und dann zurück nach Harvard zu schicken.

Auf die Patienten des Sidis Institute wirkte Billy nicht wie ein Mitglied der Eigentümerfamilie. Schon als er in Begleitung seiner Mutter aus Cambridge in Maplewood Farms ankam, hätte man ihn, wäre er nicht so jung gewesen, eher für eine Neuaufnahme im Sanatorium gehalten, so verloren stand er neben dem plätschernden Springbrunnen in der Eingangshalle.

Obwohl er den ganzen Tag Zeit hatte, musste er kein einziges Mal im Haushalt mithelfen. Manchmal beschäftigte er sich mit seiner kleinen Schwester, aber das wurde ihm schnell langweilig. Mit ihren anderthalb Jahren konnte Helena erst ein paar Wörter sagen. »Iji, iji, all« bedeutete: »Billy, gib mir den Ball.« Dabei hatte er ihr den Ball schon zwanzigmal gegeben, sie warf ihn immer wieder von sich fort. Sinnlos. Er stand auf und ging nach draußen, um alleine durch die Wiesen zu streifen oder zwischen Apfelbäumen auf dem Rücken zu liegen und in den Himmel zu schauen. Bei den Mahlzeiten schaufelte er wortlos das Essen in sich hinein, während sein Vater mit allen Anwesenden Konversation betrieb, außer mit ihm.

Ab und zu sah man die beiden im Therapieraum verschwinden, Boris mit ernstem Blick vorneweg, Billy mit gesenktem Kopf hinterher. Was dort geschah, wusste niemand. Eine Hypnosesitzung war es jedenfalls nicht. Man konnte Boris' Stimme durch die Tür und durchs ganze Stockwerk dröhnen hören, aber seine Worte waren nicht zu verstehen. Nach einer Weile kamen sie wieder heraus, Boris mit einem hochroten Kopf und schwer keuchend, Billy nervös mit den Gesichtsmuskeln zuckend. Die schlechte Stimmung drückte auf das Anwesen wie eine bleigraue Regenwolke. Niemand wagte, offen darüber zu sprechen. Abends im Zigarrenzimmer herrschte beklommenes Schweigen.

Als die Nachricht Maplewood Farms erreichte, dass vor Neufundland ein nagelneuer Luxusdampfer mit einem Eisberg kollidiert war und weit über tausend Menschen mit sich ins ewige Dunkel gerissen hatte, einte eine tiefe Erschütterung die Patienten. Die Katastrophe führte ihnen die eigene Situation vor Augen. Standen nicht auch sie, eingelullt von Pracht und Komfort, in nur scheinbarer Sicherheit auf schwankendem Boden über einem eisigen Abgrund? Wer konnte sagen, ob Captain Sidis, dem sie ihr Schicksal anvertraut hatten, sie nicht in den Untergang steuerte? Und selbst wenn seine therapeutische Behandlung hielt, was sie versprach, und sie von ihren irrationalen Ängsten befreite – was war mit ihren rationalen Ängsten? Was war das Erschrecken beim Blick auf das eigene Unbewusste gegen das Erschrecken beim Blick in eine Zeitung? Es gab ja wahrlich guten Grund, sich zu fürchten in einer nachtschwarzen Welt voller Eisberge. Also rückte sie näher zusammen, die Schicksalsgemeinschaft auf dem einsamen Schiff am Rande von Portsmouth, New Hampshire.

Billy gehörte nur halb dazu, wie auch schon im Studentenwohnheim, in der Schule und in jeder anderen Gruppe, zu der er Zugang gehabt hatte. Überall war er Mittelpunkt und Randfigur zugleich.

In den letzten beiden Jahren hatte er sich deutlich verändert. Von seinem Übermut, der sich zum Teil seines kindlichen Alters, zum Teil seiner geistigen Überlegenheit verdankt hatte, war wenig geblieben. Groß war er geworden und fast ein wenig untersetzt. Wenn er mit hängenden Schultern durch die hinteren Bereiche des Parks schlurfte, konnte man vom Haus aus nicht leicht unterscheiden, ob er es war oder der Senator aus Washington, der sich wegen seiner Neigung zum Schlafwandeln im Sidis Institute behandeln ließ.

Trotz seiner vierzehn Jahre war Billy immer noch weit von seinem ersten akademischen Titel entfernt. Das war angesichts der Erwartungen, die seine Leistungen als Kind geweckt hatten, enttäuschend, und gemessen an seinen Möglichkeiten geradezu skandalös. Hätte er auch nur die Hälfte der Leidenschaft seines Vaters und ein Zehntel der Energie seiner Mutter besessen, ihm wäre längst ein Doktorhut sicher gewesen.

»Intelligenz und Fleiß«, sagte Sarah, als sie sich in einer ruhigen Abendstunde etwas Zeit für ein Zwiegespräch nahm. Sie saß im Sessel und bestickte nebenher ein paar Taschentücher. Ihre Hände brauchten immer eine Beschäftigung. Billy saß ihr gegenüber, die Arme verschränkt, den Blick starr auf den Kronleuchter geheftet. »Diese zwei

Eigenschaften braucht man, um etwas zu schaffen. Schau dich um. Alles, was du siehst, haben wir nicht geerbt, nicht gestohlen, nicht in der Lotterie gewonnen, wir haben es uns ehrlich verdient. Durch Intelligenz und Fleiß.«

»Hmm«, machte Billy.

»Aber man braucht schon beides«, fuhr sie fort. »Das eine nützt nichts ohne das andere. Fleißig, aber nicht intelligent, das ist der Ochse. Der kann schuften bis zum Umfallen und kommt trotzdem zu nichts. Und dann gibt's welche, die sind intelligent, aber nicht fleißig. Die bummeln ewig nur herum. Verstehst du, was ich dir sagen will?«

»Ja, dass ich zurück ins Studentenwohnheim soll. Aber das kannst du vergessen.«

Alles gute Zureden fruchtete nichts. Billy war zu keiner Einsicht zu bewegen. Da auch Appelle an die Familienehre ins Leere liefen, sah Sarah keine andere Möglichkeit mehr, als Zwangsmaßnahmen zu ergreifen. Obwohl Zwang das falsche Wort war. Es ließ an Bestrafung, Züchtigung, Prügel denken, und das lehnten sie und Boris als moderne Pädagogen ab. Druck traf es besser. Gezielt eingesetzter Druck zur Unterstützung der Argumentation. Daran war nichts Verwerfliches, im Gegenteil. Ohne Druck kein Diamant.

Erst wurde Billy der Nachtisch gestrichen, dann zusätzlich das Frühstück und der Nachmittagskaffee. Er nahm es hin. Lieber verhungern als wieder ins Studentenwohnheim, sagte er. Auch ein Hausarrest brachte ihn nicht zum Einlenken. Ihm Bücher wegzunehmen war sinnlos, da er ohnehin nicht mehr las. Schließlich gab Sarah auf. Sie ließ für einen vollen Tag ihre Arbeit liegen, fuhr mit Billy nach

Cambridge, mietete für ihn ein möbliertes Zimmer in der Nähe des Harvard Square und nahm alleine den letzten Zug zurück nach Portsmouth.

»Damit das gleich mal klar ist, junger Mann: Bei mir gibt's feste Regeln.«

Mrs. Brown, Billys Pensionswirtin, regierte ihr winziges Reich mit harter Hand. Vier Zimmer ihres Häuschens, 51 Brattle Street, vermietete sie, im fünften und kleinsten, einer neben der Haustür gelegenen Kammer, wohnte sie selbst. Hier saß sie den ganzen Tag in einem alten Schaukelstuhl, eine Decke über den Schoß gebreitet, und beobachtete mit einer Mischung aus Verachtung und Neid das Leben, das vor dem Fenster an ihr vorüberzog.

»Regel Nummer eins: Angeschrieben wird nicht. Pünktlich zum Ersten bekomme ich mein Geld, für den ganzen Monat im Voraus. Verstehen wir uns?«

»Keine Sorge, Mrs. Brown. Meine Mutter ist in solchen Dingen sehr zuverlässig.«

»Na, warten wir's ab. Ich hab schon alles erlebt. Zweitens: Bei mir wird nicht geraucht und nicht gesoffen.«

»Mache ich sowieso nicht.«

»Möchte ich auch geraten haben. Drittens: Besuch gibt's nicht, und Damenbesuch gleich doppelt nicht.«

»Das finde ich gut.«

»Glauben Sie nicht, Sie könnten heimlich jemanden reinmogeln.«

»Ich wüsste nicht, wen.«

»Um zehn Uhr nachts wird die Tür verriegelt, da kommt keiner mehr rein und keiner raus. Und kommen Sie bloß nicht auf den Gedanken, übers Dach einzusteigen. Alles schon vorgekommen.«

»Bin doch nicht lebensmüde.«

Mrs. Brown beäugte Billy argwöhnisch wie eine alte Schildkröte. Sie mochte keine Studenten. Alle Studenten logen. Dieser hier natürlich auch. Er log sogar besonders gut, denn er tat so ehrlich. Sie vermietete ihre Zimmer seit vierzig Jahren, sie kannte die Menschen. Sie merkte es, wenn einer komisch war. Und der da war eindeutig komisch. Sie hielt ihn unter scharfer Beobachtung, notierte die Zeiten, in denen er kam und ging, lauschte an seiner Tür, wenn er da war, und durchsuchte sein Zimmer, wenn er nicht da war, aber es gelang ihr nicht, ihm einen Verstoß gegen die Hausregeln nachzuweisen. Das ärgerte sie maßlos. Wie konnte er bloß so raffiniert sein?

Billy fühlte sich wohl bei Mrs. Brown. Es gefiel ihm, dass Harvard eine fremde Welt für sie war, obwohl sie nur ein paar Minuten vom Campus entfernt wohnte. Sie kannte noch nicht einmal das berühmte Wunderkind William James Sidis. Vielleicht kannte sie es auch, und es interessierte sie nicht. Jedenfalls sprach sie ihn nie darauf an.

Mrs. Brown besaß noch weitere Vorzüge. Jeden Morgen um neun Uhr stand das Tablett mit dem Frühstück vor der Tür, bestückt genau nach seinen Vorgaben: ein Kännchen Pfefferminztee, drei Hartkekse, zwei Stücke Maisbrot, Ahornsirup, Marmelade, Butter, ein gekochtes Ei sowie das noch immer obligatorische Glas Milch. Nur einmal hatte er Anlass zur Beschwerde, als er statt der gewohnten Aprikosenmarmelade Pflaumenmus bekam. Aber das geschah nie wieder. Regeln waren dazu da, eingehalten zu werden, das sah Mrs. Brown genauso wie Billy.

Nach dem Frühstück verweilte Billy meist noch einige Zeit in seinem Zimmer und hoffte, das kleine weiße Kätzchen aus der Nachbarschaft käme ihn besuchen. Es sprang hin und wieder von einem Ast des Hickorybaums im Hof auf sein Fenstersims und kratzte maunzend mit der Pfote an der Scheibe. Dann ließ er es herein und sah ihm dabei zu, wie es die Milch, die er sich extra deswegen vom Frühstück aufgespart hatte, aus seiner hohlen Hand schleckte. Wenn es sich satt getrunken hatte, hob er das Kätzchen hoch und küsste es auf sein rosafarbenes Näschen, und es schnurrte los wie ein Propeller. Er nannte es Bastet. Er mochte es sehr.

Während er auf Bastet wartete, schaute er aus dem Fenster. Sein Viereck zur Welt. Er sah: das schaukelnde Blattwerk des Hickorys, den Giebel des Nachbarhauses, der sich diagonal ins Bild schob, das kleine Stück Himmel dahinter. Baum, Haus, Himmel. Natur, Menschenwerk, Universum. Er konnte stundenlang einfach so dasitzen und darüber sinnieren.

Über das Weltall hatte er schon als kleines Kind viel nachgedacht. Es hatte ihm immer Kopfzerbrechen bereitet, dass es kein Ende hatte, dass man immer weiterlaufen konnte, und noch weiter, und immer weiter, tausend Jahre, eine Million Jahre, hundert Milliarden Jahre, bis in alle Ewigkeit, ohne je an ein Ende zu gelangen. Wie sollte das gehen? Aber die andere Möglichkeit, dass man irgendwann zu einem Zaun kam, an dem ein Schild hing: »Achtung, Sie haben das Ende des Universums erreicht«, die war auch unvorstellbar, denn was war dann hinter dem Zaun?

Später hatte er in einem Astronomiebuch gelesen, dass sich die Gelehrten schon seit langem mit diesem Problem herumplagten. Sie konnten nicht erklären, warum es am Nachthimmel so wenig Licht gab. Wenn das Universum unendlich groß war und unzählbar viele Sterne enthielt, dann müsste man eigentlich in jeder beliebigen Richtung, in die man exakt geradeaus lief, früher oder später auf einen Stern stoßen. Und ein Lichtstrahl dieses Sterns, egal, wie nah oder fern, lief ebenso exakt geradeaus, nur in die entgegengesetzte Richtung, bis er auf die Erde traf. Warum war der Himmel dann nicht über und über mit Sternen bedeckt? Warum war er nicht gleißend hell?

Viele Male hatte Billy irgendwo im Freien auf dem Rücken gelegen, nach oben geschaut und darüber gegrübelt. Und jetzt, da er nur einen kleinen Ausschnitt des Himmels sehen konnte, weil ihm die Sicht auf den Rest verdeckt war, wurde ihm auf einmal alles klar. Der Fehler lag im Weltbild. Er hatte sich, wie alle anderen auch, das All immer als einen einzigen großen Raum gedacht, in den man unendlich weit hineinblicken konnte. Aber so war es nicht. Das All war eher wie ein Haus mit vielen Räumen, und das, was man von der Erde aus sah, war nur der Inhalt eines einzigen Raums. In den anderen Räumen waren möglicherweise unzählige weitere Sterne, Planeten, Nebel und Kometen, aber sie waren für das menschliche Auge unsichtbar, weil zwischen ihnen und uns gigantische Wände standen.

Was waren das für Wände, und woraus bestanden sie? Schwer zu sagen. Sie mussten jedenfalls völlig anders beschaffen sein als die Dinge in den Räumen. Denn wenn es sich bloß um einen kosmischen Vorhang, eine Wolke oder dergleichen handeln würde, was uns von den ferneren Bereichen des Alls trennte, dann würde dieses Objekt die Energie des Sternenlichts von allen Seiten aufnehmen, so lange, bis es selbst zu leuchten anfinge.

Nein, es gab nur eine Möglichkeit: Die Wände bestanden aus einer besonderen Materie, die für uns dunkel war und immer bleiben würde, weil dort andere Naturgesetze galten als in den Räumen. Gut denkbar, dass es in diesen Regionen auch Sterne gab, vielleicht sogar Lebewesen. Aus deren Perspektive wäre alles genau umgekehrt. Für sie wären unsere Bereiche die unsichtbaren Wände, die ihnen die Sicht auf das Dahinterliegende raubten, und sie lebten in den Räumen. Das Universum war also doch nicht wie ein Haus mit Wänden, sondern eher wie ein riesengroßes dreidimensionales Schachbrett aus hellen und dunklen Würfeln, die einander abwechselten. Das, was man bislang für das Weltganze gehalten hatte, war nicht mehr als ein einziger heller Würfel, von allen Seiten umgeben von dunklen Würfeln, nur ein kleiner Teil eines unermesslich großen Gesamtgebildes.

Billy war, als drehte sich ihm das Gehirn im Kopf herum. Es war der größte und bedeutendste Einfall, den er je gehabt hatte. Über viele Einzelheiten musste er noch genauer nachdenken, beispielsweise darüber, worin sich die Naturgesetze der hellen und der dunklen Zonen unterschieden. Aber die Grundidee an sich schien ihm einwandfrei. Was nichts Geringeres bedeutete, als dass der Menschheit über dreihundert Jahre nach der Kopernikanischen Wende eine neue Umwälzung bevorstand: die Sidis'sche Wende.

»Wohin des Wegs, junger Mann?«

Mrs. Brown streckte Billy neugierig ihren faltigen Schildkrötenkopf entgegen. Ihre Zimmertür stand stets offen, so dass sie es nie verpasste, wenn einer ihrer Mieter das Haus verließ oder betrat. Das waren die Höhepunkte ihrer ansonsten weitgehend ereignislosen Tage.

»Ich fahre ein wenig mit der Straßenbahn herum, Mrs. Brown. Ich habe gerade eine Entdeckung von überragender wissenschaftlicher Bedeutung gemacht, und da dachte ich, ich gönne mir zur Belohnung einen kleinen Ausflug.«

»Na, kommen Sie bloß rechtzeitig zurück. Sie wissen ja, wann hier dichtgemacht wird.«

»Natürlich, Mrs. Brown.«

Er lief zum Harvard Square und bestieg eine Stadtbahn, die ihn über die Cambridge Bridge bis zur Park Street brachte. Dort ließ er sich ein Umsteigebillett ausstellen und fuhr ohne bestimmtes Ziel mit der Straßenbahn durch Boston. Einmal mehr genoss er das Gefühl, in Bewegung zu sein, ohne sich selbst bewegen zu müssen. Straßenbahnen machten das Leben so herrlich einfach, und seit der Eröffnung der neuen Stadtbahnlinie war es noch einfacher geworden. Er wusste schon gar nicht mehr, warum es ihm noch vor kurzem so schlechtgegangen war. Jetzt konnte er nicht mehr klagen. Er hatte ein eigenes Zimmer mit allem, was er brauchte: Bett, Tisch, Stuhl, Schrank. Mrs. Browns Haushaltsgehilfin, ein blutjunges italienisches Mädchen namens Antonella, machte ihm das Frühstück, besorgte ihm die Wäsche, fegte sein Zimmer aus und ließ ihn ansonsten in Ruhe. Mit Bastet hatte er einen Freund.

Harvard war zur Nebensache geworden. Niemand achtete darauf, ob er zu den Vorlesungen erschien oder nicht. Manchmal ging er hin, manchmal, so wie heute, hatte er Besseres zu tun. Die Aufregung, die sein Studienbeginn und sein Vortrag über die Vierte Dimension vor zweieinhalb Jahren ausgelöst hatten, war längst verflogen. Für die Zeitungsleute war der Wunderjunge kein Thema mehr. Und weil keine aktuellen Fotos mehr veröffentlicht wurden und er sich körperlich stark verändert hatte, wurde er auf der Straße immer seltener erkannt. Wenn es nach ihm ging, konnte es so bleiben.

Am Abend war er, wie versprochen, pünktlich zurück in Mrs. Browns Pension. Es fiel ihm leicht, ihre Regeln einzuhalten. Er fand sie ausnahmslos sinnvoll oder zumindest akzeptabel. Vor allem beeindruckte ihn, dass Mrs. Brown überhaupt so viele Regeln hatte. Sie wusste immer, was richtig war: wo man seine Straßenschuhe ausziehen musste (auf der Fußmatte hinter der Haustür), wie oft das Handtuch im Waschraum gegen ein frisches zu wechseln war (alle vierzehn Tage), ab wann man seinen Ofen anheizen durfte (frühestens Anfang November, unabhängig vom Wetter). Er selbst hatte darüber noch nie nachgedacht. Also machte er es einfach so, wie Mrs. Brown es verlangte, und der Fall war erledigt.

Billy war dankbar für jede Entscheidung, die ihm abgenommen wurde. Am besten, dachte er, wäre es, wenn man für jede wiederkehrende Situation im Leben eine eindeutige Handlungsanweisung hätte. Dann müsste man nie mehr überlegen, was man tun soll und wie. Er nahm ein Notizbuch und schrieb auf, wie er sich künftig verhalten wollte. Bei Regenwetter: keinen Schirm nehmen, sondern einen Mackintosh anziehen. Im Bett: Nachthemd statt Pyjama. Apfel essen: einfach hineinbeißen, nicht erst mit dem Messer zerteilen. Er beschloss, sich jetzt ein einziges Mal über die tausend simplen So-oder-so-Fragen des Alltags Gedanken zu machen und danach nie wieder. Wenn er einmal prinzipiell und für alle Zeit darüber entschieden hätte, dann wäre sein Geist vom täglichen Kleinkram entlastet und könnte sich aufs Wichtige konzentrieren, während das äußere Leben geschmeidig und glatt dahinrollen würde wie auf Schienen.

Seine Liste wurde immer länger und ging bald über Trivialitäten weit hinaus. Billy begann, sich grundlegend zu überlegen, wie er leben wollte. Sollte er sein Studium abbrechen oder weiterführen? An einem festen Ort leben oder umherziehen? Eine Familie gründen oder kinderlos bleiben? Seltsam, er hatte sich schon mit so vielem beschäftigt, aber noch nie mit sich selbst und seiner Zukunft. Boris und Sarah hatten ihn nie dazu ermuntert, für sie war er immer nur das Produkt ihrer Erziehungsmethode gewesen. Dass er einmal ein erwachsener Mensch mit eigenen Wünschen und Sehnsüchten sein würde, hatten sie anscheinend nicht bedacht. Und die Zeitungsleute hatten sich sowieso nie für ihn interessiert, sondern nur für die Figur, die sie aus ihm gemacht hatten. Umso mehr fesselte ihn nun die Frage, die ihm wichtiger schien als alles, worüber er je nachgedacht hatte: Wer wollte er sein?

Er schrieb das ganze Notizbuch voll und noch ein zweites und ein drittes, und als er schließlich glaubte, nichts Wesentliches vergessen zu haben, sah er sich alles an, wählte die wichtigsten Punkte aus, brachte sie in eine sinnfällige Ordnung, befreite sie von Unvereinbarkeiten, siebte sie nochmals, fasste sie so gut als möglich zusammen und nummerierte sie. Am Ende blieben hundertvierundfünfzig Paragraphen übrig, die er auf seiner Schreibmaschine ins Reine tippte. Er las die Auflistung durch und dann noch einmal und fand nichts daran auszusetzen. Es war perfekt. Sein maßgeschneiderter Lebensplan war fertig.

Paragraph eins: Er wollte sein Leben in den Dienst des Wissens stellen. Viel lesen, viel nachdenken, viel schreiben. Die eine oder andere brauchbare Erkenntnis, Formel oder Theorie würde dabei schon herauskommen, und wenn nicht: auch nicht schlimm. Es ging ums Tun und nicht ums Ergebnis. Vielleicht gab es auch andere Wege zum Glück. Aber nicht für ihn.

Die nächsten Punkte ergaben sich aus dem ersten fast von selbst. Er würde immer in Boston oder in der Umgebung von Boston leben. Und er würde sein Leben alleine verbringen. Mit ein paar Katzen vielleicht, aber mit Sicherheit ohne Frau und Kinder. Eine Familie brächte bloß Ablenkung mit sich und keinerlei Vorteile. Sein Beschluss stand unwiderruflich fest: Er würde ledig bleiben, Punkt.

Das waren nur die wichtigsten Grundsätze. In den weiteren Paragraphen ging es beispielsweise darum festzuhalten, was er schon immer über Körperertüchtigung, Alkohol, Tabak oder Religion gedacht hatte. Andere Punkte betrafen Fragen, die er sich zum ersten Mal gestellt und beantwortet hatte, etwa die, ob es richtig war, einen Mittagsschlaf zu halten (ja) oder auf der Straße mit fremden Mädchen zu sprechen (nein). Alles war genau geregelt.

Billy empfand bereits das bloße Vorhandensein seiner Prinzipien als ungeheuren Sprung nach vorne. Ab sofort würde er mit festerem Schritt durchs Leben gehen, denn er ging nicht mehr ins Ungewisse. Seine hundertvierundfünfzig Regeln würden ihm in allen Lebenslagen Orientierung geben. Um sich zu beweisen, dass er es ernst meinte, dass sie nicht nur ein Katalog von unverbindlichen Zielen waren, sondern sein Grundsatzprogramm, sein individuelles Gesetzbuch, an das er sich immer halten würde, war er bereit, ein feierliches Gelübde auf sie abzulegen. Er wusste nur nicht genau, wie das ging und was man dabei machen musste. Es hatte wohl irgendwie mit einem Eid zu tun und mit einer Zeremonie.

Er verließ das Haus und lief so lange durch Cambridge, bis er eine geeignete Stelle fand, eine große, ausladende Eiche am Ufer des Charles River. Vor dem Stamm kniete er nieder, faltete die Hände und schwor sich, seinen Lebensregeln immer treu zu bleiben. Dann umkreiste er den Baum dreimal im Uhrzeigersinn, in der linken Hand die Blätter mit den Regeln, die rechte aufs Herz gelegt, schöpfte etwas Wasser aus dem Fluss, goss es sich über den Kopf und umkreiste, um ganz sicherzugehen, dass das Gelübde gültig war, den Baum noch dreimal gegen den Uhrzeigersinn. Weil ihm nichts einfiel, das er sonst noch hätte tun können, ging er zurück zu seinem Zimmer.

Im Straßengraben fand er eine verbogene Nummernplakette aus Emaille, die von einem Automobil abgefallen war. Er hob das handtellergroße, kobaltblaue Ding auf und steckte es ein. Fortan würde er es immer bei sich tragen, zur ewigen Erinnerung an diesen 16. August 1912. Er war vierzehn Jahre und hundertsiebenunddreißig Tage alt. Und seit heute ein Mann.

Seit seinem Gelübde fühlte sich Billy, als wären ihm Flügel gewachsen. Auf einmal war alles so leicht. Sogar das Studium machte ihm wieder Spaß. Viel zu lange war er vor Gespenstern davongerannt, vor dem Wunderjungen aus der Zeitung und dem Knaben mit dem heiteren Gemüt, über den Boris geschrieben hatte. Jetzt hatten sie ihren Schrecken verloren. Er hatte nichts mehr mit ihnen zu tun. Seine Aufgabe war ja nicht, den Bildern ähnlich zu werden, die andere von ihm hatten, sondern sich selbst. Das war möglich geworden, seit er wusste, wer er war. Seine hundertvierundfünfzig Regeln waren sein Leitstern und sein Schutzschild.

Inzwischen hatte er ausreichend viele Kurse besucht und Prüfungen bestanden, so dass ihm eigentlich ein Bachelor-Titel zustand. Er wurde ihm mit derselben Begründung verwehrt, mit der ihm schon so viele Steine in den Weg gelegt worden waren: Er war noch zu jung. Ein volles Jahr lang bestand seine einzige Pflicht darin, auf seinen sechzehnten Geburtstag zu warten. Er beschloss, die Zeit bestmöglich zu nutzen.

Sein Lebensprogramm enthielt nämlich, wie er mittlerweile erkannt hatte, einen gewaltigen Konstruktionsfehler. Die Regeln selbst waren nicht das Problem, die waren vollkommen und bewährten sich in der Praxis hervorragend. Aber sie drehten sich nur um ihn, um sein höchstpersönliches Glück. Das war viel zu kurz gegriffen. Man konnte keine Ordnung in sein Leben bekommen, wenn die Welt ringsum in Unordnung war. Es nützte nichts, in die richtige Richtung zu gehen, wenn man sich in einem Zug befand, der in die falsche fuhr.

Zum Beispiel Regel Nummer achtundvierzig: die Ablehnung jeglicher Art von physischer Gewalt. Als moralisches Gebot war das völlig richtig, und trotzdem kein geeignetes Mittel, um Frieden zu schaffen. Dazu brauchte es viel mehr, nämlich Verhältnisse, die die Ursachen von Kriegen beseitigten. Es brauchte ein weiteres Regelwerk, eines, das nicht nur das Dasein eines Einzelnen, sondern der gesamten Gesellschaft optimierte. Eine Verfassung für einen idealen Staat.

Billy wusste, dass er nicht der Erste war, der sich darüber Gedanken machte. Platon, Thomas Morus, Campanella, Francis Bacon, er hatte sie alle gelesen. Utopia, Sonnenstaat, Nova Atlantis, diese ganzen Entwürfe einer besseren Welt, sie waren gut gemeint und aller Ehren wert. Aber der perfekte Plan für ein perfektes Gemeinwesen war noch nicht darunter. Das wollte er ändern. Er hatte ja Zeit.

Er lag auf dem Bett, schaute an die Decke, streichelte Bastet, die auf seinem Bauch lag, zwischen den Ohren und dachte über seinen Staat nach. Hesperia sollte er heißen, so viel wusste er schon. Eine Demokratie? Ja. Aber eine, die nicht so viele Mängel hatte wie die amerikanische. Wenn Millionen Strohköpfe wählen gehen durften, aber er, Billy, noch nicht, dann war etwas verkehrt. In Hesperia war das anders geregelt. Da bekam man das Wahlrecht nicht automatisch, sobald man ein bestimmtes Alter erreicht hatte, sondern nur, wenn man einen Intelligenztest bestand. Wer bei diesem Test durchfiel, blieb unmündig.

Auch sonst war in Hesperia alles gut durchdacht. Die antiquierte, ineffiziente Gemeinschaftsform der Kleinfamilie war abgeschafft. Kinder wurden von Mitarbeitern der Erziehungsgewerkschaft betreut. Privateigentum war zugelassen, aber es konnte niemals zu monströsen Summen angehäuft und zu Machtzwecken missbraucht werden, denn es wurde nicht vererbt, sondern fiel nach dem Tod des Eigentümers an das Gemeinwesen. Es gab keinen privaten Landbesitz, und die Arbeit wurde nicht durch private Unternehmen verteilt, sondern durch Handelskammern, Gewerkschaften und Staatsbetriebe. Jeder Einwohner von Hesperia wurde mit einer Buchstaben-Ziffern-Kombination gekennzeichnet. Explosionen sowie unzumutbarer Krach und Gestank waren gesetzlich verboten, ebenso wie die Kohabitation zwischen Personen, von denen mindestens eine geisteskrank oder kriminell ist.

Das alles, neben hunderten weiterer Definitionen, Bestimmungen und Gesetze, war Bestandteil der Verfassung von Hesperia, verabschiedet und beschlossen von C41, dem Gründervater und ersten Bürger des Zukunftsstaats, am dreißigsten Januar im Jahre neunzehnhundertundvierzehn des Sonnenkalenders um zwanzig Minuten vor dreiundzwanzig Uhr.

Als Billy im Sommer 1914 zum jüngsten Bachelor in der Geschichte Harvards wurde, bat ihn der *Boston Herald* um ein Interview für die Sonntagsausgabe. Er sagte zu. Die Zeitungsleute konnten ihn nicht mehr schrecken. Er war kein Kind mehr, er hatte einen Plan für sein Leben und einen zweiten für die Gesellschaft, das genügte, um sich nie wieder verunsichern zu lassen. Die Zeitungen hatten so viel Falsches über ihn verbreitet, nun sollten die Leser ein einziges Mal die Wahrheit erfahren, bevor er sich für immer ins Privatleben zurückziehen würde.

Selbst Mrs. Brown verstand, dass es sich um ein außerordentliches Ereignis handelte. Ausnahmsweise gestattete sie Mr. Robin, dem Reporter des *Herald*, Zugang zu Billys Zimmer.

»Interessant. Ich wollte schon immer mal wissen, wie es bei einem Genie zu Hause aussieht.« Mr. Robin schaute sich um. »Was das Wohnen betrifft, haben Sie ja nicht gerade einen hohen Anspruch, oder?«

»Wieso?«

»Na ja ...« Der Reporter deutete in den Raum. Ein Pensionszimmer wie tausend andere, ohne besondere Merkmale, ohne Schmuck, ohne irgendeine individuelle Gestaltung durch den Bewohner. Das einzige Anzeichen dafür, dass hier kein Allerweltsmensch lebte, war eine Replik der Venus von Milo. Aber so lieblos, wie sie in der schmalen Nische zwischen Schrank und Wand verstaut war, wirkte sie nicht wie die steingewordene Göttin der Schönheit, sondern eher wie ein Stück Trödel.

»Nun gut. Fangen wir an. Mr. Sidis ... oder darf ich Billy zu Ihnen sagen?«

»Auf keinen Fall.«

»Ich dachte, man nennt Sie so?«

»Früher vielleicht, als Kind. Das ist vorbei. Nennen Sie mich meinetwegen William.«

»Wie Sie wünschen. William, Sie sind mit Ihrer Theorie über die Vierte Dimension berühmt geworden. Das ist nun vier Jahre her. Haben Sie seitdem neue Einsichten über dieses faszinierende Thema gewonnen?«

»Nein. Die *n*-dimensionale Geometrie interessiert mich schon lange nicht mehr. Sie hat mich, ehrlich gesagt, noch nie interessiert. Ich brauchte nur irgendein Vortragsthema. Das ist alles nicht so wichtig.«

»So? Und was ist aus Ihrem revolutionären Flugapparat mit den Radiumstrahlen geworden? Mit dem man in zwanzig Minuten bis zur Venus fliegen kann?«

»Völliger Quatsch. Kann gar nicht funktionieren. Das ist doch offensichtlich.«

»Aber damals stand überall in den Zeitungen –«

»Weil alle voneinander abschreiben und keiner weiß, um was es geht. Hauptsache, es klingt spektakulär, damit es sich verkauft.«

»Das ist mir etwas zu pauschal. Es gibt auch Qualitätsblätter, zum Beispiel den *Herald*.«

»Zeigen Sie mir eine Ausgabe des *Herald,* und ich zeige Ihnen auf jeder Seite zehn Fehler.«

»Wir sind die beste Zeitung in ganz Massachusetts.«

»Das bestreite ich nicht.«

»Vielleicht sollten wir nicht über Zeitungen sprechen, sondern über Sie. In den letzten Jahren ist es um Sie ja ziemlich still geworden. Was haben Sie die ganze Zeit gemacht?«

»Meistens war ich hier in meinem Zimmer. Ich liege oft auf dem Bett oder sehe aus dem Fenster. Ich bin aber auch viel mit der Straßenbahn herumgefahren. Ich fahre sehr gern mit der Straßenbahn.«

»Ah ja. Und sonst?«

»Ich habe eine neuartige Theorie über den Aufbau des

Universums entwickelt und die Verfassung für einen idealen Staat geschrieben.«

»Dann werden Sie als Nächstes sicherlich eine Promotion in Astronomie anstreben. Oder eher in Staatsrecht?«

»Weder noch. Ich habe Wichtigeres vor. Ich möchte das perfekte Leben führen.«

»Das perfekte Leben?« Mr. Robin hob eine Augenbraue.

»Richtig.«

»Das möchten unsere Leser sicherlich auch. Können Sie denen einen Tipp geben, was sie dafür tun müssen?«

»Nun, da wäre zunächst der Bereich des Finanziellen. Man sollte dem Geld so wenig Platz einräumen wie möglich. Am besten sollte man es ganz abschaffen. Es kann nicht sein, dass jemand etwas Überlebenswichtiges benötigt, aber nicht bekommt, bloß weil er kein Geld hat. Wir brauchen ein anderes Wirtschaftssystem.«

»Wenn's weiter nichts ist …«

»Doch, natürlich. Zum perfekten Leben gehört noch viel mehr. In erster Linie muss man sich zurückziehen und möglichst wenig mit anderen zu tun haben.«

»Oh. Ein Menschenfreund scheinen Sie ja nicht gerade zu sein.«

»Kommt drauf an, was man unter ›Menschen‹ versteht. Die Massen habe ich schon immer gehasst.«

»Sagen Sie mal – sind Sie sich wirklich sicher, dass das so gedruckt werden soll?«

»Klar, warum nicht?«

»Auf die Leserbriefe bin ich jetzt schon gespannt.«

»Ich nicht. Auf die Meinung der Leute darf man nicht viel geben.«

»William, wissen Sie eigentlich, wie arrogant Sie sind?«
»Ich bin nur ehrlich. Es wird sowieso schon viel zu viel gelogen. Deshalb habe ich mir vorgenommen, immer die Wahrheit zu sagen. Regel Nummer sechzehn.«
»Welche Regel?«
»Es gibt eine Sammlung von hundertvierundfünfzig Regeln, an die ich mich halte. Ich habe im vorletzten Jahr ein Gelübde auf sie abgelegt, hier, sehen Sie.«
William zeigte Mr. Robin zum Beweis das kobaltblaue Nummernschild, in dessen Rückseite er mit einem Nagel *Aug 16, 1912* gekratzt hatte.
»Sehr schön. Und was sind das für Regeln?«
»Ganz unterschiedlich. Eine der wichtigsten betrifft das Zölibat. Ich habe beschlossen, dass ich niemals heiraten und Kinder haben werde.«
»Das haben Sie mit vierzehn beschlossen? Ist das nicht ein bisschen früh?«
»Warum? Es ist doch keine Frage des Alters, ob man etwas als richtig oder falsch erkennt.«
»Na, dann warten Sie mal ab, bis Ihnen eine schöne Frau über den Weg läuft, die Ihnen gefällt. Dann haben Sie Ihr Gelübde schnell vergessen.«
»Ausgeschlossen! Frauen bedeuten mir nichts. Ich weiß noch nicht mal, was Sie meinen, wenn Sie von einer schönen Frau sprechen. Was soll das sein, Schönheit? Wie definieren Sie das?«
»Komische Frage. Schönheit, das ist, das ist ... na ja, wenn etwas schön ist eben. Eine schöne Landschaft. Eine schöne Frau. Eine ... ein schönes Bild. Das sieht man doch.«
»Sehen Sie, Sie wissen es nicht. Niemand weiß es. Aber

alle reden davon. Ich finde das unsinnig. Man sollte auf Begriffe verzichten, von denen nicht klar ist, was sie bedeuten.«

»Aber ohne einen Begriff von Schönheit gäbe es auch keine Kunst. Keine Malerei, keine Musik, kein Schauspiel, keinen Tanz.«

»Na und?«

»Wie: na und? Das wäre doch ein riesiger Verlust für die Menschheit.«

»Gar nicht. Ich habe nie verstanden, wozu Kunst gut sein soll. Ich weiß nicht, warum Leute die Mühe auf sich nehmen, ein Lied zu singen, anstatt den Text aufzusagen. Man könnte eine Menge Zeit sparen und außerdem die Worte leichter verstehen.«

»Sie wollen mich auf den Arm nehmen.«

»Keineswegs.«

»Und die Venus bedeutet Ihnen wohl auch nichts, wie?«

»Nicht im Geringsten. Die hat meine Mutter hier reingestellt. Sie glaubt, dass ich besser nachdenken kann, wenn ich auf ein Kunstwerk schaue. Das ist aber Quatsch. Ich kann am besten nachdenken, wenn ich auf dem Rücken liege. Ich benutze sie nur, um meine Krawatten dran aufzuhängen.«

»Kommen Sie, William, geben Sie's zu. Sie veräppeln mich.«

»Wenn's Ihnen gefällt, nehmen Sie das Ding mit. Ich schenke es Ihnen.«

»Wirklich?«

»Ich bin froh, wenn ich's los bin.«

»Na dann, herzlichen Dank. Auch für dieses Gespräch. Wissen Sie, ich hatte ja keine Ahnung, was mich erwartet.

Es kursieren so viele Gerüchte über Sie. Die einen sagen, Sie sind immer noch so brillant wie eh und je. Die anderen meinen, Sie sind verrückt geworden.«

»Und? Wer hat recht?«

»Soll ich's wirklich sagen? Ganz ehrlich? Regel Nummer sechzehn?«

»Nur zu.«

»Ganz ehrlich: Ich weiß es nicht. Vielleicht stimmt beides. Jedenfalls wünsche ich Ihnen, dass Sie Ihr perfektes Leben finden werden.«

»Das werde ich. Da bin ich mir vollkommen sicher.«

William lächelte, zog das Nummernschild noch einmal hervor, drückte es an seine Lippen und verabschiedete sich von Mr. Robin. Er war sehr zufrieden mit seinem Interview. Es war geschafft. Sein Dasein als öffentliche Figur war beendet. Ab jetzt würde er nur noch für sich leben.

DRITTER TEIL

7

Helena, die mit ihren vier Jahren noch immer nicht mit den Segnungen der Sidis-Erziehungsmethode in Berührung gekommen war, flitzte in ihrem weißen Sommerkleidchen und mit bloßen Füßen durchs Eingangsportal von Maplewood Farms und über die gepflasterte Auffahrt. Sie hatte ihren großen Bruder schon von weitem durchs Fenster erspäht. Aufgekratzt sprang sie um ihn herum, patschte ihm mit ihren Händchen aufs Hinterteil und krähte zur Begrüßung: »Du bist ein Freud!«

»Was bin ich?«

»Ein Freud!« Sie streckte ihm frech die Zunge heraus.

»Weißt du denn überhaupt, was das ist?«

»Natürlich!«, rief sie selbstbewusst. »Was ganz Schlimmes! Weiß ich von Papa. Der kann dir das genau erklären.« Sie rannte los, um ihn zu holen.

William betrat die Eingangshalle und sah sich um. Etwas war anders. Richtig, der Zimmerspringbrunnen fehlte, und auch die Bodenvasen. Er hatte sie immer als überflüssig und störend empfunden, aber er hatte sich an sie gewöhnt. Deshalb störten ihn nun die Lücken, die sie hinterließen, noch mehr. Er mochte Veränderungen nicht, sie beunruhigten ihn. Warum konnte man die Dinge nicht einfach lassen, wo sie waren, und stattdessen die Verhältnisse ändern?

»Billy? Du hier?« Boris klang überrascht. Schwer zu sagen, ob positiv oder negativ.

»Ich musste weg aus Cambridge und wusste nicht, wohin.«

»Du musstest weg?«

»Sarah schickt mir kein Geld mehr. Ich weiß nicht, warum. Mrs. Brown hat mich rausgeworfen, weil ich die Miete nicht bezahlen konnte.«

»Verdammt!«, schrie Boris auf. »Diese verfluchten Freudianer!«

»Blöde Freuderaner«, pflichtete Helena ihm bei.

»Was haben die denn damit zu tun?«, fragte William.

»Mehr als du glaubst«, zischte Boris und ballte die Fäuste. »Sie wollen mich zerstören! Mich und alles, was ich geschaffen habe! Aus Rache, weil ich nachgewiesen habe, wie lächerlich und falsch ihre Hypothesen sind.«

»Und das ist der Grund, weshalb ich kein Geld bekomme?«

»Na sicher! Sie setzen alles daran, dass deine akademische Karriere scheitert, damit die Sidis-Erziehungsmethode sich nicht durchsetzt. Deshalb wollen sie uns ruinieren. Vor ein paar Jahren haben sich die Leute noch darum gerissen, sich von mir behandeln zu lassen. Momentan ist das Sanatorium nicht mal zur Hälfte belegt. Damit lässt sich der Betrieb kaum aufrechterhalten. Die Köchin haben wir schon entlassen müssen, Sarah kocht jetzt selber. Sie ist gerade auf dem Markt und kauft ein. Und warum das alles?«

Boris machte eine bedeutungsvolle Pause, die sich so lange hinzog, bis William die Spannung löste, indem er fragte: »Ja, warum denn?«

»Warum, warum! Da fragst du noch! Weil die Geistesgestörten verrückt geworden sind, darum! Weil sie ihr Geld anstatt für eine richtige Therapie lieber dafür ausgeben, sich auf eine Couch zu legen und schweinisches Zeug zu reden. Aber ich werde nicht kampflos aufgeben. Und jetzt entschuldige mich bitte, ich bin mitten in der Arbeit.«

Boris zog sich wieder zurück in sein Schreibzimmer und legte letzte Hand an sein neuestes Buch. Eigentlich handelte es sich um ein nüchternes wissenschaftliches Werk über die Diagnose von Geisteskrankheiten, aber er konnte es nicht lassen, im Vorwort so ungestüm über die Psychoanalyse – beziehungsweise die »Pseudoanalyse«, wie er sich ausdrückte – herzuziehen wie nie zuvor. Er bezeichnete sie als ein »geschlossenes Wahnsystem«, ein »sinnleeres Gefasel«, einen »verrückten Veitstanz um den Schrein der Venus und den Altar des Priapos« und eine »Bedrohung für die gesamte Gesellschaft«, um mit dem vernichtenden Urteil zu enden: »Dann noch lieber Christliche Wissenschaft als Psychoanalyse!«

Unterdessen machte William einen Rundgang über das Gelände. Das Haus war beinahe ausgestorben. Lediglich im Zigarrenzimmer saß die dicke Fabrikantengattin neben zwei alten Männern, die er noch nie gesehen hatte. Sie schwiegen einander an und schenkten ihm keine Beachtung. Sogar die exotischen Bäume im Park wirkten wie angesteckt von der Lethargie. Der flirrende chinesische Ginkgo, der hochragende australische Eukalyptus, die vielstämmige kaukasische Flügelnuss, die noble chilenische Araukarie, der ausladende korsische Zürgelbaum, die perlende babylonische Trauerweide, sie standen matt und desillusioniert in der Gegend herum und schienen sich zu fragen, was sie im kühlen, verregneten Neuengland verloren hatten, wo sie nicht hingehörten und wo schon lange niemand mehr einen bewundernden Blick für ihre Schönheit übrighatte. Das Sidis Institute hatte von Anbeginn etwas Entrücktes an sich gehabt, aber so umwölkt, so falb, so jenseitig wie jetzt hatte es noch nie ausgesehen.

Auf der Terrasse des Sonnenbads, dessen Markisen merklich ausgeblichen waren, legte William sich auf die bloßen Holzplanken und schaute in den Himmel. Die ersten Sterne blinkten auf, bald würde man die Sternbilder erkennen. Ihre majestätische Unveränderlichkeit beruhigte ihn mehr als alles, was auf dieser notorisch unzuverlässigen Erde vor sich ging. Der Zacken der Kassiopeia stand genau so da wie zu der Zeit, als er, im Arm seiner Mutter, ihn zum ersten Mal über dem Central Park in New York gesehen hatte. An exakt der gleichen Stelle in exakt der gleichen Formation hatten die fünf Punkte auch über Ptolemäus und sogar schon über den Dinosauriern geleuchtet, und noch in den fernsten Zeiten, wie auch immer die Gestalten dann aussehen mochten, die hier unten entstehen, aufglimmen und vergehen, würden sie mit unerschütterlichem Gleichmut ihr ewiges Licht durch den Raum schicken. Als Kind hatte er sich vor den unbegreiflichen Dimensionen des Weltalls gefürchtet. Jetzt, da er herausgefunden hatte, wie es aufgebaut war, fand er es tröstlich zu wissen, dass es auch dort, wo scheinbar nur ein unendlicher schwarzer Schlund war, etwas gab, auch wenn man es nicht sehen konnte.

Kurz bevor er in einen entspannten Schlummer sank, wurde William unsanft aus seiner Kontemplation gerissen.

»Billy? Du hier?«

Er schreckte hoch und rieb sich die Augen.

»Oh. Hallo, Sarah.«

»Wie schön, dass du uns auch mal wieder besuchst. Was verschafft uns die Ehre? Du dachtest wohl, du könntest deinen Eltern mal ein bisschen helfen, wie?«

»Nein, es ist wegen der Geldanweisung.«

»Es ist wohl in diesem Monat nichts gekommen, was?«

»Genau.«

»So, so. Und hast du vielleicht eine Vermutung, woran das liegen könnte?«

»An den Freudianern, sagt Boris.«

»Ach, der alte Esel. Für den sind die Freudianer an allem schuld. Aber es gibt auch Leute, die ihren Verstand verlieren, ohne dass sie eine Psychoanalyse machen.«

»Wen meinst du?«

»Na, wen wohl! Fast fünf Jahre für einen kümmerlichen Bachelor, und gerade mal *cum laude*! Und dann in der Zeitung herumposaunen, dass es etwas Wichtigeres gibt als eine Promotion. Was für eine Blamage! Weißt du, wie viele Titel dein Vater in der gleichen Zeit bekommen hat? Und alles *summa*! Und wie es deine Mutter zu ihrem Doktor gebracht hat, weißt du das?«

»Du hast es mir schon fünfundzwanzigmal erzählt.«

»Na also. Du hast so viel mehr Möglichkeiten als ich in deinem Alter. Fang endlich an, sie zu nutzen. Es reicht nicht, sich in ein gemachtes Bett zu legen und dann noch zu sagen: Seht her, ich führe das perfekte Leben.«

»Das habe ich nie gesagt.«

»Schau dir Vasil an. Als wir hierherkamen, konnte er gerade mal seinen Namen schreiben und eins und eins zusammenzählen. Aber er gibt sich Mühe, etwas dazuzulernen. Jedes Mal, wenn wir ein bisschen Zeit haben, üben wir zusammen. Jetzt hilft er mir schon manchmal, Rechnungen auszustellen. Siehst du, darauf kommt es an. Man muss immer versuchen, das Beste aus sich zu machen.«

»Ja, aber was soll ich denn tun?«

»Na ja, zum Beispiel …«

Sarah musste zugeben, dass sie darauf auch keine Antwort parat hatte. Selbst wenn William sich um Arbeit bemüht hätte, wäre es nicht leicht gewesen, eine passende Stelle zu finden. Es gab nun einmal keinen Arbeitsmarkt für siebzehnjährige Akademiker, aus dem einfachen Grund, weil es, von einer einzigen Ausnahme abgesehen, keine siebzehnjährigen Akademiker gab. Und für eine nichtakademische Arbeit war William erst recht nicht zu gebrauchen. Also blieb er erst einmal da.

Mit seiner kleinen Schwester verstand er sich prächtig. Ihr verdankte er die schönsten Momente. Sie war zu ihrem Glück noch nicht in der Lage, wahrzunehmen, wie sich Maplewood Farms allmählich in ein Spukschloss verwandelte. Die schweren, dunklen Holzdecken drückten ihr nicht auf den Kopf, der abgestandene Geruch, der aus den Teppichen dünstete, schlug ihr nicht auf die Lungen, der allgegenwärtige Staub, gegen den der Straußenfederwedel von Mary, dem Hausmädchen, schon lange nicht mehr ankam, legte sich nicht über ihr Gemüt. Für sie war das alles normal, sie kannte nichts anderes. Ohne Bedenken versteckte sie sich in wurmstichigen Kisten auf dem Dachboden, wo William sie suchen musste, oder sie nahm ihn mit auf eine Abenteuerreise durch düstere Kellergewölbe.

William genoss die Spiele sehr. Sie schenkten ihm eine Ahnung davon, wie unkompliziert das Leben sein konnte. Zugleich war er sich über die Kostbarkeit dieser Augenblicke im Klaren. Helena würde nicht so klein bleiben, und er selbst würde nie eigene Kinder haben, das war beschlossene Sache.

Am meisten Spaß hatten die beiden, wenn sie einen »Ausritt« machten. Dann setzte Helena sich auf Williams Schultern, rief unablässig: »Hüha, mein Pferdchen, lauf schneller!«, und dirigierte ihn in die entlegensten Winkel des Parks. Helena kletterte von ihrem Pferdchen, tätschelte es und gab ihm zur Belohnung eine Handvoll Gras zu fressen. Von hier hinten, das war das Schönste an ihren Ausflügen, bekam man nicht mit, was im Haupthaus und im Rest der Welt vor sich ging. Man konnte sich für ein paar Stunden der Illusion hingeben, alles sei gut.

Boris kannte solche süßen Augenblicke der Entlastung nicht mehr. Er war nur noch ein Schatten des Mannes, der er einmal gewesen war. Der Rücken gramgebeugt, der Gang schleppend, der Husten chronisch, die Haut blass und faltig, die Schläfen und Schnurrbartspitzen ergraut, der einst so klare, unbeugsame Blick stumpf und nach innen gekehrt. Einzig seine Stimme war noch fest und seine Rede so feurig wie ehedem. Sein Zorn hielt ihn jung, der Zorn auf die Freudianer und ihren spitzbärtigen Verführer, dessen Schuld ins Grenzenlose gewachsen war. Das stolze Europa, Geburtsstätte der Philosophie, Wiege des Humanismus,

Heimat der Aufklärung, war von seinen Irrlehren so verwirrt, dass die Völker angefangen hatten, gegeneinander Krieg zu führen. Die deutsche, die österreichische, die russische, die französische, die englische Jugend kannte auf einmal kein höheres Ideal mehr, als die Jugend des Nachbarlandes zu zerfleischen. Professor Freud selbst schwadronierte, seine ganze Libido gehöre jetzt Österreich-Ungarn, und er hielt seine Söhne nicht davon ab, der grassierenden Massenhypnose zu erliegen und sich freiwillig zur Artillerie zu melden.

Weinend vor Wut las Boris, dass die uralte Bibliothek der flämischen Universitätsstadt Löwen von deutschen Soldaten niedergebrannt worden war. Dreihunderttausend Bücher, unersetzliche Handschriften darunter, fünfhundert Jahre lang von einer treu bewahrenden und fleißig weitersammelnden Generation der nächsten anvertraut, in einer einzigen Nacht verwandelt in Rauch und Asche. Es war, als hätte sich ein ganzer Kontinent kollektiv dem Wahnsinn ergeben und seinem *Subwaking Self,* diesem dumpfen, stumpfen, amoralischen Monstrum, das Handeln überlassen. Boris erhob sich ächzend und begab sich in sein Behandlungszimmer, wo ein achtzigjähriger Pensionär aus Wisconsin auf seine Therapiestunde wartete. Kein Kriegsverbrecher, kein Mordbrenner und kein Volksverhetzer, sondern nur ein harmloser Greis, der die völlig unschädliche Eigenheit besaß, zur Befriedigung zu finden, indem er sich mit seinem eigenen Kot einrieb.

William verabscheute den Krieg so sehr wie sein Vater, doch weinte er keine Tränen der Wut, sondern der Angst. Nachts träumte er von einem Schlachtfeld. Die Truppen der Mittelmächte standen auf der einen Seite, diejenigen der Entente auf der anderen, er selbst dazwischen, allein und schutzlos. Während ihm die Gewehrkugeln, Mörsergranaten und Schrapnells um die Ohren pfiffen, versuchte er, sich in den Boden einzugraben, wobei ihm als Werkzeug nur ein Füllfederhalter zur Verfügung stand. Über ihm kreisten Luftschiffe, die Bomben auf ihn warfen. Er grub und grub, aber das Loch wurde nicht tiefer. Da kamen zwei Soldaten auf ihn zu. Sie hielten ihre Repetiergewehre in Hüfthöhe und richteten sie genau auf ihn. Es waren die Söhne von Professor Freud. Hinter ihnen Professor Freud selbst, unbekleidet und in voll entflammter Libido. Zwischen seinen schwellenden Lippen steckte eine dicke Zigarre, zäher Speichel troff ihm aus den Mundwinkeln in den dreieckigen Bart. Seiner Körpermitte entragte ein drittes Gewehr.

»Tu was, William! Verteidige mich!«, rief eine hallende Stimme von oben. »Wie denn, Vater?«, rief William zurück. »Du musst den Federhalter werfen!« – »Ich kann nicht!« – »Wirf den Federhalter, William! Wirf ihn so, wie ich es dir beigebracht habe!« – »Du hast mir nichts beigebracht!« Mit ganzer Kraft schleuderte William den Federhalter gegen die Angreifer. Er ging in lächerlicher Entfernung zu Boden, ohne jede Wirkung. Professor Freud kreischte voller Häme und Wollust auf. Seine Erregung näherte sich dem Höhepunkt. Die Söhne legten die Gewehre an und warteten auf den Befehl, ihre Ladung abzuschießen –

Eine halbe Sekunde bevor er starb, fuhr William aus seinem Bett auf. Er war schweißgebadet. Als er Boris von seinem Traum erzählte und ihn nach der Bedeutung fragte, blaffte der ihn bloß an: Träume hätten überhaupt nichts zu bedeuten, wo habe er den blödsinnigen Gedanken her?

In der Folgezeit war William noch grüblerischer als zuvor. Wenn Sarah ihn fragte, was er mache, sagte er: »Nachdenken.« Für sie sah es eher nach Nichtstun aus. Und Nichtstun sei die größte Sünde.

William widersprach. Nichtstun sei sehr viel besser, als etwas Böses zu tun, so wie die Söhne von Professor Freud. Er selbst werde jedenfalls nie zur Armee gehen, unter keinen Umständen, das schwöre er.

»Verlangt doch auch keiner«, sagte Sarah. »Amerika hält sich raus aus dem Krieg, das hat Präsident Wilson erst gestern wieder versprochen.«

»Du glaubst ihm das doch nicht etwa?«

»Warum nicht?«

»Weil er ein Politiker ist. Er lehnt den Krieg nicht grundsätzlich ab, sondern nur, weil er sich momentan nicht rechnet. Sobald sich das ändert, wird er ohne Hemmungen –«

»Krieg, Krieg, ihr seid ja besessen vom Krieg, du und dein Vater. Siehst du hier irgendwo einen Krieg? Ich sehe bloß Fenster, die dringend geputzt werden müssen.«

Während Sarah sich wieder an ihre Hausarbeit machte, ging William seine Lebensregeln durch. Regel Nummer einundsiebzig schrieb vor, niemandem willentlich Schaden zuzufügen. Und es gab Regel Nummer achtundvierzig, die Ablehnung von Gewalt. War das eindeutig genug? Zur Sicherheit fügte er eine Zusatzregel hinzu, Regel Nummer hundertfünfundfünfzig. Sie legte fest, dass er sich niemals zum Kriegsdienst melden würde. Jetzt waren alle Zweifel beseitigt. Gleich fühlte er sich sicherer. Wieder einmal beschützte ihn sein Regelwerk, sein zuverlässiger Begleiter in allen Lebenslagen, vor Gefahr.

Auch in der Berufsfrage ergab sich eine Lösung. Dr. Evans – ebenjener Griffith C. Evans, der zur Zeit von Billys legendärem Vortrag über die Vierdimensionale Geometrie den Harvard Math Club geleitet hatte – kam im Frühjahr 1915 zu einem überraschenden Besuch nach Maplewood Farms. Er war ein wenig kräftiger geworden und sah nicht mehr ganz so giraffenhaft aus, hatte aber noch immer die Neigung, hastig zu reden und dabei mit seinen Armen zu schlenkern.

»Sie sehen, ich habe Sie nicht vergessen, Mr. Sidis. Wie könnte man ein solches mathematisches Talent auch vergessen? Gestatten Sie mir eine Frage: Haben Sie schon einmal etwas vom Rice Institute gehört? Macht nichts, mir ging es nicht anders. Das Institut ist eben noch sehr jung. Das großzügige Vermächtnis eines gewissen Mr. Rice hat es ermöglicht, eine private Bildungseinrichtung aufzubauen, die … zugegeben, an Harvard reicht sie nicht heran, aber was auf der Welt reicht schon an Harvard heran, nicht wahr? Gleichwohl, es lässt sich dort passabel arbeiten. Ich muss das wissen, ich bin seit drei Jahren dort. Nun trifft es sich, dass ich demnächst die Leitung der mathematischen Fakultät übernehmen werde und unter anderem ein Doktorandenstipendium über siebenhundertfünfzig Dollar *per annum* zu vergeben habe. Ich weiß, das ist nicht üppig, besonders wenn man solche Verhältnisse gewohnt ist.« Dr. Evans schaute sich um – der goldene Kronleuchter, die Zimmerpalmen, die Tapisserien. »Aber zum einen kann ich Ihnen schon jetzt eine wesentlich besser dotierte Festanstellung im Anschluss zusichern, zum anderen sind Sie herzlich eingeladen, in meinem Haus zu wohnen. Überdies haben Sie bei der Wahl Ihres Dissertationsthemas selbstverständlich freie Hand. Das alles addiert, gibt mir die Courage zu fragen: Könnten Sie sich das vorstellen?«

»Natürlich kann er das«, sagte Sarah.

»Das freut mich. Ich muss noch hinzufügen, dass mit der Stelle eine Lehrtätigkeit verbunden ist, sprich, Sie müssten nebenher einige Kurse geben, sowohl für Studienanfänger als auch für Fortgeschrittene.«

»Anfänger? Er soll seine Zeit mit Anfängerkursen verschwenden?«, empörte sich Boris. »Denken Sie etwa, er hat – aua!«

»Mein lieber Dr. Evans, das ist alles gar kein Problem«, sagte Sarah rasch, während Boris sich das Schienbein rieb. »Nur sagen Sie bitte noch eins: Dieses Rice Institute, wo liegt das eigentlich?«

Dr. Evans hob entschuldigend die Hände. »Oh, habe ich das noch nicht erwähnt? In Houston, Texas.«

»Da gehe ich nicht hin«, sagte William bestimmt.

»Das war damals auch mein erster Gedanke«, lachte Dr. Evans. »Aber glauben Sie mir, Texas hat sich enorm entwickelt. Allein Houston besitzt einen nagelneuen Seehafen und eine ganze Reihe nagelneuer Industrieanlagen, und zurzeit baut man –«

»Interessiert mich nicht. Ich möchte in Neuengland leben, das ist einer meiner Grundsätze.«

»Nun, wenn Sie sich dessen so sicher sind, dann muss ich das wohl hinnehmen. Wiewohl ich es sehr bedaure –«

»Sagen Sie mal, Dr. Evans«, warf Sarah ein. »Gibt es in Houston zufälligerweise auch eine – Straßenbahn?«

»Ja, warum?«

»Ein nagelneues Straßenbahnnetz?«

»So gut wie alles in Houston ist neu, weshalb?«

»Mit vielen Linien und Haltestationen und Straßenbahnwagen modernster Bauart, in denen man den ganzen Tag herumfahren kann?«

»Sicher doch … Wieso fragen Sie?«

»Ach, nur so. Ich kenne jemanden, der würde das bestimmt gerne sehen.«

Das Houston des Jahres 1915, da hatte Dr. Evans recht, war nicht zu vergleichen mit dem belanglosen Nest gleichen Namens, das noch kurz zuvor an gleicher Stelle gestanden hatte. Wo ein paar staubige Straßen sich gekreuzt hatten und hinter windschiefen Bretterbuden ins Nichts verlaufen waren, befand sich jetzt die jüngste Großstadt der Vereinigten Staaten.

Die Ursache für den Aufschwung der gesamten Region ließ sich mit einer Silbe benennen: Öl. Man brauchte nur ein Rohr in den Boden zu treiben, schon quoll der dicke, schwarze Saft oben heraus. Die alten Siedler hatten die unnütze Brühe noch verflucht, die ihre Äcker verseuchte, wenn sie nach Trinkwasser bohrten. Aber mit einem Mal hatte das ganze Land, die ganze Welt angefangen, sich um den Wunderstoff zu reißen, der Petroleumlampen zum Leuchten und Automobile ins Rollen brachte. In der Ebene entlang der Golfküste wurde er gefördert, in Houston verarbeitet und verschifft. So wie das Öl in alle

Richtungen ging, kam von überall her das Geld. Sehr viel Geld.

Mit dem Einkommen wuchs das Selbstbewusstsein der jungen Texaner. Ihre Großväter, ja ihre Väter noch waren hinterwäldlerische Rednecks in Latzhosen gewesen, die sich als Kuhhirten, Holzfäller oder Baumwollfarmer durchs Leben schlugen. Wenn sich einmal ein Reisender von der fernen Ostküste zu ihnen verirrte und mit einem Akzent, den sie kaum verstanden, von Häusern erzählte, die den Himmel berührten, und von Eisenbahnen, die sich durch die Erde bohrten wie stählerne Regenwürmer, dann fiel ihnen vor Staunen der Strohhalm aus dem Maul. Die nachwachsende Generation hingegen kannte keine Minderwertigkeitsgefühle. Dank des Ölreichtums war man auf dem besten Wege, die Yankees, die seit je von Neuengland aus den Rest des Landes dominierten, mit einem gewaltigen Sprung zu überholen.

Den jüngsten Beweis für den Aufstieg Houstons lieferte das Rice Institute. Eine Hochschule hatte es zuvor im Umkreis von hundert Meilen nicht gegeben. Wer in der Gegend aufwuchs und Hunger nach höherer Bildung verspürte, der musste seine Scholle verlassen und in eine Universitätsstadt gehen, nach Austin, Denton oder College Station. Und jetzt war da dieser Campus, ein riesiges Areal, vom Stadtzentrum aus immer schnurgerade die South Main Street hinaus, an den letzten Häusern vorbei und noch ein Stück weiter, bis er rechter Hand auftauchte. Genau genommen handelte es sich nur um ein weitläufig umzäuntes Grundstück im Nirgendwo, topfeben und schattenlos, mit viel sonnenverbranntem Gras und ein paar vereinzelten, in die leere

Landschaft gewürfelten Gebäuden. Man brauchte einige Phantasie, um sich auszumalen, wie daraus im Laufe der Zeit ein geschlossenes Ensemble entstehen, wie die frischgepflanzten, besenstieldünnen Bäumchen eines Tages als lauschige Alleen zum Flanieren einladen, wie aus den wenigen hundert Studenten, die sich vorläufig hier verloren, tausende werden und wie die wachsende Stadt sich allmählich bis zu dem Gelände erstrecken und es umfluten würde.

Noch länger würde es dauern, bis Texas ausreichend intellektuellen Boden gebildet hätte, um seinen Bedarf an Lehrkräften selbst zu decken. Auf absehbare Zeit war man auf den Import von Professoren angewiesen, und die kamen, wenn nicht aus Europa, vor allem von den großen Universitäten des ungeliebten Nordostens, von Princeton und Yale, von Harvard und Penn, von Cornell und Columbia und Georgetown. An den Golf von Mexiko lockte sie nicht nur die gute Bezahlung, sondern auch die Aussicht auf eine schnelle Karriere. In den alten Institutionen mit ihren in Marmor gemeißelten Hierarchien hätte selbst ein so talentierter Jungwissenschaftler wie Dr. Evans kaum eine Chance gehabt, schon mit achtundzwanzig Jahren eine Professur zu bekommen. Hier war es eher die Regel als die Ausnahme.

Das Rice Institute wurde also in erster Linie von jungen, gebildeten, ungebundenen und strebsamen Fremden aufgebaut. Dass die neureichen Texaner sie mit Überheblichkeit behandelten, nahmen sie sich nicht zu Herzen. Ihr Elitebewusstsein saß zu tief, als dass es davon angekratzt worden wäre. Über das städtische Leben in Houston, insbesondere das kulturelle Angebot, sprachen sie ihrerseits nur mit Hochmut. Nicht ein einziges Theater mit einem halbwegs passablen Programm gab es, stattdessen überall nur die immergleichen Lichtspielhäuser mit ihren primitiven Flimmerfilmchen. Und was das sogenannte Symphonieorchester zum Besten gab, klang in ihren Ohren eher nach einer Schülerkapelle als nach dem, was sie aus der Carnegie Hall gewohnt waren.

Die Lehrer des Rice Institute zogen es daher vor, unter sich zu bleiben und einander das zu geben, was sie in ihrer neuen Heimat am meisten vermissten: einen geistreichen Gedankenaustausch mit klugen Gesprächspartnern. Professor Evans hatte mit Bedacht keine Wohnung in der lärmenden Stadt gemietet, er wohnte etwas außerhalb, in einem Haus, das fern jeder Nachbarschaft inmitten eines Kiefernwäldchens gelegen war, einen viertelstündigen Fußmarsch auf einem Trampelpfad vom Campus entfernt. Seinen Haushalt teilte er mit zwei fachlich brillanten Briten, Julian Huxley und Arthur L. Hughes, Evolutionsbiologe der eine, Physiker der andere. Jeden Mittwoch luden sie eine Kollegenrunde zu einem *Jour fixe* ein. Dann sprach der Biologe Hermann J. Muller bei einem gepflegten Glas Wein über seine Forschungen an der Taufliege, der Philosoph Radoslav Tsanoff über seine Forschungen am Menschen, und Dr. Huxley erzählte von seinem kleinen Bruder Aldous, der sich trotz seiner Jugend bereits als Literat versuchte.

Professor Evans liebte diese Abende über alles, sie waren ihm Familienersatz und weite Welt in einem. Und bald würde alles noch besser werden. Er konnte immer noch nicht glauben, dass es ihm gelungen war, den überragenden

Kopf des Landes, um den sich doch gewiss die besten Universitäten im In- und Ausland bemüht hatten, hierher zu lotsen. Aber es war wirklich wahr, der junge Sidis hatte ihn am Nachmittag von New Orleans aus angerufen, wo sein Küstendampfer planmäßig angekommen war. Jetzt saß er schon im Nachtzug nach Houston.

Und dann war der Tag da, auf den Professor Evans seit Monaten hingefiebert hatte. Im Speisesaal des Rice Institute hatten sich etliche Honoratioren versammelt, um dem berühmten Neuzugang einen gebührenden Empfang zu bereiten. Nur die Hauptperson fehlte noch. Sein Zug werde wohl Verspätung haben, vermutete Professor Lovett, der Präsident des Instituts, und öffnete zur Überbrückung der Wartezeit schon einmal den Sekt.

Nach einer Stunde brach Senator Sheppard auf, er musste zum nächsten Termin. Bürgermeister Campbell schloss sich ihm an, sosehr Professor Evans sich auch bemühte, ihn zum Bleiben zu bewegen. Etwas später verschwanden auch die Reporter und Fotografen vom *Houston Chronicle* und von der *Houston Post*. Das Streichquartett packte seine Instrumente ein, es war nur für zwei Stunden gebucht worden.

Um nicht noch mehr Gäste zu verlieren, ließ Professor Evans das Mahl auftragen, das die mexikanischen Köchinnen der Institutskantine vorbereitet hatten: Truthahn mit Mole Poblano, Mus aus schwarzen Bohnen und Reis. Er fand das Essen im Süden furchtbar, aber die Einheimischen, die ja keine Ahnung von gehobener Küche hatten, waren verrückt danach. In diesem Fall war das Urteil jedoch einhellig. Die auf den Anrichteplatten erkalteten, von der klebrigen, höllisch scharfen Schokoladen-Chili-Sauce durchweichten Fleischstücke hatten sich in schwarzbraune Fettklumpen verwandelt, die selbst die Hungrigsten in die Flucht schlugen.

Ganz allein, als Letzter im Saal, nahm Professor Evans die bunten Papierbuchstaben ab, die er am Morgen mit Stecknadeln an den Vorhang geheftet hatte: WELCOME WILLIAM J. SIDIS. Er war sich unschlüssig, ob er enttäuscht, besorgt oder wütend sein sollte.

»Hallo, Dr. Evans, wie geht's?«

William stand da wie aus dem Nichts, Professor Evans hatte ihn nicht hereinkommen hören. Er trug einen schwarzen, nicht sehr modischen Anzug aus dichtem Wollstoff, einen lammfellgefütterten Kutschermantel und darüber einen Mackintosh aus einem grauen Gummigewebe. Im eisverkrusteten Boston, wo er eine Woche zuvor an Bord gegangen war, mochte die schwere Garderobe ihren Nutzen gehabt haben, in den milden Wintern des Südens war sie überflüssig und beschwerlich. Man konnte Sidis ansehen, wie lange er unterwegs gewesen war, und auch wenn Professor Evans nie so taktlos gewesen wäre, ein Wort darüber zu verlieren: Man konnte es auch riechen.

»Da sind Sie ja endlich! War meine Wegbeschreibung ungenügend? Oder wurden Sie aufgehalten?«

»Nein, wieso?«

»Wir haben Sie um zwölf Uhr erwartet. Und jetzt ist es –«

»Nein, nein, alles in Ordnung. Ich bin nur noch rasch die Straßenbahnstrecken abgefahren. Sagen Sie, ist das alles? Die paar Meilen?«

»Das ist nicht Ihr Ernst, oder? Das Institut richtet einen Lunch für Sie aus, und Sie fahren mit der Straßenbahn herum?«

»Nichts gegen die Linien aus der Peripherie ins Zentrum, aber warum gibt es keine Ringbahn? Ein innerer Ring, ein äußerer, damit könnte man viele Wege erheblich verkürzen. Wer ist denn hier für die Verkehrsplanung zuständig?«

»Woher soll ich das wissen? Ich weiß nur, dass es ungehörig ist, sich ... Ach, sei's drum. Gut, dass Sie da sind. Sie wollen sich jetzt sicherlich erst einmal erfrischen.«

»Erfrischen?« William schaute, als hörte er das Wort zum ersten Mal.

»Na ja, ein Bad nehmen, sich rasieren, etwas Zahnpulver ... ein Nickerchen vielleicht ... Erfrischen eben.«

»Ach so, nein, ich habe bloß ziemlich ... Ist das übrig?«

Er deutete auf einen Teller, auf dem ein angebissenes Stück Truthahnkeule unter einer Pfütze aus erstarrter Schokoladenpampe begraben lag. Ohne die Antwort abzuwarten, griff er sich den kalten Brocken mit den Fingern, verschlang ihn im Stehen und stopfte sich dazu noch eine Handvoll Bohnenbrei in die Backen. Zum Abschluss der Mahlzeit, für die er nicht länger als zwei Minuten gebraucht hatte, wischte er sich die Hände an den Hosenbeinen ab.

Nur mit Mühe gelang es Professor Evans, seine Indignation für sich zu behalten. »Tja ... so eine Reise macht hungrig, wie?«

»Allerdings.«

»Ich würde vorschlagen, wir gehen rüber und sehen uns Ihr neues Zuhause an.«

»Meinetwegen.«

Professor Evans zeigte William seinen Raum, ein freundliches, lichtes Studierzimmer im ersten Stock, dessen Blick aus dem Fenster teils auf die nahen Kiefern, teils über die endlose Graslandschaft im Hintergrund ging, und ermunterte ihn erneut und endlich mit Erfolg, ein Bad zu nehmen.

Nun, da er nach Buttermilchseife duftend in der Küche saß, machte William schon einen deutlich positiveren Eindruck. Auf seine Aufgabe als Hochschullehrer war er hervorragend vorbereitet. Er hatte die gängigen Lehrbücher geprüft, allesamt für mangelhaft befunden und daher kurzerhand ein neues geschrieben, auf eigene Kosten als Broschüre drucken lassen und die Exemplare eigenhändig in seinem Koffer hergeschleppt.

»Ausgezeichnet, William. Ich bin überzeugt, Sie werden Ihre Sache vorzüglich machen. Gleichwohl, es gibt ein paar Dinge, die Sie beizeiten wissen sollten. Unsere Studenten … wie soll ich sagen … sie haben eine hohe Meinung von sich selbst, das ist begreiflich, schließlich gibt es weit und breit keine besseren. Aber eine Bildungstradition, wie wir sie kennen, fehlt hier schmerzlich, und dementsprechend … Na ja, erwarten Sie besser nicht zu viel.«

»So, so«, sagte William und betrachtete sein Trinkglas, das er fortwährend in den Händen drehte, als gäbe es etwas Hochinteressantes darin zu sehen, und womöglich gab es das ja auch, die Brechung des Lichts im Wasser vielleicht oder die Art und Weise, wie die Tröpfchen am Rand hingen. Professor Evans wagte nicht, seine Gedanken zu stören. Gerade das machte ja ein Genie aus, dass es von den unscheinbarsten Dingen Denkanstöße bezog, aus denen dann bahnbrechende Erkenntnisse hervorgingen. Erst als William die entwertete Straßenbahnfahrkarte aus der Hosentasche nahm und ebenso gründlich untersuchte, nahm Professor Evans das Gespräch wieder auf.

»Und Ihre Dissertation?«

»Ja?«

»Ich meine, haben Sie sich schon ein Thema überlegt?«

»Ja. Ich möchte die Riemann'sche Vermutung beweisen. Falls das für eine Doktorarbeit reicht.«

»Falls das reicht? Menschenskind, machen Sie Witze?«

Die Riemann'sche Vermutung, das war das vertrackteste Rätsel, das die analytische Zahlentheorie zu bieten hatte. An diesem Geheimnis bissen sich die besten Mathematiker der Welt seit Jahrzehnten die Zähne aus. Sogar der große Bernhard Riemann selbst war die Lösung zeitlebens schuldig geblieben. Wem es gelang, diese härteste aller Nüsse zu knacken, der hatte nicht nur einen Doktortitel verdient, er würde sich unsterblich machen. Eigentlich lächerlich, dass ein Siebzehnjähriger sich an diesem Jahrhundertproblem überhaupt versuchte. Es sei denn, dieser Siebzehnjährige hieß William James Sidis.

Professor Evans ließ sich die Aufzeichnungen zeigen, die William auf dem Schiff gemacht hatte, unordentliche, auf Servietten und Rückseiten von Speisekarten hingeworfene Notizen. Die Handschrift erkannte er sofort wieder, das kantige Gekritzel war seit dem Vortrag in Conant Hall nicht viel besser geworden. Auch offenbarte sich schnell, dass William nicht auf dem aktuellen Stand der Forschung war. Die wichtigsten Arbeiten der letzten Jahre, von der Fachwelt für unverzichtbare Bausteine der Beweisführung gehalten, kannte er anscheinend nicht. Vielleicht, dachte Professor Evans, war ja gerade das sein Vorteil. Vielleicht lag die Antwort nicht da, wo alle sie suchten, sondern im Abgelegenen, wo ein Eigenbrötler seine einsamen Kreise zog. Jedenfalls hatte William einen unkonventionellen, aber vielversprechenden Ansatz gefunden. Seine Umformungen der Zetafunktion waren originell, seine Methode zur Berechnung der nichttrivialen Nullstellen stimmig. Ob sich daraus ein Beweis ergeben würde, konnte Professor Evans nicht einschätzen, doch so viele ausbaufähige Ideen auf einmal hatte er schon lange nicht mehr gesehen.

»Sie sollten da dranbleiben, William. Sie sollten da unbedingt dranbleiben.«

»Das habe ich vor.«

»Wenn das klappt, wenn Sie wirklich die Riemann'sche Vermutung beweisen, dann, dann …«, Professor Evans wedelte aufgeregt mit den Armen, »dann wird man mindestens ein Universitätsgebäude nach Ihnen benennen.«

»Na und?«

»Entschuldigen Sie bitte. Sie haben völlig recht. Wir dürfen uns nicht von Gedanken an Ruhm ablenken und fehlleiten lassen, solange der Beweis nicht gefunden ist. Bis dahin soll das einzige Ziel sein, ihn zu erbringen. Ich werde Sie dabei unterstützen, so weit es meine Möglichkeiten erlauben. Aber wenn das klappt, William – Menschenskind, wenn das klappt!«

Einige Tage nach seiner Ankunft gab William seine erste Unterrichtsstunde, eine Einführung in die Geometrie. Er hatte den Lehrsaal nicht auf Anhieb gefunden und betrat ihn daher verspätet und in großer Eile. Schnaufend warf er seine speckige alte Schweinsledertasche auf den Katheder und den Kutschermantel in eine Ecke des Raums, wischte sich mit dem Ärmel seines Wollanzugs über die schweißglänzende Stirne und war endlich in der Lage, seinem Publikum Beachtung zu schenken. Er stutzte, schüttelte den Kopf, kniff die Augen zusammen, schaute ein zweites Mal in die Runde und sprach zur Begrüßung die Worte: »Was – soll – das?«

Da niemand verstand, worauf die Frage abzielte, und sich daher auch niemand zu einer Antwort bemüßigt fühlte, präzisierte er: »Warum sind hier Frauen anwesend?«

Die Studenten, es waren gut zwei Dutzend, davon etwa ein Fünftel weiblich, mussten lachen, eher vor Verblüffung als aus Erheiterung. In Rice waren seit der Gründung beide Geschlechter zugelassen, der gemeinsame Unterricht galt als Selbstverständlichkeit. Aber William meinte es ernst. Er werde nicht anfangen, bevor die Frauen den Raum verlassen hätten.

»Wieso das denn?«, traute sich eine zu fragen, eine Brünette mit großen, dunklen Augen und Grübchen in den Wangen.

»Aus Prinzip«, erklärte William.

»Aber wir sind nicht schlechter im Rechnen als die Männer. Wir haben dieselben Prüfungen bestanden.«

»Schon möglich. Von mir aus können Frauen ruhig studieren, meine Mutter hat auch studiert. Aber nicht zusammen mit Männern, Punkt.«

»Ja, aber warum?«

»Weil Männer und Frauen einander ablenken und dadurch ihre geistigen Kräfte schwächen. Anstatt sich auf den Stoff zu konzentrieren, glotzen sie sich gegenseitig an und überlegen, mit wem sie am liebsten Geschlechtsverkehr absolvieren würden. Lachen Sie nicht! So ist es doch.«

Die Stimmung stieg. Der neue Dozent war ihnen als ein einzigartiger Meisterdenker angekündigt worden, und in der Tat, so einen wie ihn hatten sie noch nie erlebt. Er wirkte schon ganz wie ein aus der Zeit gefallener alter Zausel. Dabei war er der Jüngste im Raum.

»Sehr richtig, genau so ist es!«, machte sich einer vorlaut bemerkbar. »Wir denken alle ständig an Geschlechtsverkehr. Ist ja auch kein Wunder, bei den Girls hier. Schauen Sie ruhig genau hin. Mit welcher würden Sie denn gerne *Geschlechtsverkehr absolvieren?*«

»Mit gar keiner!«, schrie William entsetzt auf. »Ich will nur mit meiner Stunde beginnen!«

»Wirklich? Nichts Passendes dabei für Sie? Noch nicht mal Linda Roberts?« Der Vorlaute deutete auf die Brünette mit den Grübchen. »Dabei sieht die doch aus wie Lillian Gish in *The Birth of a Nation*!«

»Aufhören! Hören Sie sofort auf!« William raufte sich die Haare. Was ging hier vor? Warum machten die Studenten keinerlei Anstalten, Geometrie zu lernen? Warum konnte er seiner Autorität keine Geltung verschaffen? Und was um alles in der Welt war *The Birth of a Nation*?

»Ah, jetzt versteh ich«, setzte der Vorlaute nach. »Sie haben andere Neigungen! Huch, dann werde ich mich wohl vor Ihnen in Acht nehmen müssen!«

William verbarg sein Gesicht in den zitternden Händen, um sich vor den einschlagenden Lachsalven zu schützen.

Tapfer wartete er ab, bis die Studenten und er selbst sich beruhigt hatten, und teilte dann sein selbstverfasstes Lehrbuch aus.

»Wissen Sie, was das Schönste an der Mathematik ist? Ihre Einfachheit. Man muss lediglich ein paar Axiome kennen, alles Übrige kann sich jeder selbst denken, denn eins folgt logisch aus dem anderen. Wir fangen also ganz vorne an, bei den Definitionen und Grundsätzen des Euklid. Sie finden sie auf Seite zwei.«

Die Studenten schlugen die Hefte auf und schreckten zurück.

»Was soll das denn heißen? Das kann ja kein Mensch lesen.«

»Wie bitte? Sie können nicht lesen?«

»Natürlich können wir lesen, aber nicht das.«

»Wieso? Τὰ τῷ αὐτῷ ἴσα καὶ ἀλλήλοις ἐστὶν ἴσα. Καὶ ἐὰν ἴσοις ἴσα προστεθῇ, τὰ ὅλα ἐστὶν ἴσα. Was ist daran unverständlich?«

»Alles.«

»Warum?«

»Warum warum?«

»Wie bitte?«

»Hä?«

Die Studenten schauten William an und William die Studenten, als stünde in den Gesichtern eine Erklärung für ihre Kommunikationsschwierigkeiten geschrieben. Endlich dämmerte es ihm.

»Sagen Sie bloß, Sie können kein Griechisch.«

»Griechisch?« Die Studenten schoben die Hefte entsetzt von sich wie eine ungenießbare Speise.

»Ja, sicher. Euklid war nun mal Grieche. Wie wollen Sie Geometrie lernen, wenn Sie nicht mal Altgriechisch können?«

Nach einer Sekunde ungläubigen Staunens brach ein Sturm los, ein kurzatmiges Gelächter. Es steigerte sich ins Hysterische, als der Vorlaute, sich die Nase zuhaltend, um Williams gespreizten Bostoner Akzent nachzuäffen, wiederholte: »*Wie wollen Sie Geometrie lernen, wenn Sie nicht mal Altgriechisch können?*«

»Ruhe!«, schrie William gegen den wachsenden Radau an, »Schluss jetzt! Das ist ja fürchterlich. Bin ich denn unter Troglodyten gelandet?«

Nun brüllte und kreischte alles durcheinander. »Wo ist er gelandet?« – »Unter Trogotypen.« – »Was soll das denn sein?« – »Wenn du die Axerome kennen würdest, könntest du es dir selber denken.« – »Ich glaube, das sind Leute, die *Geschlechtsverkehr absolvieren*.« – »Igitt, wer macht denn so was? Das schwächt doch die geistigen Kräfte!« – »Wie willst du denn das wissen, du kannst doch noch nicht mal Altgriechisch, du Tropotüt!« – »Selber Tropotüt!«

So schaukelten sie einander hoch, die Frauen nicht minder unverschämt und frivol als die Männer, fünfundzwanzig gegen einen, immer lauter, immer haltloser, bis William, mit Tränen in den Augen, Tasche und Mantel ergriff und den Raum noch hastiger verließ, als er ihn betreten hatte.

Weg, weg, weg, nichts wie weg vom Campus, weg von diesem schrecklichen Ort. Er lief zur Haltestelle und bestieg eine Straßenbahn, um sich ein wenig herumfahren zu lassen, das brauchte er jetzt zur Beruhigung seiner Nerven. In Boston hatte er Momente der Kümmernis auf diese

Weise immer zuverlässig überwunden. Mit jeder Kurve hatten sich neue Ausblicke eröffnet, jedes Umsteigen ihn weiter weggebracht von der Ursache seines Leids, bis es zu einer Petitesse zusammengeschrumpft war und der Kopf frei für neue Gedanken.

Hier funktionierte der Trick nicht. Das Straßenbahnnetz war zu klein und ohne Esprit. Dumpf und schicksalsergeben wie Schafe machten sich die Wagen durch öde, schnurgerade Straßen auf ihren Weg, der auf zwei Meilen Entfernung sichtbaren Endstation entgegen und wieder zurück. Als er zum siebten Mal die gelblichbraune Schlammbrühe des Buffalo Bayou unter sich dümpeln sah, gab er auf. Er ging nach Hause und wartete auf Professor Evans.

»Nehmen Sie's nicht zu schwer.« Professor Evans legte ihm eine tröstende Hand auf die Schulter. »Ich habe anfangs durch die gleiche Erfahrung gehen müssen. Die Studenten hier sind nicht leicht für die Mathematik zu begeistern. Sie wollen immer ein wenig unterhalten werden. Versuchen Sie beim nächsten Mal, für etwas Auflockerung zu sorgen, vielleicht mit einer kleinen Anekdote oder einem Witz.«

»Was denn für ein Witz?«

»Ihnen wird schon was einfallen. Für heute haben Sie's ja hinter sich, also denken Sie lieber über die Riemann'sche Vermutung nach, das ist viel wichtiger. Sind Sie weitergekommen?«

»Ein bisschen. Ich habe mir überlegt, dass es einen Zusammenhang zwischen der Riemann'schen Vermutung und der Goldbach'schen Vermutung geben könnte. Aber das ist vorerst bloß eine Vermutung von mir.«

»Wirklich? Menschenskind, Sidis, das wäre sensationell! Bitte verraten Sie mir mehr darüber!«

Solange William mit Professor Evans fachsimpelte, war alles gut. Noch besser ging es ihm, wenn er den ganzen Tag allein in seinem Zimmer verbringen konnte. Auf dem Rücken im Bett liegend, die Augen geschlossen, die Hände gefaltet, sah er aus wie eine aufgebahrte Leiche, aber in seinem Kopf hätte es nicht lebhafter zugehen können. Seine verborgenen Reserveenergien ermöglichten ihm Gedanken, die noch nie ein Gehirn gedacht hatte. Ab und an stand er auf, kritzelte etwas auf ein Blatt Papier, legte den Zettel an eine passende Stelle und begab sich wieder in seine horizontale Denkhaltung.

Schnell war sein Schreibtisch zu klein geworden für die vielen Zettel. Als auch der Fußboden über und über mit Zetteln bedeckt war, konnte er sich nur noch auf Zehenspitzen durch sein Zimmer bewegen. Die nächsten Zettel klebte er mit einer Fingerspitze Kleister an die Wände, an die Tür und zuletzt sogar an die Fensterscheiben, bis kein Kiefernwäldchen und keine Graslandschaft mehr zu sehen war, sondern nur noch Zettel, überall Zettel.

Die Zettelhöhle war seine Schutzzone. Hier fand er sich zurecht, hier fühlte er sich sicher, hier war er der Souverän. Jenseits der Tür lag das Ungewisse, eine Welt voller Fallen, Tücken und Gefahren. Er setzte sich ihr nur aus, wenn es unbedingt sein musste, etwa, weil der Hunger ihn trieb. Oder wenn wieder ein Tag war, an dem er auf dem Trampelpfad zum Campus hinüberlaufen und seine vermaledeite Pflicht erfüllen musste.

»Ich werde Ihnen nun einen Witz erzählen. Er dient

zur Auflockerung«, begann er verkrampft und räusperte sich.

»Oh, ein Witz! Ha-ha-ha.« Der Vorlaute lachte gekünstelt. »Entschuldigung, Mr. Sidis. Ihr Witz ist so gut, da musste ich schon vorher lachen.«

»Passen Sie auf. Ein Bauer braucht zehn Stunden, um eine Kuh zu melken.«

»*Zehn* Stunden?« Ein Aufschrei ging durch den Raum. Der Kurs bestand zur Hälfte aus Farmerkindern.

»Dann eben zwölf Stunden, egal. Oder meinetwegen ein Handwerker. Also, ein Handwerker braucht zwölf Tage, um eine Hütte zu bauen. Dann brauchen zwei Handwerker – na? Kommen Sie, das ist doch wirklich nicht schwer. Ein Handwerker – zwölf Tage, zwei Handwerker – sechs Tage. Verstanden?«

»Mr. Sidis, wir sind keine Erstklässler.«

»Warten Sie, jetzt kommt doch erst der Witz. Wie gesagt, ein Handwerker baut eine Hütte in zwölf Tagen, zwei Handwerker bauen eine Hütte in sechs Tagen, zwölf Handwerker an einem Tag, zweihundertachtundachtzig in einer Stunde. Und eine Million und sechsunddreißigtausendachthundert Handwerker brauchen zusammen eine Sekunde, um eine Hütte zu bauen. Sehen Sie, das ist Mathematik.«

»Das war's?«

»Na ja, in Wirklichkeit funktioniert das so nicht. Wie gesagt, es war bloß ein Witz.«

»Ach sooo«, sagte der Vorlaute gelangweilt. »Guter Witz, ehrlich. Echter Tropotüten-Witz.«

»Sie sehen: Eine Aussage kann mathematisch korrekt

und trotzdem falsch sein. Und deshalb darf man nie allein auf die Mathematik vertrauen, wenn man etwas herausfinden will. Die Grundlage jeder Erkenntnis ist nicht die Mathematik, sondern die Logik. Nur sie führt uns immer zur Wahrheit. Nehmen wir etwa folgende Aussagen: ›Alle Kursteilnehmer sind Texaner‹, und: ›Einige Kursteilnehmer sind weiblich.‹ Angenommen, dass beide Prämissen wahr sind – welche Konklusion folgt dann logisch korrekt daraus?«

»Dass Linda Roberts die verdammt noch mal schönste Frau ist, die Texas je gesehen hat«, rief der Vorlaute.

»Ach, Blödsinn!« William verzog das Gesicht. Wie konnte ein Mensch bloß so dumm und dabei so selbstsicher sein?

»Überhaupt kein Blödsinn. Sie ist noch hundertmal schöner als Lillian Gish. Daraus folgt logisch korrekt, dass ich nach Linda Roberts verrückt bin.«

»Vergiss es, Ray«, sagte Linda Roberts. »Ich weiß nicht, wie oft ich es dir noch sagen soll, aber vergiss es endlich.«

»Dich vergessen? Niemals!« Der Vorlaute, der offenbar Ray hieß, wurde auf einmal rührselig. »Und ich weiß, der Tag wird kommen, da du und ich –«

»Es reicht«, ging William dazwischen. »Ich bin hier, um über aristotelische Logik zu sprechen, und nicht, um mir diesen Unsinn anzuhören.«

»Unsinn? Sie haben ja keine Ahnung, was Liebe ist«, sagte Ray. »Sie haben keine Ahnung, was Schönheit ist.«

»Woher wollen Sie denn das wissen?«

»Das ist doch allgemein bekannt.« Ray holte zwei zusammengefaltete Zeitungsseiten aus seiner Tasche und breitete sie aus. Es war das Interview, das William vor zwei Jahren dem *Boston Herald* gegeben hatte, das Interview über sein perfektes Leben, seine einhundertvierundfünfzig Regeln und sein Enthaltsamkeitsgelübde.

»*Frauen bedeuten mir nichts. Ich weiß noch nicht mal, was Sie meinen, wenn Sie von einer schönen Frau sprechen. Was soll das sein, Schönheit?*«, zitierte Ray. Er las es so komisch vor, mit zugehaltener Nase und ulkigem Akzent, dass einige lachen mussten.

»Geben Sie das her.«

»Warum? Das haben Sie doch gesagt, oder nicht? Wie wär's damit: *Nach reiflicher Überlegung habe ich beschlossen, mich niemals geschlechtlich zu betätigen. Sentimentale Regungen verwirren nur den Geist.*« Jetzt lachten alle.

»Her damit, sagte ich!«

William sprang auf Ray zu, um ihm die Seiten zu entreißen. Ein hoffnungsloses Unterfangen. Ray hielt das Papier fest im Griff wie ein Runningback einen Football und floh, von William gejagt, hakenschlagend in eine freie Ecke des Raums, um noch einen Satz aus dem Interview vorzulesen, egal welchen, sie waren alle gleich funkelnd: »*Ich habe die Erfahrung gemacht, dass ein Glas Milch zum Frühstück der Konzentration zuträglich ist*«, und: »*Dieses Nummernschild erinnert mich täglich an meine Prinzipien*«, und: »*Ich möchte das perfekte Leben führen. Dazu muss man sich zurückziehen und möglichst wenig mit anderen zu tun haben.*«

Den Studenten schmerzte der Bauch vor Lachen. Eine

weitere Stunde endete im Chaos. Wieder hatte William keine Chance gehabt, Unterricht zu geben. Auf dem Trampelpfad zwischen Campus und Kiefernwäldchen schlurfte er seiner Zettelhöhle entgegen, um bei der Zetafunktion Trost zu suchen.

»Mr. Sidis! He! Bleiben Sie doch mal stehen!«

William drehte sich um. Von hinten näherten sich zwei Reiterinnen, Linda Roberts und eine andere Studentin aus seinem Kurs. Linda stieg von ihrem Pferd ab und lief William entgegen.

»Ich will Ihnen bloß was sagen.«

»Und zwar?«

»Dass ich es schrecklich finde, wie Ray Schwartzfelder mit Ihnen umspringt. Der Schwachkopf kann Ihnen doch überhaupt nicht das Wasser reichen.«

»Danke. Noch was?«

»Nein. Obwohl, doch: Stimmt das wirklich? Sie wollen nie etwas mit einer Frau anfangen?«

William schüttelte energisch den Kopf.

»Niemals. Es gibt ein Gelübde.«

»Schade.«

»Warum?«

»Na ja, weil … die Kerle in Texas haben doch alle nichts zu bieten. Mir ist ein Mann lieber, der ein Hirn zwischen den Ohren hat. Und wenn er auch noch so süß aussieht …«

»Aber was reden Sie denn da … Das ist doch … Quatsch …« William schaute verlegen zu Boden, kratzte sich am Ohr und wusste nicht, was er sagen sollte.

»Doch, ehrlich. Wir können uns ja mal privat treffen.«

»Ausgeschlossen. Wie gesagt … Ich habe Regeln.«

»Nicht so schüchtern, Bill. Regeln sind dazu da, gebrochen zu werden.« Linda machte einen Schritt auf ihn zu, schneller, als er zurückweichen konnte, fasste seinen Kopf mit beiden Händen und presste ihre Lippen auf seine.

William erstarrte. Ihm war, als würde sein Schädel zerspringen. Sein Gehirn war nicht trainiert für eine solche Situation. »Regeln sind dazu da, gebrochen zu werden«, was für ein skandalöser Satz. Vom noch viel skandalöseren Rest der Szene ganz zu schweigen. Ein einziger Skandal das alles. Dabei aber, und das war gerade das Verstörende, auf eine noch undefinierte, nicht eingeordnete Weise faszinierend. Abgestoßen von der ungeheuren Regelverletzung und zugleich dunkel angezogen von etwas, für das ihm der Begriff fehlte, stand William offenen Mundes am Wegesrand. Nur wie durch Nebel bekam er mit, wie die beiden Frauen an ihm vorbeiritten.

»Unglaublich. Du bist dir ja wirklich für nichts zu schade.«

»Ich hab's dir doch gesagt, ich knutsch den Vogel. Und jetzt her mit den drei Dollar.«

»Ach komm, Linda. War doch nur Spaß.«

»Nichts da, Wette ist Wette. Ich erlasse es dir nur, wenn du's mir nächste Woche nachmachst.«

»Bäh. Ich überleg's mir, okay?«

Nach diesem Erlebnis verschanzte sich William noch mehr in seiner Zettelhöhle. Das Klima tat sein Übriges dazu. Wer sein Leben lang nur die heiteren, goldglänzenden Sommer der Ostküste gekannt hatte, für den war ein Juli in Houston, Texas, nicht leicht zu ertragen. Eine feuchte, drückende, von keinem Windzug aufgefrischte Hitze legte sich wie eine alles erstickende Decke über das Land und machte jede Regung zur Strapaze.

Lediglich mit einer Unterhose bekleidet, lag William rammdösig auf seinem Bett, ein schweißgetränktes Laken unter sich, und ließ die Zeit verstreichen. Zettel schrieb er schon lange keine mehr, und ob er noch mit der gebotenen Konzentration über die Riemann'sche Vermutung nachdachte oder die Trägheit auch von seinem Geist Besitz ergriffen hatte, wusste nur er selbst. Wenn er das Haus verlassen musste, zog er seinen schwarzen Wollanzug an, von dem er, um sich etwas Erleichterung zu verschaffen, Ärmel und Hosenbeine abgeschnitten hatte.

Ohne Zweifel, er war wunderlich geworden. Sogar Professor Evans, der immer eine schützende Hand über ihn hielt, sah sich hin und wieder zu einem erzieherischen Wort veranlasst. William dürfe sich gerne so viele Erdnüsse aus der Küche nehmen, wie er wolle, sagte er beispielsweise, aber er möge sich doch bitte, bitte abgewöhnen, die Schalen mitzuessen. Oder: Ob er seinen Kaffee nicht mit etwas anderem umrühren könne als ausgerechnet mit der Gabel, mit der er kurz zuvor sein Spiegelei zerteilt habe? Einmal stellte Professor Evans seinen Zögling wie folgt zur Rede: »William, ich habe für vieles Verständnis. Auch ich habe zuweilen einsame Stunden. Aber, von Mann zu Mann: Seien Sie so gut, wischen Sie das nächste Mal hernach das Waschbecken sauber.«

Mehr Schärfe erlaubte sich Professor Evans nie. Ein gewöhnlicher Bürger hätte sich mit einem solchen Verhalten schon längst unmöglich gemacht. Aber der junge Sidis war nun einmal ein Genie, und für die galten andere Regeln. Diogenes, Leonardo, Newton, Rousseau – bestand die Geistesgeschichte nicht aus einer langen Kette von Sonderlingen, die mit ihrem Benehmen ihre jeweiligen Zeitgenossen vor den Kopf stoßen mussten, weil sie nun einmal nicht in deren kleine Welt passten? Und wenn sie auch noch so oft Anlass zu Ärger gaben: Auf lange Sicht war das irrelevant. Von bleibender Bedeutung war einzig und allein die Leistung, das Werk. Sollte man William James Sidis in einigen Jahrhunderten noch kennen, dann gewiss nicht als den Mann mit dem Reinlichkeitsproblem.

Leider waren Professor Evans' Kollegen nicht bereit, William mit so viel Nachsicht zu begegnen. Die geringen Sympathien, die dieser noch genoss, verscherzte er sich vollends bei der Verabschiedung des allseits geschätzten und beliebten Julian Huxley. Er habe sich entschieden, Rice zu verlassen und nach England zurückzukehren, erklärte Professor Huxley, weil er gerade in den schweren Zeiten des Kampfes die moralische Pflicht spüre, seinen Landsleuten beizustehen und seinem Vaterland einen patriotischen Dienst zu erweisen. Jedermann zollte seiner Entscheidung Respekt, nur William stand mitten in der Rede auf und unterbrach sie mit der Bemerkung, in seinen Augen sei jemand, der freiwillig in ein Kriegsgebiet reise, kein Patriot, sondern vielmehr ein Idiot. Dann verließ er den Raum, nicht ohne sich beim Hinausgehen ein paar gebratene Hühnerschlegel und Spare Ribs vom noch nicht eröffneten Büfett zu nehmen.

Das war der sprichwörtliche Strohhalm, unter dem das Kamel zusammenbrach. Die Institutsleitung hatte über die

Monate hinweg stapelweise Protestbriefe von Eltern erhalten, die sich darüber beschwerten, dass ihre Kinder in Williams Kursen nie etwas lernten. Längst wurde nur noch nach einem Anlass gesucht, ihm das Stipendium zu entziehen. Jetzt gab es einen. William war endgültig untragbar geworden.

»Glauben Sie mir, wenn ich noch etwas für Sie hätte tun können, ich hätt's getan. Aber ich stand allein gegen alle.« Professor Evans fuhr mit seinen langen Armen in der Luft herum, um sein Bedauern auszudrücken. »Ich habe Ihre Zettel schon abgenommen, Stück für Stück, sie sind in diesem Päckchen, es fehlt nichts. Ich kann Ihnen und der Welt nur wünschen, dass Sie andernorts Gelegenheit finden werden, Ihre Arbeit an der Riemann'schen Vermutung zu einem guten Ende zu bringen.«

»Mal sehen«, sagte William, zog seinen Kutschermantel mit dem Lammfellfutter an und den grauen Mackintosh darüber, nahm seinen Koffer und lief bei flirrender Hitze ein letztes Mal durch das Kiefernwäldchen zur Straßenbahn, die ihn geradewegs zum Bahnhof brachte.

Die Küste Floridas trennte als schmaler, schwarzer Streifen den klaren Nachthimmel von den ruhigen Wassern des Golfs, in denen sich das Glitzern der Sterne widerspiegelte. Die Passagiere des Küstendampfers ss Louisiana Star schliefen in ihren Kabinen. William stand ganz alleine auf dem Oberdeck. Er holte aus und schleuderte ein Päckchen über Bord. Sekunden später hörte er es auf der Wasseroberfläche aufklatschen.

Er legte sich auf den Rücken, schaute in die Sterne,

gähnte behaglich und versuchte, an nichts zu denken. Von unten wärmte ihn sehr angenehm das Metall, in dem noch ein Rest der Tageshitze gespeichert war. Angenehm auch das rhythmische Stampfen der Kolben tief im Schiffsbauch, das hier oben nicht mehr als Maschinengeräusch ankam, sondern nur noch als sanfte Vibration, oder noch weniger als das, als bloßes Gefühl. Das gute Gefühl, dass es voranging. Denn es ging ja immer voran. So wie ihn das Schiff unmerklich und unaufhaltsam durchs Wasser schob, so schob ihn die Zeit durchs Leben, unmerklich und unaufhaltsam und ganz von allein, er musste gar nichts dazu tun.

Die Sterne, diese ewigen Vorbilder an Ruhe und Verlässlichkeit. Hier draußen auf dem Meer sah er sie so groß und nah und zahlreich wie nie zuvor. Und das waren bloß die, die in unserem Abschnitt des Universums lagen, in der Zone diesseits jener dunklen Bereiche, die er vor ein paar Jahren entdeckt hatte und die kein Mensch erfassen konnte, weil in ihnen die Physik anderen Gesetzen folgte.

Er dachte zurück an die Brookline High School, als er mit Mr. Packard im Kabuff über Thermodynamik diskutiert hatte. Er erinnerte sich, wie verärgert er über den Zweiten Hauptsatz gewesen war. Alle physikalischen Vorgänge seien umkehrbar, nur spontan ablaufende Prozesse stellten eine Ausnahme dar, hatte Mr. Packard behauptet. William wollte das nicht glauben. Seine Intuition sagte ihm, dass die Naturgesetze einfach und vollkommen waren. Wenn die Physiker Ausnahmen und Sonderregeln in ihre Modelle einbauen mussten, dann nur, weil sie die volle Wahrheit noch nicht erkannt hatten.

Damals war er mit seinen acht Jahren alt genug gewesen,

um das Problem zu erahnen, aber zu jung, um es zu lösen. Nun, da er mit achtzehn in lauer Nacht auf dem Schiffsdeck lag und in die Sterne schaute, wurde ihm alles klar. Es war eben der Zweite Hauptsatz der Thermodynamik, der den Unterschied ausmachte zwischen den hellen und den dunklen Zonen des Weltalls. In den einen liefen die spontanen Prozesse genau andersherum ab als in den anderen, der Zeitpfeil zeigte also in die umgekehrte Richtung. Könnte man mit einem Teleskop in so eine dunkle Zone hineinsehen, so sähe man eine Spiegelwelt, in der sich alles rückwärts abspielte, wie bei einer verkehrt herum eingelegten Filmrolle. Jede Maschine wäre ein Perpetuum mobile und würde fortlaufend Energie ansammeln, heiße Körper würden Strahlung absorbieren, die Entropie nähme fortlaufend ab und so weiter. Die Bewohner dieser Welt würden uns genauso wahrnehmen wie wir sie, nämlich als Rückwärtswesen, die aus der Zukunft kommend in die Vergangenheit gingen. Aus ihrer Sicht lebten wir in einer dunklen Zone, und sie selbst in einer hellen. Freilich war die gegenseitige Beobachtung nur im Gedankenspiel möglich, denn auch das Licht, das in diesen Zonen ausgestrahlt wurde, lief aus unserer Perspektive in die Vergangenheit und erreichte uns nie. Aus diesem Grund war es völlig ausgeschlossen, tatsächlich Einblick in eine solche Zone zu bekommen, auch nicht mit noch so riesigen Teleskopen. Die anderen, dunklen Welten mussten für immer unerforschlich bleiben, und für Williams Hypothese würde es niemals einen Beweis geben. Aber jeder, der mit Sachverstand und Logik an die Sache heranging, würde ihm recht geben.

Die restlichen Tage an Bord verbrachte er, ohne über

das Notwendigste hinaus mit dem Personal oder einem der Passagiere zu reden, mit einem Lächeln auf den Lippen. Hatten die Monate in der Fremde also doch noch ihr Gutes gehabt.

»Setz dich«, sagte Sarah und deutete auf einen der moosgrünen, nach abgestandenem Rauch müffelnden Plüschsessel im Zigarrenzimmer von Maplewood Farms. Es klang nicht sehr einladend, eher wie eine Anweisung. »Ich weiß schon Bescheid. Wie konntest du nur?«

»Was denn?«, fragte William.

»Ein Frauenfeind! Sag mal, schämst du dich denn gar nicht?«

»Worum geht's?«

Ohne weitere Worte schob Sarah ihm eine Seite aus der *Seattle Daily Times* hin, die eine ehemalige Patientin des Sidis Institute ihr zugeschickt hatte. Augenscheinlich handelte es sich um einen jener Artikel von allgemeinem Interesse, die über Nachrichtenagenturen verbreitet wurden und mit denen hunderte kleine Lokalblätter im ganzen Land ihre Spalten füllten.

Den oberen Teil der Zeitungsseite dominierte ein Cartoon. Ein schwarzhaariger Jüngling in einem dunklen Anzug flüchtet vor einem keck lächelnden Cowgirl, das ihn auf einem Pferd verfolgt und ein Lasso nach ihm auswirft. Die Überschrift lautete: »Warum lassen die Mädchen mich nicht in Ruhe?«, und gleich darunter stand die Antwort: »Weil er ein Frauenfeind ist, darum!«

Im Folgenden erfuhren die Leser Neuigkeiten über den jungen Mann, den der berühmte Professor James aus Harvard einst als das größte intellektuelle Wunder aller Zeiten bezeichnet hatte. Er könne nichts mit Frauen anfangen, hieß es. Sie langweilten ihn mit ihrer Oberflächlichkeit und hielten ihn vom Lernen ab, weshalb er es vorziehe, ihnen aus dem Weg zu gehen und sich stattdessen mit der Vierten Dimension zu beschäftigen. Insbesondere in Texas, wo er bis vor kurzem einer Lehrtätigkeit nachgegangen sei, hätten ihn die Frauen belästigt: »Es war schrecklich«, zitierte ihn der Autor des Beitrags. »Sie haben mir ganz offen nachgestellt. Ich verstehe nicht, warum sie mich nicht in Ruhe lassen.«

Anscheinend habe Sidis, wie weiter ausgeführt wurde, die spezielle Psychologie der Liebeswerbung noch nicht begriffen. Der Ehrgeiz der Frauen werde nämlich gerade dann, wenn ein Mann sich nicht für sie interessiert, erst so richtig geweckt. Der Artikel endete mit den Worten: »Zusammenfassend lässt sich sagen, dass ein Mann, nur weil er mathematische und philosophische Probleme lösen kann, nicht notwendigerweise auch imstande ist, Frauen zu verstehen. Tatsächlich ist eher das Gegenteil der Fall.«

»Warum tust du das?«, klagte Sarah. »Warum machst du uns nicht stolz? Wir haben auf Schlagzeilen gewartet, dass die Sidis-Methode den besten Mathematiklehrer von Texas hervorgebracht hat, und was passiert? Du benimmst dich schlecht und verdrückst dich einfach.«

»Ich habe mich nicht verdrückt, sie haben mich rausgeschmissen.«

»Umso schlimmer.«

»Ach, ich weiß nicht. Das Unterrichten lag mir sowieso nicht so richtig.«

»Lag dir nicht, wenn ich das schon wieder höre! Weißt du, was ich als Studentin gemacht habe, um mir eine warme Mahlzeit zu verdienen?«

»Du hast Essen ausgeteilt.«

»Siehst du. Da hat mich auch keiner gefragt, ob mir das liegt.«

»Es wäre aber besser gewesen. Ein Land, in dem auch nur ein einziger Mensch zu etwas gezwungen wird, das nicht seinem Wesen entspricht, ist kein freies Land.«

»So ähnlich habe ich in deinem Alter auch gedacht«, sagte Boris, der bis dahin nur zugehört und sich mit zwei Fingern nachdenklich über seinen Schnurrbart gestrichen hatte. »Aber glaub mir: Freiheit bedeutet nicht, alles abzulehnen und am Ende gar nichts zu tun. Freiheit bedeutet, Wahlmöglichkeiten zu haben. Je mehr Möglichkeiten, desto größer die Freiheit. Und deshalb brauchst du jetzt erst einmal so schnell wie möglich einen Doktortitel. Oder besser mehrere.«

»Finde ich überhaupt nicht. Alles, was ich mache, kann ich ohne Doktortitel genauso gut wie mit. Für mich ist das kein Unterschied.«

»Für dich vielleicht nicht, aber für die Leute. Du wirst ganz anders angesehen, und das kannst du nutzen. Ich habe schon mal an der Harvard Medical School vorgefühlt, die haben einen Platz für dich freigehalten. Wenn du mit dem Medizinstudium fertig bist, stelle ich dich als Juniorchef ein, und irgendwann gehört das hier alles dir.«

»Ich soll das Sanatorium übernehmen?«

»Vielleicht sogar schon in ein paar Jahren. Das bisschen Kraft, das ich noch habe, möchte ich für meine Schriften verwenden. Du kannst mich aber jederzeit um Rat fragen. Ich richte mir irgendwo einen kleinen Winkel als Alterssitz ein, das Haus ist ja groß genug.«

»Aber – ich denke überhaupt nicht dran, Arzt zu werden!«

»Und was wird dann aus dem Sidis Institute?«

»Was weiß ich? Das geht mich doch nichts an.«

»William. Ich denke nicht nur an das Institut. Ich denke vor allem an dich. Deine Mutter und ich, wir sind der Auffassung, dass … wie soll ich sagen … dass es dich festigen würde, wenn du eine klare Perspektive hättest, eine Aussicht auf einen Beruf. Und da ist es nun mal das Naheliegendste …«

»Keine Sorge. Ich weiß schon genau, was ich mache. Ich studiere Astronomie und werde Astrophysiker.«

Sarah schreckte auf. »Bitte was?«

»Ja, ich will herausfinden, wie das Weltall entstanden ist und wie groß es ist und woraus es besteht. Wie das Leben auf die Erde gekommen ist und ob es auch anderswo intelligente Lebewesen gibt und ob wir mit ihnen Kontakt aufnehmen können. Ob es technische Möglichkeiten gibt, die Erde zu verlassen und zu anderen Planeten zu reisen. Diese ganzen Sachen. Die haben mich schon immer interessiert.« Williams Augen glänzten.

»Astrophysiker!«, jammerte Sarah. »Mein Sohn will Astrophysiker werden! Er wird verhungern!«

Eine einvernehmliche Lösung war schwer zu finden. William weigerte sich beharrlich, ins Sidis Institute einzusteigen, und Boris und Sarah waren nicht bereit, ihm ein Studium der Astronomie zu finanzieren.

Nach einigem Hin und Her verständigte man sich auf einen Kompromiss, mit dem die Wünsche keiner der beiden Seiten erfüllt wurden. William schrieb sich an der Harvard Law School ein. Er konnte sich zwar nicht vorstellen, jemals als Anwalt oder Richter zu arbeiten, aber die Rechtswissenschaft hatte immerhin den Vorteil, dass Boris nicht viel davon verstand. Sie war das einzige akademische Fach, bei dem er seinem Sohn nicht hineinreden konnte.

So fand sich William nach einer langen Zeit der Orientierungslosigkeit auf seinem vertrauten Campus in Cambridge wieder, diesmal in Austin Hall, dem Lehrgebäude der Juristen, das mit seiner wuchtigen Fassade aus grobbehauenem Sandstein, den massiven Mauern, den kleinen Fenstern, den säulengestützten Torbögen und dem runden Treppenturm einer Trutzburg aus dem europäischen Mittelalter nachempfunden war. Ob der Architekt dieses kuriosen Bauwerks die Absicht gehabt hatte, den Studenten ein Gefühl der Sicherheit und Unangreifbarkeit zu verleihen? Bei William jedenfalls stellte sich dieser Effekt unverzüglich ein. Nach Harvard zurückzukehren war für ihn wie nach Hause zu kommen. Hier kannte er sich aus wie nirgendwo sonst.

Ungewohnt war freilich die Erfahrung, unter Gleichaltrigen zu sitzen. Das hatte er seit seinen ersten Schultagen nicht mehr erlebt. Während er seine einzigartige Schnellreise durch die Welt des Wissens unternommen hatte, waren seine Altersgenossen langsam, aber stetig durch ihre zwölf Schuljahre gebummelt. Jetzt war sein Vorsprung aufgebraucht. Sie waren an der gleichen Stelle angekommen wie er. Aufgeregt wie junge Hunde, die ein unbekanntes Revier erkunden, streunten sie über das Gelände, orientierungslos und überfordert von all den neuen Eindrücken und Aufgaben, während William routiniert seine alten Runden drehte.

Ein Semester später sah es schon ganz anders aus. Alle wussten, wann sie welchen Kurs besuchen und was sie für welche Prüfung lernen mussten, kannten sich aus im vielfältigen Angebot der studentischen Clubs und Sportteams, besuchten sich gegenseitig in den Wohnheimen oder gingen zusammen aus, knüpften Kontakte, die ihnen über ihre gesamte Karriere hinweg von Vorteil sein sollten, rümpften die Nase über die Ungebildeten und Unterprivilegierten, bandelten mit den Mädchen vom Radcliffe College an und waren, mit einem Wort, Männer Harvards geworden.

Nur bei William, ausgerechnet bei ihm, der doch immer allen davongerast war, schien die Zeit stehenzubleiben. In seinem abgetragenen Anzug schlurfte er über den Campus, die speckige Tasche aus Schweinsleder unter dem Arm, in der er ein paar Bücher und Sandwiches herumschleppte. Im Hörsaal saß er meistens in der letzten Reihe, etwas abseits von den anderen, ein aufgeschlagenes Buch auf dem Schoß, in dem er blätterte, als ginge ihn die Vorlesung nichts an. Einige seiner Kommilitonen wussten noch nicht einmal, dass vor gerade einmal sieben, acht Jahren ellenlange Artikel über seine geistige Ausnahmestellung erschienen waren. Sie konnten es ihm auch nicht leicht ansehen. Sein Interesse am Fach war mäßig, seine Noten nur durchschnittlich.

Was niemand ahnte, da er mit niemandem darüber sprach: William absolvierte neben dem offiziellen noch ein zweites, privates Curriculum, nach einem Plan, den er sich selbst zurechtgelegt hatte und den er mit strenger Disziplin einhielt. Über drei Jahre, die Dauer seines Jurastudiums, hinweg wollte er sich alles beibringen, was man brauchte, um die ganz großen Fragen anzugehen, die Fragen nach dem Universum, dem Leben, dem Woher, Wohin und Wozu. Er las Philosophen und Naturwissenschaftler, er las die alten Denker und die neuen Forscher, er las jedes Buch, das ihm irgendwie nützlich erschien.

Zum Ende des ersten Studienjahrs geriet sein Vorhaben ins Stocken. Es lag nicht an ihm, sondern an den Zeitläuften. Das große Schlachten in Europa hatte noch immer keinen Einhalt gefunden, im Gegenteil, die Blutmühle drehte sich immer erbarmungsloser. Amerika sträubte sich lange dagegen, mit in den strudelnden Irrsinn gezogen zu werden, aber es sträubte sich vergebens. Präsident Woodrow Wilson, der mit dem Motto *He kept us out of war* erst ein paar Monate zuvor seine Wiederwahl gewonnen hatte, hielt jetzt, im Frühjahr 1917, vor dem Kongress in Washington eine Rede von größter Tragweite. Er sprach vom Ziel, die Prinzipien des Friedens und des Rechts zu verteidigen, von der Sicherung der Demokratie in der Welt und vom Kampf für den dauerhaften Frieden und für die Befreiung der Völker. Er sagte: »Wir verspüren gegenüber dem deutschen Volk kein anderes Gefühl als das der Sympathie und der Freundschaft«, er sagte aber auch: »Wir sind Vorkämpfer für die Rechte der Menschheit«, und vor allem sagte er: »Recht ist wertvoller als Frieden.« Vier Tage später erklärten die Vereinigten Staaten dem Deutschen Reich den Krieg.

Gegenstimmen gab es kaum. Die Parteien stellten ihren

Streit hinter die Nation und stärkten dem Präsidenten den Rücken. Eine Welle des Patriotismus rollte durchs Land und spülte alles, was deutsch war, zur Seite. Beethoven-Sinfonien wurden aus den Spielplänen der Konzerthäuser und Deutschunterricht aus den Lehrplänen der Schulen gestrichen, deutschsprachige Bücher aus den Leihbibliotheken entfernt und verbrannt, eine Ortschaft in Nebraska von Germantown in Garland umbenannt. Ein paar ganz Eifrige mochten selbst das allzu deutsche Wort *sauerkraut* nicht mehr aussprechen, sie sagten lieber *liberty cabbage*.

Alle Deutschstämmigen, auch die, die schon lange im Land lebten und sich als Amerikaner fühlten, mussten sich registrieren lassen und ihre Bescheinigung stets bei sich tragen. Tausende landeten hinter Gittern, die meisten, weil sie verdächtigt wurden, für den Feind zu spionieren. Einen von ihnen, einen Bergarbeiter namens Robert Prager, holte eine Volksmeute aus dem Gefängnis von Collinsville, Illinois, und trieb ihn unter Gejohle aus dem Städtchen. An dem Strick, mit dem er an einen Ast gehängt wurde, zogen Dutzende Hände gemeinsam.

In Windeseile verwandelte sich die amerikanische Gesellschaft in das, was Boris Sidis zwanzig Jahre zuvor wissenschaftlich beschrieben hatte: in einen Mob, ein kollektives *Subwaking Self*, ein Hypnosemonster mit ausgeschaltetem Verstand und millionenfach gebündelter Muskelkraft. Der Mob saugte Menschen auf wie ein Hurrikan Wasser und sammelte Energie für einen gewaltigen Gewittersturm.

Von den Plakatwänden herab zeigte ein entschlossener Uncle Sam, weißer Zylinderhut, blauer Frack, rote Fliege, grauer Ziegenbart, mit dem Finger auf den Betrachter, blickte ihm ernst in die Augen und machte ihm unmissverständlich klar: »*I Want* You *For U. S. Army*«. Das war kein Wunsch, keine Bitte und keine Aufforderung. Das war ein Befehl. In den Hörsälen Harvards lichteten sich die Reihen. Uncle Sam brauchte Soldaten dringender als Studenten. Er nahm sich vor allem die höheren Semester. Jeder männliche Amerikaner zwischen einundzwanzig und dreißig wurde verpflichtet, sich zum Militärdienst zu melden. William kam gerade noch einmal davon. Mit seinen neunzehn Jahren war er, wie schon so oft in seinem Leben, zu jung.

Dennoch, mit der Ruhe war es auch für ihn vorbei. Der nervösen Spannung, die in der Luft lag wie ein Bazillus, konnte er sich nicht entziehen. Wenn er über das Universum nachdenken wollte, dachte er an den Krieg, wenn er über das Dasein nachdenken wollte, dachte er an den Krieg, ja selbst wenn er über Straßenbahnwagen nachdenken wollte, dachte er immer und immerfort nur an den verdammten Krieg. So hatte das keinen Sinn. William unterbrach das Jurastudium und legte sein eigenes Vorhaben auf Eis.

Er blieb nicht lange ohne Beschäftigung. In diesen Zeiten, da Tag für Tag einige tausend junge Männer zum Kampf gegen die Deutschen nach Frankreich verschifft wurden, brauchte man jede verbleibende Arbeitskraft. Insbesondere dann, wenn sie die Fähigkeiten eines William James Sidis besaß. Professor Gregory J. Thompson vom Massachusetts Institute of Technology, ein alter Bekannter von Boris, suchte gerade mit großer Dringlichkeit nach einem Assistenten, und da William ohnehin nichts Besseres zu tun hatte, nahm er die Stelle an. Nicht einmal die Wohnung musste er wechseln, das MIT war eben erst von Boston nach Cambridge umgezogen, auf einen neu angelegten Campus nicht weit von Harvard.

Die Arbeit war genau das Richtige für ihn und er der richtige Mann für diese Art von Arbeit. Das Team, das Professor Thompson leitete, war mit der Erfindung eines speziellen technischen Apparats befasst, einer Art Mikrophon, das man auch unter Wasser verwenden konnte. So ganz genau verstand William nicht, was das für ein Gerät sein sollte und wozu es gut sein mochte, es interessierte ihn auch nicht besonders. Er verzichtete darauf, hinüberzufahren nach Winthrop, wo die Werkstatt war, um sich die verschiedenen Prototypen anzuschauen und erklären zu lassen. Lieber blieb er an seinem Schreibtisch sitzen und tüftelte vor sich hin.

Es gefiel ihm, dass er so viele Unterbereiche der Physik kennenlernen konnte, mit denen er sich noch nie beschäftigt hatte: Ausbreitungsverhalten, Impedanz und Druckpegel des Wasserschalls, die Ortung von akustischen Signalen, die Wirkung des piezoelektrischen Effekts auf unterschiedliche Werkstoffe, die statische Stabilität verschiedener Konstruktionen unter Tiefendruckverhältnissen, man musste von allem Möglichen etwas verstehen. Ebenfalls gefiel es ihm, dass es viel zu kalkulieren gab. Die kompliziertesten Berechnungen landeten ohnehin alle auf seinem Tisch, denn wenn es um höhere Mathematik ging, konnte es keiner mit ihm aufnehmen. Er hatte aber auch kein Problem damit, für seine Kollegen die lebende Rechenmaschine zu spielen. Wenn etwa jemand den Druck berechnen musste, der in einer bestimmten Wassertiefe auf einen Gegenstand einer bestimmten Form und Größe wirkte, dann konnte er die Daten entweder umständlich in einen Comptometer eingeben, oder er rief sie einfach dem jungen Sidis zu und bekam in der nächsten Sekunde schon das richtige Ergebnis genannt.

William war froh, zurück zu sein in der Welt der Zahlen. Unter Menschen fühlte er sich immer etwas unsicher. Ihre Unberechenbarkeit war ihm nicht geheuer. Nie sah er voraus, was sie als Nächstes taten. Zahlen waren ganz anders. Mit ihnen verstand er sich blind, sie täuschten und enttäuschten ihn nie. Eine Sieben war immer eine Sieben und entpuppte sich niemals hinterrücks als falsche Fünf. Das wusste er sehr zu schätzen.

Es dauerte nicht lange, und William war in seiner Abteilung so unverzichtbar, dass er Sonderrechte bekam. Beispielsweise durfte er jederzeit neben seinem Bürostuhl eine Matte ausrollen und sich auf den Rücken legen. Eigentlich war das ein Unding, kein anderer hätte sich so etwas erlauben dürfen. Aber er versicherte, dass er im Liegen am besten nachdenken könne, und das war Professor Thompson wichtiger als die Einhaltung der Konventionen.

Professor Thompson liebte es, William heimlich zu beobachten. Wie er ankam in seinem verschossenen Anzug und mit seiner merkwürdigen Schweinsledertasche, außerstande, den anderen Mitarbeitern einen guten Morgen zu wünschen oder ihnen auch nur in die Augen zu sehen, wie er hinter seinem Schreibtisch hockte, mit krummem Rücken und verkniffener Miene, sich einen Packen Schreibpapier griff und in seinen Überlegungen versank; und wie er sich dann leise, leise verwandelte, wie er aufging wie eine Blüte in der Sonne, wie sich die Verspannung aus seinen Schultern löste und ein stilles Lächeln von innen sein Gesicht erleuchtete, ein Lächeln, das sich auf Professor Thompson übertrug, weil es nichts Schöneres gibt, als wenn ein Mensch tun darf, wofür er geschaffen ist – es war ein wunderbares kleines Naturschauspiel, das sich da jeden Tag ereignete.

»Sidis, kommen Sie mal in mein Büro.«

»Was, wieso?« William schreckte aus seinen Unterlagen auf, als hätte man ihn aus einem Tagtraum gerissen. »Stimmt was nicht?«

»Im Gegenteil. Es stimmt alles. Unser Projekt kommt sogar schneller voran als geplant, und das haben wir Ihnen zu verdanken.«

»Aha.«

»Sie sind mein bester Mann. Machen Sie weiter so.«

»Aha. Und sonst?«

»Sonst nichts. Ich wollte Ihnen das bloß mal sagen.«

»Gut. Dann kann ich ja jetzt wieder –«

»Da hat der Herr Professor ganz recht«, sagte Rupert, ein technischer Zeichner, dessen Zeichentisch aus Platzgründen in der Ecke des Chefbüros untergebracht war. Die Abteilung war in den letzten Wochen so schnell gewachsen, dass jeder Winkel des Stockwerks genutzt werden musste. »Ich sag's ja immer: Wenn wir alle bloß halb so viel im Kopf hätten wie der junge Sidis, dann wären die Hunnen schon längst Walfischfutter.« Er meckerte vor Heiterkeit wie ein Ziegenbock. »Aber was nicht ist, kann ja noch werden.« Wieder meckerndes Lachen.

»Hä? Was für Hunnen? Was für Wale?«

»Na, jetzt tun Sie mal nicht so unschuldig, Sidis. Nach außen: strengste Geheimhaltung, klar. Aber hier drinnen auf blöd machen, das ist übertrieben.«

»Ich versteh kein Wort.«

»Sagen Sie mal, ist das Ihr Ernst? Sie wissen wirklich nicht, woran wir hier arbeiten?«

»Was weiß ich, irgendein Mikrophon oder so.«

»Hehehehehe!« Rupert schlug vor Belustigung mit der flachen Hand auf die Zeichenplatte, dass das Tuschefässchen überschwappte. »Ein Mikrophon oder so! Um die Walfische beim Singen aufzunehmen! Na, das würde die Hunnen ja schwer beeindrucken!«

»Was wollen Sie denn dauernd mit den Hunnen?«

»Was ich mit denen will?« Rupert schüttete sich aus vor Lachen. »Ich will sie im Teich versenken, wo er am tiefsten ist, was denn sonst? Oder sollen wir etwa bald alle so rumlaufen?« Er setzte sich eine Faust auf den Kopf, aus der der Zeigefinger spitz nach oben ragte, was wohl wie eine Pickelhaube aussehen sollte, machte ein paar Stechschritte durchs Büro und plärrte: »*Hail the Kaiser! Hail the Kaiser!*«

»Was soll das? Was ist hier los? Kann mir das vielleicht mal jemand erklären?«, rief William erregt.

Professor Thompson wirkte ungewohnt verlegen.

»Sidis, ich hab's Ihnen nicht so genau gesagt und Ihrem Vater auch nicht. Ich weiß ja, wie Sie beide zum Krieg stehen. Ich weiß, dass Sie glauben, ein radikaler Pazifismus wäre hilfreich, um … Na ja, müssen wir nicht drüber diskutieren. Jedenfalls – ich sage Ihnen jetzt etwas, das Sie nicht gerne hören werden: Sie und ich und wir alle hier werden vom Kriegsministerium bezahlt. Wir entwickeln ein sogenanntes Sonar. Das ist eine Vorrichtung, mit der Unterseeboote geortet werden können.«

»Wie bitte? Wir erfinden eine Waffe?«

»Nein, keine Waffe. Mit der Neutralisierung der feindlichen Objekte haben wir nicht direkt zu tun. Wir spüren sie nur auf, das ist alles.«

»Das ist alles.« William starrte glasig ins Leere wie ein Boxer, der von einem unerwarteten Schlag ins Gesicht niedergestreckt wurde.

»Ich kann mir denken, dass das keine einfache Neuigkeit für Sie ist. Ich würde vorschlagen, Sie machen heute mal früher Feierabend. Gehen Sie nach Hause, und denken Sie in Ruhe über alles nach. Denken Sie darüber nach, was die deutschen U-Boote anrichten. Denken Sie an die unschuldigen Opfer, die mit der Lusitania und der Arabic untergegangen sind. Denken Sie an die unzähligen Handelsschiffe, die diese skrupellosen Killer schon versenkt haben. Denken Sie an all die Menschenleben, die gerettet werden, wenn es uns gelingt, die Bastarde unschädlich zu machen. Denken Sie nach, schlafen Sie eine Nacht darüber, und kommen Sie morgen wieder. Im Namen der Menschlichkeit, Ihr Vaterland braucht Sie.«

Professor Thompson klopfte William freundlich auf die Schulter, wie einem Kind, dem man sagen möchte: Begreif's endlich, es ist doch nicht so schwer.

»Ich werde nachdenken. Ich werde gründlich nachdenken«, murmelte William wie in Trance und wankte hinaus auf die Straße.

Draußen, als ihm erst so recht bewusst wurde, was geschehen war, packte ihn der Zorn. Er fühlte sich beschmutzt, erniedrigt, geschändet. Noch nicht einmal in eine Straßenbahn konnte er steigen, so aufgewühlt war er. Er musste laufen, laufen, laufen, möglichst weit, und hin und wieder gegen eine Straßenlaterne treten, sonst wäre er geplatzt. Eine Ungeheuerlichkeit, das war doch alles eine dreckige, infame Ungeheuerlichkeit! »Ihr Vaterland braucht Sie«, lächerlich! Es hatte ihn missbraucht, sein Vaterland, ihn und seine Intelligenz hatte es missbraucht, für den finstersten aller Zwecke, für Mord und Vernichtung. Auf ein solches Vaterland war gepfiffen.

Am meisten war er wütend auf sich selbst. Wie dumm er war, wie naiv! Er hatte nicht einmal daran gedacht, dass seine Berechnungen etwas zu tun haben könnten mit dem obszönen Gemetzel des Krieges. Für ihn waren das immer zwei unvereinbare Sphären gewesen: auf der einen Seite die Mathematik, die reine, klare, immaterielle Suche nach Wahrheit, auf der anderen die dumpfe, primitive Körperlichkeit der Waffengewalt. Aber das war ja Unfug, das war ja ganz und gar verkehrt. Auch das Böse war, wie alles andere, auf die Mathematik angewiesen, um zu gedeihen, und immer schon hatte es Mathematiker gegeben, die dem Bösen dabei halfen, sich von einer sinistren Idee in grausige Wirklichkeit zu verwandeln.

Archimedes wusste, wie man den Brennpunkt einer Parabel berechnet. Was fing er an mit seinem Wissen? Er benutzte es, um Sonnenstrahlen mit Spiegeln zu bündeln und auf hölzerne Schiffe zu lenken, damit diese in Brand gerieten und der Besatzung nur noch die Wahl zwischen

Verbrennen und Ertrinken blieb. Archimedes war ein großer Mathematiker. Besser für die Welt, er wäre ein kleiner Ziegenhirt gewesen.

Leonardo da Vinci war unübertrefflich als Konstrukteur wie als Künstler. Wozu nutzte er seine einmalige Doppelbegabung? Er erdachte und zeichnete mit bewundernswerter Präzision einen Streitwagen mit rotierenden Sicheln sowie die in Stücke zerhackten Menschenleiber, die seine Erfindung auf dem Schlachtfeld hinterließ.

Oder die Strömungslehre, die Aerodynamik. Keine fünfzehn Jahre war es her, dass sie ihren größten Triumph feierte. Ohne ihre Gleichungen hätten die Brüder Wright nie verstanden, was es mit dem dynamischen Auftrieb auf sich hat. Folglich wäre es ihnen auch nicht gelungen, einen Motorapparat ein paar Meter weit über eine einsame Wiese in North Carolina zu heben. Seit diesem Tag war der alte Menschheitstraum vom Fliegen nicht mehr nur ein Traum. Ach, wäre es doch ewig einer geblieben! Denn sobald die Menschen begonnen hatten, sich in die Lüfte zu erheben, begannen sie auch schon, einander aus der Luft zu töten. Nichts Dringlicheres wussten sie mit der großartigen Neuerung anzufangen, als Doppeldecker mit Bomben und Maschinengewehren zu bestücken und über die Gefechtsstellungen zu jagen, auf dass die barbarischste Menschenfresserei aller Zeiten noch barbarischer werde.

Je gewaltiger ein Geistesblitz, desto gewaltiger das Massaker, das er anrichtete. Sogar die umwälzend neue Formel, wonach Energie nichts anderes war als das Produkt aus Masse und dem Quadrat der Lichtgeschwindigkeit –

noch hatte sie sich ihre Unschuld bewahrt, noch war ihre Schönheit vollkommen und ohne Makel, denn noch war sie lediglich Kernstück einer Theorie, deren Tragweite sich nicht weit herumgesprochen hatte. Aber in absehbarer Zeit würde gewiss jemand ihre praktische Nutzanwendung entdecken. Dann würde sie als Grundlage dienen für eine Waffe, gegen die alles bisherige Kriegsgerät bloßes Kinderspielzeug wäre. Und der geniale Kopf, der die Formel gefunden hatte, würde den Tag verfluchen, an dem er die Torheit begangen hatte, sie mit der verkommenen Welt zu teilen.

Es schmerzte William, die Konklusion aus den Prämissen zu ziehen, doch die Regeln der Logik zwangen ihn dazu: Wissenschaftler waren eine Gefahr für die Menschheit. Sie mussten noch nicht einmal selber niederträchtig sein, es genügte schon, dass die Niederträchtigen sich ihre Ergebnisse zunutze machten, und das war schlechterdings nicht zu vermeiden.

Nur gut, dass er den Beweis der Riemann'schen Vermutung nicht zu Ende geführt und veröffentlicht hatte. Früher oder später hätte gewiss irgendein krankes Hirn eine Möglichkeit gefunden, Unheil damit anzurichten, und dann wäre der Name William James Sidis für alle Zeit mit einer Schande verbunden gewesen. Das musste er verhindern, um jeden Preis. Es durfte keine Sidis-Formel, keinen Sidis-Effekt und kein Sidis'sches Gesetz geben, niemals. Und es gab nur eine Möglichkeit, das sicherzustellen. Er musste sich selbst unschädlich machen, am besten sofort.

Den Kopf voll der schwärzesten Gedanken, wechselte er vom Straßenrand zur Mitte der Massachusetts Avenue.

Einige Fordwagen mussten ihm ausweichen. Die Fahrer drückten wütend auf den Gummiball ihrer Hupe, doch er lief unbeirrt weiter. Eine Straßenbahn näherte sich. Er presste die Augen zusammen und lief zwischen den Schienen weiter. Er hörte das Läuten der Wagenglocke, erst nur ein kurzes Warnbimmeln, dann ein stürmisches Dauertremolo, hörte das Gebrüll des Wagenführers, die Schreckensschreie von Fahrgästen und Passanten und lief blind weiter. Er ballte die Hände zu Fäusten, straffte jeden Muskel seines Körpers, hielt die Luft an und lief weiter. Es konnte nur noch eine Frage von Sekunden sein, vier, drei, zwei, eins, jetzt –

William riss die Augen auf und fasste sich an die schmerzende Nase. Er war gegen die Straßenbahn gelaufen, die zwei Schritte von ihm entfernt zum Halten gekommen war.

»Sind Sie wahnsinnig, Mann?« Der Wagenführer sprang herab von seinem Stand, packte William am Revers und schüttelte ihn. »Passen Sie gefälligst besser auf! Sie hätten sich umbringen können!«

Eine Entschuldigung stammelnd, trat William zur Seite, damit die Bahn weiterfahren konnte. Noch lange blieb er am Straßenrand stehen und dachte nach. Der Fahrer hatte ihm das Leben gerettet, dafür war er ihm dankbar. Er wollte ja gar nicht sterben. Er wollte nur, dass kein anderer durch ihn zu Schaden käme. Aber dazu musste er nicht notwendigerweise tot sein. Es genügte, wenn er sein Kostbarstes, seine Intelligenz, künftig besser beschützte, so wie andere ihre Juwelen. Sie gehörte ihm allein und sonst niemandem. Niemals wieder würde er sie öffentlich ausstellen und darauf vertrauen, dass sie ihm keiner stehlen werde. Niemals wieder würde er sie gegen Bezahlung an fremde Leute verleihen. Ab sofort würde er nur noch Jobs annehmen, die seine Intelligenz nicht beanspruchten. Das war seine neueste Lebensregel.

Am nächsten Morgen erschien er so pünktlich wie immer zur Arbeit.

»Schön, Sie zu sehen, Sidis.« Professor Thompson lächelte gewinnend. »Na, haben Sie sich Gedanken gemacht?«

»Allerdings. Ich kündige.«

»Das kann nicht Ihr Ernst sein. Wir brauchen Sie dringend. Ohne Sie geht's nicht.«

»Genau deshalb kündige ich. Ich will mit dem Krieg nichts zu tun haben, auf keine Weise. Das ist ein Grundsatz von mir.«

»Hören Sie, Sidis. Ich habe diesen Krieg auch nicht gewollt. Niemand in diesem Land hat ihn gewollt. Er wurde uns aufgezwungen. Jetzt müssen wir alles dafür tun, dass wir ihn möglichst rasch gewinnen.«

»Das sagen die auf der anderen Seite auch. Die sind genauso gegen uns aufgehetzt worden wie wir gegen sie. Sie sind nur zufällig woanders geboren, das ist der ganze Unterschied. Und dafür sollen sie den Tod verdient haben?«

»Sie reden ja wie ein Sozialist.«

»Soll das ein Argument sein?«

»Sicher. Sie tun so, als wären alle Menschen gleich. Aber das sind sie nicht. Die einen kämpfen für Rückschritt und

Unterdrückung, die anderen für Freiheit und Demokratie. *Das* ist der Unterschied. Auf welcher Seite stehen Sie?«

»Auf der Seite der Freiheit natürlich. Unbedingt.«

»Sehen Sie.«

»Aber wenn Freiheit nicht einschließt, dass man sich aus einer bösen Sache heraushalten darf, dann ist sie keine. Und deshalb gehe ich. Geben Sie mir die Papiere, die ich hier geschrieben habe. Alle.«

»Ausgeschlossen. Die sind Eigentum der Vereinigten Staaten von Amerika.«

»So ein Quatsch. Geistiges Eigentum ist unveräußerlich. Aber mit einem Mörder diskutiere ich nicht über Eigentumsrecht.«

»Es reicht. Ich hatte lange genug Geduld mit Ihnen, jetzt ist Schluss. Raus hier.«

»Nicht ohne meine Papiere.«

»Raus! Sofort!«

William rannte zu seinem Schreibtisch und raffte so viele Blätter zusammen, wie er mit zwei Händen packen konnte. Von Professor Thompson wurde er zu Boden gerissen und zu einem kurzen, ungleichen Ringkampf gezwungen. Er war es nicht gewohnt zu kämpfen, und sein ehemaliger Chef kämpfte nicht allein. Ein paar Angestellte eilten ihm zu Hilfe, nahmen William in den Würgegriff, entrissen seinen Fäusten die zerknitterten Papiere und drängten ihn ins Treppenhaus.

Ächzend saß er auf der Treppe und rang nach Luft. Sein Hals schmerzte. Noch einmal öffnete sich kurz die Tür, heraus flog eine leere schweinslederne Aktentasche, mit einem Knall fiel die Tür ins Schloss. Williams Tätigkeit am

MIT war beendet. Wieder hatte er eine akademische Institution vorzeitig und unrühmlich verlassen. Das war sein geringster Kummer. Mit solchen Verbrecherbuden wollte er ohnehin nichts mehr zu tun haben. Nie wieder.

Seit ihrer Gründung zur Jahrhundertwende hatte die Socialist Party of America immer einen schweren Stand gehabt. Über den Rang einer politischen Randerscheinung war sie nie hinausgekommen. Die durchschnittlichen Bürger empfanden sie als Fremdkörper im Fleisch der Gesellschaft, als Gefahr für Wohlstand, Freiheit, Fortschritt und überhaupt alle amerikanischen Werte.

In Boston galt das noch mehr als andernorts, denn es war keine Arbeiterstadt. Lediglich in Roxbury, südlich des Zentrums, gab es eine größere Anzahl Proletarier, die ihr Leben zwischen rußschwarzen Werkhallen und schäbigen Mietskasernen fristeten und bei den Wahlen ihre Stimme denen gaben, die ihnen eine gerechtere Welt ohne Diskriminierung, Ausbeutung und Lohndrückerei versprachen. Doch nachdem der Präsidentschaftskandidat der Sozialistischen Partei, Eugene Debs, die Beteiligung Amerikas am Krieg angeprangert und sogar offen zur Wehrdienstverweigerung aufgerufen hatte, verlor er die Unterstützung seiner eigenen Parteimitglieder. Es hagelte Austritte, von der Basis bis hinauf zu den höchsten Ebenen. Mit Pazifismus war in den Tagen des großen nationalen Zusammenhalts nichts zu gewinnen. Allein das Wort roch schon nach Feigheit und Vaterlandsverrat. Wer der Partei dennoch die Treue hielt oder sich ihr gar neu anschloss, der stellte sich selbst ins Zwielicht.

Die Bostoner Ortsgruppe der Sozialistischen Partei traf sich jeden Sonntagvormittag im fensterlosen Hinterzimmer eines einfachen Wirtshauses unweit der Dudley Street unter der Fahne mit dem Emblem der Partei: ein brüderlicher Handschlag vor einer Weltkugel, dazu der Leitspruch »Arbeiter der Welt, vereinigt euch«. Bei einem Krug Bier und einer Zigarre besprachen die immergleichen Genossen die immergleichen Themen und kamen zu den immergleichen Ergebnissen: Die Preise waren zu hoch, die Löhne zu niedrig, ein Generalstreik vonnöten und die Herrschaft der Arbeiterklasse eine historische Zwangsläufigkeit. Nachdem in allen Punkten vollkommene Übereinstimmung festgestellt worden war, ging man im wärmenden Gefühl auseinander, dem Sieg der sozialistischen Bewegung wieder einen Schritt näher gekommen zu sein.

Der Kriegseintritt Amerikas hatte der Gruppe ein paar neue Mitglieder eingebracht, die von der entschieden pazifistischen Linie der Parteiführung angezogen waren. Sie entstammten zumeist einem eher gutsituierten, akademischen Milieu und wollten über die großen Fragen der Zeit diskutieren, über den Einfluss der Rüstungsmagnaten auf die Regierungspolitik oder die Neuordnung des Völkerrechts. Nun saßen sie etwas fremd zwischen Lohnabhängigen und Habenichtsen und mussten sich deren Klagen über die Brotpreise und die Arbeitsnormen in den Fabriken anhören.

Und dann gab es einen Neuling, der war noch einmal ganz anders als alle anderen. Er fiel nicht nur dadurch auf, dass er sich statt Bier ein Glas Pfefferminztee mit viel Zucker bestellte, sondern vor allem durch das Talent, jedes

Gesprächsthema mit wenigen Sätzen in eine überraschende Richtung zu drehen.

»Revolution? Jaa …«, sagte er nachdenklich und nippte an seinem Tee. »Gut möglich, dass demnächst irgendwo eine ausbricht. Aber wenn, dann eher in einem kalten Land. In Russland vielleicht, oder in Deutschland.«

Kopfschütteln in der Runde. »Was soll das denn mit der Kälte zu tun haben?«

»Kann ich gerne erklären. Sehen wir uns nur mal ein paar Ereignisse der letzten hundert Jahre an. 1830: Julirevolution in Frankreich. 1839: Newport-Aufstand der Chartisten in England. 1848: Februarrevolution in Frankreich, außerdem Aufstände in Preußen und Österreich. 1851: Taiping-Aufstand in China. 1871: Pariser Commune. 1905: Revolte in Russland. Alles in Ländern mit recht kühlem Klima.«

»Ja, und?«

»Moment, jetzt kommt's doch erst. 1810: Aufstand gegen die Kolonialherrschaft in Mexiko. 1833: Carlisten-Krieg in Spanien. 1857: Sepoy-Aufstand in Indien. 1910: Revolution in Portugal und Madero-Revolution in Mexiko. Lauter heiße Länder. Fällt euch was auf?«

»Dass es auf der ganzen Welt Aufstände gibt.«

»Ja, aber nicht zufällig irgendwo und irgendwann. Es gibt ein Muster. Und das hängt mit dem Sonnenfleckenzyklus zusammen.«

»Mit was?«

»Dem Sonnenfleckenzyklus. Auf der Oberfläche der Sonne treten manchmal dunkle Flecken auf, und zwar in einem festen Rhythmus. Ungefähr alle elf Jahre gibt's besonders viele davon. Man muss wissen, dass diese Flecken weniger heiß sind als die übrige Sonnenoberfläche. In den Jahren mit vielen Flecken strahlt die Sonne also weniger Wärme ab als sonst. Das hat natürlich Auswirkungen auf das Wetter auf der Erde und damit auf die Ernten. In kalten Ländern gibt es mehr Missernten in den Jahren rund ums Sonnenfleckenmaximum, in heißen Ländern während des Minimums. Je mehr Missernten, desto größer der Hunger, und je größer der Hunger, desto größer die Unzufriedenheit in der Bevölkerung. Und wenn die Leute unzufrieden sind, kommt es zu Revolten. Das letzte Maximum war 1916. Deshalb sind Umstürze momentan eher in kalten Ländern zu erwarten. Logisch, oder?«

»Und wie ist es bei uns: kalt oder heiß?«

»Teils, teils. Auf dem Territorium der Vereinigten Staaten gibt es so gut wie alle Klimazonen.«

»Was gehen uns dann die dämlichen Flecken an?«

Es war schwierig. Gerne hätte William seinen neuen Parteifreunden die verborgenen Gesetzmäßigkeiten erklärt, nach denen die Menschheitsgeschichte ihren scheinbar chaotischen, unvorhersehbaren Lauf nahm. Nur er hatte so viele Daten und Fakten aus den unterschiedlichsten Wissensgebieten im Kopf. Deshalb erkannte er als Einziger Zusammenhänge, die sonst keiner sah. Und nur wer das unendlich komplizierte Weltgetriebe in allen Einzelheiten verstand, konnte wissen, an welchen Schrauben gedreht werden musste, damit es besser lief.

Eigentlich war es also ein ungeheurer Glücksfall für die Bostoner Ortsgruppe der Sozialistischen Partei, dass ausgerechnet William James Sidis zu ihr gefunden hatte. Leider wusste sie ihr Glück nicht richtig zu schätzen. Man beharrte auf der althergebrachten Ansicht, dass Hunger nicht auf den Sonnenfleckenzyklus, sondern auf Hungerlöhne zurückzuführen sei.

Im Frühjahr 1918 geschah etwas, das nicht einmal William vorhergesehen hatte: Der Tod kam nach Amerika. Nicht in der wohlbekannten Gestalt des Krieges, sondern im Gefolge einer mysteriösen Krankheit. Zuerst zeigte sie sich von ihrer harmlosesten Seite, so dass man sie leicht mit einer Erkältung verwechseln konnte. Aber das war bloß eine kleine, hinterhältige Caprice. Als Nächstes wurden die Betroffenen mit Durchfall, hohem Fieber und unerträglichen Kopfschmerzen niedergestreckt. Danach entschied es sich. Manche der Kranken standen wieder auf und genasen vollständig, bei anderen ging es jetzt erst richtig los. Ihre Haut verfärbte sich blauschwarz, das Blut schoss ihnen in die Augen und aus Nase und Ohren, und oft war es am selben Tag schon aus mit ihnen.

An der Familie Sidis ging das Unheil nicht vorüber. Sarahs Eltern, Bernard und Fannie Mandelbaum, zählten zu den Ersten, die von der Krankheit ins Grab geschickt wurden. Das war insofern ein Glücksfall, als sie noch eine würdige Bestattung nach altem Ritual erhielten. Bereits wenige Monate später war es verboten, sich auf derart sentimentale Weise von den Toten zu verabschieden. Sie mussten aus Gründen der Seuchenhygiene so umstandslos wie möglich verscharrt werden.

Ob Boris sich ansteckte, als er vor den Särgen seiner Schwiegereltern stand, oder auf andere Weise, blieb ungeklärt. Jedenfalls stieg seine Temperatur über Nacht auf hundertsechs Grad Fahrenheit. Wirres Zeug brabbelnd, wälzte er sich im Bett und erbrach schwarzes, schleimiges Blut. Selbstredend wurden alle Patienten des Sidis Institute unverzüglich nach Hause geschickt und das Sanatorium für unbestimmte Zeit geschlossen.

Auch die kleine Helena lag eine Weile darnieder, wenngleich es sie nicht so hart traf wie ihren Vater und ihre Großeltern. Lediglich Sarah war unverwüstlich wie eh und je. Nicht einmal die Seuche besaß Pfeile, die spitz genug waren, die Rüstung ihrer strotzenden Gesundheit zu durchdringen.

Unterdessen lief die Krankheit einmal um den gesamten Erdball. Von Europa, Indien und China zog sie weiter nach Australien und Neuseeland, und wo immer sie auftauchte, hinterließ sie Leichen über Leichen. Als sie in einer zweiten, sehr viel heftigeren Welle nach Amerika zurückkehrte, zeigte sie, dass sie auf ihrer Weltreise erst richtig gelernt hatte, wie man tötet.

Und nun hatte Uncle Sam ein Problem. Die Soldaten, die er eigentlich nach Frankreich und Belgien in die Schützengräben schicken wollte, starben ihm schon in den Ausbildungslagern der Armee weg. Hier, wo die Menschen zusammengepfercht waren wie Vieh, fand die Krankheit ihre leichteste Beute. Sie wanderte durch die Schlafsäle und griff sich nach Lust und Laune den einen und verschonte seinen Nebenmann.

Eines der Militärlager, in denen die stramme Ordnung unter dem mächtigen Schlag der Krankheit zusammenbrach, war Camp Devens, eine Ansammlung eilig hochgezogener Holzbaracken für fünfzigtausend Mann auf dem platten Land vierzig Meilen hinter Boston. In der Krankenstation lagen Todgeweihte in langen Kolonnen von Feldbetten. Violette Flecken blühten an ihren Wangen auf wie giftige Pflanzen und überwucherten innerhalb weniger Stunden das gesamte Gesicht, so dass man am Ende nicht mehr erkennen konnte, ob es ein weißer oder ein schwarzer Mann war, der da gerade so fürchterlich erstickte.

Längst waren die Särge ausgegangen, man steckte die Toten in Säcke und stapelte sie in einer provisorischen Leichenhalle aufeinander. Jede Stunde kamen ein paar neue obendrauf. An einem durchschnittlichen Tag waren es hundert, aber es gab auch viele schlechte Tage.

Die Ärzte hatten keine Medizin gegen die Epidemie, sie kannten noch nicht einmal ihre Ursache. Leidlich geschützt durch Tücher über dem Mund und Chlorkalk an den Händen, sägten sie den Leichen die Brust auf und brachten eine aufgeschwemmte, blutgetränkte Lunge und eine bis zum Platzen geschwollene Milz ans Licht. Selbst unter dem Mikroskop fanden sie keinen Parasiten, keine Mikrobe, keinen Bazillus, nichts. Sie konnten nur spekulieren, was es wohl sein mochte, das die Menschheit heimsuchte, möglicherweise eine Wiederkehr der Pest, möglicherweise eine Abwandlung der Cholera, oder etwas Drittes, noch Unbekanntes.

Wenigstens hatte die Krankheit inzwischen einen Namen. Weil die ersten Berichte über sie in Spanien erschienen waren, nannte man sie die Spanische Grippe. Die Bezeichnung war irreführend. In den Vereinigten Staaten waren schon früher Fälle aufgetreten, daher wäre Amerikanische Grippe treffender gewesen.

Viele sagten, in Wirklichkeit handle es sich um eine Deutsche Grippe, ausgelöst durch einen Erreger, den teuflisch böse Wissenschaftler in einem deutschen Labor erzeugt und deutsche Agenten in einer Geheimoperation nach Amerika geschmuggelt und freigesetzt hatten. Beweise dafür hatten sie nicht, aber gute Gründe, es glauben zu wollen. Die Vorstellung, schutzlos einem unsichtbaren Feind ausgeliefert zu sein, der jederzeit aus dem Hinterhalt zuschlagen kann, war schwer zu ertragen. Etwas leichter lebte es sich mit dem Verdacht, dass hinter dem ganzen Unheil die Hunnen steckten. Gegen die stand man sowieso im Krieg. Und wenn sie so wenig Respekt vor dem menschlichen Leben hatten, dass sie nicht einmal davor zurückschreckten, eine solche Seuche in die Welt zu setzen, dann hatten sie ihrerseits jeden Anspruch auf Schonung verwirkt. Also lautete die oberste Maßnahme gegen die Spanische Grippe, den Kampf gegen die Hunnen zu verstärken.

Deshalb kam, während Theater, Kinos, Vergnügungsparks und andere Treffpunkte geschlossen, öffentliches Ausspucken unter Strafe gestellt und Straßenarbeiter zum Schaufeln von Massengräbern abkommandiert wurden, die Schließung von Camp Devens für die Regierung trotz aller Verluste nicht in Frage. Die Lücken, die die Grippe in die Reihen der Rekruten riss, wurden aufgefüllt mit gesunden jungen Männern, und als die Lücken immer größer wurden, nun, so füllte man eben rascher nach. Als es im ganzen Land nicht mehr genug Nachschub gab, den man nach dem Gesetz zwangsrekrutieren konnte, änderte man kurzerhand das Gesetz. Nun wollte Uncle Sam seine Jünglinge nicht mehr erst ab deren einundzwanzigstem Geburtstag für die U.S. Army, sondern schon ab dem achtzehnten.

Als die neue Regelung am 12. September 1918 in Kraft trat, war William James Sidis zwanzig Jahre und hundertvierundsechzig Tage alt. Folglich wurde auch er vom Selective Service System erfasst und erhielt den schriftlichen Befehl, sich bei einer lokalen Dienststelle der Armee registrieren und auf Wehrtauglichkeit untersuchen zu lassen.

Das war ja gerade das Großartige an diesem Land: dass das Gesetz für alle galt, anders als im alten Europa, wo es für die Adelseliten ein Leichtes war, ihre Sprösslinge in gutbeheizten Offizierskasinos unterzubringen, während die Söhne der einfachen Leute in schlammigen Bombentrichtern krepierten. Auch im amerikanischen Sezessionskrieg hatte sich jeder, der über das nötige Geld verfügte, legal vom Kriegsdienst freikaufen und einen Ersatzmann bezahlen können, der für ihn in die Schlacht zog. Aber das war vor einem halben Jahrhundert gewesen. Jetzt gab es für die Privilegierten keine Ausflüchte mehr. Ob arm oder reich, strohdumm oder ausgestattet mit einer einzigartigen Intelligenz – jeder, der erst einmal zu einer Nummer in der Militärregistratur geworden war, hatte die gleiche Chance, in irgendeiner Materialschlacht verheizt zu werden. Das war das Rechtsprinzip, von dem Präsident Wilson vor dem Kongress gesprochen hatte. Das war die Gerechtigkeit, für die die amerikanischen Soldaten töteten und starben.

Eine Ausnahmeregelung gab es für Beschäftigte in Betrieben der militärischen Forschung. Sie waren vom Wehrdienst befreit, weil sie dem Staat als unverzichtbar galten. Hätte William weiterhin am MIT an der Entwicklung des

Sonars mitgearbeitet, wäre er auf der sicheren Seite gewesen. So aber blieb ihm nichts anderes übrig, als auf den nächsten Sonntag zu warten, um sich mit seinen sozialistischen Parteifreunden zu beraten. Nicht weil er noch überlegte, ob er zur Musterung gehen sollte – seine Entscheidung stand fest –, sondern weil er wissen wollte, was mit denen passierte, die ihr fernblieben. Offiziell gab es solche sogenannten *draft dodgers* gar nicht, deshalb war es nicht leicht, an Informationen zu gelangen.

In der Ortsgruppe gab es zwei Männer, die schon länger in der pazifistischen Bewegung aktiv waren. Beide waren ein paar Jahre älter als William und hatten schon ihre eigenen Erfahrungen mit der Registrierung gemacht. Der eine hieß Julius Eichel, ein warmherziger Mann mit weichen, dunklen Augen und feinen Händen, die nicht dazu gemacht waren, auch nur eine Laus zu zerdrücken. Er war im galizischen Lemberg geboren und als kleines Kind nach Amerika gekommen. Der andere, Philip Grosser, stammte aus Slawuta in der Ukraine, aus der gleichen Region, in der auch Boris und Sarah aufgewachsen waren. Anscheinend brachte dieser Landstrich einen besonders willensstarken Menschenschlag hervor, denn Philip war ein unbeugsamer Anarchist und durch nichts zu bewegen, anderen Anweisungen zu folgen als denen, die sein Gewissen ihm gab.

»Natürlich solltest du alles tun, um nicht in den Krieg geschickt zu werden, Bill«, sagte Julius. »Trotzdem, zur Registrierung musst du. Ich hab's auch gemacht. Anders geht es nicht.«

»So ein Quatsch. Es geht immer anders. Wenn man einen Befehl bekommt, hat man die Wahl, zu gehorchen oder nicht. Ich habe mich entschieden, Befehlen niemals zu gehorchen. Grundsätzlich nicht. Wenn Befehle erteilt werden, geht's immer um eine üble Sache. Gute Taten muss man nicht befehlen, die tut man aus Überzeugung.«

»Es gefällt mir, wie du denkst.« Philip nickte anerkennend. »Es stimmt, die Entscheidung liegt bei dir. Aber nicht deren Konsequenzen. Die solltest du wenigstens kennen, bevor du dich entscheidest. Also, gehen wir das mal kurz durch. Möglichkeit A: Du nimmst den vorgesehenen Weg und lässt dich registrieren. Dann kann es sein, dass du demnächst zur Grundausbildung nach Camp Devens geschickt wirst. Kann sein, dass dich dort die Grippe umhaut, kann sein, dass sie dich in einen Truppentransport nach Frankreich setzen, kann sein, dass dir dort eine Granate die Eingeweide rausreißt. Kann alles sein. Es kann aber auch anders kommen. Vielleicht stufen sie dich als untauglich ein. Oder du bist registriert, wirst aber nie eingezogen. Dann verstaubt deine Akte irgendwo in einem Schrank, so wie meine und die von Julius. Ich muss sagen, als Karteileiche lebt sich's vergleichsweise angenehm.«

»Abgesehen davon darf nach dem Gesetz sowieso keiner gezwungen werden, mit der Waffe in der Hand zu kämpfen«, ergänzte Julius. »Wer das ablehnt, kann auch einen Ersatzdienst leisten, zum Beispiel in einer Sanitätsabteilung.«

»Kommt für mich nicht in Frage. Wie gesagt, mir geht's ums Prinzip. Ich lasse mir von keinem sagen, was ich zu tun habe. Und ich will mich an einem Krieg überhaupt nicht beteiligen, in keiner Form, auch nicht als Sanitäter.«

»Verstehe. Du bist also ein Totalverweigerer.«

»Wenn man das so nennt, dann ja.«

»In dem Fall hat der Staat für dich Möglichkeit B vorgesehen«, erklärte Philip.

»Und die wäre?«

»Du kommst in den Knast.«

»Immer noch besser als an die Front.«

»Kein normaler Knast, Bill. Ein Militärgefängnis. Da geht's anders zu.«

»Wieso das denn? Ich bin doch überhaupt nicht beim Militär, darum geht's mir doch gerade!«

»Du darfst da nicht mit dem gesunden Menschenverstand rangehen, sondern mit Militärlogik. Für das Militär ist die Weigerung, ins Militär einzutreten, schon das erste militärische Vergehen. Und deshalb: Militärgefängnis.«

»Das stimmt nicht! Das kann nicht stimmen!«, schrie William. Allmählich wurde ihm bewusst, dass er ernsthaft in Gefahr war.

»Glaub mir, das ist kein Zuckerschlecken. Totalverweigerer sind für die der allerletzte Abschaum. Und das geben sie ihnen auch zu spüren.«

»Meine Güte, das kann doch nicht wahr sein!«

»Es sind schon eine Menge Totalverweigerer verurteilt worden. Die meisten kriegen zwischen zwanzig und fünfundzwanzig Jahre bei harter Arbeit. Manche sind aber auch zu lebenslänglich verknackt worden.«

»Wie bitte? Ein Leben lang Zwangsarbeit, nur weil man nicht in den Krieg will?«

»Was meinst du, warum ich für die Revolution bin.«

»Und es gibt keinen Ausweg?«

»Nein. Keinen.«

»Doch«, widersprach Julius. »Das Gesetz hat ein Hintertürchen offen gelassen. Möglichkeit C, sozusagen. Wenn man einer anerkannten Religionsgemeinschaft angehört, die ihren Mitgliedern Gewaltfreiheit auferlegt, dann wird das meistens akzeptiert. Also zum Beispiel die Mennoniten oder die Amischen oder die Bibelforscher von der Wachtturm-Gesellschaft, die können sich auf ihre religiösen Gebote berufen.«

»Versteh ich dich richtig: Wer von alleine draufkommt, dass jeder Krieg ein Verbrechen ist, den stecken sie für ein halbes oder ganzes Leben ins Straflager. Aber wer nicht von alleine draufkommt, sondern es sich von einem Priester eintrichtern lässt, einem Priester, der ihm außerdem noch erzählt, dass elektrisches Licht Sünde ist und dass ein Feigenbaum verdorrt, wenn er verflucht wird – wer das alles brav glaubt, der bleibt zur Belohnung ein freier Mensch. Stimmt das?«

»Gut zusammengefasst. So sieht's aus.«

»Weißt du was? Dieses Land ist wahnsinnig geworden.«

»Ich kann dir nicht widersprechen.«

»Und wenn die erwarten, dass ich auch noch für sie kämpfe und mein Leben lasse … da müsste ich ja noch viel wahnsinniger sein! Ein Totalverweigerer, jawohl, das bin ich! Keinen Finger werde ich rühren für diesen Staat! Niemals!«

William erhob seine rechte Hand zum Schwur und sah gerührt, dass Philip und Julius es ihm gleichtaten. Er hatte Mitstreiter gefunden, Gesinnungsbrüder, Freunde. Richtige, menschliche Freunde, keine Katze wie damals bei Mrs. Brown. Es fühlte sich so gut an, dass er sogar für einen Augenblick Krankheit, Schützengraben und Straflager vergaß, die drei Schwerter, die über seinem Kopf schwebten, jedes einzelne davon scharf genug, um ihn mit einem einzigen Streich zu erledigen.

In den Herbstmonaten des Jahres 1918 ähnelte Maplewood Farms mehr denn je einem Spukschloss. Im Park hatte schon lange kein Gärtner mehr eine ordnende Hand angelegt, die Gebäude umwehte ein muffiger Atem des Verfalls. Außer der Familie Sidis war auf dem weitläufigen Gelände niemand zugegen. Durch ein verschlossenes Tor und eine hohe Steinmauer von der Außenwelt abgetrennt, war sie vor der Spanischen Grippe besser geschützt als irgendwer sonst. Sarah hatte einen Vorratsraum angelegt, Regale voller Mehl, Reis, Mais, Nudeln, Trockenfrüchten, Corned Beef und Konservenbüchsen, genug, um in der Einsamkeit zu überwintern. Für das nackte Überleben war also gesorgt, das war schon viel in diesen Tagen. Aber was war das für ein Leben! Aus den vielen dunklen, leerstehenden Zimmern strahlte eine klamme Kälte, die mit keinem Thermometer zu messen war und gegen die daher auch das offene Kaminfeuer in der Halle nicht ankam.

Sarah fand erstmals Zeit, den Verlust ihrer Eltern zu betrauern. Sie machte sich Vorwürfe, weil sie sie seit Jahren nicht mehr besucht hatte. Am liebsten hätte sie ihren Kummer in Arbeit ertränkt, so wie sie es immer getan hatte. Nur gab es fast nichts zu tun. Sie lief durch das Haus wie ein Tiger durch seinen Käfig und wurde fast verrückt, weil alles perfekt aufgeräumt war. Freilich sprach sie mit niemandem darüber, wie schlecht es ihr ging. Man merkte es vor allem daran, dass sie wegen jeder Kleinigkeit aus der Haut fuhr.

Boris war der Krankheit mit knapper Not, aber nicht unversehrt entkommen. Sein Gang war schon immer schleppend gewesen, eine bleibende Erinnerung an seine Zeit im Polizeigefängnis von Berdytschiw. Jetzt, mit einundfünfzig Jahren, war er auf einen Krückstock angewiesen. Um sich seine Gebrechlichkeit nicht eingestehen zu müssen, bewegte er sich so wenig wie möglich. Er saß an seinem Schreibtisch und arbeitete an mehreren Manuskripten gleichzeitig: über menschlichen Fortschritt und soziale Krankheiten, über moderne, angstfreie Kindererziehung, über die Ursachen kindlicher Frühreife und über manch anderes, das ihm von höchster Wichtigkeit war. Er hatte der Welt noch viel mitzuteilen und spürte, dass er sich beeilen musste.

Der achtjährigen Helena kam in der Familie die Aufgabe zu, die Normalität zu verkörpern. Das war unter den gegebenen Umständen nicht einfach. Mit ihrem Bruder spielte sie Verstecken, fast wie früher. Nur dass es jetzt kein Kinderspiel mehr war, sondern eine Schutzübung. Sie stand unten am Eingangstor, er im obersten Turmzimmer. Auf ein Handzeichen lief er los und versteckte sich, und sie war die Militärpolizei und musste ihn suchen.

Das Turmzimmer wurde Williams hauptsächlicher Aufenthaltsort, obwohl es unbeheizbar und verstaubt war und mit Ausnahme des Sessels, den er eigenhändig nach oben geschleppt hatte, kein Mobiliar enthielt. Hier saß er, in eine Decke gehüllt, vom Morgen bis zum Einbruch der Dunkelheit und schob Wache. Die kleinen, runden Fenster boten einen guten Überblick in alle Richtungen. Wenn sie kämen – und eines Tages kämen sie bestimmt –, würde er sie schon von weitem sehen. Dann würde er innerhalb von Sekunden die Treppe hinunterstürzen und zu einem der vorbereiteten Verstecke rennen, wo er so gut wie unauffindbar war. Aber was, wenn sie mit Spürhunden kämen? Oder mitten in der Nacht?

Zur Sicherheit studierte er die Schriften, die er sich bei den Bibelforschern in Boston besorgt hatte: eine King-James-Bibel, einen Sammelband mit Predigten von Pastor Charles Taze Russell, einen Stapel Ausgaben einer Zeitschrift namens *Der Wachtturm* und ein paar Traktate mit Titeln wie *Der einzige Weg zum Frieden*, *Warum Gott das Böse zulässt* oder *Die Wiederkehr des Königs – was erwartet dich?*

Noch nie in seinem ganzen Leben hatte er etwas derart Unverständliches gelesen. Aber er biss sich durch und lernte alles auswendig. Es zeigte sich, dass das Ganze eine überraschend straffe innere Logik besaß, die mit tausenden und abertausenden internen Belegstellen und Querverweisen untermauert war. Das Gedankengebäude war in sich geschlossen, nur schwebte es frei in der Luft, wie ein solide konstruiertes Hochhaus, bei dem das unterste Stockwerk fehlte. Dieses Stockwerk, dachte William, muss wohl der Glaube sein. Mit seiner Hilfe erhält das Gebäude eine unverwüstliche Stabilität, ohne ihn stürzt alles zu einem haltlosen Nichts zusammen.

Er beschloss, sich das fehlende Stockwerk einfach dazuzudenken. Das stellte, wie er entschied, keinen Bruch mit seinen Lebensregeln dar, denn es war keine Lüge, sondern ein notwendiges Hilfsmittel. Er brauchte den Glauben als Stütze, so wie Boris seine Krücke. Vielleicht würde er schon bald vor Gericht stehen und begründen müssen, warum er sich der Registrierung entzogen hatte. Von dieser Begründung hing sein weiteres Schicksal ab.

»Hohes Gericht«, würde er sagen, und zwar im Brustton innerster Überzeugung, den er besser einübte, solange noch Zeit dazu war, »als das kleine Werkzeug Gottes, das ich bin, weiß ich nur einen einzigen Richter, dessen Urteil ich anerkenne. Die einzige Schlacht, auf die ich mich vorbereite, ist die Schlacht von Harmagedon. Jesus Christus wird eine große Armee im Himmel befehligen und sie zum Sieg gegen Gottes Feinde führen. Die Gottlosen werden von der Erde getilgt, und Jehovas Königreich wird anbrechen und uns bescheren, was keine Regierung dieser Welt bringen kann: ewigen Frieden.«

Sarah ließ entnervt ihre Gabel fallen.

»Kannst du uns nicht wenigstens ein einziges Mal in Ruhe essen lassen?«

»Sieh dich vor, Ungläubige!«, mahnte William. »ER wird auch dich zermalmen. ER wird regnen lassen über die Gottlosen Feuer und Schwefel und Glutwind ihnen zum Lohne geben. Denn der Herr ist gerecht und hat Gerechtigkeit lieb. Elfter Psalm, Vers sechs und sieben.«

»Bibelforscher!«, klagte Sarah. »Mein Sohn ist Bibelforscher geworden! Warum ist er nicht bei der Astrophysik geblieben?«

»Weil sie ihn dann nach Europa zum Buntschießen schicken würden«, bemerkte Boris bitter. Niemand antwortete, nur Helena sagte: »Buntschießen, das klingt lustig«, obgleich sie ahnte, dass es wahrscheinlich nichts Lustiges war. Sie wünschte sich nur so sehr, dass es endlich wieder einmal etwas zu lachen gäbe.

»Lustig?« Boris' Halsschlagader schwoll an, sein Gesicht verfärbte sich bedrohlich. »Buntschießen, das ist nicht lustig, das ist …« Er kniff die Augen zusammen und hielt kurz inne, um Worte zu finden, die seinem Zorn angemessen waren. »Der Mensch, diese verworfenste, verkommenste Kreatur auf Erden, niedriger als jeder Wurm, niederträchtiger als jede Schlange, denn die würde nie auf die abscheuliche Idee kommen, so ein infames … ein infames, maliziöses Verbrechen wie das Buntschießen …«

Er verschluckte sich und hinkte hustend und unverständliche Laute ausstoßend durchs Esszimmer. Es dauerte eine Weile, bis er sich so weit beruhigt hatte, dass er sich wieder in vollständigen Sätzen ausdrücken konnte.

»Also. Stell dir vor, du sitzt auf einer Wiese in einem Graben. Auf einmal schießt jemand eine Granate in deine Richtung, da ist ein blaues Kreuz drauf. Aus der Granate kommt ein Gas raus, das heißt Diphenylarsinchlorid. Du ziehst dir schnell eine Gasmaske über das Gesicht, aber das nützt dir gar nichts, das Zeug geht nämlich durch den Filter durch. Du kriegst keine Luft mehr und reißt in deiner Not die Maske runter. Darauf haben die nur gewartet. Sie schicken eine Granate mit Grünkreuz gleich hinterher. Phosgen. Während du es einatmest, spürst du, wie deine Lunge langsam von Salzsäure zerfressen wird. Das Letzte, was du vor deinem Tod noch erlebst, ist ein unerträglicher Schmerz. Vielleicht nehmen sie aber auch Gelbkreuz. Senfgas. Das fühlt sich so an, wie wenn du bei lebendigem Leib in ein

Feuer gestoßen würdest. Oder – lauf nicht weg, hör mir zu! Wenn sie deinen Bruder zum Buntschießen schicken, kann er auch nicht davonlaufen! Wenn zum Beispiel das Weißkreuz kommt und ihn blind macht. Oder das Rotkreuz, das zerstört seine – wieso weinst du denn? Ich dachte, du findest Buntschießen lustig? Wenn dein Bruder in einem gottverdammten Schützengraben irgendwo in einem zerbombten Niemandsland elendig krepiert wie eine vergiftete Ratte, für nichts und wieder nichts, dann findest du das lustig, hast du das gesagt, oder hast du das nicht gesagt?«

Boris brüllte, dass ihm der Speichel aus dem Mund sprühte, er hämmerte mit der Faust auf den Tisch, jeder Hieb ein Granateinschlag, tack, tack, tack. Helena rannte heulend in ihr Zimmer. Niemand hielt sie zurück, niemand lief ihr hinterher, um sie zu trösten. William umklammerte die Lehnen seines Sessels so fest, dass seine Fingerknöchel weiß und spitz heraustachen.

»Ich werde mich nicht zum Buntschießen schicken lassen«, sagte er mit zitternder Stimme. »Sie können mich zwingen, bis zum Ende meiner Tage in einem Straflager zu sitzen, aber sie können mich nicht zwingen, ins Giftgas zu gehen.«

»Straflager? Was soll das denn schon wieder?«

Sarah hasste diese Tischthemen. Sie hätte lieber darüber gesprochen, dass das Dach dringend geflickt werden musste. An manchen Stellen regnete es durch, das war für ihren Geschmack schon schlimm genug.

»Wer den Kriegsdienst verweigert, wird zur Zwangsarbeit in ein Straflager der Armee geschickt«, erklärte William.

»Unsinn. Davon hab ich noch nie gehört.«

»Stimmt aber. Das haben mir meine Freunde von der Sozialistischen Partei erzählt.«

»Ach je, was die Roten erzählen. Die hetzen über Amerika, wo sie nur können. Straflager, lächerlich! Du weißt ja noch nicht mal, was das ist. Aber dein Vater weiß es. Erzähl's ihm, Boris. Erzähl ihm vom feuchten Kellerloch, in das sie dich gesteckt haben, vom dreckigen Stroh, auf dem du geschlafen hast, von dem Fraß, den sie dir vorgesetzt haben. Und wie sie deinen Freund aufgehängt haben, erzähl ihm das auch. Aber das war eben drüben. Deshalb sind wir ja hergekommen, weil es hier so etwas nicht gibt. Und deshalb dulde ich nicht, wenn du schlecht über unser Land sprichst. Wir verdanken Amerika alles, was wir haben.«

Ihre Hand machte eine weite, unbestimmte Bewegung in Richtung der kalten Wände, des undichten Dachs, der leeren, leblosen Praxisräume und Gästezimmer, des verwildernden Parks. Amerika war gut zu ihr gewesen, als sie ein armes Mädchen war, das vergalt sie dem Land mit lebenslanger Treue. Allein der Gedanke, dass sie keine glückliche amerikanische Familie sein könnten, wäre ihr ungehörig vorgekommen.

Und dann, als wären alle Amerikaner am gleichen Morgen aus dem gleichen Alptraum aufgewacht, war auf einmal alles gut. Sie schlugen die Zeitung auf und erfuhren, dass der Krieg vorbei war. Mehr als das, er war sogar gewonnen. Gestern noch war ein Einberufungsbefehl ein potentielles Todesurteil gewesen, heute nur ein Stück Altpapier, für das sich niemand mehr interessierte. Sogar die Krankheit sah ein, dass die Menschen des Sterbens müde waren. Den einen oder anderen holte sie sich noch, aber nicht mehr mit rasendem Blutdurst, sondern eher lustlos, gelangweilt, wie aus alter Gewohnheit.

Mehr als hunderttausend amerikanische Soldaten hatten den Dienst für ihr Land nicht überlebt. Die Zahl der Amerikaner, die von der Spanischen Grippe dahingerafft worden waren, ließ sich nur schätzen, sie mochte vielleicht fünf- oder sechsmal so hoch sein. Traurig, sicherlich, aber alles in allem nicht mehr als eine kleine Delle in der Bevölkerungsentwicklung, durchaus verkraftbar für ein Volk von mehr als hundert Millionen Seelen. Was entscheidender war: Amerika ging aus seiner historischen Prüfung stärker hervor, als es hineingegangen war.

Zuversicht machte sich breit, und dazu bestand aller Grund. Die neue Rolle als politische Weltmacht, die Fortschritte in Wissenschaft und Technik, die Fließbandfertigung und die mit ihr verbundene billige Massenproduktion, der Lebenshunger derer, die aus den Schützengräben zurückkehrten, dazu die Zauberhand des Marktes, die alles in die richtige Richtung lenkte – es regten sich ungeheure Kräfte, und sie spielten perfekt zusammen. Man musste sie nur frei walten lassen, dann würde der Wohlstand früher oder später zu allen kommen. Ein eigenes Häuschen mit einem eigenen Telefon, davor ein eigenes Automobil, einmal im Jahr eine Urlaubsreise: Für die meisten war es noch ein Traum, aber es war nicht mehr vermessen, ihn zu träumen. Und wenn er erst einmal erfüllt wäre, dann ginge es immer weiter, denn es gab ja so viele wunderbare Dinge, auf die man sich freuen konnte. Ein eigener Fotoapparat, ein eigenes Radioempfangsgerät … Goldene Zeiten standen bevor.

Es hätte so schön sein können, wäre nicht, kaum dass die Hunnen niedergerungen waren, ein neuer Feind aufgetaucht, ein noch furchteinflößenderer: die Roten. Sie waren nicht mit Fabrikwaren zufriedenzustellen, sie wollten die ganze Fabrik. In Russland, so vernahm man mit Grausen, waren die Bolschewisten, finstere Gestalten aus der sibirischen Steppe mit feurigen Augen und wilden Bärten, gerade dabei, die Macht zu festigen, die sie an sich gerissen hatten. Sie raubten den Bürgern ihr Eigentum, vergemeinschafteten ihre Frauen, predigten Atheismus und ersetzten Recht und Ordnung durch Schrecken und Chaos.

Amerika war in höchster Gefahr, von den Flammen erfasst zu werden. Die Menetekel standen schon an der Wand. Landauf, landab traten Arbeiter in Streik. Zwar nicht für die kommunistische Weltrevolution, sondern für höhere Löhne, aber es war keine Zeit, um auf solche Details zu achten. In Seattle, Washington, legte ein Generalstreik die gesamte Stadt über Tage hinweg lahm. Die Schulen, die Müllabfuhr, der öffentliche Verkehr, selbst die Auslieferung der Milchflaschen, nichts funktionierte mehr – ein Vorgeschmack auf das, was drohte, sollten die Radikalen die Oberhand gewinnen. Sie waren nur eine Minderheit, aber sie spürten ihre Kraft und witterten ihre historische Chance. Zugleich sammelte und organisierte sich die Gegenseite, die schwor, ihr Land gegen die Roten zu verteidigen, und wenn es bedeutete, sie bis auf den letzten Mann zu erschlagen.

Wie in einer Elektrisiermaschine stieg im Frühjahr 1919

die Spannung zwischen beiden Polen, um sich am Ersten Mai, dem Kampftag der Arbeiterbewegung, blitzartig zu entladen. In Cleveland, in Detroit, in Chicago, in New York kam es zu Ausschreitungen und Straßenkämpfen, ebenso in Boston, wo ein Ereignis stattfand, das die Zeitungen hinterher als »Roxbury Riots« bezeichnen sollten.

Alle linken Gruppen und Grüppchen, die es in der Stadt gab, Sozialisten, Kommunisten, Anarchisten, Pazifisten, Gewerkschafter, Frauenrechtlerinnen und sonstwie Unzufriedene, trafen sich in Roxbury unter dem Dach des Dudley Street Opera House. Eigentlich hatte man eine Kundgebung unter freiem Himmel beantragt, doch die war von den Behörden nicht genehmigt worden. Gegen diese Einschränkung der Versammlungsfreiheit müsse protestiert werden, forderten die Redner im Saal, und zwar nicht irgendwann, sondern jetzt und sofort, auch ohne behördliche Genehmigung.

Also verließ man spontan den Veranstaltungsort, lief in einem Demonstrationszug quer durch den Bezirk, von der Dudley Street über die Warren Street bis zur Walnut Avenue, und skandierte Schlachtrufe wie »Zum Teufel mit der Genehmigung!« und »Freiheit, Freiheit!« und »Arbeiter, reiht euch ein!«. Vorneweg marschierte ernst und entschlossen ein junger Mann, der eine auf die Schnelle gebastelte Rote Fahne schwenkte, nicht mehr als ein roter Stofffetzen, an einen dünnen Holzstab geknotet.

Die Protestierer hatten gehofft, dass die Passanten sich mit ihnen solidarisieren würden, doch sie irrten sich gewaltig. Nichts als Hass und Verachtung schlug ihnen entgegen. Als Landesverräter und unnützes Geschmeiß wurden sie beschimpft, einer schrie: »Geht doch nach Russland, wenn es euch bei uns nicht gefällt.« Als aus den umliegenden Polizeiwachen Mannschaftswagen angerollt kamen, brandete Applaus auf.

Wer den ersten Schlag setzte, ob die Demonstranten angriffen oder sich nur zur Wehr setzten, war nicht auszumachen, es ging viel zu schnell. Undurchsichtig blieb auch, woher auf einmal die vielen Waffen kamen, sie waren wohl in den Ärmeln und Hosenbeinen versteckt gewesen, all die Knüppel, Messer, Rohre und Wurfgeschosse. »Macht sie nieder!« und »Schlagt sie tot!« wurde gebrüllt, von wem und zu wessen Anfeuerung war unklar, beide Seiten ließen sich davon anstacheln. Als ob es überhaupt noch einer Anstachelung bedurft hätte, als wenn nicht die Eskalation selbst es gewesen wäre, die das Handeln übernahm, es auf das rohe Regelwerk des Urkampfs zurückwarf, Mann gegen Mann. So kultiviert, so friedfertig konnte einer gar nicht sein, dass er nicht im Augenblick der Bedrängnis das Kommando seinem *Subwaking Self* überlassen hätte, denn das kannte die einfachste, elementarste Überlebensregel: Wenn es schon geschehen muss, dass Blut spritzt, Schädel platzen, Zähne krachen, Knochen splittern, dann sollen es wenigstens nicht die eigenen sein.

Die Aufständischen kämpften mit Leidenschaft, aber ohne Aussicht auf Erfolg. Die Polizisten waren zahlenmäßig überlegen und besser ausgerüstet, sie hatten gelernt, mit dem Schlagstock umzugehen, und die Leute auf der Straße unterstützten sie und prügelten mit. Ein Umstürzler nach dem anderen wurde niedergerungen und abgeführt, und die, die flüchten und sich verstecken konnten, wurden nach und nach von Anwohnern entdeckt, weichgeklopft und an die Sicherheitskräfte übergeben.

Die Schreiber in den Polizeistationen kamen kaum hinterher mit dem Ausfüllen der Inhaftierungsprotokolle. Die Zellen in den Kellern waren längst überfüllt, und noch immer trafen ganze Wagenladungen blutverschmierter Demonstranten ein.

Jetzt schleppten sie auch den Fahnenträger an. Er sah erbärmlich aus. Das Hemd in Fetzen, ein Auge schwarz und zugeschwollen, ein Zahn wacklig, das Haar am Hinterkopf in Büscheln ausgerissen.

Ungerührt spannte der Schreiber ein neues Formular in die Maschine.

»Name?«

»Phfidifth.«

»Was?«

William spuckte einen Schwall Blut auf den Boden. »Sidis.« Und weil ihn der Schreiber ratlos anschaute: »So wie Sidus.« Und weil der Schreiber immer noch nicht verstand: »Stern auf Lateinisch.«

Der Schreiber tippte »Sightes« in das Feld für den Familiennamen und trug unter »Grund der Festnahme« dasselbe ein wie bei allen anderen, also »Teilnahme an einer illegalen Zusammenrottung, Aufruhr, Widerstand gegen die Staatsgewalt, Körperverletzung«. Er fügte noch »Rädelsführerschaft« hinzu. Man hatte noch keinen Hauptverantwortlichen ausgemacht, da bot es sich an, den Mann mit der Fahne zum Anführer zu erklären.

Dann wurde Williams Schicksal in die Hände eines vierschrötigen Wärters gelegt. Er stieß ihn die Kellertreppe hinab, schloss eine schwere Metalltür auf, schob ihn durch einen düsteren Zellengang und sperrte ihn in die hinterste Zelle von links. Es war eine Zweimannzelle, sieben auf zehn Fuß, zwei Pritschen, zwei Hocker, ein Klapptisch. Die zwölf Männer, die schon darin hockten, stöhnten auf: nicht noch einer. Schulter an Schulter für die gemeinsame Sache zu marschieren, das war das Eine, Schulter an Schulter auf unbestimmte Zeit eingesperrt zu sein, etwas ganz Anderes. Auf der Straße hatten sie sich gefühlt wie Brüder, jetzt fiel ihnen auf, dass sie sich noch nicht einmal richtig verständigen konnten. Die wenigsten von ihnen waren Amerikaner von Geburt, die Mehrzahl kam aus Russland, Polen, Deutschland, Litauen, Italien oder Mexiko.

»*Kiu el vi parolas Esperanton?*«, fragte William und wunderte sich, dass niemand »*Mi*« sagte. Er überlegte noch, ob er seinen Zellengenossen einen Schnellkursus für Esperanto geben oder ihnen besser gleich Vendergood beibringen sollte, aber da hatte schon einer eine bessere Idee und stimmte *Die Internationale* an.

Das war die Sprache, die jeder verstand. Alle stimmten ein in die machtvolle Melodie, die sie für einen Moment ihre Ohnmacht vergessen ließ. »Völker, hört die Signale« sangen sie, als hätte sie da unten im Keller nicht nur ein Gefängniswärter gehört, der sich gequält die Ohren zuhielt. »Auf zum letzten Gefecht« sangen sie, als hätte das letzte Gefecht nicht gerade erst stattgefunden gehabt, mit eindeutigem Ausgang.

Nun gab jeder ein Kampflied aus seiner Heimat zum Besten, *Avanti Popolo, Wir sind die junge Garde des Proletariats,* Смело, товарищи, в ногу. William schmetterte aus voller Kehle mit. Was ihm an Übung fehlte, machte er durch Inbrunst wett. Nie hatte er sich so frei gefühlt. Das hier war ganz und gar nicht das Dasein, das seine Eltern und die Zeitungsleute für ihn vorgesehen hatten, es war sein eigenes, und es war sehr aufregend. Sogar das Blut in seinem Mund schmeckte ihm. Es schmeckte nicht nach Papier, es schmeckte nach vollem, prallem Leben, und es war ehrlich erworben.

Als keinem der Männer mehr ein Lied einfiel, tönte aus der Zelle vorne rechts, wo die Frauen einsaßen, eine einzelne, klare Stimme:

> *She's the rebel girl, she's the rebel girl,*
> *To the working class she is a precious pearl.*
> *She brings courage, pride and joy*
> *To the fighting rebel boy.*

»Das war für dich, Bill Sidis, alter *rebel boy*«, rief die Unbekannte durch die Gitterstäbe quer über den Gang. Sie und William konnten einander nicht sehen, aber anscheinend hatte sie ihn erkannt, als er hereingebracht worden war.

»Danke, Genossin!«, rief William zurück. »Schönes Lied.«

»Ist ja auch von Joe Hill.«

»Sagt mir nichts. Musik ist leider nicht mein Fachgebiet.«

»Ein Aktivist aus Schweden. Hat 'ne Menge guter Songs für Arbeiter geschrieben. Vor ein paar Jahren haben sie ihn in Salt Lake City hingerichtet. Nach kurzem Prozess, unter fadenscheinigen Anschuldigungen.«

»Oh.«

»Da sieht man, was die für eine Angst haben vor einem Mann mit einer Gitarre. Was müssen sie erst für eine Angst haben vor einem Mann mit einem Gehirn.«

»Oh. Du meinst –«

»Ich meine, es gibt massenweise mächtige Leute da draußen, die dich am liebsten los wären. Bist einfach zu schlau für diese dumme Welt, Bill. Das ist dein Problem.«

Der Wärter blaffte dazwischen: »Haltet endlich eure verdammten Schnäbel, ihr beiden Turteltäubchen. Besonders du. Ja, dich mein ich, Martha Foley, du hässliche Eule.«

»Lass mich in Ruhe, du Trottel. Und lass vor allem Bill Sidis in Ruhe. Das ist der klügste Mensch aller Zeiten.«

»Sicher?«

»Todsicher. So sicher, wie du der dümmste bist.«

»Mir doch egal, solange ich den Schlüssel hab und er nicht«, brummte der Wärter. Mit einem aufreizend heiteren Pfeifen auf den Lippen verschloss er die Metalltür hinter sich und schlenderte die Treppe hoch. Es war ihm unbegreiflich, wie man nur so blöde sein konnte, sich gegen die herrschende Macht aufzulehnen.

Ein paar Minuten später kehrte er zurück, mit wutverzerrtem Gesicht.

»Ihr Schweine. Das werdet ihr büßen.«

»Was ist los?«

»Ihr habt einen von uns auf dem Gewissen. Gerade ist die Nachricht aus dem Hospital gekommen. Ein Wachtmeister, der sich mit euch herumschlagen musste, ist tot. Jetzt haben wir euch, verdammtes Bolschewistenpack! Polizistenmord, ihr wisst ja wohl, was das heißt. Euer oberschlauer Anführer da hinten kann sich schon mal auf den elektrischen

Stuhl gefasst machen. Ich würd was dafür geben, wenn ich selber den Schalter umlegen dürfte!«

Krachend fiel die Metalltür ins Schloss. Im Zellentrakt war es still. Selbst die, die den Wärter nicht verstanden hatten, ahnten, worum es ging, und schwiegen betreten.

Nur William sagte leise: »Oh.« Und dann noch einmal: »Oh, oh.« Mehr fiel ihm nicht ein.

Der große Sitzungssaal des Amtsgerichts von Roxbury war brechend voll. Wegen ihrer Beteiligung an der Straßenschlacht vom Ersten Mai wurde dreißig Männern und Frauen hintereinanderweg der Prozess gemacht. Aber nur wegen zwei von ihnen waren all die Reporter gekommen, die sich mit den Schaulustigen um die Zuschauerplätze rangelten.

Da war zum einen Martha H. Foley, eine stadtbekannte Suffragette, geboren am 21. März 1897 in Boston als Kind irischer Einwanderer, wohnhaft in 636 West Park Street, Dorchester. Sie als hässliche Eule zu bezeichnen, wie es der Gefängniswärter getan hatte, war ausgesprochen uncharmant. Aber mit ihren kurzen Beinen, dem widerspenstigen, feuerroten Haargewuschel, den Sommersprossen im Pausbackengesicht, dem fliehenden Kinn und der kreisrunden Hornbrille auf der Stupsnase war sie auch nicht gerade das, was man gemeinhin als Schönheit zu bezeichnen pflegte.

Einmal, während eines Besuchs von Präsident Wilson in Boston, war Martha Foley vor dem State House auf und ab marschiert, mit Tafeln an Bauch und Rücken, auf denen sie das volle Wahlrecht für Frauen forderte. Um das junge Fräulein Respekt zu lehren, ließ man sie daraufhin für eine Nacht Gefängnisluft schnuppern. Die erzieherisch gedachte Maßnahme bewirkte jedoch das Gegenteil, denn seither spielte sie die Rolle der Rebellin mit umso größerer Leidenschaft und tauchte bei jeder Protestveranstaltung in Boston und Umgebung auf.

Wäre sie aus der Arbeiterschicht gekommen, hätte man in ihr nur eine weitere hoffnungslose Existenz gesehen und sich nicht groß um sie geschert. Doch sie entstammte einem gutbürgerlichen Elternhaus, besaß ein gesundes Fundament an Bildung und hegte insbesondere eine Vorliebe für zeitgenössische Literatur. Deswegen hatten die Leute Angst vor Martha Foley. Sie war der lebende Beweis für den Verfall der Sitten. Wenn sich jetzt auch schon die höheren Töchter bereitwillig in die Arme der Radikalen warfen, dann, in der Tat, stand es nicht gut um die Nation.

Vor Gericht verteidigte sich die Angeklagte Foley, die keinen Anwalt hatte, reichlich ungeschickt. Sie bestritt die vorgebrachten Anklagepunkte nicht, zeigte weder Reue noch Einsicht, sondern versuchte, die Gelegenheit zu nutzen, um ihrerseits Vorwürfe gegen die Polizei zu erheben. Der Protestzug sei mit unverhältnismäßiger Brutalität aufgelöst worden. Wehrlose Demonstranten, die gefesselt im Polizeiwagen saßen, seien mit Schlagstöcken verprügelt worden, auch Frauen, eine Schwangere sogar, sie habe es mit eigenen Augen gesehen.

»Das ist nicht Gegenstand der Verhandlung«, beendete Richter Albert F. Hayden, ein für seine Staatsloyalität bekannter Mann, ihre Ausführungen, gab ihr achtzehn Monate Zuchthaus und ließ den Angeklagten Sidis hereinführen.

William J. Sidis, geboren am 1. April 1898 in New York als Kind ukrainischer Einwanderer, wohnhaft in 200 Newbury Street, Back Bay, zeigte noch besser als Martha Foley, wie leicht sich gerade junge Intellektuelle mit radikalem Gedankengut infizierten. Oder war er nicht schon von jeher ein Produkt von radikalem Gedankengut gewesen? Sein Vater war schließlich auch einer von denen, die aus dem obskuren Osteuropa herübergekommen waren, um hierzulande alles auf den Kopf zu stellen mit ihren kulturfremden Ideen. Hatte Sidis senior nicht immer ausdrücklich eine Revolution gefordert, eine Revolution des Bildungssystems? Lange, viel zu lange hatte man ihm nicht genau zugehört, hatte man sich blenden lassen von der gespenstischen Überintelligenz seines Sohnes. Aber inzwischen sah man klarer, was dabei herauskam, wenn gute, alte Traditionen über den Haufen geworfen wurden. Heute wurde das Urteil gefällt, nicht nur über den aus der Spur geratenen Sohn, sondern auch über den Verursacher der ganzen Malaise, den Vater mit seiner verrückten Erziehungsmethode.

Unruhe kam auf im Saal, als der junge Sidis auf der Anklagebank Platz nahm. Die meisten Anwesenden hatten ihn noch nie leibhaftig gesehen und erinnerten sich allenfalls dunkel an die fotografischen oder gezeichneten Abbildungen eines Kindes mit durchdringendem Blick, die die Zeitungen veröffentlicht hatten. Sie erschraken, als der ehemalige Wunderjunge vor ihnen saß, so sehr wich seine Erscheinung von ihrer Erwartung ab: der große Körper unelastisch, die Haut teigig, das dunkle Haupthaar ungekämmt. Einzelne Barthaare standen ihm vom Kinn ab wie Stacheln. Die Hemdzipfel lugten ihm aus der Hose, der

Krawattenknoten baumelte zwei Handbreit unter dem schmuddeligen Kragen in Höhe seines Brustbeins. In dieser Gestalt einen Bolschewisten zu erkennen war einfach; ein Genie hingegen stellte man sich deutlich anders vor.

Ein Gutachter trat auf und berichtete, dass der Polizeiwachtmeister, den die Ausschreitungen das Leben gekostet hatten, nicht von den Demonstranten verletzt worden war, sondern einen Herzinfarkt erlitten hatte. Im Saal war Enttäuschung zu vernehmen. Daraus konnte selbst der gewiefteste Staatsanwalt keine Mordanklage stricken. Also war der Hauptanklagepunkt und somit die Höchststrafe, der elektrische Stuhl, schon vom Tisch.

Die verbliebenen Tatvorwürfe wogen immer noch schwer, insbesondere derjenige der Körperverletzung an einem Polizisten, zumal der Angeklagte Sidis, der ebenfalls ohne Verteidiger auftrat, ihn nicht wirkungsvoll zu entkräften vermochte: »Während meiner Festnahme war meine Aufmerksamkeit abgelenkt, da ich etwa zehn bis zwölf Faust- und Stockschläge ins Gesicht bekommen habe. Ich kann daher nicht sicher ausschließen, Abwehrreflexe mit meinen Armen ausgeübt zu haben. Sollte ich dabei einen Polizisten getroffen und sogar verletzt haben, so würde ich dies sehr bedauern, da es meinem Grundsatz der absoluten Gewaltlosigkeit widerspricht.«

Des Weiteren gestand der Angeklagte: Ja, er habe die Rote Fahne getragen, und ja, er befürworte die Regierungsform der Sowjets. Zur Begründung führte er an, seines Erachtens sei die Macht besser aufgehoben in den Händen derer, die nützliche Arbeit leisteten, als bei denen, die lediglich bestrebt seien, ihr Kapital zu mehren. Gefragt, ob er an einen Gott glaube, antwortete er, er benötige keinen, weder um sich die Welt zu erklären noch um den Unterschied zwischen Gut und Böse zu erkennen.

»Und die amerikanische Fahne? Glauben Sie wenigstens an die amerikanische Fahne?«, fragte Richter Hayden.

»Ich verstehe die Frage nicht. Eine Fahne ist doch nur ein Stück Stoff. Wie soll man an ein Stück Stoff glauben?«

»Ich meine das, wofür die amerikanische Fahne steht.«

»Ich verstehe Sie immer noch nicht. Wofür steht denn die amerikanische Fahne?«

»Na, für die Grundfesten unserer Gesellschaft. Für das, was unser Land ausmacht.«

»Also zum Beispiel für die Unabhängigkeitserklärung vom 4. Juli 1776? Meinen Sie das?«

»Zum Beispiel. Wie stehen Sie dazu?«

»Sehr positiv. Ich halte sie für eines der großartigsten Dokumente der Weltgeschichte.«

»Das müssen Sie erklären. Haben Sie nicht eben selbst gesagt, dass Sie für ein Sowjetsystem kämpfen?«

»Als Jurist sollten Sie ja wohl wissen, welches Recht in der Unabhängigkeitserklärung garantiert wird. Es ist nicht das Recht auf Privateigentum, das kommt dort überhaupt nicht vor. Im Gegensatz zum unveräußerlichen Recht jedes Staatsbürgers auf Revolution.«

»Unsinn!«

»Kein Unsinn. Unsere Gründerväter bezeichnen es als selbstverständliche Wahrheit, dass alle Menschen das Recht auf Leben, Freiheit und das Streben nach Glück besitzen. Wenn eine Regierungsform sich als schädlich für diese Ziele erweist, so ist es, wie sie ausdrücklich betonen, nicht nur das Recht des Volkes, sondern sogar seine Pflicht, eine solche Regierung zu beseitigen und eine neue einzusetzen. Das bedeutet: Wenn eine Regierung Millionen junger Männer in den Krieg schickt und ihnen somit das Recht nimmt, frei und glücklich zu leben, dann muss diese Regierung gestürzt werden.«

»Sie geben also zu, ein Radikaler zu sein.«

»Ich berufe mich auf das Gründungsdokument unseres Landes, das ist alles. Ein Dokument, das das Freiheitsrecht des Einzelnen eindeutig – oder radikal, falls Sie Wert auf das Wort legen – über die Interessen der Regierung stellt. Es ist nicht meine Schuld, dass diese Nation es nie geschafft hat, sich an ihre eigenen Prinzipien zu halten. Ihre Geschichte besteht aus einer Kette von kleineren und größeren Verbrechen, von denen ich nur die drei größten und unverzeihlichsten nennen möchte: die Ermordung der Indianer, die Versklavung der Neger und die Beteiligung am Weltkrieg. Wenn es das ist, wofür die amerikanische Fahne steht, so sehe ich keinen Grund, stolz auf sie zu sein.«

Den Zuschauerreihen entstieg ein Gemurmel der Entrüstung. Der Angeklagte saß noch keine Viertelstunde auf seiner Bank, und schon war er nicht nur durch besserwisserische Belehrungen unangenehm aufgefallen, er hatte auch so gut wie alles beleidigt, was Amerika heilig war. Es sah nicht gut aus für ihn.

»Angeklagter«, ergriff nun Staatsanwalt Dennis J. Casey das Wort, ein hagerer, silberweißer Mann mit dem Profil eines Adlers. »Sie haben im September vergangenen Jahres einen Registrierungsbefehl zur U. S. Army erhalten und ihm keine Folge geleistet. Stimmt das?«

»Ja, das stimmt.«

»Weil Sie nicht für dieses Land kämpfen wollten?«

»Sehr richtig.«

Wieder entrüstetes Gemurmel, diesmal lauter. Auch noch ein *draft dodger*! So einer hatte ja wohl nicht das geringste Recht, sich als Moralist aufzuspielen!

»Mir scheint, der Angeklagte hat ein Problem mit der amerikanischen Nation und ihrer Fahne. Bei einer anderen Fahne fällt es ihm offenbar leichter, sie mit Stolz zu tragen.« Staatsanwalt Casey zeigte das Beweismittel vor, den roten Stofffetzen, den William während der Demonstration als Fahne verwendet hatte. »Was, Angeklagter, würden Sie empfinden, wenn ich mit Ihrer Fahne so umgehen würde wie Sie mit unserer?«

Er warf den Lappen zu Boden und trat darauf, zuerst nur vorsichtig, mit einer Schuhspitze, als habe er Hemmungen, dem unangenehmen Objekt zu nahe zu kommen, dann schon beherzter, und schließlich gab er sich, den Gerichtssaal, den Prozess und die Zuschauer für einen Augenblick vergessend, seinem Abscheu hin und vollführte einen wilden Stepptanz auf dem verhassten roten Tuch, das er zum Abschluss mit einem schwungvollen Tritt unter die Bank des Gerichtsschreibers beförderte.

»Fertig?«, fragte William.

»Was sagen Sie jetzt?«, rief Staatsanwalt Casey, ziemlich außer Atem. »Wie fühlt sich das an?«

»Wie gesagt, es ist nur ein Stück Stoff. Es hat für mich keinerlei Bedeutung.«

Damit war die Vernehmung beendet. Richter Hayden dankte Staatsanwalt Casey für seine Einlassung und verurteilte auch den Angeklagten Sidis, wie schon die Angeklagte Foley, zu achtzehn Monaten Zuchthaus. Er gähnte verstohlen, schaute auf die Uhr und rief den nächsten Angeklagten herein.

Das Urteil wurde von der Öffentlichkeit einhellig begrüßt. Es war gut zu wissen, dass der Staat handlungsfähig war, dass er seine Bürger schützte, dass er sich der Roten Gefahr nicht wehrlos ergab. Gut auch, dass das Erziehungsexperiment von Dr. Sidis endgültig und durch richterlichen Entscheid als Fehlschlag entlarvt war. Die leidige Debatte, ob das gesamte Bildungswesen neu geordnet und sich an der Sidis-Methode orientieren müsse, war endgültig vorbei. Ab sofort musste man sich nicht mehr schämen für seine Kinder, nur weil sie in einem natürlichen Tempo lernten und nicht in einem krankhaft übersteigerten.

Es war, als atme ein ganzes Land auf. Wie eine Frau, die, aus einem besinnungslosen Leidenschaftsrausch erwacht, ihren Verführer am liebsten nicht mehr kennen möchte, so hatte die gesamte Nation das Bedürfnis, den Namen Sidis schnell und gründlich zu vergessen.

8

Dass die Vereinigten Staaten von Amerika so stark waren wie nie zuvor, hatten sie Menschen wie Grace Fadiman zu verdanken. Sie war weder herausragend begabt, noch bekleidete sie eine herausragende Position, sie erfüllte nur Tag für Tag ihre Pflicht, wie Millionen andere auch. Als Friseuse, die zuverlässig und hilfsbereit ihre Kunden bediente, war sie ein Tröpfchen Öl, das dazu beitrug, die große Maschine am Laufen zu halten. Zusammen mit dem, was ihr Mann Isadore als Angestellter in einer Apotheke verdiente, reichte ihr Einkommen, um eine kleine Wohnung in Brooklyn zu bezahlen und ihre Kinder satt zu machen. Was brauchte sie mehr?

Ihre drei Söhne waren ihr ganzer Stolz. Eine Genieerziehung hatte sie nicht an ihnen exerziert, obwohl ihre Schwester Sarah sie immer wieder dazu gedrängt hatte. Wohlgeraten waren sie auch so, besonders der mittlere, Clifton, ein gewitzter, kopf- und mundflinker Plauderer, der schon mit zehn Jahren aus eigenem Antrieb begonnen hatte, klassische Literatur zu lesen, und der jetzt, mit siebzehn, für angesehene Zeitschriften Bücher besprach. Aber auch die beiden anderen waren prächtige Burschen, sowohl der große, Edwin, der das Kino über alles liebte und davon träumte, eines Tages nach Hollywood zu gehen, als auch der kleinste, William James – ja, so hieß er wirklich: William James Fadiman, geboren und getauft im Jahre 1909, als sein berühmter Vetter mit seinen Wunderleistungen das ganze Land in Aufregung versetzt hatte.

Grace tischte gerade das Abendessen auf, als es an der Wohnungstür schellte. Wer draußen stand, konnte sie nicht erkennen, die Beleuchtung im Treppenhaus war wieder einmal ausgefallen. Die stechende Schweißwolke, die hereinwehte, verriet ihr aber, dass es ein Bettler oder Hausierer sein musste.

»Warten Sie«, sagte sie und ging in die Küche, um ein Stück Brot zu holen. Der Fremde kam ihr nach, stellte wie selbstverständlich seinen Plunder im Flur ab und setzte sich an den gedeckten Tisch.

»Heda! Raus mit Ihnen! Ich habe gesagt, Sie sollen draußen warten.«

»Sieht gut aus«, sagte der Mann und schaute gierig auf das Ensemble dampfender Schüsseln. »Hab ganz schön Kohldampf.«

»Na, hören Sie mal! Was glauben Sie denn, wer Sie sind?«

»Wer denn wohl?«, grinste er und nahm seinen Hut ab.

»Ach du lieber Himmel ... Jüngelchen, wie siehst du denn aus? So viele Jahre ... Was ist passiert? Wo kommst du her? Ed, Cliff, Jimmy, schnell!«

William ließ es zu, dass seine Verwandten ihn bestaunten wie einen bunten Vogel, der sich in ihre Küche verirrt hatte. Die Fragen, die auf ihn einprasselten, schob er beiseite. Erst mal brauche er was im Magen, ihm sei schon ganz schlecht vor Hunger.

Jeder der vier Fadimans schnitt ein Stück von seiner Scheibe geschmorter Rinderbrust ab und gab es auf einen fünften Teller, den William großzügig mit dem Inhalt der Schüsseln volllud. Dann schaufelte er alles in sich hinein, zuerst das Fleisch, dann die mit Marmelade bestrichenen Blintzen, die eigentlich als Nachspeise gedacht waren, dann den gedünsteten Kohlrabi, dann die Pellkartoffeln und zuletzt die Essiggurken. Nichts war von ihm zu hören außer Schmatzen und Schlucken. Wenige Augenblicke später hatte er den Teller geleert und seine Sprache wiedergefunden.

»Will das noch jemand?« Er deutete mit der Messerspitze auf das letzte Stück Fleisch.

»Das ist für Isadore. Der hat heute Spätdienst und kommt erst in der Nacht.«

»Bis dahin ist das kalt, wär schade drum.« Er gabelte das Fleisch auf seinen Teller und hatte es im nächsten Moment schon vertilgt.

»Daran erkennt man die eigene Mischpoke«, sagte Clifton. »Sie weiß es geschickt auszunutzen, dass man sie nicht rausschmeißen darf.«

»Lass ihn doch«, meinte Grace nachsichtig. »Du hast von Tante Sarah auch schon zu essen bekommen.«

»Ja, aber erst musste ich ihr die Auffahrt pflastern.«

»Familie ist Familie, Cliff. Da hilft man sich gegenseitig.«

»Von wegen!«, rief William. »Meine Mutter hat noch nie jemandem geholfen, die selbstsüchtige alte Hexe.«

»Na, na, na«, machte Grace. »Ich hatte auch schon gewisse Schwierigkeiten mit Sarah, aber so spricht man doch nicht über seine eigene –«

»Ich habe nicht *gewisse Schwierigkeiten* mit ihr. Ich hasse sie.«

»Also bitte, Billy.« Grace ließ entrüstet das Besteck fallen. »So etwas darf man nicht sagen.«

»Die Wahrheit darf man immer sagen. Ich hasse meine Mutter und will sie nie wieder sehen.« Seine Hände zitterten. »Sie darf auf keinen Fall erfahren, wo ich bin, versteht ihr? Ich will nicht zu ihr zurück!«

»Was ist denn passiert? Und wo kommst du überhaupt her?«

»Aus Kalifornien.«

»Ach ja?«, lachte Clifton. »Warum nicht gleich aus der hinteren Mongolei?«

»Glaub's oder lass es bleiben. San Diego, um genau zu sein. Ein schreckliches Nest.«

»Das glaub ich sofort. Was hast du da gemacht?«

»Nicht viel. Ich bin entführt und festgehalten worden.«

»Lass mich raten: von außerirdischen Wesen?«

Edwin kicherte, aber William blieb todernst.

»Von meinen Eltern. Erst haben sie mich nach Portsmouth gebracht und gefoltert, und dann sind sie mit mir –«

»Moment mal – gefoltert?«

»Richtig. Zuerst in Maplewood Farms, ein ganzes Jahr lang. Dann hatte mein Vater einen Schlaganfall, und ich dachte schon, ich käme endlich frei, aber nichts da. Alle sind nach San Diego und –«

»Komm mit, Jimmy, wir gehen noch schnell runter zum Gemüsehändler, bevor er zumacht. Du musst mir tragen helfen.« Grace schnappte sich einen Einkaufskorb und verschwand mit ihrem Jüngsten rasch nach draußen. Das waren keine Themen für einen Zwölfjährigen. Aber die beiden Großen waren elektrisiert.

»Also, weiter im Text. San Diego«, kurbelte Edwin das Gespräch wieder an.

»Genau. Mein Vater brauchte Erholung. In Kalifornien ging alles so weiter wie zuvor. Eher noch schlimmer. Es dauerte noch mal fast ein Jahr, bis ich fliehen konnte. Und jetzt bin ich hier.«

William verschränkte die Arme, zum Zeichen, dass er alles erzählt hatte, was es zu erzählen gab.

»Nicht schlecht«, sagte Edwin. »Ich meine, ich traue deinen Alten ja vieles zu, aber dass sie eine Eiserne Jungfrau im Keller haben ... nicht schlecht.«

»Wieso Eiserne Jungfrau?«

»Sagtest du nicht, sie haben dich gefoltert?«

»Ach was, doch nicht so.«

William schlug auch dieses Angebot aus, das Gespräch auf einer scherzhaften Ebene weiterzuführen. Seine Miene verdunkelte sich noch mehr.

»Der moderne Folterknecht arbeitet nicht mit den Gerätschaften des Mittelalters«, raunte er düster. »Er verfügt über subtilere Methoden. Mit denen kann man einen Menschen zerstören, ohne verräterische Wunden zu hinterlassen.«

»Geht's vielleicht ein bisschen konkreter?«

»Wenn gezielt versucht wird, den Charakter und Willen eines Menschen zu brechen, nur damit er die Erwartungen der Außenwelt erfüllt, wenn er systematisch verbogen werden soll zu einem Wesen, das seinem innersten Selbst entfremdet ist, dann ist das Folter auf psychischer Ebene.

Beim Kind erfolgt die Tortur, indem man auf seine Bedürfnisse keine Rücksicht nimmt, beim Erwachsenen, indem man ihn unter Drogen setzt und ihm unaufhörlich vorwirft, ein Versager zu sein. Dem Opfer wird versichert, dass man nur sein Bestes will, dabei werden seiner Persönlichkeit schwerste Schäden zugefügt.«

»Verstehe.« Clifton nickte. »Jedenfalls so ungefähr.«

»Ich nicht«, sagte Edwin. »Was für Drogen?«

»Veronal. Jeden Tag ein Gramm.«

»Warum? Hattest du Schlafstörungen?«

»Anfangs nicht, später schon. Man kriegt einen dumpfen Schädel von dem Zeug. Besonders, wenn man immer wieder aus dem Tiefschlaf gerissen wird.«

»Und das haben deine Eltern mit dir gemacht?«

»Boris nicht. Nur Sarah. Sie hat mir auch heimlich das Luminal ins Essen gemischt. Ich hasse sie!«

»Das wissen wir bereits. Aber was soll das? Sie muss doch etwas damit bezweckt haben.«

»Ach, sie hatte die uralten Ideen von meinem Vater wieder ausgegraben. *Subwaking Self* und Hypnosebefehle und erhöhte Suggestibilität in den Einschlaf- und Aufwachphasen und der ganze Quatsch. Sie hat sich wohl vorgestellt, dass sie mich auf die Art umbiegen kann: indem sie mich einschläfert und mir dabei etwas ins Ohr flüstert. Am liebsten hätte sie mich wieder so, wie ich mit elf war, als sie noch mit mir angeben konnte. Aber ich bin kein dressierter Seehund, der auf Kommando Kunststückchen aufführt. Ich bin ein erwachsener Mensch. Ich weiß nicht, warum sie das nicht akzeptieren kann.«

»Und dein Vater? Warum hat er sie nicht abgehalten?«

»Der kümmert sich bloß um seinen eigenen Kram. Sein Sanatorium lief zuletzt wieder prächtig, es war voll mit Kriegsheimkehrern. So viele Psychotherapeuten gibt's gar nicht, wie jetzt gebraucht werden. Er hat noch mal seine Tricks auspacken und dick absahnen können, der alte Kriegsgewinnler. Und nachts hat er dann ellenlange Riemen geschrieben, über das Geheimnis des gesunden Schlafs oder was weiß ich. Bis ihn der Schlag getroffen hat.«

»Okay, so weit waren wir schon.«

Eine unangenehme Gesprächspause entstand, weil keiner der beiden Brüder sagen wollte, was er dachte. Schließlich fasste Edwin sich ein Herz.

»Billy, willst du wissen, was ich von deiner Geschichte halte?« Er richtete sich auf und sah seinem Vetter fest in die Augen. »Ich halte sie, wie du es wohl formulieren würdest, für Quatsch. Maplewood Farms ist kein Hochsicherheitsgefängnis. Warum bist du nicht einfach abgehauen?«

»Weil das nicht ging.«

»Und warum nicht? Sag nicht, weil du zu müde warst.«

»Nein, weil – ach, das verstehst du nicht.«

»Stimmt. Es gibt sogar noch mehr, das ich nicht verstehe. Zum Beispiel, warum man seine verhasste Mutter nach Kalifornien begleitet, um sich dort von ihr weiterfoltern zu lassen. Wieso bist du nicht woanders hingegangen?«

»Wohin denn?«

»Keine Ahnung, nach Boston zum Beispiel. Da kennst du doch bestimmt noch Leute.«

»Ich kann nicht mehr nach Boston. Nie mehr.«

»Wieso nicht?«

»Weil ich dort gesucht werde.«

»Ach ja? Von wem?«

»Von … von der Polizei. Und von Kopfgeldjägern.«

»Himmel. Billy, das ist kein Spaß mehr. Sag's uns ehrlich: Hast du einen umgelegt?«

William fuhr empört auf, so wie ein entlarvter Verbrecher in den Kriminalfilmen, die Edwin so gerne sah.

»Edwin! Wie kannst du so etwas nur von mir denken! Du weißt doch, dass ich grundsätzlich gegen Gewalt –«

»Aber was ist dann der Grund?«

»Sagt mal, bin ich hier in einem Verhör, oder was?« William schnaubte durch die Nase und kratzte sich an den Unterarmen. Er wirkte äußerst nervös. »Ich sag gar nichts mehr. Irgendwie trau ich euch nicht.«

In der Wohnungstür klapperte ein Schlüssel.

»Ihr verratet eurer Mutter kein Wort, verstanden?«, zischte er. »Und meiner erst recht nicht. Sonst –«

»Na, habt ihr euch gut unterhalten?« Grace stellte den Korb auf das Küchenbüfett und verstaute die Einkäufe. »Ist doch schön, wenn man sich nach so langer Zeit wiedersieht, nicht?«

»Ja, Tante Grace.«

»Da hat man sich viel zu erzählen, stimmt's?«

»Ja, das stimmt.« William gähnte herzhaft. »Aber ich bin sehr müde von der langen Reise.«

»Natürlich. Ich werde dir etwas herrichten für die Nacht.«

»Danke, Tante Grace.«

Isadore war wenig begeistert, als er nach vierzehn Stunden Arbeit nach Hause kam und anstatt des erwarteten Nachtmahls den Neffen seiner Frau vorfand, der schnarchend auf dem Kanapee lag. Doch da er wusste, wozu jüdische Familienbande verpflichten, nahm er es hin, dass William bei ihnen übernachtete, und noch ein zweites und ein drittes Mal, und sich schließlich bei ihnen einquartierte. Ein Gast war nun einmal ein Gast. Auch dann, wenn er sich nicht wie einer benahm. Einem Gast durfte man niemals zu verstehen geben, dass er lästig war. Auch dann nicht, wenn er sich in der Wohnung breitmachte wie ein junger Kuckuck im Nest.

Clifton brachte stapelweise Lektüre aus der Leihbibliothek mit. Es war alles Mögliche dabei, von Literatur über Geschichte und Philosophie bis zu Naturwissenschaften und Technik. William rührte die Bücher nicht einmal an. Nur die, die eigentlich für den kleinen Jimmy gedacht waren, *Thuvia, das Mädchen vom Mars* und *Tarzan, der Ungezähmte,* die las er. Seine legendäre Allgemeinbildung stellte er nur noch beim Lösen von Kreuzworträtseln unter Beweis. Wollte Isadore sich zur Entspannung nach der Arbeit das große Sonntagsrätsel im *New York Herald* vornehmen, dann waren alle Kästchen schon ausgefüllt, auch die schwierigen Begriffe, Nebenfluss des Amazonas mit fünf Buchstaben, indische Gottheit mit sieben Buchstaben.

Grace war die Erste, die die Geduld verlor. Sie hatte William aufgepäppelt, das war Ehrensache gewesen und obendrein dringend geboten, er hatte ja wirklich zum Erbarmen ausgesehen. Aber jetzt, da er prall und wohlgenährt in dem neuen, fast schon zu eng gewordenen Anzug steckte, den sie ihm gekauft hatte, wusste sie nicht, was ihn immer noch davon abhielt, sein eigenes Geld zu verdienen.

Sie stellte sich mit ihm ans Fenster ihres Schlafzimmers. Von hier aus konnte man sie gut sehen, die steinernen Riesennadeln in Manhattan, die das Zentrum der Geschäftswelt markierten. Einige von ihnen hatten für ein paar Jahre den Titel des höchsten Bauwerks aller Zeiten getragen, bevor sie übertrumpft wurden von einem neueren, noch mächtigeren Turm, dem Park Row Building, dem Singer Building, dem Metropolitan Life Tower, dem Woolworth Building. Es waren Kathedralen des Handels, Denkmäler des Erfolgs, Symbole für die Kraft und die Herrlichkeit des Geldes, aber nicht nur das: auch Arbeitsplätze für tausende und zehntausende Menschen. Gute, helle, saubere Büroarbeitsplätze, nicht zu vergleichen mit dem alten Rückgrat der New Yorker Wirtschaft, den elenden Werkstätten und dreckigen, menschenfressenden Fabriken in der Lower East Side.

»Da drüben suchen sie händeringend nach Leuten. Du musst dich nur ein bisschen bemühen, dann findest du bestimmt einen Job, der zu dir passt.«

»Unwahrscheinlich.«

»Jüngelchen! Warum so mutlos? Ich habe einen Kunden, der arbeitet bei einer Baufirma. Er sagt, bei ihnen fehlt jemand, der sich mit Statikberechnung auskennt. Willst du den nicht mal anrufen?«

»Ich bin doch kein Ingenieur.«

»Musst du auch nicht. Es geht nur ums Rechnen.«

»Ich glaube nicht, dass ich das kann.«

»Aber früher hast du doch –«

»Früher war früher. Ich verstehe nichts mehr davon.«
»Junge, du kannst nicht alles ablehnen. Sie zahlen fünfundsiebzig Dollar in der Woche. Das ist mehr, als Isadore und ich zusammen –«
»Ich möchte lieber nicht.«
»Aber warum denn nicht?«
»Weil ich es nicht möchte. Und weil ich es nicht kann.«
Grace wollte ihm widersprechen, doch sie besann sich anders. Sie warf sich ihren Mantel über und verließ mit strammem Schritt die Wohnung. Bei ihrer Rückkehr hatte sie einen Armvoll Tageszeitungen bei sich.
»So. Du hast genau eine Stunde Zeit, um die Stellenanzeigen durchzugehen. Und dann nennst du mir drei Jobs, egal welche, für die du dich morgen früh bewirbst. Verstanden?«
»Ich hab doch noch nicht mal eine Ausbildung.«
»Ob du mich verstanden hast!«
»Aber –«
»Nichts aber.«
Grace wendete sich ab und redete kein Wort mehr. Während sie einen Topf Wasser auf den Gasherd stellte und eine große Schüssel Kartoffeln schälte, blätterte William die Zeitungen von hinten nach vorne durch, die *Brooklyn Daily Times*, die *New York Evening Post*, die *Daily News*, die *New York World* und die *Sun*. Nach einer Viertelstunde war er fertig.
Er legte sein Kinn in beide Hände und sah seiner Tante beim Kochen zu. Fragte sie sich denn niemals, warum sie tat, was sie tat? Vielleicht fragte sie sich es auch und gab sich mit kurzen, einfachen Antworten zufrieden: Ich ar-

beite, um Geld zu verdienen. Ich koche, damit meine Kinder etwas zu essen haben. So waren ja die meisten Leute. Sie waren mit ihren Berufen und ihren Familien ausgefüllt, so wie ein Huhn damit ausgefüllt war, nach Würmern zu picken und Eier zu legen. War das das Geheimnis des glücklichen Lebens? Oder nur Einfalt? Oder beides, weil Einfalt die Voraussetzung des glücklichen Lebens war? Und wenn dem so sein sollte: War dann das Glück für ihn, William, unerreichbar geworden? Einfalt war ja nichts, was man lernen konnte, man musste sie sich herüberretten aus der Kindheit. Wenn man denn eine Kindheit gehabt hatte und nicht vom ersten Tag an als Versuchskarnickel im Erziehungslabor seiner Eltern herhalten musste.

»Und?«, fragte Grace, wischte sich die Hände an ihrer Schürze ab und begann, den Tisch zu decken. »Hast du was gefunden?«

»Ja.«

»Dann lass mal hören.«

»Die Hafenverwaltung sucht einen Gebäudeinspektor, eine Importfirma für tropische Edelhölzer einen Kommis und die Rechnungsabteilung einer Versicherung einen Mitarbeiter. Drei Stellen.«

»Was hab ich dir gesagt? Man muss sich nur darum kümmern. Und was davon würdest du am liebsten machen?«

»Weiß nicht. Das mit dem Holz vielleicht. Obwohl, nein. Ich kann das alles nicht.«

»Junge, was ist denn bloß los mit dir?« Grace setzte sich neben ihn und legte ihren Arm um seine Schulter. »Natürlich kannst du das. Morgen früh fährst du zu dieser Holzfirma und stellst dich vor. Versprichst du mir das?«

»Na ja … Wenn's sein muss.«

»Warum nicht gleich so. Wirst sehen, die nehmen dich.« Sie drückte ihn noch einmal, wie um etwas von ihrer Zuversicht auf ihn zu übertragen. »Und jetzt sag den anderen, das Essen ist fertig. Du magst doch Knishes?«

William kaute schweigend und ohne Appetit auf den trockenen Teigbällchen herum. Die Stellenanzeigen hatten ihm Angst gemacht. All diese Berufe klangen schon so falsch, nach einem Leben in einer fremden Haut.

Am Abend zog er sich zeitig auf sein Kanapee zurück, drehte sich zur Wand und zog sich die Decke übers Ohr. Weil er am nächsten Morgen ausgeruht sein wollte, nahm Grace an. Sie strich ihm übers Haar, sprach ihm nochmals Mut zu, löschte das Licht und wünschte ihm eine gute Nacht.

Anderntags bestieg William in der Columbia Street eine Straßenbahn der Erie Basin Line, die ihn über die Brooklyn Bridge zur Park Row brachte. Er hatte den Mantelkragen hochgeschlagen und den Hut tief über die Augen gezogen und sah sich furchtsam um, ob ihn jemand erkenne. Vor dem Aussteigen ließ er sich vom Schaffner ein Umsteigebillett ausstellen, das ihn berechtigte, mit der Third Avenue Line die Worth Street und Bowery entlang bis kurz hinter den Cooper Square zu fahren. Mit einem zweiten Umsteigebillett kam er mit der 14th Street Crosstown Line bis zur Ecke Eighth Avenue. Von dort aus ging er noch ein Stück zu Fuß in die Greenwich Avenue hinein.

Vor einem schmalen Haus aus hellrotem Backstein blieb er stehen. Ein kleines Treppchen, vier Stufen nur, führte hinauf zur Eingangstür. »Jacaranda Brazilian Rosewood Inc.«, las er auf dem Klingelschild. Er holte tief Luft, nahm die Klinke in die Hand und zählte bis zehn. Dann ließ er sie wieder los, stieg die vier Stufen herab und drehte eine Runde um die Häuserblocks. Was um alles in der Welt ging ihn Holz aus Brasilien an? Er überlegte und kam auf keine Antwort.

Ein paar Minuten später stand er wieder vor dem Häuschen. Er sah es sich genau an. Es war gerade einmal drei Fenster breit und drei Stockwerke hoch, ein Überbleibsel aus der Zeit, als der Boden von Manhattan so billig war, dass man es sich leisten konnte, den Himmel unbebaut zu lassen. Die Fenster des Erdgeschosses waren vergittert. Hinter den Gitterstäben saß ein blässliches, dünnes Männchen mit schütterem Haar, grauer Weste und Ärmelschonern an einem klapprigen Kontortisch. Vermutlich der alte Kommis, für den ein Nachfolger gesucht wurde.

Als hätte er gespürt, dass er beobachtet wurde, schaute der Mann von seinem Papierkram auf, zog mit zittrigen Händen seine Drahtbrille von der Nase und glotzte mit müden Augen nach draußen. Sein blutleeres, erloschenes Gesicht, Resultat eines Lebens voll stumpfsinniger Beschäftigung, war ohne Ausdruck. Für eine Sekunde trafen sich ihre Blicke. William erschauderte. Er sah sich selbst in vierzig Jahren.

Sofort weg, er musste sofort weg von hier. Er rannte die Greenwich Avenue hinunter und den Waverly Place entlang zum Washington Square. Zwischendurch musste er stehen bleiben und Atem schöpfen, dann rannte er weiter. Auf Höhe der dreiundzwanzigsten Straße konnte er nicht mehr. Er bestieg einen Wagen der Fourth and Madison Avenues Line und ließ sich auf die Sitzbank plumpsen.

Allmählich beruhigte er sich. Vom Schaukeln des Straßenbahnwagens wurde er eingelullt wie ein Säugling in der Wiege. Beim Anfahren und Abbremsen spürte er das vertraute Kribbeln im Bauch. Der Anblick immer neuer Straßenzüge versorgte seinen Kopf mit frischem Futter, und das Fahrwerk ratterte dazu seine Lieblingsmelodie, das Lied vom Wegkommen und Distanzgewinnen. Er gondelte aufs Geratewohl durch die Stadt, stieg von einer Linie in die andere um und vergaß darüber das Tropenholz und das vertrocknete Männchen. Als er in einer Bahn der Post Office Line von der Clinton Street in die Delancey Street einbog und nach kraftvollem Anlauf unverhofft über die Williamsburg Bridge fuhr, jauchzte er auf, so gelungen war die Überraschung.

Am Tag, als die Brücke eingeweiht wurde, war er fünf Jahre und zweihundertzweiundsechzig Tage alt gewesen. Wochenlang hatte er seine Mutter angefleht, mit ihm zur Eröffnungsfeier zu gehen. Er wollte unbedingt zu den Ersten gehören, die in hundertdreißig Fuß Höhe mit einer Straßenbahn über einen Fluss fuhren, er konnte sich kein großartigeres Erlebnis vorstellen. Doch Sarah ließ sich von seinen zahlreichen, aufgeregt vorgetragenen Argumenten nicht überzeugen. Die Brücke werde bestimmt eine Weile dastehen, sie würden schon noch irgendwann zusammen darüberfahren, das war alles, was ihr an Gegenargumenten einfiel. Aber dieses Irgendwann kam nie. Billy zog mit seinen Eltern von New York nach Boston, ohne über die Williamsburg Bridge gefahren zu sein. Kurz darauf sah er in einer illustrierten Zeitschrift ein Foto von der Jungfernfahrt. Gelangweilt dreinblickende Honoratioren mit Bärten und Zylinderhüten hatten über die Brücke fahren dürfen, und er, der Jahre seines Lebens dafür gegeben hätte, nicht. Billy hatte vor Wut geweint über diese Ungerechtigkeit.

Jetzt, achtzehn Jahre und hundertneunundachtzig Tage später, sah William tief unter sich das graue Wasser des East River und genoss seinen späten Triumph. Tun und lassen können, was man will, ohne Begründung, ohne Diskussion, ohne Rechtfertigung – das, dachte er, ist Freiheit. Und Freiheit, so sagte sinngemäß auch Kant, ist der Zweck aller Zwecke, das oberste Ziel, dem alle anderen Ziele nachgestellt sind. Mit anderen Worten: Der Sinn des Lebens besteht darin, mit der Straßenbahn über die Williamsburg Bridge zu fahren.

Auf der anderen Seite des Flusses stieg William an der ersten Haltestelle aus und fuhr mit der nächsten Bahn wieder zurück nach Manhattan. Und dann noch einmal hin und her über die Brücke, wieder und wieder. Einfach, weil er es konnte. Weil sich mit jeder Überquerung das uralte Gefühl, einem fremden Willen unterworfen zu sein, lockerte und allmählich einer rauschhaften Euphorie wich. Er allein und niemand sonst bestimmte, wer William James Sidis war und was er machte, das würde er sich nie wieder nehmen lassen bis zum Ende seiner Tage.

Nun, da er sich das geschworen hatte, fiel es ihm leicht, zur Essex Street zu fahren, in eine Straßenbahn der 14th Street Crosstown Line umzusteigen, zum Madison Square zu laufen und die Versicherungsgesellschaft aufzusuchen, deren Rechnungsabteilung einen Mitarbeiter brauchte.

An der Stelle, an der sich die Zentrale der Versicherung befand, hatte vor einem guten Vierteljahrhundert eine kleine presbyterianische Kirche gestanden, und direkt nebenan hatte ein junger Harvard-Absolvent namens Dr. Boris Sidis aus der Höhe des elften Stockwerks über die Stadt geblickt und über neuartige, psychotherapeutische Heilmethoden nachgedacht. Jetzt wurde hier weder gebetet noch geforscht, der gesamte Straßenblock gehörte der Versicherung. Als weithin sichtbaren Beweis ihrer Macht hatte sie sich einen siebenhundert Fuß hohen Turm mit fünfzig Stockwerken errichten lassen.

William machte sich keine Illusionen über das Wesen der Versicherung. Er hielt sie für eine gemeingefährliche Betrügerbande. Ihr Betrug war dreifacher Art. Erstens betrog sie ihre Kunden, weil sie ihnen den Irrglauben verkaufte, Sicherheit sei etwas, das sich durch den Abschluss einer Police erlangen ließe und nicht durch die Errichtung einer gerechten, solidarischen Gesellschaft. Sie betrog, zweitens, ihre Angestellten, weil sie ihnen im Tausch gegen ein paar Dollar ihr Kostbarstes nahm, die freie Bestimmung über ihre Lebenszeit. Und zum Dritten betrog sie sich selbst, weil sie Jahr für Jahr das Ziel verfolgte, Umsatz und Gewinn vom vergangenen Jahr zu übertreffen.

Der letzte Betrug war der gefährlichste. Wer glaubte, es könne in einem begrenzten Raum unbegrenztes Wachstum geben, der säte einen Wind, der über kurz oder lang zu einem vernichtenden, alle Werte niederreißenden Orkan anschwellen musste. Die großen Wirtschaftskapitäne, besoffen von ihren hochprozentigen Margen, wussten das nicht oder wollten es nicht wissen. William wusste es. Er wusste aber auch, wo es bei einem Unwetter am ruhigsten ist: mitten im Auge des Hurrikans. Und deshalb trat er durch die Drehtür des Versicherungsturms, um sich zu bewerben.

Mit seinen Prinzipien war das nicht ohne weiteres zu vereinbaren, das war ihm bewusst. Er tastete nach dem kobaltblauen Nummernschild, das er seit dem Tag seines Gelübdes in der Manteltasche trug, und dachte an den vierzehnjährigen Jungen, der es damals vom Straßenrand aufgelesen hatte. Der hatte eine völlig andere Vorstellung vom Leben gehabt. Was war falsch gelaufen? Waren seine Regeln schlecht? Nein. Aber die Welt war es. Sie war das Problem. Wenn man in einer schiefen, verdrehten Welt voller krummer Wege überleben will, dachte William, kann man nicht auf einem geraden Kurs bleiben. Er hatte keinen Grund, sich zu schämen, vorausgesetzt, er würde niemals versuchen, Karriere zu machen und sich hochzukämpfen Richtung Turmspitze. Solange er konsequent in den untersten Bereichen des Unternehmens blieb und der Versicherung nur seine Zeit zur Verfügung stellte, aber nicht sein Herzblut und erst recht nicht seine Intelligenz, so lange würde er noch er selbst sein.

Den Job bekam er problemlos. Die Versicherung stellte täglich Dutzende neue Mitarbeiter für einfache Behelfstätigkeiten ein. Nicht nur, weil sie so schnell expandierte, sondern auch, weil die meisten niederen Angestellten nach kurzer Zeit entweder in bessere Positionen aufrückten oder kündigten. Die Arbeit war eintönig und miserabel bezahlt. Sich mit dreiundzwanzig Dollar Wochengehalt in New York City über Wasser halten, das schaffte nur, wer keine

Familie zu versorgen hatte und sich auf das Allernotwendigste beschränkte.

»Also dann, Mister … Mister … äh … *Siddis*? Ist das richtig?«

»Sehr richtig.« William atmete auf. Das war seine größte Sorge gewesen: dass man ihn an seinem Namen erkennen würde. Aber der Bürovorsteher hatte anscheinend noch nie etwas vom Wunderkind von Harvard gehört. Oder er rechnete nicht damit, ihm ausgerechnet hier zu begegnen, am unwahrscheinlichsten Ort, an den es ein Genie verschlagen konnte, in der Buchhaltung einer Versicherung. Hier waren keine einzigartigen Geisteskräfte gefragt, sondern gesichtslose, austauschbare Massenmenschen, so gleichgeformt wie die Arbeitstische, an denen sie saßen, jeder auf dem gleichen hölzernen Drehstuhl, jeder vor sich die gleiche runde Tischlampe aus schwarzlackiertem Zinkblech auf der Schreibplatte aus Linoleum, jeder in der Uniform der Angestelltenarmee: die Herren in einem dunklen Anzug mit weißem Hemdkragen und schmalem Binder, die Damen in weißer Bluse und schwarzem, bodenlangem Rock, die Haare mit Nadeln aufgesteckt. Sie saßen in großen Arbeitsräumen an drei oder vier Tischen nebeneinander, in fünfzehn oder mehr Reihen, neben sich wandhohe Registerschränke, Zettelkästen und Aktenregale.

»Schön. Nun, Mr. Siddis«, fuhr der Bürovorsteher fort, »Sie wundern sich vielleicht, wie ruhig und geordnet bei uns gearbeitet wird. Das liegt daran, dass wir alle Vorgänge im Haus mit Hilfe von Arbeitswissenschaftlern optimiert haben. Seitdem gibt es bei uns eine strenge Arbeitsteilung nach dem Vorbild der Fließbandfertigung. Jeder Angestellte ist nur für eine einzige, genau definierte Aufgabe zuständig. Bedeutet: höhere Produktivität. Bedeutet: gesteigerte Wettbewerbsfähigkeit. Bedeutet: gesunde Renditen für unsere Anleger. Bedeutet: sicherer Arbeitsplatz für Sie.«

»Sehr gut«, sagte William.

»Konkret: Sie finden am Morgen an Ihrem Platz einen blauen Korb mit Abrechnungsformularen vor. Ihre Aufgabe besteht einzig und allein darin, die Beträge der einzelnen Posten zu addieren, darunter die Gesamtsumme einzutragen und das Blatt in den gelben Korb zu legen. Bei zügiger Arbeit ist das Tagespensum bis achtzehn Uhr zu schaffen.«

»Ich soll rechnen?«

»Keine Bange. Dafür bekommen Sie von uns ein kleines Helferlein.« Der Bürovorsteher tätschelte mit flacher Hand einen braunen Metallkasten von der Größe eines Schuhkartons, mit runden Tasten an der Oberseite, ähnlich wie bei einer Schreibmaschine, nur dass es neun Reihen mit jeweils acht Tasten waren und auf diesen keine Buchstaben standen, sondern Ziffern von eins bis neun.

»Das ist eine Rechenmaschine. Ein sogenannter Comptometer. Damit geht's ruck, zuck. Haben Sie schon mal mit so was gearbeitet, Mr. Siddis? Macht nichts, es ist einfach zu lernen. Nehmen wir gleich mal diese Rechnung hier. Da haben wir einmal acht Dollar fünfundsiebzig, und dann noch zweimal drei Dollar neunundvierzig. Also drücken wir einmal die acht-sieben-fünf, und dann zweimal drei-neun-vier ... hoppla, das war verkehrt, es sind ja drei-neunundvierzig und nicht drei-vierundneunzig. Also von vorn. Mit diesem Hebel stellen wir alles wieder auf null. So, und jetzt: acht-sieben-fünf, drei-vier-neun und noch mal die drei-vier-neun. Simsalabim, schon haben wir's.« Begeistert vom Zauber der Technik, deutete er auf das Sichtfenster, in dem das Ergebnis der Operation abzulesen war. »Eins-fünf-sieben-drei, das heißt fünfzehn Dollar und dreiundsiebzig Cent. Das schreiben wir hier in dieses Formularfeld. So, ab in den gelben Korb damit, und schon geht's weiter mit dem nächsten Bogen.«

»Faszinierend«, sagte William.

»Kann man wohl sagen. Die Dinger sind nicht billig, aber ungeheuer praktisch. Man spart damit jede Menge Zeit und somit auf Dauer bares Geld.«

»Ausgezeichnet.«

»Probieren Sie's ruhig mal selber.«

Der Bürovorsteher schaute William eine Weile über die Schulter. Als er sah, dass er seine Sache gut machte, ließ er ihn allein.

Zu seiner Überraschung fand William Gefallen an seiner Arbeit. Sie war angenehm eintönig und beanspruchte sein Gehirn nicht im mindesten. Auch der Blick aus dem Fenster bot keine Zerstreuung. Er fiel auf einen engen Lichtschacht, durch den hier unten im dritten Stockwerk nicht mehr als ein trüber Dämmer, eine ferne Ahnung des Sonnenlichts ankam.

Die Fadimans waren froh, dass William endlich arbeiten ging, und er selbst war es auch. Die Kargheit an Sinnesreizen, die Monotonie der Aufgabe, das Immergleiche der Bewegungen, die Überraschungslosigkeit des Tagesgeschehens, die geschäftige Ruhe im Raum, in dem außer einem gelegentlichen Rascheln, Hüsteln oder Stühlerücken nichts zu hören war, versetzte ihn in einen Zustand tiefer Entspannung, wie der gleichmäßige Takt des Wellenschlags am Meeresstrand oder das besänftigende Schaukeln eines Straßenbahnwagens.

Mittags um genau elf Uhr neunundvierzig ertönte eine elektrische Klingel, zum Zeichen, dass für seine Abteilung die Lunchpause gekommen war. Mechanisch und ohne ein Wort erhoben sich alle Mitarbeiter von ihren Plätzen, liefen zu den Aufzügen und fuhren hoch zur Kantine. Auch dort hatte die Versicherung, wie William beinahe gerührt bemerkte, Sorge getragen, dass ihre Angestellten nicht mit Entscheidungsfragen belästigt wurden, denn es gab für alle das gleiche Gericht, einen würzigen Eintopf aus dicken weißen Bohnen und Schweinefleisch, ein Schälchen Selleriesalat sowie einen Grießpudding als Dessert. Exakt dreiundzwanzig Minuten nach Pausenbeginn – keine zufällige Zeitspanne, sondern das Ergebnis einer mit Stoppuhr durchgeführten Kalkulation – saßen alle wieder an ihrer Arbeit, genau wie zuvor, nur mit vollen Mägen.

William fragte sich, ob er jemals so zufrieden mit sich und seinen Lebensumständen gewesen war. Vielleicht hatte er gerade die beste Zeit seines Lebens. Auf ihm ruhten nicht alle Blicke, er musste nichts Weltbewegendes leisten, nur seinen Job ordentlich erledigen. Von den Sonntagen abgesehen, war sein Stundenplan weitgehend festgelegt, so dass die Anstrengung, über die Tagesgestaltung nachzudenken, entfiel. Sein Gehalt bekam er mit der gleichen Regelmäßigkeit ausbezahlt, mit der er seine Körbe abarbeitete, und da ihm Regelmäßigkeit so wichtig war wie wenig anderes, verschaffte ihm dieser Umstand ein erhebliches Maß an Ausgeglichenheit.

Von seinem Geld konnte er sich ein eigenes kleines Apartmentzimmer leisten, zwar nicht in New York City, aber auf der anderen Seite des Hudson River, in Jersey City. In dem Wohnblock kannte ihn niemand, grüßte ihn niemand und erinnerte ihn niemand an seine Vergangenheit. Es lebte sich gut in Jersey City. Am wohlsten und geborgensten jedoch fühlte er sich, wenn er an seinem Comptometer saß und Zahlen addierte. In seinem Büro – seinem Schutzraum, wie er es nannte – waren die Gefahren der Welt weit weg. Hier war er sicher vor den Nachstellungen seiner Mutter, der Journalisten, der Bostoner Polizei. Niemand hinderte ihn daran, nach seinen Vorstellungen zu leben.

Das perfekte Leben, dachte er lächelnd. Um das perfekte Leben zu führen, muss man sich zurückziehen und möglichst wenig mit anderen Menschen zu tun haben. Das hatte er schon als Heranwachsender gewusst. Was er damals noch nicht gewusst hatte: Am wenigsten mit anderen Menschen hat man dann zu tun, wenn man sich mitten unter sie begibt. So kann es bleiben, dachte er. Dabei drückte er dreimal vier-neun-fünf und einmal neun-neun-neun, trug das Ergebnis in das vorgesehene Feld ein, legte das Formular in den gelben Korb und nahm sich aus dem blauen das nächste.

Die Geschäftszahlen der Versicherung entwickelten sich weiterhin positiv, unter anderem deshalb, weil die Arbeitsleistung der niederen Angestellten schneller wuchs als ihr Gehalt. Die Anzahl der Formulare in den Körben wurde langsam, aber stetig erhöht, in so kleinen Schritten, dass die Bürogehilfen es nicht bemerkten. Sie wunderten sich nur, dass es ihnen immer schwerer fiel, ihr Pensum bis zum Feierabend zu erledigen, und dass sie immer öfter eine unbezahlte Überstunde anhängen mussten, obwohl sie so schnell arbeiteten, wie sie konnten.

Der Einzige, der nicht über wachsende Belastung klagte, war William. Weder der Bürovorsteher noch seine Kollegen fanden heraus, woran es lag, aber aus irgendeinem Grund arbeitete er schneller als alle anderen. Seine Finger flogen über die Tasten des Comptometers wie die eines Pianisten über die Klaviatur. Er schien das Ergebnis noch nicht einmal im Sichtfenster ablesen zu müssen, bevor er es ins Formular eintrug. Entspannt saß er auf seinem Drehstuhl und pfiff tonlos eine kleine Melodie, während der Papierpegel im gelben Korb stieg und stieg. Er konnte es sich sogar erlauben, zwischendurch für längere Zeit auf die Toilette zu verschwinden und dort in aller Ruhe die Zeitungen zu lesen, die er unter der Leibwäsche ins Büro geschmuggelt hatte. Er hatte seinen Korb trotzdem immer rechtzeitig abgearbeitet und war gegen Ende des Arbeitstages nur noch damit beschäftigt, daumendrehend auf die Uhr am Kopfende des Raums zu sehen.

Unter seinen Kollegen sorgte die Mühelosigkeit, mit der er sein Tagewerk verrichtete, für Missgunst. Sie gingen zum Bürovorsteher und forderten, er solle aufhören, die Arbeit ungleich zu verteilen. Dieser wies die Anschuldigungen brüskiert zurück. Er begünstigte keinen seiner Untergebenen, und wenn, dann hätte er sich mit Sicherheit einen anderen zum Liebling auserkoren als ausgerechnet Mr. Siddis.

An dessen Arbeit gab es nichts zu bemängeln. Er war

immer pünktlich, erfüllte anstandslos seinen Arbeitsvertrag, stellte keine Forderungen, und in den Stichproben fand sich nie ein Rechenfehler. Und doch hatte er etwas Undurchsichtiges, ja Unheimliches an sich. Nie tat er mehr als seine Pflicht, nie redete er mehr als das Nötigste. Weil es praktisch unmöglich war, ihn in eine Plauderei zu verwickeln, setzte sich beim Essen niemand gern neben ihn. Es schien ihm nichts auszumachen.

Eines Tages, William arbeitete gerade im zweiten Jahr bei der Versicherung, fiel ihm bei der Zeitungslektüre auf der Toilette ein Artikel in der *Daily News* auf. Genauer gesagt, es war nicht der Artikel, der ihm auffiel – er handelte von einer Theateraufführung, die ihn nicht interessierte –, sondern der Name der Verfasserin: Martha H. Foley.

Der Name löste in ihm eine Lawine der Erinnerungen aus. Vier Jahre war es her, dass er mit ihr die aufregendste, wildeste, berauschendste Nacht seines Lebens verbracht hatte, als er im Polizeigefängnis von Roxbury die Lieder der Revolution sang und das rote Blut der Freiheit im Mund schmeckte. Und wie sie dann beide zu achtzehn Monaten Zuchthaus verurteilt wurden. Er hatte, wie alle Verurteilten der Roxbury Riots, Berufung gegen das Urteil eingelegt und war aus der Haft entlassen worden, weil Boris dafür gesorgt hatte, dass ein Kautionsagent in Williams Namen fünftausend Dollar beim Gericht hinterlegte. Danach hatte er William zu sich ins Sanatorium geholt.

Er hätte die anderthalb Jahre besser absitzen sollen, dachte William. Dann wäre er heute ein freier Mann. Er hätte sich die Demütigungen und Beleidigungen, die

Umerziehungsmaßnahmen und die Schlafmittelfolter seiner Mutter erspart. Und er könnte in Boston leben, ohne Angst, festgenommen zu werden.

Die Sache war vertrackt. Sarah hatte seine Post kontrolliert und ihm den Brief des Gerichts vorenthalten, in dem ihm der Termin des Berufungsprozesses mitgeteilt wurde. Nur deshalb hatte er dort unentschuldigt gefehlt. Das Gericht hingegen musste glauben, er sei untergetaucht. Und was in einem solchen Fall passiert, hatte er in seinem Jurastudium gelernt. Das Gericht behält die Kaution ein, und der geprellte Kautionsagent schickt einen Kopfgeldjäger los, um sich sein Geld zurückzuholen.

Warum aber hatte Sarah das getan? William hatte oft über diese Frage nachgedacht und keine andere Erklärung gefunden als folgende: Sie hatte ihn mit voller Absicht in eine Zwangslage gebracht, um ihn sich gefügig zu machen. Kautionsflucht war kein Kavaliersdelikt. Ein einziger Hinweis von ihr an die richtige Stelle hätte genügt, und er wäre nicht nur für achtzehn Monate, sondern für Jahre hinter Gitter gewandert. Und Sarah wusste sehr gut, wie groß Williams Angst vor dem Gefängnis war. Seit er einmal befürchten musste, auf dem elektrischen Stuhl zu landen, genügte die kleinste Anspielung, und er begann zu zittern.

Es war ihm also nichts anderes übriggeblieben, als sich in ihre Gefangenschaft zu begeben, erst in New Hampshire und später in Kalifornien. Bis er sich eines Tages ein Herz fasste, Geld aus ihrer Haushaltskasse stahl und sich allen Gefahren zum Trotz heimlich davonmachte, nach New York, zu seiner Tante Grace, der einzigen Person außerhalb von Boston und Portsmouth, deren Adresse er kannte.

Wie aber mochte es unterdessen Martha Foley ergangen sein? Hatte sie ins Gefängnis gemusst? Und was machte sie jetzt, außer Theaterkritiken zu schreiben? Als William sich eine Woche später dabei ertappte, dass er immer noch an sie dachte, schrieb er einen Brief zu ihren Händen, adressiert an die Redaktion der *Daily News*.

Sie antwortete postwendend. Sie lebe jetzt auch in New York, und sie könnten sich gerne einmal treffen, vielleicht gleich am nächsten Sonntag, im Central Park, am Bethesda-Brunnen?

Martha hatte sich ziemlich verändert. Von hinten hatte William sie zunächst sogar für einen Mann gehalten, denn sie trug Breeches, kniehohe Reitstiefel und einen übergroßen Herrenpullover. Die Haare hatte sie sich zu einem Bob kürzen lassen, der fast vollständig unter einem Glockenhut aus hellgrauem Filz verborgen war. Schwarzumrandete Augen und ein kirschroter Mund stachen aus ihrem puderhellen Gesicht heraus. Auch wenn William für gewöhnlich wenig auf die Kleidung anderer Leute achtete – er achtete ja noch nicht einmal auf seine eigene Kleidung –, so bemerkte selbst er, wie sehr sich ihre Aufmachung unterschied von derjenigen der biederen Bürofräulein, von denen er werktags umgeben war.

»Na, alter *rebel boy*, was macht die Revolte?« Martha ballte die linke Hand zur Arbeiterfaust und lachte.

»Oh, gut, sehr gut«, er nickte lebhaft, »ich arbeite jetzt bei der Lebensversicherung. Rechnungsabteilung.«

»Um zu agitieren?«

»Nein. Ich bediene einen Comptometer.«

»Donnerwetter. Hast es ja weit gebracht.« Sie lachte wieder.

»Allerdings«, sagte er stolz. Es stimmte, er hatte es weit gebracht. Er hatte sich von der Leine, an der man ihn geführt hatte, losgerissen und einen unglaublich langen Weg zurückgelegt.

Im Grunde sei er immer ein Freiheitsaktivist gewesen, erklärte er, während sie um den See spazierten, an dem der Bethesda-Brunnen lag. Früher sei es ihm in erster Linie um die Befreiung der Gesellschaft gegangen; inzwischen sei ihm aber klargeworden, dass die Gesellschaft nur befreien kann, wer selbst frei ist. Deshalb sei er nun ein Freiheitsaktivist in eigener Sache, ähnlich wie die modernen Frauen, die sich gerade daran machten, das Korsett ihrer Geschlechterrolle abzulegen und sich eine selbstgestaltete Biographie zu erkämpfen. Nur dass die es viel leichter hatten als er. Von denen konnte sich jede Einzelne als Teil einer großen Bewegung begreifen. Indem eine von ihnen etwas für sich tat, tat sie etwas für alle Frauen. Indem sie einen Mann von den Fleischtöpfen der Gesellschaft verdrängte und sich an seinen Platz setzte, machte sie die Welt ein kleines bisschen gerechter. Egal, wie eigennützig und rücksichtslos sie sich die Karriereleiter hochboxte, sie konnte sich immer auf eine höhere Gerechtigkeit berufen.

Und was war mit seiner, Williams, Emanzipation? Er kämpfte im Stillen, für sich allein. War das nicht viel wahrhaftiger? Sein Freiheitskampf bestand nicht darin, möglichst weit nach oben zu kommen. Für ihn, den man schon als Kind in die höchsten Höhen gehoben hatte, bedeutete der Bruch mit der erwarteten Karriere das Gegenteil. Ihm blieb nur, von der Leiter herabzusteigen. Dass er einmal für dreiundzwanzig Dollar in der Woche einen Comptometer bedienen würde, hatte ihm nun wirklich keiner vorhergesagt. Ohne seinen rebellischen Geist hätte er das nie geschafft.

Er redete, als wäre plötzlich ein Deich gebrochen. Martha, auf die sein Wortschwall niederging, hörte ihm geduldig zu. Das fand er großartig. Es hatte ihm schon lange niemand mehr zugehört. Sie hörte ihm nicht nur zu, sie verstand ihn sogar, jedenfalls schien es ihm so. Und er hatte das Gefühl, dass sie vertrauenswürdig war. Er konnte ihr alles sagen, und es gab viel, was er zu sagen hatte, also redete er immer weiter. Seine ganze Vergangenheit goss er vor ihr aus.

Wie er einmal, mit drei oder vier Jahren, beim Spiel mit den Buchstabenklötzchen das zweite h im Wort »Ophthalmologie« vergessen hatte und sein Vater daraufhin zwei Tage lang nicht mehr mit ihm sprach. Wie er bei jeder Gelegenheit den Trick mit den Wochentagen vorführen musste, weil seine Eltern süchtig waren nach dem Applaus, den sie für ihr Erziehungskunststück einheimsten. Wie er stundenlang im Garderobenschrank der Schule ausharrte, weil ihm vor dem Schultor Reporter auflauerten. Wie ihm seine dauerbetrunkenen Mitbewohner im Wohnheim in Harvard nachts Marmelade in die Stiefel schmierten. Wie er von aufdringlichen Texanerinnen auf offener Straße geküsst wurde. Wie ihn das MIT belogen hatte, damit er bei der Entwicklung einer Kriegswaffe half. Wie er um ein Haar in einem Straflager der Armee gelandet wäre und etwas später um ein Haar im Zuchthaus und sogar auf dem elektrischen Stuhl. Wie er in die Gefangenschaft seiner eigenen Mutter geriet, die ihn unter Drogen setzte und folterte.

»Meine Güte, was für ein Leben«, fasste Martha zusammen. »Der reinste Irrsinn.«

»Nur solange sich die Vernünftigen an mir auslassen durften. Seit ich an meinem Comptometer sitze, ist alles besser. Aber sag mal, wie ging's denn eigentlich bei dir weiter? Warst du im Knast?«

»Natürlich nicht. Keiner von uns. Im Berufungsprozess sind wir alle freigesprochen worden, aus Mangel an Beweisen. Nach einer Viertelstunde war der Fall erledigt.«

»Wirklich?«

»Klar. Der erste Prozess war doch bloß eine Schauveranstaltung für die Öffentlichkeit, nach dem Motto: Liebe Bürger, ihr könnt ruhig schlafen, der Staat schützt euch vor der Roten Gefahr. Dabei war denen von vornherein klar, dass das Urteil von der zweiten Instanz kassiert werden würde, die sind ja nicht völlig blöde. Aber sie wussten auch, dass dann kein Hahn mehr danach kräht.«

»So läuft das?«

»Genau so. Ich arbeite ja inzwischen selber bei einer Zeitung, da kriege ich das ganz gut mit. Heute wird ein Riesengeschrei um dieses und jenes gemacht, und morgen – zack, ab zum Altpapier, nächstes Thema.«

»Und ich?«

»Was meinst du?«

»Bin ich auch freigesprochen worden?«

»Will ich doch stark annehmen, wieso?«

»Na ja, ich war ja nur auf Kaution frei und habe beim Berufungstermin unentschuldigt gefehlt. Rechtlich gesehen ist das ein eigenes Delikt. Verstehst du? Die dachten, ich wäre untergetaucht, deswegen haben sie nach mir gesucht, und deswegen musste ich wirklich untertauchen. Und jetzt weiß ich nicht, ob sie immer noch nach mir suchen. Ich werde es nur erfahren, wenn ich mich ihnen ausliefere. Und das alles nur, weil mir meine Mutter die Post weggenommen hat.«

»Hm. Das ist wirklich ...«

»Ich will doch nur ein normales Leben führen. Aber irgendwie ... Sie lassen mich einfach nicht.«

Traurig trottete er neben Martha her. Weil ihr keine aufmunternden Worte einfielen, fasste sie ihn tröstend an der Hand. Hand in Hand schlenderten sie weiter, schweigend, jeder allein mit seinen Gedanken.

Mit Erstaunen stellte er fest, dass er ihre Berührung nicht als unangenehm empfand. Er hatte noch nie die Hand einer Frau gehalten. Es war nicht üblich in seiner Familie. Jedenfalls konnte er sich nicht erinnern, seine Eltern jemals Hand in Hand gesehen zu haben. Dabei war es nichts Ungewöhnliches. Allein hier und jetzt, an diesem sonnigen Herbsttag im Central Park, sah er viele Paare, die einander an den Händen hielten, um sich und allen anderen zu zeigen, dass sie füreinander da waren und nichts Schöneres wussten, als ihre Zeit gemeinsam zu verbringen.

Und Zeit hatten sie alle. Die jungen, frischverliebten Pärchen blieben öfters stehen, um sich zu umarmen und kichernd Albernheiten ins Ohr zu flüstern. Die etwas älteren blieben stehen, um sich nach ihren Kindern umzuschauen, die durch die Büsche tollten und Verstecken spielten. Und die ganz alten blieben stehen, weil sie ein wenig verschnaufen mussten, doch auch sie waren froh über den vertrauten Menschen neben sich, mit dem sie kleine Beobachtungen und Gedanken teilen konnten: Wie schön die Sonne durch die bunten Baumkronen leuchtet; wie schön, dass der Oktober noch so mild ist; wie schön, dass wir uns haben.

All diese Leute, dachte William, waren normal, ohne dass es sie Anstrengung kostete. Die Normalität fiel ihnen so leicht wie ihre Muttersprache. *Seine* Muttersprache war die Außergewöhnlichkeit. Das war der Fluch seines Lebens: Es gab niemanden, mit dem er sich in seiner Sprache unterhalten konnte. Zwar konnte er sich bemühen, die Grammatik der Normalität zu lernen, aber er würde immer kleine Fehler machen, die die Muttersprachler, die Eingeborenen im Land der Normalität, sofort bemerkten. Sie ahnten ja nicht, wie schwierig es für ihn war, sich ihnen anzupassen.

Immerhin, er bemühte sich. An den Wochentagen war er schon recht zufrieden mit sich, nur die Sonntage waren bislang ein Problem gewesen. Aber jetzt war auf einmal alles anders. Er spazierte Hand in Hand mit Martha Foley durch den Central Park. Nicht zu fassen.

Sie hatten ihre Runde vollendet und standen wieder auf der Terrasse vor dem Bethesda-Brunnen. William schaute Martha von der Seite an, und er schaute hoch zu dem bronzenen Engel, der auf der oberen Wasserschale stand. Und das wohltätige Wasser plätscherte von der oberen in die untere Schale und von der unteren Schale ins Becken, und das Plätschern klang ihm schöner im Ohr als die schönste Musik. Und der Engel schaute herab auf William und segnete ihn mit gütiger Hand. Und William empfing den Segen und sank auf die Knie.

Und der Engel fragte: »Willst du gesund werden?«

»Ich will es«, sagte William.

»So steh nun auf«, sagte der Engel so sanft, so sanft. »Steh auf und geh.«

Und William dankte dem Engel, dankte ihm für das Wasser, das ihn erquickte, dankte ihm für das Licht, das ihn durchflutete, dankte für die Heilung, für die Erlösung, für die Antwort auf alle Fragen. Und die Antwort hieß Liebe, und die Erlösung hieß Liebe, und die Heilung und das Licht und das Wasser hießen Liebe, und das ganze Universum und was darin war, alles hieß Liebe, Liebe, Liebe.

Und er stand auf und ergriff Martha am Handgelenk und zog sie hinter sich her, hinein ins goldbronzen schimmernde Halbdunkel der Passage, die zum oberen Teil der Terrasse führte. Und er packte sie an den Hüften und stemmte sie hoch und drückte sie an die Wand und biss ihr auf die Lippen und schlug seine Zähne auf ihre. Und seine Zunge kroch in ihrer Mundhöhle herum wie eine Nacktschnecke.

Martha musste würgen, stieß ihn von sich und sagte: »Gütiger Himmel. Du knutschst ja wie ein besoffenes Opossum.«

»Naturtalent.«

»So kann man's auch nennen.« Sie wischte sich den Mund mit einem Taschentuch ab.

»Und jetzt möchtest du koitieren, stimmt's?«

»Woher weißt du das denn schon wieder?«

»Hab ich gelesen. Havelock Ellis, *Der Geschlechtstrieb beim Weibe*, Seite 241 unten: *Bei einer großen Zahl von Frauen bleibt der Geschlechtstrieb latent, bis er durch die Zärtlichkeiten des Liebhabers geweckt wird. Der Jüngling wird von allein zum Mann; das Mädchen hingegen muss sozusagen erst zur Weiblichkeit geküsst werden.*«

»Oh, Mann. Du bist ja vielleicht ein Experte.«

»Theorie schadet nie, oder?« Er lachte. »Also, was ist?«

»Ich denk drüber nach, okay?«

»Einverstanden.«

»Und jetzt möchte ich nach Hause.«

»Natürlich. Wird ja auch bald dunkel. Sehen wir uns am nächsten Sonntag wieder? Gleicher Ort, gleiche Zeit?«

Sie zögerte. »Nur unter einer Bedingung.«

»Angenommen!« Er lachte wieder. Sie blieb ernst.

»Ich möchte, dass du mich nie wieder küsst. Und nie wieder heißt nie wieder. Verstanden?«

»Klar, kein Problem.« Er strahlte immer noch.

»Und wenn du denkst, dass du irgendwann doch noch mit mir schlafen kannst, dann –«

»Ach was, will ich doch gar nicht. Das heißt, dir zuliebe würd ich's vielleicht tun. Aber nur, wenn du darauf bestehst.«

»Ich bestehe *nicht* darauf.«

»Umso besser. Also dann, bis nächste Woche! Ich freu mich! Ich freu mich sehr!«

Er ergriff zum Abschied nochmals ihre Hände und hielt sie fest, bis sie sich von ihm losriss. Als sie schon fast hinter den Bäumen verschwunden war, rief er ihr noch einmal nach.

»Mir ist noch was eingefallen. Ich hätte auch unter der Woche Zeit. Morgen Abend zum Beispiel.«

»Ich sagte Sonntag. Versuch bloß nicht, vorher anzutanzen.«

»Okay. War ja nur ein Vorschlag.«

Obwohl sie sich nicht mehr nach ihm umdrehte, winkte er ihr nach. Dann lief er den gesamten Weg, den sie gemeinsam gegangen waren, ein zweites Mal ab, Schritt für Schritt. An der Weggabelung, wo Martha seine Hand genommen hatte, hielt er inne. Vielleicht, dachte er, wird hier eines Tages ein Denkmal stehen mit der Inschrift:

AN DIESER STELLE ERLANGTE
AM 28. OKTOBER 1923 UM 16.15 UHR
WILLIAM JAMES SIDIS
IM ALTER VON 25 JAHREN UND 210 TAGEN
NORMALITÄT

Das Küssen war so gewesen, wie er es sich immer vorgestellt hatte: eine unappetitliche Sache, deren Sinn und Zweck ihm wohl immer unbegreiflich bleiben würde. Er konnte auch weiterhin gut darauf verzichten. Und auf das andere, an das er nur mit einer Mischung aus Abscheu und Beklemmung denken konnte, erst recht. Nein, er hatte nicht die Absicht, mit Martha Foley zu koitieren, wirklich nicht. Er wollte weder sie noch sich selbst zum Tier erniedrigen. Alles, was er wollte, war, mit ihr durch den Park, durch die Welt, durchs Leben zu gehen und ihre Hand nie mehr loszulassen.

Er hätte nicht für möglich gehalten, was für eine starke

Empfindung eine so einfache Berührung auslösen konnte. Indem Martha und er sich an der Hand hielten, war – wie sollte er sagen – eine Einheit entstanden, die größer war als jeder der beiden für sich, und größer auch als die Summe aus beiden. Es war eher wie eine Multiplikation. Der Faktor William und der Faktor Martha ergaben zusammen ein Produkt, das die beiden Faktoren vollständig enthielt und zugleich in eine höhere Dimension hob, und diese Dimension war die Liebe. Es war verrückt, aber: Er liebte Martha Foley! Er hatte es ja gerade selbst bewiesen!

Bislang hatte er die Liebe immer für eine geistige Störung gehalten, für eine Verwirrung des Intellekts. Eine Hinterlist der Natur, die den Menschen dazu verführen sollte, sich anstatt mit Welterkenntnis mit schnöder Fortpflanzung zu befassen. Selbst wenn dem so sein sollte – na und? Es fühlte sich phantastisch an! Ihm war, als hätte er von Geburt an in einer Zone des Weltalls gelebt, die von der übrigen Menschheit durch eine unsichtbare Wand getrennt war, und jetzt hätte sich diese Wand plötzlich aufgelöst. Endlich nicht mehr isoliert, endlich verbunden mit einem anderen Wesen, also mit allen! Endlich frei!

Er warf seinen Hut in die Luft und schlug sich lachend an die Stirn, weil es so unglaublich war. »Ich liebe Martha Foley!«, schrie er in die hereinbrechende Nacht, und noch einmal, aus Leibeskräften, den Kopf in den Nacken gelegt, hinauf zu den Baumwipfeln, zu den obersten Stockwerken der Wolkenkratzer, zu den Sternen, damit alle es hörten und erfuhren: »Ich liebe Martha Foley!« Sollten die Leute sich ruhig nach ihm umdrehen und sich über ihn lustig machen, weil seine Stimme überschnappte und sein Freudentänzchen etwas eckig aussah, es war ihm egal, es war ihm überhaupt alles egal. Sein Zölibatsgelübde war passé, eine seiner wichtigsten Lebensregeln hinfällig geworden. Und wenn schon! Es gab Wichtigeres als Lebensregeln, es gab eine Kraft, die über allen Regeln stand, die umwälzende, unbezwingbare, ewige Kraft der Liebe.

Lachend fuhr er hinüber nach New Jersey und sprang leichtfüßig die Treppen seines Apartmenthauses hoch. An der Tür zu seinem Zimmer lag ein Umschlag mit einem Telegramm von Western Union.

BORIS TOT

BEISETZUNG MITTWOCH 14.30

MAPLEWOOD FARMS PARK

ERWARTE DICH

= SARAH

Der Schlag saß. William wurde schwindlig. Er musste sich setzen und viele Male tief ein- und ausatmen, bevor er imstande war, seine wild durcheinanderschießenden Gedanken zu ordnen.

Wer hatte dieser Frau seine Adresse gegeben? Höchstwahrscheinlich Helena. Er hatte sie ihr streng im Vertrauen mitgeteilt und ihr hundertmal, tausendmal eingeschärft, dass sie unter keinen Umständen an Sarah weitergeben dürfe. Warum hatte sie es trotzdem getan? War sie mit ihren dreizehn Jahren nicht in der Lage, ein Geheimnis für sich zu behalten? Oder steckte sie mit ihrer Mutter unter einer Decke?

Er spannte einen Bogen Papier in seine Schreibmaschine

und schrieb seiner Schwester einen harschen Brief. Er sei bitter enttäuscht von ihrem Vertrauensbruch. Eine Entschuldigung könne sie sich sparen, sie werde ihn ohnehin nicht erreichen, da er unverzüglich seine Wohnung wechseln und die neue Anschrift für sich behalten werde. Vaters Beerdigung werde er fernbleiben. Er habe mit seiner Vergangenheit abgeschlossen und wolle nicht mehr an sie erinnert werden. Im Übrigen gehe es ihm sehr gut. Er besitze eine auskömmliche Arbeit und habe sein privates Glück gefunden. Seine freie Entscheidung über sein Leben möge respektiert und keine Nachforschung zu seinem Verbleib angestellt werden. *Yours sincerely,* William.

Kaum hatte er den Brief eingeworfen, kamen ihm Zweifel. Vielleicht war alles ganz anders. Hatte Helena die Adresse nicht freiwillig herausgerückt, sondern unter Zwang? Oder steckte jemand anders hinter dem Verrat, zum Beispiel Tante Grace? Möglicherweise hatte er seiner Schwester unrecht getan. Es konnte sogar sein, überlegte er weiter, dass er auch seinem Vater unrecht getan hatte. Er hatte ihn seit zwei Jahren nicht mehr gesehen, nicht mehr sehen wollen. Warum eigentlich? Was hatte er ihm vorzuwerfen?

Boris war ein Idealist gewesen, ein Weltverbesserer, mit jeder Faser seines Herzens. Er wollte die Menschheit von ihrer schlimmsten Seuche befreien, der Dummheit, und somit zugleich vom verrohten Sohn der Dummheit, dem Krieg. Dafür hatte er gelebt. Und als er glaubte, den universalen Impfstoff gegen die Dummheit entdeckt zu haben, nämlich seine Erziehungsmethode – was für ein Triumph musste das für ihn gewesen sein, als der Versuch an seinem

Sohn so gut gelang. Und was für eine Ernüchterung, ja Verbitterung, als sich im weiteren Testverlauf Komplikationen einstellten und sein Ansehen, seine Existenz, sein Lebenswerk ramponierten. William hatte es vermasselt. Nur wegen seines jugendlichen Eigensinns. Wie weiterleben mit dieser Schuld?

Andererseits: Hatte ein Vater das Recht, sein Kind zur Überprüfung seiner Theorien zu benutzen? Stand das Recht des Kindes, sein Leben in die eigene Hand zu nehmen, nicht darüber? Und nebenbei: Wäre die Welt wirklich besser geworden, wenn sich die Sidis-Methode flächendeckend durchgesetzt hätte? Wenn die Universitäten voll mit Zehnjährigen wären?

Auf einmal fiel William so viel ein, worüber er gerne mit seinem Vater diskutiert hätte. Er wollte ihm sagen, wie sehr er bedauerte, ihn enttäuscht zu haben. Und er wollte ihn fragen, ob er jemals in seinem Leben einen Menschen geliebt hatte. Nicht etwa, dass er Boris für liebesunfähig gehalten hätte. Er hatte ja oft genug miterlebt, mit welch verzehrender Leidenschaft sein Vater lieben konnte, ebenso, wie er mit vernichtender Leidenschaft hassen konnte. Nur dass seine Liebe immer im Abstrakten blieb. Boris hatte das Lernen, das Wissen, den Fortschritt, den Wettstreit der Ideen geliebt, und gewiss hatte er auch die Menschheit geliebt. Aber einen einzelnen Menschen? Hatte Boris seine Kinder geliebt? Oder seine Frau? Wahrhaftig und unsterblich geliebt, so wie William Martha wahrhaftig und unsterblich liebte? Was war mit seinen Eltern, Williams Großeltern? Seltsam, er hatte nie von ihnen gesprochen. Wer waren sie?

Es tat William unsäglich leid, dass er nicht mehr mit seinem Vater sprechen konnte. Er hätte ihm etwas höchst Bedeutsames mitzuteilen gehabt. Denn er wusste jetzt, woran die Sidis-Erziehungsmethode gescheitert war: nicht an ihm, William, und auch nicht an den Freudianern, sondern einzig und allein an mangelnder Liebe. Denn Liebe war die Lösung. Was wäre geschehen, hätte Boris das rechtzeitig erkannt.

Zu spät. Boris war tot. Jetzt erst traf die Nachricht William mit voller Wucht. Er warf sich auf sein Bett und konnte nicht aufhören zu weinen. Nicht um Boris, denn man weint nicht um die Toten, sondern um verpasste Gelegenheiten und um die Erkenntnis, dass sie sich nie mehr nachholen lassen.

Wie gerne wäre er jetzt bei Martha gewesen. Er wäre bereit gewesen, durch den Hudson River zu schwimmen, nur um ihre Hand zu halten und mit ihr über Liebe und Tod zu sprechen. Aber er musste akzeptieren, dass sie ihn erst am nächsten Sonntag wiedersehen wollte. Ihre Beziehung war ja noch jung. Er wollte auf keinen Fall einen Fehler machen.

Die Woche war hart. Sein Job langweilte ihn, die Stunden wollten nicht vergehen. Zum ersten Mal machte er Rechenfehler. Sie blieben nicht unbemerkt. Noch ein falsches Ergebnis, und er sei entlassen, warnte ihn der Bürovorsteher. William gelobte Besserung, aber er konnte sich nicht auf die Zahlen konzentrieren, weil er immerzu an Martha Foley dachte. Er musste Überstunden einlegen, um mit seinem Pensum fertig zu werden.

Am Sonntag stand William schon zwei Stunden vor der verabredeten Zeit am Bethesda-Brunnen. Martha kam eine Dreiviertelstunde zu spät. Und sie kam nicht allein.

»Bill! Schön, dich zu sehen!« Julius Eichel umarmte ihn und drückte ihm einen sozialistischen Bruderkuss auf die Wange. »Martha hat mich angerufen und mir gesagt, dass sie mit dir verabredet ist. Sie hat mich gefragt, ob ich mitkommen möchte. Natürlich habe ich sofort zugesagt. Es ist dir doch hoffentlich recht, Genosse? Ich hatte gar nicht gewusst, dass es dich auch nach New York verschlagen hat. Aber es führen eben alle Wege hierher, stimmt's? Ging mir ja nicht anders. Wer die Verhältnisse ändern will, muss dorthin, wo sie gemacht werden. Und das ist eben nicht Washington, sondern –«

Julius hielt inne und schaute William mit seinen dunklen, warmen Augen an, um zu ergründen, warum dessen Freude über ihr Wiedersehen nicht größer ausfiel.

»Was ist? Du wirkst so … Oh, natürlich. Verzeihung, ich habe nicht daran gedacht. Ich habe es in der *Times* gelesen. Darf ich fragen, woran er … Ich meine, mit sechsundfünfzig …«

»Ach, ihm ist wohl irgendwas da drin durchgeglüht.« William tippte sich an die Stirn. »Hirnblutung. Das neue Buch von Professor Freud hat ihn so aufgeregt, dass er auf einmal umgefallen ist. Und ein paar Stunden später … nichts mehr zu machen. Ich weiß es aber auch nur aus der Zeitung.«

»Du warst nicht dort?«

»Schon lange nicht mehr. Der Mensch kehrt nicht gern zurück an den Ort, wo er gefoltert wurde.«

»Folter? Du auch?«

»Fast zwei Jahre. Erst in New Hampshire, und dann in Kalifornien.«

»Dann haben sie uns also alle drei erwischt.«

»Drei?«, fragte Martha.

»Wir zwei und Philip Grosser«, erklärte Julius. »Wir haben uns bei der Sozialistischen Partei kennengelernt, während des Kriegs. Wir haben uns geschworen: Wenn sie uns einziehen wollen, sagen wir nein. Totalverweigerung. Egal, was dann passiert.«

»Und? Was ist passiert?«

»Zuerst gar nichts, außer dass wir uns aus den Augen verloren haben. Im Oktober 1918, ein paar Wochen vor dem Waffenstillstand, haben sie Philip und mich dann doch noch geholt. Ich sollte mich bei der Zwölften Infanteriedivision melden, in Camp Devens. Wo gerade die Spanische Grippe wütete. Aber die war nicht der Grund, warum ich nicht hinging. Das habe ich ihnen auch geschrieben: ›Ich habe keine Angst zu sterben. Ich habe nur Angst, ein Mörder zu werden.‹ So etwas hören sie nicht gerne. Und wenn man auch noch einen deutsch klingenden Namen hat … Um's kurz zu machen: Ich habe zwanzig Jahre Straflager bekommen. Bei schwerer Arbeit.«

»Zwanzig Jahre! Für Kriegsdienstverweigerung!«, rief Martha halb entsetzt, halb bewundernd.

»Da konnte ich sogar noch von Glück reden. Andere sind zum Tode verurteilt worden. Davon hatte ich gehört. Ich war ganz gut informiert. Dachte ich. Ich dachte, ich wüsste ungefähr, was mich erwartet. Gar nichts wusste ich.«

William war hin- und hergerissen zwischen der Bestürzung über Julius' Schicksal, das ebenso gut sein Schicksal hätte sein können, und dem dringenden Wunsch, Marthas Hand zu halten. Doch da war nichts zu machen, Julius ging in der Mitte. Martha hatte nur noch Augen für ihn.

»Der Krieg war längst aus«, fuhr Julius fort. »Die Division, in die ich eintreten sollte, wurde aufgelöst. Sie hatte nie einen Einsatz. Die Rekruten fuhren einfach nach Hause. Nur der Krieg gegen mich ging weiter. Castle Williams, Fort Jay, Fort Leavenworth, Fort Douglas – nenn mir ein Militärgefängnis in diesem Land, ich kenn's von innen. Und was ich da erlebt habe …«

Er verfiel in ein grüblerisches Schweigen und redete erst weiter, als Martha ihn ausdrücklich dazu ermunterte.

»Ich habe hinter meterdicken Steinmauern gesessen und in winzigen Metallkäfigen und in dreckigen Zellen voller Wanzen und Kakerlaken. Ich habe auf Drahtrosten ohne Matratze geschlafen und auf nackten Zementböden. Ein Wächter drohte mir damit, mich mit einem Knüppel totzuschlagen, und ein anderer, mich in eine Einzelzelle zu sperren und so lange darin zu vergessen, bis ich verhungert bin. Man hat mir den Schädel kahlrasiert und mich in dünne Häftlingskleidung gesteckt und im härtesten Winter auf dem Hof fast erfrieren lassen. Man hat mich zwei Tage am Stück wach gehalten. Man hat mich mit Handschellen an die Zellengitter gekettet und von morgens bis abends so dastehen lassen. Man hat mir zwei Jahre meines Lebens geraubt, und dann hatte man die Güte, mich zu begnadigen. Sie fragten mich, ob ich meine Lektion gelernt hätte, und ich sagte: Habt ihr eure gelernt? Oder macht ihr im nächsten Krieg wieder dasselbe mit mir?«

Julius' Stimme war brüchig geworden. Leise fügte er hinzu: »Ich darf nicht klagen. Das ist alles eine Kleinigkeit gegen das, was Philip Grosser durchgemacht hat.«

Er gab Martha und William Zeit zu fragen, was Philip Grosser durchgemacht habe. Die Frage hing schwer und lastend in der Luft. Aber da beide aus Angst vor der Antwort schwiegen, ergriff er selbst wieder das Wort.

»Entschuldige, Bill. Wie unhöflich von mir. Ich rede nur über mich. Du sprachst auch von Folter?«

»M-hm.«

»Möchtest du erzählen?«

»Ich habe Schlafmittel bekommen.«

»Von wem?«

»Von meiner Mutter.«

»Du hast von deiner Mutter Schlafmittel bekommen.«

»Das ist nicht alles. Sie hat mir auch Vorwürfe gemacht. Von wegen, dass ich –« Martha stöhnte auf, weshalb William den Mut verlor, weiterzureden. »Ach, nicht so wichtig. Was war mit Philip?«

»Ja, Philip ... du weißt ja, wie er war. Ein unbeugsamer Anarchist. Er hat schon den Prozess gegen sich nicht für voll genommen. Zur Strafe haben sie ihm gleich dreißig Jahre aufgebrummt. Er hat nur gelacht. Er spielte ihr Spiel einfach nicht mit. Das hat sie erschreckt. Sie haben gemerkt, dass die Mächtigen nur so lange mächtig sind, wie die Machtlosen sich ihnen unterwerfen. Ich bewunderte ihn sehr.«

Sie waren am Rand des Croton-Reservoirs im Herzen des Parks angekommen, stiegen hoch auf die gemauerte Umrandung und starrten auf die beiden großen, rechteckigen Wasserflächen.

»Und dann haben sie ihn auf Onkel Sams Teufelsinsel geschickt. Nach Alcatraz.« Julius warf Steinchen ins Wasser, eins nach dem anderen, und sah ihnen beim Untergehen zu. »Ich habe mich im vorigen Jahr mit Philip getroffen. Er war nicht wiederzuerkennen.« Noch ein Steinchen. Noch eins.

»Also. Er sagt, auf Alcatraz gibt es ein geheimes Verlies. Es ist unter dem Gefängnis aus dem Stein geschlagen worden. Dort herrscht völlige Dunkelheit, die Luft ist stickig, die Wände feucht und schmierig. Da haben sie diejenigen Kriegsdienstverweigerer hingebracht, die sich nicht zur Strafarbeit zwingen ließen.«

»Oh, Gott«, entfuhr es Martha. William wurde übel.

»Jetzt kommt's«, sagte Julius. »Vier Gefängniszellen haben eine Art Doppeltür, das heißt, vor die eigentliche Tür ist ein Eisengitter geschweißt. Das ergibt einen Käfig, nicht viel höher, breiter und tiefer als ein Mann. Da musste Philip sich reinstellen. Um es noch enger zu machen, kam dahinter noch ein dickes Brett. Und dann haben sie zugeschlossen. Acht Stunden am Tag ließen sie ihn darin eingequetscht stehen. Für die restliche Zeit kam er runter ins Verlies. Denn mehr als acht Stunden Eisensarg sind nicht erlaubt. Das ist Vorschrift. Wir leben schließlich in einem Rechtsstaat.« Julius lachte bitter. »Philip hat zwei Monate durchgehalten. Danach klopfte er Steine wie die anderen. Bis Ende 1920, kurz vor Weihnachten, auch ihm der Gnadenakt unserer geliebten Regierung zuteilwurde, so wie mir und allen anderen Kriegsdienstverweigerern, die noch gefangen waren. Seither genießen wir wieder unser freies Leben im freiesten Land der Welt.«

Julius warf alle restlichen Steinchen auf einmal ins Becken. Da niemand etwas sagte, deutete er auf das Gebäude an der gegenüberliegenden Ecke des Reservoirs.

»Seht euch dieses Ding an. Belvedere Castle. Sieht aus wie eine uralte Burg, ist aber weder eine Burg noch alt, sondern bloß eine verkleidete Wetterstation. So ist Amerika. Eine riesige Attrappe. Von außen: ein Bollwerk der Freiheit, Demokratie und Gerechtigkeit. Aber wenn man das tiefste Innere dieser Burg kennt, dann weiß man, was von der Fassade zu halten ist.« Er schaute auf seine Armbanduhr. »Ach du liebe Güte, schon so spät! Ich muss los! Meine Lieben, wir werden unser Gespräch bald weiterführen. Wir sehen uns!«

Er küsste William wie bei der Begrüßung auf die Wange, er küsste Martha mit großer Natürlichkeit auf den Mund – und sie, wie selbstverständlich, erwiderte den Kuss –, und weg war er.

Erschüttert standen William und Martha da und wussten nicht, was sie tun oder sagen sollten. Beiden ging dasselbe im Kopf herum. Ihre eigenen Gefängniserfahrungen waren bloß Abenteuerspielchen gewesen, jugendliche Mutproben, die sie nur gewagt hatten, weil sie glaubten, es mit einem zivilisierten Gegner zu tun zu haben. Seither hatte ihre Bereitschaft zugenommen, sich mit dem Gegebenen zu arrangieren und eine brave, gesetzestreue Existenz zu führen, William bei der Versicherung, Martha bei der Zeitung. Ging das jetzt noch? Durfte man mit einem Staat, in dem solche Dinge geschahen, Frieden schließen? Oder mussten sie Konsequenzen ziehen? Und wenn ja, welche?

Im Park ging es nicht anders zu als eine Woche zuvor. Auf den Wegen lustwandelten Paare ohne Ziel und Eile.

Sie genossen ihren freien Tag, plauderten über dies und das oder spielten mit ihren Kindern. Aber für William hatte die Szenerie, die er von der Mauerkrone des Wasserreservoirs herab beobachtete, allen Zauber verloren. Das da unten waren keine Liebenden, es waren Ignoranten, die sich weigerten, der Wirklichkeit ins Gesicht zu sehen. Nur deshalb konnten sie ihr verlogenes Kleinbürgerglück genießen.

»Woran denkst du?« Anscheinend war Martha aufgefallen, wie sehr es in William arbeitete.

»Ach, an die ganzen Leute da. Schau dir die Bagage doch an, Martha. Nicht auszuhalten. Aber ohne andere Menschen hält man's auch nicht aus. Man hat nur die Wahl, an der Masse zugrunde zu gehen oder an der Einsamkeit.«

»Aber Bill … was redest du denn da …«

Gerne hätte sie ihm widersprochen und gesagt, dass es durchaus noch mehr Möglichkeiten gab, dass man sich sehr wohl Freunde suchen und mit ihnen an seinem ganz persönlichen Glück bauen konnte. Davon war sie überzeugt. Aber vielleicht stimmte das gar nicht, oder vielmehr, es stimmte im Allgemeinen, nur nicht für William. Er war eben ein Sonderfall, war es immer gewesen. Dafür gab es keine Lösung. Sie wollte schon seine Hand nehmen, um ihn zu trösten, unterließ es aber. Wahrscheinlich hätte er die Geste wieder missverstanden. Mit Julius war es einfach, man konnte ihm einen Kuss geben, und beiden Seiten war klar, was dieser Kuss bedeutete und was nicht. Bei Bill war überhaupt nichts klar.

»Ich bin ja so froh, dass ich dich habe«, sagte er unvermittelt. »Keine Bange, ich will dich nicht küssen, es ist nur … Du bist mir sehr, sehr wichtig. Wenn es dich nicht gäbe, wäre ich ganz allein auf der Welt.«

Martha spürte, wie sich ihr der Hals zuschnürte.

»Worauf ich hinauswill … Also, es klingt vielleicht komisch, aber ich hab so ein Gefühl, dass … dass …«

Er stockte. Er hatte keine Übung in solchen Reden.

»Weißt du, am liebsten wäre ich für immer mit dir zusammen. Womit ich auf keinen Fall sagen will, dass ich dich küssen möchte. Von mir aus kannst du Julius Eichel küssen, das macht mir nichts aus. Du sollst nur bei mir sein, das ist alles.«

Er sah sie hoffnungsvoll an. Sie musste wegschauen. Was war das gewesen? Eine Liebeserklärung? Ein Heiratsantrag? Oder nur eine verworrene Sympathiebekundung? Jeder Mensch war anders. Aber so anders wie William James Sidis war keiner.

»Hör mal, Bill, ich muss dir etwas sagen. Ich hätte es vorhin schon gesagt, wenn nicht Julius dazwischengekommen wäre. Bei mir gibt's Neuigkeiten. Ich werde die *Daily News* verlassen.«

»Gut so. Bist sowieso viel zu schade für dieses Revolverblatt.«

»Ich habe ein Angebot bekommen, das ich nicht ablehnen kann. Eine feste, ordentlich bezahlte Redaktionsstelle. Und ich darf viel über Kultur und Literatur schreiben. Genau das habe ich mir lange gewünscht.«

»Freut mich! Wo geht's hin? Zur *Times*? Zum *Herald*?«

Martha schüttelte den Kopf.

»Zum *San Francisco Chronicle*.«

»Oh.«

»Ich ziehe in einer Woche nach Kalifornien.«

»Oh. Dann –«

William schluckte trocken, wünschte ihr tapfer viel Glück, beteuerte, dass das, was gut für sie sei, für ihn nicht schlecht sein könne, und bat sie lediglich um ein Foto von ihr, zur Erinnerung. Sie trennten sich ohne Kuss, nur mit einer ungeschickten Umarmung.

Seine Sonntage waren jetzt wieder unerfüllt, seine Wochentage eintönig und leer. Er verfluchte seinen läppischen Job und das stupide Tastendrücken. Wozu das alles, wenn die Liebe seines Lebens nicht mehr da war? Morgens schob er den Comptometer zur Seite und füllte in Windeseile alle Formulare aus, so dass sein blauer Korb spätestens um zehn Uhr leer war. Dann stand er auf und verließ die Abteilung, und wenn der Bürovorsteher versuchte, ihn aufzuhalten, deutete er nur wortlos auf den gefüllten gelben Korb.

Die Stunden bis zum Feierabend verbrachte er zum größten Teil auf der Toilette. Die Kabine wurde zu seinem eigentlichen Arbeitsplatz. Er las jetzt wieder viel. In seiner schweinsledernen Tasche brachte er sich Tageszeitungen, Zeitschriften und Bücher mit. Er gab sich keine Mühe, sie vor den anderen zu verbergen. Mit seinem Verhalten machte er sich keine Freunde, aber er suchte ja auch keine. Er musste nur darauf achten, seine Arbeit vollständig und fehlerfrei zu erledigen, dann konnte ihm nichts passieren.

Wenn er seine Lektüre beendet hatte, schrieb er Briefe, das Papier auf den Oberschenkel gelegt, den Bleistift gelegentlich mit einem kleinen Klappmesser nachschärfend. Martha, deren Foto er an die Innenseite der Tür heftete, um es immer vor Augen zu haben, schrieb er täglich. Er unterhielt auch einen regen Briefwechsel mit Julius, mit dem er über Politik und Gesellschaft, Krieg und Frieden diskutierte. Und auch seine Schwester Helena bekam wieder Post von ihm, stets verbunden mit der eindringlichen Aufforderung, ihre Mutter nur ja nichts von ihrem Kontakt wissen zu lassen.

So floss sein Dasein dahin, in einer ereignisarmen Wiederholungsschleife, der er weder entkommen konnte noch wollte. Er war nicht nur auf das Einkommen angewiesen, sondern ebenso auf das Rückgrat einer festen Tages- und Wochenstruktur. Außerdem fiel ihm nichts ein, was er sonst hätte tun sollen.

Vielleicht wäre sein gesamtes weiteres Leben so verlaufen, hätte sich nicht in den ersten Tagen des Jahres 1924 ein Beben ereignet, das seine Existenz aus ihren mühsam errichteten Halterungen riss. Der Auslöser schien harmlos. Die *New York Tribune* plante eine Reportage über die Arbeitsteilung in der modernen Wirtschaftswelt. Am Beispiel der Versicherung am Madison Square sollte gezeigt werden, wie verschieden die Aufgaben waren, die in so einem großen Konzern anfielen, und wie unterschiedlich die Menschen, die dort arbeiteten, vom obersten Boss bis hinunter zur einfachen Hilfskraft.

Der Bürovorsteher war stolz und ein wenig aufgeregt. Noch nie hatte sich ein Zeitungsreporter in sein unscheinbares Reich verirrt. Er freute sich über die Gelegenheit, die Rechnungsabteilung von ihrer besten Seite zu präsentieren.

»Wir haben vor einigen Jahren eine große Neustrukturierung durchgeführt«, erklärte er. »Dadurch konnten wir die Produktivität pro Angestellten um mehr als siebenundzwanzig Prozent steigern und zugleich den Personalstand um sechzehn Prozent reduzieren. Bei durchschnittlichen Lohnkosten von dreiundzwanzig Dollar in der Woche ergibt sich somit allein in unserer Abteilung ein jährlicher Kostenvorteil von rund –«

»So, so«, machte der Reporter. »Und was sind das für Kästen?«

»Das sind Comptometer. Man braucht sie zum Rechnen. Dafür sind diese vier hier zuständig: Mrs. Martelli, Miss Hernandez, Mr. Mkrtchian und Mr. Siddis. In den blauen Körben liegen –«

»Moment – was sagten Sie? Wie heißt der Mann?«

»Mkrtchian. Nschan Mkrtchian. Seine Eltern kommen aus Armenien.«

»Ich meine den anderen. Der mit dem …«

Der Reporter tippte sich auf die Brust, an die Stelle, wo sich auf Williams weißem Hemd ein leuchtend gelber Fleck aus eingetrocknetem Eidotter befand.

»Ach so, der. Das ist Mr. Siddis. William J. Siddis. Er ist ein bisschen … Sagen wir, er hat seine eigene Art. Aber wir hatten noch nie jemanden, der so ungeheuer schnell und genau rechnet. Es ist uns allen ein Rätsel, wie er das macht.«

Der Reporter lächelte wissend und sagte so laut, dass William es hören konnte: »Vielleicht nimmt er ja die Vierte Dimension zu Hilfe.«

William hob den Kopf, starrte ihn feindselig an und zischte: »Hauen Sie ab!«

»Aber Mr. Siddis – was erlauben Sie sich?«, rief der Bürovorsteher, konnte aber nicht verhindern, dass William von seinem Drehstuhl aufsprang und den Reporter anschrie: »Was wollen Sie von mir? Was habe ich Ihnen getan? Ich möchte einfach nur an meinem Comptometer arbeiten, ist das etwa verboten? Verschwinden Sie aus meinem Leben! Ich will Sie nicht mehr sehen!«

Da der Reporter nur verblüfft auflachte, war es William, der verschwand. Er rannte aus dem Büro, den Flur entlang, die Treppe hinunter, durch die Lobby, aus dem Gebäude, die Madison Avenue hoch bis zur nächsten Straßenbahnhaltestelle. Erst als er in einem Wagen der Fourth and Madison Avenues Line saß, beruhigte sich sein Pulsschlag.

Schon am nächsten Tag, lange bevor die Reportage über die Arbeitsteilung fertig war, erschien auf der Titelseite der *Tribune* eine sensationelle Meldung. William James Sidis, das legendäre Wunderkind von Harvard, war gesichtet worden, zum ersten Mal seit fünf Jahren. Damals, als er sich mit seinen bolschewistischen Anwandlungen und einer Verurteilung wegen Körperverletzung in Verruf gebracht hatte, dachte man, er sei an seinem Tiefpunkt angekommen. Aber was jetzt ans Licht kam, war beinahe noch verstörender: Aus dem Jungen, der als Elfjähriger in einem Atemzug mit den größten Mathematikern aller Zeiten genannt wurde, war ein Mann geworden, dessen Beruf darin bestand, die Knöpfe einer mechanischen Rechenmaschine zu drücken.

Über das Äußere des jungen Sidis erfuhr die Öffentlichkeit einige beunruhigende Einzelheiten. Von anderen niederen Büroangestellten, so hieß es, unterscheide er sich lediglich durch seine ungepflegte Erscheinung. Sein billiger brauner Anzug sei zu eng für seine fleischige Gestalt, seine Krawatte schlampig geknotet, sein flusiger Bart sehe aus wie mit einer Nagelschere gekürzt, und sein mausgraues Haar liege ihm auf dem Kopf wie ein alter Putzlappen. Das erschreckendste Detail jedoch stand bereits in der Schlagzeile: »Sidis arbeitet für 23 Dollar in der Woche«. Alles Übrige hätte man ihm vielleicht noch nachgesehen. Aber wie konnte ein so intelligenter Mensch nur so schlecht verdienen? Das war unbegreiflich, zumal in einer Stadt, in der die Maßeinheit für Erfolg der Dollar war.

Die Enthüllung machte rasend schnell die Runde im Land. Eine Reihe großer und kleiner Zeitungen griff die Geschichte auf, und jede hatte noch ein paar Extras hinzuzufügen. Der *Trenton Evening Times* aus New Jersey war zu entnehmen, Sidis junior habe sich mit seiner Mutter überworfen und auf den Tod seines Vaters mit Gleichgültigkeit reagiert. Der *Boston Daily Globe* aus Massachusetts wusste gar zu berichten, Sidis hasse seine Eltern abgrundtief. Außerdem sei er aufgrund seines asozialen Charakters unfähig, Freundschaften zu schließen. Der *Omaha World Herald* aus Nebraska kommentierte, das Beispiel zeige, dass es wertvoller ist, seinen Söhnen ein paar Tricks beim Baseball beizubringen als griechische Syntax. Die *Atlanta Constitution* aus Georgia schrieb von einem »traurigen Misserfolg«. Und der Leitartikel der *New York Times* resümierte: »Allem Anschein nach ist das intellektuelle Feuer, das einst so hell geleuchtet hatte, erloschen.«

William löste sein Bankkonto auf und ließ sich das Guthaben in bar auszahlen: achtundvierzig Dollar und zweiundsiebzig Cent. Das war alles, was er sich in den vergangenen beiden Jahren vom Gehalt zurückgelegt hatte. Anschließend fuhr er nach Hause, packte seinen gesamten Besitz in den Koffer und die schweinslederne Tasche, ließ den Schlüssel, das Geld für die noch ausstehende Miete und eine Notiz an den Vermieter auf dem Tisch zurück und schloss, ohne sich noch einmal umzudrehen, die Tür hinter sich. Seine Reise begann.

Am Grand Central Terminal kaufte er sich eine Fahrkarte, ein Pastrami-Sandwich und eine Flasche Limonade, aber keine Zeitung, weil er befürchtete, es stünde schon wieder etwas über ihn drin. Während der siebenstündigen Zugfahrt sah er durchs Fenster, wie das braune Land aus einem tiefen, eisgrauen Himmel von einem Milliardenheer Schneeflocken angegriffen und schließlich erobert wurde.

Warum vergaßen sie ihn nicht endlich? Früher hatten sie ihm nachgestellt, weil er etwas Besonderes war. Jetzt stellten sie ihm nach, weil er nichts Besonderes mehr war. Was musste er tun, damit sie aufhörten, ihm nachzustellen?

Das Haupthaus von Maplewood Farms war hinter einem Baugerüst vollständig verschwunden. Das überraschte ihn nicht. Er wusste aus den Briefen seiner Schwester, dass Sarah gerade dabei war, die Anlage renovieren und umbauen zu lassen. Das Sidis Psychotherapeutic Institute war Geschichte. Boris hatte nie Schüler ausgebildet, die das Haus auf Grundlage seiner Methoden hätten weiterbetreiben können. Und es an Vertreter anderer psychotherapeutischer Richtungen abzutreten verbot sich von selbst. Deswegen plante Sarah auf dem Gelände eine Ferienanlage für gehobene Ansprüche, von ihr selbst geleitet, mit ihrer Tochter als Juniorchefin. Helena fühlte sich von der Aufgabe, die auf sie zukam, völlig überfordert. Sie solle sich gefälligst zusammenreißen, meinte Sarah nur und zählte wieder einmal auf, was sie selbst alles gemeistert hatte, als sie vierzehn war.

Vor dem Eingangstor atmete William tief durch. Die Schneekristalle lagen auf den Schulterstücken seines schwarzen Mantels wie Kopfschuppen. Sein Herz hämmerte. Er hörte das Blut in den Ohren rauschen. Es war schon dunkel, niemand hatte ihn kommen sehen. Er könnte unbemerkt wieder verschwinden, dachte er, das wäre vielleicht das Beste. Doch schließlich nahm er für eine Sekunde seinen Mut zusammen und drückte auf den Klingelknopf.

Erst passierte gar nichts. Dann öffnete sich die Haustür. Der Lichtkegel einer Taschenlampe tastete sich heraus und zeichnete auf die frische Schneedecke eine tanzende Ellipse, die sich langsam näherte.

»Hallo? Ist da jemand?«, rief eine junge Frauenstimme.

»Helena, bist du's?«

»Billy! Was machst du denn hier!?«

»Ich muss mit Mutter sprechen. Ist sie da?«

»Ja, aber sie hat miserable Laune. Sie hat vorhin schon die Handwerker angebrüllt, weil die sich weigerten, auf dem vereisten Dach herumzuklettern. Am liebsten würde sie alle entlassen und das Dach selber decken. Sie kann ja sowieso alles am besten.«

»Hat sich gar nicht verändert, was?«

»Oh, doch. Sie ist schlimmer geworden. Wirst es ja gleich selber sehen.«

»Ich weiß nicht ...«

»Du wirst es überleben. Denk dran, ich mach das Theater jeden Tag mit.«

»Aber dich hasst sie nicht.«

»Sie hasst die ganze Welt. Komm schon, mir wird kalt.«

Sarah saß in ihrem ewigen Schürzenkleid im Zigarrenzimmer, das jetzt eine Baustelle war. Die Seidentapeten waren abgezogen, der Kronleuchter demontiert, die Sitzmöbel aus grünem Plüsch eingelagert, der Teppich mit Holzplatten abgedeckt. Auf einem Tapeziertisch lagen im Licht einer nackten Glühbirne Baupläne, in die sie mit Rotstift Änderungen eintrug. Ihre fünfzig Jahre waren ihr nicht anzusehen. Man hätte sie ebenso auf Anfang dreißig oder auf Mitte sechzig schätzen können. Die lebenslange Selbstdisziplin hatte ihre Gesichtszüge zu einer Maske verhärtet. Ein paar Falten hätten ihr gut gestanden, sie hätten ihr Antlitz lebendiger gemacht.

»Hallo, Mutter.«

William blieb im Türrahmen stehen, wie um sich den Fluchtweg offen zu halten.

»Ach.« Sarahs Begrüßung hätte nicht unterkühlter ausfallen können. »Auch mal wieder hier?«

»Sieht so aus.«

»Und? Was willst du?«

Der Raum war gut geheizt, und William hatte noch seinen Mantel an. Dennoch war ihm kälter als während des Fußmarschs durch den Schnee vom Bahnhof hierher. Er bemühte sich, möglichst selbstsicher zu klingen.

»Meine Erbschaft abholen.«

»Das ist nicht dein Ernst.«

»Die Bude und den ganzen Kram hier kannst du meinetwegen behalten. Ich will nur, was mir zusteht.«

»Was dir zusteht?« Sarah fasste sich an die Brust und

schnappte nach Luft, als hätte sie einen Schwächeanfall zu überwinden. Dabei tankte sie nur Sauerstoff für einen kunstvoll arrangierten Wutausbruch, der leise und dräuend begann, stetig anschwoll und in einem Fortissimo endete.

»Hör ich recht? Du bildest dir ein, dass dir etwas zusteht? Na, das sind ja Ideen! Du hättest dir längst selber ein Vermögen aufbauen können, wir haben dir alles Nötige mitgegeben. Und wie hast du es uns gedankt? Du hast uns beleidigt und im Stich gelassen. Du hast unseren Namen in den Schmutz gezogen, du hast die Sidis-Methode in aller Welt unmöglich gemacht, du hättest uns um ein Haar ruiniert, du hast deinen Vater ins frühe Grab gebracht und bist noch nicht mal zu seiner Beerdigung gekommen. Da! Da draußen liegt er! Da draußen in der kalten Erde! Deinetwegen! Du bist schuld!« Sie deutete dramatisch auf die Verandatür, hinter der irgendwo unter dem Schnee Williams Opfer begraben war. »Und jetzt kommst du angelaufen und willst deine Erbschaft abholen? Dass du dich nicht schämst! Dass du dich nicht ab-grund-tief schämst!«

»Es steht mir zu«, beharrte William. »Helena bekommt viertausend Dollar, sobald sie volljährig ist, und ich sofort. Das hat er uns vermacht. Ich weiß es, und du weißt es auch.«

Sarah schimpfte noch eine Weile weiter, noch wütender als zuvor, weil sie selbst merkte, dass es ihr zwar nicht an ehrlich empfundener Entrüstung, wohl aber an der Kraft des besseren Arguments mangelte. Boris hatte in der Tat ein Testament hinterlassen, in dem seine Kinder berücksichtigt waren, und zwar exakt auf die von William genannte Weise. Daran war nicht zu rütteln.

Da es ihr nicht gelang, William einzuschüchtern, blieb Sarah nur, sich die leidige Angelegenheit schnell und für alle Zeit vom Hals zu schaffen. Sie öffnete den Haustresor, entnahm ihm ein Bündel Hundert-Dollar-Scheine, streifte die Banderole ab und zählte die Banknoten auf den Tisch. Sie waren so frisch, dass sie ein wenig zusammenklebten und sachte knackten, als sie voneinander getrennt wurden. Senator Thomas H. Benton, mit Frack und Querbinder, sah aus einem dunklen Oval heraus knapp an Sarahs rechtem Ohr vorbei und wurde im nächsten Augenblick von seinem Zwillingsbruder verdeckt, wieder und wieder, achtunddreißig, neununddreißig, vierzig. Jeder Benton, den sie auf den Tisch blättern musste, ließ ihre Gesichtsmaske noch ein wenig härter werden.

William nahm den Stapel und zählte zweimal nach. Dann nickte er, verstaute das Geld in seiner Unterhose und unterschrieb die Quittung, die Sarah ihm vorlegte.

»Sonst noch was?«

»Von meiner Seite aus nicht.«

»Von meiner auch nicht.«

»Dann geh ich jetzt.«

»In Ordnung.«

Helena begleitete ihren Bruder nach draußen. Am Tor drückte er ihr einen Schein in die Hand.

»Der ist für Mutter«, sagte er und erklärte, da sie ihn fragend ansah: »Damals, in San Diego, hab ich hundert Dollar aus ihrer Kasse genommen, bevor ich abgehauen bin. Ich brauchte das Geld, um nach New York zu kommen. Aber ich hatte immer vorgehabt, es ihr zurückzugeben. Ich will ihr nichts schuldig bleiben.«

Durchs immer noch anhaltende Schneetreiben lief er zurück zum Bahnhof von Portsmouth. Die Schritte fielen ihm leicht. Das Schwierigste war geschafft. Es war viel einfacher und schneller gegangen, als er erwartet hatte. Gerade noch rechtzeitig erreichte er den letzten Zug nach Boston North Station. Ein gutes Omen. Er hatte oft genug Pech gehabt im Leben, ab jetzt, beschloss er, würde er nur noch Glück haben.

In Boston verbrachte er die Nacht in einer Mauernische, die ihn vor Wind und fremden Blicken schützte. Auf seinem Koffer kauernd, in seinen Mantel geschlagen, wurde er im Wechsel von der Müdigkeit übermannt und von der Kälte wieder geweckt. Erst als es hell wurde und der zweite Tag seiner Reise begann, fiel ihm ein, dass er sich auch ein Hotelzimmer hätte nehmen können. Er musste sich erst noch daran gewöhnen, dass er jetzt ein anderer Mann war. Ein Mann mit neununddreißig Bentons in der Unterhose. Ein Mann mit Möglichkeiten.

Den Vormittag über harrte er vorsichtshalber in seinem Versteck aus. Er konnte nicht ausschließen, dass die Bostoner Polizei immer noch nach ihm suchte, und er wollte sein Glück nicht leichtfertig auf die Probe stellen. Lieber trat er noch ein paar Stunden von einem Bein aufs andere und blies sich in die geröteten Hände. Gegen Mittag ging er in die Schalterhalle des Bahnhofs. Ein Blick auf den Fahrplan war unnötig. Er kannte seit zwanzig Jahren das jeweils aktuelle Kursbuch auswendig, also wusste er auch, dass der Lake Shore Limited jeden Dienstag um Punkt vierzehn Uhr Eastern Time auf Gleis zwei abfuhr. Nachdem er sich einen Fahrschein sowie eine große Tüte mit Proviant besorgt und seinen Koffer aufgegeben hatte, bestieg er den Pullmanwagen und ließ sich mit Schwung ins Polster seines Sitzplatzes fallen.

Draußen rollten die südlichen Stadtteile von Boston vorbei, immer rascher, Brookline, Brighton, Newton. Ein letzter kurzer Abschiedsblick auf den Charles River, und dann war er schon draußen auf dem Land, Wellesley, Natick, der Lake Cochituate. Geschafft. Die Anspannung der vergangenen Tage löste sich, die aus den Heizungsschlitzen strömende Warmluft umwehte ihn angenehm. Den Kopf gegen eine samtene Stütze geschmiegt, nickte er ein.

Als er erwachte, befand er sich bereits hinter Albany, New York. Er aß gerade einige Sandwiches aus der Tüte, da öffnete der schwarze Schlafwagendiener mit weißbehandschuhter Hand die Abteiltür und bat die Ladies und Gentlemen um die Freundlichkeit, sich für einen Augenblick in den Salonwagen zu begeben, weil die Schlafplätze für die Nacht hergerichtet würden. Zu seinem Platz zurückgekehrt, fand William anstelle der Sitzbank eine mit duftender, blütenweißer Bettwäsche bezogene Liege vor. Kaum hatte er es sich auf ihr bequem gemacht, sangen ihn die rastlosen Räder unter ihm in einen tiefen, erholsamen Schlaf.

Der dritte Tag seiner Reise begann mit einem ausgedehnten Frühstück im Speisewagen. Während William ein Glas Pampelmusensaft und frisch zubereitete Rühreier mit Speck genoss, näherte sich der Zug Cleveland, Ohio. Rechter Hand öffnete sich der Eriesee, stahlgrau im Morgenlicht und weit wie ein Meer. Das kanadische Ufer war nicht zu sehen, nur in der Ferne zu erahnen.

In den folgenden Stunden zog das spatenflache, immergleiche Farmland des nordwestlichen Ohio und nördlichen Indiana vorbei. William langweilte sich nicht eine Sekunde. Das Bild in seiner Hand bot ihm Unterhaltung genug. Er hatte jedes Detail schon tausendmal betrachtet, und doch konnte er sich nicht daran sattsehen. Hin und wieder führte er sich das Foto unter die Nase, um daran zu riechen. Es roch nicht gut, nach einer Mischung aus stechendem Ammoniak und dem muffigen alten Leder seiner Aktentasche, in der er es immer mit sich herumtrug. Aber er hatte es direkt aus ihrer Hand erhalten, also saugte er jedes Mal, wenn er daran schnupperte, ein paar Moleküle ihres Körpers in sich auf.

Nach siebenundzwanzig Stunden Fahrtzeit endete der Lake Shore Limited fahrplanmäßig um sechzehn Uhr Central Time in Chicago, Illinois. Am Bahnhof hatte William viel Zeit, um sich weiter in das Foto zu vertiefen, denn der Zug der Burlington Route fuhr erst um dreiundzwanzig Uhr ab. Die Burlington Route hatte den Vorteil, dass sie, anders als der Lake Shore Limited, nicht nur teure Pullmanwagen, sondern auch preiswertere Wagenklassen anbot. William entschied sich für die billigste Fahrkarte. Schließlich war sein Geld nicht dazu da, für ein rollendes Bett verprasst zu werden.

Im Zug bestand der ihm zustehende Platz aus einem zwei Fuß breiten Abschnitt einer festmontierten Holzbank, begrenzt auf der einen Seite von einem breitschultrigen Waldschrat in einem großkarierten Holzfällerhemd, der die ganze Nacht hindurch einen starken Knaster rauchte und bellend hustete, und auf der anderen von einer jungen Mutter mit einem unaufhörlich plärrenden Säugling im Arm. William wickelte sich in seinen Mantel und suchte nach einer Körperposition, in der sein Kopf weder auf die Schulter der Mutter noch auf die des Holzfällers fiel.

Irgendwann musste er eingeschlafen sein, denn als er die Augen öffnete, war es hell, und der vierte Tag seiner Reise hatte begonnen. Laut Auskunft des Schaffners befand sich der Zug gerade südlich von Des Moines, Iowa. William schaute durch ein schmutzstarrendes Fenster auf ein endlos leeres Land. Er hatte einen schlechten Geschmack im Mund und fühlte sich steif und verbogen. Ohne Appetit aß er die letzten Reste seines Proviants, eine zerdrückte, braune Banane und die Brösel, die einmal Kekse gewesen waren. Die Müdigkeit in seinem Schädel wollte den ganzen Tag über nicht weichen. Er stierte auf die Ödnis der Great Plains, bis es dunkel wurde. In Hastings, Nebraska, wurde der Sitzplatz der Mutter mit dem schreienden Kind von einem uralten Weib übernommen, das sein einziges Gepäckstück, einen Drahtkäfig voller gackernder Hennen, während der Fahrt auf dem Schoß hielt. Abgesehen davon verlief die Nacht wie die vorherige. Auch der Holzfäller war noch da und qualmte hustend sein stinkiges Kraut.

Am Morgen des fünften Tags seiner Reise wachte William auf und erschrak. Er war allein im Zug. Der Holzfäller, die Hühnerfrau und alle übrigen Passagiere sowie das Zugpersonal waren verschwunden. Zum Glück fehlte nichts von seinem Gepäck. Auch sein Geld, nach dem er ängstlich tastete, war noch da. Langsam begriff er: Der Zug stand schon seit einer unbestimmten Weile an seiner Endhaltestelle, dem Hauptbahnhof von Denver, Colorado.

Eigentlich hatte er vorgehabt, im Bahnhof zu frühstücken und sich mit frischer Wegzehrung einzudecken. Dafür reichte die Zeit nun nicht mehr. Es war kurz nach acht Uhr Mountain Time, der Zug der Denver & Rio Grande Western Railroad pfiff schon ungeduldig auf dem hintersten Gleis. William erreichte ihn mit knapper Not. Kurz vor Colorado Springs fiel ihm auf, dass er seinen Mantel im Zug der Burlington Route vergessen hatte.

Hinter Pueblo, Colorado, wandte sich der Zug scharf nach rechts, stach frontal in die Rocky Mountains ein und warf sich in der engen, steilen Felsschlucht des Royal Gorge den sprudelnden Wildwassern des Arkansas River entgegen. Die Fahrgäste standen auf und drängten sich an die Fensterscheiben. Der Streckenabschnitt war einer der spektakulärsten des amerikanischen Eisenbahnnetzes, ein Naturwunder und zugleich ein Meisterwerk der Ingenieurskunst. Nur William blieb sitzen. Ihn quälte ein beißender Hunger. Auch schmerzte ihn der Verlust seines Mantels, umso mehr, da die Heizung im Wagen ausgefallen war und der Zug immer mehr an Höhe gewann. Außerdem machte er sich nicht viel aus Naturwundern.

Ächzend und schnaufend schleppte die Dampflokomotive sich und ihre sechs Waggons hoch nach Salida und immer höher hinauf durch den immer höheren Schnee, vorbei an der legendären Silberstadt Leadville, und dann ging es auf der anderen Seite der großen Wasserscheide hinab durchs Tal des Colorado River, der schon nicht mehr zu sehen war, da die Dunkelheit das Land wieder in Besitz genommen hatte.

In der Nacht konnte William kein Auge schließen vor

Hunger, Durst und Kälte. Er saß im Dunkeln, hörte ein vielstimmiges Schnarchkonzert und hielt das Foto fest in seiner Hand. Er konnte es nicht anschauen, doch war es ihm ein Trost, es wenigstens zu spüren.

Das erste Morgenlicht des sechsten Tags seiner Reise zeigte ihm ein schroffes, kahles, menschenleeres Gebirge, das sich im Laufe mehrerer Stunden in ein gleichfalls unbewohntes, aber sanfteres und mit etwas Buschwerk bewachsenes Hügelland verwandelte. Um elf Uhr fünfundzwanzig Mountain Time erreichte der Zug Salt Lake City, Utah. Wieder hatte William keine Zeit, etwas einzukaufen, denn auf dem gegenüberliegenden Bahnsteig wartete bereits abfahrbereit der Zug der Western Pacific Railroad.

Ein Speisewagen! Endlich! William verschlang in größter Hast ein Stück Kochfisch in einer zitronensauren, klumpigen Sauce, zu dem mehlige Salzkartoffeln sowie ein schmieriger Krautsalat gereicht wurden. Der Fisch war anscheinend nicht mehr frisch, denn William spürte ein Prickeln auf der Zunge. Er ignorierte es und bestellte das gleiche Gericht noch einmal. Den dritten Teller musste er halbvoll stehenlassen, weil er von Magenkrämpfen heimgesucht wurde.

Die graubraune Wüstenei von Nevada spannte sich von einem Horizont bis zum anderen. William hockte gekrümmt in der verriegelten Toilettenkabine und glaubte zu sterben. In heftigen Schüben erbrach er sein Essen, bis nur noch ein dünner Strahl Magensaft kam. Seine Gedärme entleerten sich in konvulsivischen Stößen. Es fühlte sich an, als wollten sie sich von innen nach außen stülpen.

Der siebte Tag seiner Reise, ein strahlend schöner Sonntag, begann mit einer grandiosen Tour, die aus den schweren, schneebeladenen Nadelwäldern der Sierra Nevada hinab ins immergrüne Tal von Sacramento, Kalifornien, führte, wo die Mandel-, Orangen- und Limonenbäume prächtige Paraden vor dem Zugfenster absolvierten. William sah matt und kreideblass aus dem Fenster, gleichzeitig frierend und schwitzend.

Aber dann wehte ihm mit einem Mal eine frische, salzige Brise in die Nase, die nach Ozean roch und ihn wieder zu Kräften brachte. Am Pier von Oakland rollte der Zug im Schritttempo auf das Fährschiff Contra Costa, das ihn über die engste Stelle der Meeresbucht setzte. Der schlanke Turm des Ferry Building von San Francisco, erst nur ein ferner weißer Strich, kam näher, und jetzt konnte man von der Turmuhr die Zeit ablesen: sechzehn Uhr fünfundvierzig Pacific Time. Das Schiff legte an. William ging schwankend von Bord.

Eigentlich war ihm danach, sich erst einmal ein Zimmer zu nehmen, die Wäsche zu wechseln und sich für ein paar Stunden in ein Bett zu legen, das nicht im Rhythmus der Räder zitterte und klapperte. Ebenso war ihm danach, das zu tun, wovon er schon als kleines Kind geträumt hatte: mit den berühmten Kabelstraßenbahnen von San Francisco über die Hügel zu fahren, hin und her, auf und ab. Aber die Kabelstraßenbahnen und die frische Wäsche mussten noch ein wenig warten, es gab Dringlicheres zu tun. Er bestieg eine Straßenbahn – eine gewöhnliche Straßenbahn, keine Kabelbahn –, fuhr ein Stück die Market Street hinunter, löste ein Umsteigebillett und wechselte in eine Bahn der Geary Street Line, die ihn in den Richmond District brachte. Nun war es nur noch ein kleines Stück Fußweg durch die schnurgeraden Sträßchen eines Wohngebiets.

Dicht an dicht, nur durch enge Außentreppen voneinander getrennt, standen kleine, bunte Häuser. Eine hübsche Puppenstubenwelt, die sich die Leute hier gezimmert hatten, am hintersten Ende des Landes, weit, weit weg von der Sechsmillionenstadt New York City mit ihren zerklüfteten Straßencanyons. Vor einem zweistöckigen, in einem freundlichen Gelborange gestrichenen Häuschen blieb er stehen. Er überprüfte die Hausnummer und das Namensschild an der Tür. Dann stellte er sein Gepäck ab und dehnte seine Glieder. Seine Reise war zu Ende, nach einer Woche und dreitausendfünfhundert Meilen.

Er trat zurück auf die Straße, um sich das Haus genauer anzusehen. Konnte er sich vorstellen, darin zu wohnen? Aber ja, ohne weiteres! Es gefiel ihm sogar ausgesprochen gut. Unten, im Erdgeschoss, war nichts außer einem unscheinbaren Eingang, im oberen Stockwerk verlief über die gesamte Hausbreite – was nicht viel bedeutete, das Haus war höchstens zwanzig Fuß breit – eine Galerie von vier nebeneinandergesetzten Fenstern. Das Zimmer dahinter war bestimmt schön hell. Er träumte sich hinein in dieses Zimmer und in sein Leben in diesem Zimmer und stand eine Zeitlang recht versonnen da.

Ein Vorhang wurde zur Seite geschoben, das zweite Fenster von rechts geöffnet. Ein Mann, etwa in Williams Alter, streckte seinen straff gescheitelten Blondschopf heraus und rief: »Gibt hier übrigens noch mehr Häuser. Falls dir nach Abwechslung sein sollte, kannst du auch mal ein anderes anglotzen.«

»Ist Martha da?«, fragte William. »Ich will zu Martha Foley.«

»Ach so. Klingel nicht gefunden, was?«

Der Mann wandte sich ab und rief in die Tiefe des Hauses, das offenbar geräumiger war, als seine schmale Straßenfassade es vermuten ließ: »Sweetheart! Besuch für dich!« Und, nach ein paar Sekunden: »Keine Ahnung, nie gesehen. Irgendein verlauster Hobo.«

Für eine Weile stand die Guckkastenbühne der Fensterfront leer. Und dann kam sie. Sie ging ans offene Fenster, schaute hinaus und sagte: »O nein.«

»Martha!«, rief William. »Ich bin da!«

»Das sehe ich. Und jetzt?«

»Jetzt heiraten wir.« Er lachte.

»Bill. Bitte. Du und deine Scherze.«

»Sag mal, Sweetheart«, erkundigte sich der blonde Mann vom hinteren Teil des Zimmers aus, »ist das etwa der Idiot aus New York, der dich mit Briefen bombardiert?«

»Red nicht so, Whit. Er ist kein Idiot. Er ist … etwas anderes. Er kann nichts dafür.«

»Ich fürchte, das musst du mir erklären.«

»Es ist kompliziert. Er ist extrem gescheit und hat gute Absichten. Er hatte nur eine sehr schwierige Kindheit.«

»Dann sollte er vielleicht eine Psychoanalyse machen.«

»Kann ich nicht reinkommen?«, rief William. »Es ist ganz schön frisch, und ich hab meinen Mantel im Zug vergessen.«

Whit riss das zweite Fenster von links auf und brüllte: »Jetzt pass mal gut auf, du Idiot – ich meine, du extrem gescheiter Mensch mit schwieriger Kindheit: Ich weiß nicht, wer du bist und was du willst, aber ich weiß, wo du nicht hinkommst, nämlich hier rein. Verstanden?«

»Das haben Sie überhaupt nicht zu bestimmen.«

»Das habe ich sehr wohl zu bestimmen, weil das zufälligerweise mein Haus ist. Und Martha ist zufälligerweise schon verlobt, und zwar mit mir.«

»Aber ich liebe sie. Und ich werde sie immer lieben.«

»Es reicht. Du hast genau zwei Möglichkeiten: Entweder du machst dich unverzüglich aus dem Staub, oder ich komm runter, und dann regeln wir die Angelegenheit von Mann zu Mann.« Whit streifte sich die Hemdsärmel über die Ellenbogen.

»Ich möchte Sie darauf aufmerksam machen, dass ich jede Form körperlicher Gewaltausübung aus Prinzip ablehne«, sagte William.

»Umso besser. Ich nicht.«

»Dann sind Sie in meinen Augen ein Primitivling.« William wendete sich dem anderen Fenster zu. »Martha, wie konntest du nur an einen solchen Primitivling geraten? Pack deine Sachen, ich hol dich hier raus.«

»Bill, das geht nicht. Wirklich nicht.«

»Ich mein's ganz ernst. Ich arbeite nicht mehr am Comptometer. Meine Situation hat sich geändert, schau.« Er fasste sich in die Hose, zog sein Geldbündel hervor und fächerte es auf. »Das reicht eine Weile für uns beide. Und dann such ich mir eine Stelle. Ich kann als Professor in Stanford oder Berkeley arbeiten, kein Problem. Und du kannst schreiben, was du willst, nicht mehr diesen Zeitungsquatsch. Du musst mich auch nicht küssen. Hauptsache, wir sind zusammen.«

»Das ist ja alles enorm interessant«, sagte Whit. »Aber jetzt wird's leider Zeit, sich zu verabschieden. Weil du nämlich in einer Minute verschwunden sein wirst.«

»Sie haben mir gar nichts zu sagen. Ich gehe nur, wenn Martha mich wegschickt.«

William sah Martha hoffnungsvoll an. Sie musste mit den Tränen kämpfen. Sie war glücklich in San Francisco, sie liebte diese Stadt. Bis vor wenigen Minuten war alles perfekt gewesen. Gleich nach ihrer Ankunft hatte sie beim *Chronicle* Whit Burnett kennengelernt, einen Endredakteur, und sich Hals über Kopf in ihn verliebt. Schon ein paar Wochen später war sie bei ihm eingezogen. Er war gutaussehend, sehr maskulin, schlagfertig, souverän, gesellig und – wie nannte man das? – lebenstüchtig. Alles, was Bill Sidis nicht war.

In ihren Briefen hatte sie William nie etwas von Whit erzählt, aus Angst, ihn zu verletzen. Besser, sie hätte es getan. Denn zu sehen, wie er sich davontrollte, in diesem schrecklichen braunen Anzug, mit dem alten Koffer und der unmöglichen Ledertasche – er tat ihr so leid. Aber was hätte sie tun sollen? Seine Hoffnungen erfüllen? Unmöglich. Sie musste ihn enttäuschen, es blieb ihr keine andere Wahl. Jede andere Frau hätte dasselbe getan wie sie. Nur dass es keine andere gab, die das zweifelhafte Privileg genoss, von William James Sidis geliebt zu werden.

William fuhr mit der Straßenbahn auf dem Geary Boulevard ostwärts und dachte nach. Es war nicht so gelaufen, wie er es sich vorgestellt hatte, aber es hätte schlimmer kommen können. Immerhin hatte er sie gesehen und sich bei ihr in Erinnerung gebracht. Er hatte ihr gezeigt, wie wichtig sie ihm war. Vielleicht konnte sie sein Angebot nur nicht gleich annehmen, weil es ein bisschen zu überraschend kam. Sie brauchte wohl noch etwas Zeit, um sich zu überlegen, wer besser für sie war, er, William, oder der Primitivling. Und dann würde sie … nein, Unsinn. Es hätte nicht schlimmer kommen können. Martha war verloren. In einem schäbigen kleinen Hotel in der Van Ness Avenue nahm er sich das billigste Zimmer. Er lag die ganze Nacht wach und grübelte, ohne ein anderes Ergebnis zu finden, als dass alles vorbei war.

Am nächsten Morgen lag ein zäher, grauer, undurchdringlicher Bodennebel wie ein feuchtes Handtuch über der Stadt und verschluckte jedes Objekt, das mehr als fünfzig Schritt entfernt war. Fröstelnd und übernächtigt saß William in einer Kabelbahn und ließ sich durch die nasskalte Suppe ziehen. Er empfand nichts dabei, keine freudige Erregung, keine Neugier, keinen Trost, keine Beruhigung. Nur unendliche Leere. Im Laufe des Vormittags löste sich die Nebeldecke auf. Vom Russian Hill sah William hinunter auf die Bucht von San Francisco und das kleine, steile, graugrüne Felseninselchen darin, auf dem ein langgestreckter, weißer Gebäudeblock thronte, das Militärgefängnis von Alcatraz. Dort drüben, keine zwei Meilen entfernt, war das unterirdische Verlies, in dem der amerikanische Staat Kriegsdienstverweigerer gefoltert hatte. Dort hatten sie Philip Grosser in einen Eisensarg gepresst.

William hatte genug gesehen. Er fuhr zum Ferry Building und wartete auf die nächste Fähre nach Oakland und den Zug der Western Pacific Railroad. Kalifornien, Nevada,

Utah, Colorado, Nebraska, Iowa, Illinois, Indiana, Ohio, Pennsylvania, New York. Zwei Wochen nach Beginn seiner Reise war er wieder da, von wo aus er aufgebrochen war. Nur ohne Wohnung und ohne Job. Julius Eichel nahm ihn fürs Erste bei sich auf.

New York tanzte. Der Rubel rollte, der Dollar drehte sich, und je mehr Geld den Leuten aus den Händen floss, desto mehr floss wieder nach. Wer es sich nicht leisten konnte mitzutanzen, der nahm einfach einen Kredit auf, und schon konnte er es sich leisten. Manch einer ahnte wohl, dass die große Party irgendwann zu Ende sein würde, und tanzte deshalb umso wilder. Die meisten aber ahnten nichts und genossen, was es zu genießen gab.

Die Straßen waren voller Menschen. Es war die Stunde des Tages, in der die Bewohner der Stadt ihre Bürouniformen in den Schrank hängten und sich in Schale warfen. Die Männer trugen Trenchcoats, Nadelstreifenanzüge und Fedoras, die Frauen hochhackige Schuhe, Seidenstrümpfe und aufreizend kurze Kleider, deren Saum nur knapp übers Knie reichte. So stürzten sie sich ins Leben, in die zahllosen Restaurants, Flüsterkneipen mit Alkoholausschank, Theater, Kinos, Varietélokale, Jazzclubs, Tanzhallen, Konzerthäuser und sonstigen Amüsierbetriebe, um das, was sie tagsüber erwirtschaftet hatten, nachts zu verjubeln. Geld verdienen und Geld ausgeben, das waren die zwei Aufgaben, die sie zu erfüllen hatten, um das Schwungrad der Wirtschaft in Bewegung zu halten, und beiden Aufgaben widmeten sie sich mit einer Energie, die die riesige Stadt in pausenlose Vibration versetzte.

William sah sie sich genau an. Das also waren die Leute, die eine Regierung wählten, unter deren Anweisung Pazifisten in geheimen Kerkern misshandelt wurden. Sicherlich ahnten sie nichts davon, woher auch, sie interessierten sich ja nicht dafür. Und wenn man es ihnen sagte? Wenn man sie am Kragen packte und es ihnen ins Gesicht brüllte? Würde ihnen dann ein Licht aufgehen? Würden sie ihr Leben ändern? Oder wenigstens eine andere Regierung wählen? Er sah in ihre unterhaltungslustigen Visagen und wusste die Antwort.

Wie hässlich diese Stadt geworden ist, dachte er. Wo früher, als er ein kleines Kind war, ein buntes, lebendiges Durcheinander aus Pferdekutschen, Straßenbahnen, Fuhrwerken, Handkarren und Fußgängern die Straßen bevölkert hatte, rissen Autos die Macht an sich und verteidigten sie mit der rohen Gewalt des Stärkeren. Sie brüllten aus hunderttausend Motoren eine eintönige, aggressive Melodie, vor der niemand Ruhe hatte, und hupten alles ungeduldig aus dem Weg, was mit ihrem höllischen Tempo nicht mithalten konnte. Wer zu langsam war, um rechtzeitig zur Seite zu springen, dem zerbrachen sie alle Knochen.

Und dann die Reklame. Überall Reklame. Dieselben Wände, von denen herab vor ein paar Jahren Uncle Sam seine Untertanen zur Armee befohlen hatte, gaben jetzt neue Anweisungen aus. Neuerdings schrieben sie es sogar mit Licht in die Dunkelheit, damit der Konsument nicht über Nacht vergaß, was er zu tun hatte: Trink Coca-Cola, rauch Chesterfield, wasch dich mit Lux-Seife.

Was für ordinäre Botschaften, dachte William. Wenn es das und nichts Wertvolleres war, was mit der Kraft millionenschwerer Werbeetats in alle Gehirne gehämmert wurde, dann durfte man sich nicht wundern, wenn dieses Land so war, wie es war, so konsumversessen, flachgeistig und blind für das Wesentliche. Wie wäre es, überlegte er weiter, wenn man die Imperative der Reklame ersetzte durch andere, die, illuminiert mit zehntausend Watt, über den Times Square riefen: *Sapere aude! Trau dich und denke selbst! Sei mutig, geh deinen eigenen Weg!* Dann würde den Leuten endlich aufgehen, dass es nicht der Besitz eines Buick-Automobils war, was frei machte, sondern der Verzicht auf ein solches. Dann würden die Verhältnisse vom Kopf auf die Füße gestellt, und die Industrie müsste sich den Menschen anpassen anstatt umgekehrt.

Und *sein* eigener Weg, was war mit dem? Hatte er ihn nicht längst verloren bei dem sinnlosen Versuch, zur sogenannten Normalität zu finden? Er war nun einmal nicht normal, war es nie gewesen, und wenn er sich die Normalen so ansah, dann fragte er sich, warum er es einmal hatte werden wollen. Er war dazu bestimmt, ein Gelehrtenleben zu führen. Das hatte er mit fünf Jahren gewusst, das hatte er mit fünfzehn gewusst, warum hatte er es mit fünfundzwanzig vergessen? Nur weil ihn das MIT in ein militärisches Projekt verwickelt hatte? Ein schändliches, unverzeihliches Vergehen, ja doch. Aber er hätte sich deswegen nicht von der Wissenschaft verabschieden müssen. Nicht jede Erkenntnis war anfällig für Missbrauch. Zum Beispiel seine Überlegungen zum Aufbau des Universums, zur Umkehrbarkeit des Zeitpfeils, zu den hellen und dunklen Zonen des Alls – das war unbefleckbares Denken, das nur zum Erkennen der Wahrheit diente. Keine böse Macht würde daraus jemals eine Waffe schmieden können.

Er erinnerte sich an seine alten Ideen und fing gleich wieder Feuer. Es gab doch nichts Besseres, um die triste Wirklichkeit auf Erden für eine Weile zu vergessen, als über das Weltall und seine Gesetze nachzudenken. Er stieß sogar auf einen neuen Aspekt, den er bisher übersehen hatte: Wenn sein Kerngedanke stimmte und der Zweite Hauptsatz der Thermodynamik umkehrbar war, wenn es also Prozesse gab, mit denen sich die Materie von allein in komplexere Zustände, auf ein energetisch höheres Niveau brachte – war damit nicht im Kern der Unterschied zwischen toten und lebendigen Stoffen umschrieben? War er, anders gesagt, nicht nur einem Grundgeheimnis der Astrophysik, sondern auch einem der Biologie auf die Spur gekommen? Hatte er als Erster verstanden, was Leben war?

Mit neunzehn Jahren hatte er der akademischen Welt den Rücken gekehrt, aus Angst, sich Schuld an der Menschheit aufzuladen. Was für ein Fehler! Seine Schuld wäre noch viel größer, wenn er seine Theorie mit sich ins Grab nähme und erst noch ein zweiter William James Sidis, wer weiß in welchem Jahrhundert, geboren werden müsste, der die gleichen Ideen noch einmal entwickelte. Er durfte nicht noch mehr Zeit verschwenden. Seine Stunde war gekommen. Jetzt würde er beweisen, dass er von den Zeitungen zu Unrecht als ausgebranntes Wrack verhöhnt worden war.

Mehrere Monate lang saß er von morgens bis abends an der Schreibmaschine, dann war aus seinen verstreuten Überlegungen ein strukturiertes Konzept und aus dem Konzept ein Manuskript geworden. Weitere Monate verbrachte er in der Zentralbibliothek der Columbia University in den Morningside Heights, um sich zu vergewissern, dass er nichts übersehen hatte. Dann schickte er sein Werk an den einzigen Verleger, den er kannte, Richard G. Badger in Boston, der auch schon einige von Boris' Büchern veröffentlicht hatte.

Es dauerte nochmals ein paar Monate, dann hielt William sein erstes gedrucktes Werk in Händen: *The Animate and the Inanimate*. Ein neuartiger Ansatz zur Beantwortung uralter Menschheitsfragen über das Lebendige und das Unbelebte, die Zeit und das Universum, verfasst vom klügsten Kopf seiner Generation. Zärtlich strich er über den Buchdeckel. Er war sich bewusst, was er geschaffen hatte, auch wenn er sich in der Vorbemerkung bescheiden gab.

Vorwort

In dieser Arbeit wird eine Theorie vorgestellt, die notwendigerweise rein spekulativer Natur bleiben muss, da sie sich nicht experimentell bestätigen lässt. Ausgangspunkt ist der Gedanke, dass alle Vorgänge zeitlich umkehrbar sind; das heißt, dass es zu jedem Prozess ein zeitliches Spiegelbild gibt, also einen entsprechenden Prozess, der zeitlich exakt umgekehrt abläuft.

Nach Abschluss meines Manuskripts wurde ich auf ein Zitat aus einer Vorlesung des großen Wissenschaftlers Lord Kelvin aufmerksam. Darin schlägt er eine Theorie vor, die der meinigen in ihren Grundzügen sehr ähnlich ist; er arbeitet sie allerdings nicht aus.

Ich zögerte zunächst, mit meiner Theorie über die Umkehrbarkeit der Abläufe im Universum in die Öffentlichkeit zu gehen, doch fühlte ich mich durch die Entdeckung der erwähnten Zitatstelle von Lord Kelvin ermutigt. Nun, da ich also weiß, dass ich nicht der Erste bin, der versucht hat, das Leben als Umkehrung des Zweiten Hauptsatzes der Thermodynamik zu erklären, habe ich mich entschlossen, meine Arbeit zu veröffentlichen und der Welt meine Theorie vorzustellen. Sie möge sie entweder annehmen oder zurückweisen. Komme es, wie es wolle.
(William James Sidis, 1925)

William konnte es kaum abwarten zu erfahren, wie seine Abhandlung aufgenommen würde. Wieder fuhr er hinaus zur Columbia University und ließ sich die einschlägigen Fachzeitschriften ausgeben. Zu seiner Enttäuschung wurde sein Buch nirgendwo besprochen. Aber das lag sicherlich nur daran, dass es erst vor kurzem ausgeliefert worden war, sagte er sich. Bis es seinen Weg zu der überschaubaren Zahl an Lesern gefunden hatte, die in der Lage waren, den Stoff zu durchdringen, bis diese sich ihr Urteil gebildet und in Worte gefasst hatten, bis dieses Echo schließlich zu ihm zurückhallte, das brauchte eben seine Zeit. Nur Geduld.

Vier Wochen später sah er in den neuesten Ausgaben nach. Immer noch nichts. Acht Wochen später auch nicht. Nach einem Vierteljahr erkundigte er sich bei seinem Verleger nach den Verkaufszahlen. Danach fragte er ihn nie wieder.

Kurzum, es passierte – nichts. William hatte sich entschlossen, seine Theorie vorzustellen, und die Welt nahm sie weder an, noch wies sie sie zurück. Sie ignorierte sie. Hätte er sein Manuskript anstatt in den Briefkasten in den danebenstehenden Mülleimer geworfen, das Ergebnis wäre das gleiche gewesen.

Wie war das zu erklären? Waren seine Ausführungen zu abstrakt? Unwahrscheinlich. Bahnbrechende Vorstöße in die Grenzbereiche des Nachvollziehbaren, dorthin, wo die Physik ins Mystisch-Unbegreifliche übergeht, hatte es in letzter Zeit einige gegeben, und man sprach sehr wohl darüber. Vor der Theorie von der Relativität oder der quantentheoretischen Mechanik standen die Leute auch wie eine Horde Schimpansen vor der Zinsformel, und dennoch fanden sie es schick, über Raumzeit, Gravitationswellen und Quantensprünge zu palavern, um bei anderen, die von der Materie so wenig verstanden wie sie selbst, Eindruck zu schinden.

Nein, es war wohl so: Die Amerikaner wollten von William James Sidis nichts mehr wissen. Seine Geschichte war ihnen zu lang und kompliziert geworden. Schon so oft hatten sie sich eine Vorstellung von ihm gemacht. Zuerst: Sidis, das Erziehungsexperiment, das Wunderkind, der Alleskönner, das Mathematikgenie. Später dann: Sidis, der Sonderling, der Frauenfeind, der Bolschewist, der Aufrührer. Und zuletzt: Sidis, der Verkrachte, der Erloschene, der Hilfsarbeiter, der Elternhasser. Das war die Stelle, an der sie aufstanden und das Kino verließen, weil sie nicht bereit waren, noch eine weitere Wende in der Handlung mitzuverfolgen. Dass der Film längst noch nicht zu Ende war, dass seine Hauptfigur keineswegs den Verstand verloren und mit Mitte zwanzig noch ein langes Stück Leben vor sich hatte, interessierte sie nicht mehr.

Julius kochte erst einmal eine große Kanne Tee, wie immer, wenn er sah, dass sein Freund trostbedürftig war. William wirkte zutiefst deprimiert, seit sein persönliches Widmungsexemplar von *The Animate and the Inanimate*, das er Martha Foley zugeschickt hatte, von der Post mit dem Vermerk »Zurück an Absender – Empfänger unbekannt verzogen« retourniert worden war.

»Tja, Amerika …«, begann Julius nachdenklich. »Vielleicht passt ihr einfach nicht zusammen, du und dieses Land. Hast du schon mal übers Auswandern nachgedacht?«

»In die Sowjetunion, meinst du?«

»Natürlich. Für den Aufbau der neuen Gesellschaft werden Köpfe wie deiner dringend gebraucht.«

»Vergiss es«, winkte William ab. »Die Sowjetunion ist ein Fehlschlag. Sie weiß es bloß noch nicht.«

»Wie kommst du denn darauf?«

»Hör zu: *Das menschliche Geschlecht, der erstarrte Homo sapiens, wird wieder radikal verändert werden und wird unter seinen eigenen Händen zum Objekt der kompliziertesten Methoden künstlicher Auslese und psychologischer Trainierung werden. Der Mensch wird unvergleichlich stärker, klüger, feiner werden. Der menschliche Durchschnitt wird sich bis zum Niveau eines Aristoteles, Goethe, Marx erheben.*«

William sagte die Sätze so präzise und wortgetreu auf,

als läse er sie aus einem Buch vor. Dabei zitierte er sie aus dem Gedächtnis.

»Interessant«, meinte Julius. »Von wem ist das?«

»Leo Trotzki, *Literatur und Revolution*, Seite 177. Wenn du *Philistine and Genius* von Boris Sidis liest – das klingt genauso. Genau die gleiche Selbstgewissheit, die gleiche Überheblichkeit. Man hält sich für den leibhaftigen Schöpfergott, nur ohne dessen Unzulänglichkeiten. Man glaubt, man hätte das Rezept für die Herstellung des Übermenschen in der Tasche. Wenn man mit so einem Anspruch auftritt, kann man nur scheitern. Allerdings gibt es einen wichtigen Unterschied: Mein Vater hatte nur ein einziges Meerschweinchen zum Herumexperimentieren, die da drüben hundertfünfzig Millionen.«

»Ich finde, du siehst das zu pessimistisch. Das Projekt hat eine Chance verdient. Stell dir vor, es gelingt – eine friedliche, klassenlose Welt ohne Ausbeutung! Davon haben wir doch immer geträumt!«

»Ach, das ist doch nur die Mohrrübe, die sie den Eseln vor die Nase halten, damit sie den Karren ziehen. Hier wird den Arbeitern Wohlstand versprochen, dort das kommunistische Paradies. Bekommen werden sie weder das eine noch das andere. Wer's trotzdem glaubt – selber schuld. Aber ohne mich. Mir geht's um was anderes.«

»Und zwar?«

»Ich möchte in einem Land leben, das mir keine Vorschriften macht. In dem ich zu nichts gezwungen werde und tun kann, was ich will. Amerika ist kein freies Land, aber in der Sowjetunion geht's denen, die nicht mitmachen, noch viel schlechter. Deshalb bleibe ich hier.«

»Um zu tun, was du willst.«

»Genau. Ich will schreiben, das kann ich überall. Ich habe schon als Kind Bücher geschrieben. Und jetzt, bei der Arbeit an *The Animate and the Inanimate*, ist mir wieder klargeworden, dass das meine Bestimmung ist. Weißt du, es hat auch einen Vorteil, dass sich das Buch so schlecht verkauft hat. Dann muss ich beim nächsten keine Rücksicht auf die Leserschaft nehmen, sondern kann mir das Thema nach Lust und Laune aussuchen. Das verstehe ich unter Luxus: über das schreiben zu können, was mich selber am allermeisten interessiert.«

»Und was ist das?«

»Hm.« William nahm einen Schluck aus seiner Tasse und überlegte.

»Freiheit? Gerechtigkeit? Weltfrieden?«, half Julius nach.

»Nein. Straßenbahnen.«

»Aha.«

»Wirklich! Es macht mir Spaß, mit der Straßenbahn zu fahren. Das war schon immer so. Und jetzt, wo es immer weniger davon gibt und immer mehr von diesen schrecklichen Autos und Bussen –«

»– willst du ein Buch über Straßenbahnen schreiben.«

»Aber nein!« William lachte auf, so absurd schien ihm der Gedanke. »Das geht nicht!«

»Wieso nicht? Ich meine, wenn es dir sowieso egal ist, ob dein Buch gelesen wird …«

»Na, weil ich alles über Straßenbahnen weiß. Ich könnte hundert Bücher über Straßenbahnen schreiben und wäre immer noch nicht fertig. Ich müsste mich schon auf einen Teilaspekt beschränken. Zum Beispiel auf Fahrkarten.«

Julius schüttelte den Kopf. »William James Sidis schreibt ein Buch über Straßenbahnfahrkarten.«

»Obwohl, das wäre auch noch zu ausufernd. Es gibt ja so viele verschiedene Tarife und Systeme, bis man die alle beschrieben hat ... Besser, ich konzentriere mich auf Transfers. Straßenbahntransfers in den Vereinigten Staaten.«

Williams Augen glänzten. Er war begeistert von der Idee. Mit Transfers, also Umsteigebilletts, jenen unscheinbaren bedruckten Zettelchen, die man für kleines Geld beim Schaffner kaufte, wenn man von einer Linie in eine andere umsteigen wollte, und normalerweise nach der Fahrt in den Müll warf, kannte er sich besser aus als jeder andere Mensch auf der Welt. Er sammelte sie seit seinem dritten Lebensjahr. Sein ältestes und kostbarstes Exemplar war jenes, das er erhalten hatte, als seine Mutter mit ihm – er erinnerte sich genau – am 15. Februar 1901 am Abingdon Square in New York von der Bleecker Street and Fulton Ferry Railroad, einer Pferdestraßenbahn, in eine elektrische Straßenbahn der Eighth Avenue Line umgestiegen war. Seither hob er seine gebrauchten Transfers auf und ließ sich welche aus fremden Städten mitbringen oder zuschicken.

»Pass auf, ich zeig dir was.« William stand auf, ging zu seinem Koffer, entnahm ihm drei große Briefumschläge und verteilte ihren Inhalt vorsichtig über den Küchentisch.

»Tausendachthundertdreiundvierzig Stück, die Doppelten nicht mitgezählt. Der hier zum Beispiel, das ist ein sehr gut erhaltener Franklin Rapid Transfer. Fällt dir was auf?«

»Offen gestanden, nein.«

»Schau: hier, an der Stelle, wo das Billett vom Fahrscheinblock abgerissen wurde – eine kreisrunde Perforation. Hast du das schon einmal gesehen?«

»Nicht dass ich wüsste.«

»Ist auch extrem selten. Fast alle Transfers sind gestrichelt perforiert.«

»Sehr beeindruckend. Und was ist so ein Franklin Rapid Transfer wert?«

»Natürlich gar nichts!« William lachte. »Das ist ja das Schöne. Bei Münzen und Briefmarken können sich nur die Reichen gute Sammlungen leisten. Aber Umsteigebilletts sammeln – das macht keiner, der auf Profit aus ist. Das macht man der Sache wegen.«

Niemals zuvor war William so sehr eins mit sich und seiner Tätigkeit gewesen als in der Zeit, da er an seinem Buch über Transfers schrieb. Julius bat ihn, sich eine eigene Wohnung zu suchen, und er tat es. Er suchte sich auch einen neuen Job, damit der Stapel Bentons, den er geerbt hatte, nicht weiter schmolz. Irgendeine Wohnung, irgendein Job, es war ihm nicht wichtig.

Aber die Abende! Die Sonntage! Was es da für Schätze zu sichten gab! All die verschiedenen Größen, Formen und Farben, die Papiersorten, die aufgedruckten und die aufgestempelten Informationen – William kannte zwar jeden einzelnen Schnipsel, den er aufgehoben hatte, aber jetzt wertete er seinen Schatz zum ersten Mal systematisch aus. Und dann schrieb er auf, was es darüber zu sagen gab. In welcher Region welche Straßenbahngesellschaft tätig war und welche Arten von Transfers sie ausgab. Welches Billett man wo zu welchem Preis löste und wozu es berechtigte.

Wie man es am geschicktesten anstellte, dass man für möglichst wenig Geld möglichst häufig umsteigen durfte. Wie man einen am Boden festgefrorenen Transfer ablöste und trocknete, ohne ihn zu beschädigen. Wie man aus einem Blatt Schreibmaschinenpapier einen Umschlag faltete, in dem man seine Billetts aufbewahren oder an andere Sammler verschicken konnte. Am Ende war sein Buch über Transfers beinahe dreimal so dick wie sein Buch über das Universum. Ein unverzichtbarer Ratgeber für jeden Sammler von amerikanischen Straßenbahnumsteigebilletts. Schade nur, dass es vermutlich im ganzen Land keinen zweiten Sammler von Straßenbahnumsteigebilletts gab.

Sein Verleger schickte das Manuskript umgehend zurück. Er schätze, wie er in seinem Begleitschreiben sarkastisch bemerkte, die Verkäuflichkeit des Werks in etwa so hoch ein wie die Relevanz seines Inhalts. Andere Verlagshäuser äußerten sich ähnlich. Nach langer Suche geriet William an die Firma Dorrance and Company aus Philadelphia. Sie war bereit, die Arbeit zu veröffentlichen, unter der Bedingung, dass alle Kosten für Satz, Druck und Vertrieb zu Lasten des Autors gingen.

Die Kosten waren erheblich, doch dafür besaß William jetzt zehn Kisten mit jeweils fünfzig Exemplaren seiner *Notes on the Collection of Transfers*. Auf dem sonnengelben Umschlag waren zwei Umsteigebilletts abgebildet, eines aus Connecticut und eines aus Massachusetts, und ganz unten stand der Name des Autors: Frank Folupa. William hielt es für klüger, ein Pseudonym zu verwenden. Er konnte nicht davon ausgehen, dass sich der Reiz des Transfersammelns jedem auf Anhieb erschloss. Wenn ein

Journalist herausfinden würde, wer der wahre Urheber des Buchs war, gäbe es wieder einen Anlass für einen gehässigen Zeitungsartikel.

Das Schreiben gab Williams Leben Sinn und Halt. Sonst hatte er wenig, auf das er sich verlassen konnte. Seinen Arbeitsplatz wechselte er im Durchschnitt alle paar Monate, und zwar immer dann, wenn ein Kollege ihn fragte, ob er zufällig derselbe Sidis sei, der damals in Harvard die Vierte Dimension erfunden hatte.

Einen neuen Job zu finden war nie ein Problem. Die Konjunktur brummte, und William gab sich mit jedem Lohn zufrieden und nahm jede Arbeit an, vorausgesetzt, er brauchte sich weder körperlich noch geistig anzustrengen und hatte nicht viel mit anderen Menschen zu tun. Mal saß er in einem Portiershäuschen und bediente eine Schranke, mal stand er in einem Kellerraum und sortierte Karteikarten. Am liebsten war es ihm, wenn er an einem Comptometer arbeiten konnte.

Auch seine Wohnung gab er auf, sobald ihn ein Nachbar erkannte. Mehrmals musste er deswegen umziehen mitsamt seinem Besitz: einem Koffer, einer schweinsledernen Tasche, einer Reiseschreibmaschine und zehn Kisten mit Frank-Folupa-Büchern, von denen noch kein einziges Exemplar verkauft war.

Ob sein nächstes Manuskript auch wieder gedruckt werden würde, stand noch in den Sternen, oder vielmehr, es hing von der geschäftlichen Entwicklung der Eastern Express Lines Inc. ab, einer Fernbusgesellschaft, die ein stetig wachsendes Streckennetz von Maryland bis Maine unterhielt. Die Reste seiner Erbschaft hatte er in Aktien dieses Unternehmens angelegt. Zwar konnte er Autobusse nicht ausstehen, und den Aktienhandel noch viel weniger. Aber seine persönlichen Neigungen stellte er ausnahmsweise hintenan. Dem Busverkehr gehörte leider die Zukunft, und es war William das Wichtigste, dass seine Ersparnisse sicher angelegt waren.

Nun, da er seine Finanzen geregelt hatte, konnte er sich wieder in Ruhe seinen Studien widmen. Keine Frage war ihm zu groß: Wie alt ist die Erde? Was sind die Ursprünge des Lebens? Wann verwandelten sich die ersten Tiere in Menschen? Wie lässt sich das Straßenbahnnetz von New York optimieren? Er war so in seine Gedanken versunken, dass er kaum wahrnahm, was um ihn herum geschah. Als der Chef der Firma, bei der er gerade in der Ablage arbeitete – einer Firma, von der er nicht wusste, was sie herstellte – ihn zu sich ins Büro bat, um ihm seine Entlassung mitzuteilen, war er überrascht. Bislang hatte er immer selbst gekündigt.

»Nehmen Sie's bitte nicht persönlich, Mr. Sidis. Es hat nichts mit Ihnen und Ihrer Arbeit zu tun.«

»Aber warum –«

»Wegen der allgemeinen wirtschaftlichen Lage. Der Schwarze Donnerstag hat uns leider nicht verschont. Im Interesse unserer Aktionäre sind wir gezwungen, den Personalstand zu reduzieren.«

»Schwarzer Donnerstag?«

»Lesen Sie keine Zeitung?«

»Zurzeit nicht. Ich bin intensiv mit anderen Dingen beschäftigt. Momentan arbeite ich an einer Grammatik der Ursprache.«

»Dann werden Sie ab jetzt noch intensiver daran arbeiten können. Mrs. Davenport, geben Sie dem Mann seine Papiere, und bringen Sie mir den nächsten.«

William empfand die Kündigung nicht als bedrohlich, eher als lästige Störung seiner Routine. Musste er sich eben wieder um einen neuen Job kümmern. Erst als er sich ein paar Tageszeitungen kaufte, merkte er, dass sich die Zeiten geändert hatten. Es standen kaum noch Stellenangebote drin. Und als er endlich etwas Passendes fand, reichte die Warteschlange vor dem Firmentor einmal um den Häuserblock. Resigniert kehrte er um und lief durch die Straßen von Manhattan. Jetzt fielen sie auch ihm auf, die Männer an den Straßenecken mit Pappschildern um den Hals: Nehme jede Arbeit an. Die Bettlerinnen auf den Gehwegen mit ihren Kindern auf dem Schoß. Die Party war zu Ende. Es hatte sich ausgetanzt.

William war froh, dass er sich etwas zurückgelegt hatte. Er ging zur Bank, um sich nach seinen Einlagen zu erkundigen, und erfuhr, dass die Eastern Express Lines Inc. eine Woche zuvor in Konkurs gegangen war. Seine Anteilsscheine waren so viel wert wie ein Haufen gebrauchter Straßenbahnumsteigebilletts.

Es war Dienstag, der 5. November 1929. William James Sidis, ehemaliges Wunderkind, Verfasser unverkäuflicher Bücher, arbeitsloser Hilfsarbeiter, war einunddreißig Jahre und zweihundertachtzehn Tage alt. Und ruiniert.

9

»Nein, Bill. Wirklich nicht.« Helenas erhobener Zeigefinger bewegte sich vor Williams Gesicht hin und her wie der Scheibenwischer eines Automobils. Diesmal würde sie hart bleiben, das nahm sie sich fest vor. Wenigstens dieses eine Mal. »Ich sehe überhaupt nicht ein, warum ich dir schon wieder Geld borgen soll.«

»Weil du welches von Mutter bekommst und ich nicht.«

»Sie gibt mir was fürs Studium, so wie dir damals auch. Das reicht nicht für uns beide, kapier das doch endlich. Und außerdem, wenn sie rauskriegen würde, dass ich dich unterstütze, würde sie mir sofort alles streichen.«

»Das sieht ihr ähnlich. Dabei schwimmt die doch im Reichtum, die dämliche Kuh.«

»Sie hat ihre Aktien eben nach dem Knall gekauft, als die Kurse im Keller waren. Und nicht vor dem Knall, wie gewisse andere Leute. *Das* ist dämlich.«

»Wie oft willst du mir meinen Fehler mit der Busgesellschaft eigentlich noch vorwerfen?«

»Das ist es nicht, was ich dir vorwerfe.«

»Sondern?«

»Das weißt du genau. Manchmal frage ich mich wirklich, ob dir noch zu helfen ist.«

»Ich musste da raus, verstehst du das denn nicht?«

»Nein. Absolut nicht. So wirft man sein Glück doch nicht weg.«

Also erklärte William die ganze Angelegenheit noch einmal von vorne. Ja, es stimmte, er hatte Glück gehabt. In New York hatte er wegen der Krise nirgendwo mehr Arbeit bekommen und ein Jahr in bitterster Armut verbracht, bevor er sich aufraffte und per Autostopp nach Boston reiste – eine goldrichtige Entscheidung. Er liebte die Stadt immer noch so sehr wie damals, ja sogar noch mehr, denn inzwischen erkannte kein Mensch mehr auf der Straße den Wunderjungen von Harvard. Wurde er nach seinem Namen gefragt, sagte er: Shattuck. John W. Shattuck aus Pawtucket, Rhode Island. Zudem war es eine ungeheure Erleichterung gewesen zu erfahren, dass die alte Geschichte mit der Kautionsflucht schon vor Jahren beigelegt worden war. Sarah hatte in einer eidesstattlichen Erklärung angegeben, ihr Sohn sei geistig abnormal. Daraufhin wurde er als unzurechnungsfähig eingestuft und alle Verfahren gegen ihn offiziell eingestellt.

Und dann hatte er auch noch eine Arbeit gefunden, die perfekt zu ihm passte: einen Bürojob bei der Eastern Massachusetts Street Railway, einer Verkehrsgesellschaft, wo er einen Comptometer zu bedienen hatte. Wenn es nach ihm gegangen wäre, hätte es für immer so bleiben können. Aber irgendwann hatten die Chefs der Eastern Mass herausgefunden, wen sie sich ins Haus geholt hatten, und schon fingen die Probleme an. Sie verdreifachten sein Gehalt, setzten ihn in ein separates Büro, umgaben ihn mit Stapeln von Aktenordnern, Mappen, Entwürfen und Tabellen und verlangten von ihm, einen Plan zur Optimierung des Personalstands zu erstellen. Als er ablehnte, boten sie ihm erst das Fünffache, dann das Zehnfache seines Gehalts, und als er sich immer noch weigerte, legten sie ihm einen Blankoscheck vor, in den er seine Vergütung selbst eintragen sollte. Die Erfahrung hatte sie gelehrt, dass alle Menschen käuflich waren, Unterschiede gab es nur im Preis. Bei Sidis allerdings bissen sie auf Granit. Er mache das nicht, wiederholte er wieder und wieder, er wolle zurück an seinen Comptometer, und als sie fragten, warum, sagte er: aus Prinzip. Dann fingen sie wieder an, über Geld zu reden, er redete von seinen Prinzipien, und da es keine Ebene der Verständigung gab, wusste er keinen anderen Ausweg mehr, als zu kündigen. Seither war er wieder arbeitslos und in Geldnot.

»Ja aber warum denn?«, fragte nun auch Helena. »Du hättest die Aufgabe doch bestimmt mit links erledigt. Dann hättest du jetzt eine Menge Sorgen weniger.«

»Und eine Menge Leute hätten eine Menge Sorgen mehr. Wenn eine Firma ›optimiert‹ wird, dann heißt das nichts anderes, als dass der Profit steigen soll. Um das zu erreichen, werden möglichst viele Angestellte auf die Straße gesetzt. Optimal ist es, wenn den Bossen alles gehört und allen anderen nichts. Das muss so sein, sagen sie, weil die anderen Firmen es genauso machen. ›Gesunder Wettbewerb‹, so nennen sie das Ganze, und der ist, wie man überall nachlesen kann, die ureigenste amerikanische Idee.« William schüttelte den Kopf. »Völliger Quatsch. Nichts könnte weiter entfernt sein vom wahren Amerika. Wusstest du, dass die Okamakammessets noch nicht einmal ein Wort für Eigentum hatten?«

»Die schon wieder«, stöhnte Helena. Ihr Bruder brachte seine Rede in letzter Zeit ständig auf diesen Indianerstamm, von dem sie nie zuvor gehört hatte.

»Es gibt eine alte Lebensregel von mir«, fuhr William unbeirrt fort. »Ich beteilige mich an keinem Krieg. Das gilt nach wie vor, nur habe ich einen wichtigen Zusatz eingefügt. Schließlich kommen Menschen nicht nur durch Bomben und Gewehre ums Leben. Noch viel mehr werden von der unsichtbaren Hand des Marktes zerquetscht.«

»Und dann gibt's noch die, die einzig und allein an ihrer Konsequenz zugrunde gehen.« Helena streckte sich gähnend. »Lass uns ein bisschen nach draußen gehen. Ich brauche dringend frische Luft. Und ich glaube, du auch.«

Sie verließen Williams Zimmer in einem jener Wohnhäuser aus roten Ziegeln, die einst ein gehobenes Bürgertum beherbergt hatten. Inzwischen, nach Jahren des Niedergangs, lebte in dieser heruntergekommenen Gegend im Süden Bostons nur noch, wer sich nichts Besseres leisten konnte. Durch die Trostlosigkeit der Vorstadt liefen sie durch die West Newton Street hinüber zu den Back Bay Fens, um ein wenig am Muddy River entlangzuschlendern, ein sich lustlos durch die Häuserzeilen windendes Feuchtgebiet. Angelegt als grüne Oase der Erholung in einer florierenden Stadt, diente es jetzt vor allem als wilde Müllkippe und als Brutstätte für Millionen Stechmücken, die über dem ölschillernden Wasser im Abendlicht tanzten.

»Ich mache mir wirklich Sorgen um dich, Bill. Schau dich doch mal an. Wann warst du das letzte Mal beim Friseur? Wann hast du dir zuletzt ein frisches Hemd angezogen? Hast du noch nicht mal mehr Socken? Und was sind das überhaupt für Schuhe? So was zieht man zur Gymnastik an, aber doch nicht auf der Straße.«

»Ich finde sie sehr praktisch. Sie haben keine Schnürsenkel, man kann einfach von hinten hineinschlüpfen.«

»Kein Mensch läuft so herum wie du.«

»Mir doch egal.«

»Bill!« Helena hob einen Stock vom Boden auf und schleuderte ihn voller Wut ins Sumpfwasser, so dass die Stechmücken erschrocken hochschwirrten. »Was ist das denn für eine Einstellung? Sag mir nichts, ich weiß. Du hast hart kämpfen müssen für deine Unabhängigkeit. Das musste ich auch. Wenn ich nicht nein gesagt hätte zu den Plänen, die Mutter für mich gemacht hat, würde ich heute noch in Maplewood Farms sitzen und Bettwäsche bügeln. Aber Rebellion ist kein Beruf, den man bis zu seinem Ruhestand ausübt. Um glücklich zu werden, muss man etwas finden, zu dem man ja sagen kann. Bei mir ist es das Studium. Ich werde bestimmt nicht eine so gute Soziologin werden, wie du ein guter Mathematiker oder Jurist oder was auch immer geworden wärst, wenn du gewollt hättest. Aber ich gebe mir wenigstens Mühe, aus meinen Fähigkeiten das Beste zu machen. Und darauf kommt's an. Hab ich recht?«

»Nein«, sagte William. »Alles Quatsch.«

»Ach ja?«

»Du tust so, als würde ich mit meinem Leben nichts Vernünftiges anfangen. Aber das stimmt nicht. Ich habe die Lösung für das größte Problem unserer Zeit gefunden.«

Helena entfuhr ein Geräusch, das zu gleichen Teilen Verblüffung, Bewunderung und Skepsis zum Ausdruck brachte. Wer so einen Satz so lapidar dahersagte, musste entweder ein Hochstapler, ein Witzbold oder ein Verrückter sein. Und William war nichts davon. Obwohl, vielleicht war er ein Verrückter. Aber einer, dem immer noch alles zuzutrauen war.

»Jetzt bin ich aber gespannt. Hat es wieder mit dem Weltall zu tun?«

»Nein, damit beschäftige ich mich schon lange nicht mehr. Die Lage ist viel zu ernst. Solange es in diesem Land Hoovervilles gibt, interessiert mich nur eins: Wie können wir den Kapitalismus ersetzen durch ein System, in dem es keine Armut und Ungerechtigkeit mehr gibt?«

Damit hatte Helena nicht gerechnet. Seit wann kannte sich ihr Bruder auch noch mit Wirtschaft aus? Andererseits: Womit kannte er sich nicht aus? Und er hatte ja recht, die Hoovervilles waren wirklich ein Skandal. Kurz nach Beginn der Großen Depression waren die ersten von ihnen entstanden, und bald gab es in jeder größeren Stadt eine oder mehrere davon. Boston bildete keine Ausnahme. Am alten Hafen und entlang der Straße nach Dorchester wucherten die Barackensiedlungen wie Pestbeulen. In Hütten, aus ein paar Brettern, Pappkartons und Wellblechstücken zusammengenagelt, hausten Familien, die aus ihren Wohnungen geworfen worden waren. Hohlwangige Männer standen im Kreis um ein offenes Feuer und schimpften auf Präsident Hoover, dem sie die Schuld daran gaben, dass sie ihre Arbeit verloren hatten und die Miete nicht mehr bezahlen konnten. Verzweifelte Frauen saßen mit leeren Kochtöpfen am Straßenrand und hofften, dass ein Automobilfahrer anhielt und ihnen etwas Essbares schenkte.

Grindige Kinder spielten in Schlammpfützen oder klaubten einander die Läuse aus dem Haar. Das alles, erklärte William, sei die zwangsläufige Folge einer Wirtschaftsordnung, die von reichen Leuten allein zu dem Zweck erfunden wurde, noch reicher zu werden.

»Diese Leute werden ihre Macht immer nutzen, um ihre Interessen durchzusetzen. Wir müssen also dafür sorgen, dass sie die Macht verlieren. Und das tun wir, indem wir aufhören, ihnen etwas abzukaufen. Das meiste, was in einem Kaufhaus herumliegt, ist sowieso überflüssig. Kein Mensch braucht einen elektrischen Rasierapparat. Ich jedenfalls kann sehr gut darauf verzichten.«

»So siehst du auch aus. Außerdem, es gibt viele Dinge, die braucht man wirklich. Zum Beispiel einen Stuhl.«

»Stimmt. Und jetzt kommen wir zu meiner Idee. Das heißt, eigentlich ist es gar nicht meine Idee. Sie ist auch überhaupt nicht neu. Im Grunde müssen wir uns nur die Okamakammessets zum Vorbild nehmen. Und deshalb haben wir ein Bündnis gegründet, das zum Ziel hat, deren Wirtschaftsweise wieder einzuführen. Wir nennen es das Geprodis-System.«

»Wer ist ›wir‹?«

»Ich und Freunde von mir.«

»Du hast Freunde?«

William überhörte die Frage und erläuterte seiner Schwester ausführlich sein Wirtschaftsmodell.

»Bleiben wir bei deinem Beispiel. Stell dir vor, du arbeitest in einer Stuhlfabrik. Heute ist es so: Wenn du einen Stuhl brauchst, dann darfst du dir nicht einfach einen von denen nehmen, die du selber gebaut hast, sondern musst in einen Möbelladen gehen und von deinem Arbeitslohn einen kaufen.«

»Ja und?«

»Das Problem ist, dass du nur einen kleinen Teil von dem zurückbekommst, was du geleistet hast. Der Rest versickert in Form von Profit. Der Boss der Fabrik macht Gewinn, der Möbelhändler macht Gewinn, der Staat kassiert Steuern – alles auf deine Kosten. Wenn du allerdings in einer Geprodis-Stuhlfabrik arbeitest, sieht es völlig anders aus. Es gibt keinen Boss. Alle Mitarbeiter sind gleichgestellt, Entscheidungen werden gemeinsam getroffen. Du darfst so viele Stühle gratis mit nach Hause nehmen, wie du brauchst.«

»Toll. Und was ist, wenn ich keinen Stuhl brauche? Sondern, sagen wir, ein Brot?«

»Dann gehst du zu einer Geprodis-Bäckerei und lässt dir eins geben. Du musst nur deinen Mitgliedsausweis der Geprodis Association vorzeigen. Dafür bekommt der Bäcker deine Stühle umsonst. Verstehst du? Wenn das System erst einmal vollständig aufgebaut ist, dann brauchst du als Geprodis-Mitglied keinen Cent mehr, weil alle Produkte, die du dir denken kannst, in Geprodis-Betrieben hergestellt werden. Jeder versorgt die anderen und wird von ihnen versorgt. Das geht natürlich nicht von heute auf morgen. Für eine gewisse Übergangszeit gibt es Geprodis-Läden. Da werden die Waren aus den Betrieben gegen Dollar verkauft, an Menschen, die noch keine Mitglieder sind und deshalb keinen Anspruch auf kostenlosen Bezug haben. Mit den Einnahmen werden nach und nach immer mehr neue Betriebe zum Laufen gebracht. Dadurch wird das Netz immer dichter und attraktiver, und immer mehr Arbeiter wechseln ins Geprodis-System über, anstatt sich weiterhin von einem Unternehmer ausbeuten zu lassen. So trocknet der Kapitalismus langsam aus. Eine schleichende, aber unaufhaltsame Revolution. Nur zum Start sind wir auf finanzielle Unterstützung angewiesen, damit der Stein ins Rollen kommt.«

»Na ja, theoretisch könnte das vielleicht sogar funktionieren«, überlegte Helena. »Aber mit Sicherheit nicht in der Praxis.«

»Wieso nicht?«

»Weil es offensichtlich die Kopfgeburt von einem ist, der keine Ahnung hat, wie die Menschen ticken. Was machst du, wenn sich jemand mehr Stühle oder Brote nimmt, als er selber braucht, und sie heimlich verschachert?«

»Warum sollte er das tun? Das wäre doch unsolidarisch.«

»Genau das meine ich.«

»Wir werden ja sehen. Noch steht alles am Anfang. Erst einmal müssen wir dafür sorgen, die Idee bekanntzumachen. Wir brauchen Produktionsmittel, um unsere Informationen verbreiten zu können.«

»Eine Geprodis-Druckerei?«

»Irgendwann wird's bestimmt eine geben. Viele sogar, in jeder Stadt. Für den Anfang tut's aber auch ein Mimeograph.«

»Verstehe.«

»Ich habe sogar schon einen gesehen, bei einem Gebrauchtwarenhändler in der Tremont Street.«

»Verstehe.«

»Für zwanzig Dollar. Das ist wirklich sehr günstig. Neu kosten die viel mehr. Und da dachte ich …«

»Schon gut.« Mit einem resignierten Seufzen nahm Helena zwei Scheine aus ihrer Geldbörse und drückte sie William in die Hand.

»Ich danke im Namen der Geprodis Association. Der Betrag wird als Darlehen verbucht. Sobald wir eigene Einnahmen erwirtschaften, bekommst du alles zurück. Plus fünf Prozent Zinsen.«

»Bestimmt.«

»Und dann wollte ich noch fragen ...«

»Ja?«

»... ob du mir – ich meine, mir als Privatperson – fünf Dollar leihen könntest.«

»Wozu das denn noch?«, rief Helena erbost.

»Na ja, weil ...« William sah verlegen zu Boden. »Ich habe heute noch nichts gegessen.«

William drehte mit Schwung an der Kurbel seines Mimeographiergeräts. Es funktionierte: Aus dem Kasten kamen ein, zwei, drei schwarzblaue, nach Ölfarbe riechende Abzüge der Vorlage, die er in die Walze eingespannt hatte, und fielen in den Auffangkorb. Ein Riesensprung nach vorne für die Geprodis Association. Bislang war er immer von anderen abhängig gewesen, wenn er Texte vervielfältigen wollte. Jetzt war er der Verleger seiner eigenen Schriften.

Er schrieb und kopierte unermüdlich: Analysen der Wirtschaftskrise und ihrer Ursachen, Abhandlungen über die Okamakammessets, eine Einführung ins Geprodis-System, ein Grundsatzprogramm, eine Satzung, eine Versammlungsordnung, die Mitgliederzeitschrift *Geprodis Organisation News* und vieles mehr. Das alles tippte er auf ein wachsbeschichtetes Spezialpapier, wobei er auf der Schreibmaschine den kleinstmöglichen Zeilenabstand einstellte und den gesamten Platz vom linken bis zum rechten Blattrand füllte. Er musste sparsam umgehen mit den teuren Bögen. Von jeder Matrize ließen sich höchstens hundert Kopien herstellen, dann war sie abgenutzt, und man konnte ein e nicht mehr von einem o unterscheiden.

Zufrieden betrachtete William das Informationsmaterial, das sich in einer Ecke seines Zimmers auftürmte. Dieser Stapel Papier hatte das Potential, die Welt zu verändern. Er musste nur Verbreitung finden.

Julius Eichel dankte William freundlich für die Zusendung des Informationspakets, lobte auch einige der Ideen, doch das mitgelieferte Beitrittsformular zur Geprodis Association hatte er nicht ausgefüllt. Dafür enthielt Julius' Brief etwas anderes, ebenfalls sehr Wichtiges: Martha Foleys aktuelle Adresse. Nach einer Zwischenstation in Paris lebte sie mittlerweile in Wien. William zögerte keine Sekunde, sie über seine Projekte in Kenntnis zu setzen.

Offenbar ging es Martha gut in Europa, jedenfalls klang ihre Antwort heiter und entspannt. Sie und Whit Burnett waren inzwischen verheiratet und hatten einen Sohn namens David: »Sieht er nicht aus wie ein kleiner Bakunin?« Zum Beweis hatte sie ein Foto beigefügt, das die glückliche Familie vor dem Stephansdom zeigte.

Mit einer Schere trennte William Martha von Mann, Kind und Dom. Er legte ihr Konterfei behutsam in seine Brieftasche und warf den Rest des Bildes weg. Dann blätterte er das *Story*-Magazin durch, das Martha mitgeschickt hatte, eine Sammlung von Kurzgeschichten, herausgegeben von

Whit Burnett und Martha Foley. Alle zwei Monate stellten die beiden eine neue Ausgabe zusammen, kopierten sie eigenhändig mit einem Spiritusdrucker und verschickten die Exemplare an ihre Abonnenten, die meisten in Amerika.

»Wir betreiben das als Hobby. Davon leben lässt sich leider nicht, dafür haben wir nicht genug Leser. Der Job, bei dem man Spaß hat und auch noch Geld verdient, muss erst noch erfunden werden, oder?«, schrieb sie.

Das sehe sie falsch, schrieb William zurück, ohne ihr zum kleinen Bakunin zu gratulieren oder Grüße an Whit zu bestellen. Sie müsse ihre Zeitschrift nur als Geprodis-Projekt weiterführen, dann bräuchte sie sich nie wieder Gedanken um Einnahmen oder Auflage zu machen. Sie könnte ihre Hefte an die anderen Mitglieder verschenken und dürfte im Gegenzug alle Leistungen des Netzwerks kostenlos nutzen, zum Beispiel den neuen Geprodis-Fahrplanservice: Wer eine Postkarte mit zwei beliebigen Adressen in den USA oder Kanada und dem gewünschten Reisedatum einsende, bekomme umgehend ein Rückschreiben mit der schnellsten und günstigsten Reiseroute von Haus zu Haus, einschließlich aller Umsteigepunkte für Zug und Straßenbahn. Es lohne sich also, Mitglied der Geprodis Association zu werden. Im Übrigen denke er oft an sie und drücke ihre Hand, in ewiger Liebe, Dein William.

Als das Kuvert bereits zugeklebt war, riss er es noch einmal auf und fügte ein PS hinzu: Sie könne sich jederzeit von Whit Burnett trennen und zu ihm zurückkehren, er sei nicht nachtragend.

In der fünften Ausgabe der *Geprodis Organisation News* wurden die Mitglieder darüber informiert, dass sie berechtigt waren, ein brandneues Mitteilungsorgan zu beziehen. Es hieß *The Peridromophile*, was so viel bedeutet wie »Der, der sich gerne auf festen Bahnen herumbewegt«, und war eine Spezialzeitschrift für Straßenbahnfreunde, genauer gesagt: für Sammler von Straßenbahntransfers.

Für ein solches Periodikum bestand durchaus Nachfrage. *Notes on the Collection of Transfers,* Williams Buch über das Sammeln von Umsteigebilletts, hatte im Lauf der Jahre doch noch Käufer gefunden. Mittlerweile war der Titel sogar beim Verlag vergriffen und wurde antiquarisch hoch gehandelt. William hätte die zehn Kisten mit seinen eigenen Exemplaren gut zu Geld machen können, hätte er sie nicht bei seinem Umzug in New York zurückgelassen.

Er grämte sich nicht darüber, sondern freute sich über jede Leserzuschrift, die der Verlag an ihn weiterleitete. Schön zu sehen, dass es Menschen im Land gab, die auf seine Anregung hin angefangen hatten, eine eigene Transfersammlung anzulegen. Allerdings musste William feststellen, dass sich kaum einer von ihnen mit Straßenbahnen auskannte. Um diese Wissenslücken nach und nach zu schließen, gründete er den *Peridromophile*. Er erschien monatlich in Form von zwei engbeschriebenen, beidseitig per Mimeographie bedruckten Blättern und enthielt kleine lehrreiche Aufsätze über die letzte Pferdebahn von West Virginia oder die Farbgestaltung der Transfers in Louisville, Kentucky.

Am unteren Rand der letzten Seite blieb noch ein wenig freier Platz. Nicht genug für einen weiteren Artikel, aber zu viel, als dass William ihn ungenutzt lassen wollte. Eine Kleinigkeit passte noch hin. Aber was? Er erinnerte sich an den Rat, den ihm Professor Evans seinerzeit am Rice Institute in Houston gegeben hatte: Die Leute wollen unterhalten werden. Man muss ihnen zusätzlich zum Wissenswerten auch etwas Heiteres bieten.

Also ein Witz. Ein Straßenbahnwitz, versteht sich. William dachte nach. Gar nicht so einfach. Er probierte die eine oder andere Pointe aus und verwarf sie wieder, weil sie ihm nicht komisch genug erschien. Schließlich schrieb er:

Es war einmal ein Mann, der eine Straßenbahnlinie entlanglief – es war eine alte, stillgelegte Strecke – und die Schienen ganz genau betrachtete. Ein Passant rief ihm zu:
»He, was machen Sie denn da?«
»Ich bin ein Detektiv!«
»Und was suchen Sie?«
»Den Präsidenten der Straßenbahngesellschaft.«
»Den werden Sie hier aber wohl kaum finden, oder?«
»Wahrscheinlich nicht. Aber ich bin auf seiner Spur.«

William musste über seinen eigenen Einfall lachen. Nicht schlecht, nicht schlecht. »*On his track!*«, rief er laut und lachte wieder. Man konnte das so oder so verstehen. Das war ja gerade das Witzige. Jetzt war der *Peridromophile* vollkommen. *Prodesse et delectare,* um mit Horaz zu sprechen.

Langweilig war William in keinem Augenblick. Er hatte mehr Arbeit, als er bewältigen konnte. Gute und sinnvolle Arbeit, die ihm wichtig war. Leider half sie ihm nicht aus seinen ewigen Geldnöten, denn das Geprodis-System entwickelte sich schleppender als erwartet. Helena und Julius waren immer seltener bereit, ihm über die Durststrecke hinwegzuhelfen, und wenn doch, wurden ihre Zuwendungen immer kleiner.

Aber er hatte schon wieder Glück, geradezu unverschämtes Glück. Obwohl es immer noch Massen an Arbeitslosen gab und obwohl eine Straßenbahnlinie nach der anderen durch Busse ersetzt wurde, gelang es ihm, bei der Boston Elevated Railway als Schaffner eingestellt zu werden. Ein Traum. Er durfte den ganzen Tag mit der Straßenbahn durch Boston gondeln und wurde sogar noch dafür bezahlt. Der Lohn war nicht hoch, aber er reichte aus, um seine Unkosten für Miete, Essen sowie Papier und Porto für die Rundbriefe zu decken. Wenn William auf der vordersten Sitzbank saß, gleich neben der Eingangstür, den einsteigenden Passagieren Fahrscheine verkaufte oder sich ihre Transfers vorzeigen ließ, glühten seine Wangen, als wäre er wieder ein kleines Kind.

Der Job hatte noch einen Vorteil: Durch ihn kam er an eine unbegrenzte Menge von Umsteigebilletts. Die Leute besaßen die Unart, die Papierchen nach dem Vorzeigen achtlos auf den Boden zu werfen. Mehrmals täglich ging er mit einem Stock, an dessen Spitze eine Nadel befestigt war, durch den Wagen, pickte sie auf und steckte sie ein. Jeder dachte, er würde saubermachen, denn dass jemand abgestempelte Transfers der Boston Elevated gebrauchen konnte, war schwer vorstellbar. William brauchte sie aber, wenngleich nicht für sich selbst – natürlich besaß er alle Varianten längst mehrfach, gestempelt und ungestempelt, in bestem Zustand –, sondern als Tauschmaterial.

Seit seiner Kindheit verfolgte er das Ziel, mindestens einen Transfer aus jedem Bundesstaat der USA zu besitzen. Schon lange hatte er fünfundvierzig Staaten beisammen, nur Wyoming, South Dakota und Nevada fehlten. Dann kam er auf die glorreiche Idee, im *Peridromophile* eine Tauschbörse namens *Transfer-X-Change* einzurichten. Wer fünfzig Transfers aus seiner Heimatstadt einsendete, bekam fünfzig gemischte Transfers aus verschiedenen Städten zurück. So gelangte William leicht und elegant an South Dakota und etwas später auch an Wyoming. Doch Nevada blieb eine Lücke.

Wie schwierig es war, an einen Transfer aus Nevada zu kommen, wusste niemand so gut wie William selbst. In ganz Nevada gab es nur zwei Ortschaften, in denen Straßenbahnstrecken gebaut worden waren, Reno und Las Vegas. In Las Vegas, einem abgelegenen Wüstenkaff, wurden keine Umsteigebilletts ausgegeben, weil es bloß eine einzige Linie gab. Und in Reno war der öffentliche Verkehr im September 1927 auf Autobusse umgestellt und die Reno Traction Company aufgelöst worden. Es war daher so gut wie unmöglich, einen Nevada-Transfer zu bekommen. Aber er brauchte Nevada. Unbedingt. Solange er Nevada nicht hatte, war sein Leben unvollständig.

Eines Abends, William absolvierte gerade die Spätschicht in der Linie 76 und fuhr ein letztes Mal vor Betriebsschluss von Cambridge nach Boston, saß nur noch ein einziger Fahrgast in seinem Wagen, ein massiger, kartoffelförmiger Mann mit Spitzbart und einer dicken, mit Fingerabdrücken übersäten Brille. Er hielt ein Notizbuch in den Händen, das mit einem undurchschaubaren Wust von mathematischen Symbolen und Formeln gefüllt war. Vor lauter Denkanstrengung kraulte er sich den Nacken und biss auf seinen Bleistift. William näherte sich von hinten, um einen Transfer aufzupicken, der neben dem Schuh des Mannes auf dem Boden lag. Gerade in dem Moment, als er mit seinem Stock zustieß, machte der Dicke eine unerwartete Bewegung mit dem Fuß, und William stach ihm mit der Nadel durch den Strumpf in die Ferse.

»Autsch! Sind Sie verrückt?«

»Verzeihung«, stammelte William. »Ich wollte nur –«

»Ich wollte nur, ich wollte nur! Sehen Sie sich das an, Sie Vollidiot! Ich blute! Unglaublich, was heutzutage alles Schaffner wird.« Der Dicke konnte sich gar nicht mehr beruhigen.

»Die dritte, nicht die zweite«, sagte William hastig, um von der peinlichen Angelegenheit abzulenken.

»Wie meinen?«

»Hier«, sagte William und tippte auf eine Stelle im Notizbuch des Mannes. »An dieser Stelle muss die dritte Ableitung der Funktion hin, nicht die zweite. Sonst ergibt das alles überhaupt keinen Sinn.«

»Was zum Teufel …«, brummte der Dicke, sah sich seine Aufzeichnungen noch einmal an und stutzte. »Meine Güte, Sie haben völlig recht … natürlich, die dritte Ableitung …« Er schaute auf, blickte seinem Gegenüber durch die fettverschmierte Brille prüfend in die Augen und sagte nur ein Wort: »Sidis.«

»Wer? Ich? Mein Herr, das muss eine Verwechslung sein ...«

»Gib's auf, Billy. Du bist immer noch genau so wie damals in Harvard: ein genialer Mathematiker und ein lausiger Schwindler. Bei uns im Institut gibt's ein paar, bei denen ist es genau umgekehrt. Du solltest mit denen tauschen.«

Der Dicke öffnete seine Brieftasche und reichte William eine Visitenkarte: Norbert Wiener, Professor für Mathematik am Massachusetts Institute of Technology.

»Das war übrigens ernst gemeint«, fügte er hinzu, weil William weder etwas sagte noch die Karte entgegennahm.

»Was war ernst gemeint?«

»Das Stellenangebot.«

»Was für ein Stellenangebot?«

»Wir haben ein ziemlich gutes Team an Mathematikern. Eins der besten der Welt. Aber es gibt kein Team, das durch dich nicht noch verstärkt würde. Wenn du willst, lege ich ein gutes Wort für dich ein.«

»Nicht nötig. Ich habe schon einen Job.«

»Doch nicht etwa den hier?«

»Ich bin zufrieden.«

»Aber am MIT –«

»Ich will nicht ans MIT!«, jaulte William auf. »Ich hab schon mal dort gearbeitet, während des Kriegs. Es war schrecklich! Sie hätten mich fast zum Mörder gemacht! Nie wieder!«

»Billy, ich bitte dich. Der Krieg ist seit fünfzehn Jahren vorbei.«

»Seit fünfzehn Jahren und hundertfünfundsechzig Tagen.«

»Es ist nicht mehr wie damals. Die Zeiten haben sich geändert.«

»Ach wirklich? Habe ich was nicht mitbekommen? Wurde das Militär aufgelöst? Ist der Kapitalismus abgeschafft? Leben wir in einer echten Demokratie, wie bei den Okamakammessets?«

»Bei *wem*?«

»Überhaupt nichts hat sich geändert!«, schrie William. »Nicht das Geringste! Höchstens, dass es zufälligerweise gerade keinen großen Krieg gibt. Aber lange dauert's nicht mehr, dann geht alles von vorne los. Dann bekommt das MIT wieder einen Haufen Geld, um Waffen zu erfinden, mit denen man noch mehr Menschen auf einen Schlag umbringen kann. Und es werden wieder alle die Hände aufhalten, anstatt sich zu verweigern.«

»Du phantasierst.«

»Schön wär's. Die Deutschen machen sich schon bereit. Europa ist hoffnungslos verloren. Und Amerika schafft es einfach nicht, sich aus einem Desaster rauszuhalten.«

»Ich kann jetzt nicht mit dir über Politik diskutieren, ich muss an der nächsten Station aussteigen. Aber wenn du meine Hilfe brauchen solltest – du weißt, wo du mich findest.«

»Ich brauche keine Hilfe! Ich brauche nur meinen Frieden!« William brüllte, dass ihm die Tränen übers Gesicht liefen. »Meinen Frieden und meine Straßenbahn, das ist alles! Also lass mich in Ruhe! Lasst mich alle in Ruhe!«

Norbert war froh, als er wieder festen Boden unter seinen Füßen spürte. Mit einem unangenehm trockenen Gefühl im Mund sah er der abfahrenden Bahn nach. Er sah noch, wie William mit seinem Stock ein paar Billetts vom Boden aufpickte und in die Tasche seiner Uniform steckte, dann war der Wagen hinter einer Kurve verschwunden.

Wie jeden Morgen saß William auf der Kante seines Betts und wartete darauf, dass das Schwindelgefühl nachließ und er aufstehen konnte. Es fühlte sich an, als hätte ihm jemand sämtliches Blut aus dem Körper gepumpt und die Adern mit flüssigem Blei aufgefüllt. Wenigstens war heute sein freier Tag. Er hatte Zeit.

Vielleicht, dachte er, hatte es mit seiner Ernährung zu tun. Meistens stopfte er sich nur nebenher ein Stück Weißbrot mit Erdnussbutter und Marmelade in den Mund und spülte es mit einer Tasse heißer Schokolade hinunter. Die einseitige Kost machte seine Haut unrein und blass und seinen Leib prall wie einen aufgepumpten Football. Manchmal musste er im Treppenhaus auf halber Höhe eine Verschnaufpause einlegen, bevor er den Weg zu seiner Wohnung im zweiten Obergeschoss fortsetzte.

Sein Zimmer in der West Newton Street hatte er nach einer kräftigen Mieterhöhung aufgegeben. Seit sich die wirtschaftliche Lage besserte, fanden immer mehr Ausgestoßene aus den Hoovervilles wieder einen Job. Bei ihrer Rückkehr in die Zivilisation suchten sie als Erstes in den Arbeitervierteln nach einem Dach über dem Kopf. Den Hausbesitzern konnte die Konkurrenz nur recht sein. Steigende Nachfrage bei gleichbleibendem Angebot bedeutete höhere Preise, das war das Gesetz des freien Marktes.

Wie William von Helena erfahren hatte, profitierte auch seine Mutter von der günstigen Situation für Vermieter. Zu ihrem sechzigsten Geburtstag hatte sie sich von den Gewinnen aus ihren Aktienspekulationen ein Apartmenthaus geschenkt, in Miami Beach, einem jungen, aber rasant wachsenden Städtchen in Florida, das sich auf einer küstennahen Insel im grünblau glitzernden, sonnenbeschienenen Atlantik an einem schneeweißen Sandstrand erstreckte. Den Ort hatte sie kennengelernt, als sie zum ersten Mal in ihrem Leben einen Erholungsurlaub gemacht hatte. Vom südlichen Klima erhoffte sie sich eine Linderung ihrer arthritischen Beschwerden, die sie bei der Arbeit behinderten. Da die Fremdenzimmer in Maplewood Farms während der dunklen, schneereichen Winter des Nordostens ohnehin kaum gefragt waren, bedeutete es wenig Verlust, die Anlage für ein paar Monate zu schließen.

In der Tat hatten ihre Gelenkschmerzen dank der Sonnenbäder nachgelassen, nur langweilte es sie entsetzlich, den ganzen Tag faul in einem Badetrikot im Strandstuhl zu liegen und aufs Meer zu glotzen. Auf der Suche nach einer Aufgabe entdeckte sie das zum Verkauf stehende Haus und griff kurzentschlossen zu. Jetzt lebte sie wie ein Zugvogel sommers in New Hampshire und winters in Florida und machte hier wie dort gute Geschäfte. Die Apartments vermietete sie an Urlauber, die sie für ihren Müßiggang stillschweigend verachtete, und verdiente dabei so prächtig, dass sie gleich noch ein zweites Apartmenthaus kaufen und den Umsatz verdoppeln konnte.

Williams neues Pensionszimmer lag in der Warren Avenue, nur wenige hundert Schritte von seiner alten Wohnung entfernt. Es dauerte nicht lange, bis auch hier die Miete erhöht wurde. Jetzt zahlte er genauso viel wie vor dem Umzug, nur dass er schlechter wohnte. Er teilte sich mit allen Bewohnern der Etage ein Gemeinschaftsklosett am Ende des Flurs, in seinem Zimmer gab es nur einen Kaltwasserhahn, aus dem alle paar Sekunden ein Tropfen mit einem widerhallenden Geräusch in ein eckiges, weißes, mit einem ockergelben Belag überzogenes Blechwaschbecken fiel. Das Fenster war so verzogen, dass es sich dauerhaft in einer Art Kippstellung befand. Durch den Spalt zog ein stetiger kalter Hauch, zum Ausgleich lief der gusseiserne Heizkörper darunter permanent auf voller Stärke.

William stemmte sich von der Bettkante hoch, ging zwei Schritte und setzte sich an den Tisch. Eine neue Ausgabe des *Peridromophile* stand an. Einmal im Monat war er ein Wochenende lang nur damit beschäftigt. Die Zeitschrift lief recht passabel, es gab einen festen Stamm an regelmäßigen Lesern, die einen Dollar für das Jahresabonnement bezahlten. Die Arbeit machte er gerne, nur der obligatorische Straßenbahnwitz quälte ihn. Nach wenigen Ausgaben hatte er das Gefühl, alle komischen Situationen, die es in einer Straßenbahn geben konnte, schon erzählt zu haben. Hätte er bloß nie damit angefangen! Aber nun war es zu spät. Humor, dachte er, während er sich das Gehirn zermarterte, die Leser wollen Humor. Hier habt ihr euren Humor.

In einem abgelegenen Bezirk auf dem Lande fuhr einmal ein Notar in einer neu eingerichteten Straßenbahnlinie, die zwei Ortschaften miteinander verband,

und beim Aussteigen wurde ihm mitgeteilt, dass der Fahrpreis zwei Dollar betrage.
Notar: »Können Sie beschwören, dass zwei Dollar der reguläre Fahrpreis für diese Strecke ist?«
Schaffner: »Ich schwöre es.«
Woraufhin der Notar dem Schaffner einen Dollar gab, verbunden mit dem Hinweis, dass er den anderen Dollar als Notargebühr für den abgelegten Eid einbehalte.

***

Mann: »Was machst du denn da, mein Kleiner?«
Junge: »Ich warte auf die Straßenbahn.«
Mann: »Dann musst du aber noch lange warten. Diese Linie verkehrt nur im Sommer.«

Pünktlich auf die Minute knatterte der Greyhound-Bus aus New York um die Ecke und kam unter dem geschwungenen Vordach des Terminals so ruckartig zum Halt, dass die Oberkörper der Insassen vor und zurück wogten wie Schilfhalme bei einem Windstoß. Der Bus hustete eine letzte benzingeschwängerte Qualmwolke aus, bevor der Motor erstarb und die Passagiere, noch etwas trunken von der Fahrt, von Bord kletterten. Julius Eichel kam gleich als Erster. Er trug einen leichten, sandfarbenen Sommeranzug und hatte einen Trenchcoat im selben Farbton über den Arm gelegt. Sein Bauch hatte merklich an Umfang gewonnen, das Gesicht war runder geworden, der Haaransatz um einige Fingerbreit nach oben gewandert, aber seine Augen waren so warm und herzlich wie eh und je. Einen Strohhut schwenkend, sandte er einen jovialen Gruß an William, der mit einem merkwürdig verkrümmten linken Arm vor der Wartehalle stand, Finger gespreizt, Handteller nach vorne, Daumen und Zeigefinger im Halbkreis um die Stelle des Herzens gelegt.

»Schön, dich zu sehen, mein Lieber!«, rief Julius gutgelaunt und küsste William auf beide Wangen. »Danke für die Einladung. Ein willkommener Anlass, endlich mal wieder ins gute, alte Boston zu kommen. Aber sag mal, was ist denn mit deinem Arm passiert? Hattest du einen Unfall?«

»Pst!«, machte William und flüsterte: »Das ist unser geheimes Erkennungszeichen.«

»Sehr gut. Wer weiß, ob ich dich sonst erkannt hätte.«

William ließ sich von Julius' Lachen nicht anstecken. Misstrauisch musterte er die kleine, schwarzgelockte Frau an dessen Seite, die mit ihrem geblümten Kleid und dem roten Halstuch aussah wie die Harmlosigkeit in Person.

»Wer ist denn das?«, fragte er, an Julius gewandt.

»Wie, ihr kennt euch noch nicht? Haben wir uns schon so lange nicht mehr gesehen?«

»Vor acht Jahren und einundneunzig Tagen zuletzt.«

»Na, dann darf ich vorstellen: Bill, das ist Esther. Wir haben uns bei einem Treffen der War Resisters League kennengelernt. Esther, das ist Bill.«

»Freut mich.« Esther streckte William mit einem freundlichen Lächeln ihre Hand entgegen. Er ergriff sie zögerlich.

»Ist sie vertrauenswürdig?«

»Sonst hätte ich sie ja wohl kaum geheiratet, oder?«

»Ich habe dich nicht nach Privatangelegenheiten gefragt. Sondern ob sie schweigen kann.«

»Na hör mal. Erst lädst du uns zu einem Treffen der AIS ein, was auch immer das sein mag, und dann –«

»Ich habe *dich* eingeladen. Von einer Begleitperson war nie die Rede gewesen.«

Esther schaute Julius irritiert an und bekam von ihm ein ebenso irritiertes Schulterzucken zurück.

»Ich würde sagen, wir bringen erst einmal unser Gepäck ins Hotel, und dann gehen wir etwas essen«, schlug Julius vor, und da er Williams Blick zu deuten wusste, fügte er hinzu: »Keine Sorge, ich bezahle.«

In einem Delicatessen bestellten sie drei Bagel mit Rinderzunge. Noch bevor Esther damit fertig war, ihr Fleisch mit Meerrettich zu bestreichen, hatte William seine Portion schon verdrückt und eine weitere bestellt. Unterdessen war Julius bemüht, die Konversation in Gang zu bringen.

»Du warst ja wirklich enorm produktiv in letzter Zeit. Besonders *The Tribes and the States* ist beeindruckend – jedenfalls der Teil, den ich bisher gelesen habe. Du musst entschuldigen, tausendzweihundert Schreibmaschinenseiten … Ich habe gar nicht gewusst, dass du dich so intensiv mit der amerikanischen Geschichte beschäftigst.«

»Wer sagt denn, dass der Text von mir ist? Hast du das Vorwort von John W. Shattuck nicht gelesen? Da steht doch ausdrücklich: Es ist nicht das Werk eines Einzelnen, sondern eine Darstellung der wichtigsten historischen Ereignisse der letzten hunderttausend Jahre aus der Perspektive der Okamakammessets.«

»Und wer soll das sonst geschrieben haben, wenn nicht du?«

»Das ist unwesentlich. Hauptsache, die Botschaften des

Buchs finden Verbreitung. Die weiße Rasse hat die Demokratie nicht erfunden, sondern weitgehend zerstört. Bevor die Europäer in dieses Land eingefallen sind wie die Vandalen, hat auf dem Boden des heutigen Neuengland das höchstentwickelte demokratische Gemeinwesen existiert, das die Menschheit je zustande gebracht hat: die Penacook-Konföderation, von denen die Okamakammessets ein Teil waren. Alle hatten die gleichen Rechte, niemand wurde aufgrund seiner Herkunft, seiner Klasse oder seines Geschlechts besser- oder schlechtergestellt. Die Idee von privatem Eigentum oder Landbesitz war unbekannt. Deshalb hatte keiner einen Grund, zu stehlen, sich zu bereichern oder einen Eroberungsfeldzug zu führen. Die Menschen waren frei – und zwar alle, nicht wie heute, wo eine Minderheit es sich auf Kosten der Mehrheit gutgehen lässt.«

»Interessant«, meinte Esther. »Woher weiß man das alles? Hast du Kontakt zu den Nachfahren dieser Omaka… dieser Indianer?«

»Dazu darf ich nichts sagen«, beschied William knapp. »Das ist geheim.«

Eine unangenehme Pause entstand, die er dazu nutzte, sich einen doppelten Brotpudding mit Vanillesauce bringen zu lassen und dann mit vollem Mund über die Politik des New Deal herzuziehen.

»Warum liegen die Leute auf einmal Präsident Roosevelt zu Füßen? Aus lauter Dankbarkeit darüber, dass sie wieder Arbeit haben? Ebenso gut hätten die Negersklaven in Louisiana ihrem Plantagenbesitzer dankbar sein können, weil er sie gütigerweise mit Arbeit auf seinen Baumwollfeldern versorgt.«

»Du übertreibst.«

»Gar nicht. Die Civilian Conservation Corps sind eine moderne Form der Sklaverei, nichts anderes. Hat man die Leute gefragt, ob sie Deiche bauen oder Sumpfgebiete trockenlegen möchten? Leben sie freiwillig in einem Arbeitscamp mitten im Nichts, weil sie sich nichts Schöneres vorstellen können? Nein, man hat sie erst durch verantwortungslose Spekulationen in Not gebracht, und jetzt nutzt die Regierung ihre Zwangslage schamlos aus und lässt sie von früh bis spät schuften, für ein paar Dollar und einen Schlag Eintopf aus der Feldküche. Ich würde lieber verhungern, als in ein CCC-Camp zu gehen. Wenn ich bedenke, wie in den Zeiten der Penacook-Konföderation –«

»Das sagtest du bereits«, unterbrach Julius. »Erklär uns mal lieber, was es mit dieser ominösen AIS auf sich hat. Deswegen sind wir ja hier.«

Williams Miene verfinsterte sich schlagartig. »Sag mal, bist du wahnsinnig?«, zischte er und drängte zum Aufbruch.

Als er mit seinen Gästen auf dem breiten Grünstreifen in der Mitte der Commonwealth Avenue entlangging, war er immer noch aufgebracht.

»So ein Leichtsinn! Du musst mir schwören, dass du das nie wieder tust.«

»Was denn?«

»In aller Öffentlichkeit von der AIS sprechen.«

»Welche Öffentlichkeit? Da war doch keiner außer uns.«

»Doch. Einer.«

»Meinst du den in der Ecke? Der ein Buch gelesen hat?«

»Der so *getan* hat, als würde er ein Buch lesen. Glaub mir, ich hab einen Blick für diese Typen.« William senkte die Stimme und raunte: »FBI.«

»Ach du meine Güte. Du leidest unter Verfolgungswahn.«

»Schön wär's. Neben mir ist jetzt auch so einer eingezogen. Er beobachtet mich. Ich werde mir eine neue Wohnung suchen müssen.«

Zu dritt bestiegen sie eine Straßenbahn und landeten nach mehrmaligem Umsteigen – wobei William sich jedes Mal vergewisserte, dass ihnen niemand folgte – in einem verlassenen Straßenbahndepot in Quincy. William bahnte sich durch Brennnesseln und Goldruten zielsicher einen Weg zum hintersten Teil des Geländes, wo er auf die Plattform eines altertümlichen Vehikels kletterte. Das Dach war vom Rost halb aufgefressen, auf dem morschen Holzboden wuchs Moos, von den Sitzen war nur noch das Gestänge übrig.

»Ein Wagen der Sprague Electric Railway and Motor Company«, sagte er ehrfürchtig und streichelte liebevoll die Überreste des ehemaligen Führerstands.

»Und? Was ist damit?«

»Der erste elektrisch betriebene Straßenbahnwagen Bostons. Baujahr 1888. Verkehrte zwischen Allston und Park Square.«

»Und dafür hast du uns hierher geschleppt?«

»Zum einen, ja.«

»Und zum anderen?«

»Die AIS ist eine Geheimorganisation. Hier sind wir abhörsicher.«

»Hervorragend. Dann kannst du uns ja endlich verraten, um was es geht.«

»Erst müsst ihr einen Eid leisten.«

»Mit dem größten Vergnügen. Sonst kommen wir überhaupt nicht mehr weiter.«

Also legten Julius und Esther Eichel die rechte Hand auf das Exemplar der Unabhängigkeitserklärung, die William aus seiner Schweinsledertasche gezogen hatte, und gelobten feierlich, niemals Informationen über die American Independence Society an Unbefugte weiterzugeben, auch nicht unter Folter.

»Folter?«, fragte Esther beunruhigt.

»Du hast es geschworen«, sagte William und sang als feierlichen Höhepunkt der Aufnahmezeremonie die Hymne der AIS:

Let us sing a song for freedom
Sought, but not yet won!
Let us get forever equal
Rights for everyone!

Down with tyrants and dictators
Down with bosses, too!
Or in law or in our labor,
People's rule will do!

Life and freedom in the fullest,
All of equal right,
None above to rule the people,
That's the people's fight!

Jedes Mal, wenn er zum Refrain kam, forderte er die Eichels mit rudernden Handbewegungen zum Mitsingen auf:

> *We will fight for independence*
> *And for human right,*
> *While the old red pine-tree banner*
> *Guides us in the fight!*

»Das *old red pine-tree banner* ist nämlich unsere Flagge«, erklärte er seinen neuen Mitkämpfern und zeigte ihnen eine Skizze, die er selbst mit Buntstiften gemalt hatte. »Kiefernbaum auf rotem Grund. Bezieht sich natürlich auf das Abzeichen der Penacook-Konföderation und auf den Freiheitsbaum der Revolution.«

»Natürlich.«

»Den geheimen Gruß habe ich euch ja schon gezeigt. Linke Hand an die Brust – nein, nicht so, mit dem Handteller nach vorne. Und die Finger spreizen. Das symbolisiert die Stellung des Individuums in einer freien Gesellschaft: Jeder geht in seine eigene Richtung, und doch sind alle untrennbar miteinander verbunden wie die Finger einer Hand. – Wenn euch jemand begegnet, der diesen Gruß macht, dann folgt ihr ihm. Er bringt euch zu einer Versammlung, wo ihr alles Weitere erfahrt. Gibt's noch Fragen?«

»Allerdings.«

»Ich höre.«

»Hat die AIS auch Ziele?«

»Selbstverständlich. Sie sind in unserer Verfassung festgelegt, und dann auch noch mal in der Satzung und im Grundsatzprogramm.«

William holte einen Stapel mimeographierter Blätter aus der Tasche und las vor: »Der Zweck der American Independence Society besteht darin, die in der Präambel zur Amerikanischen Unabhängigkeitserklärung festgelegten Prinzipien zu vertreten und mit allen verfügbaren Mitteln an der Errichtung einer Gesellschaft zu arbeiten, in welcher diese Prinzipien uneingeschränkt zur Geltung kommen.«

»Moment mal«, sagte Esther. »Soweit ich weiß, gibt es bereits eine Organisation, die dieses Ziel verfolgt. Sie heißt Vereinigte Staaten von Amerika. Oder täusche ich mich?«

»Du täuschst dich sogar gewaltig. Die Ideale der Gründerväter werden in diesem Land schon lange mit Füßen getreten. Wer sich zu ihnen bekennt, muss in den Untergrund gehen. So weit ist es gekommen.«

William stand gegen die rostige Seitenwand des Straßenbahnwagens gelehnt und beobachtete durch das klaffende Loch im Dach die Wolkenfetzen in verschiedenen Grauschattierungen, die vom Meer her immer schneller landeinwärts trieben.

»Ich hätte auch noch eine Frage«, sagte Julius. »Bill – kann es vielleicht sein, dass du zu oft alleine bist?«

»Warum?«

»Weil du so wirkst wie einer, der mehr in seiner Phantasie lebt als in der Realität.«

»Versteh ich nicht.«

»Dann muss ich wohl deutlicher werden. Ich sag's dir als Freund: So wird das nichts. Die Revolution, von der du träumst, gibt es nicht, hat es nie gegeben und wird es auch nie geben.«

»Ach, was weißt du denn schon«, brummte William und verschränkte die Arme vor der Brust wie ein beleidigtes Kind.

»Hör zu. Ich bezweifle ja gar nicht, dass es dir ernst ist mit deinem Befreiungskampf. Ich weiß, das ist das große Thema in deinem Leben. Nur solltest du darauf achten, die richtigen Begriffe zu benutzen. Sag nie ›das Volk‹ oder ›die Leute‹, wenn du ›ich‹ meinst. Und sing keine Lieder gegen Tyrannen, Diktatoren und Bosse, wenn jedem, der deine Geschichte kennt, klar ist, was du wirklich sagen willst: *Nieder mit meinen Eltern.*«

»So ein Quatsch«, warf William trotzig dazwischen. Julius ließ sich davon nicht beirren.

»Versteh mich nicht falsch. Es ist nie verkehrt, für Freiheit zu kämpfen. Aber finstere fremde Mächte sind nur der eine Teil von dem, was uns unfrei macht. Den anderen schleppt jeder Einzelne von uns in seinem Inneren mit sich herum. Du musst lernen, mit deiner Vergangenheit ins Reine zu kommen. Du musst die Größe aufbringen, allen, die dir irgendwann einmal etwas Schlimmes angetan haben, zu verzeihen. Sonst ergeht es dir am Ende wie Philip Grosser.«

»Wieso, was ist mit ihm?«

»Hast du das nicht mitbekommen? Er hat sich vor einen Zug geworfen.«

»Nein … nein, das wusste ich nicht … o nein …«

William sank langsam hinab auf die blanken Eisenstangen, auf denen einst die Sitzbänke des Straßenbahnwagens montiert gewesen waren, und schlug die Hände vors Gesicht. Gleich darauf fielen die ersten Tropfen, Auftaktschläge eines Sturzregens, der ganz Greater Boston unter Wasser setzte. Die Versammlung der American Independence Society endete abrupt durch den hastigen Aufbruch der anwesenden Mitglieder.

Es regnete und regnete. William lag rücklings auf seinem Bett, hörte den Regen gegen das Fenster prasseln und wünschte sich, es möge niemals aufhören zu regnen. Er machte sich schreckliche Vorwürfe. Philip Grosser war tot. Und er war schuld daran. Er war es gewesen, der ihn auf den Gedanken gebracht hatte, sich umzubringen. Er hatte ihn besucht, um ihn davon zu überzeugen, Mitglied der Geprodis Association zu werden. Philip hatte nur gesagt, er glaube nicht an die Idee. Wer im Eisensarg von Alcatraz gestanden habe, der glaube an gar nichts mehr, jedenfalls nicht an das Gute. So dürfe man nicht denken, hatte William geantwortet. Man dürfe nie aufhören, für eine bessere Welt zu kämpfen, sonst könne man sich gleich vor einen Zug werfen.

William betrachtete den Wasserfleck, der sich über Nacht an der Zimmerdecke gebildet hatte. Er wünschte, er hätte Philip diesen Fleck zeigen können. Schau, hätte er gesagt, ein Zeichen der Hoffnung. Es regnet tagelang, ohne dass man etwas sieht, und dann kommt das Wasser auf einmal doch durch. Die Dinge sind nicht so unveränderlich, wie sie scheinen. Der Wandel bereitet sich langsam vor und tritt dann schnell zutage. Darauf muss der Revolutionär vertrauen. Seine Bemühungen sind nur dann vergeblich gewesen, wenn er aufgibt. Wenn er aber beharrlich an seinen Prinzipien festhält, wird er dafür belohnt werden. Eines

Tages, vielleicht gerade dann, wenn er selbst am wenigsten daran denkt, kommt der Augenblick, an dem die Verhältnisse in Bewegung geraten und die Freiheit siegt.

Leider konnte er Philip das nicht mehr sagen, aber er konnte sich wenigstens selbst daran halten. Das war das Mindeste, was er ihm schuldete.

Ein Klopfen an der dünnen Sperrholztür, die sein Zimmer vom Flur trennte, riss ihn aus seinen Gedanken. Es war ein Mitglied der Bostoner Zelle der American Independence Society, ein Collegestudent. Unablässig über das Mistwetter schimpfend, zog er seinen Regenmantel aus, wobei sich eine Pfütze auf den Holzdielen bildete, und wartete auf die anderen.

Alle vierzehn Tage traf sich die kleine Runde bei William, saß auf seinem Bett oder auf dem blanken Fußboden und hörte ihm zu. Als Gastgeschenk, das er nicht verlangte, aber auch nicht ablehnte, brachte immer ein anderer eine Nascherei mit, Karamellbonbons, Lakritzkonfekt oder Marshmallows in einer blauweiß gestreiften Papiertüte, welche er unverzüglich zu leeren begann. Seine Gäste wussten kaum etwas voneinander, denn es war ihnen untersagt, sich über Privates auszutauschen. Insbesondere verbat sich William Fragen zu seiner Person oder seiner Vergangenheit.

Sie akzeptierten die Bedingungen ebenso wie die unbequemen Sitzgelegenheiten, denn was er über die amerikanische Geschichte erzählte, war interessant und stand in keinem Lehrbuch. Niemand wusste so viel über die Lebensweise der roten Stämme vor ihrer Niederwerfung durch die Weißen. Er konnte auch anhand von tausend Beispielen darlegen, warum der amerikanische Staat versagte und durch ein gerechteres System ersetzt werden musste. Außerdem kannte er eine lange Reihe längst vergangener Revolten und Aufstände gegen die Obrigkeit, von denen keiner je etwas gehört hatte; er kannte sie nicht nur, er wusste sie auch farbig und detailliert zu schildern: die Culpeper-Rebellion, die Leisler-Rebellion, die Shays-Rebellion, die Dorr-Rebellion, und allen voran seine Lieblingsrebellion, die Erhebung gegen Gouverneur Edmund Andros.

»Wir schreiben den 18. April 1689«, begann er und steckte sich ein Toffee in die Backentasche. »Ein normaler Montagmorgen in Boston. Sir Andros stolziert durch die Stadt. Die Falten in seinem Gesicht sind mit Talkum überpudert, die Locken seiner dunklen Allongeperücke fallen ihm auf beiden Seiten bis zur Brust. Seit zwei Jahren und hundertneunzehn Tagen regiert er, ein Vasall des englischen Königs, mit uneingeschränkter Macht über das Dominion von Neuengland. Nicht einmal eine Stunde später sitzt er im Gefängnis.«

William genehmigte sich noch eine Süßigkeit aus der Tüte und genoss kauend die gespannte Aufmerksamkeit, die seine Einleitung erzielt hatte, bevor er fortfuhr.

»Die neuenglischen Siedler hassen Andros, und das aus gutem Grund. Sie haben von den Stämmen der Penacook-Konföderation gelernt, ihre Angelegenheiten auf demokratische Weise zu regeln. Doch Sir Andros verbietet ihnen den Kontakt zu den Ureinwohnern. Er verbietet auch ihre Ortsversammlungen. Das Land teilt er in riesigen Stücken unter seinen Günstlingen auf. Er erhebt Steuern, die kaum zu bezahlen sind. Kein Wunder, dass die Siedler den Tyrannen loswerden wollen. Aber wie?«

Er blickte prüfend in die Runde und ließ seinen Zuhörern etwas Zeit, um selbst darüber nachzudenken, wie man einen Tyrannen loswird.

»Nun, öffentlicher Protest hätte wenig Sinn. Tagsüber herrscht deshalb trügerische Ruhe. Aber nachts blinken im Middlesex County, dem Stammland der Okamakammessets, mysteriöse Leuchtfeuer auf, geheime Zeichen der Verständigung. Sir Andros und seine Gefolgsleute beachten sie nicht. Keiner von ihnen rechnet mit dem, was geschehen wird.«

Die Vorfreude glänzte in Williams Gesicht. Er liebte diese Geschichte über alles.

»Also, wie gesagt, Sir Andros marschiert die Straße entlang. Seine schwerbewaffnete Leibgarde folgt ihm auf dem Fuß. Da, wo jetzt das Old State House steht, biegt er um die Ecke – und steht vor einer Mauer aus Menschen. Und die sind nicht etwa gekommen, um ihm zuzujubeln, o nein! Sir Andros gibt seinen Soldaten den Befehl, in die Menge zu schießen. Aber ehe sie ihre Musketen in Stellung bringen können, kommen links und rechts aus den Häusern so viele Menschen geströmt, dass sie nicht mehr wissen, wohin sie zielen sollen. Im Handumdrehen sind sie entwaffnet. Der Diktator wandert in eine Zelle im Keller des Stadthauses, und am nächsten Tag ist Simon Bradstreet, der alte Gouverneur von Massachusetts, wieder im Amt. Es ist kein einziger Schuss gefallen.«

William fingerte den allerletzten Drops aus der Tütenspitze, zerbiss ihn und resümierte: »Der Aufstand von Boston 1689 war die schnellste und effektivste Revolution der Weltgeschichte. Das war vor allem der Überraschungstaktik zu verdanken. Wenn das Volk sich im Geheimen organisiert und unerwartet zuschlägt, haben die Unterdrücker keine Chance.«

»Na, ich weiß nicht«, wandte einer der Zuhörer ein, ein Rentner, wobei unklar blieb, ob sich sein Vorbehalt auf den Wahrheitsgehalt der Anekdote insgesamt, Williams Schlussfolgerung oder etwas anderes bezog. Möglicherweise waren auch nur seine Gelenke vom langen Sitzen auf dem Fußboden steif geworden, jedenfalls begann er, sich ächzend hochzurappeln. Die anderen verstanden das als Signal zum Aufbruch und griffen zu ihren Schirmen und Mänteln.

»Halt, halt, ich bin noch nicht fertig!« Mit einem Handzeichen forderte William sein Publikum auf, sich wieder zu setzen. »Das Wichtigste kommt erst noch. Habt ihr schon einmal vom *Gray Champion* gehört?«

Niemand bejahte.

»Das solltet ihr aber. Ohne ihn, den Grauen Meister, hätte der Aufstand gegen Gouverneur Andros wahrscheinlich nie stattgefunden. Keiner wusste, wer er war und woher er kam, aber auf einmal stand auf der Straße, genau zwischen dem Diktator und der Volksmenge, ein alter Mann mit langem, grauem Bart. Er trat vor Andros hin und verkündete ihm, seine Zeit sei abgelaufen. Das gab den Rebellen die letzte Ermutigung, zur Tat zu schreiten. Als der Sieg errungen war, suchten sie überall nach dem Alten, um ihn zu feiern. Aber es war, als hätte er sich in Luft aufgelöst.

Seither riefen die Leute in Neuengland immer, wenn ihre Freiheit gefährdet war: ›Wenn doch nur der *Gray Cham-*

pion bei uns wäre!‹ Und tatsächlich kehrte er in den entscheidenden Augenblicken der Geschichte zurück, um dem Volk beizustehen. Beim Massaker von Boston, achtzig Jahre und dreihunderteinundzwanzig Tage nach der Verhaftung von Gouverneur Andros, sah man einen einsamen Fremden, der das Geschehen im Hintergrund still verfolgte. Das war er. Und auch bei den Gefechten in Lexington und am Bunker Hill war er dabei. Er tauchte auf wie aus dem Nichts, gab der gerechten Sache seine Unterstützung und verschwand so unbemerkt, wie er gekommen war.«

»Genau wie Zorro, der edle Caballero«, rief der Collegestudent. Die anderen lachten. Die Konzentration in der Gruppe hatte merklich nachgelassen, doch William sprach nicht mehr zu den Anwesenden. Er klang, als halte er eine Rede an die Nation.

»Solange in diesem Land die Liebe zur Freiheit nicht verlorengeht, ist der *Gray Champion* unsterblich. Denn er ist der amerikanische Geist in Menschengestalt.« Er machte eine bedeutungsschwangere Pause und fügte dann dunkel raunend hinzu: »Man sagt, er habe auch in unserem Jahrhundert einen Körper gefunden, um in ihm zu wirken. So soll er sich geweigert haben, in einen sinnlosen Krieg zu ziehen, aus dem Millionen nicht wiederkehrten. Im Mai 1919 wurde er auf einer Demonstration in Roxbury gesehen. Und jetzt, genau in diesem Augenblick, setzt er seine Kraft für die Ideale der Unabhängigkeitserklärung ein. Jeder, der für das Recht auf Leben, Freiheit und das Streben nach Glück kämpft, soll wissen: Er ist nicht allein. Der *Gray Champion* kämpft an seiner Seite.«

»Gutes Schlusswort«, sagte der Collegestudent und verabschiedete sich, denn es war nicht abzusehen, dass William von alleine ein Schlusswort finden würde. Der Rest der Runde tat es ihm nach.

Noch Stunden später rauschte die Erregung durch Williams Adern. Zum ersten Mal hatte er gewagt, anderen gegenüber sein allergrößtes Geheimnis anzudeuten. Er wusste selbst noch nicht lange, dass er die aktuelle Inkarnation des Grauen Meisters war. Er hatte die alte Legende neulich erst entdeckt, in einem Buch, das ihm durch Zufall in die Hände gefallen oder vielmehr vom Schicksal in die Hände gelegt worden war. Beim Lesen hatte er ein Glückserlebnis gehabt, das ihm aus seiner Kindheit vertraut war.

Damals hatte er dieses Glück immer dann verspürt, wenn es ihm gelungen war, eine schwierige mathematische Aufgabe zu lösen. Das war für ihn das Anziehende an der Mathematik gewesen: dieses köstlich süße Gefühl, wenn etwas aufging. Dafür lohnte es sich, Stunden und Tage über einer komplexen Gleichung oder einem Beweis zu brüten und das Problem immer und immer wieder umzuformen, von allen Seiten anzuschauen und nicht zu wissen, wo man ansetzen sollte. Und dann fand sich auf einmal das Schlüsselloch, und plötzlich ging es blitzschnell. Die Tür öffnete sich, es wurde Licht, und die Lösung stand vor ihm, vollendet und makellos, und alles war in sich schlüssig und ergab Sinn. Was ihn in diesem Augenblick beglückte, war die ungeheure Erleichterung darüber, dass es eine unwiderufliche Wahrheit gab und dass man sie herausfinden konnte, wenn man sich nur genug darum bemühte.

Er hatte achtunddreißig Jahre und siebenundachtzig Tage alt werden müssen, bis er das gleiche Gefühl wieder empfand, beim Lesen der Geschichte vom *Gray Champion*. Nur dass das Glück diesmal viel größer war, denn er hatte nicht bloß die Lösung einer Mathematikaufgabe gefunden, sondern die Antwort auf die Frage, wozu er auf der Welt war. Endlich wusste er, zu welchem Zweck er seine einzigartigen Fähigkeiten besaß und weshalb er ein Leben in Einsamkeit und Askese führen musste: weil er auserwählt war, das amerikanische Volk in die Freiheit zu führen.

Freilich würde er seiner jahrhundertealten Strategie treu bleiben und sich im Verborgenen halten. Es war nicht seine Aufgabe, der Befreiungsbewegung als Galionsfigur voranzustehen. Schließlich wird die Richtung eines Schiffes nicht von der Galionsfigur verändert, sondern vom Steuerruder. Also unter der Wasseroberfläche bleiben. Unauffällige Impulse setzen, die sich aufs Ganze auswirken. Und nur in besonderen Augenblicken ins Geschehen eingreifen. Er war das Steuerruder. Er war das Steuerruder.

Wenig später brach in Amerika eine Revolte aus. Allerdings war es keine Revolte, die William gutheißen konnte, denn sie brach in der Gemeinde der Straßenbahnumsteigebillettsammler aus, und das Ziel der Attacken war er selbst.

Bis vor kurzem noch war die Welt der Transferfreunde klein und beschaulich gewesen. Bei den Sammlern handelte es sich zum weit überwiegenden Teil um ältere Männer, die Hosenträger und Filzpantoffeln trugen, jeden Artikel im *Peridromophile* zu Ende lasen und die Billetts, die ihnen von der *Transfer-X-Change*-Sammelbörse zugesandt wurden, mit einer Pinzette in Briefmarkenalben einsortierten. Doch die Zeiten hatten sich geändert. Jetzt besaß auch manch ein

Neureicher Transfers, nur um sie bei einer Cocktailparty beiläufig aus der Brieftasche zu zaubern und mit aufgesetzter Kennermiene zu erklären: »Ein Originalumsteigebillett der Pittsburgh Railways Company, Jahrgang einundzwanzig. Gibt nur noch eine Handvoll davon. Hat mich übrigens zweihundert Dollar gekostet.« Und wenn dann, was so gut wie immer geschah, eine der umstehenden Damen mit halb ungläubigem, halb bewunderndem Erstaunen »Zweihundert Dollar!?« rief, konnte der Besitzer gleich noch seinen Geschäftssinn unter Beweis stellen, indem er überlegen lächelnd nachschob: »Ein Schnäppchen. Die Preise steigen ständig. Ich könnte es sofort fürs Doppelte weiterverkaufen.«

Williams Interesse an der Straßenbahngeschichte, seine Liebe zu jedem einzelnen Stück, ob Rarität oder Allerweltsware, die Sorgfalt, mit der er seine Sammlung pflegte, all das war in den Augen dieser Parvenüs bloß altmodisch. Er musste etwas tun, damit sein liebstes Steckenpferd nicht von Angebern und Geschäftemachern zu Tode geritten wurde. Also verfasste er ein Grundsatzprogramm, das den Sammlern den profitorientierten Handel mit Transfers ausdrücklich untersagte. Das Papier, »Ethik-Code« genannt, verschickte er an alle Abonnenten des *Peridromophile*. Damit hielt er die Angelegenheit für erledigt.

Was für Gouverneur Andros die Zusammenrottung der rebellischen Siedler, das war für William die Welle der Protestbriefe, die in der Folge über ihm zusammenschlug.

»Von *Transfer-X-Change* bekommt man nichts als Ramsch«, echauffierte sich ein Briefeschreiber. »Die Marke auf dem Umschlag ist wertvoller als dieser Müll! Und Sie wollen mir verbieten, in eine anständige Sammlung zu investieren, Sie lächerlicher Transfer-Hitler? Absurd!!«

Ein anderer knöpfte sich den *Peridromophile* vor. Die Beiträge seien »bestenfalls uninteressant«, die Straßenbahnwitze »von einer atemberaubenden Idiotie. Wer denkt sich so etwas aus? Offenbar ein Geisteskranker, der von Humor so viel versteht wie ein Laternenpfahl vom Tangotanzen.«

William blätterte die letzten Ausgaben noch einmal durch. Die Witze waren tatsächlich nicht besonders gut. Die Rubrik gab es sowieso nur, weil er dachte, seine Leser legten Wert darauf. Aber musste er sich deswegen so beleidigen lassen?

Ein gebildeter Gentleman lief einmal einen steilen Abhang hinab. Er stolperte, stürzte Hals über Kopf den Hang hinunter und riss eine Frau mit, die auf ihn fiel und auf ihm sitzend zu Tal rutschte.
Als sie unten angekommen waren, sagte er höflich: »Werte Dame, bitte steigen Sie ab, wir haben die Endstation erreicht.«

***

Ein Mann sagte zu einem anderen: »Mein Vater war ein Amerikaner, meine Mutter war eine Amerikanerin, also bin auch ich ein Amerikaner.«
Und der Mann, dem auf diese Weise das Staatsbürgerschaftsrecht erklärt wurde, hatte doch tatsächlich die Nerven, Folgendes zur Antwort zu geben: »Wenn mein Vater ein Schaffner gewesen wäre und meine Mutter eine Schaffnerin, dann wäre ich jetzt wohl ein Umsteigebillett.«

Um die Situation wieder unter Kontrolle zu bringen, gründete William den »Bund der Transfersammler«. Wer weiterhin den *Peridromophile* beziehen oder *Transfer-X-Change* nutzen wollte, musste Vereinsmitglied werden. Die Maßnahme führte nicht zur Beruhigung der Lage, sondern zur endgültigen Spaltung. Wenige Wochen nach der Gründung des »Bundes der Transfersammler« gab ein gewisser Charles S. Jones, ein Privatier aus Ardmore, Pennsylvania, die Existenz der »Transfersammler-Gesellschaft« bekannt. Die vereinseigene Zeitschrift, *The Transfer Collector,* bestand zur einen Hälfte aus Angriffen auf den »Bund der Transfersammler«, der als zurückgebliebener Haufen sentimentaler Spinner verspottet wurde, und zur anderen aus Kleinanzeigen mit Kaufgesuchen und Verkaufsangeboten einzelner Billetts, vollständiger Serien oder kompletter Sammlungen.

William hätte eher seine sämtlichen Transfers vernichtet, als den *Transfer Collector* zu abonnieren. Mr. Jones, der einen feinen Sinn für Gehässigkeiten besaß, schickte ihm trotzdem jede neue Ausgabe zu. Einmal trieb er seine Boshaftigkeit auf die Spitze. Als alter Leser des *Peridromophile* wusste er genau, was ein Transfer aus Nevada für William bedeutete. Also tauchte im *Transfer Collector* – ein Scherz? eine Provokation? eine ernstgemeinte Offerte? – folgende Annonce auf: »Einmalige Gelegenheit! Transfer der Reno Traction Company (Nevada), Jahrgang 1926, ungestempelt, wie neu, $ 2500.–«

Jones ging, erstens, davon aus, dass William die Anzeige lesen würde; dass dieser, zweitens, bereit wäre, für diesen einen Transfer sein gesamtes Hab und Gut zu Geld zu machen; und dass er, drittens, selbst dann die verlangte Summe nicht einmal annähernd aufbringen könnte. Und er lag mit allen drei Annahmen richtig.

Professor Wiener erkannte den nachlässig rasierten Mann, der vor seinem Büro im Massachusetts Institute of Technology auf ihn wartete, nicht auf Anhieb wieder. Ihm spukten noch die Gleichungen im Kopf herum, über die er gerade in seiner Vorlesung gesprochen hatte. Außerdem konnte er sich nicht gut Gesichter merken. Unbestritten war er einer der brillantesten Köpfe, die je am MIT gearbeitet hatten. Er sprach zwölf Sprachen fließend, besaß seit seinem achtzehnten Lebensjahr einen Doktortitel aus Harvard und hätte anstatt eines bedeutenden Mathematikers ebenso gut ein bedeutender Philosoph oder Biologe werden können. Aber wenn ihn einer seiner Doktoranden, mit denen er fast täglich zu tun hatte, auf dem Flur grüßte, dann konnte es passieren, dass er verwirrt stehen blieb, ihn durch seine fettigen Brillengläser anblinzelte und sich vorsichtig erkundigte: »Entschuldigen Sie – sind wir uns schon einmal begegnet?« Und als William ihm sagte, er hätte es sich anders überlegt, er nehme das Angebot doch an, da hatte Professor Wiener keine Ahnung, wovon die Rede war.

Also versuchte William, ihn daran zu erinnern, dass sie sich getroffen hatten, vor drei Jahren und neunundvierzig Tagen, eine Viertelstunde vor Mitternacht, in einer Straßenbahn der Linie 76 von Cambridge nach Boston, zwischen den Haltestellen Blandfort Street und Kenmore. Wiener habe ihm eine Stelle in seinem Team angeboten, und William habe sie abgelehnt, weil er ja schon eine Stelle als

Straßenbahnschaffner hatte. Nun sei ihm jedoch gekündigt worden, vermutlich infolge einer Intrige der »Transfersammler-Gesellschaft«. Er sei also, um es kurz zu machen, notgedrungen doch bereit, im MIT zu arbeiten, allerdings nur unter einer Bedingung.

»Helfen Sie mir bitte auf die Sprünge«, unterbrach Professor Wiener und schob seine Brille zurecht, indem er vier Finger von vorne gegen die Gläser drückte. »Mit wem habe ich noch gleich das Vergnügen?«

Als er den Namen Sidis hörte, hellte sich sein Gesicht auf. Aber sicher doch, für seinen alten Kommilitonen werde sich bestimmt etwas machen lassen.

»Du wirst vielleicht etwas Zeit benötigen, um wieder auf den aktuellen Stand zu kommen. Die Mathematik hat sich enorm weiterentwickelt. Aber falls es nicht unter deiner Würde ist, erst einmal als Tutor zu arbeiten, kannst du gleich morgen anfangen. Man wird sehen, wie schnell sich etwas Besseres auftut. Es stehen dir alle Wege offen, grundsätzlich bis ganz oben. Aber du hast von einer Bedingung gesprochen – die wäre?«

»Nur Grundrechenarten«, sagte William.

»Bitte?«

»Ich mache alles, was von mir verlangt wird. Aber nur, wenn es nicht über die Grundrechenarten hinausgeht.«

»Billy, wir sind das MIT. Keine Elementary School.«

»Gib mir einen Job als Kalkulator, mehr will ich nicht.«

Professor Wiener legte seinen schweren Kartoffelkopf in die Schale seiner Hände und überlegte. Natürlich hatten sie auch Kalkulatoren im Haus, es fiel schließlich jede Menge einfacher Rechenarbeit an, die viel Konzentration und Genauigkeit, aber keinerlei originelles Denken erforderte. Kein auch nur mittelmäßig begabter Mathematiker verschwendete damit freiwillig seine Zeit. Deshalb engagierte man Hilfskräfte, die für geringen Lohn nichts anderes taten, als Zahlenkolonnen in Resultate umzuwandeln, mit der gleichen stumpfsinnigen Geduld, mit der eine malmende Kuh Gras in Milch umwandelt.

Warum William darauf bestand, so weit unter seinen Möglichkeiten zu bleiben, war Professor Wiener unerfindlich. Aber die Gelegenheit, einen William James Sidis ins Haus zu holen, wollte er sich nicht entgehen lassen. Also tat er ihm den Gefallen und besorgte ihm den gewünschten Arbeitsplatz in einem nach Staub und Kohle riechenden Kellerraum.

An seiner Leistung gab es nichts zu bemängeln. Einen solchen Kalkulator hatte es am MIT noch nie gegeben. Er lieferte seine Ergebnisse so zuverlässig wie eine Maschine und stellte keine Ansprüche. Im Speisesaal saß er wie selbstverständlich mit den Professoren der mathematischen Fakultät zusammen und beteiligte sich rege und mit sichtlichem Vergnügen an ihren Diskussionen. Sie mochten ihn, behandelten ihn mit Respekt und achteten seine Beiträge. Nicht einmal seine Tischmanieren, die anderswo Naserümpfen hervorriefen, erregten Anstoß. Hier hatten alle ihre Macken und Schrullen, so dass jeder dazu neigte, diejenigen der anderen großzügig zu übersehen.

Doch kaum war das Mittagessen beendet, hörte er auf, ein Gleicher unter Gleichen zu sein. Sie gingen hinauf in ihre lichten, geräumigen Büros, er nach unten zu seiner einsamen Fleißarbeit.

Professor Wiener war sich sicher, dass er irgendwann nach einer anspruchsvolleren Aufgabe fragen würde. Aber der Augenblick kam nicht. Vielleicht brauchte er einen kleinen Anstoß.

»Ich habe mich im Sekretariat erkundigt. Du könntest ab dem kommenden Semester Einführungskurse geben. Halbe Arbeitszeit, doppelte Bezahlung.«

»Ich will keine doppelte Bezahlung, ich verdiene genug. Außerdem kann ich das nicht.«

»Aber warum denn nicht?«

»Weil ich es nicht kann. Ich habe es schon mal versucht, in Texas. Ich kann es einfach nicht. Und ich will es auch nicht. Mir gefällt es im Keller. Ich habe lange genug in der Öffentlichkeit gestanden.«

»Dreißig Studenten sind doch keine Öffentlichkeit.«

»Aber die Presse wird Wind davon bekommen. Dann wird wieder herumposaunt, wo Sidis jetzt steckt und was er macht. Das darf nicht bekannt werden, verstehst du? Das darf keiner wissen. Du musst das auch allen Mitarbeitern in der Abteilung sagen.«

»Hab ich doch schon fünfmal.«

»Dann sag's ihnen noch mal. Das darf keiner wissen!«

William geriet in solche Erregung, dass Professor Wiener bereute, den Vorschlag gemacht zu haben. Er senkte beruhigend die Stimme und sah ihm über die dicken Brillengläser hinweg in die Augen.

»Billy. Wir alle hier kennen deine Geschichte. Wir wissen, dass du lieber im Verborgenen bleibst. Das akzeptieren wir. Keiner von uns wird dich verraten. Es ist nur … Wir machen uns Sorgen. Es ist uns ein Rätsel, warum dir das Leben so schwerfällt.« Er bohrte mit dem kleinen Finger im Ohr, steckte ihn nachdenklich in den Mund und fügte nach einer Weile vorsichtig hinzu: »Weißt du es denn selbst?«

William zögerte. Er war sich nicht sicher, ob er Norbert vertrauen könne. Überhaupt war es ihm unangenehm, über Gefühle zu sprechen. Es kam ihm vor wie eine Berührung an einer Stelle, an der er nicht berührt werden wollte. Andererseits: Wenn irgendwer nachvollziehen konnte, was ihn umtrieb, dann am ehesten eines der anderen Wunderkinder von Harvard. So begann er schließlich zu reden, zunächst tastend und stockend, voller Angst, sich zu weit zu öffnen, dann allmählich freier und ungeschützter.

Er erzählte von einer Idee, die ihn als Kind eine Zeitlang verfolgt hatte. Er war von der Vorstellung besessen gewesen, er wäre kein Mensch aus Fleisch und Blut, sondern die fiktive Hauptfigur in einem Buch, das Boris Sidis geschrieben hatte, und alles, was er sagte und tat, sagte und tat er nur deshalb, weil sein Vater es sich vorher so ausgedacht hatte. Der Gedanke beunruhigte ihn sehr.

»Also wollte ich mir beweisen, dass ich wirklich existiere und nicht nur der Phantasie eines anderen entsprungen bin. Ich wollte etwas tun, das nur das Resultat meines eigenen freien Willens sein konnte. Zur Probe habe ich mich meinem Vater gezielt widersetzt. Als er verlangt hat, dass ich Italienisch lerne, habe ich mir andere Lehrbücher besorgt und heimlich Spanisch gelernt. War das ein Beweis, dass ich aus der Geschichte ausgebrochen war? Nein. Es konnte ebenso gut Teil seines Buchs sein, dass ich etwas anderes mache als das, was er mir sagt. Verstehst du? Es war wie bei einem Puppenspieler und seiner Marionette. Eine Marionette kann ihrem Spieler gegen das Bein treten. Aber wenn sie es tut, dann ist das trotzdem eine Folge *seiner* Entscheidung, nicht ihrer. Sie ist immer nur Objekt. Er führt die Fäden. Verstehst du, was ich sagen will?«

Norbert verstand sehr gut. Er hatte selbst lange genug unter dem Ehrgeiz seines Vaters gelitten.

»Jeder Artikel, der über mich in der Zeitung stand, hat mir gezeigt, dass ich nicht ich selber bin, sondern bloß ein Geschöpf, eine Erfindung«, fuhr William fort, ermutigt von Norberts eifrigem Nicken. »Aber ich wollte nichts mehr zu tun haben mit dem Wesen, das die Reporter sich ausgedacht hatten. Ich wollte … wie soll ich sagen … ich wollte aus ihrer Welt verschwinden, um zu mir selbst zu kommen.« Er schaute verlegen zu Boden. »Das klingt dumm, oder?«

»Ganz und gar nicht, Billy. Ich weiß, was du meinst.«

Als er älter wurde, so William weiter, habe er sich daran gemacht, die Fäden, an denen er hing, Stück für Stück abzuschneiden. Nach dem Tod seines Vaters habe er kurzzeitig gehofft, er sei nun für immer alle Fesseln los. Aber stattdessen habe er nur umso stärker die Kräfte gespürt, die sonst noch an ihm zerrten: seine Mutter, die ihn zu einer falschen Karriere zwingen wollte und die er übrigens hasse; Jobs, die ihn davon abhielten, sich dem Richtigen und Wichtigen zu widmen; ein Wirtschaftssystem, das Freiheit und Wohlstand für alle verspreche und den meisten nur Unfreiheit und Elend bringe; ein Staat, der seine Bürger in Folterkellern quäle und in den Selbstmord treibe und der besser heute als morgen abgeschafft werden müsse.

Norbert nickte nicht mehr, er krauste missbilligend die Stirn. Mit solchen radikalen Sprüchen konnte er nichts anfangen. Doch William, im Glauben, einen Gleichgesinnten gefunden zu haben, hörte nicht auf, immer Unverständlicheres über einen Befreiungskampf zu fabulieren, in dem er selbst, die Penacook-Indianer, ein ominöser Grauer Meister sowie ein Straßenbahntransfer aus Nevada eine tragende, wiewohl unklare Rolle spielten.

Warum, fragte sich Norbert im Stillen, während er das Revolutionsgerede nur noch mit halbem Ohr verfolgte, war William so anders als alle anderen Menschen, die er kannte? War er es schon immer gewesen oder erst durch seine speziellen Umstände geworden? Allgemeiner gefragt: Stimmte es, dass sich, wie Boris Sidis bis zuletzt behauptet hatte, Säuglinge im Augenblick ihrer Geburt bezüglich ihres geistigen Potentials vollkommen gleichen und anschließend nur in verschiedene Richtungen geformt werden? Oder ist jeder Mensch von Anbeginn ein einzigartiges Einzelstück und muss sich im späteren Leben notwendigerweise so entwickeln, wie es in ihm angelegt ist, so wie aus einem Radieschensamen niemals ein Ahornbaum wachsen kann? Was war, um es technisch zu formulieren, entscheidend für die Herausbildung einer Persönlichkeit: das Gerät oder die Eingabe?

Norbert fand die Frage reizvoll, obwohl er nicht genau wusste, ob sie richtig gestellt war. Wenn man das menschliche Gehirn als ein komplexes datenverarbeitendes System begriff – und er sah vorerst keinen Grund, der dagegen sprach –, dann durfte man Gerät und Eingabe nicht streng voneinander getrennt betrachten, weil beides über eine Rückkopplung miteinander verbunden war. Lernen hieß ja nicht, Wissen in einen Kopf zu schütten wie Getreide in ein

Silo, sondern es war etwas Bewegliches, Organisches. Das aber nicht planlos und chaotisch ablief, sondern nach Regeln. Nach komplexen, aber dennoch darstellbaren Regeln.

Er nahm seine Brille ab und lutschte an einem Bügel, um besser nachdenken zu können. »Interessant«, murmelte er. »Sehr interessant.«

»Nicht wahr?«, sagte William. »Das Volk hatte Gouverneur Andros in kürzester Zeit entmachtet, ganz ohne Waffengewalt.«

»Man müsste versuchen, ein möglichst umfassendes mathematisches Modell dafür zu entwickeln, wie Entscheidungsprozesse im Gehirn ablaufen«, sagte Norbert.

»Und dann sind die Herrschenden besiegt?«

»Dann gelangt man zu einer Theorie der Regelung, die allgemeingültig ist, für Abläufe des Denkens ebenso wie für technische Prozesse. So dass Mensch und Maschine miteinander verschmelzen.«

Norbert stülpte sich mit seinen kurzen, dicken Fingern die Brille wieder über die Ohren. Die wulstigen Lippen über seinem Spitzbart zogen sich in die Breite. Das war seine Art zu lächeln.

»Ich glaube, wir stehen am Anfang eines fundamentalen Durchbruchs. Wir gehen einem neuen Zeitalter entgegen, dem Zeitalter der Information. Es werden Wissenschaften entstehen, die wir heute noch nicht einmal erahnen. Sie werden zwischen den Disziplinen blühen, dort, wo heute noch unbestelltes Niemandsland liegt. Entwickeln werden sie nicht die überspezialisierten Fachidioten, die heute auf den Lehrstühlen sitzen, sondern mutige Grenzgänger, die von den verschiedensten Bereichen etwas verstehen.«

»Na und?«

»Was heißt hier ›na und‹? Stell dir vor, es wird lernende Automaten geben! Künstliche Gehirne! Vielleicht wird man eines Tages einer Maschine die Schachregeln beibringen und sie dazu bewegen, dass sie eigenständig spielt – sicherlich niemals so gut wie ein Großmeister, aber doch immerhin regelkonform. Eventuell könnte sie sogar einen Anfänger besiegen. Das hängt alles nur von dem Programm ab, mit dem sie gefüttert wird, und von ihrer Rechenkraft.«

»Und dann?«

»Dann beginnt die Zukunft! Wer hat denn angefangen, von einer Revolution zu sprechen, du oder ich? Billy, die Revolution wird kommen. Aber sie wird nicht, wie du denkst, von einem Indianerstamm ausgelöst, sondern von technologischen Einrichtungen wie dem MIT. Und du hast die Chance, dabei zu sein. An vorderster Front.«

»Als Erfinder einer Schachmaschine.«

»Zum Beispiel.«

»Vergiss es. Mach ich nicht.«

»Ja, aber warum denn!?«, entfuhr es Norbert lauter als beabsichtigt. Er war von seiner eigenen Vision so befeuert, dass er es als provokant, ja beleidigend empfand, wie unbeeindruckt sich William zeigte.

»Weil ich nicht vorhabe, ein Spielzeug zu bauen. Ich bleibe lieber Kalkulator, das genügt mir.«

»Hat dir schon mal jemand gesagt, dass du ein sturer Esel bist?«

»Ja, meine Mutter. Ungefähr tausend Mal.«

»Dann hat sie vielleicht auch gesagt, was Starrheit bewirkt. Eine Brücke, die steif und fest ist, bricht früher oder später zusammen. Jeder Ingenieur weiß das. Er baut sie so, dass ihre Teile flexibel auf Spannungen reagieren und nachgeben, wenn es nötig ist. Beweglichkeit ist wichtiger als Festigkeit.«

»Wieso erzählst du mir das?«

»Weil du Kompromisslosigkeit für eine Tugend hältst. Das ist sie aber nicht. Sie ist eine Charakterschwäche, mit der man sich selbst und anderen schadet. Kompromisse gehören zum Leben.«

»So ein Quatsch!« Jetzt wurde auch William laut. »Kompromisse gehören zur Lüge und sonst nirgendwohin! Wenn ich etwas als richtig erkannt habe – warum sollte ich dann nachgeben? Wenn jemand behauptet, zehn mal zehn ergibt neunzig – warum sollte ich mich mit ihm auf fünfundneunzig einigen? Warum sollte ich einen Verrat an der Wahrheit begehen? Damit der andere nicht mehr ganz so falsch liegt?«

»Nein, sondern weil Rechthaberei zu nichts führt außer zur Isolation. Erinnerst du dich an unsere Wunderkinder-Gruppe damals in Harvard? Du hattest die besten Möglichkeiten von uns allen, mit Abstand. Und jetzt? Was hast du erreicht? Vor ein paar Jahren hat mir die American Mathematical Society ihren höchsten Preis verliehen. Als ich vorne auf der Bühne stand, habe ich an dich gedacht. Weil, eigentlich hättest du da stehen müssen. Weißt du, was aus Adolf Berle geworden ist? Präsident Roosevelt hat ihn in seinen Brain Trust aufgenommen und sich von ihm beraten lassen, als es darum ging, den New Deal zu planen. Und du sitzt bei uns im Keller und rechnest Funktionswerte aus. Ganz ehrlich: Schmerzt dich das nicht selber?«

»Ganz ehrlich: überhaupt nicht. Es würde mich nur schmerzen, wenn ich mitgeholfen hätte, den New Deal zu verbrechen.«

»Warum? Der New Deal ist extrem erfolgreich.«

»Richtig. Extrem erfolgreich bei der Einführung von Zwangsarbeit. Extrem erfolgreich bei der schleichenden Verwandlung einer Demokratie in eine Diktatur.«

»Du bist verrückt.«

»Viel schlimmer. Ich bin der einzige Normale. Das merkt nur keiner, weil die Welt verrückt ist. Weißt du schon das Neueste? Man will jetzt denkende Maschinen bauen. Und was meinst du, wofür? Damit man einen Anfänger im Schach schlagen kann?« William klopfte sich mit dem Finger gegen die Stirn. »Für wie dumm hältst du mich? Glaubst du, ich weiß nicht, worauf das hinausläuft? Die Militärs werden alles Geld der Welt lockermachen, um an solche Maschinen zu kommen. Sie werden ihnen, unter Mithilfe der allerneuesten Wissenschaften, beibringen, selbständig zu töten. Dann haben sie, wovon sie immer geträumt haben: Soldaten, die nicht einmal mehr von einem Rest an Gewissen oder Moral behindert werden. Und wenn die sich in Bewegung setzen, dann – «

»Warum siehst du alles so schwarz?«

»Weil ich hellsehen kann. So wird es kommen, wenn die Intelligenz nur noch darüber nachdenkt, was technisch machbar, und nicht, was wünschenswert ist. Hör zu: Ich bin hier nur, um nicht zu verhungern. Aber ich arbeite ausschließlich an Aufgaben, die so einfach sind, dass man mich jederzeit ersetzen kann. Mit deiner Menschmaschine will ich nichts zu tun haben. Ist das klar?«

Fortan beschränkte sich die Konversation zwischen William und Professor Wiener auf das Nötigste. Themen, die private Ansichten oder politische Überzeugungen berührten, klammerten sie aus, wissenschaftliche Fragen diskutierten sie nicht mehr. Eigentlich waren nur noch unverfängliche Plaudereien möglich, aber da beide keinen Wert auf Gespräche über das Wetter oder Sportergebnisse legten, entfiel auch das. William begab sich morgens nach einem kurzen Gruß nach unten, erledigte – nach wie vor tadellos – seine Arbeit und verschwand am Nachmittag, ohne sich zu verabschieden.

Und dann, an einem strahlend sonnigen Tag im August 1937, stieg Professor Wiener, was er sonst nie tat, die steile Treppe hinab in den Keller, wo die Kalkulatoren saßen. Halbblind tastete er sich durch graue, schlechtbeleuchtete Flure, um nach William zu suchen.

»Was machst du denn hier?«

»Ich will dir nur sagen: Lies die aktuelle Ausgabe des *New Yorker* lieber nicht.«

»Hatte ich sowieso nicht vor. Ich habe den *New Yorker* noch nie gelesen.«

»Besser so.«

»Wieso, was ist damit?«

»Nichts. Lies ihn einfach nicht, in Ordnung?«

»In Ordnung. Noch was?«

»Das ist alles.«

»Gut.«

Mittags, in der Schlange vor der Essensausgabe, wurde William von einem anderen Professor angesprochen: Er solle es sich bitte nicht allzu sehr zu Herzen nehmen, der

New Yorker sei eindeutig zu weit gegangen. Und etwas später, als er auf dem Weg zur Toilette war, trat jemand, den er noch nie gesehen hatte, auf ihn zu, drückte ihm wie kondolierend beide Hände und sagte in mitleidigem Tonfall, er finde es schäbig, was der *New Yorker* gemacht habe, wirklich ungeheuer schäbig.

Auf dem Heimweg besorgte sich William für fünfzehn Cent den *New Yorker*. Weitere vierzig Cent gab er aus für ein anderes Blatt, das er im Aushang des Kiosks entdeckte: das *Story*-Magazin. Zu Hause legte er sich aufs Bett und blätterte beide Hefte von hinten nach vorne durch. *Story* bestand nicht mehr aus von Hand abgezogenen und gehefteten Blättern wie das Exemplar, das Martha ihm vor Jahren aus Wien geschickt hatte, sondern war eine professionell gestaltete und gedruckte Zeitschrift geworden. Die acht Kurzgeschichten, die sie enthielt, hatte er in zwei Minuten überflogen, sie interessierten ihn kein bisschen. Dafür starrte er lange auf den Hinweis im Impressum: »Herausgegeben von Whit Burnett und Martha Foley«.

Er konnte sich einfach nicht daran gewöhnen, die beiden Namen nebeneinander zu sehen. Es kam ihm vor wie ein Druckfehler. Warum hatte sie sich immer noch nicht von dem Kerl getrennt? Nur weil sie ein Kind von ihm hatte? Sie hätte nie mit ihm koitieren dürfen. Hätte sie sich für William entschieden, wäre ihr das nicht passiert. Aber sie konnte ihren Fehler jederzeit korrigieren und die Hand des Mannes nehmen, der für sie bestimmt war. Er würde sich immer für sie bereithalten. Und der Weg war nicht weit, denn wie die angegebene Kontaktadresse nahelegte, lebte Martha inzwischen wieder in New York.

Seufzend legte William das *Story*-Magazin zur Seite und griff zum *New Yorker*. Eine fremde Welt tat sich ihm auf. Viele Seiten enthielten nur Reklame, für Silberschmuck, Pelzmäntel, Kreuzfahrtreisen, Steinway-Flügel, Studebaker-Automobile, Hennessy Cognac, Gordon's Gin, Myers's Rum, Four Roses Whiskey, Rheingold-Bier. Offenbar richtete sich diese merkwürdige Zeitschrift an Leser, die nichts Besseres zu tun hatten, als Geld zu verprassen und sich zu betrinken. Es gab Artikel über Kinofilme, Pferderennen, Yachtclubs, Restaurants, eine Modenschau, ein Tennisturnier, eine Kunstausstellung. Der einzige lesenswerte Beitrag, eine längere Rezension eines Buchs über den Trojanischen Krieg, stammte von Clifton Fadiman. War es das, worauf Norbert Wiener ihn hinweisen wollte? Schmierte er ihm schon wieder aufs Butterbrot, wie viel Erfolg seine Bekannten und Verwandten hatten, im Gegensatz zu ihm? Nein, das ergab keinen Sinn. Norbert konnte ja nicht wissen, dass Clifton und William Cousins waren.

Hin und wieder gab es einen Cartoon. William verstand keinen einzigen. Ein Paar sitzt in einem Restaurant, das voller Hummer ist, auf dem Fußboden, in den Lampen, an den Gardinen, überall sitzen Hummer, und der Mann sagt zu der Frau: »Dieses Restaurant ist berühmt für seine frischen Meeresfrüchte.« Auch nicht witziger als seine Witze für den *Peridromophile*, dachte William und blätterte missvergnügt weiter. Und dann kam's. Ihm blieb schier das Herz stehen.

Ein ellenlanger Text, fünf engbeschriebene Druckseiten, nur über William James Sidis. Die Überschrift lautete »Der Aprilnarr«, eine Anspielung auf seinen Geburtstag am ersten April, dem Narrentag. Zur Einleitung wurden erst einmal die ganzen alten Geschichten aufgewärmt: Die Erziehungsmethode von Dr. Boris Sidis und die Geisteswunder des kleinen Billy. Dass er das Kursbuch auswendig konnte und als Elfjähriger vor dem Harvard Math Club über die Geometrie der Vierten Dimension referiert hatte. Die Prognose aus jenen Tagen, aus ihm werde einmal ein weltberühmter Wissenschaftler.

Atemlos las er weiter. Da stand eine präzise Beschreibung seines Zimmers, einschließlich der vergilbten, mit rosafarbenen Blumen bedruckten Tapete, dem halb offenstehenden Kleiderschrank und dem Bilderrahmen auf der Kommode mit dem Foto einer Frau. Da stand, der junge Sidis habe schon als Kind etwas von einem ausgewachsenen Neurotiker an sich gehabt. Da stand, er habe während seiner Studienzeit einen Nervenzusammenbruch erlitten und sei seither verhaltensgestört. Da stand wörtlich, er habe »ein ausgeprägtes Misstrauen gegen Menschen, eine Scheu vor Verantwortung, ein abnormes Verhalten und eine generelle Lebensunfähigkeit entwickelt«. Auch blieb nicht unerwähnt, dass er an einer kommunistischen Demonstration teilgenommen, für dreiundzwanzig Dollar in der Woche an einer Rechenmaschine gearbeitet und unter dem Pseudonym Frank Folupa einen Leitfaden zum Sammeln von Straßenbahntransfers veröffentlicht hatte. Ohne viel an Aussage zu verlieren, hätte man den Artikel von viertausend auf sieben Wörter herunterkürzen können: WILLIAM JAMES SIDIS HAT SEIN LEBEN VERPFUSCHT.

Der Aprilnarr

Der neununddreißigjährige Sidis ist ein großer, untersetzter Mann mit markantem Kinn, wulstigem Nacken und rötlichem Schnurrbart. Sein dünnes Haar hängt ihm noch immer über die Augenbrauen, so wie in der Nacht, als er seinen Vortrag vor den Professoren in Cambridge gehalten hatte. In seinem Blick wechseln Unbedarftheit und Argwohn einander ab. Manchmal fallen ihm die richtigen Worte nicht ein, dann wieder redet er hastig, nickt dabei zur Bekräftigung ruckartig mit dem Kopf, macht wilde Gebärden mit der linken Hand und stößt gelegentlich ein sonderbar japsendes Lachen aus. Nach seiner streng durchreglementierten Kindheit scheint er es sehr zu genießen, verantwortungslos in den Tag hinein zu leben.
Sidis hat ein neues Hobby, das ihn momentan noch mehr in Beschlag nimmt als das Sammeln von Straßenbahnfahrkarten, nämlich die Beschäftigung mit den amerikanischen Indianern und ihrer Geschichte. Alle zwei Wochen gibt er einem halben Dutzend interessierten Schülern Unterricht. Sie treffen sich in seinem Schlafzimmer, nehmen auf seinem Bett oder dem Fußboden Platz und lauschen den ausufernden, immer wieder stockenden Ergüssen des einstigen Wunderkinds. Eine besondere Vorliebe hegt Sidis für den Stamm der Okamakammessets, der, seinen Ausführungen zufolge, in einer Art proletarischem Verbund gelebt hat. Er hat bereits mehrere Broschüren über die Gebräuche und Überlieferungen der Okamakammes-

sets verfasst, und wenn man ihn nur lange genug darum bittet, lässt er es sich nicht nehmen, Gedichte der Okamakammessets aufzusagen und sogar Lieder der Okamakammessets anzustimmen.
(*The New Yorker*, 14. August 1937)

Halb ohnmächtig vor Wut drosch William auf sein Kopfkissen ein wie auf einen Boxsack. Eine Wolke von alten Entenfedern staubte heraus. Was für eine abgrundtiefe Gemeinheit! Wie konnte dieses Käseblättchen es wagen, sich vor seiner betrunkenen Leserschaft über ihn lustig zu machen? Er nahm einen Teller, schmetterte ihn gegen die vergilbte Blumentapete und sah mit grimmiger Lust, wie er in hundert Stücke zersprang. Den anderen Teller zertrümmerte er auf die gleiche Weise. Es war unvernünftig, aber jetzt war ausnahmsweise nicht die Zeit für Vernunfthandlungen. Er bedauerte lediglich, dass er nur zwei Teller besaß, viel zu wenig, um seinen Zorn zu kühlen. Also riss er mit einer Kraft, die ihn selbst überraschte, die windschiefe Schranktür aus ihren Angeln und schleuderte sie gegen das Fenster. Dann trat er gegen die Kommode, bis die Seitenwand aus Sperrholz nachgab und zersplitterte, schlüpfte in seine Gymnastikschuhe und rannte nach draußen.

Zum ersten Mal seit jenem längst vergangenen Tag, als er erfahren hatte, dass er für ein Militärprogramm arbeitete, verspürte er den Wunsch, tot zu sein. Er lief hin und her und suchte nach einer Straßenbahn, vor die er sich werfen konnte, aber er fand keine. Überall war man dabei, die Schienen aus den Straßen zu reißen und die Löcher mit Asphalt zu verfüllen, nicht nur in Boston, sondern in vielen amerikanischen Städten. Und zwar nicht etwa deshalb, weil niemand mehr mit der Straßenbahn fahren wollte. Sondern weil General Motors, Standard Oil, Firestone-Reifen und andere Großkonzerne ein Komplott geschmiedet hatten. Gemeinsam kauften sie eine Straßenbahngesellschaft nach der anderen auf, nur um den Betrieb einzustellen und die Kunden zu zwingen, entweder Autobusse zu benutzen oder sich ein eigenes Automobil anzuschaffen. Es war zum Verzweifeln, wie dieses Land vor die Hunde ging. Dennoch konnte William sich nicht überwinden, vor einen Bus zu springen. So wollte er nicht enden.

Allmählich beruhigte er sich. Er versuchte, Ordnung in seine aufgewühlten Gedanken zu bringen. Jemand aus seiner Gruppe hatte mit der Presse gesprochen, obwohl es eine eindeutige Regel gab, die genau das streng untersagte. Wer war das? Er verwarf die Frage. Sie war unerheblich. Wenn einem AIS-Mitglied nicht mehr zu trauen war, dann war keinem mehr zu trauen. Aus, vorbei, es würde keine Versammlungen mehr geben. Die American Independence Society war Geschichte. Ein Rückschlag für die Bewegung. Aber besser alleine weiterkämpfen als von Verrätern umzingelt.

Als er am Abend in sein verwüstetes Zimmer zurückkehrte, wartete schon der Hauswirt auf ihn, um ihm zu kündigen. »Nicht nötig, ich kündige selbst!«, rief William, warf seine Habe in zwei Koffer und verschwand. Die Nacht verbrachte er am Ufer des Charles River unter einer Brücke. Auf der anderen Seite des Flusses sah er, als schwarze Silhouette in den etwas helleren Himmel gestanzt, seine alte Gelübdeeiche. Dort hatte er den Eid auf seine hundertvierundfünfzig Lebensregeln abgelegt. Am 16. August 1912 war das gewesen – vor fünfundzwanzig Jahren, und zwar, wie ihm jetzt erst auffiel, auf den Tag genau. Das konnte kein Zufall sein. Das war ein Zeichen. Aber für was?

Damals, als Vierzehnjähriger, hatte er beschlossen, ein Gelehrtendasein abseits der Öffentlichkeit zu führen. Alles in allem, fand er, war es ihm bisher nicht schlecht gelungen. Er hatte sich vorgenommen, viel nachzudenken, viel zu schreiben und sich möglichst nur mit Dingen zu beschäftigen, die ihn interessierten, und genau das hatte er getan. Außerdem hatte er die längste Zeit recht gut geschafft, was er als Kind noch nicht gekonnt hatte: sich die Krähenschwärme der Journalisten vom Leib zu halten.

Und jetzt ging alles wieder von vorne los. Jetzt würden sie wieder über ihn herfallen, sie, hinter deren engen Stirnen nur Platz war für ihre kümmerlichen Maßstäbe, nach denen sie beurteilten, wer erfolgreich war und wer gescheitert. Eigentlich hätte ihm egal sein können, was sie von ihm hielten. Aber es ging nicht um William James Sidis, es ging um die Freiheit des Volkes. Der *Gray Champion* durfte nicht enttarnt werden.

Er ließ seine Koffer unter der Brücke stehen und lief hinüber zur Eiche, um ein neues Gelübde abzulegen. Diesmal umfasste es keine hundertvierundfünfzig Punkte, sondern nur zwei. Punkt eins: Er würde am MIT kündigen, um sich voll und ganz auf Punkt zwei konzentrieren zu können. Punkt zwei: Er würde nicht eher Ruhe geben, als bis der *New Yorker* es bitter bereute, diesen verleumderischen Schundartikel in die Welt gesetzt zu haben.

Seine neue Wohnung war die schlechteste, die er je gehabt hatte. Eine enge, muffige, nach Teerpappe stinkende Dachkammer mit wurmstichigen Möbeln, in der ihm die gestaute Sommerhitze die Luft zum Atmen nahm. Dass er jetzt wieder in Brookline wohnte, weniger als eine Meile entfernt von dem großen Haus in der University Road, wo er seine wichtigsten Kinderjahre verbracht hatte, war reiner Zufall und hatte nichts zu bedeuten. Der Raum, nur darauf kam es an, war spottbillig und von der Straße aus nicht einsehbar, und Mrs. Hopkins, die Vermieterin, war eine steinalte Witwe, dem Jenseits schon näher als dem irdischen Jammertal und seiner Presselandschaft. Von hier aus konnte William ungestört seinen Rachefeldzug planen.

Als Erstes gründete er eine neue Organisation, das Privacy Defence Committee, deren Ziele er in einem Grundsatzprogramm festlegte. Im Wesentlichen ging es um den Schutz des Individuums vor Bloßstellungen sowie die Stärkung des Rechts auf Privatsphäre. Danach setzte er ein Schreiben an die F-R Publishing Corporation auf, das Verlagshaus, das den *New Yorker* herausgab. Es enthielt eine penible Auflistung aller sechsunddreißig Textstellen, in denen der *New Yorker* die Persönlichkeitsrechte einer Privatperson verletzt hatte, sowie die Androhung einer Klage. Ein Bostoner Rechtsanwalt namens William Aronoff unterzeichnete und verschickte den Brief in Williams Auftrag.

Die Gegenseite reagierte prompt. Man sehe einer gerichtlichen Klärung mit Gelassenheit entgegen. Soweit ersichtlich, enthalte der besagte Artikel keine sachlich unzutreffenden Aussagen. Und kein amerikanisches Gericht werde eine Zeitschrift dafür bestrafen, dass sie sachlich zutreffende Aussagen veröffentlicht, denn dies würde das Ende der Pressefreiheit bedeuten.

»Das kann ja wohl nicht sein«, empörte sich William. »Man darf über mich schreiben, dass ich ungepflegt bin, meinen Verstand verloren habe und nichts Vernünftiges zustande bringe, und wenn ich mich dagegen wehren will, muss ich erst einmal beweisen, dass das nicht stimmt?«

»So ist das geltende Recht«, bestätigte Anwalt Aronoff. »Gegen falsche Tatsachenbehauptungen können Sie vorgehen. Gegen richtige nicht.«

»Ich will aber nicht darüber streiten, ob auf der Tapete in meinem Zimmer rosafarbene Blumen oder blaue Elefanten sind. Ich will, dass überhaupt nichts über meine Tapete, mein Zimmer und mein Leben berichtet wird. So etwas muss sich kein normaler Bürger dieses Landes gefallen lassen.«

»Das stimmt. Aber Sie sind kein normaler Bürger, Mr. Sidis. Sie sind ein Prominenter.«

»Was bin ich?«

»Ein Prominenter. Will heißen: eine öffentliche Person.«

»So ein Quatsch. Ich habe die Öffentlichkeit immer gehasst.«

»Das spielt bei der rechtlichen Bewertung keine Rolle. Das Entscheidende ist, dass die Presse viel über Sie berichtet hat, als Sie ein Kind waren. Deshalb hat das Publikum ein berechtigtes Interesse zu erfahren, was aus Ihnen geworden ist. Einmal prominent, immer prominent. Damit werden Sie leben müssen.«

»Das ist doch absurd!«

»So ist das geltende Recht.«

»Ach, hören Sie auf mit Ihrem geltenden Recht! Ich habe auch Jura studiert. Es gibt schon seit fünfzig Jahren Bestimmungen zum Schutz der Privatsphäre.«

»Korrekt. Aber die Bestimmungen sind noch nie vor Gericht angewendet worden. Natürlich können Sie es auf einen Prozess ankommen lassen. Doch dann betreten Sie juristisches Neuland. Sie müssen sich auf eine langwierige und kostspielige Auseinandersetzung mit ungewissem Ausgang gefasst machen. Wenn Sie mich fragen –«

»Ich frage Sie aber nicht, Sie Winkeladvokat! Wenn Sie mir nicht helfen wollen, verschaffe ich mir mein Recht eben selbst!«

Erregt sprang William vom Kanzleisessel – einem modernen und teuren Ledersessel – auf und verließ wütend das Büro.

»Halt, Mr. Sidis!«, rief ihm Anwalt Aronoff nach. »Sie haben etwas Wichtiges vergessen!«

»Was denn?«, fragte William gereizt, den Kopf durch die Tür gesteckt.

»Meine Kostennote. Für Schriftverkehr und Beratungsgespräch. Zahlen Sie lieber bar oder per Scheck?«

Das Bezirksgericht für den südlichen Distrikt von New York legte den Verhandlungstermin in der Streitsache »Sidis vs. F-R Publishing Corporation« auf Donnerstag, den 7. Juli 1938 fest. William reiste schon ein paar Tage vorher an. Er hatte noch etwas anderes in der Stadt zu erledigen.

In den acht Jahren und zweihundertzweiunddreißig Tagen, die seit seinem Fortzug vergangen waren, hatte sich Manhattan stark verändert. Die Türme, die damals alle anderen überragt hatten, standen jetzt im Schatten noch mächtigerer Protzburgen. Das Cities Service Building, das Bank of Manhattan Trust Building, das Chrysler Building und über allen das Empire State Building, sie alle stellten ihre Büroräume mitten in den Himmel, ganz so, als gehe es den Geschäftsleuten in dieser Stadt vor allem darum, von ihren Schreibtischen aus auf die anderen herabblicken zu können.

An der Fassade des Guild Theatre am Broadway fiel William ein Reklameplakat auf: »*Wine of Choice* – Die neueste Bühnenkomödie des berühmten Erfolgsautors S. N. Behrman.« Behrman? Ach ja: Samuel, sein alter Zimmergenosse im Wohnheim von Harvard. Er wollte damals schon ein berühmter Schriftsteller werden, dachte William. Hatte er es also tatsächlich geschafft. So viele Leute, die sich nichts sehnlicher wünschten, als prominent zu sein. So viele Klatschblätter, die ihre Seiten mit Tratsch über Prominente füllten. So viele Leser, die diesen faden Käse mit Heißhunger verschlangen. Bitte sehr, das passte doch alles perfekt zusammen. Wozu brauchten sie auch noch ihn als Prominenten? Warum fiel es ihnen so schwer, ihn in Ruhe zu lassen?

Als er durch die ruhigen Seitenstraßen von Queens lief, dachte er mit unguten Gefühlen daran, wie er vor vierzehn Jahren und hundertdreiundsechzig Tagen durch den Richmond District in San Francisco gelaufen war und wie Whit Burnett ihn fortgeschickt hatte. Wie damals blieb er vor einem von vielen zum Verwechseln ähnlichen Häuschen stehen und betrachtete es lange, bis das Fenster im ersten Obergeschoss geöffnet wurde. Aber anders als damals war es diesmal Martha, die das Fenster öffnete, und sie ließ ihn herein. William drückte zur Begrüßung lange ihre Hände. Sein Herz machte einen Sprung, als er erfuhr, dass Whit Burnett für mehrere Tage verreist war.

Martha sah abgespannt aus. Seit das *Story*-Magazin so erfolgreich war, dass Whit und sie es hauptberuflich betrieben, bedeutete die Literatur vor allem Stress und Arbeit für sie. William versuchte, ihr von seinem Streit mit dem *New Yorker* und dem bevorstehenden Prozess zu erzählen, doch sie hörte ihm nicht richtig zu. Der sechsjährige David lenkte sie ständig ab. Erst kletterte er auf ihren Schoß, um ihr irgendein kunterbuntes Gekrakel zu zeigen, dann hopste er auf einem Sessel herum und plärrte, er sei ein Känguruh, oder er machte sich mit einem Stück Draht an einer Steckdose zu schaffen. Jede Minute musste Martha ihm etwas erklären, verbieten oder aus der Hand nehmen. Nach einer Stunde sagte sie zu William, sie müsse jetzt weitermachen, sie habe bis zum Wochenende noch zweihundert Kurzgeschichten zu lesen und eine eigene zu Ende zu schreiben. Als er sie fragte, ob er bei ihr übernachten dürfe, er werde sie auch bestimmt nicht stören, er wolle nur in ihrer Nähe sein, da schüttelte sie den Kopf und brachte ihn zur Tür.

Helena Sidis, die inzwischen als Sozialkundelehrerin in New York arbeitete, wohnte in einem kleinen Apartment in Brownsville. Zum Glück war sie zu Hause.

»Bill! Was machst du denn hier? Wie geht's dir?«

»Nicht so toll. Ich komme gerade von – «

»Komm rein und erzähl's mir später, gleich beginnt *Information Please*.«

»Beginnt *was*?«

»Kennst du nicht? Es ist großartig. Stell dir vor, wer heute Gast in der Ratemannschaft ist: Groucho Marx!«

»Wer?«

»Ach, Bill. Setz dich einfach und hör zu.«

Sie rückte zwei Stühle vor den Radioapparat und drehte an den Knöpfen. Aus der hölzernen Kiste knisterte, gurgelte und pfiff es, und dann drang durch das Rauschen eine scheppernde Stimme: »Sie hören NBC Radio. Canada Dry präsentiert: *Information Please*. Canada Dry, in aller Welt beliebt für seine herrlich erfrischenden Getränke. Und hier kommt Ihr Gastgeber, Mr. Clifton Fadiman.«

»Clifton!?«, rief William. »Ich dachte, der schreibt für den *New Yorker*?«

»Das auch. Aber er ist außerdem Quizmoderator. Wir können stolz sein auf unseren guten Cousin, er ist richtig berühmt geworden. Und er macht seinen Job ausgezeichnet.«

»Na, ich weiß nicht. Dass er für dieses Schundblatt arbeitet, nehme ich ihm übel. Wie kann man nur –«

»Pst. Nicht jetzt.«

Helena zog ihren Stuhl näher an den mit sandfarbenem Gewebe bespannten Lautsprecher heran und lauschte. Clifton plauderte und scherzte mit seinen Gästen und stellte ihnen zwischendurch Fragen unterschiedlichster Art, etwa was »Chicago« wörtlich bedeutet.

»Wilder Knoblauch«, sagte William. »Und?«

Da keiner der Ratenden die richtige Lösung wusste, erzählten sie einfach, was ihnen in den Kopf kam. Als ein besonders haltloser Schwätzer erwies sich ebenjener Groucho

Marx. Zu Chicago, sagte er, falle ihm nicht viel ein, außer dass er dort einmal ein »*Chick*« gekannt habe, und zwar »long *ago*«. Es sei nicht übel gewesen mit ihr, aber was es zu bedeuten hatte, daran könne er sich beim besten Willen nicht mehr erinnern. Aus dem Radiogerät klirrte das Gelächter des Studiopublikums.

»So ein Unsinn«, sagte William. »Soll das etwa witzig sein?«

»Das sei Ihnen von Herzen gegönnt, Mr. Marx, aber es hilft uns leider nicht weiter«, sagte Clifton Fadiman. »Der Name Chicago geht zurück auf das Wort *Shikaakwa* aus der Sprache der Algonkin-Indianer, und das bedeutet so viel wie ›stinkende Zwiebel‹ oder ›Knoblauch‹. Fünfzehn Dollar von Canada Dry gehen an Mrs. Barbara Henderson in Kenosha, Wisconsin. Canada Dry, ein kühler Genuss für heiße Tage.«

»Das ist nicht ganz korrekt«, sagte William. »Es gibt nicht *die* Sprache der Algonkin-Indianer. Algonkin ist eine Sprachfamilie. Die Sprache, die er meint, heißt Miami-Illinois.«

»Ist doch nicht so wichtig.«

»Oh, doch. Da gibt's riesige Unterschiede. Die Okamakammessets haben Natick gesprochen, das ist auch eine Algonkin-Sprache, und bei denen hieß die Wildzwiebel *Weenwásog*. Und die Cheyenne, die ebenfalls zu den Algonkin zählen, nennen sie *Xaóemata'xevoto*. Das heißt wörtlich übersetzt: Hoden des Skunks. Wegen der Ähnlichkeiten im Geruch.«

Helena schwieg. Sie konnte sich aber auch nicht mehr richtig auf die Sendung konzentrieren.

Nach einer Weile fragte William: »Wofür überhaupt fünfzehn Dollar?«

»Fünf, weil sie die Frage eingesendet hat, und zehn, weil sie sie nicht beantworten konnten. So sind die Regeln.«

»Fünfzehn Dollar für eine läppische Frage? Verrückt. Für so viel Geld muss ich eine halbe Woche arbeiten.«

»Braucht dich doch nicht zu kümmern. Das bezahlt schließlich Canada Dry.«

»Falsch. Das bezahlen die Leute, die Canada Dry kaufen, weil sie den Namen im Radio hören. Erinnerst du dich nicht, was Boris in *The Psychology of Suggestion* geschrieben hat? Über die suggestive Beeinflussung des Unterbewusstseins? Genau das macht sich heute die Reklame zunutze. Du musst dir das immer klarmachen, sonst ziehen sie dir den letzten Cent aus der Tasche.«

Seufzend drehte Helena den Apparat aus.

»Alle lieben *Information Please*. Aber für einen, der alles weiß, keine Witze versteht und überall Probleme sieht, ist es wohl nicht die richtige Sendung«, sagte sie und richtete ihrem Bruder das Sofa für die Nacht.

Die Kanzlei von Rechtsanwalt Thomas Greene befand sich im einunddreißigsten Stockwerk eines ultramodernen Artdéco-Büroturms in Midtown Manhattan. Trotz der Höhe reichte Williams Blick nicht weiter als bis zur gegenüberliegenden Straßenseite, wo ein ähnlicher Klotz stand und Sicht und Licht nahm.

William hatte lange gezögert, sich einen neuen Anwalt zu nehmen. Die Kostennote von Anwalt Aronoff hatte seine Ersparnisse mit einem Schlag aufgezehrt, so dass er wieder an einem Comptometer arbeiten musste. Aber Anwalt Greene hatte ihm am Telefon gesagt, er solle einfach vorbeikommen und sich über Geld keine Gedanken machen, man werde sich schon einigen, kein Problem. Anwalt Greene war ein Meister in der Kunst, seinen Mandanten ein gutes Gefühl zu geben. Mit seinen straffen, federnden Bewegungen, der Glanzpomade im wellig nach hinten gekämmten Haar und einem Dauerlächeln, das wie angeboren schien, konnte man ihn sich schlechterdings nicht als Verlierer vorstellen.

»Glauben Sie mir, Mr. Sidis, ich bin wirklich nicht leicht zu schockieren. Aber als ich das hier gelesen habe …« Anwalt Greene klatschte eine Hand auf das Exemplar des *New Yorker,* das auf dem riesigen, ansonsten vollkommen leeren Schreibtisch lag. Dabei versuchte er, schockiert dreinzusehen, ohne dabei sein Lächeln aufzugeben. »Also, ich sage mal so: Wenn das keine Verletzung des Persönlichkeitsrechts darstellt, dann weiß ich nicht, wofür es überhaupt ein Persönlichkeitsrecht gibt.«

»Genau«, sagte William. Endlich verstand ihn einer.

»Der Fall ist so eindeutig, dass ich Ihnen einen Deal vorschlagen möchte. Ich vertrete Sie umsonst. Wenn wir verlieren – äußerst unwahrscheinlich, aber nehmen wir mal an –, dann sind Sie mir nichts schuldig, nicht mal einen Händedruck. Im anderen Fall bekomme ich ein Drittel des erstrittenen Betrags. Kein Risiko für Sie. Einverstanden?«

»In Ordnung«, murmelte William und unterdrückte ein Gähnen. Er war müde, weil er die ganze Nacht wachgelegen und an Martha gedacht hatte. Außerdem hatte er an dem Deal nichts auszusetzen, er wäre ja tatsächlich nicht in der Lage gewesen, ein festes Honorar zu bezahlen.

»Ausgezeichnet. Dann bräuchte ich nur einmal hier ein kleines Autogramm ... perfekt. So, jetzt müssen wir uns nur noch überlegen, von welcher Schadenshöhe wir ausgehen wollen. Haben Sie sich darüber schon Gedanken gemacht?«

Das hatte William in der Tat. In dem Schreiben, das er über Anwalt Aronoff verschickt hatte, waren zweitausendzweihundert Dollar gefordert worden. Ein Phantasiebetrag, das wusste er selbst. Dennoch wollte er Anwalt Greene schon die gleiche Summe nennen. Doch dann packte ihn der Übermut, und er sagte laut und fest: »Ja. Ich verlange fünftausend Dollar.«

Anwalt Greene lächelte nicht mehr, er lachte.

»Fünftausend? Machen Sie Scherze?«

»Zu viel?«, fragte William unsicher.

»Mein lieber Mr. Sidis, wir sind hier in New York.«

»Was ... was würden Sie denn vorschlagen?«

Anwalt Greene lehnte sich zurück, tippte die Fingerspitzen seiner gespreizten Hände gegeneinander und setzte sein breitestes Siegerlächeln auf.

»Nun – was halten Sie von hundertfünfzigtausend?«

In der Nacht lag William auf Helenas Sofa und konnte wieder nicht schlafen. Vielleicht – oder sogar wahrscheinlich, Anwalt Greene wirkte sehr siegesgewiss – hätte er ab übermorgen hundertfünfzigtausend Dollar. Beziehungsweise hunderttausend, das Anwaltshonorar abgezogen. Unfassbar! Er überschlug, wie lange er arbeiten müsste, bis er mit seinem derzeitigen Job so viel Geld verdient hätte: zweiundsechzig Jahre, also bis zum Jahr zweitausend. Eine groteske Vorstellung. Ein dichtes Netz von Überschallstraßenbahnen umspannt den Erdball, die Menschen wohnen in gläsernen Ballons über den Wolken und sehen in Bildradio-Apparaten, was zeitgleich auf einem anderen Kontinent geschieht, nur der hundertzweijährige William James Sidis sitzt immer noch in einem verstaubten Loch und drückt mit Greisenfingern die Tasten eines Comptometers.

Nein, nein, nein! Lieber jetzt die Gelegenheit nutzen. Er bräuchte kein schlechtes Gewissen zu haben. Es wäre nicht unmoralisch, der Presse die gerechte Quittung zu geben für ihre jahrzehntelangen Nachstellungen und Beleidigungen. Und dann wäre er für alle Zeit alle Geldsorgen los. Martha müsste sich nicht mehr mit ihrer komischen Literaturzeitschrift abmühen, er würde für sie sorgen. Sie würden glücklich sein zusammen, nur sie zwei. Das aufdringliche Kind könnte sie bei Whit Burnett lassen.

Anwalt Greene zeigte sein ganzes Können. Er donnerte und dröhnte, schnaubte und schluchzte, bettelte und barmte, als stünde er nicht in einem holzvertäfelten Verhandlungssaal in der neunten Etage des Bezirksgerichts, sondern auf einer Theaterbühne, und in gewisser Weise tat er das auch. Für ein Verfahren auf dieser Ebene war der Zuschauerraum außergewöhnlich gut gefüllt. Anders als seinerzeit beim Strafprozess nach den Roxbury Riots waren zwar nur wenige Schaulustige gekommen, die das einstige Wunderkind einmal leibhaftig sehen wollten. Dafür waren umso mehr

Rechtsexperten und Vertreter großer Presse- und Verlagshäuser anwesend. Es hatte sich herumgesprochen, dass die heutige Entscheidung von einer Bedeutung war, die weit über den konkreten Fall hinausging. Die Anklage lautete auf üble Nachrede sowie auf Verletzung der Privatsphäre. Der erste Punkt war für die Gerichte Alltagsgeschäft, doch der zweite hatte es in sich. Sollte sich Sidis mit seiner Forderung durchsetzen, dann würde er voraussichtlich nicht nur die F-R Publishing Corporation in den Ruin treiben. Künftig könnte es sich kein Magazin, keine Illustrierte, keine Radiostation mehr erlauben, kleine Geheimnisse aus der Welt der Reichen, Schönen und Berühmten auszuplaudern, ohne zu riskieren, mit Klagen überzogen zu werden. Wenn der *New Yorker* hingegen freigesprochen würde, so käme dies einer offiziellen Genehmigung für alle bunten Blätter gleich, in fremde Privatbereiche einzudringen und daraus zu berichten, auch gegen den Willen der Betroffenen.

»Mein Mandant ist das Opfer eines Verbrechens geworden, das an Ruchlosigkeit nicht zu überbieten ist.« Anwalt Greene pflegte bei seinen Gerichtsreden an kräftigen Formulierungen nicht zu sparen. »Der hinterlistige Angriff erfolgte mit einer Waffe, die tiefere Wunden schlägt als ein Messer oder ein Revolver: mit einem Zeitschriftenartikel.« Er zog ein Blatt Papier aus seiner Mappe, offenbar ein ärztliches Attest, denn es fielen Begriffe wie arterielle Hypertonie, Dyssomnie, psychogene Vertigo, Ochlophobie, Paranoia und noch einige mehr. »Sehen Sie selbst: ein gebrochener Mann. Sein Ruf ist zerstört. Er ist vernichtet. Körperlich, seelisch, gesellschaftlich und finanziell.«

Alle Augen im Saal richteten sich auf William. Er sah aus wie jemand, dem es gut anstehen würde, ein Bad zu nehmen, seine Kleider in Ordnung zu bringen und einige Pfunde abzunehmen, aber wie ein gebrochener Mann eigentlich nicht. Im Gegenteil, er wirkte ziemlich kampfbereit.

»Und womit hat er es verdient, einen Kübel voller Unrat über den Kopf geschüttet zu bekommen?«, fuhr Anwalt Greene fort. »Hat er sich etwas zuschulden kommen lassen? Nein. Er hat sich lediglich erlaubt, nach seinen eigenen Vorstellungen zu leben. Er möchte einfach nur ein normaler Mensch sein, einer wie du und ich. Muss er sich deswegen gefallen lassen, von diesem bösartigen Schmierfink da auspioniert und bloßgestellt zu werden?«

Anwalt Greene deutete auf den Textredakteur des *New Yorker*, der den besagten Artikel verfasst hatte. James Thurber – das war sein Name – saß auf der vordersten Besucherbank und konnte das Geschehen trotzdem nur schemenhaft beobachten, denn er war fast blind. Er stieß etwas Luft durch die Nase und sagte leise, mehr zu sich: »Selbstverständlich muss er das.«

Rechtsanwalt Morris Ernst, der Vertreter der F-R Publishing Corporation, äußerte sich im gleichen Sinn. Er war ein unscheinbarer kleiner Mann mit eiförmigem Schädel, auf dem die dunklen Haare so fest klebten, dass es aus einiger Entfernung so aussah, als trüge er eine Badekappe. Seinen monotonen, fast einschläfernden Vortrag unterbrach er nur, um einen Schluck Wasser zu nehmen. Aber in seinen Ausführungen lag nicht weniger Schärfe als in denen von Anwalt Greene.

»Der *New Yorker* verkauft wöchentlich hundertvierzigtausend Exemplare und hat rund eine halbe Million Leser. Sie interessieren sich für Geschichten aus dem wahren Leben, der *New Yorker* bietet sie ihnen. Das ist das freie Spiel von Nachfrage und Angebot, das unser Land groß gemacht hat. Unzählige Arbeitsplätze hängen davon ab, vom Redakteur über den Drucker bis hin zum kleinen Zeitungsjungen auf der Straße. Wer das Spiel behindert, will Amerika schaden. Die beliebteste Rubrik im Heft ist die Serie ›Was machen sie jetzt?‹, in der man etwas über Berühmtheiten erfährt, die seit längerer Zeit nicht mehr öffentlich in Erscheinung getreten sind. Noch nie hat sich einer der Porträtierten darüber beschwert, geschweige denn eine Klage eingereicht. Mr. Sidis ist der Erste. Wir müssen uns also fragen: Warum gerade er? Was führt er im Schilde?

Vergessen wir nicht, dieser Mann ist so intelligent wie der Teufel persönlich. Wie dem Text zu entnehmen ist, den er am liebsten verbieten möchte, ist er außerdem ein Bolschewist. Schon in seiner Jugend hat er unsere Demokratie bekämpft, und er träumt immer noch davon, Verhältnisse wie in der Sowjetunion zu schaffen, wo nur eine einzige Meinung zugelassen ist. Aber Gott sei Dank leben wir weder in der Sowjetunion noch in Deutschland, wo man Bücher einfach verbrennt, wenn einem der Inhalt nicht gefällt. Wir leben in einem Land, in dem nicht Gerichte darüber entscheiden, was in einer Zeitschrift steht, sondern Redaktionen und letztlich die Leser. Es wäre daher mehr als nur ein schwerer Fehler, wenn das Gericht Mr. Sidis auf den Leim ginge – es wäre das Ende unserer freien Presse, unserer freien Wirtschaft und unseres freien Lebens.«

Bei der Urteilsverkündung war Richter Henry W. Goddard anzumerken, dass er sich nicht wohl in seiner Haut fühlte. Er hatte sich in seinen langen Amtsjahren immer bemüht, bei seinen Entscheidungen beiden Seiten Gerechtigkeit zukommen zu lassen. Das war an manchen Tagen leichter, an manchen schwerer. Heute war es unmöglich.

Das Grundrecht auf Privatheit sei, wie er betonte, ein wertvolles Gut und verdiene hohen Schutz. Der *New Yorker* habe dieses Recht mit dem vorliegenden Artikel unzweifelhaft verletzt. Er sei herabsetzend, beleidigend und an vielen Stellen schlichtweg geschmacklos. Das Anliegen des Klägers sei deshalb nachvollziehbar und berechtigt und genieße seine volle Sympathie.

Anwalt Greene grinste William von der Seite an. So, dass nur sie beide es sehen konnten, rieb er Daumen und Zeigefinger rasch gegeneinander und zeichnete Ziffern in die Luft: eins – fünf – null – null – null – null.

Allerdings, fuhr Richter Goddard fort, bestehe seine Aufgabe nicht darin, die Grenzen des guten Geschmacks zu definieren, sondern Recht zu sprechen. Und ein anderes, nicht minder schützenswertes Grundrecht sei das Recht der Öffentlichkeit, sich über aktuelle Themen von allgemeinem Nachrichtenwert zu informieren.

»Die entscheidende Frage lautet: Wurde in besagtem Artikel ein solches aktuelles Thema behandelt? Ich habe mich entschlossen, die Frage mit Ja zu beantworten, obwohl die Zeit, als die Sidis-Erziehungsmethode im Mittelpunkt einer lebhaften öffentlichen Diskussion stand, fast dreißig Jahre zurückliegt. Damals wurde intensiv darüber spekuliert, zu welchen langfristigen Folgen diese Art der Erziehung führen würde. Naturgemäß konnte seinerzeit noch nichts Konkretes darüber ausgesagt werden, weil gewissermaßen erst das Ergebnis des Experiments abgewartet werden musste. Wenn der *New Yorker* nun Einblicke in das Leben eines ehemaligen Wunderkinds gewährt, so ist dies als ein mit notwendiger Verspätung nachgereichter Beitrag zu einer Debatte zu werten, die zwar heute nicht mehr von Relevanz ist, es aber einmal gewesen ist.

Normalerweise ist das Privatleben eines Menschen dessen persönliches Gut und entsprechend geschützt. Im speziellen Falle von Mr. Sidis liegt dies anders. Da sein Lebenslauf den hauptsächlichen Indikator für die Wirksamkeit der Sidis-Erziehungsmethode darstellt, ist er eine Person öffentlichen Interesses. In dieser Funktion kann er weder in den Ruhestand treten noch Schutz auf Privatsphäre für sich beanspruchen. Für ihn gilt der Grundsatz: einmal prominent, immer prominent. Aus den genannten Gründen ist die F-R Publishing Corporation von allen Anklagepunkten freizusprechen.«

Unter der Kolonnade aus zehn korinthischen Säulen, die vor dem Haupteingang des Gerichtsgebäudes von der Macht, der Schönheit und der Unvergänglichkeit des Rechts kündeten, standen zwei schlechtgelaunte Männer. Der eine zwang sich zu einem säuerlichen Lächeln und ließ sein silbernes Zigarettenetui aufschnappen.

»Auch eine? Ach so, Nichtraucher.«

Anwalt Greene steckte sich eine Pall Mall an, inhalierte tief und blies den Rauch auf betont maskuline Weise durch den Mundwinkel. Kein Problem, wollte er damit signalisieren, alles im Griff.

»Wie heißt es so schön? Eine verlorene Schlacht ist noch kein verlorener Krieg. Immerhin hat das Gericht die Verletzung Ihrer Persönlichkeitsrechte ausdrücklich festgestellt. Das ist sicherlich das Beste an diesem Tag.«

»Nein. Das Beste an diesem Tag ist, dass ich Ihnen nichts schuldig bin.« Ohne die Hand zu ergreifen, die Anwalt Greene ihm entgegenstreckte, wandte William sich von ihm ab, stapfte die Stufen der breiten Freitreppe hinunter und verschwand in Richtung Rathaus. Er nahm eine Straßenbahn der Fulton Street Line und fuhr über die Brooklyn Bridge und dann wieder zurück und noch mehrmals hin und her. Er fühlte sich einsam und verraten. Anwalt Greene hatte nichts verstanden. Wie konnte dieser Dummschwätzer nur denken, es ginge ihm darum, ein normaler Mensch zu sein? Er war kein normaler Mensch, er war der *Gray Champion*. Und er würde weiter für die Freiheit kämpfen, so wie es seine Bestimmung war.

Im Apartment seiner Schwester angekommen, konnte er nicht an sich halten. Er musste ihr schon im Flur alles erzählen, sie kam überhaupt nicht zu Wort, es sprudelte nur so aus ihm heraus: Nein, er habe nicht gewonnen, leider, aber das habe nichts zu sagen, denn er werde natürlich Berufung einlegen, und dann, vor dem Appellationsgericht, würden die Karten neu gemischt, er habe sich sogar schon eine Strategie überlegt …

»Helena!«, schnarrte eine Stimme aus dem Zimmer, die ihm bis ins Mark fuhr. »Wo bleibst du? Was lässt du mich warten?«

»Komme gleich, Mama!«, rief Helena und erklärte, an William gerichtet: »Sie ist auf dem Weg nach Florida. Da macht sie jedes Mal bei mir Zwischenstation, um sich die Kosten fürs Hotel zu sparen. Immer unangekündigt. Und wehe, ich bin nicht von früh bis spät für sie da!«

William wurde blass. Seine Hände zitterten.

»Ich muss weg. Ich muss sofort hier weg. Ich will sie nicht sehen, verstehst du? Ich will sie nicht sehen! Schick mir mein Gepäck mit der Post. Ich kann sie nicht ...«

Er stürzte die Treppen hinunter und rannte, bis ihm die Lungen stachen.

»Helena, wer war denn da? Da war doch jemand!«
»Nur der Nachbar, Mama.«
»Wieso schlägt der denn die Tür zu? So ein Rüpel. Nichts als Rüpel heutzutage. Als ich jung war ...«
»Ja, Mama. Möchtest du noch ein Canada Dry?«

Zwei Jahre lang musste William auf seinen Berufungsprozess warten. Mehrmals forderte er die Justizbehörden auf, einen Verhandlungstermin anzuberaumen, doch jedes Mal erhielt er nur eine vorgedruckte Antwort mit einem allgemein gehaltenen Hinweis auf die Überlastung des Gerichts. »Wir werden Sie zu gegebener Zeit benachrichtigen und danken für Ihr Verständnis.« Verständnis, welches Verständnis, dachte William und zerknüllte verärgert das Schreiben.

Obwohl es ihm schwerfiel, sich seinen Lebensunterhalt zu verdienen – sein Ruf als Querulant war ihm bei der Arbeitssuche nicht eben behilflich –, verabsäumte er doch nie, seine Pflichten zu erfüllen. Mrs. Hopkins bekam die Miete für die Dachkammer immer pünktlich. Auch brachte er von seinen diversen Zeitschriften, die sich teils mit Gesellschaftspolitik, Pazifismus und Libertarismus, teils mit dem Straßenbahnwesen beschäftigten, zuverlässig einmal im Monat eine neue Ausgabe heraus. Dabei ließen die Produktionsbedingungen in seiner Wohnung sehr zu wünschen übrig. Im Winter rochen die Ausdünstungen der Dachpappe zwar nicht ganz so stechend nach Teer wie im Sommer, dafür zog eine beißende Kälte durch alle Ritzen. Mit triefender Nase, kleine Wölkchen von Atemdunst ausstoßend, die löchrige Bettdecke um die Schultern geschlungen, saß William auf dem Fußboden und kurbelte mit steifen Fingern an seinem Mimeographierapparat.

Am 9. Juli 1940 war es endlich so weit. Das Appellationsgericht für den Zweiten Gerichtsbezirk in New York nahm das Verfahren »Sidis vs. F-R Publishing Corporation« in der höheren Instanz wieder auf. Anstatt eines Richters gab es drei, und auch die Aufmerksamkeit der Fachöffentlichkeit hatte sich im Vergleich zum ersten Prozess noch einmal erhöht. Das Urteil des Bezirksgerichts war in Expertenkreisen viel diskutiert und mehrheitlich kritisiert worden. Man fand, Mr. Sidis sei Unrecht widerfahren. Der Schaden, den der *New Yorker* seiner Reputation zugefügt hatte, sei nicht genügend berücksichtigt worden.

William kannte alle Stellungnahmen, die über seinen Fall erschienen waren. Dementsprechend baute er seine neue Klage vor allem auf dem Vorwurf des Rufmords auf. Seit der *New Yorker* ihn gegen seinen Willen zurück ins Licht der Öffentlichkeit gezerrt habe, argumentierte er, sei es fast unmöglich für ihn geworden, einen angemessenen Job zu finden. Als Entschädigung verlangte er keine hundertfünfzigtausend Dollar mehr, aber immerhin noch zehntausend.

Anwalt Ernst, der der F-R Publishing Corporation nun schon seit drei Jahren in dieser lästigen Affäre zur Seite stehen musste und darüber sichtlich enerviert war, schüttelte seinen Eierkopf und nannte die Forderung abwegig.

»Es ist unbestreitbar, dass der Leumund von Mr. Sidis kaum miserabler sein könnte. Aber wenn er die Schuld dafür der Presse gibt, beweist er damit nur einmal mehr seine Unfähigkeit, Verantwortung für sein eigenes Fehlverhalten zu übernehmen. Wer hat ihn denn gezwungen, mit den Bolschewisten zu marschieren und die amerikanische Fahne zu beleidigen? Gewiss nicht der *New Yorker*!«

Wie Anwalt Ernst weiter ausführte, könne Schadenersatz für eine Rufschädigung nach dem Gesetz nur jemand einklagen, der deswegen berufliche Nachteile erlitten oder Einnahmen verloren hat.

»Wird beispielsweise ein Arzt als lebensgefährlicher Pfuscher bezeichnet und es bleiben ihm daraufhin die Patienten fern, dann hat er alles Recht, sich dagegen zu wehren. Aber was ist mit einem, dessen Karriere nie über das Bedienen eines Comptometers hinausgekommen ist? Wie kann er wegen eines einzigen Artikels zehntausend Dollar Verlust machen, wenn er – ich beziehe mich auf eine Meldung aus dem Jahre 1923 – nur dreiundzwanzig Dollar in der Woche verdient? Aus freien Stücken das Leben eines armen Schluckers führen, aber dann einen Haufen Geld verlangen, nur weil eine Zeitschrift sagt, wie es ist – das passt nicht zusammen. Entweder hat Mr. Sidis jeglichen Sinn für die Realität verloren, oder ihn treibt die nackte Habgier.«

»Ich protestiere! Der Charakter meines Mandanten wird völlig verzerrt dargestellt.« Anwalt Edwin Lukas fühlte sich zu einer Wortmeldung bemüßigt. Er war William als Rechtsvertreter *in forma pauperis* zugeteilt worden, also nach dem Armenrecht. Angesichts der lausigen Vergütung, die er dafür erhielt, hatte er darauf verzichtet, sich im Vorfeld mit ihm zu besprechen, und stattdessen nur einen flüchtigen Blick in die Akten geworfen. Aber so ganz an sich vorbeilaufen lassen wollte er die Verhandlung auch wieder nicht. »Es ist allgemein bekannt, dass er sehr intelligent ist. Wie viel er in der Vergangenheit verdient hat, spielt keine Rolle. Entscheidend ist, was er künftig verdienen könnte. Mr. Sidis, Sie sind einundvierzig Jahre alt –«

»Zweiundvierzig und neunundneunzig Tage.«

»Gleichwie. Jedenfalls wäre eine akademische Karriere für Sie immer noch drin gewesen, stimmt's? Sie hatten sich sogar schon darauf vorbereitet. Aber mit der öffentlichen Denunziation durch den *New Yorker* waren all Ihre Pläne zunichtegemacht, richtig?«

»Nein«, sagte William. »Das ist Unsinn. Ich habe immer am liebsten an einem Comptometer gearbeitet und möchte auch künftig nichts anderes machen.«

»Ja, aber Sie hatten doch vor, in den nächsten Jahren hohe Einkünfte zu erzielen, nicht wahr? Dafür beanspruchen Sie jetzt Schadenersatz.«

»Nein.«

»Aber wollen Sie nicht –«

»Nein. Will ich nicht.«

Während Anwalt Ernst sich ein frohlockendes Grinsen nicht verkneifen konnte, versteinerte Anwalt Lukas' Miene. Gerne hätte er seinem Mandanten geholfen, aber wenn der es vorzog, sich um Kopf und Kragen zu reden, konnte er nichts machen. Er setzte sich, verschränkte seine Arme und sagte bis zum Ende der Verhandlung kein Wort mehr.

»Das müssen Sie uns erklären, Mr. Sidis«, sagte Richter Patterson. »Wenn Sie ohnehin nur einer einfachen Hilfstätigkeit nachgehen wollen – inwiefern hindert Sie der *New Yorker* daran? Anders gefragt: Welche konkrete Aussage im Text hat Ihren Ruf so stark beschädigt, dass Sie heute schwerer an einen Job kommen als vor der Veröffentlichung?«

»Na ja, zum Beispiel wird behauptet, ich hätte eine besondere Begabung für höhere Mathematik.«

»Und? Stimmt das etwa nicht?«

»Nein. Das ist eine Verleumdung. Dagegen wehre ich mich.«

»Und dass Sie als Neurotiker und Versager und verkrachte Existenz und was nicht alles beschrieben worden sind – das stört Sie weniger?«

»So ist es.«

Richter Patterson prustete geräuschvoll durch die Backen und ließ sich in seinen Sessel zurückfallen. Damit hatte er nicht gerechnet. Dummköpfe, die klüger scheinen wollten, als sie waren, begegneten ihm ständig. Aber dass einer versuchte, seine Fähigkeiten zu leugnen – das hatte er noch nie erlebt. Richter Swan übernahm die Befragung.

»Gut, nehmen wir also an, Sie besitzen wenig mathematisches Talent. Dann haben wir etwas gemeinsam. Aber in den Berufen, die Sie und ich ausüben, braucht man doch ohnehin kaum welches, oder?«

»Sehen Sie, es ist so: Ich bin ein einfacher Mann, der immer nur versucht hat, seinen Job so gut zu erledigen, wie er kann. Aber nun liest ein Arbeitgeber im *New Yorker*, dass ich in Wirklichkeit ein großer Mathematiker bin, ein verkapptes Genie sogar. Also denkt er: Dieser Sidis bleibt unter seinen Möglichkeiten. Er gibt nicht sein Bestes für die Firma, in der er arbeitet. So einen Minderleister stelle ich besser nicht ein. Verstehen Sie?«

»Sie wollen uns also weismachen, Sie seien gar nicht überdurchschnittlich intelligent?«

»Bin ich auch nicht.«

»Das nehme ich Ihnen nicht ab.«

»Dann beweisen Sie das Gegenteil.«

»Keine schwere Aufgabe. Es gibt bergeweise alte Berichte, in denen steht, dass William James Sidis das intelligenteste Kind der Welt ist.«

»Die Zeitungen verdienen mit solchen Sensationsgeschichten viel Geld. Der stärkste Mann der Welt, der größte Hund der Welt, das intelligenteste Kind der Welt ... Meistens steckt nicht viel dahinter. Warum sie ausgerechnet mich dafür hergenommen haben – keine Ahnung. Vielleicht eine Verwechslung.«

»Na gut, dann sehen wir uns mal ein Beispiel an. Ist Ihnen das hier bekannt?«

Richter Patterson entnahm einer Aktenmappe einen Ausschnitt aus dem *Boston Herald* und reichte ihn William. Dieser warf einen kurzen Blick auf die Seite und gab sie nach zwei Sekunden wieder zurück.

»Nein. Nie gesehen.«

»Da heißt es, Sie hätten mit elf Jahren einen gloriosen Vortrag über die Vierte Dimension gehalten, der eines Professors würdig gewesen wäre – ist das etwa gelogen?«

»Stark übertrieben.«

»Und was ist damit: ›Mit sechzehn schloss er sein Studium am Harvard College mit *summa cum laude* ab‹?«

»Das steht da nicht.«

»Doch, da steht … Augenblick, wo war's … Pardon, ich korrigiere: › … schloss er sein Studium am Harvard College mit *cum laude* ab.‹«

»Sehen Sie? Nicht *summa*. Nur *cum laude*. Das ist eine mittelmäßige Note.«

»Mr. Sidis«, meldete sich Richter Clark zu Wort, »sagen Sie mal – wie viele Fremdsprachen beherrschen Sie eigentlich?«

»Keine einzige, warum?«

»Weil mir ein weiterer Artikel vorliegt, aus dem hervorgeht, dass Sie auch schon als Übersetzer tätig gewesen sind.«

»Nun ja, der Mensch muss leben.«

»Möchten Sie uns verraten, aus welcher Sprache Sie übersetzt haben? Etwa aus dem Russischen?«

»Kann sein. Ich erinnere mich nicht.«

»Oder Französisch?«

»Vielleicht.«

»Spanisch?«

»*Bien puede ser.*«

»Deutsch?«

»*Jawohl, mein Herr.*«

»Polnisch?«

»*Jeśli chcesz.*«

»Chinesisch?«

»你的鼻子很長。«

»Mr. Sidis, sagten Sie nicht gerade eben, Sie beherrschen keine Fremdsprache?«

»Was heißt schon beherrschen. Niemand beherrscht eine Sprache.«

»Ich denke, wir haben genug gehört. Das Gericht zieht sich zur Beratung zurück.«

Die drei Richter waren sich uneins, wie sie den Auftritt des Klägers bewerten sollten. Richter Swan war der Ansicht, Sidis befinde sich hart am Rande der geistigen Verwirrung. Allein schon der Umstand, dass er es offenbar für eine schlaue Strategie halte, Einfalt vorzutäuschen, sei ein starker Hinweis auf tatsächliche Einfalt. Richter Patterson hingegen glaubte, Sidis habe sich aufgrund seiner abnormen Intelligenz so weit von der übrigen Gesellschaft entfernt, dass er selbst nicht einschätzen könne, wie dummdreist er auf andere wirke. Richter Clark wiederum meinte, um ein wahnsinniges Genie zuverlässig von einem genialen Wahnsinnigen unterscheiden zu können, müssten sie ein psychologisches Gutachten in Auftrag geben. Aber darauf könnten sie verzichten, da sie glücklicherweise nicht über den geistigen Zustand des Klägers zu urteilen hätten, sondern nur darüber, ob der Artikel im *New Yorker* die Grenzen der Meinungsfreiheit überschritten habe, und das sei seines Erachtens nicht der Fall. Darauf konnten sich alle drei verständigen, und so trafen sie die einstimmige Entscheidung, den Freispruch aus der ersten Instanz zu bestätigen.

Anwalt Ernst stand mit den Vertretern der F-R Publishing Corporation auf dem Flur des Gerichtsgebäudes und hatte sich gerade zur Feier des Tages eine Don Cándido angezündet, als William seinen Weg kreuzte.

»Na, Mr. Sidis, haben Sie heute etwas gelernt?«, fragte er süffisant.

»Nur, dass man nie aufgeben darf, ehe eine Sache endgültig verloren ist«, sagte William. »Aber das wusste ich auch vorher schon.«

»Wie meinen Sie das? Ihre Sache *ist* verloren. Finden Sie sich endlich damit ab. Wenn das Bezirksgericht ein Urteil fällt und das Appellationsgericht es bestätigt, dann –«

»– gibt es immer noch den Obersten Gerichtshof.«

»Das wollen Sie nicht wirklich, oder? Sie wollen nicht wegen dieser, mit Verlaub, Bagatelle den Obersten Gerichtshof anrufen.«

»Warum nicht?«

»Weil es sinnlos ist. Und weil der Klügere nachgibt.«

»Ich bin aber nicht der Klügere, das habe ich doch gerade gezeigt. Ich werde so lange gegen den *New Yorker* kämpfen, bis einer von uns beiden am Ende ist.«

»Ja, aber wieso?«

William starrte Anwalt Ernst mit Augen, in denen mehr als nur ein Funken Irrwitz flackerte, an und presste durch die Zähne: »Aus Prinzip.«

Fiebernd lag William unter einer schweißnassen Decke und hustete. Obwohl er alle Kleidungsstücke am Leib trug, die er besaß, kroch ihm die Kälte bis in die Eingeweide. Bei jedem Hustenstoß schmerzte ihn sein wunder Brustkorb, als hätte er eine Eisenfeile verschluckt. Mit einem fleckigen Taschentuch wischte er sich den Auswurf von den aufgesprungenen Lippen. Sogar die greise Mrs. Hopkins wirkte besorgt. Ob sie nicht besser einen Arzt rufen solle? Mit einer Lungenentzündung sei nicht zu spaßen, ihr Mann sei vor fünfzig Jahren an einer gestorben. William hob schwach eine Hand und winkte ab. Einen Arzt konnte er unmöglich bezahlen. Außerdem war es ihm gleichgültig, ob er überlebte.

Seit der Oberste Gerichtshof es abgelehnt hatte, sich mit dem Fall »Sidis vs. F-R Publishing Corporation« zu beschäftigen, war ihm alles egal. Seine letzte Hoffnung war dahin. So viele Jahre hatte er für das wahre, das bessere Amerika gekämpft. Alles umsonst. Seine Gegner waren zu groß, zu mächtig und zu zahlreich: Die Politik, die Wirtschaft, die Justiz, die Presse, alle hatten sich gegen ihn verbündet. Die Leute, satt und verdorben, träumten nicht von der Freiheit, sie träumten von einem Kühlschrank. Da konnte der *Gray Champion* ihnen noch so oft erscheinen und sie zum Aufstand ermutigen. Das Volk erkannte ihn nicht mehr. Die Verbindung war gerissen.

Er wurde wieder gesund, aber seine Zuversicht kehrte nicht zurück. Er ließ sich gehen. Hatte er sich früher wenigstens alle zwei Wochen mit einem stumpfen Rasiermesser übers Kinn geschabt, ließ er seinen rötlichen Flusenbart jetzt wuchern. Hatte er früher darauf geachtet, hin und wieder etwas Warmes in den Magen zu bekommen, gab es jetzt morgens, mittags und abends nur noch Weißbrot, Erdnussbutter und Marmelade. In den Ecken des Zimmers breiteten sich schwarze Schimmelflecken aus. Er kümmerte sich nicht darum. Es gab Wichtigeres. Die Katastrophe, vor der er oft und oft gewarnt hatte, war eingetroffen. Die Welt stand zum zweiten Mal in Flammen. Genau wie er es vorhergesehen hatte, waren es die Deutschen, die das Feuer gelegt hatten, und wie erwartet zierte sich Amerika wieder nur eine Weile und stürzte sich dann mit wilder Entschlossenheit ins Verderben.

Das Massachusetts Institute of Technology, auch das konnte William nicht überraschen, verwandelte sich erneut in ein riesiges Forschungslabor für Kriegsgerät, gepäppelt mit Millionen und Abermillionen Dollar aus dem Militärhaushalt. Und Norbert Wiener, der Maschinen das Denken beibringen wollte? Tüftelte er noch an seinem Schachautomaten? Natürlich nicht. Er arbeitete am Konzept für eine neuartige Wunderkanone, deren mörderischer Vorzug darin bestehen sollte, dass ihre Geschosse ein bewegliches Ziel, etwa ein Flugzeug, selbständig ansteuerten.

Vorbei auch die kurzlebige Mode, Romane über den Weltkrieg zu lesen und sentimentale Tränen über die sinnlose Schlächterei zu vergießen. Über Nacht hatte das Wort »Pazifismus« wieder den Beiklang von Feigheit und Landesverrat angenommen, und Eltern hielten es für ihre patriotische Pflicht, die eigenen Söhne in den Blutkessel zu jagen und in einer verzinkten Kiste zurückzubekommen. »Anders geht es leider nicht«, sagten sie. »Diktatoren lassen sich nur mit Gegengewalt aufhalten.«

William wurde wütend, wenn er solchen Unsinn hörte. Mussolini, Franco, Hitler waren zu Herrschern aufgestiegen, weil in ihren Ländern die Systeme versagt hatten. Die Staatsorgane, die ihnen in die Hände gefallen waren, hatte es bei den Okamakammessets gar nicht gegeben. Der sicherste Schutz gegen Totalitarismus war die Auflösung aller Strukturen, die die Konzentration von Macht begünstigten. Aber das war den Leuten schon zu kompliziert. Um den Faschismus zu besiegen, habe man keine andere Wahl, als den Faschisten ähnlich zu werden. So war es ihnen von allen Seiten eingetrichtert worden, und so gaben sie es brav wieder.

Als er dreiundvierzig Jahre und zweihundertdreiundneunzig Tage alt war, erhielt William einen Brief. Er hatte ihn lange erwartet und zugleich gehofft, ihn nie zu bekommen, obwohl er wusste, wie unwahrscheinlich das war, denn in jener Zeit bekam jeder amerikanische Mann zwischen achtzehn und fünfundvierzig einen solchen Brief mit der Aufforderung, sich zum Militärdienst zu melden. Am liebsten hätte er ihn einfach weggeworfen und so getan, als hätte es ihn nie gegeben. Doch so leicht es war, ein Blatt Papier zu vernichten, so schwer war es, aus der Welt zu schaffen, was darauf stand. Also räumte er sein Bett frei, legte sich auf den Rücken, schaute auf den Schimmelfleck an der Decke und überlegte.

Er hatte drei Möglichkeiten. Entweder tat er das, was der Staat von ihm verlangte, und ließ sich in den Kampf gegen eine Horde wildgewordener Germanen oder unberechenbarer Japaner schicken. Ein Delinquent im alten Rom, der im Kolosseum einem Rudel hungriger Löwen gegenüberstand, dürfte eine höhere Überlebenschance gehabt haben.

Oder er weigerte sich, in den Krieg zu ziehen, und akzeptierte das Schicksal, das die Regierung in diesem Fall für ihn vorgesehen hatte. Kriegsdienstverweigerer landeten in den Lagern, die zur Zeit des New Deal für Arbeitslose errichtet worden waren. Das Programm hieß nicht mehr »Civilian Conservation Corps«, sondern »Civilian Public Service«, aber abgesehen davon hatte sich wenig geändert. Für ein Taschengeld mussten die Insassen Straßen bauen, Latrinen ausheben oder mit einem Fallschirm aus einem Flugzeug springen, um Waldbrände zu bekämpfen.

In medizinischen Forschungseinrichtungen wie der Harvard Medical School gab es ebenfalls Bedarf an Kriegsdienstverweigerern. Man verwendete sie als Versuchsobjekte, um herauszufinden, was passiert, wenn Menschen für längere Zeit Hitze, Kälte, dünner Höhenluft oder Nahrungsmangel ausgesetzt sind. Andere Wissenschaftler infizierten Kriegsdienstverweigerer mit den Erregern von Hepatitis und Malaria, oder sie züchteten auf ihren Körpern Läuse und testeten dann auf ihrer Haut das Insektenvernichtungsmittel DDT auf Wirksamkeit und gesundheitliche Nebenwirkungen. Das war die zweite Möglichkeit.

Die dritte bestand darin, beide Wahlmöglichkeiten abzulehnen, so wie Julius Eichel und Philip Grosser es während des letzten Kriegs getan hatten. Unwillkürlich drängte sich ihm ein Bild auf: er, nackt und wehrlos, im Eisensarg von Alcatraz.

Weil er sich nicht entscheiden konnte, zerriss er den Brief in drei Teile. Er beschriftete sie, faltete sie zu Losen, mischte sie in der Hohlkugel seiner beiden Hände und legte sie auf den Boden. Ausgiebig ließ er seinen Zeigefinger über ihnen kreisen, bevor er sich für das linke entschied. Er hielt es lange in der Hand, legte es dann wieder zurück und griff zum rechten, nur um es endgültig gegen das mittlere zu tauschen. Er entfaltete es mit zitternden Fingern und las: *Killed by Nazis.*

Nun, da er seine Todesursache kannte, fügte er sich ins Unvermeidliche. Er traf pünktlich zur angegebenen Stunde in der Musterungskommission ein, wartete geduldig, bis er aufgerufen wurde, beantwortete alle Fragen nach bestem Wissen und unternahm keinen Versuch, bei der Untersuchung der körperlichen Eignung zu schummeln, obwohl er den Eindruck erweckt haben mochte, denn weder wollte es ihm gelingen, fünf Sekunden lang auf einem Bein zu stehen, noch, einen Ball in einen in zehn Fuß Höhe angebrachten Korb zu werfen, von den Ergebnissen der Ausdauer- und Kraftprüfungen ganz zu schweigen.

Nochmals harrte er mehrere Stunden in einem schmucklosen Warteraum auf einer Holzbank aus. Dann wurde er in ein Büro geschickt, wo ein Offizier in Uniform vor zwei gekreuzten amerikanischen Fahnen und einer gerahmten Farbaufnahme von Franklin D. Roosevelt saß und ihm knapp und emotionslos das Ergebnis mitteilte: Kategorie IV-F.

»Was bedeutet das?«

»Aufgrund physischer, geistiger oder moralischer Mängel für den Militärdienst untauglich. Sie können gehen.«

Vor dreißig Jahren war William James Sidis Amerikas größte Hoffnung gewesen. Jetzt konnte ihn dieses Amerika nicht einmal mehr als Kanonenfutter gebrauchen.

Helena war überrascht, ihren Bruder vor der Tür stehen zu sehen. Er meldete sich nur unregelmäßig bei ihr. Oft ließ er monatelang nichts von sich hören, und dann bestürmte er sie auf einmal mit Briefen und Anrufen, weil er etwas Dringendes brauchte, und ging wie selbstverständlich davon aus, dass sie sich unverzüglich darum kümmerte. Das Überraschende war in diesem Fall also nicht so sehr, dass er, ohne sich anzukündigen, zum ersten Mal seit über drei Jahren nach New York gekommen war, sondern wie er sich herausgeputzt hatte.

»Gut siehst du aus!«, rief sie und meinte es auch so. Er trug frischpolierte Schuhe und einen nagelneuen, eierschalenfarbenen Anzug in passender Größe, hatte einen ordentlichen Haarschnitt und war sauber rasiert. Anstatt der uralten Schweinsledertasche, die er mit sich herumgeschleppt hatte, solange sie denken konnte, hielt er ein schwarzes Aktenköfferchen in der Hand. Er sah immer noch nicht so aus wie ein durchschnittlicher amerikanischer Großstädter mittleren Alters, dazu fehlte seinem Auftreten die Selbstverständlichkeit. Was für Millionen andere Männer normale Konfektion war, wirkte an ihm wie Maskerade. Aber immerhin, er hatte sich Mühe gegeben.

Erst auf den zweiten Blick fiel ihr seine Gesichtsfarbe auf. Am Sommerwetter allein konnte es nicht liegen, dass seine Wangen leuchteten, als hätte er Rouge aufgetragen, ebenso Stirn und Ohren. Aus den Schläfen standen zwei Adern heraus, prall und geringelt wie unter die Haut gepflanzte Regenwürmer. Dass er sich alle Augenblicke mit dem Jackenärmel den Schweiß aus dem Gesicht wischte, schien er selbst nicht zu bemerken. Er war viel zu sehr damit beschäftigt, seiner Schwester zu erzählen, dass er kurz vor einem wichtigen Sieg stehe. Er habe den *New Yorker* verklagt, morgen finde die Verhandlung vor dem Bezirksgericht statt.

»Schon wieder? Was haben sie denn diesmal über dich geschrieben?«

»Nichts Neues. Es geht immer noch um den alten Artikel.«

»Aber darüber ist doch schon längst entschieden worden. Soweit ich mich erinnere, hast du sämtliche Prozesse verloren, und zwar ziemlich krachend.«

»Ja, aber das wird sich diesmal ändern.«

»Warum bist du dir da so sicher?«

»Wegen der Ausmusterung. Die war ein Zeichen. Eigentlich hatten sie die perfekte Gelegenheit, mich loszuwerden. Sie hätten mich nur an die Front schicken müssen. Aber sie haben es nicht getan. Weil es nicht sein sollte. Weil ich noch gebraucht werde. Es ist meine Bestimmung, eine Rolle in der amerikanischen Geschichte zu spielen. Jetzt muss ich mich erst einmal gegen den *New Yorker* durchsetzen.«

»Und dann?«

»Dann geht's weiter im Plan.«

»Du hast einen Plan? Das ist mir noch gar nicht aufgefallen.«

Er lachte, vielleicht aus Belustigung über die Ahnungslosigkeit seiner Schwester, vielleicht aus Freude über die Vorzüglichkeit seines Plans, und wischte sich mit dem Ärmel über das Gesicht.

»Lass mich raten: Dein Plan sieht vor, bei mir zu übernachten. Und vorher soll ich für dich kochen, richtig?«

»Nur wenn es dir nichts ausmacht. Was gibt's denn?«

Bei seinem Plädoyer zeigte William, der ohne Unterstützung durch einen Anwalt auftrat, keine Anzeichen von Nervosität. Dafür war er sich seiner Sache zu sicher. Er legte dem Gericht mit großer Genauigkeit dar, weshalb der ganze Fall noch einmal neu aufgerollt werden musste. Bei den bisherigen Verhandlungen seien nämlich noch gar nicht alle Vergehen des *New Yorker* zur Sprache gekommen, deren Opfer er geworden sei. Konkret gehe es um Ehrverletzung, Verunglimpfung, Demütigung, Diffamierung sowie Verletzung der Menschenwürde, er könne das jeweils anhand von Textstellen einwandfrei belegen.

Anwalt Morris Ernst hielt dagegen, er habe nur neue Begriffe gehört, aber nichts Neues in der Sache, über die ja längst entschieden worden sei. Er halte eine Wiederaufnahme daher für unbegründet. Richter John W. Clancy schloss sich dieser Ansicht an. Nach nicht einmal einer halben Stunde endete der Prozess mit einem weiteren Freispruch für die F-R Publishing Corporation.

Auf dem Flur vor dem Verhandlungssaal stand William in seinem eierschalenfarbenen Anzug, das Aktenköfferchen neben sich auf dem Boden, und schaute aus dem Fenster. Sein Kopf glühte. Er wischte sich den Schweiß von der Stirn.

»Das lief wohl etwas anders als gedacht, was, Mr. Sidis?«

Anwalt Ernst machte keinen Hehl aus seiner Schadenfreude. Seit geschlagenen sieben Jahren ging dieser Mann ihm auf die Nerven. Nur ein Neurotiker von höchsten Graden konnte einen endlosen Rechtsstreit anzetteln, bloß weil er irgendwann einmal in einer Zeitschrift als neurotisch beschrieben worden war.

»Die Justiz schlägt sich meistens auf die Seite des Kapitals«, sagte William, ohne seinen Blick vom Fenster abzuwenden. »Das war gestern so, das ist heute so. Wie es morgen ist, bleibt abzuwarten.«

»Was soll das heißen?«

»Dass sich zeigen wird, wie das Appellationsgericht meine Argumente bewertet.«

»Wie bitte? Sie geben immer noch nicht auf?«

»Niemals! Ich werde selbstverständlich Berufung einlegen.«

Anwalt Ernst konnte es nicht fassen. Wie viele Niederlagen brauchte dieser Verrückte noch?

»Hören Sie, mein lieber Freund. Meinetwegen können Sie bis in alle Ewigkeit prozessieren, ich werde dafür bezahlt. Aber es gibt in New York weiß Gott angenehmere Orte als ein Gerichtsgebäude. Haben Sie schon mal im ›Waldorf Astoria‹ gegessen? Die haben ein fabelhaftes Beef Wellington. Ich würde vorschlagen, wir treffen uns dort heute Abend zum Dinner, Sie sind eingeladen. Und dann besprechen wir in aller Ruhe, wie wir unser Problem aus der Welt schaffen. Einverstanden?«

»Wenn Sie glauben, ich lasse mich für ein lumpiges Abendessen über den Tisch ziehen – vergessen Sie's. Ich bin nicht käuflich. Mir geht es um etwas anderes.«

»Nämlich?«

»Etwas, das Sie als Rechtsanwalt nicht kennen: Gerechtigkeit.«

»Wenn das so ist, dann ziehe ich die Einladung zurück. Kommen Sie morgen um fünfzehn Uhr in meine Kanzlei.«

Anwalt Ernst öffnete seine Brieftasche aus Schlangenleder

und überreichte William eine Visitenkarte. »Ich verspreche, wir werden Ihnen keinen Kaffee anbieten. Wir wollen Ihre Unbestechlichkeit ja nicht auf die Probe stellen.«

Neben Anwalt Ernst saß ein Mann mit einem Schmunzeln auf den breiten Lippen. William hatte ihn noch nie gesehen, aber seinen Namen schon oft gelesen: Harold W. Ross, Gründer und Chefredakteur des *New Yorker*.

»Es tut mir leid, dass Sie schon wieder verloren haben, Mr. Sidis«, sagte Mr. Ross. »Wir würden es uns ja einiges kosten lassen, Sie endlich loszuwerden. Aber dann würden alle, die wir schon mal beleidigt haben, Schmerzensgeld verlangen. Und, sehen Sie, das sind einfach zu viele.« Er zwinkerte schelmisch mit seinen klugen Augen. »Deshalb habe ich einen anderen Vorschlag. Ich möchte, dass Sie für uns arbeiten.«

»Ich?«

»Genau Sie. Ich weiß ja, dass Sie selber schreiben, und gescheit sind Sie auch. Deshalb habe ich zu Mr. Ernst gesagt: ›Was streiten wir uns eigentlich dauernd mit dem Kerl? Eigentlich passt der doch perfekt zu uns.‹ Stimmt's, Morris?«

»Ah? Ach ja, richtig, genau so war's«, stammelte Anwalt Ernst.

»Also, schreiben Sie doch einfach einen Beitrag für uns. Wir bezahlen das übliche Honorar, zweihundert Dollar pro Seite. Thema und Länge bleiben Ihnen überlassen. Schreiben Sie über Straßenbahnen am Nordpol, oder über Ihre Okimasset-Indianer, was immer Sie wollen. Na, können Sie dazu nein sagen?«

»Ja«, sagte William. »Kann ich.«

»Okay, das bleibt jetzt bitte unter uns. Die anderen Autoren bringen mich um, wenn sie das rauskriegen. Dreihundert Dollar pro Seite.«

»Darum geht's nicht«, sagte William.

»Sie können auch ein Pseudonym verwenden, wenn das einen Unterschied macht.«

»Macht keinen Unterschied. Ich werde niemals für den *New Yorker* schreiben.«

»Warum?«

»Weil ich ihn hasse.«

»Wunderbar, da haben wir's. Überschrift: ›Warum ich den *New Yorker* hasse‹. Lassen Sie alles raus. Wir drucken es, ohne ein Komma zu ändern, mein Ehrenwort.«

»Nein.«

Mr. Ross schmunzelte nicht mehr. Er warf Anwalt Ernst einen fragenden Blick zu, den dieser mit einer Geste beantwortete, die so viel bedeutete wie: Na, glaubst du's mir jetzt?

»Hören Sie, Mr. Sidis, es kann doch nicht so schwer sein. Vor Gericht werden Sie nie etwas erreichen. Aussichtslos. Es kostet nur Ihre Nerven. Das könnte uns egal sein, aber es kostet auch unsere. Also lassen Sie uns die Sache intern regeln. Wir sind ja gerne großzügig, aber wir brauchen für unsere Buchhaltung eine Gegenleistung. Irgendeinen Text von Ihnen. Egal, wie kurz, egal, wie schlecht, aber wir brauchen einen. Verstehen Sie mich?«

»Ich verstehe Sie sehr gut«, sagte William. »Aber ich mach's nicht.«

»Herrgott, das ist doch zum …« Mr. Ross nahm einen

Füllfederhalter und ein Blatt Papier von Anwalt Ernsts Schreibtisch und legte beides vor William hin. »Los, schreiben Sie: ›Der *New Yorker* ist dumm und lügt. Ende.‹ Siebenhundert Dollar, wenn Sie das schreiben. Ich flehe Sie an, tun Sie's. Tausend Dollar. Nur diese acht Wörter. Tausend Dollar in zehn Sekunden.«

William schraubte den Federhalter auf und setzte die goldene Spitze aufs Papier. Dann, nach einem kurzen Zögern, schraubte er ihn wieder zu.

»Es … es geht nicht. Ich kann nicht.«

»Was zum Kuckuck ist das verdammte Problem!?«, schrie Mr. Ross.

»Kein Problem. Ein Prinzip. Ich schreibe nicht für Honorar. Grundsätzlich nicht. Ich finde es falsch, Geld mit Gedanken zu machen. Das korrumpiert das Denken.«

Mr. Ross ließ sein Kinn auf die Brust fallen und raufte sich die Haare. Es sah aus wie eine theatralische Übertreibung, aber das war es nicht.

»Krank«, sagte Anwalt Ernst. »Was hab ich dir gesagt? Der Mann ist krank.«

»Okay, okay«, sagte Mr. Ross, um sich zu sammeln, und dann noch einmal: »Okay. Allerletztes Angebot. Wir haben so etwas noch nie gemacht und werden es hoffentlich nie wieder machen, aber okay. Sie bekommen Geld und müssen nichts dafür tun, außer uns zu garantieren, dass Sie uns nie, nie, nie wieder belangen. Fünfhundert Dollar bar auf die Hand, und dann auf Nimmerwiedersehen. Okay?«

William überlegte einen Augenblick. Dann wischte er sich mit dem Ärmel den Schweiß vom Gesicht und sagte: »Sechshundert.«

»Sechshundert und *goodbye*?«

»Und *goodbye*«, bestätigte William.

Mr. Ross atmete hörbar auf. »Halleluja. Es geschehen noch Wunder auf dieser gottlosen Erde.«

»Komplett krank, der Mann«, sagte Anwalt Ernst.

Standhaftigkeit, dachte William, während er in der großen Wartehalle der Pennsylvania Station auf einer Treppe saß und die Ornamente des Deckengewölbes aus rosafarbenem Granit betrachtete, Standhaftigkeit ist das Wichtigste. Ohne seine Standhaftigkeit, ohne seine Prinzipientreue hätten sie auch ihn kleingekriegt, so wie sie alle kleinkriegten, die nicht so unbeugsam waren wie er. Damit hatten sie nicht gerechnet, dachte er, als der Zug den Long Island Sound entlangfuhr, dessen Wellen blau und silbern flirrten in der gleißenden Julisonne, dass er niemals aufgeben würde, dass er weiter und immer weiter kämpfen würde, bis zum guten Ende. Zwar stand die erstrittene Summe in keinem angemessenen Verhältnis zur Länge des Streits oder zur Kraft, die er ihn gekostet hatte, und erst recht nicht zum Ausmaß des Unrechts, das ihm angetan worden war, aber darauf, dachte er und wischte sich die Schweißperlen von der tiefroten Stirn, kam es nicht an. Hauptsache, er hatte sich nicht auf eine Gegenleistung eingelassen. Mit einer Gegenleistung wäre es bloß ein fauler Kompromiss gewesen, dachte er und tastete nach seinem Geld, so aber, ohne Gegenleistung, war es ein Sieg auf ganzer Linie. Ein süßer und kostbarer Sieg, nicht nur gegen den *New Yorker*, sondern gegen alle Journalisten, die ihn jemals verfolgt und malträtiert hatten. Und das war nur der erste Sieg in einer ganzen Reihe von Siegen, dachte er, während der Bundesstaat Rhode Island vor dem Fenster vorbeizog. Er war sechsundvierzig Jahre und hundertfünfzig Tage alt. Er konnte noch lange weiterkämpfen und weitersiegen, zumal er für eine Weile nicht arbeiten musste, sondern sich ganz auf seine Projekte konzentrieren konnte.

In der Halle der South Station in Boston wurde er von einem jähen Schwindelanfall gepackt. Mit einer Hand tastete er sich an der Wand entlang, in der anderen hielt er sein Aktenköfferchen. Vorsichtig Schritt vor Schritt setzend, erreichte er mit knapper Not die Bahnhofstoilette, wo er sich in ein Waschbecken erbrach. Nach einer kurzen Erholungspause ging er weiter.

Der Krieg würde nicht mehr lange dauern, dachte er, als er in einer Straßenbahn der Linie 61 nach Brookline saß. Ein halbes Jahr noch, höchstens ein ganzes, die Alliierten standen schon in der Normandie. Die Mordorgie kannte keine Grenzen mehr, die Nachrichten wurden immer entsetzlicher. Aber vielleicht, dachte er und wankte auf unsicheren Füßen die Winchester Street entlang, vielleicht muss das so sein. Vielleicht muss die Menschheit erst im tiefsten Loch landen, bevor sie begreift, wohin die Wahnidee der starken Nation führt. Erst dann, dachte er, während er sich die steile Treppe zu seiner Dachkammer hinaufquälte, wird sie beginnen, Vernunft anzunehmen und die Freiheit mehr zu lieben als die Macht. Dann wird man Ausschau halten nach dem *Gray Champion,* und ein neues, besseres Zeitalter bricht an.

Als er sich hinabbeugte, um den Wohnungsschlüssel aus dem Aktenköfferchen zu holen, fuhr ihm ein nichtgekannter Schmerz wie ein langer, dünner Dolch von hinten durch den Nacken in den Schädel. Eine Sekunde lang dachte er, sein Gehirn verglühe. Vor seinen Augen wurde es erst orangerot, dann schwarz, und dann dachte er nichts mehr.

William erwachte in einem fremden Raum. Alles war weiß. Die Wand, auf die er schaute, das Bett, in dem er lag, das hinten offene Nachthemd, in dem er steckte, alles weiß. Wie er hierhergekommen war, wusste er nicht. Er versuchte aufzustehen, aber er konnte seinen rechten Arm und sein rechtes Bein nicht bewegen. Von Panik erfüllt, wollte er um Hilfe rufen, doch aus seinem Hals kam nur ein heiseres Gurgeln.

Er konnte nicht einschätzen, wie lange er so dalag in seiner Verzweiflung, es mochten zwanzig Minuten oder vier Stunden gewesen sein, als sich die Tür öffnete und eine ältere Frau hereinkam, auch sie ganz in Weiß. Sie schlug mit Schwung seine Bettdecke auf, nahm ihm mit geübten Handgriffen die Windel ab und legte, nachdem sie ihm mit einem nasskalten Waschlappen zwischen die Beine gefahren war, eine frische an. Er schämte sich über die Maßen. Noch nie hatte eine Frau seine Blöße berührt.

Er wollte sie etwas fragen, aber ihm fielen die richtigen Worte nicht ein. Nach langem Nachdenken entrang er sich schließlich unter größten Mühen ein schwerfälliges, kaum verständliches: »Hier ist wo?«

»Sie sind im Peter Bent Brigham Hospital«, erklärte die Frau. »Man hat Sie vorgestern eingeliefert.«

»Schaden«, lallte William traurig. Der rechte Mundwinkel hing ihm nach unten. Speichel lief heraus. »Arm, Bein

Schaden.« Er tippte sich mit links an die Stirn. »Kopf Schaden auch.«

»Dazu kann ich nichts sagen. Warten Sie, bis der Arzt kommt.«

Sie stellte einen Napf Haferbrei mit Karottenpüree sowie eine Schnabeltasse mit Wasser auf das Beistelltischchen neben seinem Bett und wollte gerade anfangen, ihn zu füttern, als sie gerufen wurde.

»Bin gleich zurück«, sagte sie, aber sie kam nicht wieder. Schließlich verlor William die Geduld und beschloss, sich das Essen selbst einzuverleiben. Er griff mit dem linken Arm über seinen halbgelähmten Körper, stieß den Löffel in den Napf, den er bloß aus dem Augenwinkel sah, und führte ihn im Liegen zum Mund, welchen er nur auf einer Seite öffnen konnte. Der größte Teil der Nahrung landete auf dem Boden, dem Bettlaken oder im Gesicht. Was er in die Kehle bekam, hustete er wieder aus. Hungrig und breiverschmiert drehte er den Kopf zur Tür und wartete.

Endlich kam jemand. Wieder eine Frau, aber diesmal eine andere, eine jüngere, in einem pflaumenblauen Kleid. Sie sah nicht so stumpf und gleichgültig drein wie die Frau mit dem weißen Kittel und der weißen Haube, sondern besorgt, geradezu erschüttert. Als sie ihn sah, begann sie zu weinen.

William kam es so vor, als hätte er die Frau schon einmal gesehen, aber er konnte sich nicht entsinnen, wo. Sie setzte sich auf einen Hocker und erzählte ihm von Dingen, die er nicht verstand, und auf einmal fiel es ihm ein.

»Pferdchen«, sagte er mit schwerer Zunge.

»Was sagst du?« Sie sah ihn verstört an, aber er war sich seiner Sache sicher.

»Pferdchen«, wiederholte er. »Lauf schneller. Hüha.«

Er verzog seinen Mund zu einem schiefen Lächeln. Ihr liefen wieder Tränen über die Wangen.

»Vögelchen«, sagte er. »Armer Stein, so ganz allein. Falali falala. Kein Vögelchen mehr.«

Da ertrug sie es nicht mehr und lief aus dem Zimmer.

»Und?«, fragte Sarah, die im Gang wartete.

»Schrecklich«, sagte Helena. »Es geht ihm sehr, sehr schlecht. Ich glaube, es ist besser, wenn du nicht reingehst.«

»Und dafür habe ich alles stehen und liegen lassen und bin extra von Miami nach Boston geflogen? Um hier vor der Tür zu sitzen?«

»Es könnte ihn zu sehr aufregen. Er hat dich seit zwanzig Jahren nicht gesehen.«

»Weil er ein elender Sturkopf ist. Seine alte Mutter so im Stich zu lassen ... Nach allem, was wir für ihn getan haben ...«

Sarah hatte ihrem Sohn immer noch nicht verziehen. Sie stand kurz vor ihrem siebzigsten Geburtstag, und ihre Immobiliengeschäfte liefen nach wie vor glänzend. Sie wünschte, sie hätte sich sagen können, ihr wäre alles im Leben geglückt. Doch da war dieser eine alte Stachel, der nicht aufhörte zu schmerzen.

Eine Weile saßen die beiden schweigend nebeneinander. Dann fragte Sarah: »Wie ist es eigentlich passiert?«

»Das weiß keiner. Seine Vermieterin hat ihn gefunden. Er lag bewusstlos auf der Treppe, kopfüber. Sie hat sofort den Krankenwagen gerufen. Man hat Geld bei ihm entdeckt, sechshundert Dollar, in seiner Unterhose, frag nicht, ich habe auch keine Ahnung. Jedenfalls wird davon bisher alles bezahlt. Aber das wird nicht lange reichen, und dann …«

Helena erwartete, dass Sarah den Satz für sie beenden würde, »… dann übernehme ich die weiteren Kosten« oder so etwas, aber stattdessen fragte sie: »Was hat er denn überhaupt?«

»Hirnblutung, sagt der Arzt. Das heißt, eine Ader in seinem Kopf –«

»Das musst du mir nicht erklären, ich habe einen Doktor in Medizin. Außerdem war es mit Boris genau dasselbe.«

»Der Arzt sagt auch, dass er gerade noch rechtzeitig entdeckt worden ist. Ein paar Stunden später, und er wäre –«

»Vielleicht wär's das Beste gewesen.«

»Mutter! Wie kannst du bloß!«

»Obwohl, stimmt nicht. Noch besser wär's gewesen, wenn er kurz nach seinem Vortrag über die Vierte Dimension –«

»Hör auf, ich bitte dich!«

»Alle haben sich damals für die Sidis-Erziehungsmethode interessiert. Das kann man sich gar nicht mehr vorstellen. Wir könnten schon so viel weiter sein. Es könnte eine ganze Generation geben, die nach dem Sidis-System erzogen wurde. Eine ganze Generation von Genies … Davon hat Boris immer geträumt. Die Methode ist nicht gescheitert, sie ist immer noch richtig. Die Schuld liegt woanders.« Sie schaute verächtlich auf die Tür. »Aber ich habe noch viel Kraft. Ich kann warten, bis die Welt den Fehlschlag vergessen hat. Dann wird man die Sidis-Methode wiederentdecken, dafür werde ich sorgen. Es wird Sidis-Kindergärten geben, Sidis-Schulen, Sidis-Akademien …«

»Jetzt reicht's aber wirklich!«

Helena ließ ihre Mutter sitzen und ging zurück ins Krankenzimmer.

William sah sie mit unendlich müden Augen an. Seine Worte waren fast nicht mehr zu verstehen.

»Stimmen draußen. Gespräch. Du mit wer?«

Helena zögerte, ihm die Wahrheit zu sagen. Sie hatte keine Ahnung, wie er sie aufnehmen würde. Schließlich gab sie sich einen Ruck. Wozu noch lügen?

»Deine Mutter ist da«, sagte sie. »*Your mother.*«

Zu ihrer Überraschung hellte sich seine Miene auf. Die Hälfte seines Gesichts, die noch zu einer Regung fähig war, strahlte wie ein junger Morgen.

»*My Martha!*« Er hatte gewusst, dass sie kommen würde. Er hatte es immer gewusst. »Soll reinkommen.« Er versuchte, sich aufzurichten. »Martha soll reinkommen!«

Die Anstrengung war zu groß. Er rutschte zurück in die Bettkuhle, die sein schwerer Körper in der viel zu weichen Matratze gebildet hatte. Mit einem schiefen, aber seligen Lächeln schloss er die Augen. Helena sah, wie aus seinem Gesicht alle Anspannung wich und es wurde, wie sie es nie gesehen hatte, so glatt und rein wie das eines zufriedenen Säuglings.

Die Tür ging auf, und im Zimmer wurde es hell. William brauchte die Augen nicht zu öffnen. Er wusste auch so, wer zu ihm kam. Sie trat an sein Bett und fasste ihn an der Hand, so dass er besser aufstehen konnte. Hand in Hand liefen sie aus dem Krankenhaus und zur nächsten Straßenbahnhaltestelle. Sie fuhren davon und stiegen so oft um, wie sie wollten, denn Zeit und Geld hatten keine Bedeutung mehr.

Als sie in Reno, Nevada, ankamen, öffnete Martha ihre Handtasche und nahm zwei Zettelchen heraus, zwei Transfers der Reno Traction Company. Mit ihnen durften sie weiterfahren, immer weiter, bis zur Küste, übers Meer, in den Himmel, vorbei am Mond, an der Sonne, an allen Sternen, bis ans Ende der hellen Zone des Universums, in der sie lebten. Dort stiegen sie um in eine Straßenbahn, die in die benachbarte dunkle Zone hineinführt. Kein Mensch hat je von dort berichtet, denn es gibt keine Reporter in der dunklen Zone.

Kaum hatten sie die Grenze überquert, kehrten sich die Verhältnisse um. Jetzt war das, wo sie hinfuhren, eine helle Zone, und da, wo sie herkamen, war es dunkel. Es gab keinen Weg zurück, aber er wollte auch gar nicht zurück in die Welt des Schmerzes, er wollte weiterfahren, hinein in die zweite Hälfte des Kreises der Ewigen Wiederkehr, wo die irdischen Gesetze nicht gelten und der Zeitpfeil in die umgekehrte Richtung zeigt, so dass alle Prozesse rückwärts ablaufen, vom Tod zur Geburt. Das Gitternetz des dreidimensionalen euklidischen Raums löste sich auf, und er glitt hinüber in die Vierte, die Fünfte, die n-te Dimension.

Als n gegen unendlich konvergierte, begann alles ineinander zu verschwimmen, das All und das Licht und die Liebe, und wurde ein Ganzes, eine weiche, warme Hülle, klar und transparent und doch in allen Farben leuchtend, und er wurde ein Teil des Ganzen und schwebte in Helligkeit, und sein Leib war ohne Gewicht und sein Geist ohne Qual und Leiden.

Er war frei.

Anmerkungen und Quellenangaben

Von allen Quellen, die ich bei der Recherche zu diesem Roman genutzt habe, war die hervorragende Sidis-Biographie *The Prodigy* von Amy Wallace (New York 1986) die wichtigste.

Eine Fülle von Materialien und Dokumenten zum historischen Fall Sidis hält die von Dan Mahony eingerichtete Website www.sidis.net bereit. Sie sei zur weiteren Beschäftigung mit dem Thema empfohlen.

Alle Übersetzungen, sofern nicht im Folgenden anders angegeben, stammen vom Autor.

Motto:
Aus Boris Sidis: *Lecture on the Abuse of the Fear Instinct in Early Education* (in: *Journal of Abnormal Psychology*, Bd. 14, 1919)

Zu Kapitel 4:
Der »Fall Hanna« wird ausführlich beschrieben in Boris Sidis und Simon P. Goodhart: *Multiple Personality* (New York 1904).

Zu Kapitel 5:
Die medizinische Dissertation von Boris Sidis erschien unter dem Titel *An Experimental Study of Sleep* (Boston 1909).
Das unveröffentlichte Manuskript von William James Sidis: *A Key to the Book of Vendergood* (ca. 1906) liegt dem Autor vor.

Zu Kapitel 6:
Norbert Wiener hat die Art und Weise, wie er von seinem Vater Leo erzogen wurde, in seiner Autobiographie *Ex-Prodigy* (Cambridge 1953) beschrieben. Adolf Berle senior veröffentlichte ein Buch über die Erziehung seiner Kinder unter dem Titel *Teaching in the Home* (New York 1915).
Sigmund Freuds Bemerkung über den »verworrenen und unehrlichen Boris Sidis« stammt aus einem am 20. Januar 1910 verfassten Brief an Karl Abraham *(Sigmund Freud/ Karl Abraham: Briefwechsel 1907–1925*, hg. v. Ernst Falzeder u. Ludger M. Hermanns, Wien 2009).

Zu Kapitel 7:
Boris Sidis' Angriffe auf Sigmund Freud und die Psychoanalyse finden sich im Vorwort seines Buchs *Symptomatology, Psychognosis, and Diagnosis of Psychopathic Diseases* (Boston 1914).
Der Zeitungsartikel *»Why Won't Girls Leave Me Alone?« – He's a Woman Hater, That's Why!*, in dem William James Sidis als Frauenfeind dargestellt wird, erschien am 12. November 1916 in verschiedenen amerikanischen Tageszeitungen.

Die Theorie über den Zusammenhang zwischen Sonnenflecken und Revolutionen führt William James Sidis aus in seinem Aufsatz *A Remark on the Occurrence of Revolutions* (in: *Journal of Abnormal Psychology*, Bd. 13, 1918).

Zu Kapitel 8:
Die Darstellung der Erfahrungen von Julius Eichel und Philip Grosser als Kriegsdienstverweigerer im Ersten Weltkrieg beruht auf den von ihnen selbst verfassten Zeugnissen (*The Judge Said »20 Years«*, Yonkers 1981, bzw. *Uncle Sam's Devil's Island*, Boston 1933).
Das Zitat aus Leo Trotzkis *Literatur und Revolution* folgt der Übersetzung aus dem Russischen von Frida Rubiner (Wien 1924).

Zu Kapitel 9:
Alle zitierten Straßenbahnwitze stammen von William James Sidis. Sie erschienen zuerst in *The Peridromophile* und später, neben vielen anderen, in Samuel Rosenbergs Essay *William James Sidis: The Streetcar Named Paradise Lost* (in: *The Come As You Are Masquerade Party*, Englewood Cliffs 1970).
Let us sing a song for freedom soll zur Melodie von *Far Above Cayuga's Waters*, der Hymne der Cornell University, gesungen werden. Der unveröffentlichte Liedtext von William James Sidis findet sich unter dem Titel *Fight for Freedom!* als Mimeographie in der »Swarthmore College Peace Collection« in Swarthmore, Pennsylvania. Zum dort archivierten Nachlass von Julius Eichel gehört ein umfangreiches Konvolut mit Briefen, Schriften und Originaldo-

kumenten von William James Sidis. Auch die meisten der in diesem Buch verarbeiteten Angaben zur »Geprodis Association« und der »American Independence Society« entstammen dieser Quelle.

Eine umfassende Darstellung des Rechtsstreits »Sidis vs. F-R Publishing Corporation« bietet Samantha Barbas: *The Sidis Case and the Origins of Modern Privacy Law* (Columbia University Academic Commons, 2012).

Dank

Ich danke allen, die mir bei der Arbeit an meinem Roman geholfen haben, insbesondere:

Ursula Baumhauer vom Diogenes Verlag für unermüdliches Rund-um-die-Uhr-Lektorat;

Thomas Hölzl von der Agentur Petra Eggers, der mehr für dieses Buch getan hat, als es seine Agentenpflicht gewesen wäre;

meinen Testlesern Benedict Wells und Florian Werner für erfreulich schonungslose Kritik an der Rohfassung;

Benedict außerdem dafür, dass er in einer Mail vom November 2011 den Stein ins Rollen gebracht hat (»Was für eine großartige Story, das MUSST du schreiben!!«);

sowie Sonali Chatterjee. Es ist nicht leicht, über Jahre hinweg einen geistesabwesenden Autor an seiner Seite zu ertragen. Ich werde jetzt wieder netter, versprochen.

Berlin, im März 2017
Klaus Cäsar Zehrer

Ian McEwan
im Diogenes Verlag

»McEwan ist unbestritten der bedeutendste Autor Englands.« *The Independent, London*

Der Zementgarten
Roman. Aus dem Englischen von Christian Enzensberger

Der Trost von Fremden
Roman. Deutsch von Michael Walter

Ein Kind zur Zeit
Roman. Deutsch von Otto Bayer

Unschuldige
Eine Berliner Liebesgeschichte. Roman. Deutsch von Hans-Christian Oeser

Schwarze Hunde
Roman. Deutsch von Hans-Christian Oeser

Liebeswahn
Roman. Deutsch von Hans-Christian Oeser

Amsterdam
Roman. Deutsch von Hans-Christian Oeser

Abbitte
Roman. Deutsch von Bernhard Robben
Auch als Diogenes Hörbuch erschienen, gelesen von Barbara Auer

Saturday
Roman. Deutsch von Bernhard Robben
Auch als Diogenes Hörbuch erschienen, gelesen von Jan Josef Liefers

Am Strand
Roman. Deutsch von Bernhard Robben
Auch als Diogenes Hörbuch erschienen, gelesen von Jan Josef Liefers

Solar
Roman. Deutsch von Werner Schmitz
Auch als Diogenes Hörbuch erschienen, gelesen von Burghart Klaußner

Honig
Roman. Deutsch von Werner Schmitz
Auch als Diogenes Hörbuch erschienen, gelesen von Eva Mattes

Kindeswohl
Roman. Deutsch von Werner Schmitz
Auch als Diogenes Hörbuch erschienen, gelesen von Eva Mattes

Nussschale
Roman. Deutsch von Bernhard Robben
Auch als Diogenes Hörbuch erschienen

Maschinen wie ich
und Menschen wie ihr. Roman. Deutsch von Bernhard Robben

Joey Goebel
im Diogenes Verlag

Joey Goebel ist 1980 in Henderson, Kentucky, geboren, wo er auch heute lebt und Schreiben lehrt. Als Leadsänger tourte er mit seiner Punkrockband ›The Mullets‹ durch den Mittleren Westen.

»Joey Goebel wird als literarische Entdeckung vom Schlag eines John Irving oder T.C. Boyle gehandelt.«
Stefan Maelck/NDR, Hamburg

»Solange sich junge Erzähler finden wie Joey Goebel, ist uns um die Zukunft nicht bange.«
Elmar Krekeler/Die Welt, Berlin

Vincent
Roman
Aus dem Amerikanischen von
Hans M. Herzog und Matthias Jendis

Freaks
Roman
Deutsch von Hans M. Herzog
Auch als Diogenes Hörbuch erschienen,
gelesen von Cosma Shiva Hagen, Jan Josef Liefers,
Charlotte Roche, Cordula Trantow
und Feridun Zaimoglu

Heartland
Roman
Deutsch von Hans M. Herzog

Ich gegen Osborne
Roman
Deutsch von Hans M. Herzog

Irgendwann wird es gut
Deutsch von Hans M. Herzog

*Christoph Poschenrieder
im Diogenes Verlag*

Christoph Poschenrieder, geboren 1964 bei Boston, studierte an der Hochschule für Philosophie der Jesuiten in München. Danach besuchte er die Journalistenschule an der Columbia University, New York. Er arbeitete als freier Journalist und Autor von Dokumentarfilmen, bevor er 2010 als Schriftsteller debütierte. Sein erster Roman *Die Welt ist im Kopf* mit dem jungen Schopenhauer als Hauptfigur erhielt hymnische Besprechungen und war auch international erfolgreich. Mit *Das Sandkorn* war er 2014 für den Deutschen Buchpreis nominiert. Christoph Poschenrieder lebt in München.

»Ein begnadeter Stilist, der sein Handwerk glänzend versteht und eine packende Geschichte leichtfüßig, stilistisch brillant und höchst lesenswert erzählen kann.« *Eckart Baier / Buchjournal, Frankfurt*

Die Welt ist im Kopf
Roman

Der Spiegelkasten
Roman

Das Sandkorn
Roman

Mauersegler
Roman

Kind ohne Namen
Roman

Der unsichtbare Roman
Roman